Gabriele Tergit

So war's eben

Roman

Herausgegeben von Nicole Henneberg

btb

MIX
Papier | Fördert gute Waldnutzung
FSC® C014496
FSC www.fsc.org

Penguin Random House Verlagsgruppe FSC® N001967

1. Auflage
Taschenbuchausgabe April 2024
btb Verlag in der Penguin Random House Verlagsgruppe,
Neumarkter Straße 28, 81673 München

Lizenzausgabe mit freundlicher Genehmigung
Covergestaltung: semper smile, München,
nach einem Entwurf von Schöffling & Co.
Covermotiv: © The Picture Art Collection /
Alamy Stock Photo, Lesser Ury, 1926.
Öl auf Leinwand. 67 x 97 cm. English: London in the fog, 1926
Druck und Einband: GGP Media GmbH, Pößneck
cb · Herstellung: sc
Printed in Germany
ISBN 978-3-442-77250-6

www.btb-verlag.de
www.facebook.com/penguinbuecher

So war's eben

ERSTER TEIL
KAISERREICH

1. Kapitel
Damentee in den neunziger Jahren

Stern, kugelig, im hellen Gehrock mit breiten Seidenrevers, Krawatte, die den Rockausschnitt füllte, Rose im Knopfloch, Zylinder nach hinten, stürmte ins Wohnzimmer, ließ die Tür offen, rief: »Eine runde halbe Million verdient!«

Franziska schloß rasch die Tür, das fehlte noch, das mit der halben Million vor den Dienstmädchen.

»Dein lieber Bruder, seine Hochwürden Rechtsanwalt Kollmann, fand jede Anlage unsicher. ›Industrie?‹ ›Schon schlecht.‹ ›Elektrizität?‹ ›Haben sehr schlechte Erfahrungen gemacht. Wir kaufen für unsere Klienten nur preußische Konsols.‹«

»Du kannst mir nicht die Solidität meiner Familie vorwerfen.«

»Festverzinsliche Werte! Der geförderte Rückschritt und der verhinderte Fortschritt. Ein ganz ordinärer übelbeleumdeter Winkelbankier hat mir die Aktien besorgt.«

»Bitte setze deinen Hut im Zimmer ab!«

»Nicht fein genug? Mit 'ner halben Million werde ich allen fein genug sein. Wir bauen ein Palais in der Tiergartenstraße.«

Franziska, die geborene Kollmann, kannte sich in Geschäften aus: »Ein Palais in der Tiergartenstraße kostet mindestens 300 000 Mark, da bleibt uns nicht genug zum Leben.« Ein Phantast war ihr Mann. Ihr Vater und Bruder hatten recht.

»Diese schäbige Wohnung wird auf alle Fälle gekündigt!«

Franziska saß in der neuen Wohnung – Füße auf einer gestickten Fußbank, Fußbank auf einem Tigerfell, Tigerfell auf einem Perser – auf einem Sofa mit Umbau, auf dem Vasen, ein bronzener Schmied, der Dornauszieher, ein radschlagender ausgestopfter Pfau und die Türme des Kölner Doms in Alabaster standen. Die Bibel mit Illustrationen von Doré, ›Unser Bismarck‹ und ›Unser Rhein‹ lagen auf der Samtdecke.

Im Eßzimmer war für Franziskas ersten Damentee gedeckt, gekreuzte Silberbestecke auf Servietten mit Fransen, Teegläser in kupfernen Haltern mit Löffeln darin, um sie vor dem Platzen zu bewahren, Platten kunstvoll belegter Brötchen, Sahnebaisertorte.

Franziska klingelte, wies das Hausmädchen an, die braunen Samtgardinen vorzuziehen und die Petroleumlampen anzuzünden. Dieser Damentee war wichtig, sollte ihr und ihrem Mann das Markussche Haus öffnen.

Tatsächlich kam Adelina Markus als Erste, ein Modebild im weißbekurbelten grünen Kleid mit dreifacher Pelerine, jede mit Nerz eingefaßt, dazu ein Brüsseler Spitzenjabot, eine blonde zierliche Schönheit mit strahlend blauen Augen und Gemmenprofil. Der Hofphotograph stellte ihr vergrößertes und angemaltes Photo seit Jahren in seinem Schaukasten in der Leipzigerstraße aus – das Photo einer Wiener Komtesse, dachten die Betrachter –, darunter hing das aquarellierte Photo ihrer drei Kinder, der Junge in der Uniform der neuen kaiserlichen Marine und die zwei engelhaften kleinen Mädchen. Adelina Markus hatte die Jüngere Friedericke genannt, obwohl ihr Ideal Frau von Stein und nicht Friederike von Sesenheim war, die sich womöglich mit Goethe eingelassen hatte, und die Ältere Leonore, obwohl ihr Wagner näherstand als Beethoven. Aber man konnte ein Mädchen nicht Brunhilde oder Sieglinde nennen.

Dann trat Marie Kollmann, Franziskas Schwägerin, ein, mausig und mißvergnügt in einem schlecht sitzenden Kleid: »Ich wäre fast nicht gekommen. Meine Köchin ist krank, jetzt in der Saison, eine Katastrophe.«

»Kann ich dir etwas besorgen?« sagte Franziska.

Das neue Hausmädchen, schwarzes Kleid, weißes Häubchen, servierte schlecht.

»Schwer, gute Mädchen zu bekommen«, seufzte Marie Kollmann.

»Diese Berliner Hängeböden für die Mädeln sind aber auch a Schand! Eine Leiter müssens aufstellen wie für an Heuboden«, sagte Adelina.

»Sie vergessen, was man für ein Gesindel ins Haus bekommen kann«, sagte Marie Kollmann.

»Neben uns wohnt eine adelige Offiziersfamilie. Die Mädchen schlafen auf dem Hängeboden, bekommen nicht satt zu essen und sind stolz, daß sie bei einem adeligen Offizier dienen«, sagte Franziska.

»Es ist schon ein Problem«, sagte Adelina, »ich hab ein ganz reizendes Kindermädl, und als ich eines Abends nach Haus komm, sind die Kinder nicht da, sind mein Mann und ich suchen gegangen, und stellen Sie sich den Zufall vor, am Potsdamerplatz kommens ausm Häusl, und die Toilettenfrau hat uns gestanden, daß die Kinder sechs Wochen lang jeden Tag für ein paar Pfennig bei ihr abgegeben wurden …«

»Haben Sie sie gleich rausgeschmissen?« fragte Marie Kollmann.

»Nein, es ist ein ordentliches Mädchen. Die Kinder sind wie aus dem Ei gepellt. Nur läßt sie halt dem Buberl jeden Willen, räumt ihm jedes Stück nach: ›Reicher Kind braucht nicht aufräumen‹, sagt sie. Sie ist eine Polin, findet es fein, wenn man keine Hand rührt.«

Inzwischen war auch Roserl Mayer, Frau eines Amtsrichters aus Kragsheim, gekommen, ihr Gretel blieb im Kinderzimmer.

Die vier Damen langten zu. »Nehmen Sie noch ein Stück Torte«, sagte Franziska zu Adelina.

»Ich sollt wirklich. Mein Mann möcht, daß ich dies Jahr wieder eine Mastkur mach, aber es ist halt so fad beim Beringer. Ich könnts schließlich zu Haus machen. Man soll halt drei Liter Milch im Tag trinken.«

Marie sagte bitter: »Ja, eine wirklich üppige Frau ist etwas Schönes. Ich wiege auch zu wenig ...«

»Fett unter die Häut' macht schöne Leut'«, sagte Adelina und dachte, das wüschte dürre Gstell.

Roserl Mayer sagte bewundernd zu Adelina: »Ich hab fei noch nie so eine phantastische Promenadentoilette gesehen. Ich bin aus Gunzenhausen.«

»Ach, dieser alte Schlafuzel. Er war von Paquin, aber die Ärmel sind halt viel zu klein für die heutige Mode.«

»Paquin? Paris?« stammelte Roserl Mayer.

Ein Pariser Modell kommt ihr ja wirklich nicht zu, dachte Marie. Diese Äußerlichkeit, die jetzt einriß, empörte sie: »Mir genügt meine Hausschneiderin. Sie sind aus Wien?«

»Aus München. Hausschneiderinnen sind oft Pfuscherinnen, zerschneiden einem das gute Material. Das ist eine falsch angebrachte Sparsamkeit.«

»Paquin«, sagte Roserl träumerisch, »ich würde mich gar nicht trauen, in so ein Geschäft zu gehen.«

»Ich lasse im Modesalon Winkler arbeiten«, sagte Franziska.

»Modesalon? Frau Winkler ist eine gute Schneiderin«, sagte Marie Kollmann.

»Man nennt das jetzt Modesalon«, entschuldigte sich Franziska.

»Sie sollten ein Pariser Haus versuchen, halt eine andere Façon«, sagte Adelina.

»Halten Sie es für eleganter, Spitzen auf ein Abendkleid zu applizieren oder zu inkrustieren, mit Perlmutterpailletten bestickt?« fragte Franziska.

»Applizieren wirkt grob«, sagte Adelina.

»Wir sind hier für das Schlichte. Wir mögen das Aufgetakelte nicht«, sagte Marie.

Der preußische Snobismus der Schlichtheit, dachte Adelina.

Roserl verstand nichts. Ich bin halt ein Landskonfekt, dachte sie.

»Was macht die Musik?« fragte Franziska

»Ich spiel' die Woch für die Ferienkolonien«, sagte Adelina.

»Man muß schon etwas für die armen Würmerln tun.«

»Würden Sie uns etwas vorspielen?« bat Franziska.

Dieses »vor« ging zwar Adelina auf die Nerven, aber sie ging an den Flügel, der voll Photographien stand. »Gestimmt?« fragte sie mißtrauisch.

»Natürlich«, sagte Franziska. Die Damen räumten den Flügel ab. Adelina warf den Rock um den Klavierstuhl, so daß man den Jupon sah. Ein Volant bestand aus grünem plissiertem Chiffon, in den schwarze Spitzenvierecke eingesetzt waren, von schwarzen Samtbändchen umgeben, der nächste Volant aus schwarzem plissiertem Chiffon mit grünen Spitzenvierecken, von grünen Samtbändchen umgeben. Sie spielte den »Feuerzauber«.

»Was für eine Ehre, solch gottbegnadete Künstlerin in unserm Kreis zu haben«, sagte Franziska.

Marie Kollmann dachte: Extravagant und aufgeputzt, dieser Jupon gehört sich ja wohl nicht.

Franziska kamen Bedenken. Sie hätte Adelina Markus nicht mit ihrer Schwägerin einladen sollen. Dieser wichtige Damentee schien zu verunglücken.

Adelina hielt den Rock hoch, so daß man wieder die schwarzgrüne Spirale sah.

Rudolf, Franziskas kleiner Sohn, schlank und ein wunderbares Mittelmeergesicht, stand in der Tür und wurde hereingerufen, um allen die Hand zu geben. »Was für ein schönes Buberl!« sagte Adelina.

Rudolf stürzte ins Kinderzimmer, zog die Tischdecke herunter, schwang sie um sich, hielt sie wie Adelinas Spirale. Der ältere Werner schüttelte den Kopf über diesen Quatsch, aber Grete Mayer versuchte das auch mit der Decke, verwickelte sich und brüllte.

Die Damen waren im Aufbruch, die Kinder quängelten, weil sie ihr Spiel unterbrechen mußten, als Stern eintrudelte: »Wessen prachtvolles Rappengespann habe ich denn da unten gesehn? Wohl Besuch vom Hofe? Ha, unsere liebe Schwägerin Marie, Gattin des Rechtsverdrehers Kollmann und Tochter des

Kommerzienrates und Kronenordenbesitzers Kramer!« Er tätschelte Maries Backen und sagte zu Franziska: »So ein Rappengespann werden wir dir auch anschaffen. Was sagen Sie denn zu dem Brilliantring? Prachtvolles Feuer, was? Ein Karat! Wir lassen uns nicht lumpen!« Und hielt Franziskas Hand Adelina unter die Nase.

»Ich muß gehen«, sagte Adelina.

»Es schneit fürchterlich«, sagte Stern, »nicht warm genug bei uns? Warten Sie doch noch etwas!«

»Ich muß zu Hause sein, wenn mein Mann aus der Fabrik kommt, dachte, ich geh bei den Jacobys vorbei, bissl ratschen.«

»Ja, ja, der Herr Fabrikbesitzer Manfred von Markus. Da kann unsereiner nicht mit.«

Franziska war unglücklich. Was noch zu verderben war, hatte ihr Mann verdorben. Trotz dieser herrlichen Wohnung in der feinsten Gegend würden sie nicht eingeladen werden. Sie mußte schon froh sein, wenn es bei dem Nachmittagsverkehr blieb.

2. Kapitel
Amtsrichter Mayer

Die Damen verabschiedeten sich rasch. Die Luft war wie Champagner Der Schnee fiel dünn und hart. Ein ferner Schlitten klingelte. Zerlumpte Männer kehrten Schnee. Roserl bog in die Tiergartenstraße ein, sah durch das Schloßgitter den Renaissancebau tief im Garten mit der Granitschale davor. Licht fiel aus einem Fenster, jetzt wurde die Portiere vorgezogen. Kein Mensch war weit und breit. Die Laternen gaben wenig Licht. Roserl probierte Schleppe tragen, vorn hoch oder Rock ganz eng um sich ziehend ihn rechts zu heben oder Adelinas Spirale. Sie fühlte sich beobachtet, als ein Herr schon den Zylinder lüftete: »Gnädigste?«

Roserl, das Kind an der Hand, lief davon. Der Herr sagte: »Entzückend!« und klingelte an dem Renaissancebau.

Am Potsdamerplatz stieg sie in die Pferdebahn. »Kriegsministerium!« rief der Schaffner und klingelte ab. Roserl sah hinaus: Ehrecke Tee mit dem nickenden Chinesen, Postmuseum, Michelseiden im roten Steinhaus, Warenhaus Tietz, Weltkugel auf dem Dach. Ja, sie war im Mittelpunkt der Welt. »Polizeipräsidium«, rief der Schaffner, »Zentralmarkthalle«. Gericht und Kaiserschloß, Läden für Kaffee und Kohl und Bäckereien und Monatsgarderobe, Lastwagen, Kohlenkeller und Milchkeller.

Das hübsche klassizistische Haus, in dem sie wohnte, schien ihr schäbig. Die Stufen splitterten ab, dabei gab es eine noch schlechtere Hintertreppe. Sie schloß auf. Im Wohnzimmer, am Tisch unter der Hängelampe, las der Amtsrichter Zeitung.

»Ich bring erst s' Kind ins Bett, Julius, dann komm ich.«

»Ich les hier, laß dir ruhig Zeit.«

Roserl deckte, brachte Brot, Butter, Leber- und Mettwurst:

»Das war mal eine wunderbare Abwechslung. Ich habe nicht gewußt, daß die Sterns in solchem Stil leben, ein Perser über dem andern.«

Julius schmunzelte: »Du übertreibst, Roserl.«

»Du kannst es dir nicht vorstellen, die Türme vom Kölner Dom in Alabaster, ein ausgestopfter Pfau, eine künstliche Palme in einem Majolikatopf! Und die Aufwartung! Und wer alles da war! Adelina Markus wie eine junge Königinwitwe...«

»Wieso Witwe?«

»Ich quatsch ein bisserl, ich bin noch aufgeregt, Marie Kollmann, eine graue Maus, ohne Geld hätte die der brillante Rechtsanwalt nie geheiratet, und Adelina Markus spielte den ›Feuerzauber‹, wo sie sonst nur in Wohltätigkeitskonzerten spielt! Rührend, nicht? Und sie war angezogen! Ein völlig anderer Stil, von mir gar nicht zu reden, immer noch mit diesen Ballonärmeln.«

»Bist neidisch?«

»Vielleicht, weil sie schon in Paris war. Ich *muß* dir ihren Aufzug beschreiben, ein weißbekurbeltes grünes Kleid mit drei pelzbesetzten Pelerinen und ein plissierter Chiffonjupon, grüne Spitzenvierecke in Schwarz und schwarze Spitzenvierecke in Grün und jedes Spitzenviereck mit Samtbanderln eingefaßt; ganz Paris war in diesem Jupon.« Sie nahm Julius' graue Baumwollstrümpfe zum Stopfen vor: »Du bist verstimmt?«

»Ich habe mir heute so eine Wohnung angesehen. Ein Handtuch von einem Zimmer für Eltern mit fünf Kindern. Alle hatten Ausschläge, Wasser von einem Ausguß auf der Treppe und der Abort im Hof.«

»Na, unsre Wohnung? Die Toilette lüftet ins Bad und s' Bad in die Speis' mit einem Fenster nach einem engen Hof. Glaubst du, daß an dem ›Umsturz‹ was dran ist?«

»Ein Umsturz kann nur zerstören. ›Wehe, wenn sie losgelassen.‹ Die Bauspekulation ist an vielem schuld, aber wie kann eine Näherin von 12 Mark in der Woche – und s' Garn muß sie liefern – eine vernünftige Miete bezahlen? Dann nimmt sie Schlafburschen. Und dieser Unsinn, daß man nur das Geld der reichen Leute zu verteilen bräuchte! Käme auf jeden hundert Mark und wird in Schnaps angelegt. Und mit höheren Löhnen sind wir nicht mehr konkurrenzfähig. Die Industrie ist das Unglück. Wenn ich an Kragsheim denk!« »Sei doch froh, daß es uns gelungen ist, nach Berlin zu kommen. Was mit einer Tochter in dem Nest?«

»Nest? Es waren halt viel gesündere Verhältnisse, man war der Natur näher. Wie oft bin ich mit der Sabine über die Felder gegangen und habe mich an den blühenden Bäumen gefreut und an den Ebereschen im Herbst, und an den Winterabenden, wenn der Papa aus dem ›Gläsernen Himmel‹ kam, brannte überm Torbogen eine Laterne, jeder hat seine Ölfunzel in der Hand getragen, man hat sie heimgehen hören, und dann kam der Nachtwächter Ungeheuer ...«

»Ungeheuer?« lachte Roserl.

»Netter Mann. Eine große Dummheit, nach Berlin zu streben. In Süddeutschland kann es unsereins zum Oberlandesgerichtsrat bringen. Hier kann ich als siebzigjähriger Amtsrichter sterben. Tja, die konservative Partei hat beschlossen, prinzipiell keine Juden mehr aufzunehmen, obwohl man nicht vergessen haben sollte, was der konservative Disraeli für England geleistet hat und daß Kaiser Friedrich den Antisemitismus die Schmach des Jahrhunderts genannt hat. Wir haben an den Fortschritt der Gleichberechtigung geglaubt, statt dessen will man hintenrum die Juden wieder ausschließen. Woran denkst denn, Roserl?«

»Ein Herr hat mich angesprochen, aber ich hab gemacht, daß ich davonkam.«

»Eine Frechheit, was sich die Herren heute erlauben.«

Sie wollte sagen, ein besonders gutaussehender Herr in einem langen Pelz mit Pelzrevers und mit einer langen Zigarre. Er hat ›entzückend‹ zu mir gesagt. Aber sie ließ es. Der Amtsrichter las die Zeitung, sie stopfte die Strümpfe.

3. Kapitel

Wie Julius Mayer Roserl heiratete

Julius hatte als Referendar Roserl auf dem Bahnhof in Gunzenhausen stehen sehen und sich verliebt. Die Eisenbahn hatte einen größeren Glanz als jedes spätere Verkehrsmittel, war man doch vom Pferd direkt auf die Eisenbahn gekommen. Der Bahnhof war Gesellschaft, Theater, Ball, Kino, fremdes Land, das Abenteuer. Jahrzehntelang gingen die Kleinstädterinnen auf den Bahnhof, wenn der tägliche Schnellzug durchkam, zum Beispiel der nach Wien durch Gunzenhausen, Feuchtwangen, Kolmberg und Kragsheim. Die Familientante Jeanette, Schannett, hatte schnell ausspioniert, wer das junge Mädchen auf dem Bahnhof war, und lud sie ein. Julius, seine verheiratete Schwester Sabine Gutmann, ihr Mann Max und sein Bruder David holten Roserl ab. Im Hofgarten war 's Mon Plaisir, weiße Säulen, unter denen Kaffee zu trinken der großherzige Fürst erlaubt hatte. Sie saßen da, Roserl und Sabine in Musselintaillen, fein gekleidet für Handwerkerskinder, die jungen Männer im besten Anzug mit steifem Kragen. Julius verehrte Roserl, der sechzehnjährige David Gutmann sah in ihr die vollendete Schönheit, Roserl fragte: »Sie haben in München studiert? Ich möcht für mein Leben gern einmal in ein Theater gehen.«

»München ist eine leichtfertige Stadt. Es ist viel angenehmer im soliden Kragsheim«, sagte Julius.

»Das sagst du, aber ich bin bei einem Hopfenhändler in München in der Lehr, da ist viel Abwechslung. Die Leut' sind alle in einem Verein, der ›Konkordia‹. Ich will sehen, daß sie mich aufnehmen«, sagte der junge David.

»Du machst deinen Weg, mein Max ist halt mit allem zufrieden«, sagte Sabine.

»Ich hab' nur Näheres vom elektrischen Ball gehört, wenn die Damen auf einen Knopf gedrückt haben, ist ein Licht in ihrem Haar aufgeleuchtet.«

»Geh, was es alles gibt«, sagte Roserl.

»Es kommt im Leben auf andre Sachen als aufs Vergnügen an«, sagte Julius.

»Es wär schön, nach München zu gehen«, sagte Roserl.

Vergnügungssüchtig! Ob das eine Frau für mich ist? dachte Julius.

Der Weltmann David schlug die Aumühle vor. Sie wurden ganz still, als sie in den Wald kamen, der Duft, der weiche Boden, Sonnenflecke durchs Geäst. »Hier könnten wir Dritten abschlagen spielen, grad fünf Bäume«, sagte David.

Max Gutmann fand sich zu alt, ein verheirateter Mann, aber Julius und David überredeten ihn, denn was für eine Gelegenheit, Roserl vielleicht sogar am Arm zu fassen.

Auf dem Rückweg zur Bahn kamen auf dem heißen weiten Platz vor dem Schloß die Schwoleches (Cheveaux legers). »Mein Max hat fei dabei gedient«, sagte Sabine.

Was ich heut alles kennenlern! Julius, Mon Plaisir, die Schwoleches, Dritten abschlagen im Wald und diese kluge Sabine. »Der schönste Tag meines Lebens«, sagte Roserl. Nächsten Sonntag würde sie zu Mayers kommen.

Aber Julius wollte keine Woche warten. Er wollte nach Gunzenhausen fahren und um Roserl anhalten. Konnte er seine Eltern vor vollendete Tatsachen stellen? Sein Schwager Max Gutmann war den alten Weg gegangen. Max Gutmanns Vater hatte an einen Verwandten geschrieben. Der Verwandte hatte Sabines Vater zu einer Besprechung wegen der Mitgift gebeten. Und Sabines Vater sagte: »Beim Töchterausgeben erlaubt man sich, seine Nächsten in Anspruch zu nehmen.«

Tausend Jahre war so geheiratet worden. Aber Julius lehnte diesen komplizierten Weg ab. Es war sein Stolz, mit Traditionen zu brechen. Er ging nicht mehr morgens und abends in die Synagoge, er dankte Gott nicht mehr für Wein und Brot. Er wollte die Frau heiraten, die er liebte, und keine Mitgift.

4. Kapitel

Jacobys und Markus

Manfred Markus mit sorgfältig geschnittenem braunen Vollbart las beim Frühstück die verhältnismäßig neue »Berliner Rundschau«, obwohl eingesessene Berliner wie er die »Berliner Tageszeitung« lasen, aber er war ein Fabrikgründer, für Fortschritt und Gewerbefreiheit, kein Hausbesitzer, Sanitäts-, Justiz-, oder Geheimrat. Er sagte zu Adelina: »Die Preise steigen wie verrückt. Du bekommst die Perlenkette, damit du nicht immer so frierst.«

Adelina sagte: »Weißt, Schatzerl, es ist doch so, eine Frau kann heutzutag' nicht mit bloßem Hals auf einer Gesellschaft erscheinen oder gar auf dem Podium. Ich hab halt gar keinen Schmuck außer dem Verlobungsring.«

Markus fuhr bequem mit der Stadtbahn in die Fabrik, sah sie vom gepolsterten grünen Samtsitz an den Fenstern der Hinterhäuser Nähmaschine nähen, Schuhe auf Leisten spannen, sah Lager von Bronzen und Aschenschalen und Lampen, sah freies verschneites Land mit Lauben aus Brettern. Mag mancher dort wohnen, auf zwei Quadratmetern Feuerbohnen und Kartoffeln ziehen. Er ging in die Fabrik, in das Bürogebäude, nur zwei Etagen hoch, aber mit einem künstlerischen Backsteingiebel von 1893, sah die Post durch, Aufträge über Aufträge. Er konnte sie kaum alle annehmen. Es würde ja teurer werden. Eindecken, eindecken, dachte jedermann.

Da ein Knall. Stille. Er rannte auf den Hof. Der Maschinenmeister sagte: »Gebrochen.« »Was?« »Schwungrad der Drahtwalze.« »Wann kann sie wieder in Ordnung sein?« »Bei der Überbeschäftigung können Wochen ins Land gehen.«

»Werden Sie die Fabrik schließen?« fragte ein Arbeiter, hatte vorgestern ein Kind bekommen, nettes Jungchen, würde wohl wieder abkratzen müssen, wenn sie die Fabrik schließen, woher nehmen und nicht stehlen, Milch, Brot, Miete, Kohlen, und Trude so schwach?

»Nein«, sagte Markus zu dem Beängstigten.

Markus diktierte Briefe an Schwungräderlieferanten: »Ziehen Sie sie gleich durch die Kopierpresse!« Werden doch alle auf dem hohen Roß sitzen bei dieser plötzlichen Hochkonjunktur, diese Maschinenfabriken, die einem Neukömmling wie mir sowieso nicht grün sind. Heute morgen dacht ich, ich wär überm Berg. Neues Betriebskapital? Wieder von der Familie? Ich schulde ihnen 237000 Mark, habe sie noch nie auszahlen können. Sie werden kein gutes Geld dem schlechten nachwerfen. Papas Haus am Kurfürstendamm wird immer mehr wert, muß er behalten. Klug, der Alte. Und die Perlenkette? Ich werd sie kaufen. Frauen mit Schmuck überschütten. Das gehörte sich. Dieser Allerweltspuppe Lia habe ich damals ein Brillantarmband gekauft. Aber das war! Donnerwetter! Adelina war gelehrt worden, sich nichts zu vergeben. Sie vergibt sich was, wenn sie mit mir schläft. Feine Frauen. Damen. »Ich kann dir versichern, ich habe mir nichts vergeben.« Sie war unschuldig, ich hätte ja auch keine Bedreckte geheiratet. Aber in der Ehe? War das so? Überall? Am Bankrott – und Perlenkette.

Er zog den Pelz an, setzte die Glocke auf, verließ die kalte Fabrik. Schnee, Stille. Der Portier hielt den Hund fest. »Werden wir schließen müssen, Herr Markus?«

Er wollte mit Siegmund Jacoby reden. So sah er die schleppeübende Roserl vor dem Jacobyschen Haus. Eine so reizende Frau. Markus vergaß Schwungrad und Betriebskapital, ging, noch lächelnd, durch das kostbare Tor, durch den Vorgarten mit der Granitschale, sah den jungen Gärtner Stüber Schnee fegen, betrat die Halle, aus der eine Treppe mit schwarzem Marmorgeländer nach oben führte. Am Treppenabsatz, wo sie sich teilte, stand eine Marmorgruppe. »Doch neu?« sagte er zu Emilie, die seinen Pelz an geschnitzte Bären hängte.

»Wollen Sie sie ansehen?«

»Nee, danke, sehe genug von hier.« Auf einem altdeutschen Holzstuhl mit geschnitzter Rückenlehne zog er seine Gummischuhe aus: »Warm.«

»Frau Stüber legt morgens 50 Briketts ein. Gnügt.« Emilie öffnete die hohen Flügeltüren gegenüber der Treppe.

»Wie gerufen!« rief Siegmund Jacoby. »Tee?« fragte seine Frau, wie Tausende von Mädchen 1871 wegen des Friedens Frieda genannt. Sie saß nach neuer englischer Sitte in einem Teagown aus heller glänzender Seide vor einem silbernen Tablett mit dem Wasserkessel über der Spiritusflamme.

Manfred genoß den bequemen grünen Samtsessel unter der hellen Petroleumlampe, die Teezeremonie der noblen Frieda und ging dann mit Siegmund ins Herrenzimmer, ebenfalls nach englischer Sitte »Die Bibliothek« genannt. Sie trugen Gehrock und Perlen in den Krawatten, waren dreißig, sahen aus wie vierzig, würdig und solide. Die Zeit war der Jugend nicht freundlich.

»Bei mir gibts was Wichtiges. Und bei dir?«

»Bißchen pleite«, sagte Markus.

»Kann ich dir aushelfen?« sagte Siegmund erschrocken.

»Guter Siegi, vielleicht. Ich hatte für sechs Monate Rohmaterial gekauft, als die Preise fielen. Aber sie fielen weiter. Ich mußte Fertigware billiger verkaufen, als die Rohstoffe kosteten. Ich habe 587000 Mark verloren, um genau zu sein.«

»Um Gotteswillen, Fred!«

»Jetzt steigt alles wie verrückt, wir sind voll beschäftigt. Ich konnte mir ausrechnen, wann ich schuldenfrei sein würde.«

»Konnte?«

»Heute ist das Schwungrad der Drahtwalze explodiert. Wir liegen still. Die Kunden werden Lieferung verlangen oder Schadensersatz. Oder, wenn die Preise wieder fallen, bei verspäteter Lieferung Annahme verweigern.«

»Wozu hast du dir solche Sorgen aufgehalst?«

»Na, irgend etwas muß der Mensch doch tun, habe ich eben ein Fabrikgeschäft angefangen. Jetzt rächt sich auch eine Liebesheirat ohne Mitgift.«

»Manfred, du hast einen Traum geheiratet«, sagte Siegmund mit leichtem Vorwurf. »Also, wenn du in Verlegenheit bist, stehe ich dir zur Verfügung. Frieda und ich sind so glücklich, daß ich mich von meinen Brüdern habe auszahlen lassen. Ich kann von den Zinsen leben. Ich muß dir in diesem Zusammenhang ein Gedicht vorlesen.

›Bald ist das Marktgelärm des Morgens reg,
Doch meine Ruhe nimmt der Riegel wahr
Breit hingelagert vor der Eichentür.
O Kunst, so fest zu baun, wie dank ich dir!
Taglärm der Welt, du wirst mir draußen bleiben.‹

Wunderbar, nicht wahr? Das Gedicht bezieht sich auf Erasmus. Sich abseits halten, nicht teilnehmen am Geschrei ...«

»Erasmus hat sich die Ohren zugestopft, den Riegel vorgelegt, als Luther wie der Elefant im Porzellanladen hauste! Du nennst es sich abseits halten und bewunderst es? Wie hast du dich verändert!«

»Ja, früher wollte ich die soziale Frage lösen. Aber heute bin ich überzeugt, daß die Verteilung des Geldes der reichen Leute sinnlos ist.«

»Du wolltest mir übrigens was Wichtiges erzählen?«

»Breitkopf und Härtel verlegen zwei Lieder von mir.«

»Gratuliere, künftiger Schubert! Großartiger Anfang.«

»Dann wars doch richtig, daß ich nicht bei Papa eingetreten bin? Ich habe übrigens gestern drei Menzels gekauft. Skizzen zu Friedrich des Großen Uniformen. Vielleicht Grundstock einer Sammlung.«

»Ich bin ein Preuße, kennst Du meine Farben ... ! Meine Einjährigenzeit bei den Kürassieren war die schönste meines Lebens.«

»Hast du die ›Träumerei‹ im Treppenhaus gesehen? Salbach hat sie mir ganz billig gelassen. Fünftausend Mark.«

»Viel zu viel!«

»Hatte glänzende Kritiken in der großen Kunstausstellung.«

Geld für Löhne, Liefertermine, gebrochenes Schwungrad, Markus vergaß seine Sorgen im bücherumstellten Raum.

Ein Herr trat ein. »Stefan Heye!«

»Was für eine Freude, dich in unserer Heimatstadt zu sehen!« sagte Siegmund.

»Deine Artikel über den Dreyfusprozeß waren bester Heinrich Heine«, sagte Markus.

»Ich lese nur deinetwegen die ›Berliner Rundschau‹«, sagte Siegmund. »Du kommst wegen der ›Weber‹? Wieder dieser überholte Naturalismus und die Ibsenschen Anklagen. Die Kunst kann das Leben nur im Symbol zeigen.«

»Seit vier Jahren läuft der Prozeß in Paris und jetzt dieses trübe Ende, und du überfällst mich mit den ›Webern‹. Ist in Deutschland das Theater immer noch wichtiger als die Politik?«

»Na hör mal, die Aufführung eines neuen Hauptmanns ist wohl für uns aufregender als ein neunzigmal durchgesprochener Prozeß in Paris.«

»S. M. hat seine Loge im Deutschen Theater wegen der Weber gekündigt«, sagte Markus.

»Na, soll der Kaiser nicht mehr ins Deutsche Theater gehen!« sagte Siegmund.

»Und weder Hauptmann noch Ibsen mehr sehen und sich immer weiter vom modernen Leben entfernen«, sagte Heye.

»Wieso nennst du das Ende von Dreyfus trübe? Immerhin begnadigt«, sagte Markus.

»Warum begnadigt, wenn er unschuldig war, warum nicht freigesprochen?«

»Du hast recht. Man wagte keine klare Entscheidung. Diese unbewältigte Vergangenheit wird Frankreich vergiften«, sagte Markus.

»Ich habe meinen intelligenten Pariser Portier gefragt: ›Würden Sie Dreyfus auf der Teufelsinsel lassen, wenn er unschuldig ist?‹ Hat er geantwortet: ›Sind ja alle gekauft, alles Gesindel‹. Das Volk flüchtet sich in abstrakte Phrasen und Schlagworte.«

»Herr Paty de Clam«, sagte Markus, »verhaftet einen Juden bei einem Verrat in der französichen Armee, dabei wird ein Jude, dem man erlaubt, Hauptmann zu werden, ein Überfranzose und Überhauptmann.«

»Wißt ihr, daß als erster der Nachkomme von unserer Charlotte Kestner, der prächtige Scheurer-Kestner, für Dreyfus eingetreten ist?«

»Von Goethes Dichtersonne umstrahlt«, sagte Siegmund.

»Die französische Luft«, sagte Markus, »und bei uns dieser Tivolivertrag, der die Juden prinzipiell aus der konservativen Partei ausschließt, auch die braven jüdischen Kleinbürger, die konservativste Menschengattung überhaupt. Sollen wir alle zu Rebellen gemacht werden?«

»Antisemitische Wellen kommen und gehen«, sagte Heye beruhigend.

»Richtig«, sagte Siegmund.

»Nimm doch den Ausschluß aus der konservativen Partei nicht so ernst«, sagte Heye, »wir gehören weder zu den klerikalen Reaktionären noch zu den nationalistischen Raufbolden, die ›Auf den Tag des Krieges‹ anstoßen.«

»Und dieser Kaiser, der die Arbeiter eine »Rotte von Menschen« nennt, nicht wert, Deutsche zu heißen?«

»Befinden wir uns doch in guter Gesellschaft«, lachte Siegmund.

»Du bist ja dämlich«, sagte Markus.

»Ich finde, die Hauptsache ist, daß wir uns selber als Deutsche fühlen. Ich habe noch als kleiner Junge das größte Ereignis unsres Lebens gesehen, den Einzug unserer siegreichen Truppen.«

Siegmund sah auf die Bilder seiner Vorfahren im Rokokofrack, mit der hohen schwarzen Binde, mit den Favoris, alles Berliner: »Dreyfus ist schließlich ein Elsässer in Frankreich, aber wir?«

Inzwischen saß Adelina mit Frieda im weiten Wohnzimmer mit den grünen Samtsesseln unter dem gelbseidenen Schirm der Petroleumlampe und erzählte vom Damentee: »Kaviarbrötchen, da feit sie nix, und dann kam der Herr Stern. Hams den scho mal gsehn, so hoch wie breit in Hellgrau, eine Rose im Knopfloch im Januar, der lasst sich net lumpen, und er hat mir den Brillantring seiner Franziska unter die Nasen gehalten: ›Ein Karat!‹ Wie konnt der feine Justizrat Kollmann seine Franziska einem solchen Parvenu geben?« »Er ist reich«, sagte Frieda.

»Aber vulgär. Franziskas Bruder hat doch auch so reich geheiratet, die sind halt aufs Geld aus.«

»Marie hat sich in den Rechtsanwalt Kollmann verliebt.«

»In den Eiszapfen? Er hat jedenfalls die Gelegenheit beim Schopf ergriffen und die fade Nocken mit der halben Million geheiratet.«

Frieda klingelte und ließ der Köchin sagen, daß drei Personen zum Abendbrot blieben.

»Das würd ich mich fei nie trauen, so mir nix dir nix der Köchin sagen, daß Gäste da bleiben. Augenblicklich sind ja meine Köchin und Stubenmädl ganz gut, aber es ist nie richtig geputzt, und grad die Zugeherin möcht ich aufgeben, wo mein Mann soviel klagt. Er bleibt jetzt manchmal bis halb elf Uhr abends im Geschäft. Es legt sich natürlich auf die Stimmung im Haus.«

»Wie wars Dienstag? Es tat mir so leid, daß wir im letzten Moment absagen mußten, aber ich gehe ungern aus, wenn Ottchen Fieber hat.«

»Schad! Es hat mir ja den Abend gar nicht gefallen. Ich hätt Siegmunds Heiterkeit so brauchen können. Den ganzen Tag war schon so eine Unruhe im Haus, ein ewiges Schellen und Telefonieren, und ein Telefonarbeiter da, und wir sind alle ganz unruhig geworden, und wir entdeckten im letzten Moment, daß die Zung' ein bissl Haut Gout hatte.«

»Ja, was haben Sie denn da gemacht?«

»Es blieb nix übrig, wir haben sie gegeben. Aber es wurde auch sehr wenig gegessen. Der Frankfurter Beer war da, meinem Mann liegt so sehr an ihm, und dann eine nicht ganz frische Zung'! Und Kollmanns. Der Beer ist ein steifer Bock, und Sie wissen ja, wie maulfaul der Kollmann ist. Montag war halt ganz anders, der junge Dampf, der mich jetzt begleitet, und ein junger

Sänger, ja wissens Künstler halt und ein piekfeines Essen, geräucherte Rinderbrust mit Schoten und Kartoffelsalat und ein famoser Kastanienberg.«

Das Fräulein klopfte. Frieda entschuldigte sich, sie hatte Otto versprochen, Dornröschen vorzulesen. Otto hörte ihr im Bett mit glühenden Backen zu.

Man saß bei einem kalten Abendbrot, Heringssalat, Eier in Majonäse, Platten mit Aufschnitt.

»Wer ist dieser Stern, der in solchem Stil lebt?« fragte Frieda.

»Kupfer in Südamerika«, sagte Markus, »ein Spekulant, ich glaube auch ein Phantast, jedenfalls unsolide.«

»Das siehst am Kaviar«, sagte Adelina, »aber sie haben ein bildschönes Buberl.«

»Joschua Beer in Frankfurt liquidiert«, erzählte Manfred, »der Alte hat so viel an dem Suez-Landwegprojekt verloren, die Schiffe mit Hilfe von zwanzig Lokomotiven über die Landenge zu ziehen. Der Suezkanal hat ihn auf dem Gewissen. Sie ziehen nach Berlin. Er ist ein Naturwunder – gescheiter als Napoleon, musikalischer als Wagner, versteht mehr von Kunst als Bode.«

»Kann ich den nicht für meine Zeitung gewinnen?« sagte Heye.

»Wieso meine?« fragte Manfred.

»Ich habe einen lebenslangen Anstellungsvertrag.«

»Sekt«, rief Siegmund, »von mir sind zwei Lieder bei Breitkopf und Härtel angenommen.«

»Gratuliere, kann ich sie haben und daheim ansehen?« fragte Adelina.

»Wirklich Sekt nach dem Bier?« fragte Frieda.

»Wein nach Bier, wünsch ich mir, Bier nach Wein, das laß sein«, sagte Siegmund.

Der zierliche Siegmund mit seinem blonden Spitzbart, der großartig aussehende Manfred mit dem braunen Vollbart, Heye mit Wulstlippen und einem Zwicker, Adelina mit dem Gemmenprofil, dem hohen Stehkragen, dem blonden Knoten oben auf dem Kopf, und die stille, pompöse, schwarzhaarige Frieda stießen mit den Sektschalen an. Die kleine Tafel unter der vielkerzigen Messingkrone verlor sich in dem getäfelten Raum. Es war so behaglich. Manfred war plötzlich sicher, er würde durchkommen.

Heye erzählte, von den niedrigen Pariser Restaurants mit weißlackierten, von Goldleisten umrahmten Wänden, seidenen Vorhängen mit kleinen Klunkern, Dorée, wo Offenbach und Dumas an einem Tisch saßen, Café Anglais, wo schon Napoleons Marschälle im Grand 16 gefeiert hatten, vom König von Serbien, der für 1400 Francs Sterlette von der Wolga kommen ließ – und für den Bankettsaal Maiglöckchen für 4000 Francs. Die tollen Abende, wo alle Fußbäder in Chateau D'Yquem nahmen, nachdem Adèle Dartois einen Cancan getanzt hatte.

»Wer war das?« fragte Adelina.

»Wenn ich es vor den beiden Damen in den Mund nehmen darf, es wurde von ihr erzählt, daß sich mehr Prinzen in ihrem Schlafzimmer einfänden als bei Napoleon in den Tuilerien ...«

»Eine Nixgscheite also«, sagte Adelina.

Siegmund bog ab, sprach von einem neuen Roman, ›Buddenbrooks‹: »Bißchen viel Krankheitsbeschreibungen, und bisher haben wir Kunst für höher als Kaufmannstum gehalten, aber der neue Schriftsteller Thomas Mann findet Beschäftigung mit Kunst ein Verfallszeichen.«

»Das hab ich gar gern«, sagte Adelina.

Frieda dachte, Siegi lag nichts an der landwirtschaftlichen Maschinenfabrik seines Vaters, wollte lieber komponieren als Geld machen. Ist doch wohl das Höhere?

Manfred sagte: »Ich habe ihn gelesen. Der einzige Jude, der drin vorkommt, ißt Gänseleberpastete auf seiner Schulsemmel und verdrängt die edle Patrizierei durch seine Geschäftstüchtigkeit.«

»Doch ein guter Roman«, sagte Siegmund, »man muß nicht alles vom jüdischen Standpunkt aus sehen.«

»Ein realistischer Roman?« fragte Heye, »man trägt doch Symbolismus, blaue Vögel und Seejungfrauen, bloß keine Wirklichkeit.«

»Du brauchst dir nur die neuen Häuser anzusehen«, sagte

Markus, »plötzlich lehnt man die Säule ab, dies Symbol – ich sage auch schon Symbol – des Humanismus. Dieser gräßliche Jugendstil.«

»Man kann den Jugendstil nicht in Bausch und Bogen ablehnen. Munch«, sagte Heye.

»Na gräßlich!« sagte Markus.

»Ich war für seine Austellung ein bißchen mit verantwortlich«, sagte Heye.

»Tut mir leid. Dieses gemeine ›Tingel-Tangel‹? Nackte Frauen mit langen schwarzen Strümpfen vor einer Reihe bärtiger Männer?«

»Aber Tingel-Tangel ist so gemein«, sagte Heye.

»Oder ›Der Kuß‹? Vor einer Spitzengardine, die nach möbliertem Zimmer und Mietskaserne nur so riecht? Sicher eine häufige Form der Liebe mit Angst vor der Wirtin. Aber was soll das, die Liebe immer nur als Angst und Lüsternheit?«

Heye dachte, aber die Mädchen haben Angst, die Männer sind lüstern. »Besteht nicht ein ewiger Kampf der Geschlechter? Bekomme ich je das Mädchen, das ich liebe?«

»Sicher«, sagte Markus. »Seit Ibsen haben wir dieses Hergemache mit der Liebe. Ist ja kindisch.«

»Kindisch?« sagte Adelina. »Ibsen ist der Erste, der das Liebesleben der Frauen ernst genommen hat.«

»Ja, ja«, sagte Markus beschwichtigend und ironisch.

Am Brandenburger Tor waren Bogenlampen aufgestellt. »Donnerwetter«, sagte Markus, »das nenn ich Fortschritt. Wunderbare Stadt wird Berlin. Ich hätte mich vorhin nicht so über den Antisemitismus aufregen sollen. Wenn ich diese Bogenlampen sehe, bei denen man fast lesen kann, finde ich meinen Glauben an eine bessere Welt wieder.«

Aus einem Hausflur kam eine jammervolle Kinderstimme: »Fünf Pfennig det Schäfken, fünf Pfennig det Schäfken.«

»Fortschritt«, verhöhnte Markus sich selbst.

»Mein Gott, das arme Würmerl, gib ihm eine Mark«, sagte Adelina.

»Das müßte verboten sein«, sagte Heye, »aber es ist hier

immer noch besser als in Paris, wo Tausende in allen Winkeln liegen, die ein wenig Schutz gegen die Eiseskälte geben. Und der Skandal mit der Assistance Publique. Die Verwaltung verschlingt fast die ganzen Einnahmen. Fünfzig Millionen!«

In der dunklen Nebenstraße schlug ein Betrunkener mit zerlumpten Hosen und klaffenden Schuhen auf ein schreiendes Mädchen ein. Halbwüchsige, Kinder, eine Hochschwangere mit einem Säugling mit verbundenem Kopf, sahen zu.

»Wir hätten eine Droschke nehmen sollen«, sagte Manfred, »Wenn die Kirchenbaujuste statt Kirchen Wohnungen und Schulen bauen ließe, wäre viel gebessert«, und plötzlich mit einem Lächeln: »Und so sind wir wieder beim Ausgang unsres Gesprächs und zu Hause.«

Heye war beschwingt, Redakteur einer aufblühenden Zeitung im aufblühenden Berlin im aufblühenden Deutschland, Entdecker großer Künstler, Kämpfer für eine friedliche freie Welt gegen den wahnwitzigen Nationalismus, gegen Herrn Sauerwein vom »Matin«, nur mit dem Wort, aber was war wirkungsvoller? Schon besprachen Minister die Politik mit ihm. Morgen würde er bei dem großen Verleger Klothilde Kramm treffen, die Ibsenschauspielerin. Würde sie ihn lieben können, einen dicklichen häßlichen Mann? Frauen, sagt man, verlieben sich in den Geist. Sie war wahrscheinlich ein bißchen älter als er. Würde sie die Bühne aufgeben, Kinder bekommen wollen?

5. Kapitel

Von Rumkes

Franziska wußte sofort, dies schüchterne Klingeln war Hildegard von Rumke vom gleichen Flur, Frau eines Majors beim Großen Generalstab. Sie waren seltsam intim, konnten offener miteinander sprechen als gewohnt, da sie keine gemeinsamen Bekannten hatten.

»Ihre Kachelöfen heizen besser als meine«, sagte Hildegard.

»Legen Ihre Mädchen genug Briketts ein?«

»Der Bursche heizt. Wir haben es gern kühl, es härtet ab. Bevor mein Mann kommt, legen wir etwas nach.«

Echt, dachte Franziska, sie friert den ganzen Tag, damit es genügend warm für den Herrn Major ist.

Sie schleppte auch alles allein nach Haus, worauf Franziska sagte, gespreizt in der dritten Person: »Frau Major haben doch den Burschen.«

»Ich will ihn nicht so anstrengen.« Hier sagte sie auch Franziska nicht die Wahrheit. Sie suchte den billigsten Laden, machte weite Wege für ein Stück Fleisch. Franziska konnte Hildegards ärmliches Aussehen nicht begreifen, immer das gleiche schwarze Wollkleid und *ein* gutes Schwarzseidenes. In den sechziger Jahren bekam man das gute Schwarzseidene zur Aussteuer fürs Leben, aber doch nicht jetzt? Hildegard machte sich ihre Kleider selbst, Franziska gab Geld für Kleider aus. Sie verdirbt unsere altpreußische Sparsamkeit, dachte Hildegard, sagte: »In unsern Kreisen kleidet man sich schlicht.« Schlicht war der Ausdruck des höchsten Lobes: »Sie hat so schönes schlichtes Haar.« Glattes Haar war lobenswürdig, welliges verdächtig. Neger und Juden hatten welliges Haar. Der kleinen Christine wurden die Locken mit Wasser glatt gebürstet. Zu Franziska kam täglich die Friseurin, legte die Brennschere auf den Spiritusbrenner, probierte die Hitze an ihren Lippen. Sie brennt sich die Haare, dachte Hildegard, und sie haben jeden Tag Gebratenes. Sie kannte nur Schmorbraten, Suppenfleisch, Gehacktes, Schweinebauch mit Dörrpflaumen, Hering mit Specktunke, Gries- und Graupensuppe im Winter, Kaltschale im Sommer, rote Grütze oder Flammerie nach. »Die Gewohnheiten haben sich seit dem alten Kaiser sehr geändert.« Aber nicht für sie. Das alles tat ihrer Intimität mit Franziska keinen Abbruch. Wem sonst hätte sie sagen können: »Ich habe so gehofft, daß meine Schwiegermutter Christl und Friedrich Wilhelm in den Osterferien nimmt, sie haben das schöne Haus in Langfuhr, aber nein. Meine Schwiegermutter spricht von mir als ›die geborene Burrmann‹. Die Rumkes sind Soldatenadel, in der fünften Generation Offiziere seiner Majstät. Meine Schwiegermutter war sehr unglücklich über unsre Heirat. Sie ist eine Gräfin aus Schlesien, es war ein Abstieg, daß sie Herrn von Rumke heiratete, aber ich glaube, sie war schon etwas ältlich. Sie erwartete, daß ihr schöner Sohn – Sie wissen wie vorzüglich mein Mann aussieht – wieder in den Hochadel hinaufheiraten würde. Aber mein Willibald hat mich vorgezogen. Sie sagte zu allen Leuten: ›Willibald hätte eine Gräfin Itzenplitz haben können und heiratet eine Burrmann, die nichts hat. Regierungsrat ist der Papa.‹ Sie beanstandete alles bei uns. Der Tisch war nicht gut gedeckt, das Essen zu einfach. ›Es geht eben nicht, daß Offiziere ohne Geld heiraten. Sie müssen nicht umsonst eine Kaution hinterlegen.‹ Das sagte sie so einfach vor mir und den Kindern, und Friedrich Wilhelm ist so geweckt. Friedrich Wilhelm – der Älteste in unsern Familien wird immer Friedrich Wilhelm genannt – kommt bestimmt in den Großen Generalstab. Wir bringen ihn nach Lichterfelde.«

Die Demütigungen hatten sich ihr nicht in die Kleider gelegt. Sie setzte sich nur auf einen Hocker oder auf die Ecke vom Stuhl. Sie sprach viel von den Kosten, die teure Wohnung, das Reitpferd, die handgemachten Stiefel vom Hofschuhmacher. »Mein Mann hat ein Sektessen im Kasino gegeben, er kann nicht nachstehen, es herrscht heute großer Luxus bei den Regimentern.«

Hildegards Elternhaus, voll von Büchern und Musik, gab Willibald ein Heimatsgefühl. Denn er hatte keine Heimat, so wenig wie alle preußischen Offiziere, in einem oberschlesischen Nest zur Welt gekommen, in einer Wohnung, in der man schon packte, da man nach Holstein versetzt war, mit zehn ins Kadettenkorps, mit siebzehn Fähnrich, herumgeworfen von Bartenstein nach Wesel, von Kosel nach Königsberg, von Posen nach Straßburg, seine Heimat sein Regiment, seine Wurzeln sein Offizierskorps, sein Gesichtskreis sein Kasino. Keine Stadt, die ihm nahestand, keine Wohnung, an der er hing, kein Baum, mit dem er größer geworden war, Janitscharen, Söldlinge, Heimatlose. Immer im Dienst, ein Soldat gehört dem König. Willibald fand seine Hildegard in der Freiheit der bürgerlichen Welt, nicht als Tochter eines Vorgesetzten, der Einsame, dem man die Gefühle abgewöhnt hatte, ein weiches zärtliches Mädchen. Bei Burrmanns konnte er sich den hohen Kragen aufhaken und von ihr begleitet »Das Meer erglänzte weit hinaus« singen, konnte für sie »Die Toteninsel« von Böcklin kopieren, ohne daß er sich lächerlich machte. Als er sich verlobte, sagte seine Mutter: »Nicht schön, kein Geld, keine Familie, und klein ist sie außerdem.« »Aber ein Fels, an den ich mich lehnen kann«, sagte Willibald. »Und das Auftreten!« sagte die Mama, »dreht immer ihre Hände im Schoß aus Verlegenheit. Sie wird dir in deiner Karriere schaden. Das ist keine Frau, die mit dem Gesinde umgehen kann.«

»Hungern ist keine Schande«, erwiderte er seinem Vater, der sagte: »Auf einen Zuschuß von mir kannst du nicht rechnen.«

»Ich habe mich bei trockenem Brot und Käse um keinen Deut schlechter gefühlt als die Windhunde, die tausend Taler verjuxten.«

Aber Berlin und der Große Generalstab stellten viele Forderungen, und Hildegard trank Wasser, während für ihn immer Bier dastand, und fror den ganzen Tag, da erst gegen Abend geheizt wurde. Er merkte es nicht, sonst hätte er sich nicht die

Stiefel beim kaiserlichen Hofschuhmachermeister anmessen lassen.

Ihre Wohnung war mit Möbeln eingerichtet, die leicht verpackt werden konnten. Über dem Sofa hing in Lebensgröße, nachgedunkelt, der Rumke aus dem Siebenjährigen Krieg, Fahnenträger bei Leuthen, der Rumke von Leipzig mit dem hohen Kragen, der eigentlich die Völkerschlacht gewonnen hatte, Onkel Rumke, General bei Düppel, und Rumkes Vater bei Gravelotte. Gegenüber hing ein Stich des Steuereinnehmers Burrmann, 1745 geboren, 1803 gestorben, Verfasser eines Bändchens Gedichte »Poetische Nebenstunden«. Das war aber auch alles, was man von Burrmanns wußte.

Friedrich Wilhelm kam zu Rudi Stern gelaufen, der Tisch wurde umgedreht, eine Decke darüber, so saßen sie im Zelt. Er brachte Heere von Bleisoldaten zu Sterns, Rudolf brachte seinen Ankersteinbaukasten zu Rumkes. Beide kamen in die Vorschule des Gymnasiums, marschierten mit ihren Konfekttüten durch das große Tor, wurden zum Religionsunterricht getrennt. Der Religionslehrer erklärte: »Diese Kinder sind jüdisch.« Wenige Tage später, bei Ankersteinbau und Bemannung der entstandenen Festung mit Soldaten, rief Friedrich Wilhelm: »Dreckiger Judenjunge!« »Dreckiger Christenjunge«, rief Rudolf. »Das sagt man nicht«, sagte Friedrich Wilhelm, »nimm doch den Bogen runter, da fällt uns ja der Turm ein.«

Ein halbes Jahr später kam Rudolf zu Hildegard gelaufen: »Er sagt, ich habe Christus ermordet. Das ist aber nicht wahr.«

Hildegard sagte in das schöne Kindergesicht: »Friedrich Wilhelm meint es auch nicht so.«

Hildegard dachte nach, Friedrich Wilhelm hatte die Wahrheit gesagt. Die Schuld der Juden an der Kreuzigung des Erlösers. Es durfte nicht vergessen werden, bis sie den Gottessohn anerkannten, es war ihr nicht wohl bei diesem Kinderverkehr. Aber es erfuhr ja niemand, hoffentlich erfuhr es niemand.

Auf einer Gesellschaft im Kasino hatte eine bezaubernde blutjunge Frau in den ersten Minuten ihre Tanzkarte voll.

»Wer ist denn das? Kennen Sie sie?« fragte Frau von Gubenow.

»Nein«, sagte Hildegard.

»Eine Italienerin von altem Adel«, sagte eine Dritte.

»So etwas Schwarzes? Der europäische Adel ist blond«, sagte eine Vierte.

»Na, ist das nicht eine Jüdin«, sagte Frau von Gubenow.

»Wo denken Sie hin? Eine Gräfin Retzow«, sagte die Dritte.

»Etwas vergoldetes semitisches Blut wird da wohl drin sein. Empörend solch zweideutige Erscheinung hier im Kasino«, sagte die Vierte.

»In mein Haus käme sie jedenfalls nicht«, sagte Frau von Gubenow.

»Warum denn nicht?« fragte die kecke Dritte.

»Sie hat so was Brünettes!« sagte Frau von Gubenow und raffte ihre Schleppe.

Die kecke Dritte sah Hildegard kalkweiß werden. Das ist 'ne Jüdin, dachte sie, warum wäre sie sonst so erschrocken?

Hildegard dachte, untergrub sie nicht die Karriere ihres Mannes? So mißtrauisch war man gegen eine italienische Adlige, und sie ließ ihre Kinder mit wirklichen Juden namens Stern verkehren?

6. Kapitel

Eine Bewegung beginnt

Major von Rumke kam in Zivil ins Wohnzimmer: »Du weißt, wir haben Zansibar gegen Helgoland eingetauscht, hat uns der Brite endgültig aus Afrika verdrängt. Der Prinz und Burlepsch holen mich zur Protestversammlung ab, zur Beobachtung natürlich nur.«

Hildegard sah den Dreien nach, imponierende Erscheinungen auch ohne Königs Rock. Dann ging sie in die Küche: »Der Schmorbraten kann für morgen bleiben. Mir bringen Sie bitte eine Leberwurststulle.«

In dicken Rauchschwaden, an langen ungedeckten Tischen, saßen die Männer, drängten sich die Kellner durch, in jeder Hand ein halbes Dutzend Bierseidel. Auf dem Podium saßen Zwanzigjährige. Einer rührte die Glocke:

»Meine Herren, in dieser ernsten Stunde, da wir um unser Recht am Erdball betrogen werden, da man uns für Zansibar Helgoland anzubieten gewagt hat, wollen wir es aussprechen: Kein Staat wird in Kürze mehr etwas gelten, der keine Kolonien hat. Nach Leistungskraft, Zahl und Zuwachs ist die Erde zu verteilen. Vier echt deutsche Männer drücken alles aus, was wir bei diesem gemeinen Vertrag fühlen. Männer aller Parteien, die bei dieser Gelegenheit sich lediglich als Deutsche fühlen, mögen der Regierung sagen: ›Der Vertrag mit England schädigt unsre Interessen und verwundet unser Ehrgefühl, er darf niemals Wirklichkeit werden.‹«

»Niemals, niemals, niemals«, riefen die Anwesenden und trampelten.

»Wer kann ein Volk von fünfzig Millionen, das jährlich über eine halbe Milliarde für Kriegswesen ausgibt, hindern, einen

Vertrag zu zerreißen, der die kommenden Geschlechter um ihr Erbteil am Planeten betrügt? Zu groß wären unsre Opfer an Blut und Geld, wenn unsre militärische Macht uns nicht einmal die Möglichkeit verschaffte, unser gutes Recht auch da geltend zu machen, wo es die hohe Genehmigung der Engländer nicht findet.«

Einer rief: »Nieder mit den Engländern!«

»Nieder, nieder, nieder«, riefen die Versammelten.

»Wir sind bereit, auf den Ruf des Kaisers uns stumm den feindlichen Geschossen entgegenfahren zu lassen, aber wir können dafür auch verlangen, daß uns der Preis zufalle, einem Herrenvolk anzugehören, das seinen Anteil an der Welt sich selber nimmt und nicht von der Gnade und dem Wohlwollen eines andern Volks zu empfangen sucht. Deutschland, wach auf!«

Der Redner schob sein Pincenez zurecht und verlas das Programm einer zu gründenden patriotischen Gesellschaft:

1. Ersatz des allgemeinen Wahlrechts durch ein Klassen- oder Mehrstimmenwahlrecht.
2. Annahme des Sozialistengesetzes von 1878 ohne die nachträglichen Verwässerungen.
3. Ausweisung aller sozialistischen Abgeordneten, Herausgeber, Verleger, Redakteure und Gewerkschaftsführer.
4. Verbot von Streiks. Wer gegen die Bestimmungen verstößt kann in Sicherungshaft genommen werden. Das Verfahren ist summarisch.
5. Kampf um die Seele des Volkes durch Versorgung mit unvergiftetem Lesestoff, Vorträge vor Soldaten aus der deutschen Geschichte, vaterländische Festfeiern für das Volk usw.
6. Ausweisung aller fremden Juden rücksichtslos bis auf den letzten Mann. Fremdenrecht für landansässige Juden, d. h. für alle, die am 18. Januar 1871 der jüdischen Religionsgemeinschaft angehört haben und für ihre Nachkommen, auch wenn nur ein Elternteil jüdisch war oder ist. Ihnen bleiben alle öffentlichen Ämter verschlossen, der Dienst in Heer und Flotte, das aktive und passive Wahlrecht, Banken,

Theater, Presse und die Berufe des Lehrers und Rechtsanwalts. Sie dürfen ländlichen Boden weder besitzen noch beleihen. Für den Schutz, den sie als Volksfremde genießen, entrichten sie die doppelten Steuern.

7. Entschlossene Kampfpolitik gegen die Polen, eventuell unter Entziehung des aktiven und passiven Wahlrechts.
8. Enteignung dänischen Grundbesitzes. Bei den Maßregeln wird man unterscheiden müssen nach der Rassenverwandtschaft sowie dem Werte oder Unwerte der Fremden. Die dänische Sprache muß verschwinden.
9. Elsaß-Lothringen wird diktatorisch regiert. Wer sich nicht verpflichtet, die französische Sprache weder im Hause noch außerhalb zu gebrauchen, oder diese Verpflichtung bricht, muß das Land verlassen.
10. Eine Reichszentralbehörde zur Heimholung der deutschen Kolonisten aus Südrußland, Russisch-Polen, Galizien und Nordamerika
11. Reform der Freizügigkeit.
12. Eine aggressive äußere Politik.

Der Redner nahm sein Pincenez ab: »Schließlich dürfte es nicht unzweckmäßig sein, schon jetzt gelegentlich öffentlich von Evakuierung durch siegreiche Kriege neu erworbener Gebiete zu reden, damit die Gegner erkennen lernen, daß solche Maßnahmen in Deutschland schon ihre Vertreter finden, und damit wir uns daran gewöhnen, sie für zulässig zu halten.« Er erhob die Stimme: »Das Bedürfnis lebt heute in den Besten unseres Volkes, einem starken, tüchtigen Führer zu folgen. Ein Glück, wenn in dem Träger der Krone dieser Führer ihm erstünde. Wir legen Listen aus und bitten jeden, der mit unserm Programm einverstanden ist, sich einzutragen und zugleich die Summe anzugeben, die er zu unserm alldeutschen Verband beisteuern kann.«

»Wir gehen unauffällig«, sagte der Prinz Siegen-Siegen. Als sie aufstanden, sagte ein Mann in grünem Loden: »Wollen Sie sich denn nicht einzeichnen, etwas für das geliebte Vaterland in seiner entsetzlichen Lage tun?«

»Nein«, sagte der Prinz.

Der Mann schrie: »Da kommen Leute als Spitzel, gehören gar nicht zu uns, schleichen sich hier ein, Vaterlandsfeinde! Spitzel!« Einer, der nur das Letzte gehört hatte, sagte: »Lassen Sie doch die Leute festnehmen, wenn das Spitzel sind.«

»Möchte um die Begleichung der Rechnung bitten«, unterbrach der Kellner.

Die drei Herren zahlten und gingen.

»Na«, sagte der Prinz, als sie in der schneidenden Kälte waren, ›des deutschen Knaben Wunderhorn‹. Ist ganz richtig, wir heben die Verfassung auf und regieren von unsern Schlössern, ist immer noch besser als der permanente Belagerungszustand, den *die* verlangen. Kriegserklärung an Juden, Dänen, Polen und Elsaß-Lothringer. Rechtlosigkeit für Sozialdemokraten, Beendigung der Freizügigkeit. Kriegen wir wieder Hintersassen. Na, vorzüglich!«

»Man kann nicht die Mehrheit des Volks zu Bürgern zweiter Klasse machen. Ein gefährliches Programm!« sagte Rumke.

»Kann nicht?« lachte der Prinz. »Wie lange ist es her, daß wir der erste Stand waren, und dann kam lange gar nichts, und dann die Plebs?«

»Selbst diese Herren wollen doch nicht hinter die französische Revolution zurückgehen.«

»Doch gerade, aber dann ist mein Herr Papa als unumschränkter Fürst besser als diese Oberlehrer, die sich als Herrenvolk fühlen. Hat man so was schon gehört ›Herrenvolk‹? ›Moralische Eroberungen‹ wollte der alte Kaiser, diese Lodenjoppler und Gamsbarthütler wollen Eroberungen ohne Moral. Keiner von diesen Leuten hat den Krieg noch mitgemacht. Da lernte man Demut.«

»Demut verlangst du von dieser Parvenu-Gesellschaft, diese Ladenbesitzer, die wir zu Leutnants der Reserve haben aufsteigen lassen«, sagte Burlepsch, »kommt in den Kaiserhof!«

Rumke konnte sich nicht ausschließen, hatte Angst, unter einem Taler konnte man den Mantel nicht in der Garderobe lassen. Der Baron Burlepsch, hieß es, hatte hundertausend Mark Rente im Jahr. Siegen-Siegen hatte, obwohl er Witwer war,

Kammerdiener, Lakai, zwei Hausdiener, Koch, Küchenfrau, Aufwartefrauen, Kutscher, Reitknecht, Wagenhalter, dabei wohnte er nur einen Teil des Jahres in Berlin, von Reisen abgesehen, stand Schloß und Gut zur Verfügung.

»Bin froh, daß ich nichts mit Politik zu tun habe«, sagte Burlepsch, »dieser kleine Rechtsverdreher, ›helle Verzweiflung‹, weil eine Insel vor Hamburg nicht englisch bleibt? Na, mir ist die Taube in der Hand ...«

»Mir auch«, lachte Rumke.

»Also Sperling in der Hand lieber ...«

»Volk ist immer radikal«, sagte der Prinz, »als ich im Winter siebzig vor Paris lag, bekam Moltke mehrfach die Aufforderung, Paris in Klump zu schießen: ›Guter Moltke gehst so stumm immer um das Ding herum, bester Moltke sei nicht dumm, mach doch endlich bumm, bumm, bumm!‹«

»Moltke glaubte immer, daß der Entschluß zu einem Kriege viel leichter von einer Versammlung gefaßt wird, in der niemand die volle Verantwortung trägt.«

Plötzlich schlug ein junger Mann vor ihnen die Hacken zusammen.

»Bitte?« sagte der Prinz erstaunt.

»Zu Befehl, Leutnant von Blankenburg, sah Herrn Major soeben in der Versammlung, wollte nur Bewunderung aussprechen vor so viel vaterländischer Begeisterung, kein fauler Friede mehr, kein fauler Kompromiß, den Engländern wird es gezeigt. Schluß mit der jüdischen Asphaltpresse und den verhetzten Arbeitern, ein Hochgefühl unter nationalen Männern zu sein, die wissen, daß wir im Kriege sind gegen den äußeren und den inneren Feind.«

»Rühren, abtreten!« sagte der Prinz zu dem Aufgeregten.

Im Kaiserhof, es wurde doch teuer soupiert, sagte der Prinz: »Das war das Neue Preußen. Na Prost! Was wir heute gehört haben, wird nicht als Politik angesehen, sondern als Patriotismus. Sie sind so schweigsam, Rumke?«

»Ich muß das verarbeiten, wird mir nicht leicht. Der Reichstag ist eine Schwatzbude, und bei der Gefahr der roten und der schwarzen Internationale kann uns eine patriotisch-nationale Gesellschaft nur recht sein.«

»Patriotischer Pöbel«, sagte der Prinz.

»So ganz unrecht«, sagte Burlepsch, »hatte der junge Mann nicht. Jüdische Asphaltpresse, verhetzte Arbeiter, stimmt doch? Und den Engländern muß man es zeigen.«

Der Prinz schwieg. Mit wem konnte er reden?

Zu Rumkes Entsetzen waren ein paar Goldstücke weg, als noch Droschken für die Heimfahrt genommen wurden.

7. Kapitel

Reisen

Alle, die es sich leisten konnten, reisten, die russischen Großfürsten nach Paris, der Kaiser mit der Yacht Hohenzollern an die norwegische Küste, ganz ohne Damen, Eduard von England mit vielen Damen nach Homburg oder Marienbad, Fürst Bülow nach Norderney, Kaiser Franz Joseph von Juni bis September nach Ischl, die Berliner auf die Inseln Usedom und Wollin und die Münchener ›ins Gebirg‹.

Adelina sagte zu Jacobys: »Wie könnt ihr in diese Protzen- und Parvenuhotels gehen? Kinder gehören nicht in Hotels. Wir gehen in ein Bauernhaus ins Gebirg, wirtschaften selbst mit Theres und Luis. Kommt mit.«

»Eine herrliche Idee«, sagte Siegmund.

Adelina in dem, was sie ›ein echtes Dirndl‹ nannte, dunkelbraun mit gefälteter hellblauer Seidenschürze, Manfred in blauer Steirerjacke, erwarteten sie in Mittelau mit einem Bauernfuhrwerk. Alberne Maskerade, dachte Frieda. Albern fanden die Markus den städtischen Aufzug der Jacobys. Adelina mit ihrem Wiener Komtesserlaussehen genoss die Tracht. Sie zeigte die Zimmer: »Schaut die herrlichen Bauernmöbel. Der Schrank innen ist doch eine Pracht.« Leinen mit bunten Bändern gebunden, Fächer voll Flachs, die Schranktüren mit Heiligenbildern beklebt. Der volle Schrank hieß aus dem Koffer leben. Wozu, dachte Frieda. Die Toilette war im Kuhstall. Eine Kuh berührte Frieda. Die Magd tröstete: »Derschreckens Eahna net. Das Schnauzerl ist ganz weich.«

Adelina sagte im Herrgottswinkel: »No, was sagt ihr zu unserm feinen Kuh-w. c.?«

Wenn Adelina sagte: »Habt ihr das zwidre Gfries von der

Theres gsehen?«, so hätte Frieda gern gesagt, sie möchte eben auch Ferien haben. Und Waschen? Frieda fand im Dorf, wo sie die Leute nicht verstand, schließlich eine alte Wäscherin für Siegmunds täglich gewechseltes Hemd, für Ottchens Waschanzüge, für die riesigen weißen Leinenhemden und Nachthemden und Unterröcke mit Stickereieinsätzen, durch die Bändchen gezogen werden mußten.

Jacoby und Markus halfen bei der Heuernte, die Kinder durften oben auf dem Heuwagen in den Heuboden fahren. Abends standen sie an der Landstraße und sahen die Herden glockenläutend in die Ställe ziehen. Otto würde nicht noch einmal zum Entsetzen der Markus sagen: »Ich weiß, die braunen Kühe geben Milch und die schwarzen Kaffee.« Er sah Mähen, Trocknen, Einfahren, Melken, Alpenwiesen voll Blumen.

Der sechsundfünfzigjährige Bauer hatte vierundachtzig Stück Vieh, Wiesen, so weit das Auge reichte, samt der jetzt sechsundsiebzigjährigen Tochter erheiratet, die jeden Mittag für Familie, Knechte und Mägde ausgezogene Kücheln buk. Der Bauer schrie dreimal am Tag: »Machst, daß stirbst, damit ich a Junge krieg.« Keine Atmosphäre für Frieda Jacoby, die sich nach dem Hotel du Lac in Luzern sehnte, nach Dampferfahrten auf dem Vierwaldstätter See.

Otto radelte mit Walter, der Steigungen liebte. »Du kannst nicht den ganzen Tag radeln«, sagte Frieda.

»Weiter verpimpeln?« sagte Markus.

»Er überanstrengt sich«, sagte Frieda.

»Unsinn, ein Kind.«

Frieda rief den Dorfdoktor, der sagte: »Der Bub ist ja viel zu groß für elf Jahr und ein schlechter Esser noch dazu. Du darfst nicht mehr als eine halbe Stunde auf der flachen Landstraße radeln.«

»Ach bitte, sagen Sie das unsern Freunden. Sie denken, ich verzärtle den Jungen.«

Otto weinte. Der fünfzehnjährige Walter hatte sich mit ihm befreundet. Sie sprachen über die Dschungelbücher, über Felix Dahn: »Gebt Platz, ihr Völker, unserm Schritt, wir sind die letzten Goten …« Sie waren beide gleich begeistert. Und das sollte aufhören?

Markus glaubte, genau wie der Oberst von Rumke, nicht an Krankheit, sondern an Sichzusammenreißen.

Frieda sagte beim Zubettgehen zu ihrem Mann:

»Ich mache nie mehr Adelinas aristokratische Imitation mit. Diese ganze Münchener Albernheit. Von Berlin sagt sie, ›es ist halt gar nicht künstlerisch‹, von dem Rudi Stern, diesem Bild von einem Jungen, ›halt gar so schwarzhaarig‹, blond ist ihr Ideal.«

»Aber Frieda! Ich erkenne dich ja nicht wieder«, sagte Siegmund.

»Ich möchte deine Freundschaft mit Fred nicht zerstören, aber verreisen werde ich nie mehr mit ihnen.«

Amtsrichter Mayers reisten in den großen Ferien nach Kragsheim, immer am Sonntag, damit Max und Sabine sie abholen konnten. »Also da sinds ja«, riefen sie und küßten sich, was nur auf dem Bahnhof geschah.

Der Amtsrichter, Max Gutmann und sein Bruder David wuschen sich die Hände am kupfernen Gießfaß, trockneten sie am gestickten Handtuch. Das Brot lag unter einem Tuch auf Maxens Platz. Max dankte Gott für Brot und Wein. Sabine brachte Suppe mit Klößchen, Braten mit grünem Salat und Obstkuchen. Sabine sprach von den Zeitereignissen! Grete war nicht ins Bett zu bekommen. »Was sagt ihr, daß der Kaiser das Heinedenkmal im Achilleion abgerissen hat? Ist doch gemein?«

»Diese elenden Anarchisten, eine so schöne und unglückliche Frau wie die Kaiserin Elisabeth einfach zu erstechen«, sagte Roserl, »sie war eine große Verehrerin von Heine, darum hat sie das Denkmal errichtet. Man hat doch eigentlich nie erfahren, was damals in Mayerling geschehen ist? Sie sollen alle betrunken gewesen sein, und ein Offizier hat den Kronprinzen mit einem Leuchter derschlagen.«

»Der Kaiser wird immer unbeliebter«, sagte der Amtsrichter, »das Dreiklassenwahlrecht ist zu ungerecht.«

»Ich kann ihn nimmer schmecken mit seiner Herumreiserei und seinem ewigen Gered'«, sagte Roserl.

Das ging Sabine zu weit: »Er ist halt zu jung zur Verantwortung gekommen. Ich weiß nicht, ob so alles seine Schuld ist. Und was für ein vorbildliches Familienleben, sechs Söhne und unser Prinzeßchen, und der Eduard von England soll sich schon wieder mit der Otéro rumtreiben.«

»Weißt, der Sebald Ungeheuer und der Schneckenspeiser sind beide so jung gestorben.«

»Zurückgekehrt ist der Staub zur Erde und der Geist zu Gott«, sagte Max.

»Die Unsterblichkeit der Seele also«, sagte Julius zweifelnd.

»Was wäre der Mensch ohne die Fortdauer seines Geistes?« sagte Max. »Etwas Unfertiges ...«

»Der Tod ist endgültig«, sagte Julius.

»Ich weiß, sie glauben jetzt an das Aufgehen der Menschenseele in der Weltseele, also an die Vernichtung«, sagte Max aufgeregt.

»Ich kann mich den modernen Naturwissenschaften nicht verschließen«, sagte Julius.

»Unsre Weisen sagen: ›Das diesseitige Leben ist eine Vorhalle, betrage dich darin so, daß du in den Palast aufgenommen wirst‹.«

»Es ist ein Problem, wenn man nicht mehr an den Palast glaubt. Warum anständig sein, da klar ist, daß Laster und Bosheit oft Erfolg haben?«

»Alle Völker glauben an die Unsterblichkeit der Seele«, sagte Max.

»Wollen wir einen größeren Waldspaziergang machen?« fragte Julius.

Roserl war Feuer und Flamme. Sie gingen durch Weiherstein, das nur aus einer langen Straße bestand – »das germanische Straßendorf im Gegensatz zum slavischen Runddorf«, belehrte Julius –, zur uralten Aumühle im Wald. Das Gras stand hoch, voll mit Blumen. Sie setzten sich auf eine eingestürzte Mauer, die sich über die Höhe hinzog, hörten Sägemühle und Plätschern des Bachs, als ein Mann aus der Mühle kam und sagte: »Setzens sich nicht auf die Teufelsmauer.«

»Teufelsmauer?« fragte Julius.

»Ja, ja, der Herrgott hat doch dem Teufel das Stück Erd versprochen, um das er eine Mauer bauen kann, eh die Hähne krähen, aber die Hähne haben gekräht, bevor er fertig war, da hat der Teufel in seiner Wut die Mauer übern Haufen geworfen.«

Julius lächelte.

»Ja, wenn die Staderer herkommen und alles besser wissen, da kann ja kein Recht gedeihen. Es hat eine geheimnisvolle Bewandtnis mit der Teufelsmauer. Ich will kein Verdruß haben, stehens auf und gehens!«

Julius war verstimmt. Er setzte sich auf einen Baumstumpf. Vom nahen Beckenweiher zirpten die Grillen, und kleine Kröten sprangen herum. Grete pflückte Blaubeeren und Roserl Steinpilze und Rehpilze. »Wir könnten nach Heidenfeld,« sagte Julius, »und über die Schwedenschanze und Tillys Lager zurück. Da habe ich mal eine Kuh führen müssen, ich war nicht älter als du und habe mich schrecklich gefürchtet. Um halb vier kommt, glaub ich, immer noch der Münchener Schnellzug, wollen wir warten, wir können ihn vom Wald gut sehen.«

Heidenfeld lag mit Mauern und Türmen grau und abweisend zwischen Feldern, überragt von einem Felsen mit einer Ruine.

»Wunderbar!« jubelte Roserl.

»Hier gehen wir ins Wirtshäusl, trinken Kaffee.«

Das Wirtshaus mit seiner Einfahrt für hochbeladene Lastwagen lag verödet. Sie gingen durch den leeren Gang zwischen Herrenstübl und Gaststube. Die Schwanenwirtin erschien: »Tja, der Herr Mayer, das ist aber nett, daß Sie sich einmal bei uns sehen lassen. Sie sind schon lang droben in Berlin? Was kann ich Ihnen geben?«

»Wir möchten gern hinten im Grasgarten Kaffee trinken.«

Im Obstgarten waren lange Tische und lehnenlose Bänke. »Still bei Ihnen«, sagte Julius, als die Wirtin mit dem Kaffee kam.

»Seit das Eisenbahnnetz so ausgebaut ist, können wir uns an

den Landstraßen nicht mehr halten. Heidenfeld ist keine Eisenbahnstation. Wer soll denn hierherkommen? Ein paar Wanderer sind alles.«

»Und was das für ein herrliches Haus ist«, sagte Roserl.

»Hundert Jahr ists in der Familie. Meine Kinder möchtens verkaufen. Aber es ist auch nicht zu verkaufen. Es ist nichts wie eine schwere Sorge.«

»Die Landstraßen sind nur noch für strategische Zwecke da. Es fängt ja an mit den Autos.«

»In den Autos sind reiche Leut', die wollen elegante Hotels mit fließendem Wasser. Das einzubauen, gäb ich ja mein letztes Geld aus.«

Sie gingen noch durch den Ort. Am Brunnen im mittelalterlichen Spitalhof stand ein Alter im zerfetzten Anzug mit einem altertümlichen spitzen Hut, trank aus der gekrümmten Hand und ließ sich Wasser über den Schädel laufen. »Die Kirche«, erzählte Julius, »hat Wunibald aus England, ein Bruder des eichstättischen Bischofs Willibald um 750 gestiftet. Darüber wurde 700 Jahre später diese gotische Kirche gebaut, und vor zwanzig Jahren haben sie den Türmen die häßliche Bekrönung aufgesetzt. Wir müssen heim. Onkel Max will in die Synagoge.«

Julius besuchte mit Grete seinen Schulrektor Seufergeld, dem er sein Studium verdankte. Er saß im geblümten Schlafrock in einem birkenen Lehnstuhl, rauchte eine Pfeife mit einem porzellanen Kopf. Auf dem Tisch stand ein stark riechendes Heliotrop. Ein Papagei rief, als sie eintraten: »Sei nicht frech!«

Der Rektor zeigte ihnen seine Kartothek, in die er das Leben seiner Schüler eintrug. Er sagte: »Ja, meine jüdischen Schüler, ich war immer wieder erstaunt, wie viele kluge Köpfe ich unter ihnen hatte, und wie selten habe ich die Eltern überreden können, sie studieren zu lassen. Schade, wenn solche Köpfe feiern, nur auf Erwerb ausgerichtet.«

»Wenn Sie mir das zu sagen gestatten, auch die Reisenden, die Waren in alle Erdteile bringen, haben eine wichtige Aufgabe. Was die Begabung Ihrer jüdischen Schüler betrifft, so vergißt man, daß sie alle Kinder von Gelehrten sind, die sich tausend Jahre mit der Erörterung ethischer Probleme beschäftigt haben. Von der Auslegung der Bibel ist nur ein Schritt zur Auslegung Goethes.«

»Es gibt keine Vererbung erworbener Eigenschaften«, sagte der Rektor.

»In England spielen die Schotten in den höheren Berufen eine Rolle, die weit über ihre Zahl hinausgeht, weil es in Schottland 400 Jahre länger Schulpflicht gibt als in England. Ich möchte Ihnen was erzählen. Ein Müllerbursche hat uns neulich gewarnt, daß die Steine bei der Aumühle vom Teufel hingeworfen seien. Ist das nicht entsetzlich?«

»Ja, es bedeutet ein Versagen der Kirche und der oberen Klassen. Aber deren Vergnügen hat bis vor hundert Jahren aus ganz rohen Dingen bestanden, Lanzenbrechen, abscheuliche Tierhatzen, und im niederen Volk aus Branntwein und unflätigen Zoten. Die Erziehung ist jahrhundertelang vernachlässigt worden. Das läßt sich nicht in ein paar Jahrzehnten nachholen.«

»In der Großstadt«, sagte Julius, »ist es noch schlimmer. Die Arbeiter verdienen absolut nicht genug, um ein menschenwürdiges Dasein zu führen. Dort kommt die Verrohung von der Überfüllung und auch vom Branntwein. Man wundert sich, daß es überhaupt so viele anständige Menschen im Volk gibt.«

»Die menschliche Natur ist von Hause aus gut. Ich glaube an keine Erbsünde, sonst hätte ich ja kein Pädagoge sein können.«

»Ein Pädagoge, der von seinen Schülern so verehrt wurde.«

»Aber geben Sie sich keiner Illusion hin, die allerböseste Quacksalberei, ja Hexenglaube ist noch weit verbreitet.«

Julius erschrak: »Wirklich?« »Wirklich«, sagte der Rektor.

Es waren herrliche Ferien. Roserl konnte mehr mit Sabine sprechen als in einem ganzen Jahr in Berlin. Sabine gab Grete „Robinson“ und „Gulliver“ und erzählte ihr von ihrer Schulfreundin Ortrud von Richter: »Ihr Vater war grade geadelt worden und wollte, wie er sagte ›eine Burg sein eigen nennen‹, Erinnerung an jene Zeit, die so reich an Kraft, Phantasie und Gemüt war. Er suchte vergeblich nach einer Ruine, die er ausbauen konnte, und baute dann eine nach eigenem Entwurf. Sie luden mich ein, die Eltern waren erst dagegen, daß ich zu so reichen Leuten geh, und auch wegen des Essens, aber dann bin ich sechs Wochen dort gewesen, ich hab mich halt an das Gemüs und Brot gehalten. Im Speiszimmer hatten sie ein Lüsterweiberl, aus dem ein Geweih mit Kerzen herauswuchs. Der ganze Raum war voll mit Geweihen und Eberköpfen, und Ortrud und ich hatten unsre Zimmer in den Wachtürmen auf dem Wehrgang. Man mußte eine Treppe hinunter und über den großen Hof und den Hauptturm hinauf, um zum Frühstück zu kommen. Weißt, nicht sehr bequem. Aber wir waren sechzehn, und Ortrud durfte ein Gewand mit Schneppentaille tragen, sie sah wie ein Bild aus, wenn sie auf den Söller hinaustrat und ins Land lugte.«

Grete sah Söller und Wehrgang vor sich und die schöne Ortrud, die einem einziehenden Ritter eine Rose hinabwarf! Was diese Ferien alles gebracht hatten, das germanische Straßendorf und das slavische Runddorf, die ersten Christen aus England bauten 750 ein Kirchlein, und die Schweden kamen, Schwedenschanze, Tillys Lager, und die Juden waren alle Kinder von Gelehrten, die sich mit moralischen Problemen beschäftigt hatten. »Verhalte dich so, daß du in den Palast aufgenommen wirst«, hatte Onkel Max gesagt, aber der Papa glaubte nicht an die Unsterblichkeit der Seele. Der Papa sagte, die Steine wären römisch und nicht Steine des Teufels, wie der dumme Müller glaubte.

8. Kapitel

Kleine Leute

Eines Abends, ein halbes Jahr später, kam der Amtsrichter früh nach Haus. Er fühlte sich schlecht. Als man den Arzt rief, war es zu spät, Blinddarmentzündung, die zwischen 1900 und 1914 unzählige Opfer forderte. Der Amtsrichter Julius Mayer starb, keine 40 Jahre alt. Der Mittelpunkt, um den sich alles gedreht hatte, war nicht mehr da.

Roserl richtete sich ein. Sie vermietete das größere Zimmer an einen Herrn Freimark. Sie stand auf, zog sich an, weckte das Kind, weckte den Herrn, machte für sich und den Herrn Frühstück, das aber nicht zu viel kosten durfte, denn dreißig Mark im Monat mit Gasbeleuchtung und Kohlen im Winter, da mußte sie vorsichtig sein. Sie machte sauber, holte ein, kochte, spülte, schneiderte. Das Futter vom Mantel des Amtsrichters gab eine Bluse für sie, die Talare gaben Schulschürzen für Grete, die Roserl mit Kreuzstich zierte. Sie färbte, sie strickte Strümpfe und schrieb lange Briefe an Sabine über Gretes Schulereignisse, über Veränderungen in der Stadt, über den Kaiser, über ein mißglücktes Rot bei der Färberei.

Mitten in so einem Brief klopfte Herr Freimark: »Gott, Frau Amtsrichter, ich will Sie gar nicht behelligen, aber in der Dunkelheit fallen mir die Treppen so schwer. Herr Mehlhose zündet die Lämpchen nicht mehr an.«

»Schrecklich, das Haus verkommt immer mehr. Ich werd mit Herrn Mehlhose sprechen. Sie machen jetzt so spät Schluß bei Blaus?«

»Es ist, als ob man ständig Inventur zu machen hätte, so neue Rechenmaschinen. Ich kann mich damit nicht mehr befreunden. Ich bin seit der Gründung bei Blau.«

»So nett haben wir noch nie beisammen gesessen. Darf ich Ihnen eine Tasse Kaffee machen?«

»Gern, Frau Amtsrichter, wenn ich sie bezahlen darf.«

»Ach Unsinn.« Roserl brachte Kaffee: »Nun erzählen Sie bitte von Blaus.«

»Seit wir damals anfingen, stand Herr Blau in der Ladentür und sagte zu jeder Kundin: ›Sind Sie gut bedient worden? Haben Sie gefunden, was Sie gesucht haben?‹ Und vor einem Jahr ist ein Herr von einem Verband gekommen und hat gesagt, er möchte das lassen, das schicke sich vielleicht für Schrimm in der Provinz Posen, aber nicht für Berlin. Dabei hat es Herr Blau nur gut gemeint, wollte jedem Kunden zu Diensten sein. Alles wird immer unpersönlicher …«

Nachdem sich Herr Freimark verabschiedet hatte, fügte Roserl ihrem Brief an Sabine noch die interessante Unterhaltung mit Herrn Freimark an.

Der Portier Mehlhose hatte seinen Bedarf für die Treppenlämpchen jahrelang von einem weißen Wagen mit braunen Pferden gedeckt, auf dem in blauen Buchstaben stand: »Hier das echte, nicht explodierende, nicht riechende, wasserhelle amerikanische Petroleum.«

Herr Mehlhose, im schwarzen Anzug, weißen Hemd, steifen Kragen und kleiner schwarzer Krawatte, stellte sich an schönen Sommerabenden einen Stuhl auf die Straße und genoss. Seine dünne, lange Frau gönnte sich nur, draußen zu *stehen*. Die Fensterbretter ihrer Kellerwohnung waren voll Blumentöpfe, und um die Fenster war Efeu gezogen, was das Zimmer noch dunkler machte, in dem auf Betten und Stühlen wollene Tücher lagen, in die sie Chenillefransen knüpfte.

Ihr fünfzehnjähriger Junge lag im Bett in der Stube, in der sie schliefen, aßen und arbeiteten. »Er hats auf der Brust«, sagte Mehlhose.

Roserl sagte etwas wegen der Lampen: »Vielleicht, Herr Mehlhose.« Da hatte es der Junge auf der Brust. Es war wirklich nicht wichtig, ob die Lämpchen brannten.

»Herr Rosenbaum ist gestorben, ein feiner Herr, jetzt haben wir eine Baugesellschaft, die wollen mich drücken.«

»Schrecklich«, sagte Roserl, »es ist nur, Herr Freimark möcht' nicht im Dunkeln nach Haus kommen. Aber wenn es Ihnen schwer fällt ... Lass dirs gut gehen«, sagte sie zu dem Jungen, »ich wünsche Ihnen, Frau Mehlhose, daß es ihm bald wieder besser geht.« Eine glückliche Familie, nicht so eine halbe wie wir, der Bub müßt halt raus aus dem Zimmer mit den Tüchern, aufs Land, sofort. So feine Leute, die Mehlhoses.

Und da war der kleine Fritz Schulz von der Person im Boden, die, wie Roserl sagte, ›Mannsbilder‹ bei sich sah. Er saß weinend vor Hunger auf der Bordschwelle, traute sich nicht hinauf, denn da wurde er doch nur geprügelt, man hörte das Schreien durch das ganze Haus. Sie ließen ihn stundenlang, manchmal im schweren Frost, in der Dunkelheit nicht in die Wohnung, wenn man den Boden Wohnung nennen konnte.

Einmal sah ihn Roserl auf der Bordschwelle sich dauernd kratzen und nahm ihn nach oben. Er war mißtrauisch, ließ sich aber dann ausziehen. Roserl ließ ihn im warmen Wasser planschen, während sie die Sachen ausbürstete. Es hätte alles gewaschen gehört. Sie nahm eins von Gretes Hemden und zog es ihm unter den schmutzigen Sachen an. Der Fünfjährige suchte in seinen Taschen, bis er ein Fünfpfennigstück fand und es strahlend Roserl gab, die sofort begriff, daß dies Kind gelernt hatte, daß man nichts umsonst bekommt, ein warmes Bad mußte bezahlt werden. Roserl bedankte sich sehr bei ihm.

Die Schule empfand er als Freiheitsberaubung. Der Lehrer schickte ihn in einen Hort. Die Hortleiterin versuchte es mit Freundlichkeit. »Was will die dumme Zicke von mir?« Als er merkte, daß sie mit »liebes Fritzchen« ihn meinte, verzichtete er auf warme Bleibe und Tasse Kakao und blieb dem Hort fern. Im Sommer hatte er einen Sandberg im Park, von dem sich einige hundertmal herunterzukugeln das Glück seiner Jugend war. Zwei Tage nach der Schule, von Einsegnung war keine Rede, begann er bei Osram. Er war vierzehn, sah aus wie zwölf.

»Was machst denn?« fragte ihn Roserl, als sie ihn einmal traf.

»Ich arbeite in de Fabrik.«

»Fällts dir schwer?« fragte Roserl die falsche Frage an einen angehenden Mann.

»Nee, nee«, sagte der Fünfzehnjährige, »se haben mir sojar in die sozialdemokratische Klippschule aufjenommen. Um sechse fang ick an, um viere hö'ck auf. Wenn der Kerl von meine Mutter mir nich immer det Jeld wegnehmen würde. Mutter jibt mir paar Stullen mit und ne Kanne Kaffee, det is allet, und dafer nehmen se mir den Lohn wech. Nächstes Jahr geh ick bis sechse, dann vadien ick mehr und nehme mir ne Schlafstelle. Könnense mir nich mehr.«

»Komm rein«, sagte Roserl und gab ihm Kaffee und Kuchen. Aber weder er noch sie fühlten sich wohl dabei.

Stern hatte sein Vermögen in einem exotischen Land verloren, von Frau, Werner, Rudolf und Edith Abschied genommen: »Ich komme als reicher Mann zurück oder gar nicht.« Im ersten Jahr kamen viele aufgeregte Briefe: »Ich lebe hier mit zwei Hausboys, einer Köchin, zwei weiteren Eingeborenen, die sauber halten. Während ich schreibe, fächelt mir ein Hausboy Kühlung zu. Lord Pimperley will mit mir eine Fabrik für getrocknetes Kokusnußfleisch als billiges Nahrungsmittel für Europa errichten. Zu diesem Zweck werden wir eine eingleisige Straßenbahn bauen … Straßen natürlich …«

Dann nichts mehr. Nachforschungen waren vergeblich. Stern war verschollen.

Franziska verkaufte Schmuck, Teppiche, Möbel, behielt die Türme des Kölner Doms in Alabaster unter einem Glassturz. Den Pfau hatten zum Leidwesen der Kinder die Motten gefressen.

Sie ging zu Roserl. Schon in der Wohnungstür sagte Roserl: »Sie müssen entschuldigen, daß ich Sie in der Küchenschürze empfange und im Durchgangszimmer. Ich habe das große Vorderzimmer vermietet. Das kleine Zimmer ist für Gretl. Soll das vaterlose Würmerl wenigstens sein eigenes Zimmer haben.«

Franziska sagte, nachdem Roserl Kaffee gebracht hatte und

sie im Durchgangszimmer am Tisch am Fenster saßen: »Ich wollte Sie fragen, ob Sie eine billige Wohnung wissen?«

»Grad ist eine im dritten Stock frei.«

Roserl zeigte Franziska ihre drei Zimmer und die merkwürdige Kombination von Toilette, Bad und Speisekammer zum Hof, der gerade so groß war, daß ein Feuerwehrwagen darin umdrehen konnte. »Es ist genau dieselbe Wohnung einen Stock höher.«

Franziska nahm die Wohnung, aber sie teilte sie anders ein als Roserl, die die »norddeutschen Äußerlichkeiten« verachtete. Franziska schlief mit Edith im kleinen Zimmer. Die Jungs hatten das Durchgangszimmer. Das große Vorderzimmer blieb für Geselligkeit im Hinblick auf den Aufstieg ihrer Kinder. Im Hinblick darauf bezahlte sie die höhere Schule – 35 Mark im Vierteljahr –, telefonierte täglich mit ihrer Schwägerin Marie Kollmann vom Kaufmann: »Kann ich dir etwas besorgen?« Worauf Marie mit ihrer klagenden nöligen Stimme antwortete: »Könntest du mir den Samt von Spindler holen und zusehen, ob Puttfarken Enten hat?« Sie lud Marie oft ein, so daß die Mitschülerinnen Edith fragten: »Gestern war 'ne Equipage vor eurem Haus, was'n los?« Und Edith sagen konnte: »Meine Tante hat uns besucht.« Und die Mitschülerinnen sagten: »Ediths Tante hat 'ne Equipage.« Im Hinblick auf den Aufstieg ihrer Kinder gab Franziska Kindergesellschaften mit bunten Schüsseln aus kleinen Kuchen mit Zuckerguß – zum Beispiel weiße Dominosteine mit Schokoladenpunkten – und einer Papierrose in der Mitte und hinterher Schokoladenfisch. Aber nicht nur Kindergesellschaften, auch Damenkaffeegesellschaften. Sie bekam von ihrem Bruder Rechtsanwalt – und bald Justizrat – Kollmann nicht mehr als ein gelernter Arbeiter. Sie kochte das Billigste, und sie verreisten nie. Kleider waren kein Problem. Sie hatte genug Bekannte, die sagten: »Die arme Frau Stern kann das schwarze Tuchkleid sicher noch brauchen.« Auch Edith war eine Lebensgestalterin, eine Arrangeurin von kostenlosen Vergnügungen schon mit acht. Sie überredete Roserl, mit ihr und Grete Spalier Unter den Linden zu bilden, wenn die Garde mit den friderizianischen

Mützen von der Parade am Tempelhofer Feld kam, bei Prinzenhochzeiten, bei Premieren im Operhaus.

Die Kinder dieser Gegend hatten Ziele, die christlichen Beamtenkarrieren, die vom Briefträger bis zum Ministerialdirektor den jüdischen verschlossen waren, die jüdischen Geschäftskarrieren, sie waren Lehrlinge in der Konfektion, bei der Wäsche, den Schneiderutensilien. Auch Edith hatte ein Ziel, den Salon nämlich von Tante Marie Kollmann mit rosa Samtgardinen vor den mit gerafftem Tüll verhängten Fenstern, ein Dienstmädchen in Schwarz mit weißem Häubchen und eine Equipage.

Nach Werners Einjährigem gab Franziska eine Kindergesellschaft mit bunter Schüssel und Schokoladenfisch, und zwei Tage später – ein Tag zum Aufräumen dazwischen – ging sie im schwarzen Samtmantel mit Straußfedernhut zu ihrem Bruder. Sie begann sehr vorsichtig: »Von reden kommt reden. Ich weiß, daß uns das nicht zukommt, aber Werner hat glänzend bestanden und möchte Arzt werden.«

Kollmann wippte den Stuhl nach hinten: »Wie will er das machen? Er hat doch wohl Verpflichtungen gegen dich und seine Geschwister. Mutter auf der Tasche liegen? Das ist ja unerhört. Ich werde mir den jungen Herrn vorknöpfen, das hätte ich Werner nicht zugetraut.«

»Du hast mich mißverstanden. Von sich aus wird Werner alles tun, um uns zu helfen.«

»Kaufmännische Lehre ist in deinen Verhältnissen das einzig Richtige. Werde ich besorgen.«

Werner kam in die Herrenhutfirma Lesser & Gleichmann. Die zehn Pfennig Fahrgeld sparte er, machte sechzig Mark im Jahr für einen neuen Anzug.

Eines Tages schrieb Sabine: »Kurz und gut, wir möchten nach Berlin, aber wo einen Posten für Max finden? Vielleicht bei Markus? Adelina ist die Tochter einer Großkusine von meiner Schwiegermutter. Die Gemeinde hier wird immer kleiner. Die Alten sterben, und die Jungen gehen in die Großstädte ... Weißt, ich denk so oft, man hätt' damals mit Julius ...«

Roserl schrieb: »Das wär ja wunderbar, wenn ihr hierherzögt. Die Leute in Berlin sind alle so äußerlich geworden, alles zieht nach dem Westen. Sterns auch, denen kann mans am wenigsten verdenken. Sie kommt aus dieser feinen Familie und hat diesen schwerreichen Bruder Kollmann. Wenn ihr nach dem Westen zieht, möchte ich auch umziehen. Gretl, mein Schlampchen, würde sich furchtbar freuen. Aber mein netter Herr Freimark kann keine Miete im Westen bezahlen, und meiner Zugeherin möchte ich auch nicht kündigen. Liebe Sabine, schreib nicht von ›hätte‹. Ich würde den Verstand verlieren mit hätte, hätte man doch damals früher einen Arzt genommen, früher einen großen Professor, früher operiert ...«

Als Grete wenige Tage später aus der Schule kam, sagte Roserl wie immer: »Erst häng deinen Mantel weg auf den Bügel, schmeiß die Mappe nicht irgendwohin. Und zieh dich um!« Da klingelte es. Mehlhose stützte Herrn Freimark. Roserl half ihm ins Bett. Grete lief zum Arzt. Ein Schlaganfall.

Roserl schrieb nach Kragsheim: »Es ist zwar eine Sünd und Schand' gleich nach dem Tod des guten Herrn Freimark, aber vielleicht bewirbt sich dein Max um seinen Posten. Blaus schließen am Samstag, verzichten auf das ganze Samstaggeschäft ... das sind Leute für Euch ...«

»No, was sagt man zu der Tüchtigkeit von Roserl«, sagte Max, schickte Zeugnisse und Lebenslauf und bekam die Stellung.

Sabine nahm eine Dreizimmerwohnung, Parterre im Gartenhaus mit einer Loggia, die sie rot streichen ließ mit einem Fries pompejanischer Putten. Das Eßzimmer wurde nach Kragsheimer Schloßzimmern hellgelb tapeziert. Sie strich ihr Buffet und die Eßzimmerstühle weiß und bezog sie hellblau. »Was sagst?« fragte sie Roserl.

»Schaut aus wie Küchenstühl und ein Küchenbuffet.«

»Gell?« sagte Sabine, »dabei ist die blaue Seide so teuer. Ob es Striche aus Goldbronze verbessern würden?«

Ein riesiger Kasten aus dem 17. Jahrhundert kam auch in das Zimmer, dazu eine Kristallkrone und ein hellblauer Teppich vom Althändler. Im Wohnzimmer ahmte Sabine die unvergeßliche Burg der Richters nach, von der Decke ein Lüsterweiberl mit Geweih, eine schwarze Barockschnitzerei aus Gips um ein rotes Samtsofa, das das Zimmer ausfüllte, rote Tapete und schwarze Türen. Grete sagte denn auch: »Wunderbar bei Tante Sabine.« »Bissl überspannt«, sagte Roserl. Sabines Lebenstraum war erfüllt, Berlin und diese elegante Wohnung.

Als Roserls Aufwartung sagte: »Ich habs ja gar nich mehr nötig, mein Mann ist Werkmeister geworden und Trudchen Verkäuferin bei Tietz«, beschloß Roserl in die Nähe von Max und Sabine zu ziehen.

Die Aufwartung lud sie zum Abschied ein. Sie wohnte ähnlich wie Roserl, nur ohne Herrn Mehlhose, der aufpaßte, und so spielten die Kinder im Treppenhaus Ball, und man mußte sich in Acht nehmen, daß man auf keins trat, das dort von den älteren Geschwistern abgelegt worden war. Der Kaffeetisch vor dem Sofa in dem winzigen Zimmer, der ausgezeichnete Kaffee und Napfkuchen waren sehr behaglich. Die Aufwartung erzählte von ihrer gut verheirateten Schwester, »von Anfang an, das macht doch einen Unterschied, Frau Amtsrichter, in der Jugend Geld, ich bin fünfzig, was hat man da noch davon? Meine Schwester hat 'ne gute Stube mit 'nem Vertikow und 'nem Trumeau bis zur Decke.«

»Ich bräuchte kein Vertikow, wenn ich nur noch meinen Mann hätte«, sagte Roserl und dachte: War ich immer so zufrieden? Ich wollte gern einmal nach Paris, damals, wie es so elegant bei Sterns war, dabei: Wie gewonnen, so zerronnen.

»Haben Sie recht, wenn meine Trude 'nen guten Mann finden würde ...« Grete las auf dem Boden »Herzblättchens Zeitvertreib«.

Der Nachmittag war Roserl verdorben, als sie sah, wie Fritz Schulz aus einer Kneipe flog. Er wurde rasch nüchtern und erzählte, daß es als Schlafbursche nicht besser war als ›zu Hause‹: »Keile jibts ja nicht, aber det Bette kost' 'n Viertel von mein Lohn, und ick darf nich vor neune kommen, bleibt von sechs bis neune nischt wie der Fusel. Ick bin janich for Fusel, se wollten ma ja orjanisieren, aber dafer hack nischt übrig.«

»Fahren Sie nie ins Grüne?«

»Mal Treptow, aber wat sollckn da alleene?«

Roserl mietete eine Siebenzimmerwohnung im Westen, schlief im Durchgangszimmer, hatte ihren Platz am Fenster in den Hof. »Nimm doch ein richtiges Zimmer«, sagte Sabine.

»Du redtst. Dein Mann verdient, ich muß abwarten, wie ich bei der hohen Miete zurechtkomme. Ich vermiete die drei Hinter- und die zwei schönen Vorderzimmer, bekommt Gretl das kleine Zimmer am Vorplatz, und essen tun wir in der Küche.«

Roserl machte für alle Zimmer Gardinen aus Filetvierecken mit gestickten Batiststreifen. »Wunderbar!« sagte Sabine. »Aber daß du dir eine solche Arbeit machst!«

»Im Geschäft kostet der Schal zweihundert Mark, mich kostet er fast nichts, und mit diesen Gardinen macht jedes Zimmer einen eleganten Eindruck, und je weniger man von der Aussicht sieht, umso besser.«

Die Schwägerinnen hatten eine Zeitschrift für modernes Kunstgewerbe abonniert, aus der Roserl das Gardinenmuster nahm und Sabine eine Stickerei, auf der sich zwei Sonnenblumen über eine aufgehende Sonne neigten, und Grete eine Nadelmalerei aus Seide auf einer Leinendecke.

Edith sagte: »Die hättest du doch mit etwas Waschbarem besticken müssen.« »Ich habe nicht daran gedacht, daß man sie waschen muß.«

»Das Kind ist zu untüchtig«, sagte Roserl zu Sabine, »wenn sie bloß einen tüchtigen Mann bekommt, aber den wird ihre Schlamperei stören.«

Max und Sabine Gutmann lebten nach einer seit Jahrtausenden vorgeschriebenen Ordnung. Gebete waren an den Türen befestigt. Max ging morgens in das Betstübchen eines reichen Mannes, betete, bevor er mittags seine Brote im Kontor aß, und betete danach.

»Wir müssen in einer halben Stunde zum Freitagabend gehen«, sagte Roserl, »hör auf zu lesen, mach dich fertig.«

Durch schwarze Straßen und weißen Schnee fuhr die kreischende Elektrische, Roserl sagte: »Weißt, der Onkel hält eben noch alles.« Sie wußte nicht recht, ob dieses Festhalten an den jüdischen Gesetzen nicht eine Sache der kleinen Leute sei, veraltet eigentlich: »Die Kocherei mit dem Gansfett.« Grete freute sich auf Kerzen und Beten und Sitzen nach Tisch im Zimmer mit dem Lüsterweibl.

Nach dem Essen fragte Grete den Onkel: »Ist es nicht merkwürdig, daß alle christlichen und jüdischen Feste zusammenfallen?«

»Es sind dieselben. Lichterfest und Weihnachten sind uralt, feierten vielleicht einst die Wintersonnenwende. Es stimmt doch alles nicht. Jesus war ein Jude, den die Römer gekreuzigt haben. Das war ihre Todesstrafe.«

»Gräßlich«, sagte Grete.

»Die Todesstrafen der Juden waren auch nicht feiner, steinigen zum Beispiel, aber gekreuzigt haben sie nicht!«

»Dann ist es also ein Irrtum, die Kreuzigung Jesu den Juden zuzuschreiben?«

»Ein Irrtum«, sagte Max.

»Wie ist es denn in der neuen Schule?« fragte Sabine.

»Wahnsinnig interessant. Wir tragen doch alle noch Matrosenkleider, aber Lore und Ricke Markus dürfen schon Kostüm und Bluse tragen, und die Lore ist älter und dabei kleiner als Ricke, und die ist soo schön, blond, mit Korkenzieherlocken, muß doch gar nicht leicht für die ältere Schwester sein? Ach Tante Sabine ich hätte fast vergessen, dir etwas ganz Wichtiges zu erzählen, Edith hat ein Kränzchen gegründet mit Lore Markus, Margot Kollmann und Hanna Beer.«

»Was macht ihr denn da?«

»Wir spielen mit unsern Puppen.«

»Erzähl doch Tante Sabine, wie nett Hanna Beer mit dir ist. Weißt, vom Bankdirektor Beer die Tochter.«

»Sie bindet mir meine Hefte in blaues Papier und klebt die Schildchen auf. Bei mir sitzen sie immer schief, und sie hilft mir auch suchen.«

»Verlierst denn immer noch so viel?«

»Keine großen Sachen mehr, aber Zopfschleifen und Federhalter.«

Sabine knackte brasilianische Nüsse, die es nur bei ihr gab, schälte Apfelsinen, ließ den Teller herumgehen, nahm Briefe aus dem Schlüsselkorb: »Der David geht auf Freiersfüßen. Er hat sich selbständig gemacht. Kein Angestellter wie wir. Was sagt ihr zu Rußland? Wieder Pogrome. Die Unzufriedenheit wird auf die Juden abgewälzt und keine Duma einberufen. Nie hätt man's für möglich gehalten, daß die kleinen Japsen die Russen einfach besiegen.«

»Meine Zeitungsleserin«, sagte Max.

Und dann Wien und Berlin, ein unbegrenztes Gesprächsthema! Der Wiener Glanz war in Berlin lebendig in »Wiener Bäckereien« und »Wiener Robes und Modes«. »S'Essen hier?!« sagte Sabine. »Mehl tun sie an die Saucen!« sagte Roserl. »Und kein echtes Möbel siehst in den Wohnungen.« »Und keine Aufrichtigkeit!« sagte Roserl.

Grete war müde, hielt sich wach. War es nicht wahnsinnig interessant?

Der Schnee war schwarz. Die Straßenbahn kreischte. »So gemütlich bei Onkel Max und Tante Sabine, und sie ist so gescheit«, sagte Roserl.

Um zehn Uhr war Max noch nicht zu Hause. Sabine lief hin und her. Endlich hörte sie den Schlüssel. Mit: »Die Kasse stimmt nicht«, trat er ein. »Ich geh morgen um sechs aus dem Haus, hab ich wenigstens Ruhe im Geschäft, aber schlafen werd ich heut nacht nicht können.«

Sabine lief rasch zu Roserl. Sie kam: »Ich hab gehört, Max. Eine große Summe?«

»2367 Mark 75 Pfennig. Wir können das nie ersetzen. Ich kann mir nur 's Leben nehmen.«

»Kann es ein Diebstahl sein?«

»Es ist ja zu viel, dann fehlts Doppelte. Falsche Buchung. Herr Blau muß mich entlassen oder Anzeige machen.«

»Max red kein Unsinn.«

»Er muß vor dem Personal.«

»Soll ich ein Schlafmittel holen? Ich hab Baldrian daheim.«

Sie stellten den Wecker auf fünf.

Sabine wartete aufgeregt den ganzen Tag, half ein bißchen bei Roserl. Als Max nach Haus kam, sagte er beim Mantelausziehen: »Sie stimmt«. »Gott sei gelobt«, sagte Sabine und brachte das Rindfleisch. »Das war eine Aufregung!« sagte er, nachdem er gebetet hatte und, wie er aus seiner Zeit als Reisender gewohnt war, die Gabel an der Serviette abgewischt hatte: »Heut werd ich das Stückl Rindfleisch genießen.«

»Ich hab schnell eine Senfsauc' dazu gemacht«, sagte Sabine.

Es war ein schöner Frühsommersonntag. Sie saßen in der Loggia beim Kaffee, sahen in alte Gärten im frischen Grün.

»Die Aufregung hat mich Jahre meines Lebens gekostet«, sagte Max.

»Was sagt ihr zum Tod von König Eduard? Soll ich euch vorlesen? ›Die Trauer um König Eduard ... Nur neun Jahre hat des Koburger Prinzen Sohn, der nach der vierundsechzigjährigen viktorianischen Ära ...‹, ›Der Kaiser hat acht Tage Trauer für die Seeoffiziere befohlen ...‹ Und wißt ihr, daß gestern das Fontanedenkmal eingeweiht wurde?«

»Ach, seine ›Effi Briest‹, ist das ein wundervolles Buch, wie der Instetten, weil er einem Menschen was gesagt hat, nicht mehr zurück kann, und den Verführer seiner Frau zum Duell fordern muß. Hätt' er geschwiegen, wär alles in Ordnung gewesen. So zerstört er drei Menschenleben«.

»Na, Roserl, er sollts grad hinnehmen? Du wirst ja ein Freigeist!«

»Grete, lies uns die Rede von Geheimrat Burdach. Ich kann so edle Worte gar nicht oft genug hören«, lenkte Sabine ab.

Grete las: »Fontane, dieser Sprössling tapferen Hugenottenblutes, hat das Märchen widerlegt von der Erbfeindschaft der französischen und deutschen Nation, er hat uns die Sehnsucht eingeprägt nach dem versöhnenden Ausgleich konfessioneller und sozialer Gegensätze. Er steht im Berliner Tiergarten, weil er die sittlichen Kräfte Berlins verteidigt hat mit dem Hinweis, daß die Berliner fürs Leben zu sterben wissen werden.« Grete dachte, was heißt das? Und überhaupt, Eduard ist plötzlich ein großer Mann, und gestern war er noch Einkreiser Deutschlands?

»Schauen wir uns doch das Denkmal an«, sagte Roserl, »recht, Max?«

»Geht ruhig. Ich muß mei Ruh haben, es war eine schwere Woch'. Um sieben Uhr mach ich Schabbat Ausgang.«

Vom Fontanedenkmal gingen sie zum neuen Rosengarten, das Denkmal der Kaiserin anschauen. »Das ist eine Geschmacklosigkeit«, sagte Roserl, »ein lebender Mensch läßt sich ein Denkmal setzen, pfui! Dabei ist sie so bigott, daß sie die Beine jeder Ballet-teuse hinter der Bühne angefasst hat, ob sie auch ja Trikots tragen! Das hat mir meine Mieterin erzählt. Und dann läßt sie sich mit einem so rausgearbeiteten Busen und Popo öffentlich ausstellen.« »Es soll eine gute Frau sein«, sagte Sabine, die Ansichtspostkarten der kaiserlichen Familie kaufte, mit Windhund im Vordergrund. »Die Leut' habens auch nicht leicht.«

»Gleich sieben«, sagte Grete. Kerzen im Wein verlöschen, am Gewürzbüchschen riechen, sie wollte dabei sein.

9. Kapitel
Zeitung

Heye, nun Chefredakteur, sagte zu Winkler, dem Innenpolitiker, Sozialist mit Vollbart: »Daß wir die Todesnachricht als erste der Weltpresse hatten, muß noch unbedingt rein. Sie wurde uns eine Viertelstunde später über Brüssel telefoniert, gleichzeitig mit Privattelegrammen aus London und Dover. Das Wolffsche Telegraphenbüro wußte noch eine halbe Stunde später nichts. Sogar die englische Botschaft erfuhr es durch uns. Um acht Uhr morgens hat der Kronprinz dort antelefoniert und Goschen sein Beileid ausgesprochen.

Winkler sagte betreten: »Ich habe was dagegen, daß wir den Tod zur Reklame für unsern Nachrichtendienst benutzen.«

»Na, hören Sie«, sagte Rupprecht Stüpf, ein höchst blonder junger Riese, »was ist denn dabei? Ist doch phantastisch! Wir als erste! Sie halten noch bei der Postkutsche.«

»Wir können nicht über uns selbst drucken, daß wir den besten Nachrichtendienst haben, noch dazu anläßlich eines Todesfalles.«

»Ich glaube, Herr Winkler, Sie sind zu empfindlich«, sagte Heye, »ich schreibe es auf, Herr Miehlke, können Sie's gleich mit in die Setzerei nehmen.«

»Nee, Herr Heye«, sagte Miehlke, der Metteur, ein Genie des Druckergewerbes, »so schnell schießen die Preußen nicht. Wo soll ich denn det hindrucken? Uffn Rand? Der janze Stremel, nee Herr Heye, so jeht det nich. Wenn Se det noch mithaben wollen, denn müssen Sie die Zeitung umbauen. Ick nehme jerne wat raus. Nee schreiben Se man jetzt nich. Kommen Se mit in die Setzerei, sehen Se, wat Se rausnehmen können.«

Heye sah die Abzüge durch: Trauerkundgebung in Deutschland. Trauer der deutschen Flotte. Frankreichs Teilnahme. Urteil der Belgier. Der Freund Italiens. Die Stimmung in Rußland.

Hier is der Abzug von der dritten Spalte«, sagte Miehlke. »König Eduard als Sportsmann.« »König Eduard und die Haute Finance.« »König Eduard und die Mode«.

»Haben Sie schon recht, es passt nirgends rein. Wir fügen es mit einem kleinen Stern nach ›Die Todesnachricht‹ an.«

»Auf die erste Seite? 'ne Reklamenotiz?«

»Nu fangen Sie auch schon so an«, sagte Heye.

»Reklame, Herr Heye, is Betruch am Volke. Unser Blatt isn anschtändiges Blatt, lassen Se det man sein, Herr Heye.«

»Nein«, sagte Heye, »ich schreibe schnell die Notiz, hier mitm Sternchen kanns rein.«

In der Redaktion standen sie noch zusammen.

»Der Nachruf von Heye, das ist 'ne Sache, den macht ihm so leicht keiner nach. Lassen Sie man dem Alten seine Freude an unserm fixen Nachrichtendienst.«

»Reklame«, sagte Winkler, »ist gefährlich. Im redaktionellen Teil darf man sich ihrer nicht bedienen, unter gar keinen Umständen«, zündete seine Pfeife an und ging.

Stüpf ging in sein Zimmer zurück, um den Artikel zu schreiben, den er im Mai zu schreiben pflegte, »Über Bowlenbrauen«. Vor Weinhnachten schrieb er »Über Geschenke«, vor Silvester »Über Pünsche«. Im Februar war der Matschartikel fällig, im April der »Über Forsythien«, im Herbst schrieb er »Über die Jagd«: »Sobald ich ein Gewehr auch nur anfasse, bekomme ich einen Krampf im linken Arm«, wobei er dafür plädierte, alle blutziehenden Worte wie schlagen, köpfen, hängen, guillotinieren, erschießen, füsilieren, bombardieren sowie die symbolischen Raubtiere Löwe und Adler für eine Weile aus der deutschen Sprache zu verbannen und alles daran zu setzen, damit Worte wie friedliebend, Kompromiß, sanft und Mittelweg ihres verächtlichen Sinnes entkleidet würden, auch nannte er Jäger feige, weil sie bluten mit schweißen umschrieben. Dieser Artikel allein hätte genügt zu erklären, warum er an der »Berliner Rundschau« war, einer Zeitung für die Hunderttausende von Zuwanderern aus Ost-und Westpreußen, aus dem Posenschen und aus Breslau, von entfernteren Gegenden wie Wien, Prag, Brünn und sogar Budapest ganz zu schweigen. Schon die »Berliner Tageszeitung«, nicht zu reden von der »Kreuz-« und der »Deutschen Tageszeitung«, Blättern für die Edelsten der Nation, hätte sich wohl gehütet, den feineren Teil seiner Leser mit Ketzereien über Jagd zu verstimmen. Jagd war ein Klassensymbol, und selbst Manfred Markus dachte in seinen blöderen Stunden daran, ob eine Jagd zu pachten nicht das Richtige wäre. »Das ist des Jägers Ehrenschild, das Gott er ehrt in seinem Wild«, zitierte Stüpf mit Gusto, er ehrte Gott lieber in der Traube, und auch Hopfen und Malz war an ihm nicht verloren. Nachdem er also seinen Artikel über »Bowlenbrauen« beendet hatte, »ein Büschel Waldmeister-Kräuter – *nicht* blühend! – mit den Spitzen in den Wein hängen ...«, legte er seinen Havelock an, den er weiß wo in welchem Alt-Kleider-Geschäft gefunden hatte, und zog einen schwarzen Hut tief ins Gesicht. Derart verkleidet traf er auf dem Korridor Heye. Heye betrachtete ihn schmunzelnd, wußte er doch, daß einige zehntausend Leser zueinander am nächsten Tag sagen würden: »Haben Sie den entzückenden Stüpf gelesen?«

»Ich gehe, mir eine Flasche Bastard zu genehmigen im ›Halbmond‹ oder einen fast ebenso süßen Weißwein von Sauternescharakter, lieblich, vornehm und sehr gehaltvoll bei der Witwe Hurtig.« Er warf das Cape des Havelocks über die Schulter und stakte wie ein alter Schmierenschauspieler davon.

Heye stand noch immer. In einer Redaktion, dachte er, braucht man den ganzen Tierpark, die Singvögel, die Sonntagsprediger, die Weltverbesserer, die Clowns, die Papageien und die Pfauen.

Er selber liebte die Stilisten mehr als die Keulenschwinger, die Stüpfs mehr als die Winklers, die Kupferstecher mehr als die den Meißel schwingenden Bildhauer. Der Traum seines Lebens war nicht ein Ministerposten, sondern ein Stück zu schreiben, nur drei Personen, aber alles darin über das menschliche Herz und aufgeführt in den Kammerspielen von den göttlichen Schauspielern Bassermann, Moissi und der Else Heims, der Gong schlägt, der Vorhang hebt sich.

10. Kapitel

Lieder, Laterna Magica und elektrisches Licht

Im Musikzimmer bei Jacobys verklang der letzte Ton. Alle rieben die Bogen ab, lösten die Saiten, legten die Instrumente in den Samt der Kästen. Beer verabschiedete sich.

»Einige Grad wärmer«, sagte Adelina, »ein Eiszapfen, ein Mitgiftjäger. Seine häßliche Frau soll eine runde Million mitbekommen haben!«

»Eine der liebenswürdigsten Frauen«, sagte Frieda.

Manfred sagte: »Adelina kommt aus der Künschtlerstadt München. Häßlich ist da ein Verbrechen. A propos schön, ihr habt noch gar nicht meine Barttracht bewundert.« Er stolzierte durchs Zimmer wie ein Gockel, wobei er mit beiden Händen seinen Rock wie Flügel ausbreitete und »Kikeriki« rief. Er fabrizierte jetzt Lastautomobile, baute sich eine Villa im Tiergartenviertel und trug jeden Morgen die »Es-ist-erreicht-Bartbinde« des Friseurs Haby, die auch seine Majestät benutzte. Er hatte mit dem Vollbart das neunzehnte Jahrhundert abgelegt und war mit gezwirbelten Schnurrbartspitzen ein Mann des 20. geworden. »Na?« fragte er.

»Sehr gut«, lachte Frieda.

»Du solltest dir auch deinen antiken Spitzbart abnehmen lassen!«

»Ich?« sagte Siegmund Jacoby. »Bei uns wird bekanntlich nichts geändert. Aber warum du nicht in den Grunewald gezogen bist, verstehe ich nicht.«

»Du wohnst fünf Minuten vom Potsdamer Platz und mich willst du in den Grunewald verpflanzen? Ich bin in der Leipziger

Straße geboren. Wir wohnen aber nicht mehr in einem Renaissancepalast wie die seligen Jacobys, sondern höchst modern in wilhelminischem Barock.«

»Was ich noch sagen wollte«, sagte Siegmund, »euer Walter ist hochmusikalisch.«

»Sag ihm das bloß nicht«, sagte Markus, »er will sowieso schon Musiker werden.«

»Na und?« fragte Siegmund.

»Vor den Enttäuschungen soll man ihn bewahren«, sagte Adelina.

»Ihr Bruder ist Operndirigent in München. Das ist doch sicher keine Enttäuschung?« fragte Frieda.

»Das sieht nach außen so aus. Mein Bruder hat mit sechzehn eine Sonate komponiert, mit siebzehn einen Liederzyklus, hat zu Füßen von Brahms gesessen, er wollte eine Oper komponieren, aber er fand nicht das richtige Libretto, wurde ganz jung, mit zwanzig, Korrepetitor in Straßburg. Und wer ist er heute?«

»Hauptsache, er ist glücklich in seinem Beruf.«

»Er ist aber nicht glücklich. Alles wartet auf Weingartner. Der ist krank. Muß mein Bruder einspringen. Oder dieser launische Muck, immer muß er einspringen, ein zuverlässiger Musikbeamter. Ohne Menschen wie meinen Bruder könnte kein Opernhaus existieren, er ist liebenswürdig und resigniert. Das Libretto hat er nie gefunden.«

»Walter ist hochbegabt«, sagte Markus, »bei einem so weiten Feld wie Lastautomobile, wird er an keine Musikkarriere denken.«

»Man soll im Haus des Gehenkten nicht vom Strick reden«, lachte Siegmund.

»Bei dir war es etwas anderes«, sagte Markus, dachte, Fabrik zu leiten, reichte sein Verstand nicht.

»Und warum sind Sie nicht auf der Bühne geblieben? Ich hab neulich gelesen, Sie hätten eine zweite Lilli Lehmann werden können?«

»Ach was die Leut' reden. Ich wär ebensowenig wie mein Bruder die erste Garnitur geworden.«

»Heute ist der Brief von Breitkopf und Härtel gekommen. Meine Lieder werden bald erscheinen.«

»Wundert mich nicht«, sagte Adelina, »da ist Ihnen etwas Wunderbares gelungen.«

Emilie bat zum Abendbrot.

»Du darfst bleiben«, sagte Markus zu Walter, »nach Tisch singt Mama Onkel Siegmunds neue Lieder, aber dann fix nach Haus ins Bett, jetzt vor dem Einjährigen. Hier Ottchen«, und gab ihm eine Trommel mit Schlitzen, »du mußt beim Drehen durch die Schlitze sehen.«

»Onkel Fred, sie springen! Mama, sieh mal! Papa, die Pferde rennen, jetzt springt eins über die Hürde!«

»Wirklich nett«, sagte Siegmund.

»Komm jetzt zum Essen, deine Suppe wird kalt«, sagte Frieda.

Nach Tisch legte er sich auf den Boden und drehte wieder die Trommel, ging dann von einem zum andern: »Papa, sieh mal, sie springen, kannst du es sehen, sie springen. Mama, du mußt dir das ansehen, sieh mal, jetzt springt er über die Hürde«. Er lief zu Adelina und Markus: »Bitte kuck mal, ich drehe, siehst du es, jetzt springt er gleich über die Hürde.«

Adelina stand neben dem Flügel. Walter hockte auf der Erde, Otto, höchst geschmeichelt, neben ihm. Es war eine festliche Stunde. Die Lieder waren von Klage um das Menschenleben erfüllt. Mein unbeschwerter Siegmund, dachte Markus, aber auch in Adelinas Stimme war Klage und Anklage, eine Leidenschaft, die Markus überraschte. Das Geheimnis der Kunst, dachte er.

Sie saßen nun im weiten Wohnzimmer. Frieda im Teagown bewachte den Wasserkessel. Manfred genoß die Ruhe, dachte an Adelinas Zappelei, die von Frieda sagte: »Sie rührt keine Hand.« Aber war Adelinas ewige Stickerei, Sichumalleskümmern nicht schuld am dauernden Dienstbotenwechsel? Auch jetzt sprang sie auf: »Ich mach grad ein paar Eisdeckerln«, und nahm aus ihrer Tasche Stoff, Nadel und Faden. »Ich kann nicht mit den Händen im Schoß dasitzen«, ein halber Vorwurf gegen Frieda.

»Ich möchte das Erscheinen der Lieder mit einer großen Gesellschaft feiern«, sagte Siegmund, »Sie müssen sie singen.«

»Ach, Sie müssen eine Sängerin mit Namen nehmen.«
»Niemand kann sie mit mehr Verständnis singen.«
»Aber es wäre ganz falsch.«
Mit all ihrem Geklatsch ist Adelina doch sehr nett, dachte Frieda.
Manfred Markus liebte das Jacobysche Haus mit der Granitschale, dem Gärtner Stüber, der vor dem Haus zu kehren schien, wann immer er kam, die flache Treppe, die Zimmer, gegen die alle anderen Zimmer murkelig erschienen, aber als diesmal Emilie seinen Mantel an die Bären gehängt hatte, kam ihm das Haus muffig vor, das Licht in den irisierenden Glasrampen düster, das schwarzmarmorne Treppengeländer übertrieben. »Bevor ihr die Gesellschaft gebt, müßt ihr wenigstens im Treppenhaus, Eß- und Wohnzimmer elektrisches Licht legen lassen. Man kann das Gaslicht nicht mehr aushalten.«
»Wir haben erst vor ein paar Jahren alles von Petroleum auf Gas umarbeiten lassen«, sagte Frieda.
»Wieder die kostbaren Wände aufreißen? Im Wohnzimmer Brokat, im Eßzimmer spanische Ledertapete, im Treppenhaus Täfelung? Nein«, sagte Siegmund.
»Ihr müßt. Es sieht bei euch nach verarmtem Adel aus«, sagte Markus.
»Sie haben noch gar nichts von München erzählt«, brachte Frieda das Gespräch auf einen andern Gegenstand.
»Sechs Wochen hat sie mich allein gelassen«, sagte Markus.
»Ich war grad so gut mit Dienstboten versorgt.«
Adelina hatte Photos vom Künstlerfest. Sie trug an jedem Ohr eine Blume fast so groß wie ihr Gesicht, ein großgeblümtes Chiffongewand, wickelte sich darin ein, zeigte sich vom Rücken mit gedrehtem Kopf, vollendetes Abbild des Jugendstils. Rautendelein, Dryade, Traumgestalt aus andern Welten.
»Alle fanden, daß mir das Kleid so gut steht, der junge Klawotzky, der mit »Das Lachen um Maria Schön« so einen Erfolg ghabt hat, behauptete sogar, so hab er sich seine Maria Schön vorgestellt, keine Schauspielerin hats fertiggebracht. Also Erfolg genug für meine bscheidnen Ansprüch' ... Und auf dem

Damenball waren siebenhundert Damen, meist in Lederhosen und Wadl-Strümpf, durfte kein Mann über die Schwelle. Manfred wärs Herz aufgegangen. Ich hätt mich beinah in eine Dame verliebt, so fesch war die in schwarzen Escarpins und rotem Frack. So was von schickem Gstell. Ich bin froh, daß ich wieder daheim bin. Ich hab den ganzen Wäscheschrank ausräumen lassen, damit die Schleiferln nach vorn liegen, alles war krumm und schief. Ich hab mich auch nicht geniert und es meinem neuen Hausmädchen vorgeführt. Das Haus ist ja ganz praktisch. Wir haben Zentralheizung, aber Fred hat einen Kachelofen im Kinderzimmer einbauen lassen.«

»Es kann doch mal was passieren.«

»Was soll denn passieren?« sagte Siegmund, »Wir mögen keine Zentralheizung. Sie ist ungesund, und die Flügel gehen kaputt. Aber in *einem* Zimmer ein Kachelofen? Einen Kamin im Salon, das könnte ich mir vorstellen.«

Auf dem Kamin eine Pendule und eine Meissener Garnitur, und sie an diesem Kamin nur im Feuerschein, dachte Adelina: »Manfred, wäre ein Kamin nicht schön?«

»Nein. Für den Kachelofen sprechen praktische Gründe.«

»Wir haben auch einen Phonographen, ein Scheusal.«

»Wird sich entwickeln.«

»Wir brauchen keine eingelegte Musik, wir können uns unsere eigene machen, wenn wir Zeit haben.«

»Zeit!« lachte Manfred. »Montag Nickisch Konzert, Opernabonnement, einmal die Woche Theater, und die übrigen Abende sind wir eingeladen.«

»Wir haben dreißig Kusinen in Berlin«, sagte Frieda, »und bei jeder sind wir im Winter zur großen Gesellschaft eingeladen.«

»Diese Einladerei, es gibt doch so wenig Viecher zum Kochen.«

»Das überlass ich Hedwig«, sagte Frieda.

Leicht macht die sichs mit dem Hauswesen, dachte Adelina bitter.

Da hörte man Lachen. Frieda stand auf. »Ottchen ist noch nicht im Bett.« Er war ins Souterrain gelaufen, um Stüber sein Spielzeug zu zeigen. »Nun endlich ins Bett, morgen kannst du noch mal dies Rennen ansehen.« »Aber Mama, du mußt noch mal ansehen, wie sie rennen, kuck mal!«

Siegmund und Manfred sprachen von Beer: »Eine Tragödie, daß Joschua Beer liquidiert«, sagte Siegmund.

»Privatbanken haben keine Zukunft, die Großbanken sind leider das Kommende. Er nennt sich jetzt Joachim, was der berühmt gebildete Beer für germanisch hält.«

»Ist es nicht?«

»König Joakim aus der Wüste Judäa, Buch der Könige. Joschua war ein Frankfurter Bankier, Joachim ist der Schuhputzer vom Geheimrat, du müßtest mal sehen, wie Beer dasteht: ›Jawohl, Herr Geheimrat‹, ›Gewiß, Herr Geheimrat‹. Fehlt nur noch ›zu Befehl‹. Bejammernswürdig! Aber er wird bald Direktor der Düsseldorfer Bank sein.«

»Beer war mein Dienstältester beim Militär«, sagte Siegmund träumerisch.

»Zehn Uhr. Nach Haus«, sagte Manfred.

»Es war ein herrlicher Abend. Ich danke Ihnen, Adelina. Sie sind eine große Künstlerin.«

»Schmus mit Lakritzen«, sagte Manfred, »und ihr könnt nicht weiter Gas brennen. Adieu.«

Am Sonntagnachmittag wurde Otto vom Kinderfräulein zur Premiere der Laterna Magica zu Markus gebracht. »Wir bringen ihn nach Haus«, sagte Markus und dachte, ich lasse ihn allein laufen. »Wirst du immer noch zur Schule gebracht?«

»Ja«, sagte Otto fast weinend.

»Du hast ganz recht, gräßlich«, sagte Manfred.

Er befestigte ein Tischtuch an der Kinderzimmertür. Lore, Ricke, Hanna Beer und Otto rannten durchs Haus nach einem hohen Tisch, fanden schließlich einen mit Schwanenfüßen. »Den haben wir auf der Hochzeitsreise in Venedig gekauft. Ich erlaube nicht, daß der verwendet wird«, sagte Adelina.

»Habt ihr keinen Herrn Stüber? Unser Herr Stüber findet alles«, sagte Otto.

»Hier bin ich der Herr Stüber«, sagte Markus, »bringt jeder ein Lexikon, das wird dann hoch genug sein.«

Sie tobten über die Treppe. Walter, der dabei nicht arbeiten konnte, ließ sie mit ›treulich geführt‹ einen Zug bilden, jeder ein Lexikon auf dem Kopf. Sie lachten so, daß das Lexikon immer wieder von ihrem Kopf fiel.

Die Laterna Magica stank. Wenn es bloß Otto nicht wieder schlecht wird, dachte Adelina.

Die Kinder sahen eine Eisenbahn durch eine bunte Landschaft fahren, einen Dammbruch, eine Bauernfamilie Kartoffeln essen. Die Kinder schrien: »Bitte, noch einmal!«

Otto wollte jede Einzelheit erklärt haben, und Manfred erklärte, und Otto strahlte: »Onkel Fred, die Laterna Magica war wunderbar.«

Frieda war auch für elektrisches Licht. »Ich bin gegen Änderungen«, sagte Siegmund, »aber wenn, Vaupel hat immer alles gemacht. Der Alte ist zwar tot.«

Der junge Vaupel schlug vor, braune Drähte über die Täfelung im Treppenhaus zu ziehen. Frieda meinte, im Wohnzimmer könne man Tapete kleben. Aber Siegmund sagte: »Man wird schon einen Brokat finden.« Dann noch elektrisches Licht im Souterrain: »So wichtig für die Küche«, sagte Frieda. Vaupel riet das Deckengemälde im Treppenhaus zu restaurieren: »Habe vorzüglichen Mann.«

Kein Kostenanschlag, nichts. Daß da in zwei Zimmern, Treppenhaus und Souterrain elektrisches Licht gelegt wurde, machte einen Zustand wie ein Umbau. Markus kam und sah weiße Drähte im Treppenhaus: »Das kann nicht bleiben.«

»Ich bin dem Vaupel nicht gewachsen. Er will es nicht ändern. Für die Deckenmalerei hat er 3500 Mark verlangt.

»Und du bezahlt?«

»Ja.«

»Der Vaupel ist die Apotheke.«

Wegen der weißen Drähte sagte Vaupel gleich: »Juden müssen immer was rausschlagen. Das ist erstklassige Vaupelsche Arbeit. Nun wollen Sie sich um die Bezahlung drücken.«

»Bezahlung? Statt braunem Draht haben Sie weißen über die Täfelung gelegt. Ich bitte Sie, das zu ändern.«

»Wenn Sie die Änderung bezahlen.« »Würde kosten?« fragte Markus. »250 Mark«, sagte Vaupel. »Das kriege ich für den dritten Teil«, sagte Siegmund, »schicken Sie die Schlußabrechnung.« »Dieser Antisemit wird dir eine gesalzene Rechnung schicken. Warum denn kein Kostenanschlag?«

»Ich bin kein Kaufmann. Nach dem Liederzyklus hätte ich eine ganze Reihe von Klavierkonzerten komponieren können. Ich war in solch wunderbarer Strähne. Die Bauerei hat mich ganz kaputt gemacht. Die Lieder sind so gut besprochen worden. Sogar Nikisch hat eins singen lassen.«

Als die Rechnung kam, sagte Siegmund zu Frieda: »Ich kann das nicht aus dem Einkommen bezahlen. Ich werde ein paar amerikanische Papiere verkaufen, die bringen seit Jahren nichts. Sag nichts zu Manfred.«

11. Kapitel

Neue Jugend

Walter Markus blieb auch auf der Technischen Hochschule und in der Fabrik ein Vorbild.

»Na ja«, sagte sein Vater zu Heye, dem einzigen, mit dem er über solche Sachen sprechen konnte, »aber Walter hätte eben in meinen Verhältnissen keine Fabrik gegründet, er wäre ein Siegmund geworden. Bei uns wächst ein schwaches Geschlecht heran, keine Fabrik- und Familiengründer mehr; in einem Augenblick, wo unter den Deutschen Selbstsucht und Herrschsucht als die echten Tugenden gelten.«

Otto ging vor dem Abiturium ab.

»Soll er nicht studieren?« fragte Manfred Markus.

»Er will nur photographieren.«

»Na, liebe Freunde, schwarzes Tuch übers Gesicht und ›bitte recht freundlich‹! Das ist doch wohl keen Beruf für den Enkel des Gründers der Jacobyschen landwirtschaftlichen Maschinen.«

»Er will filmen«, sagte Frieda.

»Noch schöner. Will er auf die Jahrmärkte ziehen?«

»Ottchen photographiert unausgesetzt. Warum sollen wir unserm einzigen Kinde, und einem so guten Kind, seinen Wunsch versagen?«

Immer die gleiche Pimpelei, dachte Markus.

Aus dem Kränzchen, in dem mit Puppen gespielt worden war, entwickelte sich ein Lesekränzchen, an dem Christine von Rumke brennend interessiert teilnahm. Sie wurde im Kränzchen statt Christl Ina genannt. Auf ihre Veranlassung lasen die Kränzchenschwestern »Beate und Mareile« von Keyserling. Wer würde

Beate werden, schön und vornehm auf einem Schloß, wer die schweifende Mareile?

»Du wirst bestimmt Beate, Ina«, sagte Grete.

»Ich möchte Mareile sein – Kuckt mal!« Sie zog ihre weißen Stulpen über die Hände, stellte den Liegekragen hoch. Der Unterschied gegen die klösterlich dunkle Tracht war verblüffend. Eine elegante fünf Jahre ältere Dame.

»Genial«, sagte Grete.

»Du wirst Mareile und Schauspielerin«, sagte Christine zu Margot.

»Ausgeschlossen«, nahm Edith ihre Familie in Schutz.

»Bei uns ist es nicht standesgemäß, einem Broterwerb nachzugehen. Großmama hat mich in ein adeliges Fräuleinstift eingekauft.«

»Verheerend. Willst du denn nicht heiraten?«

»Offiziere müssen nach Geld heiraten. Die Kaution ist gerade erhöht worden. Ich will nicht als ewige Braut warten bis ER Major ist. Die Karriere von den Jungs kostet.«

»Du stehst hinter deinen Brüdern zurück?« sagte Edith. »Wenn nötig geben meine Brüder eine Mitgift für mich.«

Für die Abschiedsfeier von der Schule verfaßte Margot Kollmann ein Stück, und Grete machte eine Zeitung. Der Schuldirektor ließ sie rufen: »Was soll das? Abschiedszeitung? Die Eitelkeit der Mitarbeiter fördern? Ich erlaube das natürlich nicht. Das Stück können Sie aufführen, obwohl ich nichts von selbstverfaßten Stücken halte. Die Weltliteratur steht Ihnen zur Verfügung, ein Jugendstück von Lessing oder Goethe …«

»Du hättest dir denken können, daß der Direx keine Zeitung zu machen erlaubt«, sagte Christine zu Grete im Kränzchen. »Zeitung«, sagte Edith, als ob es ein schmutziges Wort wäre.

Um diese Zeit begegnete Hildegard von Rumke Franziska, die in ihrem immer wieder aufgedämpften Samtmantel und Straußfedernhut eleganter aussah als Hildegard in Wollmantel und Filzhut. Schade, dachte sie, daß sich die Juden immer so aufputzen.

Da für Damen der Gesellschaft ein öffentliches Lokal nicht in Frage kam, nahm Hildegard Franziska mit zu sich.

»Ich wünschte, ich könnte Edith in Pension schicken«, begann Franziska, »für mich ist mein Pensionsjahr in Hannover unvergesslich. Aber heutzutage sind das Luxusstätten. Meine Nichte Margot Kollmann kommt in ein Schloß in England. Und was halten Frau Oberst von der modernen Verirrung der Berufstätigkeit?«

»Ich teile das Vorurteil gegen Broterwerb nicht und würde selbst eine Lehrerin immer als Dame behandeln, wenn sie von Familie ist. Aber Mädchen, die ohne den Schutz einer Familie dastehen, sind für die Männer vogelfrei. Die meisten laden so ein Mädchen nicht ein, und Sie als Witwe können es nicht darauf ankommen lassen. Ich hatte gehofft, daß meine Schwiegermutter Mitgiften für die Mädchen bereitstellt, aber sie hat sie in ein adeliges Damenstift eingekauft.«

»Junge Mädchen sind keine Heringsware, die man aufhebt für lange Jahre. Alte Jungfern! Es ist doch nicht auszudenken.«

»Das ist bei uns anders. Die alten Herren auf einsamen Gütern geben ihre Töchter ungern weg. Sie sind nützlich in einem großen Haushalt und eine nette Gesellschaft.«

Franziska bemerkte Hildegards Blässe: »Sind Frau Oberst mit ihrer Gesundheit zufrieden?«

»Ich hatte einen kleinen Lungenspitzenkatarrh, aber er ist ausgeheilt.«

»Ich könnte Frau Oberst einen Professor empfehlen.«

»Wir haben den alten Doktor meiner Schwiegermutter. Ich halte gar nichts von ihm. Aber mein Mann glaubt, er ist eine Kapazität. Mein Mann hat kein Verständnis für Krankheiten. Er glaubt, man muß sich nur zusammenreißen, und unsere Damen sind ja auch sportlicher als ich. Sie reiten von Jugend auf. Ich bin mit meinem Bruder, einem Vogelkenner und Botaniker, gewandert, aber zu einem Sport außer Schwimmen, hat es nie gereicht.«

»Frau Oberst haben mir einmal erzählt, daß Ihre Frau Mutter daran gestorben ist, daß sie Gardinen aufhängte.«

»Wie das klingt! Daran gestorben, daß sie Gardinen aufhängte. Der Doktor hatte Mutter verboten, Treppen zu steigen. Jede Hausfrau schämte sich doch, wenn sie nicht alles im Hause machte. Sie ließ die Gardinen im Hause waschen, steckte sie auf dem Teppich zum Trocknen auf und hängte sie. Aber es waren vier Schals, und wie sie den dritten die Leiter raufnahm, stürzte sie mit einem Herzkollaps.«

Sabine saß bei Roserl in der Küche.

»Die Edith Stern, diese tüchtige Person, hat Grete zur neuen Schule der Frauenrechtlerinnen geraten«, sagte Roserl. »Sie lernt dort auch Hauswirtschaft.«

»Ich würd ja nicht erlauben, daß Grete einen Beruf ergreift. Du verdirbst ihr ihre Heiratschancen. Und Hauswirtschaft lernt sie doch von dir genug.«

»Hanna Beer wird dort hingehen.«

»Die können sich alles erlauben.«

»Hätt ich irgendwas gekonnt, als Julius starb, hätt ich nicht eine Zimmervermieterin machen müssen. Heut würd ich Kinderärztin werden«, und sie nahm mit dem Feuerhaken einen Ring vom Herd und warf ihn energisch auf.

»Das ist das erste, was ich hör'. Du hättest studieren wollen?«

»Die Frauenrechtlerinnen sind ›Blaustrümpf‹, aber es ist gar nicht alles so falsch. Frauenrechte! Ich hätt' mich eine Sünd gefürchtet, so ein Wort in den Mund zu nehmen.«

Grete ging in die neue Schule, weil es die Mama wollte und weil Edith es für »das einzig Richtige« hielt. Statt Sprachen und Sport, Kunst- und Literaturgeschichte wie in den Pensionaten wurde in der Schule Volkswirtschaft gelehrt, der »Zweck des Fürsorgegesetzes«, das Recht der Mutter in einer geschiedenen Ehe und daß es darauf ankäme, daß achtzehn Menschen je zwei Hemden besaßen und nicht ein Mensch sechsunddreißig, daß der Übel größtes die Mietskaserne auf freiem Feld war, das Warenhaus und die Entseelung der Arbeit. Aber was war wichtiger, »das größte Glück der größten Anzahl« oder »die Bekämpfung des Profitmotivs«?

Eines Tages sagte Walter Markus zu seinen Eltern: »Ich habe ein Genie kennen gelernt, Hanns Hermann Herbst, Medizinstudent, er weiß alles über Freud, Marxismus und Expressionismus und möchte bei uns Vorträge halten. Ich will meinen Gesichtskreis erweitern. Man wird beschränkt in der Fabrik.«

»Das kann ich sehr verstehen«, sagte Adelina.

»Ich nicht«, sagte Markus ärgerlich, »es gibt keine größere Erweiterung des Gesichtskreises als eine Fabrik. Alle politischen Fragen tauchen dort auf.«

»Na ja«, sagte Walter, »Politik. Aber es gibt große neue Kunst, neue Ideen.«

»Ich find das sehr schön mit den Vorträgen«, sagte Adelina, »viel weniger Arbeit als die großen Tanzereien. Tee und Brötchen nach den Vorträgen.«

»Euer Bub kommt doch auch«, sagte sie am Telefon zu Frieda, »schadet nix, daß er erst siebzehn ist. Manfred macht es solchen Spaß. Immer Donnerstag um sechs Uhr. Ich hab fünfzig goldene Stühlchen bei Knauer bestellt. Walters genialer Freund, solch ein fescher Bursch mit einem blonden Schopf, hats angeregt. Ihr könnt natürlich auch kommen, aber es sind halt sonst nur Buben und Mädeln.«

Jeden Donnerstag empfing Adelina von Friedericke und Leonore flankiert die Zuhörer. Die Backfische drängten sich auf Stuhlreihen im Eßzimmer. Jeden Donnerstag sagte Hanns Hermann Herbst, der bald Hahaha genannt wurde, der strahlende Mittelpunkt mit weißen Gamaschen und hellgelber Krawatte: »Habe ich vergessen zuzusagen? Es war wieder einmal nicht durchzukommen vor Einladungen. Ich mußte erst alles umlegen. Hoffentlich nehmen Sie mir das nicht übel, verehrteste, schönste gnädigste Frau?« Aber als Adelina zu Manfred sagte: »Der junge Herbst ist so ungeheuer beliebt«, antwortete er: »Das möchte er, daß du das denkst.«

Er hielt Vorträge über eine neue Wissenschaft, die Psychoanalyse, über Sozialismus, über Frauenbewegung, über Futurismus und Kubismus. Margot Kollmann sprach die allgemeine Meinung aus: »Ich gehe nicht mehr zu den Vorträgen von Professor Genacher, was geht uns diese italienische Renaissance an?«

Herbst war der Gesprächsstoff. Die zarte Jenny, rothaarig mit dem Katzengesicht, vernachlässigte die Schule, machte weite Wege, die immer zu seinem Haus führten, rief seine Telefonnummer, um abzuhängen, wenn er sich meldete.

Die Jungs konnten ihn nicht leiden. Armin Kollmann sagte: »Die Nervenärzte nennen ihn einen gescheiten Politiker, die Politiker einen Kunstkenner, die Kunstkenner einen vorzüglichen Nervenarzt. Und die Mädchen? Alles, weil er längere Beine hat als der Durchschnitt.«

»Ich halte Herrn Herbst für einen Affen«, sagte die schnippische Christine zu Armin.

»Ich danke Ihnen«, sagte Armin, und küßte ihre Hand.

Es kam Erich Klawotzky, schon sechsundzwanzig, über dessen »Lachen um Maria Schön« der große Kritiker geschrieben hatte: »Immerhin etwas Denkwürdiges, ein schimmernd schwebendes Herz.« Unter mittelgroß, das runde Gesicht eines Stoffverkäufers, immer aus dem Ei gepellt, weißes Taschentuch aus der Brusttasche. Er sagte vor jedem Donnerstag ab oder zu, entschuldigte sich und bedankte sich, ohne die souveräne Verachtung bisheriger Formen, die Herbst auszeichnete. Es kamen die Vettern, die sich nicht leiden konnten, Armin Kollmann und Werner und Rudolf Stern. Armin hielt Sterns für Banausen, Sterns hielten Armin für einen Nichtstuer. Armin fand Rudolf albern, Rudolf fand Armin albern. Rudolf war einen halben Kopf höher als Armin, ein Film-Beau, Typ ›Roman Lover‹, der geborene Kabarettist. Er hatte den Gruß der Donnerstägler erfunden, der eigentlich von Shakespeare war. Wo immer, brüllten sie mit Gelächter: »Sehen wir uns wieder, lächeln wir gewiß, wenn nicht, so war es wohlgetan zu scheiden.« Fünfzig Jahre später hätte Rudolf nicht Wäschevertreter zu sein brauchen, wurden Leute wie er mit Gold aufgewogen. Damals nannte man seine Begabung »Brotlose Künste«. Aber viele Gastgeberinnen waren in einer Zeit ohne Grammophon, ohne Radio froh über einen, der zur Unterhaltung beitrug. Auch Manfred Markus, ein

Liebhaber der leichten Muse des Giampietro und der Massary, hatte viel für den Aufguss von Rudolf Stern übrig, fand ihn einen guten Ausgleich für den ›hochtrabenden Zimt‹ in seinen Räumen. Manches junge Mädchen fand ihn ›himmlisch‹, wenn er, den Zylinder im Nacken, ein Stöckchen schwingend, die Kuplets aus den Revuen sang, die noch keiner sehen durfte. Es kam Otto Jacoby, lang aufgeschossen, der ›kleine‹ Jacoby im Gegensatz zu dem ›Jungen Jacoby‹, seinem Vater und dem ›Großen Jacoby‹, seinem Großvater. Er war nicht geachtet. »Photographieren ist kein Beruf«, sagte Herbst zu ihm, frech, weil er vier Jahre älter war.

»Die Photographie ist eine neue Kunst, die zehnte Muse.« Alles lachte. »Bisher ist alles Kitsch. Photographierte Umhängebärte sind unnatürlicher als im Halbdunkel der Bühne.«

»Das Kino ist illustrativ«, sagte Klawotzky, »für Romane vielleicht. Es wird dem Theater den Todesstoß versetzen.«

»Der Münchener Polizeipräsident hat verboten, die ›Räuber‹ zu verfilmen«, sagte Herbst, »es wäre ein großer Fortschritt, wenn die klassische Literatur gesetzlich vor der Verfilmung geschützt würde.«

»Bravo«, sagte Klawotzky.

»Ich weiß doch nicht«, sagte Otto schüchtern, »Gerhart Hauptmanns ›Atlantis‹ soll verfilmt werden.«

»Furchtbar!« riefen Herbst und Klawotzky.

Markus bat Otto, seine Filmversuche vorzuführen, setzte sich mit einer Theaterfirma in Verbindung. »Weißt du noch, Onkel Manfred, wie du mit Reißnägeln und Tischtuch … ?« »Die Kartoffelesser!« lachte Markus. »Der Dammbruch!« lachte Otto.

Der Donnerstag der Filmvorführung war voller denn je. Es kamen eine Menge Eltern, auch die Legende, Bankdirektor Beer, Friedericke sah ihn zum erstenmal, wußte, »klüger als Napoleon, musikalischer als Wagner, versteht mehr von Kunst als Boden«, ein mächtiger Mann, seit vielen Generationen wohlgefüttert: »Wer sind Sie denn, Sie Schönheit?«

»Friedericke Markus.«

»Wie alt?«

»Fünfzehn«.

»Für Sie werden sich die Männer ruinieren, ihre Frauen verlassen, bewegt sich die Welt, Helena, für die tausend Schiffe segeln.« Er sah sie an, nicht gerade zurückhaltend. Friedericke sah zum erstenmal diesen Männerblick, war erschrocken, beglückt, bereit. »Guten Abend, Markus, habe eben Töchterchen bewundert. Werden Sie nicht lange im Hause haben.«

Friedericke ging auf ihr Zimmer, weinte vor Aufregung.

Otto führte vor, Equipagen ›Unter den Linden‹, Damen mit riesigen Hüten und Humpelröcken, eine Käuferin von Marktstand zu Marktstand, Herren auf der Treppe des Reichstags, eine Otter planschte ins Wasser.

Klawotzky flüsterte leise zu Herbst: »Müssen wir uns Kintopp vorführen lassen?«

»Kein geistiger Mensch, legen Sie nicht Ihre Maßstäbe an, Sie, von dem geschrieben wurde ›etwas Denkwürdiges, ein schimmernd schwebendes Herz‹.« Klawotzky wurde gegen so viel Schmeichelei mißtrauisch. »Ich wollte über das Ende unserer bisherigen Welt sprechen«, sagte Herbst, »aber Herr Markus wollte diesen Mist von Jacoby.«

»Höre Mist von Jacoby«, näherte sich Markus, »Irrtum, es ist der Anfang einer volkstümlichen Kunst, die vielleicht die Kluft zwischen Gebildeten und Ungebildeten überbrückt.«

Nachher fragte Klawotzky den blutjungen Jürgen von Rumke: »Hat Sie das interessiert?«

»Eine Otter, an einem Tag, an dem die Spiridonova den Großfürsten Nikolai umgebracht hat? Das Ende des Zarismus, echte Freiheit ist in Rußland in Sicht. Aber wer von Ihnen interessiert sich für Politik? Sie, Klawotzky, waren doch auch immer gegen den Kapitalismus?«

»Mich interessiert im Augenblick nur unsre schiefe Stellung als Juden. Wir brauchen ein neues jüdisches Selbstbewußtsein.«

»Predigen Sie einen neuen Nationalismus?« sagte Armin Kollmann.

»Eine sozialistische Gesellschaft wird keine Juden und Nichtjuden kennen«, sagte Jürgen.

»Sie glauben an Fortschritt«, sagte Klawotzky, »Fortschritt ist ein überholter Begriff. Nach der letzten Katastrophe, die sich durch untrügliche Zeichen ankündigt, wird ein neues jüdisches Reich erstehen.«

»Klawotzky, bei Ihnen piepts wohl«, sagte Armin.

Markus stellte sich zu ihnen: »Der Mensch ist ein Produkt seines Milieus.«

»Milieu ist Kulisse«, sagte Klawotzky.

»Na, sagen Sie mal, junger Mann, Heimatgefühl, Verwurzelung ist Kulisse? Was Sie sagen, ist nihilistisch.«

»Aber die Wahrheit,« sagte Klawotzky, »wir klammern uns an unser Heimatgefühl, aber Blut- und Schicksalzusammenhänge sind wichtiger.«

»Sie waren doch immer Sozialist,« sagte Jürgen, »Sie müssen doch an Klassenbindung glauben?«

»So einfach ist das nicht,« sagte Walter Markus und ging mit ihnen in sein Wohnzimmer. Weiße Möbel mit schwarzen Punkten, der ›Wiener Bretterstil‹ vor lila Wänden auf rotem Teppich.

Armin, Rauchringe aus der Nase, sagte: »Ehrgeizlos wie der schlafende Säugling.«

»Schicksalslos wie der schlafende Säugling«, verbesserte Otto Jacoby. »Ach Otto, wir hätten sonst gar nicht gewußt wie gebildet Sie sind. Mein Papa, der Geheime Justizrat Kollmann, wünscht, daß ich nach Oxford gehe, internationales Recht studieren, Rudern, Golf, nichts davon. Ich habe alles satt. Vielleicht die Südsee? Werner, du hast es gut, du mußt Geld verdienen«, und er nahm Edith, die er sonst nie beachtete, um die Taille: »Mein Kusinchen hat bürgerlichen Ehrgeiz, sie ist glücklich. Herbst, Sie kennen unsre Konflikte: Sozialismus oder Südsee? Ethik oder Ästhetik? Weltveränderung oder Nabelbeschau? Opferbringen oder das eigene Wohlleben? Unsereiner hat noch nicht einmal einen Hausschlüssel.«

Die rothaarige Jenny mit dem Katzengesicht wartete, daß Herbst sie anlächelte. Adelina klatschte, bat in den Salon: »Unser lieber Rudi Stern wird vortragen.«

Rudolf, Zylinder im Nacken, Stöckchen wirbelnd: »Und

männiglich in weißen Schlipsen ist man der hohen Freuden voll, man spricht von Sudermann und Ibsen und daß es morgen frieren soll ...« Rudi wußte, wie das Leben wirklich war, die neue Wohnung kostete 1200 Mark, nicht 600 wie die alte, im Jahr, und der Gastgeberin Blumen bringen, die soviel kosteten wie ein Mittagessen, und drei Mark Trinkgeld. Rudolf zitierte den Papa Kommerzienrat: »Der Romeo als Mensch betrachtet, er hat doch nichts, er ist doch nichts! Er lebt wie auf dem Feld die Lilie, hat nicht Geschäft und Stand dabei, und die Montecchi als Familie sind auch nicht völlig einwandfrei ...«, schwang sein Stöckchen und sang den Pumpvirtuosen: »Eine Schrippe, einen Wecken in das Hungermaul zu stecken oder einen Schwarzbrothappen muß man immer bar berappen, aber fünfzig Prachtgedecke für verwöhnteste Geschmäcke mit Sterlets und mit Lampreten und getrüffelten Pasteten kriegt man in Berlin gepumpt.«

Markus war entzückt, nahm ihn um die Schulter, er war immer ein großer Arm-um-die-Schulter-Leger.

Dann legte Rudolf mit seiner Kusine Margot Kollmann einen Tango hin.

»Donnerwetter«, sagte Herbst zu Klawotzky, »die kanns noch weit bringen.«

Klawotzky fauchte: »Das ist eine junge Dame, die Tochter von Geheimrat Kollmann.«

Ihre Mutter Marie war unglücklich: »Machst den Affen für andre Leute.«

Aber auch Adelina sagte zu ihrem Mann: »Am liebsten würd ich das Stück zum Tempel nausjagen.«

Werner, der mit fünfzehn gezwungen war, ein sorgender Familienvater zu sein, fand Armin blödsinnig, der meinte, er habe es gut, weil er Geld verdienen mußte. Er saß unbeachtet in einer Ecke, während sein Bruder glänzte.

Die Jugend brach nicht auf. Die Kinderfräulein warteten im Vorzimmer, um die Backfische nach Hause zu bringen. »Laß sie noch tanzen«, sagte Markus zu Adelina.

Armin und Christine saßen auf zwei Eßzimmerstühlen, und

er erzählte ›Die Rose und die Nachtigall‹ von Wilde. »Das Mädchen hatte dem Studenten einen Tanz versprochen, wenn er ihr eine rote Rose brächte. Aber er fand keine in seinem Garten, wo die grünen Eidechsen durchs Gras liefen. ›Er weint um eine rote Rose‹, sagte die Nachtigall. Alle fanden es lächerlich, aber die Nachtigall verstand den Schmerz ...«

»Wollen Sie nicht tanzen?« fragte Adelina.

»Ich möchte erst Armins wunderbare Geschichte zu Ende hören«, sagte die kecke Christine.

»Bitte«, sagte Adelina spitz.

»Ich danke Ihnen« sagte Armin und küßte Christines Hand: »›Ich kann dir eine rote Rose geben‹, sagte ein Rosenstrauch zur Nachtigall, ›aber du mußt die ganze Nacht für mich singen und dabei deine Brust an einen Dorn pressen, dein Lebensblut muß in meine Adern fließen.‹ Als der Student die rote Rose sah, jubelte er. Die Nachtigall lag tot im Gras. Aber das Mädchen sagte: ›Ich fürchte, sie passt nicht zu meinem Kleid, und außerdem hat mir der Neffe des Kammerherrn Juwelen geschickt.‹ Da warf der Student die rote Rose in die Gosse.«

»Wir wollen tanzen, auch ohne daß Sie mir eine rote Rose geben«, sagte Christine.

»Ich liebe Sie so sehr, daß ich kaum wage, Ihre Hand zu nehmen.«

Zehn Uhr. »Nun aber Schluß«, sagte Markus.

Christine sagte beim Essen: »Es wäre doch wohl sehr nützlich, wenn ich Englisch lernen würde. Was haltet ihr davon, wenn ich nach Oxford gehe?«

»Wie?« sagte der Oberst.

»Au pair in eine Familie«, sagte Christine.

»Unternehmungslustiges Frauenzimmer. Wenns glückt, wirste von mir befördert«, sagte der Oberst.

Grete war fassungslos: »Du kannst doch nicht Armin nachfahren!«

»Nachfahren? Er liebt mich doch«, sagte Christine.

»Und du?«

»Ich ihn auch. Er ist ein blendender Geist. Von Jörn Uhl sagte er: ›Dieses Buch könnte ich nur beschlechtachten‹. Blendend nicht? Und die ›Rose und die Nachtigall‹?«

»Wunderbar, aber doch von Wilde?« sagte Grete.

»Aber ich weiß, daß ich das Mädchen bin, dem er die Rose bringen wollte. Und was ist mit dir?«

»Ich möchte Schluß machen, aber wie? Er schreibt mir jeden Tag völlig irrsinnige Liebesbriefe. Ich habe eine Schublade voll.«

Christine las: »Ich habe plötzlich eine Vision gehabt, du bist krank, habe eine Ausrede gesucht, bin zu eurem Haus gefahren, dachte, meine Sehnsucht müßte mich zwei Etagen hochziehen, habe gewartet, gewartet, warum klingelst du mich nicht an? Nur ›Hier Grete‹, und ich werde wieder ein Mensch sein.« Christine war mitleidslos: »Ein alter Mann. Einer von Papas Freunden hat mich neulich im Taxi abgeknutscht. Ich wollte ihn nicht beleidigen, darum bin ich darauf eingegangen, aber so was heiraten? Kann ich nur lachen.«

»Ein Freund deines Vaters knutscht dich ab, unerhört!«

»Sei doch nicht so. Wie alt ist er denn?«

»Vierunddreißig.«

»Doppelt so alt wie du. Lächerlich. Schluß!«

»Ich traue mich nicht. Und dabei möchte ich so viel nicht versäumen. Klawotzky – der große Dichter – hast du schon mal mit ihm gesprochen? – wird am Donnerstag über Literatur sprechen und dein Bruder Jürgen über politische Ideen, blendend, nicht?«

»Der Kleine?« sagte Christine gedehnt, »ganz unter uns, er hat das Kommunistische Manifest gelesen. Na, gut, daß Papa das nicht erfährt.«

Markus und Jakoby saßen in den grünen Samtsesseln im Jakobyschen Wohnzimmer. Frieda in einem blaßgrünen Chiffonteagown bewachte den silbernen Teekessel auf der Spiritusflamme.

»Beer ist todkrank, erst siebenundvierzig Jahre alt. Diese phantastische Karriere zu Ende.«

»Direktor der Düsseldorfer Bank.«

»Kein halbes Jahr in seiner Villa im Grunewald.«

»Villa nennst du das?« lachte Markus, »Schloß würd ich sagen.«

»Es soll Krebs sein«, sagte Frieda, die es unpassend fand, über einen Krebskranken zu lachen.

»So ein großer Mann. Ein großer Verlust für uns alle«, sagte Siegmund Jacoby.

»Wo ist Hannchen?« fragte Beer seine Frau, die an seinem Bett saß. »Die Kränzchenschwestern sind da.«

»Auch Friedericke Markus? Dann ruf sie bitte.«

Sie holte Friedericke. Hanna Beer, Grete Mayer, Edith Stern, Christine sahen sich an.

Friedericke sah einen älteren Herrn im Bett liegen. Sie wußte, wenn alles ganz anders wäre, hätte er ihr eine Liebeserklärung gemacht, und sie hätte eingewilligt. Er hätte ihr das Leben erklärt. Mit ihm hätte sie die Welt bereist. Alles ganz anders. So sah er sie nur an: »Bleiben Sie meiner Hanna eine gute Freundin!«

Seine Frau stand klein, dick und hilflos daneben. Friedericke sagte: »Ich wünsche gute Besserung«, knickste und verließ das Zimmer, stand in der Halle, weinte, das Leben hatte sie zum Besten, es zeigte ihr die Erfüllung und ließ sie rasch verschwinden. Sie würde nie mehr einen geborenen Herrscher finden, einen Herrscher, obwohl er es nur zum Bankdirektor gebracht hatte. Sie würde nicht zum Kränzchen zurückkehren, konnte den Tratsch nicht aushalten – auch nicht Kellermann, ›Das Meer‹ –, ging die Treppe hinunter. Ein Hausmädchen kam: »Gnädiges Fräulein wünschen?«

»Ich muß nach Haus gehen. Mir ist nicht gut.« »So früh?« würde ihre Mutter sagen. »Da kann man nicht telefonieren? Da fährst du allein nach Haus? Ich weiß wirklich nicht, was ich von dir denken soll.«

»Wollen gnädiges Fräulein nach Hause telefonieren, damit Sie jemand abholt?«

»Ja«, sagte Friedericke.

Mit ihrer Mutter darüber zu sprechen wäre natürlich Unsinn. Sie würde sie nicht ernst nehmen. »Verliebt sich in den Großmogul Beer«, würde sie ihrem Vater erzählen. Ihre Mutter konnte keinen Mann wie Beer begreifen.

12. Kapitel
Von Rumkes

Christine, siebzehn, lernte im Rot-Weiß-Tennisklub Leutnant von Berger kennen. Er schrieb ihr täglich. Der Oberst verlangte »die Vorlegung eines der Schriftstücke«, las, lächelte seine Frau an und sagte: »Sehr brav, sehr ordentlich, Helm ab zum Gebet, und meinen Segen hast du.«

Der Winter nahte. Hildegard fühlte sich der Einführung Christines in die Gesellschaft – vor allem körperlich – nicht gewachsen und schrieb ihrer Schwiegermutter.

Die geborene Gräfin kam gern. Am zweiten Tag schon ließ sie sich Christines Kleider zeigen.

»Habt Ihr keine gute Schneiderin?« fragte sie.

»Ich schneidere alles selbst«, antwortete Hildegard.

»Man siehts«, sagte sie.

Sie ging ihrem Sohn bald heftig auf die Nerven. »Ich möchte jetzt eine Mahlzeit ohne Gespräche über die Toiletten, sonst nehme ich alle Mahlzeiten im Kasino.«

Jürgen klatschte.

»Beifallsäußerungen von Grünschnäbeln werden von nun an mit strengem Arrest bestraft«, sagte der Oberst.

Mit den Liederlichkeiten des bisherigen Lebens, den Besuchen Ibsenscher Dramen bei Brahm oder Shakespearescher bei Reinhardt für drei Mark auf der Galerie mit Margot oder Grete oder Jürgen war Schluß. Christine besuchte mit der Großmama ausschließlich das Königliche Schauspielhaus. Die Großmama war gleich beim ersten Besuch sehr enttäuscht: »Es ist ganz anders geworden. Der schwarze Frack, sogar der Smoking überwiegt. Wenige Uniformen. Traurig ist das. Ich sah sogar in der Nebenloge Gestalten, voll mit Juwelen, schwarzhaarig. Du verstehst schon! Wäre früher nicht möglich gewesen.«

»Ich will nichts von Juden hören!« sagte der Oberst. »Ich werde schon dauernd damit gefüttert, daß man auf keinen Fall den jungen Goldschmidt-Rothschild zum Offizier machen darf, obwohl er sich bei unserer Gesandtschaft in London sehr bewährt.«

»Bist du etwa dafür, die Einheit unseres Offizierkorps zu sprengen?«

»Gewiß nicht. Aber es gibt ernstere Dinge in Deutschland als Jüdinnen in einer Loge im Königlichen Schauspielhaus.«

Hildegard dachte, Mama hat recht, Juden in einer Loge im Königlichen Schauspielhaus, das gehört sich nicht.

Die Großmama nahm Christine auf einen vorzüglichen Platz zum Gastspiel von Josef Kainz als Franz Moor mit. Ihre Augen und Ohren waren nicht mehr gut, was sie – als Schwäche – tief verbarg.

Christine hörte atemlos: »Losgerüttelt das Totenreich aus dem ewigen Schlaf, brüllt wider mich: Mörder, Mörder.«

Eine unvergeßbare Stimme verkörperte das menschliche Gewissen. Es war zu aufregend, als daß sie mit Großmama hätte freundliche Konversation machen können, und in der Pause kam die Gräfin Uffing und rief entzückt: »Meine sehr liebe Frau von Rumke!« Und Christine wurde vorgestellt und mußte Fragen beantworten, und die Gräfin Uffing sagte: »Es ist eben doch ein aufrührerisches Stück, und ich finde, man sollte es den Privatbühnen überlassen. Wir haben genug Aufruhr, auch ohne daß er von nationaler Seite unterstützt wird.«

Christine klopfte Jürgen leise aus dem Schlaf, setzte sich auf den Bettrand und sagte: »Nein, daß du das nicht gesehen hast, wie er zitternd ankam und das jüngste Gericht beschrieb: ›Damals sah ich aufwärts und siehe, ich stand am Fuß des donnernden Sinai und über mir Gewimmel ...‹«

»Sei still, Christl, die Eltern wachen auf!«

Aber Christine sagte im Ton von Kainz: »Nun, warum lachst du nicht?«

»Hör auf, Christl, da schaudert einen ja.«

»Soll es auch«, sagte Christine, »und dann die alte Uffing, ganz tief: ›Ich sage Ihnen, das ist doch ein aufrührerisches Stück, und ich finde, man sollte es den Privatbühnen überlassen.‹ Gute Nacht, Hermann, mein Rabe, gute Nacht.«

Die Rousseau-Insel im Tiergarten war gefroren. Leutnant von Berger holte Christine ab, trug ihre Schlittschuhe, kniete vor ihr, wenn sie auf den Brettern saß, die im Winter aufs Eis gestellt wurden, so daß der lange Interimsrock das Eis streifte, schnallte ihr die Schlittschuhe an, und dann liefen sie mit gekreuzten Armen schwingend davon.

»Ein Linienleutnant!« sagte die Großmama. Würde der Abstieg, der mit der Heirat ihres Sohnes mit der geborenen Burrmann angefangen hatte, weitergehen? Einmal kam die Großmama mit ihrer Freundin Uffing an die Eisbahn, und es kam die gefürchtete Frage: »Aber, sagen Sie, meine liebe Frau von Rumke, wer ist eigentlich dieser Linienleutnant, den Ihre Christine so auszeichnet?«

»Die neue Zeit«, sagte die Großmama. »Kein Sinn mehr für Standesunterschiede.«

»Meine Liebe, so weit darf es aber nicht gehen. Die Gardekavallerie ist für den Hofadel, aber der niedere Adel gehört zur Garde. Ihre Enkelin verläßt ihren Stand. Die Herren vom Garde du Corps sehen einen Offizier vom Garde Train nicht als Kameraden an, und erst einen Linienleutnant!«

»Auszeichnet?« sagte Christine zu ihrer Großmama, als die sie warnte, »der läuft herrlich Schlittschuh. Keiner, der Walzer auf dem Eis tanzen kann, würde sonst mit mir Stümper laufen. Das ist alles. Na und?«

»Du mußt wissen, was du tust, aber es gehört sich nicht, daß du dem jungen Mann Avancen machst, wenn du ihn nicht heiraten willst. Wo steht überhaupt das Regiment? Thorn vielleicht?«

Beim Ball im Offizierskasino trug die Großmama den Familienschmuck und einen Hermelinumhang. Christine machte, wie der Baron Burlepsch sagte, »eine magnifique Figur, meine lieben Freunde, da darf ich wirklich gratulieren«. Christine stand in einer Gruppe von Gardekavalleristen, Dragonern, Ulanen.

»Endlich!« sagte die Großmama zu ihrem Sohn. »Der rote Linienkragen des Herrn von Berger nimmt sich seltsam genug dazwischen aus. Na, was sagst du, zäh und hartnäckig dieser junge Mann, der lässt sich nicht von den bunten hochmütigen Reiterleuten verdrängen!«

Die Großmama, und nicht Christine, regte sich auf! »Willibald, sieh doch, wer ihr den Hof macht, das ist der junge Prinz Siegen-Siegen, Breslauer Kürassier, Erbe eines der schönsten Majorate, das wäre eine Partie!«

»Ach, Mama«, sagte der Oberst, »er ist der Sohn meines alten Freundes. Das will gar nichts besagen. Unser Liebling soll nicht nach äußerem Glanz wählen.«

»Äußerer Glanz?« sagte die Großmama, »die Fürsten Siegen-Siegen haben einen Stammbaum, der nie durch standeswidrige Verbindungen befleckt wurde. Wer weiß, ob unser Liebling gut genug ist. Seit Jahren sage ich, es muß festgestellt werden, ob wir, das heißt deines Vaters Familie, sich von Rumke oder v. Rumke schreiben müssen.«

»Liebe Mama, schreibe bitte du an das Heroldsamt, ich habe zu viel auf dem Kopf.«

Hildegard fühlte, daß sie nicht in diesen Glanz paßte. Ihr Kind entglitt ihr. Plötzlich hatte sie das Gefühl, daß es nicht sie war, die nicht unter diese Leute paßte, von denen viele mehrere hunderttausend Mark Einkommen hatten, sondern daß es die andern waren, die die große Zeit von Kaiser Wilhelms eiserner Bettstelle, von Hochhungern und Sparsamkeit kaputt gemacht hatten. Dieser Luxus bei den Regimentern, der ihr das Leben schwer gemacht hatte! Hatte es nicht neulich Krach mit Friedrich Wilhelm gegeben, der erklärte, er könne jedes Paar Handschuhe nur einmal tragen? Das sei heutzutage so? »Ich habe Freunde, die bestellen sich fünf Dutzend Handschuhe und haben fünfzig Paar Lackschuhe auf einmal. Restaurant- und Weinrechnungen belaufen sich schnell auf zweitausend Mark. Dabei spiele ich noch nicht einmal.« Nun, Friedrich Wilhelm war neunzehn. Er würde schon vernünftig werden. Aber dieser Kaiser, der keine Zeit für echte Entscheidungen hatte, der die höchsten Generalstabsoffiziere wochenlang warten ließ, weil er immer etwas vorhatte, zum Beispiel die Investitur seines Sohnes als Herrenmeister des Johanniterordens, viermal anderthalb Stunden im Beisein des Kaisers, hatte ihr Mann erzählt, waren mit Proben vergangen. Sie tanzten alle auf einem Vulkan.

Herr von Berger kam an den Tisch, verbeugte sich vor Christine und walzte mit ihr.

»Das ist ein recht tüchtiger Frontoffizier, ein bescheidener junger Mann«, sagte Rumke.

»Ich hoffe, mein Lieber, du nimmst diese Sache nicht au sérieux?«

»Unsere Damen bevorzugen die Kavallerie, das führt zu großer Verbitterung bei den jungen Infanterieoffizieren. Sehr nett, daß unsere Christine das nicht mitmacht«, sagte Willibald zu seiner Mutter.

Die Großmama ging in den Dom und sagte beim Mittagessen: »Ach Willibald, ich habe noch unsern greisen Heldenkaiser gekannt. Aber wie sehr können wir uns glücklich preisen, einen solchen Kaiser zu haben, eine edle Erscheinung! Wie gemein, wie widerwärtig, daß man ihn so verleumdet! Und die Kaiserin ist noch immer schön, und sie trägt weiter die große Mode ihrer Zeit. Stil hat die Frau, und ich sage dir, Willibald, Stil ist alles. Sie kannst du dir nicht in einem Poiretsack vorstellen. Meine liebe Freundin Uffing sagte auch: »Der liebe Gott wird uns schon nicht verlassen.«

Alle stocherten in dem Schmorbraten, weil keiner recht wußte, worauf sie hinauswollte.

»Ich traf viele Freunde meines seligen Rumke. Ihr solltet regelmäßig in den Dom gehen, dort würdet ihr euresgleichen treffen. Ich bin keine Frau, die euch hineinreden möchte, aber ihr könnt euch denken, daß mich euer kosmopolitischer Verkehr beunruhigt.«

»Was nennst du kosmopolitisch«, sagte die kecke Christine.

»Franziska Stern? Ich glaube, die größte Reise, die sie gemacht gemacht hat, ist Swinemünde, oder Grete Mayers Mama, die Dampfnudeln macht oder Zwetschgenknödel und unsere rote Grütze für eine Art von chinesischen Vogelnestern hält?«

»Also, wenn ich kosmopolitisch sage, dann meine ich alle diese Leute, die gegen Armee- und Marineforderungen sind, diese sozihaften Gestalten, kurz diese reichen Juden, mit denen ihr umgeht. Tja, ich habe für uns alle für das Kainzsche Gastspiel in Richard II. Billets genommen.«

Christine sprang auf. »Was ist das für ein Aufspringen bei Tisch?« sagte der Oberst. Christine ließ sich aber nicht halten, fiel ihrer Großmama um den Hals und küßte sie: »Kainz«, jubelte sie, »ach, himmlisch!«

»Zehn Pfennig Strafe von nun an für jedes ›himmlisch‹«, sagte der Oberst.

»Tenue!« sagte die Großmama. »Haltung, bitte.«

Das Theater, soeben auf Wunsch des Kaisers um zweihundert Plätze verkleinert und renoviert, ein entzückendes Schloßtheater.

Der Vorhang sollte aufgehen, als Kaiser und Kaiserin mit ihrer ganzen Familie, auch der Kronprinzessin und der jungen Prinzessin Victoria Luise, in die Hofloge eintraten und sich das ganze Theater erhob.

Das Publikum war elegant, das Theater im vollen Lichterglanz, ein Genie würde auf die Bühne treten, und nach dem Theater würde die Mehrzahl dieser Menschen in noble Restaurants fahren und bei schweren Weinen und Sekt das strahlende Leben dieser großen Stadt, dieses mächtigen Landes genießen und würde hinausgehen in einen sanften Frühlingstag, noch Winter, aber schon der Schnee geschmolzen, und würde sich sehnen nach dem Mädchen, nach der Frau, die sie lieben, und würde an das Haus denken, das sie sich bauen, an die Fabrik, die sie erweitern, an das Examen, das sie bestehen würde, und vor allen lag das Leben, glanzvoll, wunderbar.

Der König trat auf die Bühne, das Genie als König, begleitet von den Vasallen, den Ministern, die gewöhnt waren, »Zu Befehl« zu sagen. Was war geschehen? Einer war heimlich ermordet worden. Kam damals … 1340 vor, würde heute nicht mehr vorkommen, und der König verbannte sie. Was ging uns Heutige das an, wenn nicht ein Genie den jungen König spielte, der nach seinem eigenen Kopf regierte und den Rat der weisen Männer in den Wind schlug? Aber dann sprach ein alter Mann, kurz vor dem Sterben, die Wahrheit: »Sorgloser Kranker! In deiner Krone sitzen tausend Schmeichler! Verprassen! Oh, daß dein Ahn prophetisch hätt' erkannt das Unheil seiner Söhne durch seines Sohnes Sohn. Er hätt' dich abgesetzt *vor* deiner Einsetzung, bevor es dir gelingt dich selber abzusetzen.«

In dem dunklen Theater begann eine kaum merkliche Unruhe. Saß nicht in der Kaiserloge des Sohnes Sohn des großen Ahn? War nicht dieses Kaiserliche Haus durch Skandale geschwächt, hatte nicht der leichtsinnige Kaiser im vorigen Jahr erst die Meinung der ganzen Welt gegen sich aufgebracht?

Und in der Kaiserloge selbst der Mann, des Sohnes Sohn des großen Ahn, mußte er sich dieses majestätsbeleidigende Stück anhören? Hatte er nicht immer das Beste gewollt? Wer hatte zum Besuch dieses Stückes geraten? Er würde ihn verantwortlich machen, seine Ungnade fühlen lassen, ihn absetzen. Er würde in der Pause weggehen. Aber Richard II. erwiderte: »Wärst du nicht des großen Edward Neffe, würde die Zunge, die so wild im Kopf dir wirbelt, dir den Kopf von den unehrerbietigen Schultern reißen.«

In dem dunklen Theater hörten Minister und Reichstagsabgeordnete dieselben Worte von der Bühne, die sie erst kürzlich im Reichstag, in der Wirklichkeit des 20. Jahrhunderts, gehört hatten, saßen die Offiziere, die wußten, woran es fehlte: »Der König ist verführt von Schmeichlern! Er braucht im Frieden mehr als sie im Krieg.« »Der König ist zum Bankrotteur geworden!« »Wir sehen den Wind hart in die Segel drängen und streichen doch sie nicht, gehn sorglos unter.« »Wir sehen den Schiffbruch, den wir leiden müssen, und unvermeidlich ist nun die Gefahr, weil wir die Ursach' unseres Schiffbruchs dulden.«

Und es saß in dem Theater der Reichskanzler, der sich vor

sich selbst und der Geschichte entschuldigte mit: »Wenn Sie wüßten, was ich alles verhindert habe.«

Und der General, Freiherr von L., Chef des Marinekabinetts, erinnerte sich, wie der Kaiser ihn gebeten: »Aber nicht wahr, nicht nur trockene Vorträge, hin und wieder eine kleine lustige Geschichte!« Und er wußte, daß er sich zum Clown gemacht hatte, Clown, Schmeichler, oder war er nur ein Tor?

Und der Minister der Finanzen erinnerte sich, wie sein Kaiser gesagt hatte: »Steuern müssen sie zahlen, bis sie schwarz werden. Was das kostet, was ich verlange, ist ganz gleichgültig.« Hatte er protestiert im Jahre 1910? »Zu Befehl!« hatte er gesagt. Und war es nicht Tatsache, daß im letzten Jahr sechs Millionen Mark Sparkasseneinlagen vom kleinen Volk gemacht worden waren?

Oben auf der Bühne wurde gesagt: »Denn wenig Dienst ist zu erwarten vom erbosten Volk, als daß sie uns wie Hund' in Stücke reißen.«

Und der Oberst von Rumke dachte: »Aber das Volk ist gar nicht erbost. Es ist kaisertreu. Wir, die wir wissen, wir haben Angst.«

Und der Kaiser und jeder seiner Familie dachte: »Würde dieses Stück nie ein Ende nehmen? Eine Schande, wie man den König von Gottes Gnaden behandelt.«

»Ich werde gehen«, sagte der Kaiser in der Pause. »Du wirst doch nicht, Wilhelm!« sagte die Kaiserin. »Das Ganze ist doch unnatürlich und unpassend, hat gar nichts mit unserer Zeit zu tun.«

Und dann empfing der Kaiser die Würdenträger und sagte zum Reichskanzler und zum Finanzminister und zum Flügeladjutanten und zum Chef des Militärkabinetts: »Lächerliches Stück, in das man mich hier gebracht hat, und dieser berühmte Schauspieler, dem sollte ich Unterricht geben, wie sich ein König benimmt.« Und es widersprach keiner.

Der Kaiser sagte: »Verpfuschter Abend, na, hören wir uns diese krasse Sache weiter an.« Es blieb ihm nichts erspart, aber auch dem Reichskanzler, den Ministern, dem Flügeladjutanten, dem Chef des Militärkabinetts nichts.

»Ihr habt missleitet einen edlen Fürsten, an Blut und Zügen glücklich ausgestattet, durch euch verunglückt und entstaltet ganz.« »Jesus Christus fand in der Zahl von zwölfen alle treu bis auf einen, ich von zwölftausend keinen.«

Abgesetzt, ermordet sogar. Es gab keinen Fürstenmord mehr in Europa, dachte der Kaiser, doch Ferdinand von Bulgarien hatte ihm anvertraut, daß schon zwanzig Attentatsversuche auf ihn gemacht worden waren. Und der Großfürst Nikolaus? Aber nicht Väterchen Zar, nicht die geheiligte Figur des angestammten Herrschers, nicht ein Kaiser von Gottes Gnaden.

»... täglich unter seines Hauses Dach zehntausend Menschen hielt? Dies das Gesicht, das wie die Sonn' Anschauer blinzeln macht.« Nicht Zehntausende, aber Tausende genossen die Feste im Weißen Saal, die Einzüge, die Aufzüge, und war es nicht ein Genuß, die Macht zu spüren, mußten nicht seine Minister Dampf vor ihm haben?

Der Vorhang fiel. Niemand klatschte so wie die beiden jungen Rumkes. »Kainz, Kainz!« riefen sie, und klatschten und klatschten, und der schmale König erschien wieder und wieder.

Der Generalintendant verbeugte sich. »Von mir bekommen Sie keinen Dank«, sagte der Kaiser, »unmögliches Stück, unmöglicher Schauspieler, hat nichts mit unserer Zeit zu tun. Lassen Sie den Herrn Kainz den Prinzen von Homburg spielen, werde ich kommen, oder wieder mal ›Der große König‹ von Joseph Lauff. Großartige Maske hatte der Carl Clewing gemacht.« Der Fürst St. stand in der Nähe und sagte leise zum Flügeladjutanten: »Die Prahlerei, Ruhmredigkeit und Schmeichelei in diesem ›Großen König‹ von Lauff ist Übelkeit erregend.« Der Flügeladjutant nickte.

Der Kaiser wendete sich an den Fürsten St.: »Na, Sie altes Schwein, Sie sind hoffentlich auch meiner Meinung, daß wir uns nicht Stücke über Königsmörder vorführen lassen müssen. Ich verlange von Hülsen, daß er uns noch mal den ›Großen König‹ spielt. Das ist ein herzerhebendes Stück.«

»Ganz meine Meinung«, sagte der Fürst St.

»Zu Befehl«, sagte der Graf Hülsen.

An einem der letzten Tage ihres ereignisreichen Aufenthalts rief die Großmama Christine in ihr Zimmer, wo der Koffer offenstand: »Mein liebes Kind, ich habe schon vor zwanzig Jahren geahnt, daß alles so enden muß. Es gehört sich nicht in unserm Stand, daß man mit Juden verkehrt. Du solltest stolz auf deine preußische Armut sein. Du darfst dich nicht von dem Glitter dieser Wurzellosen blenden lassen. Wir blicken auf eine lange Reihe edler Vorfahren zurück, die in jedem Augenblick bereit waren, für König und Vaterland ihr Leben in die Schanze zu schlagen. Ein schönes Mädchen wie du wird vielleicht wieder standesgemäß heiraten, dann bist du zur Repräsentation verpflichtet.

Deine Mutter ist im Bürgerlichen befangen. Sie glaubt, recht zu handeln, und weiß nicht, daß es sich nicht schickt, wenn eine Dame arbeitet oder ein Paket trägt. Als deine Eltern jung verheiratet waren, traf ich deine Mutter auf den Knien an, wie sie einen Parkettfußboden mit Stahlspänen abzog. Ich stand fassungslos – sie sagte: ›Ich kann von einem Dienstmädchen nicht verlangen, daß sie so schwer für mich arbeitet.‹ Es muß eben ganz anders sein. Du mußt für dein Gesinde die Sonne sein, die Freude und Leben spendet. Großvater und ich waren hier zu Gast, und beim Kaffee entdeckte deine Mutter, daß der Zucker fehlte. Sie ging an das Buffet, nahm eine blaue Tüte heraus und ließ sie herumgehen!«

»Das macht Mama sonst nicht!«

Aber die Großmama sagte nur: »Unterbrich mich nicht! Was ich sage, ihr habt keine Kinderstube! Unsre Silbersachen und unser Schmuck wurden schon 1813 dem Vaterland dargebracht. Du bist im Gegensatz zu deiner Mutter eine Soldatentochter. Von dir hoffe ich, daß du wieder einen Gutsbesitzer heiratest, dann wirst du Gutsangehörige haben, die von dir Hilfe erwarten, denn auch ihre Väter und Großväter haben sie von den Unsern empfangen, Leute, die kein Gefühl des Neides gegen uns hegen, weil sie an unserer Wohlhabenheit gewissermaßen teilnehmen.«

Die alte Frau ging an ihren Koffer, nahm eine Samtschatulle

heraus und zeigte Christine den alten Schmuck, der keineswegs 1813 eingeschmolzen worden war und den sie im Theater getragen hatte: »Diesen Schmuck hinterlasse ich dir.«

In Christine mischten sich die Freude, daß sie dies einmal tragen würde, und die Empörung, daß die Großmama ihre Mutter enterbte.

»Glaubst du nicht, daß du Freude an der Entfaltung von Glanz finden wirst, wenn du das Bewußtsein hast, damit Segen zu verbreiten? Vergiß nicht, Noblesse oblige! Adel der Geburt vereint mit Adel der Gesinnung!« Und so aufregend fand sie die eigenen Worte, daß ihr die Tränen kamen, während sie Christine umarmte, die sich erst ein paar Stunden später fragte, wo denn nun eigentlich der adelige Großgrundbesitzer steckte, der ein mitgiftloses Mädchen auf das Schloß seiner Väter führen würde, wo sie eigentlich »Glanz entfalten« konnte?

Die Aufführung Richards II. bewog Christine zu versuchen, in die Reinhardtsche Theaterschule zu kommen, Traum aller schönen und begabten Mädchen zwischen 1908 und 1914. Aber daß Christine den Mut fand, in die Schumannstraße zu gehen, sich nach den Bedingungen zu erkundigen, die Rolle der Jungfrau von Orleans zu lernen, war für ein Mädchen ihres Herkommens ungewöhnlich. Als sie es Grete erzählte, sagte die: »Ich will alles wissen, mit der Nummer von der Elektrischen, alles ganz genau.«

Christine schloß: »Es ist zwar schade, daß sie mich nicht genommen haben, aber wenn du Großmamas Abschiedsrede gehört hättest, dann wüßtest du, daß dieser Abstieg von einer Rumke zu einer Schauspielerin ihr das Herz gebrochen hätte. Sie hat mir jetzt den Familienschmuck versprochen, Mama vererbt sie nichts.«

»Unglaublich, aber es ist überall gleich. Meine Großmutter hat der Schwester meiner Mutter, die einen reichen Mann geheiratet hat, ein Dutzend von allem zur Austeuer gegeben, und meiner Mama, weil sie einen armen Amtsrichter heiratete, nur ein halbes Dutzend«, sagte Grete.

»Phantastisch, genau dasselbe«, sagte Christine.

»Es geht noch weiter. Auch meine Großmutter hinterließ dieser Tante ihren Biedermeierschmuck und meiner Mama zwei alberne silberne Tassen.«

Bei der letzten Mahlzeit mit der Großmama klopfte es. »Jemand vom Gesinde wahrscheinlich«, sagte sie. »Ich habe geglaubt«, schrie Jürgen, »das Wort Gesinde existiert gar nicht mehr.« »Eure Kinder haben keine Kinderstube«, sagte die Großmama. »Herein«, sagte der Oberst. Der Bursche brachte einen Brief auf einem Tablett.

»Ach«, sagte der Oberst entzückt, »Major Grauhase schreibt, er müßte mich dringend sprechen, wir sollten rüberkommen. Na Hildchen, machen wir am Sonnabend.«

Ein pommersches Nest. Grauhases wohnten in einem zweiten Stock am Strand. Die Treppe roch muffig. Im Eßzimmer neue Möbel, keine Familienbilder, ein hübsch gedeckter Tisch, man hörte das Meer. »Ich muß nach dem Essen sehen«, sagte Frau Grauhase, eine hübsche, noch junge Frau.

»Na also, was ist?« fragte Willibald.

»Weißt du etwas?« fragte Grauhase erschrocken.

»I Gott bewahre. Ich sage nur, man muß als Soldat auf alles gefaßt sein heutzutage. Im Corps von Lindenhorst haben sie reinen Tisch gemacht, vom Kommandierenden bis zum ältesten Hauptmann. Es ist ein undankbarer Beruf!«

»Wenn du das schon sagst, ein preußischer Edelmann und eine Leuchte, mit neunzehn Jahren Leutnant, mit dreißig Hauptmann.«

»Du weißt es besser als ich«, lachte Willibald.

Grauhase ging auf und ab: »Ich habs nicht leicht gehabt, ich bin kein Flieger gewesen. Keiner, ders verstanden hat, sein Licht anzublasen und den Buckel krumm zu machen. Na, wenn sie mir das Regiment noch geben, mich auch noch mal nach meinem Kopf regieren lassen, nachdem man so lange von den andern schikaniert und gezwiebelt worden ist. Meinetwegen können sie mich in ein Grenznest schicken, wo sich die Füchse gute Nacht sagen. Mehr will ich nicht. So'n alter Troupier wie ich. Das Regiment, dann könnte ich ruhig abgehen, aber wenn sie mich wegjagen wie'n alten Hund, Platz da, oller Krippensetzer, ohne Grund, ohne ein gutes Wort. Wir reißen das Maul nicht darüber auf, wir frondieren nicht, das ist keine preußische Soldatenart ... Die Streberei, die Neidhammelei ...« Es war klar, daß er nichts anderes dachte. »Wir werden alle Sozialdemokraten bei dieser Willkür, dieser Undankbarkeit gegenüber Leuten, die immer ihre Pflicht treu erfüllt haben.«

»Es ist alles sehr unerfreulich«, sagte Willibald, »aber es war immer die Lieblingsbeschäftigung jedes Offiziers, die Rangliste vorzunehmen und, mit dem Bleistift in der Hand, Luftschlösser zu bauen, indem man die zu erwartenden Abgänge vermerkte. Der Abschied eines alten Kameraden ist nichts weiter als ein Schritt im eigenen Avancement.«

Wie lange haben wir nicht mit Menschen zusammengesessen, mit denen wir so reden konnten, dachte Hildegard.

Nicht während der Bursche servierte, aber nachher im Wohnzimmer auf dem Sofa sagte Willibald: »Meine Frau sagt, wir tanzen auf einem Vulkan.« »Was sagen Sie da?« sagte Frau Grauhase und stellte die Tasse scharf hin.

»Nicht hier. Hier wird exerziert und alles geht seinen Gang, ein paar nette Kameraden, ein Arschloch, aber im Ganzen, du merkst nichts. Aber wir in Berlin. Jena oder Sedan, und wer denken kann, fürchtet Jena. In den 25 Jahren, seit ich Offizier bin, hat sich der Bildungsgrad der Leute enorm gehoben, aber in der Armee geschieht nichts, längst überwundene parademäßige Einrichtungen werden vermehrt statt vermindert. Ebensowenig wird dieser fürchterliche Konkurrenzkampf gemildert, den man durch Belohnungen, Ordensauszeichnungen und rücksichtslose Verabschiedungen großgezogen hat. Meinst du, selbst Schlieffen wagt noch, eine Ansicht zu äußern, von einer Überzeugung ganz zu schweigen? Vom Reichskanzler bis zum kleinsten Leutnant sagt ganz Deutschland nur noch: ›Zu Befehl, Eure Majestät!‹, bei den Manövern heißt es: ›Es müssen Bilder gezeigt werden‹, oder ›Massenangriffe sind bevorzugt‹.«

»Das ist doch unmöglich, das ist keine Kriegsübung.«

»Bitte! Die Kavallerie attackierte, wenn es sicher ganz unmöglich war, die Führer befanden sich vor den Schützenlinien, die Kolonnen beinahe in den Schützenlinien. Vor den fremdländischen Offizieren, beschämend!«

»Das beste Militär der Welt, die besten Offiziere der Welt!« sagte Grauhase bitter.

»Und was geschwindelt wird! Die Garde Kavallerie Division sollte nachts zwischen zwölf und eins von Berlin abrücken, morgens in Döberitz eintreffen, dann ein sehr anstrengendes Exerzieren im Divisionsverbande unter Führung von Seiner Majestät zeigen und abends wieder in die Garnison zurückmarschieren. Da nun aber diese Anstrengung das Material allzusehr mitnehmen würde, so marschierten die Regimenter schon einen Tag früher ab, quartierten sich stillschweigend und unter Deckung der Kosten aus Mitteln eigener Fonds in der Nähe des Übungsplatzes ein und marschierten auch erst am Tage nach dem Exerzieren zurück. Kein Vorgesetzter erwähnte, daß dieses Exerzieren unmöglich wäre, wenn man sich nicht auf diese Weise helfen würde. Keiner riskiert seine Karriere. Diese Täuschungen sind eine Konsequenz unserer Verhältnisse. Wir leben unter einem absoluten Regime. Wenn alle Befehle des Kaisers befolgt würden, hätten wir längst Revolution. Beim Straßenbahnerstreik hat er an das Generalkommando ein Telegramm geschickt: ›Ich erwarte, daß beim Einschreiten der Truppen mindestens fünfhundert Leute zur Strecke gebracht werden!‹ Als bei den Wahlrechtsdemonstrationen dreißig Verletzte waren, sagte er: ›Ich bin durchaus zufrieden mit der Haltung der Polizei, aber das nächste Mal soll sie nicht mit der flachen, sondern mit der scharfen Klinge zuhauen.‹« Man saß ganz still.

»Da sprenge ich dich her wegen meiner persönlichen Sorgen«, sagte Grauhase. »Ich komme mir recht jämmerlich vor, wenn doch der Boden, auf dem wir stehen, wankt.«

»Es ist überall dasselbe. Friedrich Wilhelm ist Leutnant beim Garde du Corps. Wir werden uns das gar nicht leisten können. Schon vor fünfzehn Jahren ist eine Order erlassen worden, daß Garde Kavallerie Offiziere nicht mehr als 120 Mark im Monat Zulage erhalten sollen. Wir haben Weiße getrunken, alter Grauhase, jetzt ist alles Sekt. Es gibt keinen, der unter vierhundert

Mark existieren kann. Wir geben das auch aus schweren Ersparnissen. Es geht aber nicht auf die Dauer. Und der Durchschnitt bekommt sechshundert Mark. Kann man sich nicht wundern, wenn die Offiziere bei ihren reichen Gastgebern im Oktober um das Weihnachtsgeschenk bitten, wenn sie gern in Häusern verkehren, wo man ihnen tausend Mark unter die Serviette steckt. Viele haben ja enormen Zaster. Burlepsch sagt kein Wort, wenn er seinem Sohn dreißigtausend Mark Zulage gibt. Burlepsch hat immer rund hundertfünfzigtausend Mark Einkommen gehabt.«

»Wie kann man so viel Geld haben?« sagte Frau Grauhase, »ich dachte immer, nur die Juden haben so viel Geld.«

»Genau das könnte Burlepsch gesagt haben, wobei er vergißt, daß er selber viel mehr hat. Den Burlepsch hat, abgesehen von riesigem Landbesitz, ein ganzes Viertel von Breslau gehört, und sie haben die Grundstücke nicht verkauft, sondern selbst bebaut durch die Baron Burlepsche Vermögensverwaltung, aber wir können das nicht, und außerdem ist die Auswahl eines Offizierkorps nach geldlichen Gründen die schlechteste Auswahl überhaupt.«

»Tja, Geld bedeutet heute mehr als Herkunft und Verdienst. Ich habe auch keine Herkunft. Seit wann gibt es überhaupt Offiziere aus der bürgerlichen Plebs wie ich einer bin?« sagte Grauhase. »Willst du behaupten, daß die adeligen schlechter waren? Auswahl ist immer schwer, aber eins kann ich sagen, mir sind Berufsoffiziere auf alle Fälle angenehmer als unsere Herren näselnden und ›schneidigen‹ Reserveleutnants. Übrigens noch was. Meine Kompanie ist ausgezeichnet im Schießen.«

»Kann ich mir denken, alter Grauhase, hab immer gewußt, was du für ein tüchtiger Offizier bist ...«

»Hat mir doch plötzlich mein Oberst gesagt, na, du weißt ja, was das für eine Scheibe ist, daß meine Kompanie nun von Exerzieren, Wachtdienst, Felddienst, ja sogar von Besichtigungen dispensiert werden soll, mir sollen die Patronen anderer Kompanien überwiesen werden, damit meine Kompanie durch das viele Schießen eine besonders hohe Schießausbildung erhält. Na, ich habe das natürlich nicht mitgemacht. Ich bin doch kein Schützenverein, der sich einen Pokal erschießen will.«

Rumke sprang auf: »Mensch Grauhase, alles wird klar. Das bedeutet den Abschied!«

»Wie ist das möglich? Krieg bedeutet Marschieren, muß doch die Leute im Marschieren ausbilden, und andern Kompanien ihre Patronen abnehmen, ist 'ne Gemeinheit!«

»Man weiß das alles, aber Offiziere haben bevorzugtes Avancement wegen besonderer Schießleistungen ihrer Truppenteile erhalten, und Offiziere, die mit den Schießergebnissen unter dem Durchschnitt zurückblieben, werden schlecht behandelt oder verabschiedet. Dabei ist die Marschleistung so wenig entwickelt, daß sie den einfachsten Anforderungen im Krieg nicht genügt. Man demoralisiert die Menschen geradezu, wenn man ihnen die Alternative einer ungewöhnlichen Auszeichnung oder des Abschieds zeigt, also ihre Existenz in Frage stellt ...«

»Na, wenn ich das weiß, muß ich mir ja die Patronen stehlen. Aber man hat doch ein Gewissen. Schiefe Mittel, um zum Erfolg zu kommen? Ich meine immer, das war früher nicht so.«

Auch Hildegard blieb gern noch länger. Und so entschlossen sie sich, über Sonntag zu bleiben.

Für Hildegard waren es zwei wunderbare Tage. Niemand mißbilligte sie hier. Grauhases fanden die Rumkes die besten Menschen, und es gab für alle vier nichts, womit sie hinter dem Berg gehalten hätten. Als sie am Sonntagabend nach Hause fuhren, ging Willibald mit Grauhase auf dem Bahnsteig auf und ab: »Wir sind alle sorgenvolle Patrioten. Ich weiß zu viel, als daß ich gut schlafen könnte.«

13. Kapitel

Verlobungsempfang

Samuel Blau, der noch vor zwanzig Jahren im Ladeneingang gestanden hatte, ließ 1912 ein Geschäftshaus bauen, das in den Architekturzeitschriften der Welt als Höhepunkt moderner Ladenbaukunst abgebildet wurde. Es war vom Boden bis zum Dach mit Blusen gefüllt. Samt – Seiden – Trikot – Spitzen – Woll – Kattun – Voile – und Batistblusen. Seit 1893 hieß es in Annoncen der großstädtischen – und Provinzpresse: »Ich, Maria Mansfeld, trage nur die gute Blau-Bluse«. »Blau-Bluse« war eine geschützte Warenbezeichnung. Ein ganzes Dorf in Madeira arbeitete Blau-Blusen. In Valenciennes arbeiteten Spitzenfabriken doppelte Schicht. Kattunblusen wurden für 95 Pfennig verkauft und Brüsseler Spitzenblusen für 100 Mark. Für ihre Reklame beschäftigten sie Scharnagl.

Eine Verwandte der Rumkes, eine Gräfin, dekorierte Schaufenster, eine tolle Person, die seidene Strümpfe für acht Mark trug (als eine Arbeiterin zehn in der Woche verdiente) und rauchte, während sie im Schaufenster angab. Als sie in einem mit grauem Samt ausgeschlagenen Schaufenster auf einer grausamtenen Erhöhung einen einzigen grünen Schlips und eine graue Vase mit einer grünen Blume ausstellte, verpflichteten die Blaus dieses Genie für ihr Geschäft.

»Du hast einen Broterwerb?« fragte Hildegard halb neidisch, halb vorwurfsvoll.

»Broterwerb? Kuchenerwerb!« erwiderte die Gräfin.

Nach den ersten Blau-Blusen-Fenstern gründete sie eine »Höhere Fachschule für Schaufensterdekorationskunst«.

»Eine Amazone. Mann wird sie keinen finden«, sagte der Oberst.

Leonore Markus verlobte sich mit dem jungen Bernhard Blau. Adelina sagte zu Frieda Jacoby: »Für mein Lorerl ist so ein einfacher Bub grad recht. Der ist nicht überzwerch wie die Buben bei unsern Vorträgen. Mein Mann ist sehr einverstanden, wenn der Bernhard nur halb so tüchtig ist wie der alte Blau.«

»Ist Lorchen nicht ein bißchen jung?« fragte Frieda.

Adelina war enttäuscht, daß Frieda die Verlobung der Achtzehnjährigen keinen Triumph fand.

Marie Kollmann sagte zu Franziska: »Da kannst du sehen, was bei der Extravaganz dieser Adelina herauskommt. Der plissierte Jupon, grüne Spitzen in schwarzem Chiffon und schwarze Spitzen in grünem, wer erlaubt sich denn so was? Die Markus können froh sein, wenn die Töchter keinen hergelaufenen Musiker heiraten. Aber ein Ladengeschäft?«

Rudi sagte: »Das sind feine Leute, blasen sich nicht auf, wie das jetzt modern wird: ›Herr Mayer hat eine Konferenz, Herr Lehmann empfängt gerade den Großmogul von Bipzilepaps‹, wie kann er da Zeit haben für eine Bestellung bei Rudi Stern? Blaus haben immer Zeit für mich und drücken nie die Preise. Hochanständige Kaufleute! Der Bernhard ist so bescheidem, ein bißchen tolpatschig und immer freundlich.«

Geschenke kamen, Silber, Meissener Porzellan, Kristall, Azaleentöpfe in allen Größen. Wagen und Autos fuhren vor. Immerzu kam der Telegraphenbote. Hausmädchen führten die Besucher zur Garderobe, ließen ihre Namen in ein Buch eintragen, stellten die Blumen in Vasen.

Die Kränzchenschwestern kamen zusammen: »Meine Mama läßt herzlich gratulieren«, sagte Edith Stern, »sie konnte absolut nicht abkommen. Darf ich auch Ihnen, Herr Blau, herzlich Glück wünschen?« Grete brachte nur: »Ich gratuliere herzlich«, heraus. Sie trug einen Goldreifen und eine grüne Schleife im Haar. Roserl hatte das ulkig gefunden und nichts gesagt. Adelina dachte, eine geschmacklose Person. Frieda sagte leise zu Grete: »Nehmen Sie den goldenen Reifen aus dem Haar, es ist zu viel.«

Rudolf tanzte in Zylinder und Cutaway herein, ein Stöckchen

schwingend, sang mit gewohntem Schmiß: »Gratuliere den Jungen, den Alten, wünsche nur Glanz und nur Glück ...« Und die lispelnde Lore: »Nein, Rudi, waf Fie immer für einen Wifz haben! Sowaf Ulkiges, eine Biedermeierteepuppe. Ich danke Ihnen taufendmal.«

Kurt Dampf, Adelinas Begleiter, brachte seinen Bruder Oskar, der sonst prinzipiell nicht zu Juden ging. Adelina war empört, konnte sich aber nichts anmerken lassen.

Herbst überreichte Adelina ein Glas mit ungewöhnlich arrangierten Blumen: »Von der neuen Blumenkunstschule«, er schwänzelte um Friedericke, die dachte, diese Jungs, lächerlich! Sie, die die Liebe eines bedeutenden Mannes von 45 Jahren zu erregen fähig gewesen war.

Klawotzky wurde als Verfasser von ›Das Lachen um Maria Schön‹ begrüßt – »Sie wissen doch, wer das ist, Erich Klawotzky« – und als Theaterkritiker der »Berliner Tageszeitung«. Er hatte einen Hymnus auf das Russische Ballett geschrieben: »Karsavina und Nijinsky, Welteroberer des Tanzes, Staubvertreiber und Entmotter«. »Genial«, sagte er auch hier, »Nijinsky! Die Rubinstein! Vor allem Fokine!«

Grete sagte zu Christine: »Ich sah in die Kulissen, weil ich so sehr an der Seite saß, und da sah ich, wie Nijinsky hinaussprang und sich puderte, ewig unvergeßlich! Es hatte nichts mit dem Ballett zu tun.«

Heye blickte auf einen österreichischen Offizier und sagte zu Markus: »Da steht das europäische Problem. Der Herr Kavalier. Seit einem halben Jahr hat Österreich mobilisiert und ruiniert sich finanziell. In Wien werden Serben verprügelt, ›Prinz Eugen‹ gesungen und ›Gott erhalte ...‹ Tisza hat gesagt, der Krieg mit Serbien sei unvermeidlich und Rußland aus inneren Gründen unfähig zu intervenieren. Hötzendorf will Krieg, aber Franz Joseph hat gesagt: ›Solange Italien uns nicht angreift, wird dieser Krieg nicht geführt‹, und Hötzendorf entlassen. Jetzt hat man ihn zurückgeholt. Die bilden sich nämlich ein, daß die unhaltbaren Zustände, besonders in der Armee, durch einen Krieg redressiert würden.«

»Die slavischen Regimenter sind ganz unzuverlässig.«

»Die Tschechen sind Verräter«, sagte Siegmund.

»Was der eine ›nichtswürdigen Hochverrat‹ nennt, nennt der andre ›Morgenleuchten der Freiheit‹. Die Behauptung, Österreich könne nur deutsch regiert werden, ist holde Poesie, Geschichten aus dem Wienerwald.«

»Ich weiß nicht, warum du dich so aufregst, ›wenn hinten weit in der Türkei die Völker aufeinander schlagen‹«, sagte Siegmund.

»Weil Stefan meint, wir könnten von Österreich in einen Krieg gerissen werden, obwohl ich glaube ...«

»Krieg!« lachte Siegmund. »Höre immer Krieg.«

»Bei dieser Verflechtung der Wirtschaftsinteressen gibt es keine Kriege mehr«, sagte Markus.

»Kiderlen hat gesagt, wir müssen an Österreichs Seite treten, damit wir nicht nachträglich neben einem geschwächten Österreich allein fechten müssen. Es wurde von vitalen Interessen gegen slavische Anmaßung gesprochen.«

»Aber was ist slavische Anmaßung?« fragte Markus.

»Ein Hafen am Meer, den Serbien auf keinen Fall bekommen darf. Wir hängen gänzlich von diesen österreichischen Kavalieren ab. Im schwierigsten Augenblick der Marokkokrise ist uns der österreichische Botschafter, Graf Khevenhüller, in der häßlichsten Weise in den Rücken gefallen.«

Markus, der ahnte, daß er einen österreichischen Schwiegersohn bekommen könnte, sagte: »Aber die Franzosen möchten liebend gern ein Bündnis mit Österreich. Warum soll es sich für Preußen opfern?«

»Das starke Deutschland beschützt Österreich«, sagte Siegmund, »und du findest, es könnte sich mit dem Erbfeind verbünden? Manfred, das hätte ich nie von dir gedacht.«

»Das Schlimmste ist die Haßatmosphäre in Europa«, sagte Heye, »unser Verrückter, der General Bernhardi, schreit, der Frieden kann nie der Zweck der Politik sein, und in Frankreich wird der ›nationale Tatinstinkt‹ gepredigt.«

»Aber das ist ja milde«, sagte Klawotzky, »schon vor drei Jahren wurden in Italien Rennautos berauschender als die Nike von Samothrake und der Krieg die Hygiene der Welt genannt und die Zerstörung von Museen und Bibliotheken gefordert.«

»Niemand wird leugnen, daß wir Ellenbogenraum brauchen. Sie sind gegen die Flotte, also gegen Deutschlands Größe, für den Kotau vor England.«

»Wir haben uns durch diesen Flottenbau die Freundschaft mit England verscherzt und mit diesem blödsinnigen ›Panther‹, den wir nach Agadir geschickt haben, den deutschfreundlichen Caillaux so geschädigt, daß er dem höchst gefährlichen Poincaré weichen mußte.«

»Wir brauchen die Befreiung aus dieser abgestandenen Atmosphäre, wir brauchen das Stahlbad.«

»Zum Beispiel Adrianopel. Heute morgen sind 138 Granaten in die Stadt geschickt und vor allem Frauen und Kinder getötet worden. Syrien ist überschwemmt mit flüchtenden Bauern aus Kirkilissa. Stahlbad!! Nach 70 waren wir ein geeinter, mächtig aufstrebender Staat. Unsre soziale Gesetzgebung war die beste der Welt. Es herrschte eine wunderbare Ruhe. Plötzlich ist politische Aktivität beliebt. Telegramme, Kanonenboote, man annektiert. Und seit 1911 schießt man, und das Resultat sind flüchtende Bauern.«

»Diese Ruhe hat vielleicht in Ihren Kreisen geherrscht, Moltke hat schon 1880 gesagt: ›Der ewige Frieden ist ein Traum ...‹«

»Und nicht einmal ein schöner«, setzten die anderen Herren fort.

Aber Friedrich Wilhelm zitierte weiter: »Der Krieg ist ein Glied in Gottes Weltordnung. Im Krieg entfalten sich die edelsten Tugenden des Menschen ...«

Heye sagte: »Wenn jeder Mensch dazu beitragen würde, die Welt ein bißchen – ich spreche dieses plötzlich verachtete Wort aus – fortschrittlicher zu machen, für mehr elektrisches Licht, mehr Badezimmer, mehr Wohnraum sorgen würde, das wäre würdiger, auch wenn Sie es im Materialismus ›versumpfen‹ nennen, als Ihren Nebenmenschen zu töten, der vielleicht vier kleine Kinder großziehen, eine Straßenbahn führen und seine Frau umarmen möchte.«

»Sie wissen Herr Heye«, sagte Friedrich Wilhelm, »daß meine Mutter immer meine Freundschaft mit Rudi Stern geduldet hat, aber nun weiß ich, die Juden haben durch ihre Feigheit überlebt, was Sie Gewaltlosigkeit nennen. Wir Preußen haben den Grundsatz hochgehalten, dulce et decorum est pro patria mori. Mit Recht wird Ihre Zeitung im Kasino nicht gelesen ...«

In der Ecke der Jugend erzählte Otto Jacoby Klawotzky von dem Auftrag, Pferderennen zu photographieren: »Ich weiß natürlich nicht, ob es glücken wird, das ganze Rennen und die Zuschauer. Man müßte zu mehreren sein.«

»Jacoby, Sie sind so begeistert, es wird Ihnen sicher gelingen.«

»Ich bin ein Handwerker, ein bißchen tipflich.«

Christine schwärmte vom »Lebenden Leichnam«: »Kinder, das Tollste ist die Lucie Höflich.«

»Die jungen Damen wünschen sich, Mascha zu sein«, sagte Herbst höhnisch, »für freie Liebe. Aber Sie werden alle im Bürgerlichen enden.«

»Ich will gar nichts anderes«, sagte Hanna Beer.

Otto sagte: »Es ist das herrlichste Theater, das wir je sehen werden, die Kellerszene, der Tanz der Zigeuner ...«

Klawotzky konnte diese Schwärmerei nicht vertragen: »Die hervorragende Aufführung eines hervorragenden Theaterstücks, aber das Stück ist ja nicht artistisch gemeint, sondern ein Plädoyer für den Anarchismus. Fedja tötet sich lieber, als daß er ein Dokument des Staats unterschreibt.«

»Tolstoi hielt den Staat für den Unterdrücker der Schwachen, aber er war auch gegen die Revolution von 1905. Er war gegen die Gewalt auch als Mittel gegen die Gewalt«, sagte Heye, »er hat Patriotismus die Quelle der meisten Menschheitsübel genannt.« Heye sah sich um: »Schade, daß der Herr Leutnant schon gegangen ist.«

Christine träumte: Wen könnte sie im ›Lebenden Leichnam‹

spielen? Die alte Fürstin Karenin. Aber dazu hätte sie ja noch viel Zeit!

»Du, toll«, sagte Margot Kollmann zu Hanna Beer über den Österreicher, aber er reagierte auf keinen ihrer Blicke – klein und große schwarze Guckerln in einem schönen Gesicht, der zweite Bezirk ist voll davon, dachte er. Er sagte mit gutem Instinkt gerade zu Otto Jacoby: »Ist denn hier gar kein Bedienter? Wo sind denn die Brettlhupfer?«

»Brauchen Sie etwas?«

»Rufen Sie bitte den Herrn dort am Fenster daher zu mir.«

Otto wunderte sich nicht, ging zu Herbst: »Der österreichische Offizier möchte Sie sprechen.«

Reizender Trick, dachte Herbst, kommt nicht zu mir, läßt mich rufen. Aber er ging.

»Baron Grünspecht, hob die Ähr.«

»Doktor Hanns Hermann Herbst.«

»Ich möchte mir halt die Frage erlauben, wo haben Sie dieses geradezu sinnige Blumenarrangement herbezogen?«

»Fescher Bursch!« sagte Adelina zu Heye und Siegmund Jacoby, »ein Baron Grünspecht.«

»Denen gehören doch riesige Wälder in der Bukowina und ein Palais am Ring«, sagte Siegmund.

Ein großer junger Mann in hohen Lederstiefeln trat ins Zimmer. Markus klatschte in die Hände: »Ich habe die Freude, daß unser Sohn gerade am heutigen Tage von einer Fahrt zurückkommt, die nicht nur ein Triumph der Firma Markus ist, sondern für deutschen Fleiß und Tüchtigkeit zeugt. Er hat einen normalen Kettenwagen bis Rumänien gefahren. Ich würde mich freuen, etwas von ihm zu hören.« Alles gruppierte sich um Walter: »Wer Ungarn kennt, wird wissen, was es heißt mit 3900 Kilo über die Steppensümpfe zu fahren. Die Straßen in Rumänien sind besser, aber nichts war eine Vergnügungsreise, immer wieder mußten wir den Wagen als Nachtquartier benutzen. In Bulgarien überquerten wir Gebirge mit Straßen im Urzustand, eine zehn Kilometer lange Strecke im Fluß, weil die Brücke fortgeschwemmt war ...«

Friedrich Wilhelm von Rumke, der mit Walter zurückgekommen war, klatschte begeistert. Die Eltern strahlten.

Walter verbeugte sich: »Unser Wagen hat sich an der Tschadalschalinie vorzüglich bewährt. Ich bin überzeugt, daß die Rentabilität des Autobetriebs gegenüber den Pferden besser ist, als allgemein angenommen wird.«

»Bravo!« rief Markus. »Diese 5000 Kilometerreise macht deutlich, daß die deutsche Lastautoindustrie in der Lage ist, Wagen für die verschiedensten Gegenden zu liefern.« Herbst sagte leise zu Heye: »Er wird uns doch keinen Preiskurant vorlesen?«

Der Empfang hatte sich hingezogen. Die Köchin war außer sich. Das Hausmädchen schimpfte. Man verabschiedete sich. Baron Grünspecht blieb.

Während man zu Tisch ging, hörte Adelina Bernhard Blau sagen: »Ich fand das ja furchtbar nett, daß der Architekt Dampf uns eine so hübsche Vase gebracht hat. Wollen wir ihm den Auftrag für unsre Einrichtung geben?« Lore antwortete ihrem Bräutigam: »Aber sicher, fein Bruder begleitet Mama feit Jahren zum Gefang.«

»Der Herr Dampf ist ein Architekt?« sagte der Baron. »Er schaut sehr anständig aus. Das kommt mir grad zu pass, ich hab was im Palais zu richten.«

Am Abend dieses langen Tages saß Adelina vor ihrem Toilettentisch: »Es ist mir nicht wohl bei diesen Verlobungen, denn der Baron wird ja in den nächsten Tagen ums Rickerl anhalten.«

»Wieso denn plötzlich?« fragte Markus, während er sich die Schuhe auszog.

»Da bringt der Kurt Dampf seinen Bruder mit, schon eine Frechheit, einen wütenden Antisemiten. Und es war eine ganz richtige Spekulation. Ich denk', ich hör nicht recht, wie der Bernhard sagt, es wär doch so nett, daß er gekommen wär, und die hübsche Vase, und er möcht ihm den Auftrag auf die Einrichtung geben.«

»Bernhard weiß nicht, daß er sonst nicht bei uns verkehrt.«

»Dieser Kerl, dem wir sonst nicht gut genug sind, erlaubt sich zu kommen, weil er einen Auftrag wittert, und unsere künftigen Schwiegersöhne fallen prompt darauf hinein.«

»Du wirst eben ein Machtwort reden. Natürlich darf er den Auftrag nicht bekommen.«

Blauer Teppich, weiße Schleiflackmöbel, Betten mit blauseidenen Daunendecken, gestickte Leinenwäsche, kreisrunde Nachttische. Sesselchen mit englischem Chintz, Rosenstrauß auf dem Toilettentisch. »Weißt, ich glaub halt, sie sind beide dumme Buben.«

»Mir wär auch ein gescheiter Mann wie unser Walter lieber als solche« – »Erben«, sagten beide.

Lore und Bernhard, zwei verliebte Kinder, Bernhard wollte von vornherein zwei Kinderzimmer einrichten, Adelina hatte eine Zehnzimmerwohnung für sie gemietet, zwei kluge Väter, Sammy Blau und Manfred Markus, konnten noch lange nach dem Rechten sehen. Aber was wollte Ricke? Vecsey, der Virtuose, hatte versucht, ihr auf dem Empfang den Hof zu machen. Sie benahm sich, als ob ein Stück Holz neben ihr stände. Sollte man ihr sagen: »Warte ab, wenn du den Baron nicht liebst.«? Sie wußten beide, sie würden diesen Mut nicht aufbringen. Grünspecht! Die große Welt, ein Vermögen in der vierten Generation.

Markus sagte: »Das müßte einer wissen, daß wir besorgt sind, weil unsre Töchter Herrn Blau und Baron Grünspecht heiraten. Er würde sagen, ›*die* Sorgen möcht ich haben‹.«

Grete stürzte zu ihrer Mutter in die Küche. »Also zieh dich um. In die Küch' mit den guten Sachen, das kann ich grad gut leiden. Häng erst alles weg.«

»Es war ja wahnsinnig interessant«, sagte Grete im alten Rock umgezogen, »die halbe Berliner Oper war da und ein österreichischer Offizier in einer braunen Uniform, Grünspecht, der Friedericke poussierte.«

»No, Baron Grünspecht! Da sind die Markus nichts dagegen. Im Frühjahr weißt fei nie, was kochen sollst. Mach ich heut

Dampfnudeln für alle mit Büchsenbohnen und für einen Käskuchen wirds auch noch reichen ...«

»Ich muß Tante Sabine genauen Bericht geben. Blaus sind doch Onkels Chefs. Frau Markus hatte ein Kleid aus lauter kleinen blauseidenen Volants, hinreißend, Mama.«

»Ich hab sie nur einmal gesehen, bei Sterns, da hat der Papa noch gelebt. Sie trug einen plissierten Jupon, in den schwarzen Volants waren grüne Spitzenvierecke ... O mei, das hast von der Ratscherei. Die Dampfnudeln sind am Anbrennen. Hams alle Rammeln, ich mag sie mit Schleifer viel lieber. Und weißt, was passiert ist? Fräulein Strack begießt ihren Blumentopf ohne Untersatz auf dem guten Mahagonitisch. Blätterts Furnier ab. Das sind so die Freuden der Vermieterei. Wenn du zu Tante Sabine gehst, vergiß nicht, es ihr zu erzählen. Und ich hätt fast vergessen, David Gutmann hat sich verheiratet mit einer großen Mitgift natürlich. Die Geschäftsleut' brauchen halt immer Kapital und noch dazu bei dem unsichern Hopfenhandel.«

»Er ist jünger als du?«

»Hast gemeint, er hat Absichten? Nein, mein Kind, er hat mich nur immer gern gesehen.«

Armin Kollmann, Jürgen von Rumke, Otto Jacoby gingen zusammen von dem Empfang fort. Klawotzky schloß sich an. Keinen verlangte so nach Aussprache wie Jürgen. Jacoby würde ihn nicht verstehen, der war kein Rebell, auch nicht der Zyniker Armin, aber vielleicht der unzufriedene Klawotzky.

»Gehen wir hier hinein.« Ein Café mit Marmortischen vor roten Samtsofas und Stühlen mit Strohgeflecht. Armin begann: »Ich werde meine Eltern überflüssigerweise in Oxford viel Geld kosten. Aber mein Vater diktiert! ›In England wirst du ein Mann.‹ Es interessiert mich nicht, aber was interessiert mich??«

»Sie können nur so gleichgültig sein, weil Sie vom Mehrwert schmarotzen«, sagte Jürgen. »Die Welt ist arm, häßlich und krank, und wir sind beauftragt, sie reich, schön und gesund zu machen, verteilen Sie Ihr Geld, gehen Sie in eine Fabrik.«

»Den Weg zum Volk suchen«, sagte Klawotzky, »als ich jung

war, trugen wir einen Havelock, der nicht gefüttert sein durfte, solange Menschen froren.«

»Zu primitiv«, sagte Jürgen.

»Nein, gar nicht. Niemand hungern, niemand frieren und jeder ein Dach überm Kopf, ist die Hauptsache. Ist es die Hauptsache?«

»Die Hauptsache ist, den Kapitalismus zerschlagen, damit nicht Einzelne sich mästen, während die meisten leer ausgehen.«

»Jeder jeden Tag Huhn. Lauter fette reiche Leute. Ein Ziel?« sagte Armin.

»Proletariat wird nie fett und reich, aber Brutalität und Unsicherheit müssen aufhören. Jedem Kind muß jeder Beruf offenstehen.«

»Wird die Vergesellschaftung der Produktionsmittel das erreichen?« fragte Klawotzky.

»Ja und ja und ja«, trommelte Jürgen auf den Tisch, »sehen Sie die verelendeten Gestalten aus den Fabriken kommen, und Sie, Klawotzky, werden eine tiefe Liebe spüren. Oder eine Volksversammlung, da ist etwas Heiliges durch die Kraft und Unschuld dieser erwartungsvollen Menschen.«

»Wir haben neulich nach jungen Mädchen annonciert«, sagte Jacoby, »zehn Mark pro Tag etwa 14 Tage lang. Es kamen Hunderte. Sie schlugen sich. Und das, um einmal 100 Mark zu verdienen.«

»Hundert Mark«, sagte Jürgen, »ist für viele ein Monatseinkommen.«

»Sie werden ein Märtyrer«, sagte Klawotzky, »aber kennen Sie die Religion genau genug, für die Sie auf den Scheiterhaufen steigen?«

»Scheiterhaufen?« lachte Jürgen. »In zehn Jahren haben wir diesen ausbeuterischen Kapitalismus über den Haufen geworfen.«

Hildegard sagte zu ihrer kleinen Freia: »Hoffentlich kommen sie heute nicht so spät, wo wir einen Gast haben.«

Christine kam lustig wie immer: »Na, himmlisch! So viele berühmte Musiker auf einem Fleck! Der Bruder von Frau Markus ist ja an der Münchener Oper.«

Der Oberst trat mit Burlepsch in den Salon, den Hildegard die ›gute Stube‹ nannte. Der Oberst sah auf die Uhr: »Pünktlichkeit muß sein, sonst geht alles drunter und drüber. Punkt zwei wird aufgetragen, und wenn der Herr Jürgen nicht da ist, ißt er in seinem Zimmer. Wo steckt er?«

Die Mutter, Friedrich Wilhelm und Christine sahen sich an, aber sie wagten nicht zu lügen. Hildegard sagte: »Er ist beim Verlobungsempfang von Lore Markus.«

»Markus? Juden?« sagte Baron Burlepsch.

Nun log Hildegard doch: »Ich glaube längst getauft.«

»Jüd bleibt Jüd, und wenn er zehnmal in Weihwasser getaucht wird«, sagte Burlepsch.

»Es sind die Lastautomobil Markus«, sagte der Oberst.

»Ausgezeichnete Wagen, haben ihren Wert im Balkanfeldzug erwiesen«, sagte der Baron.

Der Oberst sagte: »Warten auf den Grünschnabel? Laß auftragen!«

Jürgen trat ein, schwer atmend und knallrot.

»Keine Entschuldigungen! Wenn das noch mal vorkommt, kannst du in der Küche nachexerzieren. Verstanden? Marsch an die Suppe!«

Burlepsch reichte Hildegard den Arm, der Oberst seiner ältesten Tochter, sie standen hinter den Stühlen. Der Bursche trug die Suppe auf. Freia sprach das Tischgebet.

Man unterhielt sich vom Balkanfeldzug: »Die Rumänen wollen doch noch eingreifen, dabei waren ihre Wünsche in der kutzowalachischen Frage bereits befriedigt worden.«

»Die Großmächte haben in Sofia und Bukarest zur Mäßigung geraten.«

Friedrich Wilhelm sagte bescheiden: »Herr Heye ist der Überzeugung, daß die Österreicher Krieg wollen.«

»Heye?« sagte Burlepsch, »von diesem Schandblatt!«

»Nun Schandblatt?« sagte der Oberst. »Im Ausland die gelesenste deutsche Zeitung.«

»Schlimm genug, zumindest kein nationales Blatt und Heye kein nationaler Mann«, sagte Burlepsch.

»Heye pflegt gut orientiert zu sein. Der Krieg, den die Österreicher wollen, scheint mir der falsche Krieg, am falschen Ort im falschen Zeitpunkt zu sein.«

Die Stimmung blieb ernst, und trotz guten Rheinweins war das Mahl nicht geeignet, sie zu heben. Nach Tisch verschwanden die Herren und Hildegard im Salon. Jürgen ging mit Christine in das Zimmer der Mädchen.

»Uff«, sagte er, »wir sind ja hier alle eingemottet!«

»Jürgen!« mahnte Christine.

»Christine, ich muß raus, ich werde nicht Jura studieren. Ich hatte heute eine grundlegende Unterhaltung mit Klawotzky, er gab mir neue Zeitschriften. Ich muß dir ein Gedicht vorlesen:

Grell wehen die Fahnen, wir haben uns heftig entschlossen,
Ein Stoß ging durch uns, Not schrie, wir rollen geschwellt,
Wie Sturmflut haben wir uns in die Straßen der Städte ergossen
Und spülen vorüber die Trümmer zerborstener Welt.«

»Herrlich!« rief Christine.

»Hör weiter:

Wir fegen die Macht und stürzen die Throne der Alten,
Vermoderte Kronen bieten wir lachend zum Kauf,
Wir haben die Türen zu wimmernden Kasematten zerspalten,
Und stoßen die Tore verruchter Gefängnisse auf.
Nun kommen die Scharen Verbannter, sie strammen die Rücken,
Wir pflanzen Waffen in ihre Hand, die sich fürchterlich krampft,
Von roten Tribünen lodert erzürntes Entzücken
Und türmt Barrikaden, von glühenden Rufen umdampft.
Beglänzt von Morgen, wir sind die verheißnen Erhellten,
Von jungen Messiaskronen das Haupthaar umzackt,
Aus unsern Stirnen springen leuchtende neue Welten,
Erfüllung und Künftiges, Tage, sturmüberflaggt.«

»Herrlich! Ein neuer glühender Atem! Von wem ist das Gedicht?«

»Ernst Wilhelm Lotz vom Kadettenkorps Lichterfelde. Aber wer hat mich darauf aufmerksam gemacht? Klawotzky. Und er hat mir auch den ›Revolutions-Aufruf‹ gezeigt.«

»Revolutions-Aufruf?« sagte Christine. »Diese Verse sind zwar eine Revolution, aber wir sitzen hier hinten, Kinder eines Generalstäblers von Rumke, und du willst mir einen Revolutions-Aufruf vorlesen?«

»Und sogar von einem Prager Juden, Franz Werfel. Aber Werfel und Lotz sagen dasselbe, Brüder der gleichen Generation.«

»Lies, bitte, lies!«

»Kommt Sintflut der Seele, Schmerz, endloser Strahl!
Zertrümmre die Pfähle, den Damm und das Tal!
Brich aus Eisenkehle! Dröhne du Stimme von Stahl!

Blödes Verschweinen! Behaglicher Sinn,
Geh mir mit deinem toten *Ich bin!*
Ach nur das Weinen reißt uns zum Reinen hin.

Und noch etwas:

Doch in Indien lebt ein goldner Buddha,
Tausend Hände hat der goldene Buddha,
Und die kleinen Vögel nisten dort.
Alle Herzen, die da müd geworden,
Alle Augen, die in Tränen betten,
Alle Schmerzen, die im Weltall brennen
Nimmt der Buddha in die tausend Hände.
Tausend Hände müssen trösten können,
Denn sie sind ein ungeheures Mitleid.«

»Von wem?« fragte Christine.

»Von mir«, sagte Jürgen.

»Du bist ein Dichter, Jürgen! Ich habe darauf verzichtet, eine große Schauspielerin zu werden, weil eine von Rumke nicht Schauspielerin wird. Aber Kleist, Platen-Hallermund und sogar Arnim waren Dichter, offenbar war Dichter früher standesgemäß beim preußischen Adel und nicht nur Offizier, obwohl ich sehr stolz bin auf den Rumke von Leuthen und den Sieger in der Schlacht von Leipzig und Großpapa bei Gravelotte. Vielleicht war früher wirklich alles besser, obwohl Friedrich Wilhelm sicher auch ein Genie ist.«

»Und wir werden diese neue alte Zeit wieder herbeiführen. Ich gehe in ein Bergwerk, wenn ich nicht genug mit Schreiben verdiene, um für Besserung der Zustände zu kämpfen. Es ist alles falsch, kutzowalachische Grenzberichtigungen und die deutschen Belange und die französische Nationale Tat. Jeder Mensch soll Bruder heißen. Wir wollen die Gewalt beenden.«

»Übrigens warum verschweint man in der Behaglichkeit, wie dein Werfel sagt? Was wird Papa sagen, wenn du Dichter werden willst? Furchtbar aufregend, und ich habe Angst um dich.«

»Na, zuerst kommts Abitur. Das geht schon nicht anders.«

Hildegard trat nach ihrer Art leise und lächelnd ein: »Ich störe euch, ich weiß, aber kommt, euch verabschieden.«

Sie standen in der Diele. Burlepsch drückte Friedrich Wilhelm die Hand: »Auf den könnt ihr stolz sein, der wird uns alle überflügeln. Wir haben in der faulen Friedenszeit gelebt, aber wir werden es ihnen zeigen. Wir gehen unter diesem brillanten Kaiser großen Zeiten entgegen ...«

Friedrich Wilhelm grüßte militärisch: »Danke verbindlichst, Herr Baron.«

»Von Ihnen habe ich nun gar nichts gehört«, sagte der Gast zu Jürgen.

»Unser Jürgen ist ein Frondeur«, sagte der Oberst lächelnd.

»Das ist doch nicht möglich?« sagte der Baron erschrocken.

»Der Most gebärdet sich wieder einmal wild.«

»Die vierzig Friedensjahre! Kein Auslaß für eine Jugend, die gefährlich leben will! Keine Kolonien! Da sieht mans.«

14. Kapitel

Entscheidung

Jürgen hörte mit zwei Freunden den aufregenden Vortrag eines Nationalökonomen. Aber was wäre für Jürgen 1913 nicht aufregend gewesen?

»Die proletarische Bewegung ist die der ungeheuren Mehrzahl im Interesse der ungeheuren Mehrzahl. Zwar sind nur 33% der Bevölkerung Arbeiter, aber 68% haben weniger als neunhundert Mark Einkommen im Jahr.« Keiner der Zuhörer gehörte zu dieser Mehrheit, die man nicht mehr Arme nannte, sondern Proletarier. Die Armen der Bibel kamen ins Himmelreich, die Proletarier wollten sich das Himmelreich auf Erden verschaffen. »Wohnungsnot und Wohnungsjammer«, sagte der Vortragende, »eine Stube ist kein Elternhaus, eine rauchige Fabrik keine Heimat. Der Proletarier wandert durch die Welt, Italiener bauen Eisenbahnen überall. Polen sind Bergarbeiter in Westfalen. Die Familie war Ernährungs,- Wohn- und Erziehungsgemeinschaft. Auf dem Haus, dem Eßtisch beruht die Familie, auf der Familie der Staat. Kann sich ein Mensch in einer Stube, vier Treppen hoch, im Hof, entwickeln? Wer von Ihnen weiß, daß eine Wohnung erst als übervölkert gilt, wenn mehr als sechs Personen in einem Raum leben? Zu den sonderbarsten Errungenschaften der kapitalistischen Kultur gehört die Nachtarbeit! Dem Kapitalisten ist natürlich nur darum zu tun, daß er nachts schläft!«

Großer Beifall erhob sich plötzlich.

»Oder die Mutter in der Fabrik? Und in der Schreckenskammer des Kapitalismus das Scheußlichste, das arbeitende Kind, das vier Stunden lang vor der Schule Semmeln und Zeitungen bei den ›feinen‹ Leuten herumträgt. Und die Arbeit selbst? Einen Bäcker erfüllt seine Arbeit mit Stolz. Wie aber soll ein Arbeiter in einer Schwefelsäurefabrik ein inneres Verhältnis zu seiner Arbeit gewinnen? An die Stelle des Meisterbriefes trat das Reichspatent! Die Fabrik ist der riesige Moloch, der von sechs Uhr, wenn das Kapitalistensöhnchen sich noch einmal im Bett umdreht, verkündet, daß die Herrschaft des Kapitals über Leib und Seele für 11 bis 12 Stunden wieder begonnen hat. Selbst für den Sklaven fühlte sich sein Herr verantwortlich, und der Sklave fühlte Treue zu seinem Herrn. Erst die kapitalistischen Grundsätze zerstören alle Sittlichkeit. Die Beziehung zwischen Arbeitgeber und Arbeitnehmer ist das Geld. Geld geht von einem zum andern, aber weder Gedanken noch Gefühle. Der Arbeiter wird entlassen, wenn er alt oder krank oder der Geschäftsgang flau wird. An die Maschine gekettet, die ihm das Mark aus den Knochen saugt, muß er Schritt halten mit dem Tempo, das der Fabrikherr für gut befindet. Mit Recht haben die Arbeiter die schlimmste Fron mit dem Wort »Akkord ist Mord« bezeichnet. Hinter ihm steht der Fronvogt, der Werkmeister, und seine Peitsche ist die Drohung mit der Entlassung.«

Jürgen hörte den Redner das verächtliche Wort »Gällt« aussprechen, und der Enkel vieler Offiziersgeschlechter dachte, was könnte noch gemeiner sein als Geld, als Profit? Er brannte darauf, mit den Sozialisten Schwarz und Mühlenbach zu reden.

Schwarz, stämmig im schäbigen Mantel über dem bemehlten Anzug, rotgeränderte Augen von Nachtarbeit und Lesen, war aus dem polnischen Dorf davongelaufen, wo er als Zwölfjähriger sechzehn Stunden gearbeitet hatte, hatte Elternhaus und Religion hinter sich gelassen, war nach Berlin gefahren mit einem leeren Portemonnaie und großen Erwartungen, genau wie der sanfte Mühlenbach mit dem Danteprofil, dessen Vater ein gutgehendes Konfektionsgeschäft in Breslau hatte und ihn gern bei sich behalten hätte.

»Bürgerlicher Quacksalber«, faßte Schwarz den Eindruck des Vortrags zusammen, »er gibt nur Diagnose, obwohl dieser Herr Ganz genau die Lösung kennen muß. Alle Kapitalisten an die Wand gestellt, den Mehrwert verteilt, und wir haben die Diktatur des Proletariats. In unserm Betrieb arbeiten wir nicht mehr die ganze Woche, denn an jeder Mark, die wir erschuften, verdient der Herr Arbeitgeber 25 Mark. Wenn wir also für 25 Mark weniger arbeiten, schädigen wir ihn um 625 Mark. Ich kann mir keinen Sonntagsanzug kaufen, aber er kann sich auf diese Weise keine dreie leisten.«

»Großartig!« rief Jürgen. »Ihr hungert für alle. Aber warum macht das Proletariat, 68% der Bevölkerung, keine Revolution?«

»Wir brauchen eine stärkere Organisation«, sagte Mühlenbach.

»Die Organisation ist da«, sagte Jürgen, »warum errichten wir keine Barrikaden, lassen die Betriebe von Arbeitern besetzen?«

»Die Herren Reformer glauben an Wahlzettel«, sagte Schwarz.

»Kindlicher Glaube, daß sich die Eigentumsverhältnisse ohne Revolution ändern.«

»Kindlich?« sagte Schwarz. »Der Versuch das eigene Scheckbuch zu retten? Wir brauchen Arbeitszwang. Kein arbeitsloses Einkommen mehr für die Kapitalistensöhnchen ist die Hauptsache und industrielle Armeen für Ackerbau, Beseitigung des Unterschieds zwischen Stadt und Land und unentgeltliche Erziehung.«

»Wenn ich denke, was wir unsre Eltern gekostet haben. Zuschuß für Friedrich Wilhelm, weil die Herren Gardeoffiziere 30000 Mark im Jahr brauchen. Mitgiften für die Schwestern, damit die Herren Bräutigams Kaution stellen können.«

»Vor allem«, sagte Mühlenbach, »wollen die Sozialisten freie Menschen, und das werden sie sein, wenn der Mehrwert verteilt ist und die Zinszahlung aufhört.«

»Allen müssen die Güter unserer Erde erreichbar sein«, sagte Jürgen, »ich kann nicht verstehen, wie irgendeiner draußen bleiben will. Mädchen brauchen nicht mehr ›standesgemäß‹ zu heiraten. Geld wird nicht mehr groß geschrieben. Von jedem nach seinen Fähigkeiten an jeden nach seinen Bedürfnissen! Ach, Mühlenbach, wie klar wird alles. Wir sind die Avantgarde der Zukunft, die nicht mehr Ichbezogenen.«

»Wir haben Bündegründer und Propheten zu sein«, sagte Mühlenbach.

»Krieg den Ausbeutern! Krieg dem Klassenfeind!« sagte Schwarz.

Sie hatten sich entschieden, als sie sich im Berliner Westen gegenseitig begleiteten, der siebzehnjährige Jürgen von Rumke, der achtzehnjährige Schwarz, der alte weise zweiundzwanzigjährige Mühlenbach.

15. Kapitel
Frau Konze. Der Prinz

Der angesehenste Mann bei der Zeitung war von 1900 bis 1910 der Theaterkritiker, er war berühmter als der Schreiber der Stücke, weil die Kritiker dem neuen Drama, Ibsen und Hauptmann, zum Durchbruch verholfen hatten, Ehrlichkeit und Wahrheit gegen Schwafel und Schwulst und patriotische Schinken.

Als Klawotzky zweiter Theaterkritiker wurde, war es mit der Bedeutung des Theaterkritikers beinahe schon vorbei. Seit dem ›Lachen um Maria Schön‹ war sein Versdrama ›Der Camelot und Guinevere‹ aufgeführt worden. Der Camelot in silberner Rüstung, Gawan in goldener und Guinevere in weißem Gewand vor roten Vorhängen. Wohlwollende Kritik konnte es nicht retten. Klawotzkys nächstes Stück wurde nur in Halle gespielt. Als ihm Herbst ein Kompliment machte, erwiderte er böse: »Ich bin der Theaterkritiker Klawotzky. Es gibt eine Verschwörung, meine Stücke nicht anzusehen. Den Dramatiker Klawotzky nimmt man nicht zur Kenntnis.«

Als er wegen einer Wedekind-Premiere in München war, erhielt er eine Einladung: »Michael Konze lädt Sonntagvormittag zur Schau von zwei Glasgemälden.«

Strahlender Wintertag, blauer Himmel über glitzerndem Schnee. Er lief zwischen den Wänden der Ludwigstraße durchs Siegestor, die feine Leopoldstraße entlang, die Bäume Traumgebilde aus Kristall, in die endlose Hohenzollernstraße an ein Haus, das vom Parterre bis in die dritte Etage mit Reliefs von Jungfrauen geschmückt war, die Sonnenblumen überm Kopf hielten. Bei der Schau war ein erlesenes Publikum, die Frauen in engen Kleidern mit riesigen Hüten. Klawotzky ging an den Gemälden vorbei in ein leeres Zimmer, dessen rundes Glasfenster farbiges Licht auf ein breites Sofa warf, auf dem ein sehr junges überschlankes Wesen kauerte, mit kupferfarbenem Haar und dünnen Armen, die mit breiten Metallreifen bedeckt waren. Sie verschwand. Klawotzky dachte, die muß ich kennenlernen.

Sie war die Gattin des Michael Konze, der üppige nackte Frauen im Freien als Bordüre oben auf die Wände der neuen eleganten Restaurants malte.

Klawotzky schrieb im Hotelzimmer seine Kritik über den Wedekind, klug, vorausschauend und ein bißchen schwerflüssig, brachte sie zum Hauptbahnhof, um sie dem ersten Frühzug anzuvertrauen. Er geriet in die Pierrots, die ihn mit Papierschlangen umwickelten, machte sich verlegen los, sah überall unter den Wintermänteln bunte Hosen und buntbestrumpfte Beine, Mädchen mit Blumen und Silbersternen im Haar und Männer mit Masken und roten Nasen, sich umschlingende Paare und ging, einsamer Zivilist, ins Hotel, dachte an Frau Konzes kupfernen Haarknoten, übergroße graue Augen, nackte Füße, hatte sie eigentlich nackte Füße?

Heye arbeitete in seinem Zimmer mit der unwahrscheinlichen Registratur, die ein Vor- und Nachteil war, ihn zu oft verführte, einen alten Schriftsteller zu zitieren, was seinen politischen Artikeln etwas Geschmäcklerisches, Altmodisches gab. Er sagte selbst:

»Wie wohltuend ist es, auf glitschigem und abschüssigem Wege einen Halt bei einem berühmten Schriftsteller und einem guten Zitat zu finden.« Er war unfähig, die gebildete Wendung fortzulassen.

Er überlegte, ob er den Satz aus dem »Temps« richtig verstanden hatte: »Die Haager Konferenz hat 1899 den Flugzeugen das Hinabwerfen von Geschossen als inhuman verboten, aber inzwischen hat die Aeronautik wunderbare Fortschritte gemacht.« »Quand on sent sur son épaule une responsibilité aussi formidable…« wenn man auf seinen Schultern eine so ungeheure? fürchterliche? gewaltige? – wohl besser ungeheure –

Verantwortung fühlt wie diejenige, mit der unsere modernen Generäle betraut sind, »on agit de son mieux«, handelt man nach bestem Gewissen, nein. Gewissen brachte eine Ethik hinein, die nicht darin war, handelt man nach bestem Vermögen, ohne sich um die Dritten (die Zivilbevölkerung) zu kümmern, »d'arriver au but le plus surement possible«, um das Kriegsziel so sicher wie möglich zu erreichen. Häßlicher Satz.

Es klopfte. Man brachte ihm die Visitenkarte des Prinzen Siegen-Siegen.

Der Prinz war im Auswärtigen Amt gewesen, ohne mit dessen Politik übereinzustimmen. Nach seinem Abschied bat ihn Heye um Mitarbeit.

Der Prinz gehörte zu den liberalisierenden Grandseigneurs, die sehr reich und darum angesehen bei Hofe, aber ohne Einfluß waren. Er hatte sich weit von seinem Freund Burlepsch entfernt, der eine verblüffend einfache Weltanschauung mit heiterer Rücksichtslosigkeit vertrat, aber so weit, daß er für ein liberales, von einem Juden geleitetes Berliner Blatt geschrieben hätte, war er nicht. Als ein Meister der großen, gesellschaftlichen Form wickelte er die Absage in ein Kompliment: »Mein lieber Herr Heye, ich bewundere Ihre große politische Befähigung, die Ihnen gestattet, das alles besser zu wissen.« Heye wußte nicht, war das Ernst oder Ironie. Weitere achtseitige Briefe folgten.

Heye hielt die Visitenkarte in der Hand, und der Stolz, wer da zu ihm kam, und der Verdacht, daß der Prinz es vorgezogen hatte, im Zwielicht nach Schluß der Redaktion zu kommen, hielten sich die Waage.

Der Prinz hatte seine Wurzeln weniger tief in irgendeiner Erde als Heye im Berliner Sandboden, wo seine Vorfahren unter dem Namen Heymann mit fünfzig 1670 aus Wien vertriebenen Familien vom Großen Kurfürsten zugelassen wurden, der gesehen hatte, wie sehr die Juden zu Hollands wirtschaftlichem Aufstieg beitrugen. Er nahm nur reiche Juden, weshalb noch 1913 viele Berliner Juden reich waren. Es wäre nun faszinierend, wenn der Prinz nun auch von Vertriebenen, den hugenottischen nämlich, gestammt hätte. Aber er war französischer Uradel, der Kreuzzüge mitgemacht hatte, und meist jung im Dienst der französischen Könige gefallen war. Noch der Großvater hatte im Siebenjährigen Krieg in der Armee der Pompadour gefochten und sich infolge einer sehr reichen Heirat in Deutschland festgesetzt. Seinen Sohn enteignete das Jahr 1815, aber er erwarb wieder durch Heirat großen Besitz, so daß die Herkunft mit einer Eindeutschung des Namens nur noch ein pläsanter Hintergrund für den brillanten Enkel des Pompadouruntertanen blieb. Er war nicht, was man in Deutschland einen »nationalen Mann« nannte. Aber sechzehn Ahnen machten vieles wett.

Der Prinz, den Heye in seiner unbestreitbar geistvollen Art »ein Edelgewächs im adeligen Palmenhaus« nannte, nahm Platz, und siehe, das Heyesche Angebot freute ihn. Er hatte versucht, sich nur mit der Verwaltung seines Guts zu beschäftigen, aber beim Frühstück Zeitungen zu lesen, ohne daß er hätte Kritik üben können, das hielt er nicht aus. Und da es in Deutschland keine offizielle Möglichkeit der Kritik gab, beschloß er seinem Geist das Ventil der »Berliner Rundschau« zu öffnen. Er brachte militärpolitische Artikel mit und sagte: »Die reklamehaften Schaustellungen von prunkvollen Schlachtschiffen sollte man lieber sein lassen. Man täte besser Unterseeboote zu bauen, da die Staatskunst unserer Regierenden uns in die Katastrophe eines Seekriegs mit England verwickeln kann, und ein größeres Unglück kann Deutschland kaum treffen.«

Das entzückte Heye »Sie sind ja eine wertvolle Verstärkung der Kampffront. Das habe ich nicht geahnt.« So verabschiedeten sie sich.

Seit diesem Besuch schrieb der Prinz nicht nur alle vierzehn Tage ausführliche Briefe, seine Beiträge mit seinem imponierenden Namen häuften sich. Er lud Heye auf sein Schloß ein und wurde dem zwanzig Jahre Jüngeren ein eifriger Führer durch die Weltgeschichte der nächsten Jahre.

16. Kapitel

Friedericke heiratet

Das Ehepaar Markus fuhr wegen Manfreds Gicht mit Friedericke nach Bad Gastein.

Adelina stieg mit Friedericke am Wasserfall hoch, genoss Regenbogenfarben und köstliche Luft, sah den Platz, sah die Musikkapelle spielen, sah die Kellner sich im Rhythmus der Musik bewegen. »Schön, Rickerl, nicht wahr?« »Ja«, sagte Ricke. Adelina dachte, was alles gibt es zu beobachten, was alles zu genießen, Rickerl genießt die Welt nicht. Genießt man die Welt nicht, wenn man jung ist?

Drei Tage später ließ sich Baronin Grünspecht bei Adelina melden. Sie gingen auf einen Kaffee zum Straubinger. Die Baronin kam schnell auf das Wesentliche: »Schauens, mein Bub ist arg verliebt in Ihre Tochter und möcht sie heiraten. Aber er hat keine Ahnung, ob sie sich das Geringste aus ihm macht.«

»Ich leider auch nicht. Aber mein Rickerl hat sich noch nie verliebt. Die Buben, die bei uns verkehren, sind ihr völlig gleichgültig.«

»Wien ist ein gefährliches Pflaster, unsere Kavaliere wollen ein Gschpusi, es ist fast wie in Paris, wo die Frauen ihre Liebhaber haben, wenn nur die notwendigen égards gewahrt werden. In unserer Generation haben eventuell die Männer die Frauen betrogen, aber die Zuständ', die Sie aus Schnitzler kennen, waren unbekannt. Es war uns auch selbstverständlich, von unsern Eltern verheiratet zu werden.«

»Sie haben völlig recht, aber mein Rickerl ist ein ungemein braves Kind.«

»Ihre Tochter ist wunderschön, ich kann schon verstehen, daß mein Peperl sich in sie verliebt hat. Ist sie sehr unselbständig?«

»Im Gegenteil. Sie hat einen wunderbaren Geschmack, einen angeborenen Sinn für das Echte. Sie deckt einen Tisch wie für eine Ausstellung. Als Backfischerl hat sie mir schon gesagt: ›Zu deinen Biedermeiertassen müssen wir eine Strickdecke haben, das Filet antique geht nicht dazu.‹ Sie wird ihr Hauswesen am Schnürl haben. Sie ist nicht sportlich. Ich bin aus einer Künstlerfamilie, ich möchte, daß meine Tochter aus Liebe heiratet wie meine Lore.«

»Ich habe sie noch nie lächeln gesehen. Ich habe meinen Sohn gefragt, sie lacht auch nicht mit ihm. Sollte sie nicht einen Mann heiraten, mit dem sie lachen kann?«

»Ich freue mich, eine so kluge Frau kennenzulernen. Sie haben völlig recht.«

»Und warum wird sie ihn nehmen, denn mein Sohn hat nicht den Eindruck, daß er sich einen Korb holen würde?«

»Nicht weil er reich ist, wenn Sie das meinen, sondern weil mein Mann und ich ihr dazu raten würden, und warum sollten wir ihr abraten?

Markus ruhte nach dem Bad. Adelina saß an seinem Bett. »Na?« sagte er.

»Unser Rickerl ist schon ein Problem. Lorerl ist glücklich, das kannst aus jedem Brief sehen, und sie erwartet ein Kind. Alles in Ordnung. Die Baronin Grünspecht ist eine entzückende Frau. Wenn ich sie wär, würd' ich mir auch Sorgen um meinen Buben machen. Warum will Rickerl den Joseph Grünspecht heiraten?«

»Will sie denn?«

»Sie hat noch nie ›Nein‹ gesagt.«

Es ging auf den Winter 1913/1914 und man entschloss sich, die Hochzeitsreise nach Ägypten zu machen. »Geh zu Onkel Siegmund«, sagte Adelina zu Ricke, »die Jacobys waren schon in der ganzen Welt. Lass dich ein bissl beraten.«

In der Bibliothek war ein ganzer Schrank mit Siegmunds Reisetagebüchern. Er notierte Route, Hotels, Zimmer, Speisen, Weinsorten, aber auch »Kein heißes Wasser!«, »Kein Raum für

Friedas Jungfer vorgesehen!« oder »In der Galerie ein Bourdet in der zweiten Etage!«, »Beim Aufstieg vom Hafen das dritte Haus links von 1453«.

Siegmund saß mit Friedericke im Wintergarten, sah durch die geöffneten Türen herbstgoldene Bäume. Der Wintergarten hatte ein Gebirge aus Tuffsteinen, über das Wasser floß und sich in einem Becken sammelte, der letzte Ausläufer der feudalen Grotte. Frieda saß dabei, als ihr Mann Notizen für Friedericke machte. Friedericke genoß die Stunde.

»Die Händ' in den Schoß legen, das kann ich grad gut leiden«, würde ihre Mutter gesagt haben. Man hatte zu sticken, zu telefonieren, zu bestellen, einzukaufen, zu einem Damentee zu gehen, abzustauben, Klavier zu üben, den Dienstboten anzugeben, was alles Frieda nicht tat und Friedericke haßte.

Joseph Grünspecht war entzückt, als ihm Friedericke Name und Preis eines absolut ehrlichen Dragomans in Kairo mitteilte.

»Ja, für Ratschläge zum gehobenen Leben ist Siegmund unübertroffen«, sagte Markus. Es kriselte. Die Bankrotte häuften sich. Er hatte Sorgen. Zwei große Mitgiften, die bar ausgezahlt werden mußten, Adelinas hemmungslose Aussteuereinkäufe, handgestickte Leibwäsche, Spitzentischtücher, die Rechnungen gingen in die Zehntausende. Als Markus einmal gegen fünf Dutzend besonders teurer Servietten protestierte, sagte Adelina: »Aber geh'! Einer Baronin Grünspecht muß ich doch vom Besten mitgeben.«

Von Ägypten wollte Friedericke nach England. Siegmund warnte: »Im Winter in das kalte England?«

Friedericke sagte nicht, daß sie sich orientieren wollte, wie große englische Häuser bewirtschaftet wurden. Sie fand, daß das Zeremoniell, der Butler als Haupt, die Wirtschafterin als Nebenhaupt, die Rangordnung von Köchin, Hausmädchen, Küchenmädchen, Zofen, Diener, Kutscher, Stallburschen, Hauptgärtner, Nebengärtner kaum hinter dem spanischen Zeremoniell der Habsburger zurückstand. Unmöglich in eine Villa in Wien eine Tradition einzuführen, die dem letzten Küchenmädchen in einem Londoner Haus in Fleisch und Blut übergegangen war. Aber wenigstens konnten sie ein Leutewohn- und ein Leuteeßzimmer bauen und jedem Dienstboten ein eigenes Zimmer geben.

Ihr Haus einzurichten war für Friedericke ein größeres Vergnügen als alle Bälle mit den immer gleichen Komplimenten immer gleich charmanter Herren. Keiner von ihnen würde tausend Schiffe für sie segeln lassen, wie Beer es prophezeit hatte. Beer, ja. Zeitschriften baten, Haus und Einrichtung photographieren zu dürfen. Auch der alte Baron sagte: »Eine moderne Einrichtung kann so elegant und angenehm sein wie eine mit französischen Möbeln.« Ihre Tiffanygläsersammlung und ein riesiger Erler wurden besonders bewundert.

Joseph nahm Ricke ins Atelier von Professor Wiedehopf. Wiedehopf führte seine Kleinkunstwerke vor. Auf einem Felsen aus Rosenquarz bäumte sich eine Welle aus Lapislazuli. Auf dem Felsen saß ein Gott mit Haar und Bart aus Gold.

»Diese ›Schöpfung‹ scheint der gnä Frau zu gefallen«, sagte Professor Wiedehopf. »Aber dies hier ist vielleicht noch geglückter.« Ein Felsen aus Bergkristall, eine Seejungfrau mit blauem Emailleschwanz und ein Walroß mit goldenen Zähnen.

Es war recht teuer, aber Joseph dachte, schließlich hatte sein Vater kürzlich einige tausend Gulden für einen del Sarto ausgegeben, warum also nicht für das große Kunstwerk eines Zeitgenossen?

Eines Tages schlug eine Dame Friedericke vor, ihre gestickten Decken und Kissen auszustellen: »Ich habe Abbildungen von Ihrem Haus gesehen. Sie haben Verständnis für die Moderne. Ich kenn noch andere Kunsthandwerker. Sie bräuchten halt nur ein großes Zimmer dafür herzugeben, und wenn wir unsre eigenen Freunderln einladen dürften und gnä Frau die Ihren … so neuartige Sachen habens schwer, sich durchzusetzen …«

Eine andere Dame machte Holz- und Strohkästchen, ein junger Mann Textilmuster, ein anderer Bucheinbände. Friedericke war Feuer und Flamme für die Ausstellung.

Am ersten Abend hatten die jungen Kunstgewerbler alles verkauft und so viele Aufträge, daß sie Angst vor den nächsten Tagen hatten. Wieso die Zeitungen Wind bekommen hatten, war den Grünspechts rätselhaft. Es erschien ein langer Artikel: »Die junge Frau Baronin hat nach wenigen Monaten einen neuen Weg gefunden, um Künstler und kaufkräftiges Publikum zusammenzubringen. Diese Berlinerin hat rasch die Vorurteilslosigkeit der jungen Metropole in unsre alte Kaiserstadt gebracht.«

Am dritten Tag konnten Besucher nur gruppenweise eingelassen werden. Ein Fachverband veröffentlichte einen Protest gegen die Reklame der vier Kunstgewerbler, die eine Dame mißbrauchten, die keine Spitzenleistungen des Wiener Kunstgewerbes, sondern Durchschnittsarbeiten ausgestellt hätte.

Joseph erschrak: »Weißt, ich bin halt sehr froh, wenn die G'schicht' heut abend zu End' ist.«

»Ich auch«, sagte Friedericke.

Nachdem sich die jungen Leute mit unendlichen Dankesbezeugungen verabschiedet hatten, saß sie müde in ihrem Zimmer. Plötzlich stand der Textilfachmann neben ihr. Sie wollte aufspringen, aber er kniete schon, den Kopf in ihrem Schoß und sagte immer nur: »Ich liebe dich, bitt schön, ich liebe dich, ich weiß nicht mehr, was ich tun soll, bitte, erhör mich.«

»Aber Herr Zwieselmeier, stehen Sie auf, ich habe gedacht, wir könnten gute Freunde sein, und nun fangen Sie so an.«

»Ich kann doch nicht meine Glut in eine nette gesellschaftliche Beziehung umwandeln, was für ein Unsinn. Fühlst du denn gar nichts für mich? Bin ich dir völlig gleichgültig?«

»Ich finde Sie einen netten begabten Menschen!«

Er umarmte sie, küßte sie lange auf den Mund und lief hinaus.

Die beiden jungen Grünspechts saßen auf der Terrasse beim Frühstück, sahen in den Sommergarten, auf den braunen Hund, der die Pfoten auf den Tisch legte. Friedericke sagte: »Na, was gibts in der Neuen Freien Presse? Beschimpfen Sie uns oder finden sie die Ausstellung bei der jungen schönen Baronin ein gesellschaftliches Ereignis ersten Ranges?«

»Ich freu mich, daß du so guter Stimmung bist, ich fands trotz des Protestes auch eine Gaudi.« Und plötzlich: »Schatzi, der junge Zwieselmeier hat sich gestern abend mit Gas vergiftet.«

Das ist nicht möglich. Um Gotteswillen, was kann man tun? »Tot«? fragte sie.

»Tot«, sagte Joseph.

Sie weinte. Mit wem konnte sie sprechen? Ihr Mann, ihre Schwiegermutter oder gar ihre Mutter würden ihr Verhalten billigen. Aber hatte sie nichts versäumt? War der Kuß zu viel oder zu wenig gewesen?

Zeitungsüberschriften waren: »Das Geheimnis im Hause Grünspecht«. »Jüdische Millionäre treiben armen Tiroler in den Tod«.

»Was tun wir?« sagte Joseph. »Sollen wir verreisen?« Der alte Baron rief an: »Kommt bitte zu Mittag.« Bevor man zu Tisch ging, sagte er: »Rickerl, ich muß diese Sach' aus der Welt schaffen. Hast ein Gschpusi mit dem Zwieselmeier ghobt?«

»Nein«, sagte Friedericke.

»Aber geh', sei nicht so beleidigt. Sag die Wahrheit. Was is g'schehn?«

»Die Zeitschriften wollten doch alle das Haus bringen, und auch Peppi hat nichts dabei gefunden, wenn wir es unter Haus G. erlaubt haben. Im Reich war das gleichgültig, aber in Wien haben die Leute gewußt, und eines Tages kam eine entzückende Dame und fragte, ob ich wohl eine Ausstellung für sie und ihre Freunde arrangieren würde.«

»Geschäftstüchtige Dame, muß ich sagen«, sagte der alte Baron.

»Die Idee hat mich fasziniert. Ich hatte plötzlich etwas zu tun. Die Dame machte bezaubernde Stickereien und nahm mich auch zu ihren Freunden mit. Es war bei allen sehr ärmlich, auch bei dem Buchbinder, Herrn Goldmann, der wunderbare Einbände aus Leder und Pergament machte.«

»Und wie war der Herr Zwieselmeier?«

»Was ihr einen groben Lackl nennt. Aber Papa, darf ich etwas sagen? Ich glaube nicht, daß eine Berliner Zeitung so etwas Gemeines machen würde.«

»Du hast recht, die Erziehung Wiens vom christlich-sozialen Herrn Lueger. Verleumdung finden sie christlich und sozial. Aber paß auf, ich brings in die Reih ...«

Der Baron ließ den Herrn Chefredakteur in sein Privatbüro bitten. »Herr Rederer«, sagte er, »wir können diese Sach' so regeln, daß Sie weiter schreiben und ich Sie anzeige, wir können auch ein Gentlemen's Agreement machen, das eines Millionärs würdig ist.«

»Wir können doch ne grad zuschaun, wenn ein unschuldiger Tiroler in'n Tod trieben wird.«

»Wieso Tod trieben?«

»Er kam von Ihrem Haus und hot den Goshahn aufdreht. Worum?«

»Vielleicht weil er zum erschten mol Geld in der Taschen ghabt hat.«

Rederer dachte. »Judengeld.«

»Herr Rederer, Sie wünschen wieviel?«

»Wanns mir fünftausend geben, wer i nix mehr schreim.«

»Sie bekommen morgen einen Scheck.«

Zwei Stunden später klingelte das Telefon: »Erzherzog Franz Ferdinand und Frau wurden in Sarajewo ermordet.« »Das bedeutet Krieg«, sagte der Baron, »hat der Hötzendorf's gschafft.« Er rief Herrn Rederer an: »Sie können von mir aus schreiben, was Sie wollen, keine Katz wird sich mehr drum kümmern.«

»Gentlemen's Agreement!« hörte noch der Baron, aber er legte den Hörer auf.

17. Kapitel
Hochzeit

Zwei Monate vorher hatte Edith Stern Margot Kollmann antelefoniert: »Hanna hat sich verlobt, ein Kaufmann, zwanzig Jahre älter.« Margot telefonierte Grete: »Hanna hat sich verlobt, keiner von unsern Jungs, ein richtiger erwachsener Mann.«

Zwei Monate mußten nach den Regeln der Zeit zwischen Verlobung und Hochzeit verstreichen, damit klar war, daß das erste Kind innerhalb der Ehe empfangen worden war. So sollte die Hochzeit im Juli stattfinden, also im Ferienmonat. Die jungen Mädchen flehten ihre Eltern an, in Berlin zu bleiben. Geheimer Justizrat Kollmann sagte: »Unsinn. Ich brauche dringend meine Erholung.« Aber er gab überraschenderweise nach.

Roserl war eisern: »Ich hab zum erstenmal ein Dienstmädl, dem ich die Pension anvertrauen kann, und wir sind seit dem Tod vom Papa nimmer weggewesen. Ich hab seit Monaten in Misdroy gemietet. Daß ich darauf verzichte, nein, mein Kind du wirst schon noch mal eine Hochzeit mitmachen in deinem Leben«, und nähte weiter an Gretes Sommerkleid für Misdroy.

Klawotzky bearbeitete als Hochzeitsaufführung den Sommernachtstraum, fügte Bezügliches hinzu. Das meiste vom Klawotzkyschen Sommernachtstraum blieb von Shakespeare, aber es war nicht die Hochzeit von Hippolyta und Theseus, sondern von Hanna Beer und Herrn Fuchs, Juli 1914.

Österreich sandte eine Note an Serbien, die Serben nahmen sie bis auf zwei Punkte an. Berliner sangen vor der österreichischen Botschaft: »Ich hatt einen Kameraden.«

Die jungen Leute lernten ihre Rollen, hatten Kämpfe um die Besetzung, dachten so wenig an Serbien, wie sie an die kutzowallachische Frage gedacht hatten. Jacoby half dem verehrten Klawotzky Regie führen. Jenny spielte die kleine Hermia, Christine die Bohnenstange Helena. Otto Jacoby war Zettel, der Weber. Als er sagte: »Laßt mich den Löwen auch spielen!« lachten alle, es war echt Jacoby, den sie für einen Dilettanten hielten, der malte, photographierte, seine Abende im Kintopp verbrachte, worüber Adelina sagte: »Wie findst du das, Fred, sie lassen Otto jeden Abend im Kintopp verbringen. Er wird ein verkommenes Subjekt werden.« Klawotzky, ja, Dichter, Kritiker, in Berlin berühmt, was allen Berlinern gleichbedeutend mit Weltruhm schien.

Zwei junge Mädchen, neu im Kreis, spielten mit, ein Schneewittchen, klein, schwarz und rosig, als Puck Rose Marie und Feodora Sima, eine große klassisch schöne Russin im weißen Feengewand als Titania. Herbst, königlich in schimmerndem Schwarz, spielte den Oberon.

Die Handwerker sprachen berlinisch, Jürgen, Rudi Stern, Otto, man wußte nicht, wer ulkiger war.

Es wurde im Garten geprobt. »Und wenn es regnet?« Aber im Sommer 1914 leuchtete die Sonne tagein, tagaus über der strahlenden Welt dieser Jugend.

Klawotzky sagte zum Puck Rose Marie: »Wenn Sie nicht ihre Rolle lernen, müssen wir uns einen andern Puck suchen.« Sie sah ihn an. Er wurde rot: »Na, es ist gut.«

Die rothaarige Jenny mit dem Katzengesicht schluchzte: »Ich kann nicht mehr mitspielen.«

»Aber gnädiges Fräulein, was ist passiert? Ich kann doch jetzt keine neue Hermia mehr finden. Bitte bleiben Sie.«

»Nein. Ich halte es nicht mehr aus.«

Klawotzky sagte zu Jacoby: »Sehen Sie bloß zu, daß sie sie zurückbringen.«

Es gelang Jacoby nicht: »Eine hysterische Ziege.«

Jenny versäumte Proben. »Ich habe es mir gedacht«, sagte Rose Marie. »Sie ist in Herbst verknallt, und der in Feodora.

Natürlich kann sie das nicht mitansehen. Ich bringe es in Ordnung.«

Das Hochzeitsdiner war, wie Beer es gewünscht hatte, begann mit Kaviar im Eisblock und endete mit Riesenerdbeeren aus Eis und einem Baumkuchen, der auf Rollen hereingefahren wurde.

Später saß die Hochzeitsgesellschaft mit dem Rücken zum Haus, sah das Spiel auf der Wiese, die von Büschen umgeben war, bis die Dämmerung heraufzog. Nie hatten die Rosen üppiger geblüht. Vom Faulbaum kam ein süßlich schwerer Duft. Oberon und Titania saßen Rücken an Rücken, der kleine Puck, in einem Netzkostüm mit künstlichen Blumen, wehte hin und her. Die Elfen, kleine Kinder mit einem Stab, an dem oben ein Stern strahlte, Spinnweb und Bohnenblüte und Motte und Senfsamen schwirrten durch den zur Ruhe gegangenen Tag: »Keine Maus störe dies geweihte Haus!« Titania verschwand im Gebüsch, niemand bemerkte, daß Oberon ihr nachstürzte. Alles stand noch auf der Wiese. Die Elfen tobten herum. Ihre Mütter sagten zu den Kinderfräulein: »Bloß ins Bett nach der Aufregung!« Aus dem beleuchteten Haus kam Musik. »Geister, Elfen stellt euch ein! Tanzet in den bunten Zimmern manchen leichten Ringelreihn.« Niemand konnte sich entschließen, den Garten nach der Schwüle des Tages zu verlassen. Heye sagte: »Ich habe gehört, die Situation ist besser. Hoffentlich gibt es keinen Krieg.«

»Kriege gibt es nicht mehr«, sagte Siegmund.

Markus lachte: »Die bedrohen sich gegenseitig. Bluff. Ich fahre nächste Woche mit Adelina nach München und Wien. Sieht sie nicht hinreißend aus?«

Die Familie Sima reiste nach Rußland zurück. Feodora blieb in Berlin: »Ich liebe, Mamachen. Es bedeutet für mich leben oder sterben.« Sie würde schon durchkommen, schließlich hatte sie in der Schweiz angefangen, Chemie zu studieren.

Madame Sima, unvorstellbar dick und unvorstellbar pathetisch, küsste Feodora auf dem Bahnhof Friedrichstraße, Papa Sima gab ihr ein Säckchen mit Goldrubeln, die drei kleinen Geschwister, deren Jüngstes vor wenigen Tagen Bohnenblüte war, weinten, Feodora schluchzte, sie umarmten sich, bis der Zugführer »Einsteigen!« rief. Sie winkten. Feodora sah die gewaltige Lokomotive, den endlosen Zug nach Osten dampfen, verschwinden.

ZWEITER TEIL
KRIEG

18. Kapitel

1914–1915

Heye und Markus standen im Lustgarten eingekeilt in einer Menschenmenge. Um acht Uhr lief das Ultimatum an Rußland ab. Endlich kam ein Junge mit Extrablättern. Einer rief: »Hochheben! Vorlesen!« Der Junge wurde an einer Laterne hochgestellt, las: »Krieg mit Rußland«. Es war so still, daß jeder es hörte.

Ein Auto kam aus dem Schloß, in dem zwei Prinzen das Extrablatt schwenkten und schrien: »Hoch Deutschland! Hurra, Hurra, Hurra!« Da schrie das Volk mit.

Heye und Markus gingen langsam die Linden nach Westen.

»Ich werde jetzt Kriegsartikel schreiben müssen. Aber ich werde niemals sagen, das Volk habe gejubelt. Es war verzweifelt, ich habe es gesehen.«

»Juni 1888 habe ich in Wildpark in einer Menge gestanden«, sagte Markus, »als Kaiser Friedrich starb. Die Fahne ging auf Halbmast. Soldaten kamen im Laufschritt und sperrten das Schloß ab, niemand durfte hinein oder heraus. Die neue Zeit kam im Laufschritt und trug Uniform. Jetzt haben wir den Salat.«.

»Noch 1900 war Deutschland auf dem Höhepunkt. Bis 1910 hatte es sich aus der Position des Umworbenen herausdrängen lassen und war nahezu isoliert, die Ära Bülow und des Herrn von Holstein. Ich habe ihre Politik bekämpft, die theatralische

Unterstützung Österreichs bei der bosnischen Annektion, die Flottenbauerei, die Ablehnung der britischen Bündnisangebote. Ich stehe vor den Trümmern meines Kampfes, dem ich die besten Jahre meines Lebens gewidmet habe.«

Vor Heyes Haus gaben sie sich die Hand, ohne noch viel zu sagen.

Zwei Stunden später tekefonierte Heye an Markus: » Jaurès ist ermordet worden. Alle Drähte nach Paris sind zerschnitten.«

H.H. Herbst, im Taumel von Kriegsausbruch und Eingezogenwerden, beschloss, sich mit Feodora trauen zu lassen. Sein Vater, Witwer, der in einer Pension lebte, Einkäufer eines Warenhauses, der seinen ehrgeizigen Sohn ein kleines bißchen komisch fand und ihn nur »Mein Sohn, der Herr Doktor H. H. Herbst« nannte, war der eine Trauzeuge. Herbst rief Markus in der Fabrik an mit der Bitte, der zweite zu sein. Das war unmöglich, in der Fabrik ging alles drunter und drüber. Markus bat Adelina. »Ach, das fehlt ja noch. Walter kann jeden Augenblick einrücken. Peppi ist schon auf Vormarsch in Serbien, und ich soll womöglich eine Hochzeit ausrichten. Nein.«

»Ein kleines Frühstück Adelina, nach der Trauung, nur du, das Brautpaar und sein Vater.«

»Na gut. Wo ist denn ihre Familie?«

»Nach Petersburg zurück.«

»Schrecklich.«

»Laß Sekt aufmachen.«

Adelina rief ihre Lore an. Aber die schluchzte. Bernhard würde bald eingezogen, und das Baby und sie allein: Ich weiß nicht, was ich ohne Bernhard machen soll? Nein, sie käme nicht.

Vor der Trauung stellte sich Feodora in einer chemischen Fabrik vor. »Sind Sie gewohnt zu arbeiten?« sagte der Herr und sah auf das herrliche Mädchen im seidenen Kleid. »Ich gehe zu meiner Kriegstrauung.« Die Schweizer Zeugnisse waren ausgezeichnet.

»Wir werden ja sehen, sagen wir, Sie beginnen bei uns mit zweihundert Mark im Monat.

Feodora strahlte.

Vom Standesamt, in dem Scharen warteten, ging Adelina, mit dem jungen Ehepaar und dem alten Herbst nach Hause, wo Hanna und ihr Mann sie begrüßten. »Wie ihr seht, sind wir nicht auf unsre Hochzeitsreise gegangen, wohin übrigens auch? Die Welt ist versperrt.«

Es gab Kalbsbraten mit Gemüsen, Creme danach und Sekt. Kein Essen wie bei Hannas Hochzeit vor wenigen Tagen.

Der alte Herbst ließ das junge Paar leben: »Möge, was kann man heute anderes sagen als immer wieder, mögen wir diesen Krieg siegreich zu Ende führen, mögt ihr, meine Kinder, glücklich werden, mögt ihr Kinder und Enkelkinder haben! Möge auch das andere junge Paar an diesem Tisch glücklich bleiben, und ich trinke auf alle diese Möge!«

Herbst sprach glanzvoll auf die Gastfreundschaft der Markus, auf Hanna und Herrn Fuchs.

Feodora strahlte.

Und was war mit Wohnung?

»Ich habe meine Wohnung gekündigt«, sagte H. H. H., »ich muß in den Krieg, ich kann davon nicht die Wohnung bezahlen.«

»Und wo wirst du wohnen?« fragte der alte Herbst, »der Krieg kann schon Weihnachten zu Ende sein.«

»Ich nehme mir ein möbliertes Zimmer«, sagte Feodora.

Alle dachten, sollte nicht Herbst etwas für seine Frau tun, irgend etwas? Nun ja, er ging in den Krieg. Adelina sah auf Hanna. Sie war gewiß nicht schön, klein, untersetzt, aber auch Herr Fuchs war keine Schönheit, aber sicher anständig, zuverlässig, ein Geschäftsmann, Federn und Blumen, und daneben diese beiden Schönheiten, und Feodora hatte kein Dach überm Kopf.

Herbst fuhr mit Feodora in seine Wohnung, wo sie seit drei Tagen die Nächte tief in den Tag verbrachten. Nach dieser vierten Liebesnacht von sechzehn Stunden ging er in die Kaserne.

Schon kamen Siegesnachrichten: »Lüttich gefallen!« Die Berliner reimten: »Lüttich, dich nemm ich, sagte General Emmich.« »Gefallen!« schrien die Zeitungshändler.

Heye verließ die Redaktion. Durch die Fenster des Maschinensaals fiel Licht auf die dunkle Straße. Er hatte den Glauben seiner Generation geteilt, den Glauben an das Ende von Not und Elend durch die Maschine, mehr Wasserklosetts, mehr elektrisches Licht, alle würden lesen, Theater besuchen und sich gut kleiden können. Nun sah er ein Volk, das Fahnen schwenkte und Hurra rief, glücklich und geeint, ja mehr noch, jubelnd: »Jeder Schuß ein Russ, jeder Stoß ein Franzos!«, wie sie nie geeint im Kampf um mehr elektrisches Licht oder mehr Bildung oder mehr Gesundheit gewesen waren.

»Jeder Schuß ein Russ! Jeder Stoß ein Franzos!«, stand in seiner Zeitung. Er stürzte nicht hinaus, die Fahne noch naß von Druckerschwärze, die Zigarette im Mundwinkel: »Nehmen Sie das gefälligst raus! Überlassen Sie das den Herren Alldeutschen!« Er ließ eine Zeichnung zu, die die Geschlagenen verhöhnte, einen Russen zeigte, der in den masurischen Sümpfen versank. War er kein Patriot, weil er Gedicht und Zeichnung abscheulich fand? Fahnen und Siegesgeschrei täuschten ihn nicht. Europa beging Selbstmord.

Der Briefwechsel mit dem Prinzen Siegen-Siegen nahm an Häufigkeit und Mißverständnissen zu. Von ihm hörte Heye zum erstenmal das Wort Kompensationen. »Weitere Kompensationsobjekte wären die französischen Bahnen in Anatolien und das Becken von Briey. Die Engländer wollen Belgien als Brückenkopf behalten, aber wir müssen den Gedanken einer Erwerbung Gesamtbelgiens excludieren. Lüttich und Luxemburg gäben eine absolute und sehr notwendige Sicherung unseres rheinischen Industriebezirks.« Viel fremder als früher berührte Heye der Plauderton des alten Diplomaten: »Im Hauptquartier quatscht alles durcheinander.«

Obwohl Heye immer wieder betonte, daß eine Erörterung der, wie er sich ausdrückte, »Unvermeidlichkeit der Weltkatastrophe« unbedingt unterbleiben müsse, beschäftigte ihn nichts anderes. Er leitete die Zeitung, schrieb seine Leitartikel, aber kaum zu Hause, zog er sich in sein kleines Arbeitszimmer zurück, verglich erst die Zeitungen von vor 1914, später Memoirenwerke und Archive, um der einen Frage willen: »Wieso konnte dieser Krieg ausbrechen?«

Im Oktober 1914 malte er auf die erste Seite seines neuen Buches eine 1 und begann:

»Die Brüder Mannesmann, kühne Geschäftsleute, hatten im Jahre 1907 dem von allen Seiten bedrängten und sehr geldbedürftigen Sultan Mulah-Hafid irgendeine Summe geborgt ...«

Er schrieb am Morgen an seinem Stehpult in der schönen Schrift seiner preußischen Schule: »Wenn der Reichstag zusammentritt, liegen vier blutige Kriegsmonate hinter uns. Sie haben bei dem rasenden Niederfluten ins Gewesene viele liebe opferstarke Menschen mit fortgenommen ...« und am Abend in seinem Arbeitszimmer:

»Denn diese Affaire der ebenso zahlreichen wie rührigen Brüder Mannesmann verdient vor allem deswegen heute Beachtung, weil hier zum erstenmal das private Unternehmertum als eine politische Macht der Staatsautorität gegenübertrat ...«

So teilte er sein Leben in Morgendienst und Abenddienst, in den Kommentar zu den aktuellen Ereignissen von 1914, 15, 16, 17 ... und die Beschreibung der Geschehnisse von 1907 bis 1914.

Auch Adelina sah den Krieg nur als Unglück: »Dieser Siegesrausch ist gräßlich, aber wennst was sagst, bist schon unpatriotisch. Blut fließt, und die scheußlichsten Greueltaten werden begangen.«

»Aber nicht von unsern«, sagte Markus, »hast du gelesen, daß Weiber in Belgien unsre Soldaten mit kochendem Öl begossen haben? Da haben sie sie als Franktireurs an die Wand gestellt.«

»Kochendes Öl oder Franktireurs an die Wand gestellt, ist gleich scheußlich. Ich lebe nur von einem Brief von Walter zum andern.«

Walter Markus, Einjähriger bei den Husaren, war zu einem

General befohlen worden, der ihn als einen hervorragenden Ingenieur des Automobilbaus an einen weniger gefährlichen Abschnitt schicken wollte. Walter erwiderte: »Ein Jude gehört an die Front.« Und als ihn der General erstaunt ansah: »Ich finde, hier können wir einmal unsern Patriotismus unter Beweis stellen.«

Noch im August 1914 wurde sein Pferd auf einem Patrouillenritt totgeschossen. Er lag blutüberströmt darunter, als die Franzosen ihn für tot liegen ließen. In der Dämmerung lief er zu den deutschen Linien zurück und meldete riesige Truppenansammlungen des Feindes. Es waren die ersten Anzeichen der Marneschlacht Er bekam das Eiserne Kreuz Erster Klasse. Die aktiven Offiziere eines Gardekavallerieregiments luden ihn ins Kasino ein, darunter war das Mitglied einer deutschen Gesandtschaft, das sich sehr für Walters Kenntnis der Straßen und Zustände im Balkan interessierte. Walter schrieb darüber lang und ausführlich an seine Schwestern. Sein Schwager Blau war entzückt. »Einladung ins Kasino! Da kann man sehen.« Grünspecht, Hauptmann in der österreichischen Armee, schrieb an Friedericke: »Es freut mich, daß Walter nicht den Schuhabwischer zu machen hat. Ist er denn noch nicht Leutnant geworden?« Seinen Eltern teilte Walter weder die Unterredung mit dem General noch die Einladung ins Kasino mit. War es nicht jämmerlich, daß er sich so geschmeichelt fühlte?

Kurz danach wurde er bei einem Rückzug in Serbien vermißt. Er war erschöpft am Wege liegen geblieben und verhungert.

Auch das erfuhr niemand.

Fritz Schulz klingelte bei Roserl.

»Ja, Fritz, das ist aber nett, daß Sie sich nach uns umschaun. In Uniform?«

»Ich bin freiwillig zu den Fahnen geeilt.«

»Ich denke, sie nehmen keine Freiwilligen mehr?«

»Na, mir haben se eben genommen«, sagte er stolz.

Roserl nahm ihn mit in die Küche, wo er es sich bequem machte.

»In der Fabrik«, sagte er, »haben se jleich keene Arbeit mehr jehabt, und alles wurde entlassen. Warten se nu auf Kriegsaufträge. H'ack jedacht, haste nur de Wahl een Arbeitsloser zu sein oder det Vaterland zu verteidigen. Na det is ja woll keene Wahl. H'ack mir sofort jestellt, und nu h'ack auch schon die Kluft jekricht.«

Roserl dachte, zum erstenmal fühlt er sich wichtig.

»Wat denken Sie, wiederkommen wer ick ja nich, aber siegen werden wa, müssen wa.«

Grete kam nach Hause, ging in die Küche: »Ach Fritz Schulz, Sie sind schon eingezogen?«

»Nein, ich habe mir freiwillig gestellt. Ick habe schon zu Ihre Mutter jesagt, siegen wern wa, siegen müssen wa, nachdem wa so jemein überfallen worden sind. Der Dienst ist anstrengend, muß ja wohl.« Oder: »Unser Feldwebel ist sehr anständig, kann man janischt sagen, hat alles seine Ordnung.« Er klopfte Grete wohlwollend auf die Schulter, was er früher nie getan hätte: »Wünsche Ihnen alles Gute. Ick schreibe sofort meine Adresse, wegen die Feldpostpakete, wissen Se.«

Ein paar Monate später fuhr er zum erstenmal Eisenbahn, tage und tagelang, sah zum erstenmal herbstbunte Wälder, andere Städte und Dörfer. Er schlief ungern. Auf den Bahnhöfen brauchte er nur die Hand auszustrecken, um eine Tasse Kaffee zu bekommen. Auf einem Bahnhof stellten sie die Gewehre zusammen, faßten Essen und warteten – viele Stunden.

Der Marsch begann, es regnete, war dunkel und glitschig. Sie gingen einen Berghang entlang, mußten sich aneinander festhalten. Zweige schlugen ihm ins Gesicht. Von fern kam Grollen, er ging stramm, ballte die Faust. »Na, warte, wenn du an det Bukette riechst.« Etwas sauste. Fritz sah eine krank aussehende lila Blume ohne Blätter, blieb stehen, bückte sich, blieb etwas zurück. »Anschließen, anschließen«, rief der Unteroffizier. Es sauste wieder. Eine verirrte Granate krepierte, riß schlammige Erde auf. Nur ein Eisenstück flog zu dem Nachzügler, traf ihn am Hinterkopf. Fritz Schulz taumelte ein wenig und fiel um.

Werner und Rudolf Stern wurden sofort eingezogen.

Herr Gleichmann, Inhaber des Felbelhutgeschäftes Lesser & Gleichmann, ließ Werner kommen: »Höre, Sie kommen ins

Feld. Wollte mich von Ihnen verabschieden. Mein Junge wurde auch schon eingezogen. Wünsche alles Gute und hier ein Fünfzigmarkschein.«

Rudolf ging zum Kassier der Wäschefabrik, der ihm, dem Stadtreisenden, seine Prozente auszahlte. Der Kassier sah ihn über seine Brille an: »Ist Ihnen die Firma noch etwas schuldig?«

»Nein«, sagte Rudolf.

»Wußt ichs doch. Sie wünschen also?«

»Ich habe meinen Stellungsbefehl bekommen.«

»Sie werden also dem Ruf des Vaterlandes folgen wie alle seine Söhne.«

»Zu Befehl«, sagte Rudolf.

Der Kassier sah ihn verdutzt an, mokierte sich der Judenjunge über ihn, würde sich schon zu drücken wissen.

Franziska ging im Samtmantel und Federnhut zu ihrem Bruder. Der Geheimrat lächelte immerzu, sagte, er sei überlastet, zwei seiner Büroangestellten seien eingezogen: »Und was ist bei euch?«

»Werner und Rudolf sind eingerückt.«

»Und was macht Edith?« Als ob diese Mitteilung gar nichts sei.

»Edith möchte mir gern beistehen, die Miete und alles kostet, aber sie ist keine ausgebildte Krankenschwester und andre nehmen sie nicht.«

»Sie kann mir im Büro helfen, obwohl kaum mehr viel Arbeit für einen deutschen Anwalt sein wird, wo Parteizerklüftung, selbstisches Fühlen und Genußsucht aufgehört haben.«

Schon am nächsten Tag begann Edith. »Seit ich bei ihm arbeite«, sagte sie zufrieden, »weiß ich erst, wie nett er ist. Er überläßt mir einfach alles.«

Grete lief zu ihrem trübseligen Amt, statt zu fahren. Es war alles so aufregend. Balkone, dieser Gartenersatz mit wildem Wein, Radieschen, Schnittlauch und Taubenhaus – jedes Kellerfenster, jede Dachluke war schwarz-weiß-rot beflaggt, eine lustige Festdekoration. Soldaten marschierten, Blumen um den Helm und die Gewehre, und die Bürger marschierten zur Seite, und die Kinder und die älteren Frauen und die Dienstmädchen. Eine Schlange wartete geduldig vor dem roten Ziegelgebäude.

Die Leiterin sagte: »Sie sehen, schon wenige Tage nach Kriegsbeginn haben die Leute nichts mehr zu essen. Sie brauchen dringend Arbeit, auch wenn es mit der Kriegsunterstützung klappt.« Sie besorgte einen Auftrag auf Munitionsgürtel, stellte Tische in den kahlen Raum. Grete gab grauen Baumwollstoff an die wartenden Frauen und nahm wenige Tage später die genähten Gürtel ab. Sie probierte bei jedem Gürtel, ob die Patrone in jede Öffnung ging, es gab nur ganz wenige liederlich genähte. Grete mochte die Arbeit gern, die nur so lange dauern sollte, bis die neuen Dienststellen eingerichtet waren. Nachdem Grete mit Roserl in der Küche gegessen hatte, die sorgenvoll sagte: »Wir haben zwei Zimmer leer«, zog sie sich in ihr Zimmer zurück, nahm einen linierten Bogen und schrieb mit Tinte und Feder: »Ihr steht im Dämmer, seht auf der Sonne Verschwinden und wie die Nebel das Land eurer Jugendträume verhüllen, zieht ein Tuch um die Schultern und fröstelt in dem grauen Zwielicht, und seid einsam, weil ihr nicht glauben wollt, wie nie die Jugend glaubt, daß bessere Tage kommen werden auch für euch …« So ging es weiter bis »Vergeßt nicht der Augusttage in eurer Seele, hegt und pflegt sie als köstliches Kleinod …« Grete sandte den Artikel an eine Frauenzeitung. Anfang September erschien er.

Christine fand ihn ›erhebend‹: »Aber ich glaube, Jürgen würde ihn nicht billigen. Worte wie ›Opfertod‹ findet er gräßlich. Papa ist fassungslos, weil er nicht sein Kriegsabitur machen will und sich nicht freiwillig meldet. Er hat ihn das verworfene Mitglied einer großen Familie genannt. Endlich gäbe es etwas, das nicht das Ich zum Ziel hätte. ›Fühlst du es nicht wie eine Befreiung?‹ hat er Jürgen gefragt.«

»Genau das meinte ich«, unterbrach Grete, »mit den Augusttagen in unserer Seele. Nicht das Ich zum Ziel.«

»Mama möchte ihn dabehalten«, fuhr Christine fort, »aber natürlich sagt sie nichts. Da haben wir den Rumke von Leuthen und den von Leipzig und den Rumke von den Düppeler Schanzen und Großpapa in Gravelotte und nun Friedrich Wilhelm bei Ortelsburg, und Jürgen will sich nicht freiwillig melden. Ich bin bei den Gräfin Rittbergschen Krankenschwestern. Nur Offiziere, weißt du. Unter dem Siegel der Verschwiegenheit, bei mir liegt ein Offizier, ein Freiherr, schon 35, schwere Beinverwundung, soweit eine Beinverwundung schwer sein kann, und der – paß mal auf –, und sie zeigte, wie sein Kopf immer von einer Seite zur andern ging, weil seine Augen sie verfolgten: »Zu ulkig!«

»Der hat sich verliebt«, sagte Grete.

»Na sicher«, sagte Christine.

»Glaubst du, daß er dich heiraten will?«

»Sicher, und ich werde »Ja« sagen.«

»Was war eigentlich mit Armin?« fragte Grete.

»Paar Knutschereien. Er kann sich zu nichts entschließen. ›Holen Sie mich morgen ab?‹ fragte ich. ›Ich wüßte nicht, was ich lieber täte‹, sagte er. ›Wo wollen wir hingehen?‹ fragte ich. Er wußte nicht. Er war unfähig, irgend etwas zu organisieren.«

»Ach, Christine, du weißt doch, wie Mama ist, wie alle. Keine von uns kann auch nur mal mit einem Jungen spazierengehen, und du hast dieses Oxford durchgesetzt, und ich habe nicht fragen wollen. Ich dachte, deine Eltern hätten die Heirat nicht erlaubt, und nun war es so enttäuschend!«

»Ich habe überhaupt nichts von dem Aufenthalt gehabt.«

»Man würde doch denken, so ganz allein, ihr wärt euch über eure Beziehung klar geworden.«

»Ach, Quatsch! Zum Beispiel auf einem Ausflug hat er mir den ganzen Tag nichts zu essen gegeben. ›Ich bin nicht daran gewöhnt, tagsüber etwas zu essen‹, hat er gesagt, ›ich gehe nur zum Frühstück in hall.‹«

»Es ist ja nicht zu beschreiben. Ist er geizig?«

»Ich weiß nicht, ist mir auch ganz egal.«

»Und so wirst du den Freiherrn heiraten. Hast du etwas mit ihm gemeinsam, Literatur, Theater?«

»Nein, aber ich habe ihn gepflegt, er ist mir angenehm.«

»Ist das genug?« fragte Grete.

»Ich bin 23. Wer weiß, ob noch einmal ein so vornehmer reicher Mann um mich anhalten wird. Schließlich trennt uns nichts wie der Kurfürstendamm.«

Grete dachte, wir fanden doch alle unmöglich, wegen äußerer Verhältnisse zu heiraten oder einen Mann, den unsre Eltern ausgesucht hatten. Und nun? Erst Hanna eine gemachte Partie und jetzt Christine aus Vernunft. Sie sagte nur: »Wie weise du bist!«

Christine sagte: »Er liebt mich sehr. Es ist sehr schön, geliebt zu werden.«

»Findest du?« fragte Grete, »es kann doch auch lästig werden.«

»Er ist mir eben nicht lästig.«

14.12.14.

Lieber Herr Klawotzky,

ich möchte die Wände hinauflaufen, ich Erzkrüppel und Jammerkloß. Meine Eltern wollen wieder nichts von freiwilliger Meldung hören, das heißt, Papa würde schon, aber Mama und die Ehrengreise, was ich sage, ist in die Luft gesprochen. Rotes Kreuz wollen sie mir erlauben, die große Gnade! Ich bin in der Gewalt meiner Eltern, weil ich nicht großjährig bin. In der ersten Kriegsbegeisterung hatten sies erlaubt. Die Familie denkt in dieser Sache egoistischer, als selbst einer Mutter gestattet ist. Ich muß hier eine gänzlich überflüssige Luxusexistenz führen, pfui Teufel, man möchte ausspucken. Immer bin ich »der kleine Jacoby«. Weil ich aus dem Tiergartenviertel bin, werde ich zugleich verachtet und beneidet.

Unsre Kultur wird sich erneuern. Männlichkeit und Zucht werden zunehmen, aber wird nicht später wieder die Trägheit siegen? Meinen Sie nicht auch, daß die Erlebnisse in der Schlacht gar nicht verarbeitet werden können? Daß ferner nicht alles so großartig ist, wie es in der Entfernung aussieht? Und ekeln tut mich auch vor allem Literaturgeschwätz über den Krieg. Gut sind nur die harten und knappen Berichte der Generalstäbe.
Recht herzliche Grüße

Ihr

Otto Jacoby

P. S. Das Leben ist doch der größte Einsatz – da hilft kein Paktieren.

2. Februar 1915

Lieber Otto,

seien Sie nicht so ungeduldig. Ich bin ganz sicher, Sie werden noch zum Krieg zurechtkommen.

Ich bin an einem ruhigen Abschnitt, und der Zufall wollte es, daß Friedrich Wilhelm von Rumke ganz nahe mit seiner Schwadron liegt. Ich habe viele Unterhaltungen mit ihm. Der Humanismus, der das allen Menschen Gemeinsame betonte und die sozialen und politischen Grenzen möglichst auslöschen wollte, ist überwunden. Man entdeckte den individuellen Wert des Einzelnen und der Nation, der die Unterschiede betont. Und plötzlich sehe ich auch Trennendes zwischen Rumke und mir. Kriegsbegeisterung habe ich in vielen jüdischen Häusern nach Kriegsausbruch gespürt. Aber religiöse Andacht vor dem Kriege wie neulich bei Rumke, das ist etwas anderes. Er empfindet das Deutschtum als altes Geheimnis seines Blutes, genährt von den unbewußten Erinnerungen wundervoll märchenhafter Vergangenheit, als den eigentlichen Sinn seines Lebens. So empfinde ich mein Judentum. Ich bin aber nicht aus geheimnisvoll-mystischen Gründen in den Krieg gegangen. Ich mußte einfach mitgehen. Eine Niederlage Deutschlands würde unsere innere Welt zunichte machen und dann: Endlich einmal das Gefühl haben, daß man nicht überflüssig ist, und die wahrhaft befreiende Erkenntnis, mit wie gewaltigen Opfern an Energie, Unternehmungsgeist, Mannhaftigkeit die Sicherheit des europäischen Lebens erkauft war.

Haben Sie übrigens je eines aus unserem Garten schöner Mädchen wiedergesehen, zum Beispiel Rose Marie?

Herzlichst

Ihr

Klawotzky

Armin, aktiver Einjähriger, telegraphierte am 30. Juli 14 nach Schuls-Tarasp an seine Eltern. Der Geheimrat telegraphierte zurück: »Halte Kriegsgerüchte für übertrieben. Werde Urlaub nicht unterbrechen.« Armin, der seinen Vater immer für überschätzt gehalten hatte, kannte diesen Ton: »Werde nicht meine Zustimmung dazu geben, daß du Literatur studierst ... daß Werner Medizin studiert.«

Armin sah seinen Vater erst ein Jahr später. Im riesigen Eßzimmer servierte das Hausmädchen das wie immer preußisch bescheidene, aber noch reichliche Essen. »Na, wie gehts mein Sohn? Hast dich tapfer gehalten? Deine Sache gut gemacht. Überhaupt unsre Feldgrauen! Können sich sehen lassen. Werden den Feind schon zu Paaren treiben. Vor allem die Engländer! Der Westen hat ausgespielt. Rußland, unser natürlicher Bundesgenosse, im Russentum ist derselbe Zug zum Universalismus wie in uns. In England kann man aus dem Krieg austreten, da herrschen keine Überzeugungen, für die man in den Tod geht ...«

Die Zentralheizung funktionierte nicht mehr, ein eiserner Ofen brannte. »Vorzüglicher Ofen, nicht wahr? Habt ihr auch im Schützengraben? Ganz behaglich, nicht wahr? Tja, die Preußen! Prost! Weißt du schon, daß unsre Margot Schauspielerin wird, großartig, was? Schönes Mädchen, hochbegabt, eine Duse! Prost!«

»Was ist mit Papa los?« fragte Armin Margot.

»Komisch, nicht?«

»Unheimlich. Er war feierlich, jetzt ist er albern. Und was ist mit dir?«

»Ich gehe mit einer Theatertruppe ins Feld.«

»Das kann ja weit bei dir führen.«

»Meinst du, ich habe noch nichts erlebt?«

»Ein Verhältnis?«

»Sogar ein Kind. Und die Abtreibung habe ich mit einem Eßlöffel aus dem 60 Personen Silberkasten bezahlt.«

»Na, brüsten brauchst du dich deswegen ja nicht. Ist das jetzt so? Edith Stern? Grete Mayer? Christine? Rose Marie?«

»Wo denkst du hin. Die erhalten sich jungfräulich. Die Herren, die sie heiraten, verlangen das.«

»Papa brauchte dringend eine Hilfe. Edith hilft ihm von acht

Uhr morgens bis acht Uhr abends. Ihre Akten werden nie verlegt. Papa ist begeistert. Aber nennst du das leben?«

»Wo stecken eigentlich Werner und Rudi?«

»Werner im Osten, Rudi im Westen.«

»Hats mal Werner besser.«

19. Kapitel

1915/16

Kriegswinter, Sonntagnachmittag. Heyes und Jacobys saßen bei den Markus im alten Kinderzimmer.

»Wir heizen nur noch den Kachelofen«, sagte Adelina, »schneits noch so?«

»Am Kurfürstendamm schippen die Damen Schnee«, sagte Siegmund. »Ein Volk, in dem sich reiche Damen nicht zu gut sind, Schnee zu schippen, ist unbesiegbar.«

Niemand antwortete. »Aus deinem großartigen Leitartikel erfährt man, was die Welt von Deutschland denkt«, sagte Markus.

»Empörend«, sagte Siegmund, »diese Verleumdung eines großen Volks.«

»Leider ist die Ahnungslosigkeit unserer Intellektuellen sehr deprimierend. Professor Ostwald erklärt, die Deutschen haben eine höhere Stufe der Zivilisation erreicht als andre Völker, und Haeckel ...«

»Darwins bester Schüler!« rief Markus.

»... will Belgien halb an Holland, halb an Deutschland geben und den Kongo, den Nordosten Frankreichs, Polen und die Ostseeprovinzen Rußlands annektieren.«

»Aber Deutschland ist wirklich bei der Verteilung der Welt zu spät gekommen. Soll es sich jetzt seinen Anteil sichern«, sagte Siegmund.

»Noch haben wir nicht gesiegt,« sagte Heye.

»Wie gern möchte ich mir einreden, ich habe meinen einzigen Sohn dem deutschen Sieg geopfert. Mein Leben ist sinnlos geworden. Die Opfer sind schon jetzt zu hoch.«

»Eine Teilung Belgiens ist nicht so falsch. Wir haben immer zu viel Kohle und zu wenig Erze gehabt«, sagte Siegmund.

»Ich war beim Rickerl, als ihr Schwiegervater starb, die Baronin wills Palais am Ring verkaufen. Die Sammlungen werden versteigert. S' Rickerl hat sogar noch ihren Chauffeur, bis er halt eingezogen wird natürlich, aber bis dahin ist wohl der Krieg zu End. Und sie ist elegant! Wenn sie aus ihrem Coupé steigt, kann sie es mit jedem Komtesserl aufnehmen.«

»Ich bin ja gar nicht dafür, alle Sachwerte jetzt zu verschleudern. In der Sammlung ist ein kleiner Tizian, ein Bordone, mehrere Terborchs, und der alte Baron hat natürlich in Wien auch Miniaturen gekauft. Die waren vor dem Krieg bis 20 000 Mark jede wert. Jetzt im Krieg verkaufen? Nein. Sie ist in ihrer Jugend von Makart gemalt worden, er in voller Größe von Munch, sie haben eine Marmorgruppe von Rodin und eine von Klinger. So was verkauft man doch nicht? Ich möchte, daß Friedericke nach Berlin zieht, mindestens solange Joseph im Krieg ist. Ich möchte ihr die Beersche Villa kaufen, sie steht seit seinem Tod leer und wird für ein Butterbrot hergegeben.«

»Dieser Elefant von einem Haus«, lachte Siegmund, »wißt ihr noch, wie er sich die Barocktreppe aus Schloß Mühlwörth hat einbauen lassen?«

»Ich versteh das ja nicht. Wo soll denn Friedericke mit dem Krempl hin? Und jetzt im Krieg ein Haus kaufen. Ich wär gern mit dir in einer Zweizimmerwohnung. Könnts Rickerl unser Haus bekommen«, sagte Adelina.

Markus dachte, sie hat einen halben Schrank allein für Ballkleider, was erzählt Adelina da, hat sie so keine Ahnung von sich selbst?

Heye freute ich auf die Abendstunden in seinem Zimmer, auf den beglückenden Unfug, das Schiefgegangene zu dokumentieren, warum war 1911 das deutsche Kanonenboot Panther nach Agadir gesandt worden, was den deutschfreundlichen Caillaux so schädigte.

Klothilde klopfte: »Mitternacht.« Aber Heye rief ihr entgegen: »Was sagst du, sie haben Wolff-Metternich in London überhaupt nicht orientiert!«

»Ist denn noch jemand von den Unsern in London?«

»Ich spreche von 1911, vier Jahre her, könnten auch hundert sein.«

»Komm ins Bett, du überarbeitest dich.«

»Es geht mir alles im Kopf herum. Millionen Menschen in den Schützengräben, weil Wilhelm einem Korvettenkapitän in London mehr traute als seinem Gesandten. Im Kampf gegen einen Korvettenkapitän erschöpfte das Auswärtige Amt seine Kraft.«

Klothilde dachte, er sollte nicht unsern lieben guten Kaiser angreifen. Er schadet sich und uns.

Er konnte nicht schlafen, ein Freund Jaurès' war jetzt gegen »einen vorzeitigen Frieden«. Das deutsche Volk folgte schließlich Bebels Befehl, wenn es gegen Rußland kämpfte. Er stand leise auf, die Wohnung war eisig, aber er *mußte* den Satz notieren: »Und wenn gefragt wird, wo die kommenden Führer seien, so kann man antworten, sie liegen in dieser Stunde vielleicht im Schützengraben, wo die treue Kameradschaft die sonst getrennten Söhne des gleichen Volkes zusammenführt und wo unter einem freien Sternenhimmel das ungeheure Ereignis schlummernde Gedanken und Kräfte erweckt.« Er las den Satz. Dafür hätte er wirklich nicht aufzustehen brauchen. Wieso hatte er einen banalen Gedanken so überbewertet? Ach, wenn er doch beitragen könnte, die Kriegsschuldigen der allgemeinen Verachtung preiszugeben, Tirpitz, Cambon, Poincaré, die russischen Großfürsten. Schlotternd vor Kälte schlich er zurück. Er fühlte sich schuldig, weil er satt im Bett neben einer schönen Frau lag, und Millionen lagen in Nässe und Kälte.

Klawotzky schrieb an Rose Marie:

»Sehr verehrtes gnädiges Fräulein«,

Und Rose Marie antwortete: ... »Unser Doktor war so verzweifelt, weil ihm niemand half, und da hat meine Mutter erlaubt, daß ich hingehe, zuerst einen halben Tag, jetzt den ganzen. Ich bediene das Telefon, mache Verabredungen und helfe der Frau Doktor. Mama möchte nicht, daß ich darüber spreche, daß ich ein berufstätiges Mädchen bin, weil das nicht als fein gilt ...«

Klawotzky beruhigte sie: ... »eine tüchtige junge Dame wie Sie kann nie ihren Namen als feines Mädchen verlieren ...« Die Granaten gingen über ihn weg. Drohte ein Angriff? »Ich habe Urlaub, das Bürgerlichste vom Bürgerlichen, und ein Elementarereignis »Krieg«, wie geht das zusammen?« Er schrieb den einen kühnen Satz: »Was bedeutet dieser Urlaub für mich? Ich werde Sie wiedersehen.« Das war doch wohl das Äußerste. Vielleicht war sie heimlich verlobt. Er hatte keine Ahnung, wie ihr Leben verlief, das Leben all dieser Mädchen, die zu Hause verblühten. Konnte er ihr schreiben?

Konnte er schreiben, daß ihm ein Zufall ein Bad verschafft hatte, und was das für ein Glück war? Bad? Besser nicht. Er wollte ihr schreiben: »Ich liebe dich, ich werde dich lieben, heute, morgen, immer.« Besser nicht.

Die Kränzchenschwestern saßen bei Hanna. Elektrizität mußte gespart werden. Nur der Tisch war beleuchtet. Edith Stern war vergnügt, hatte einen Beruf, verdiente Geld, und Werner, auf Urlaub, hatte einen ulkigen Freund mitgebracht: »Er macht immerzu Quatsch.«

»Warum wohnst du in dieser entsetzlichen Gegend«, fragte Hanna Feodora, »H. H. H. ist als Arzt im Feld und bekommt Offiziersbezüge.«

»Warum soll er mir Geld geben? Nur weil er mich damals geheiratet hat? Ich verdiene doch.«

»Mir ist das zu hoch«, sagte Hanna.

Samtsessel, Tisch mit Spitzendecke, köstliches Porzellan, hier war die Welt stehengeblieben.

»Christine heiratet einen Freiherrn auf einem Gut bei Kragsheim.«

»Ich bin mit Christine fertig«, sagte Hanna, »im Trauerjahr hat sie sich nicht ein einzigesmal bei mir gemeldet. Wir gaben keine Gesellschaften. Was sollten wir ihr da?«

»So profitlich ist Christine nicht«, sagte Grete.

»Doch«, sagte Hanna böse, die sonst so liebenswürdig war.

Grete erzählte nicht, daß sie zur Hochzeit eingeladen war,

und verabschiedete sich früh, um zum Freitagabend zu Gutmanns zu gehen. Später kam Rose Marie. Sie sprachen von den jungen Leuten. Walter Markus gefallen, Bernhard Blau vermißt, wer wußte etwas von Otto Jacoby? Werner war also im Osten, aber Rudi vor Verdun. Und Klawotzky?

»Er hat mir geschrieben«, sagte Rose Marie.

»Herr Markus hat ihn immer für den bedeutendsten der Jungs gehalten.«

»Ein großer Dramatiker«, sagte Feodora, sah auf Rose Marie. Der einzige große Mensch, den sie kannte, Klawotzky.

Klawotzky holte sie ins Theater ab. Das konnte man nun, mit einem jungen Mädchen allein ins Theater gehen, und sie selber konnte einem Arzt helfen und bezahlt werden. Sie kam in einem entzückenden Kleid, das sie sich für seinen Urlaub geschneidert hatte.

Sie ging mit einem unjungen und unschönen Mann, aber dem »Bedeutendsten der Markusschen Vorträge«, um den sie alle beneiden würden Und wie er sie behandelte! Er sprach sie nur mit »meine Gnädigste« an.

Er fragte auf dem herbstlichen Heimweg, ob sie seine Frau werden wolle. Sie antwortete »Ja«. Klawotzky küßte sie. Es konnte ihm nun nichts mehr passieren. Er hatte nur einen Wunsch: »Gib, daß sie mich das ganze Leben liebt.«

Nach der Kriegstrauung nahm er ein bescheidenes Hotelzimmer bei Berlin. Es war ihm egal, wo er diese Frau umarmte, eine Strohschütte hätte genügt. Aber sie hatte sich für ihre Hochzeitsnacht ein elegantes Zimmer gewünscht, »Environs«. Er verstand das nicht. Mit ihr auf einer Bank zu sitzen, mit ihr an einem Tisch zu sitzen war sein Glück.

Am Morgen sprudelte er: »Jetzt weiß ich, was mein neues Stück sein wird. Das wird bestimmt ein Erfolg. Du sitzt in der Loge, während ich mich auf der Bühne verbeuge, zehn Vorhänge! Unter Wilden, bei denen die Einehe als unanständig, als hochmütig gilt, wollen sich zwei Menschen nicht mehr trennen. Verstecken sich im Dschungel. Der Häuptling entdeckt sie, ist empört. Es kommt ein Gericht ...«

Rose Marie war fassungslos. Sein neues Stück war ihm wichtiger als sie. Sie war überzeugt, daß er sie nicht liebte, und sie hatte ihn doch geheiratet, weil es sie beglückte, so geliebt zu werden. Er merkte nichts, und machte noch einmal den Tag zur Nacht.

Die Stimmung hatte sich geändert. Grete empfand ihren Artikel in dem Frauenblatt als beschämend. Nun hielt eine ihrer Vorstandsdamen eine Ansprache: »Meine jungen Freundinnen, die ihr eure behaglichen Elternhäuser verlaßt, um von neun Uhr morgens an in die Elendsquartiere zu gehen, um euren Schwestern zu helfen ...«

Grete dachte, weiß sie nicht, daß die Fabriken um sechs oder sieben anfangen? Daß kleine Kinder sich allein anziehen müssen, um ohne warmes Frühstück um acht Uhr in der Schule zu sein?

Am Abend schrieb sie, wieder auf großen linierten Bögen, einen Artikel mit Zähnen und Klauen, kurze Sätze, kein ja-nein oder nein-ja. Er wurde sofort in der »Berliner Rundschau« gedruckt.

In der Nacht, bevor er erschien, schlief Grete nicht. Sie hörte die Leute fragen: »Was wagst du da zu behaupten?« »Bei welchem Autor hast du das gefunden?« Sie wollte in die Stadt fahren, die Schnellpresse anhalten. Sie erkannte, schon als sie die Strümpfe anzog, wieviel schneller man etwas hinschreiben kann als eine Schnellpresse anhalten. Sie zog die Strümpfe wieder aus, aber sie gelobte sich: ›Nie mehr schreiben‹.

Der Artikel erschien. Grete kaufte 100 Exemplare. Roserl war beunruhigt und rief Sabine an: »Weißt, Journalismus ist schon ein verachtetes Tagewerk bei Männern und bei einem jungen Mädchen? Ich hab halt Angst, daß sie ein Blaustrumpf wird und sich schwertun wird mit dem Heiraten. Mein Mann hätt' gewußt, was er ihr raten soll, aber ich bin mir nicht gescheit genug.«

Auch Sabine wußte nicht. Sie hätte selber gern geschrieben, Romane natürlich, aber in Kragsheim?

Es war nicht so einfach, wie Grete sich eingebildet hatte. Sie hatte die Tätigkeit der Damen, mit denen sie arbeitete, angezweifelt. Wollte sie die Wohltätigkeit oder die Damen ändern oder was? Eine alte Sozialdemokratin sagte zu ihr: »Wir wollen, daß uns als Recht zusteht, worum wir heute bitten müssen.« Auch das war für Grete unklar! Jedenfalls nahmen die Kolleginnen den Artikel übel, und sie wechselte, nicht ganz freiwillig, ihre Stellung.

Schnee, Schnee. Es war still, es war dunkel. Roserls Pension war halbvoll. Was sollte sie ihren Pensionären zu essen geben? Nur der Freitagabend blieb. Max sang, die Kerzen brannten, das Brot wurde gesegnet. Sabine las Familienbriefe vor, einen keineswegs glücklichen Brief von David: »Ich denk so oft daran, wie wir an dem herrlichen Sommertag im Wald bei der Aumühle Dritten abschlagen gespielt haben. Sind wir je noch einmal so glücklich gewesen? Und daß Roserl so arbeiten muß, und das reizende Greterl hat noch nicht geheiratet?«

»Seine Frau paßt halt nicht zu ihm«, sagte Sabine, »schad, daß er jünger war als du.«

»Was redst daher, Sabine.«

»Wie ist der neue Mieter? Macht er dir wieder so viel Arbeit?«

»Es geht«, sagte Roserl und schwieg dann.

»Kann ich dir helfen, das neue Kleid für Grete machen? Was machen eigentlich Edith Stern und Christine? Und hörst du etwas von den Buben? Ich hab mir überlegt, wollt ihr nicht vielleicht doch die Wohnung aufgeben und wieder eine ganze billige nehmen?«

»Ich finde ja«, sagte Hildegard von Rumke, »*wenn* du jemanden von deinen jüdischen Freunden einlädtst, dann die Sterns, die du seit früher Kindheit kennst.«

»Nein«, sagte Christine, »Grete ist meine beste Freundin.«

Hildegard lag auf dem Sofa. »Was ist denn, Mama? Legst du dich jetzt öfter hin?«

»Manchmal.«

»Willst du nicht zum Arzt gehen?«

»Aber Christl, wo jetzt unsre Ärzte derart überlastet sind? Nein.«

»Aber du sagst mir, wenn du dich schlecht fühlst? Nach meiner Hochzeit ist nur Freia da, und das Würmchen braucht dich und kann dir nicht helfen.«

»Übrigens ist eine Kiste von Großmama gekommen.«

Freia half mit Stemmeisen und Schraubenzieher. Christine hob einen Besteckkasten mit Silber aus der Biedermeierzeit heraus, Silberschalen mit Glasseinsätzen und eine Tafelgarnitur, silberne Schiffe mit Kugeln, ein großes Mittelstück und vier kleinere und einen Brüsseler Spitzenschal.

Christine las den Brief vor: » ... Du sollst an deinem Ehrentag meinen Brüsseler Spitzenschleier tragen ...«

»Für mich war er ihr zu gut«, sagte Hildegard.

Freia fing an zu weinen, als sie ihre Mama bedrückt sah. Christine hörte auf zu lesen: »Freiachen, es ist alles in Ordnung.«

Nach Tisch, als Freia in ihrem Zimmer Schularbeiten machte, sagte Christine: »Also, du legst dich, Mama.« Hildegard versuchte zu widersprechen: »Ich muß noch mal zum Kaufmann, er hat vielleicht Mohrrüben, und Freias Schuhe sind vom Schuster zu holen.«

»Nein«, sagte Christine, »erst hinlegen.« Christine sah auf die verarbeiteten Hände ihrer Mutter, die sie nervös hin und her drehte. Sie hatte an allen Knöcheln Frostbeulen. Christine ergriff Mitleid, aber auch das Gefühl, daß ihre Mutter es nicht nötig gehabt hätte, sich alles so zu versagen: »Onkel Wolfgang hat mir einmal erzählt, daß du immer zur Schule gelaufen bist, um ihm das Fahrgeld zu geben, weil er beim Studium knapp war. Er wollte mir sagen, Mutter sorgt nicht für sich. Wirst du auf dich achten, wenn ich nicht mehr zu Hause bin?«

Kurz vor der Hochzeit kroch Hildegard so gebückt herum, daß Christine den alten Arzt anrief, obwohl sie mit Hochzeitskleid und Reisekostüm vollauf beschäftigt war – wo bekam man Stoffe? – und obwohl Hildegard auf jede Frage erwiderte: »Aber nein, Christl, es ist gar nichts.«

»Also, meine liebe Frau Oberst, Sie müssen sofort ein Bruchband haben. Und Sie dürfen weder etwas Schweres heben noch Betten machen noch eine Markttasche schleppen.«

»Hast du gehört!« sagte Christine.

»Ich kann doch nicht einfach nichts tun, wo jetzt die Hochzeit ist und soviel Arbeit!«

»Mama!« rief Christine.

Zur Hochzeit kamen die Großmutter, nicht mehr ganz so königlich – schließlich war sie achtzig –, und die Familie Burrmann. Burrmann war Oberregierungsrat. »'ne Karriere!« sagte die Großmama. »Noch nicht einmal zum Ministerialrat hat er es in all den Jahren gebracht!« Mit ihm kamen seine beiden Söhne.

Vor der Kaiser-Wilhelm-Gedächtniskirche gab es einen kleinen Auflauf. Der Freiherr, sein Bein hoch bandagiert, wurde in einem Rollstuhl vor den Altar gefahren, während Christine kniete. Nachher gab es ein kriegsgemäßes Buffet.

Freia überreichte ein handgearbeitetes Deckchen mit einem Gedicht, das Hildegard verfasst hatte. Dann sprachen die jungen Burrmanns einen Dialog:

»Tja, nun heiratet also unsre Christl.«

»Christl mußt du nicht sagen.«

»Warum denn nicht?«

»Weißt du denn nicht, daß sie nur noch mit Juden verkehrt?«

»Ach nee?«

»Und für ihren feinen jüdischen Verkehr verwandelte sie sich in Ina.«

»Was du nicht sagst!«

»Für Ina waren wir alle, die wir eine Christl haben wollten, nicht mehr gut genug.«

»Und was wird mit Ina werden?«

»Ina wird wohl ihren jüdischen Verkehr aufgeben und sich in eine Christl zurückverwandeln.«

»Darauf wollen wir anstoßen!«

Es wurde gelacht und geklatscht. Grete stand in einer Ecke, von wo sie ganz leicht die Tür erreichen und weggehen konnte.

Sie fürchtete sich vor Roserl: »Was so früh schon wieder da? Wie wars denn?« Sie ging zu Sabine.

»Und das jetzt im Krieg und auf einer Hochzeit!« sagte Sabine.

20. Kapitel

1916/17

Heye kam zum Frühstück. Kartoffelgemischtes Brot, winziges Stückchen Butter, Kohlrübenmarmelade, Ersatzkaffee. Klothilde sagte: »Die Jungs sind nie richtig satt; können wir uns nicht an einem Pensionsschwein beteiligen?«

»Mach, was du willst«, sagte Stefan, morgens immer schlechter Laune, »laß mich bitte in Ruhe den faszinierenden Brief vom Fürsten lesen.«

Siegen-Siegen war seinem Vater als Fürst gefolgt. Der Mann, der noch vor einem Jahr über »Kompensationsobjekte« geschrieben und, obwohl man »Gesamtbelgien excludieren« sollte, Luxemburg und Lüttich »eine notwendige Sicherung unseres rheinischen Industrie-Bezirkes« genannt hatte und daß »in dieser Beziehung England nicht unrentabel sein würde«, war nun für Frieden. Er schrieb seinen altgewohnten Stil: »Alle Balkan-Wilden sind Halunken und Nasone ...« Heye unterbrach die Lektüre – wer war Nasone? Ach, der großnasige König Ferdinand von Bulgarien – »Die blödsinnigen Barbiere, genannt Militärärzte, haben Anweisung, schlechtweg alles zu assentieren, und damit bevölkert man nur die Lazarette und ruiniert halbkranke Existenzen. Es wäre höchste Zeit, daß Frieden wird. Man ist in den nicht von Reaktionären, Groß-Industriellen und Alldeutschen totaliter verblendeten Kreisen des Krieges mehr als müde und möchte mit einem blauen Auge davonkommen. Bitte senden Sie mir umgehend ein Päckchen Ihres Marineartikels, da gar nicht genug Propaganda gegen das blödsinnige Treiben der Hetzer gerade in den konservativen Kreisen gemacht werden kann.«

Heye fehlte mehr als alles eine gute Zigarette, er drückte das fasrige Zeug ärgerlich aus, um es nach einer Minute wieder anzuzünden.

Er küßte seine Frau und ging, wie er es sich angewöhnt hatte, zu Fuß ins Zeitungsviertel, als er Markus traf.

»Erinnerst du dich, daß ich bei Kriegsausbruch glaubte, ich wäre am Ende meiner Tätigkeit. Dabei geht die Politik in ungeahntem Maße weiter.«

»Sehr bedenklich, daß Deutschland in Annektionisten und Verständigungsfreunde zerfällt.«

»Nur daß wir eine Minorität sind. Die Annektionisten erklären, der Krieg sei verloren, wenn wir nicht die Herrschaft über die flandrische Küste heimbringen, und dabei wird um ein längst mit Leichen gefülltes Grabenstück gekämpft. Und dieser gräßliche Eisenhart ...«

»Eisenhart? Deine Erfindung?«

»Nein, sogar Wieland Eisenhart. Eisenhart ist immer mehr das deutsche Ideal. In meiner eigenen Redaktion ist ›pflaumenweich‹ das beliebteste Schimpfwort. Wieland Eisenhart schreibt, die erste Folge eines Verständigungsfriedens wäre ein vollständiges Sinken des deutschen Ansehens in der Welt. Er schreit nach Ostende und Seebrügge, denn die Engländer, weniger rücksichtsvoll, würden diesen Streifen dauernd behalten, wenn wir aufgäben.«

»Mist«, sagte Markus, »aber leider will man auch drüben kein Ende ohne ›Sieg‹. Es herrscht eine intime Geistesverwandtschaft auf beiden Seiten des Blutmeers zwischen den Nationalisten.«

»Du hast recht. Unsre Sozialdemokraten, die nach Stockholm gehen, nennt das Schwein Barrès ›vom Gold des Kaisers‹ bedeckt, und den Kriegsgegner Macdonald nennt unsre ›Tägliche Rundschau‹ den Reichslügenkommissar.«

»Und die Ausbreitung der Bürokratie? Reichszuckerstelle, Zuckerzuteilungsstelle, Stärkesyrupzentrale, Kriegsrübensaftgesellschaft. Alle diese Durcheinanderwirtschaftsämter korrespondieren, senden Umfragen und Rückfragen aus, erteilen Gutachten und holen sie ein, und du brauchst dich nicht zu wundern, daß es deinen Jungs am nötigen Essen fehlt.«

»Man braucht ja nur zu sehen, wie sich hier die Häuser mit Büros füllen. Ich habe immer dagegen gekämpft, daß unsre kleine Oberschicht willkürlich Minister und Reichskanzler ernannte und absetzte, die dann nur noch Frondeure sein konnten, aber ich habe Zweifel bekommen, ob das Volk wirklich für Frieden wäre.«

»Richtig«, sagte Markus.

»Das Geschrei der Straße hat Italien in den Krieg geführt. In Palermo haben die Studenten mit einem Sarg für Krieg demonstriert. Giolitti und die Ehre Italiens läge darin! Einzelne sind gegen den Krieg, Romain Rolland, Morell, Bertrand Russell, der Sozialist Rappaport. Rappaport teilt übrigens mit, daß Jaurès am Tage vor seiner Ermordung gesagt hat: »Sollen wir in den Krieg gehen, weil Ährenthal sein Versprechen gebrochen hat, Iswolski für sein Schweigen bei der österreichischen Annektion von Bosnien und der Herzegowina vierzig Millionen zu geben?« Aber das Volk kann man zu allem bringen mit ›Gloire française‹ und ›Deutscher Ehre‹.«

Sie verabschiedeten sich.

Am Ufer des Kanals mit Kastanien im hellen Frühlingsgrün sah Heye einige Leute stehen. Eine Leiche war aus dem Wasser gezogen worden. Ein Arzt sagte: »Ein bißchen früher, und man hätte sie noch retten können.« »War 'ne feine Dame«, sagte ihre Portiersfrau, »der Mann 1914 gefallen. Ich habe ihr heute den Brief gebracht, ist der einzige Sohn auch gefallen, bei Verdun, neunzehn.«

Heye sah Kinder hopsend aus der Schule kommen und dachte an die allgemeine Rede, daß dieser Krieg zu Ende geführt werden müsse, um die Kinder für alle Zeit vor Kriegen zu schützen. Auch diese Idee kannte keine nationalen Grenzen. »War to end war«, sagten sie in England. Er sah Jürgen von Rumke kommen. Jürgen erzählte: »Ich habe mich immatrikulieren lassen, obwohl ich nun wohl bald eingezogen werde.«

»Was wollen Sie studieren?« fragte Heye, der sich wunderte, daß ein ziviles Leben weiterging.

»Sprachen. Papa ist für Russisch. Kenner des Ostens würden

gebraucht, und Französisch genüge nur für eine kleine Schicht. Ich habe große Lust. Die Menschlichkeit des russischen Charakters ist ja höchst anziehend. Papa meint, mit den Russen würden wir als erste wieder Frieden machen können.«

»Ich weiß«, sagte Heye gereizt, »wir haben alle nur einen Feind, England! Haben Sie eine Ahnung, was sich an der Ostfront abspielt? Die russischen Kommandanten haben ihre eigenen Dörfer in Wolhynien angezündet, die Bevölkerung in den Hungertod gejagt. Die Mordbrennertaktik mag mißverstandener Kutusov sein, aber sie ist echt russisch. Unser Bebel hätte den Krieg gegen die verrottete russische Bürokratie sehr gebilligt.«

»Ich könnte auch Romanist werden«, sagte Jürgen liebenswürdig, »es ist schon lange keine Doktorarbeit über Voltaire gemacht worden.«

»Schreiben Sie über Voltaire, zitieren Sie, daß der junge Hurone nicht in der Bretagne geboren und trotzdem ein menschliches Wesen ist.«

Der Alte ist nicht ganz richtig, dachte Jürgen.

Es war spät, und als Heye eine Droschke sah, stieg er ein, hoffte auszuruhen. Aber der Kutscher drehte sich um und sprach mit seinem Fahrgast: »Sehen Sie sich det Tier an, is man jut, daß Sie auch nich jrade nach Fettlebe aussehen, hat er nich so viel zu ziehen. Nee, nee, wir det Affenschmalz und in de Kasinos kriejen se Butter. Und meiner Frau haben se ein Heft jejeben »Die fettlose Küche«. Haben Se schon so was jehört? Dreißig Gramm Fett pro Tag soll jenügen. Globen Sie det? Und die Hamsterer haben die Schinken zu Hause hängen, und denn die Kriegsgewinnler! Ick hawe ein Wasserherz, hat mir doch so einer mitm Klempnerladen bescheinigt, daß ich kriegsverwendungsfähig bin. Hack aber son alten Sanitätsrat, der hat vielleicht den wat zu riechen jejeben, ham se mir felddienstuntauglich erklärt. Det is vielleicht 'ne Blase. Sehn Se sich det Ferd an, hinken tut er auch, wie soll denn det weitergehen. Ich sache Ihn, wa brauchen Frieden.«

Heye ging in sein Zimmer. Die nationalistische »Deutsche

Tageszeitung« ließ er bis zuletzt, nahm die gemäßigten Provinzzeitungen, machte es sich auf seinem Drehstuhl bequem und las: »Dieselben Leute und dieselben Kreise, die jetzt gegen den U-Boot-Krieg in hinterhältiger Weise flau machen, haben auch im Frieden gegen des Reiches Wehr und Rüstung mit ganz den gleichen Gründen flau gemacht. Sie erhoben den Schmerzens- und Warnungsschrei: »Um Himmelswillen keine Marinevorlage! Sie kann nur unsre Versöhnung mit England stören.«

Das ging auf sein »Judenblatt«. Er bat seine trübselige Sekretärin, ihm sämtliche Vorgänge über Unterseeboote zu bringen und Herrn Winkler zu rufen.

Aber Winkler kam gerade ins Zimmer: »Haben Sie gesehen, daß Reventlow einen zweckentsprechend geführten Unterseeboothandelskrieg für viel wertvoller hält als den bisherigen höchst unersprießlichen Zustand zwischen dem Deutschen Reich und den Vereinigten Staaten? ›Das U-Boot überwiegt die Nachteile, die sich aus einem deutsch-amerikanischen Konflikt ergeben könnten‹.«

»Hat er Konflikt geschrieben?«

»Da, Konflikt«, sagte Winkler, nachdem er in dem Zeitungsblatt nachgesehen hatte, »was bedeutet aber Konflikt anderes als Krieg?«

»Er ist zu feige, deutsch-amerikanischer Krieg auszusprechen.«

»Wir werden mit einem Gefühl wahrhafter Erleichterung den so geschaffenen Zustand begrüßen«, las Winkler erregt vor.

»Das muß ich selber lesen!«

»Wenn die Sozialisten an der Macht wären! Mit Renaudel würde ich mich schnell einigen.«

»Ich hatte Sie aus einem andern Grund hergebeten.« Und er schlug auf das Blatt: »Hier lesen Sie. Wir haben ›gegen des Reiches Wehr und Rüstung flau gemacht‹.«

Die Sekretärin brachte die Zeitungen.

»Sehen Sie diesen Wust. Bitte suchen Sie daraus recht deutliche Äußerungen, die beweisen, daß in *unserm* Blatt mutige Männer schon im Frieden für den Bau von Unterseebooten eingetreten sind, während die Herren Großadmirale und Reventlow sie für ›überschätzt‹ hielten. Wer hat also ›gegen des Reiches Wehr und Rüstung flau gemacht‹? Wir oder die andern?«

»Eines Tages muß die Wahrheit ans Licht kommen.«

»Setzt sich die Wahrheit noch durch?«

»Herr Heye, wenn wir das nicht mehr glauben, können wir zumachen«, sagte Winkler.

»Ich *möchte* glauben. Aber Graf Reventlow konnte die falschesten Ratschläge geben, er gilt als Patriot. Jetzt propagiert er den deutsch-amerikanischen Krieg. Viel Feind, viel Ehr! Unsereiner konnte die besten Ratschläge geben, zum Beispiel, wenn man schon an Krieg und Verteidigung dachte, dann doch U-Boote zu bauen, die weniger ärgerniserregend waren als die ›stolzen Schlachtschiffe‹! Aber wir sind die Leute, die gegen den U-Bootkrieg ›in der hinterhältigsten Weise flau machen‹. Jedem Juden wird nachgespürt, warum er in der Wumba arbeitet, aber sehen Sie sich mal die stämmigen Cherusker an, die von der Bierbank zum Kampf rufen, von den sechs Söhnen des Kaisers ist keiner im Schützengraben. Als einziger Reichstagsabgeordneter fiel der Jude Frank. Haben Sie das je erwähnen hören? Aber schon bei Aristophanes wollen die Kriegsschreier den verständigen Dikaiopolis als Landesverräter steinigen, weil er Frieden machen will. Und auch schon bei Aristophanes sind es die Kriegsschreier, die die fetten Posten bekommen.«

Derweilen fragte in der Lokalredaktion ein alter Brummbär: »Haste was?«

Der Polizeireporter Meise schüttelte den Kopf: »Ich kann ja mal bei der Polizei anklingeln, aber das Interessanteste ist meistens, daß in 'ner Laube Hühner gestohlen worden sind.« Er nahm den Hörer ab: »Das ist aber 'ne schreckliche Geschichte. Können wir denn das bringen? Das sieht verdammt nach Hungersnot aus. Kessel hats erlaubt? Na gut.« Meise schrieb, ging zum Setzersaal, wo Winkler, Heye und Stüpf standen. »Was Besonderes?« fragte Stüpf.

»Das ist Auffassungssache«, sagte Meise, »ein zwölfjähriger Junge hat sich erhängt, weil er den Brotvorrat der ganzen Familie aufgegessen hatte.«

»Wohl aus Angst vor Strafe wegen seines Charaktermangels«, sagte Stüpf.

»Wie kann man so scharf urteilen! Er hatte seiner Familie das Brot aufgegessen, das konnte dieser kleine Heilige nur mit dem Tod gutmachen. Das Problem des Opfers.«

»Ich habe eine erschütternde Geschichte von Bruno Frank gelesen«, sagte Winkler, »ein Mensch sieht, wie zwei Burschen beständig den Kopf eines kleinen Hundes gegen die Wand schlagen, an der sie entlanggehen. Er erkennt das Böse im Menschen und erschießt sich.«

»Das ist der Opfertod für die Sünden der andern«, sagte Heye, »während der kleine Junge die eigene Schuld sühnte.«

Stüpf dachte, Sozialisten und Juden, ich kann diese weichliche Sentimentalität nicht mehr riechen. Er erschrak über seine tiefe Abneigung. Er war schließlich nicht aus Zufall an einem liberalen Blatt, er hatte immer die zivilisierten Herren den Bärbeißern vorgezogen. Aber verstanden sie das Heldentum dieses Krieges? »Wir müssen zum Umbruch.«

Miehlke kam: »Kratzfuß, die Herren, ich dachte schon, Sie kommen heute nicht mehr. Ich kann och alleene die Zeitung fertig machen. Leser merken ja nischt, janischt merken Leser.«

Stüpf schrieb in seinem Zimmer: »Fraßgespräche«, wobei er die »Kuh in der Tüte« und das »Ißnur«-Mehl nicht vergaß.

»Entzückender Stüpf über Fraßgespräche heute drin«, sagten die Leser zueinander, nachdem sie gefragt hatten, ob ihr Gesprächspartner wohl eine Quelle für Hintenrumschinken wüßte.

Heye fand in seinem Zimmer einen neuen Brief des Fürsten: »Die Sorge um Amerika drückt mir die Feder in die Hand. Wilson und Lansing sind sicher schon seit langem England direkt verpflichtet. Ich glaube kaum, daß der Bruch, zunächst der Abbruch der diplomatischen Beziehungen, sich zu einer Kriegserklärung verdichtet. Aber schon der Abbruch der Beziehungen bedeutet für uns, wenn nicht den Verlust des Krieges, so doch die Möglichkeit, ihn auch nur zu einem leidlich guten Ende zu führen ...«

Jürgen hatte sich geweigert, einen Offizierskurs mitzumachen. Er versuchte, die Munition durch den Dreck zu ziehen, hatte alles voll Pferdekot und Lehm, dazu rieb ihn eine Stiefelfalte. Die Schlucht war voll aufgeblähter Pferdeleichen, verwirrtem Sattelzeug, zerschossener Kanonen. Endlich durch, begannen sie abzuladen, als schon die Geschütze zertrümmert waren. Sie waren unter Feuer durchgekommen, unter Stöhnen, Last und Todesangst, nur, um mit der Munition anzukommen, als die Geschütze schon zertrümmert waren.

Die Nacht war erhellt vom Feuer der Geschütze. Jürgen setzte sich auf einen Stein. Dieser sinnlose Heldenmut, dieser vergebliche Kampf. Würde es je enden? Würden diese Schützengräben je zugeschüttet werden? Sie wurden der blutigen Internationale geopfert, von Granaten beschossen, an denen die Rüstungsfabrikanten ihren Profit machten. Wie riesige Wolkensäulen standen die Einschläge vor den Abhängen. Der Lärm, hoch, tief, langhingezogen, kurz, der Lärm ununterscheidbar, war plötzlich ungeheuer.

»In den Betonklotz!« schrie er, wälzte sich, rasch, rasch, erreichte ihn, war heil. Draußen waren die Bäume verbrannt, mit den Wurzeln herausgerissen, Felsen herabgestürzt, Erdhügel eingeebnet. Im Betonklotz fünf Menschen im Angesicht des Todes.

Nicht weit stand der Gemeine Otto Jacoby an einer Batterie, die keine Munition hatte, sie schrien: »Wo bleibt die Munition? Zum Donnerwetter, die Fahrer, wo bleiben sie?« Und brüllte mit, zitternd vor Aufregung, und sah in der Dunkelheit Leuchtkugeln, im ungeheuren Lärm, Dröhnen, Krachen hochsteigen, schweben, gleiten, wunderbar hoch und still.

Nicht weit half der Vizewachtmeister Rudolf Stern die Räder des Wagens mit Granaten an den Speichen aus Dreck und Lehm herausdrehen, Bohlen vor den Wagen legen. Stern sagte immer wieder: »Sie warten auf die Munition. Wir wollen mal alle sagen, eins, zwei, drei, ruck eins, zwei, drei zuck. Durch, durch, durch den Dreck, das ist unser Lebenszweck, Lebenszweck, Lebenszweck, Zweck, Zweck, Zweck.«

Die fünf Berliner brüllten mit: »Durch, durch, durch den Dreck, das ist unser Lebenszweck, Zweck, Zweck.«

»Ihr beide da vorne fangt an, ihr los: ›Durch, durch, durch den Dreck‹, jetzt wir: »Lebenszweck, Lebenszweck, jetzt ihr: ›Dreck, Dreck, Dreck‹.«

Gasgranaten gingen über sie weg, Geschütze dröhnten, Stern sah nur die Granaten, sich und die vier, sang, griff in die Speichen: »Dreck, du jetzt los: Dreck als Lebenszweck, als Lebenszweck.« Keiner schwieg, sie waren jung, sie hielten Takt: »Dreck, Dreck, Lebenszweck.«

Schlacht um Verdun. Stern war stolz, es zum Vize gebracht zu haben, Jacoby wurde bitter, nicht befördert, dachte »als Jude«.

Jürgen hatte es seinem Vater nicht länger abschlagen können, Offizier zu werden, saß im Offiziersunterstand, die andern spielten Skat, las eine Polemik, Theaterkritiker und Herr von Glasenapp gegen den Theaterdirektor Robert. Würde Robert die Theaterkonzession gegeben werden? Jürgen schlug das Heft zu, das ihm Christine gesandt hatte. »Zeit-Echo« hieß es. Die Welt war aus den Fugen. Theaterkonzession? War Frieden? Nein, er konnte das nicht lesen. Nahm den Goethe vor, war nichts anderes da, »Kampagne in Frankreich«, fand den Satz: »Einige Dörfer brannten zwar vor uns auf, allein der Rauch tut in einem Kriegsbilde auch nicht übel.« Jürgen schlug das Buch zu. Da hatte man ihn, den Bürger: »Das brennende Dorf tut in einem Kriegsbilde auch nicht übel«, den Mangelhaften, denn es mangelte an Änderungssucht, an Empörung, Jürgen schleuderte den Goethe auf die Erde. Die Skatspieler sahen auf. »Nanu, Rumke?« »Gute Nacht«, sagte Jürgen, »wern bisken röcheln.«

Otto Jacoby sollte Essen holen, war noch betäubt von Lärm und Gefahr, sah zerschossene Bäume, ganz fern ein Licht aufblinken – Geschütz oder Stern? –, braun und grau, dunkel und wächserne Gesichter, einen Streifen von Glut am Horizont, brennendes Dorf? Gab es noch Dörfer an der Front? Konnten sie noch brennen? Ein leiser Regen tropfte. Plötzlich bewegte sich einer unter den Toten, er stand wie gelähmt, dann holte er die Sanitäter.

Otto, auf Urlaub, saß im Eßzimmer, von dem die Treppe in den verwachsenen Garten führte. Emilie servierte mit weißen Handschuhen und Häubchen einen kleinen Rinderbraten mit Kohl.

»Feindeswein«, sagte Siegmund, als das Mädchen aus dem Schenkkorb den alten Bordeaux goß, »hätte dir lieber Rheinwein gegeben, aber zu einem Rinderbraten?« Er versuchte den Wein: »Könnte ruhig ein bißchen wärmer sein, den Kaffee nehmen wir im Wintergarten.«

Die Türen zum Garten waren offen. »Ach, Stüber hat den Rasen umgegraben«, sagte Otto, traurig über alles, was sich änderte.

»Wir haben Gemüse gesät, alle tun es«, sagte Frieda.

»Ein Unsinn«, sagte Siegmund, »der Krieg wird bald zu Ende sein. Was hältst du von der Lage? Komm mal mit«, und er führte Otto an eine Karte des Kriegsschauplatzes mit buntköpfigen Stecknadeln.

»Seit der Schlacht an der Marne ist der Krieg verloren«, sagte Otto.

»Was sagst du da? Der Defaitismus im eigenen Hause.« Es war natürlich nicht wahr, was sein Sohn sagte. Dieser Mangel an Durchhaltegeist war entsetzlich. »Laß das ja niemanden hören.«

Christine schickte ihrer Mutter im Sommer 1916 einen Schock Eier. Hildegard legte sie ins Wasserglas. Im Februar 1917 bekam Jürgen Urlaub. Hildegard freute sich, was sie dem Jungen würde bieten können, und öffnete den Eiervorrat. Das magere Zicklein Freia, wie immer neben ihr, rief: »O Gott, das stinkt ja furchtbar!«

Hildegard legte schnell einen Deckel auf: »Hulda, leider sind die Eier verdorben, wir müssen sie wegwerfen.« Sie hielt sich ganz gerade, lächelte wie immer, aber ihre Füße trugen sie kaum mehr ins Schlafzimmer, wo sie sich aufs Bett legte. »Lass mich allein, mein Kind«, sagte sie zu Freia. Sie hatte immer etwas falsch gemacht. Hätte sie mit dem Kind wenigstens zwei Dutzend Eier gegessen oder sie weggegeben. Aber sie sparte. Sie, Freia und Hulda hatten jede ein Ei gegessen, dann hatte sie sie aufgehoben für ihren Mann, für Friedrich Wilhelm, für Jürgen.

Herrliche Eierkuchen sollten gemacht werden, wenn einer käme. War das falsch? Konnte man mehr als auf alles verzichten? Sie stand auf, aß mit Freia im Töchterzimmer Kohlrüben.

Hildegard ließ waschen. »Ich helfe Ihnen«, sagte sie zu Hulda. Hulda hatte schon einmal die Wäsche ohne Wasser aufs Feuer gesetzt. Hildegard erinnerte sich zwar daran, daß sie keinerlei schwere Arbeit tun durfte, aber sie war so daran gewöhnt, daß sie Gardinen aufspannte, Kekse buk, Marmelade und Früchte einkochte, schneiderte, daß sie ein Unrecht zu begehen fürchtete, wenn sie ein Buch las. Sie war auch unruhig, Friedrich Wilhelm und Jürgen waren sehr gefährdet. Sie ging in die Waschküche, sah, daß es dem Mädchen schwerfiel, die nasse Wäsche mit Hilfe eines Stockes aus dem kochenden Wasser in die danebenstehende Wanne zu heben. Sie nahm den Stock, unglücklichweise wickelten sich mehrere Laken darum. Es war ein großes Gewicht. Sie fühlte einen rasenden Schmerz, lief mit eiserner Willenskraft die Treppe hinunter, fiel hin und schrie. Hulda und Freia legten sie ins Bett. Freia saß hilflos bei der bewußtlosen Mutter. Schließlich sagte Hildegard: »Ruf Doktor Stichler.« Dr. Stichler, beinahe achtzig, konnte sich nicht entschließen, in Schnee und Kälte einer Kriegswinternacht auszugehen, riet Freia, der Mutter ein Schlafmittel zu geben. Freia versuchte wach zu bleiben. Schließlich rutschte sie vom Stuhl und schlief neben dem Bett der Mutter auf der Erde.

Als der Doktor am Morgen kam, war der Bruch aufgebrochen. Er schaffte Hildegard in eine Klinik und telegraphierte an Christine.

Christine erwartete ein Kind, die Landwirtschaft und der leidende Mann waren schwer allein zu lassen. Sie wuße vom Hunger in Berlin und schickte zwei Lebensmittelpakete voraus. Sie fuhr zwanzig Stunden. Freia, das ordentliche Kind, war in der Schule. Christine traf die Mutter noch lebend, ja, mit Hilfe schmerzstillender Mittel sogar in freundlicher Stimmung: »Ach, Christine, was für eine große Freude, dich zu sehen. Wo ist denn Freia? Ihr habt doch hoffentlich nichts an Papa geschrieben. Es ist für alle schwer genug.«

Christine holte Freia von der Schule, schrieb an den Vater vom Bett der Mutter, die glücklich auf ihre Töchter sah. Schon am Nachmittag war es zu Ende.

Christine telefonierte mit dem Beerdigungsinstitut, als sie lautes Geschrei auf der Hintertreppe hörte. Hulda rief: »Sone Schweine! Bei uns ist das große Unglück, und Sie benehmen sich so!«

»Wie komme ich dazu, Ihre Wäsche aufzuhängen. Ich denke gar nicht daran.«

»Was ist denn los?« fragte Christine. Hulda hatte in der Aufregung die nasse Wäsche im Kessel gelassen, und Frau Noack hatte sie auf den schmutzigen Boden geworfen.

»Ich lasse keine fremden Leute auf den Boden«, rief Frau Noack, »wenn meine Wäsche gewaschen wird. Heute, wo das ganze Volk stiehlt. Wie komme ich dazu? Ich denke gar nicht daran.«

Christine konnte sich nicht entschließen von der toten Mutter zu sprechen. Die seifige Wäsche auf dem schmutzigen Bretterboden war ihr höchst gleichgültig.

Trotzdem ging sie mit Hulda zur alten Portiersfrau: »Meine Mutter ist gestorben«, sagte sie.

»Nee, Frau Baronin, nee, die feinste Dame im Hause und die jungen Herren, und der Herr Oberst im Krieg, nee Frau Baronin, und die kleine Freia, so dünn und immer so nett. Ach, was für ein schreckliches Unglück. Kann ich irgendwie helfen?«

Christine weinte, diese gute Mutter mußte fort, sie konnten nie mehr alle zusammensitzen. Was würde aus Vater werden?

»Natürlich, Frau Baronin, lassen Se man. Ich werde dafür sorgen, daß ich den Wäscheboden für Sie reserviere. Diese Noacks, det sind richtige Kriegsgewinnler, janz jewöhnliches Volk, weiße Juden.«

Freia war wie gelähmt. Christine sagte: »Freia, mein Kind, du kommst natürlich zu uns!« Freia weinte. Die Schulfreundinnen verlassen, nein, das konnte sie nicht, alles verlassen, ihr Zimmer, den Kanal, die rote Von-der-Heydt-Brücke, den Tiergarten?

Es war keine große Beerdigung, die Burrmanns, Baron Burlepsch, ein paar Kameraden – Grauhase war längst gefallen, die Großmutter tot.

»Revolution in Rußland«, sagte Burlepsch, »Schuld der elenden Anarchisten, da stehen wir anders da. Rußland wird den Kampf aufgeben. Wir werden unsere Kriegsziele durchsetzen. Für die Sicherung der deutschen Zukunft gibt es nur eine Garantie, das ganze bisherige Staatsgebiet machtpolitisch fest in deutscher Hand behalten. Die belgische Frage ist die deutsche Schicksalsfrage. Bethmann Hollweg muß weg, ein Genie wie Ludendorff gehört an die Spitze.«

Willibald wußte es besser: »Das Eingreifen Amerikas ist sehr ernst.« Er hatte seine Frau verloren. Man widersprach ihm nicht, obwohl man nicht seiner Meinung war.

Nur Leutnant Burrmann sagte: »Der U-Bootkrieg wird sic bald auf die Knie zwingen.«

Christine saß am Abend mit ihrem Vater in dem Zimmer, das Hildegard die gute Stube genannt hatte. Entscheidungen mußten getroffen werden. »Der Krieg kann noch lange dauern«, sagte der Oberst.

»Freia kommt zu uns. Aber was wird mit der Wohnung?«

Es gab keinen vernünftigen Grund, die Wohnung zu behalten. Nach dem Krieg konnte man eine kleinere nehmen. Aber es erschien beiden nicht pietätvoll, so schnell nach dem Tod der Mutter die Stätte ihres Wirkens zu zerstören. Der Verlust dieses Zimmers mit der Ahnengalerie schien Christine unerträglich. Etwas sollte bleiben von Kindheit und Jugend.

»Merkwürdig«, sagte der Oberst, »daß wir beide an einer Etagenwohnung hängen. Bevor die Großeltern auf ihre alten Tage nach Langfuhr zogen, haben sie sicher in einem Dutzend verschiedener Städte und Wohnungen gewohnt.«

»Ja, es ist merkwürdig«, sagte Christine, »ich bin dankbar für mein Gutshaus, Garten und Park. Ich hänge schon jetzt daran.«

»Ich freue mich. Ich hatte immer die Befürchtung, du würdest dich nach Berlin sehnen bei deiner Theaterbegeisterung.«

»Nicht nach Berlin, aber nach der Unterhaltung mit meinen geistreichen Brüdern.«

Der Oberst saß auf einem steifen Stuhl, es war schon fast dunkel, nur die breiten Streifen seiner Hose leuchteten: »Hier an den Wänden sehen wir auf zwei Jahrhunderte, aber ich habe das Gefühl, ich bin der Letzte der Reihe. Du bist stark, Christine. Friedrich Wilhelm ist fast zu stark. Er hat nicht die rechte Demut, er ist ohne Ehrfurcht. Er wird immer bei den starken Bataillonen sein. Aber unsre Sorgenkinder waren Jürgen und Freia. Freia weinte, als sie ein totes Vögelchen fand, und hat seitdem kein Huhn mehr gegessen. Jürgen möchte das Elend der Welt ändern. Ich bin ganz seiner Meinung, daß die Unterdrückung des Arbeiters aufhören muß, aber was er will, den schlammigen Boden aufrühren, das muß dazu führen, daß wir nie mehr reines Wasser zu trinken bekommen. Jürgens Freunde, offenbar noch lebensfremder und unrealistischer als er, sehen nicht, daß Umsturz immer böse ist. Ich sorge mich manchmal, daß Jürgen und Freia kein gutes Ende nehmen.«

»Papa!« schrie Christine.

»Ich sollte auf deinen Zustand Rücksicht nehmen und nicht von so schweren Dingen reden, aber du nimmst jetzt Freia zu dir, ich möchte, daß du meine Befürchtungen kennst. Hoffen wir, daß wir fünf noch einmal in Frieden in diesem Zimmer sitzen können. Nun geh zu Bett, ich wünsche dir eine gute Nachtruhe.«

Christines Pakete kamen nie an. »Es wird gestohlen in Deutschland«, sagte sie zu ihrem Vater.

Christine fuhr in einem schlecht beleuchteten überfüllten Zug mit der dreizehnjährigen Schwester nach Süden. In der Nacht warteten sie auf einem Bahnhof, der voll war mit Soldaten, die mit Tornistern und Gewehren überall saßen und standen. Christine hielt sich mit Gewalt wach, denn sie sah mehrere junge Soldaten um Freia herumstreichen. Um sechs Uhr morgens kam der Lokalzug. Sie weckte Freia, die alles über sich ergehen ließ, und stieg mit ihr ein. An der Station erwartete sie Menges, der Kutscher, mit: »Guten Morgen, Frau Baronin«, aber auch zwei Geschäftsreisende verbeugten sich mit »G'horsamster Diener, Frau Baronin«, der Stationsvorsteher fertigte den Zug ab und kam ebenfalls, begrüßte Christine und gab Freia die Hand: »Hoff', es gefallt Ihnen bei uns.«

Christine sagte: »Aber sicher, wie kanns jemandem hier nicht gefallen.«

Der Stationsvorsteher half dem Kutscher mit dem Gepäck. »Ich hab gedacht, 's ist besser, ich nehm die alte Kutsche statt unserm leichten Wagen, es mag zu sehr ruckeln. Der Herr Baron wollt mitkommen, aber er hat eine schlechte Nacht gehabt. Der Ferdinand hat ihn noch nachts um zwei Uhr eingerieben.«

Freia sah hinaus, ein feuchter Vorfrühlingstag, die Felder braun oder lichtgrün, die Bäume schwarze Silhouetten, die Sonne ein roter Ball, die lehmige Straße voll Pfützen und Furchen, von weitem das weiße Haus. Am Gitter kam der Freiherr gehinkt. Der Kutscher hielt die Peitsche ganz gerade. Christine stieg aus, ihr Mann sagte: »Fahren Sie nur zu, Menges«, umarmte erst Christine, dann Freia. Christine schluchzte: »Es ist nur ein Glück, daß ich sie noch lebend antraf. Papa hat sie nicht mehr gesehen. Der arme Papa.«

Ferdinand stand am Tor in seiner gelb-schwarz gestreiften Weste, begrüßte die Damen, half Menges mit dem Gepäck. Das Ehepaar und Freia gingen um das Rondell mit den großen Rhododendronbüschen und stiegen zum Eingang hinauf. Das Hausmädchen Barbara nahm die Mäntel, Christine führte Freia in ihr sehr geheiztes Zimmer mit bunten Gardinen und einer bunten Bettdecke. Im Fenster stand Tisch und Stuhl. Barbara brachte heißes Wasser. Seife und Handtücher lagen da. »Wenn du fertig bist, klingle, Barbara führt dich ins Frühstückszimmer.«

Was für ein Frühstückstisch, dachte Freia. Die Sonne schien. Christine saß in einem Spitzen-Schlafrock auf einem alten behaglichen Sofa. Vor ihr standen auf einem großen Silbertablett Kaffee, Sahne und Zucker, Brötchen in einem silbernen Korb, Eier in silbernen Eierbechern, Honig und Marmelade.

»Honig?« sagte Freia.

»Wir haben Bienen und Obstbäume und Kühe und Pferde. Du mußt das alles sehen.«

»Wie warm es hier ist«, sagte Freia.

Christine sah ihren Mann an. War es nicht, als ob sie ein armes Kind ins Haus genommen hätten? Die arme Mama, die sich alles versagt hatte. Nie war sie hier, nie hatte sie ihr das bißchen Luxus bieten können, das ihr nun selbstverständlich war.

»Gehst du im Schlafrock? Mami ist nie im Schlafrock gegangen.«

Es schwebte Christine auf den Lippen »wäre sie doch«, aber sie sagte: »Freia, mit unserer Mutter ist das alte Preußen gestorben. Es war eine sehr große Welt, wo man nicht im Schlafrock zum Frühstück kam und nicht von Silber aß und in einem alten Regenmantel herumlief.«

Freia begriff nicht ganz, was sie meinte.

»Freia, du gehst nach dem Frühstück ins Bett und schläfst so lange wie du willst.«

»Am Tage schlafen?« sagte Freia.

»Am Tage schlafen«, sagte der Baron ungeduldig.

Barbara brachte noch einmal Kaffee und Brötchen.

»Wie still das ist«, sagte Freia. »Kein Laut.«

»Wir sind auf dem Lande«, sagte der Baron und sah von der Zeitung auf: »Die Entente scheint nun doch bald klein beizugeben. Hoffentlich erkennt die Regierung, daß der Krieg mit Amerika mit wahrhafter Erleichterung begrüßt wird. Immer soll Deutschland an allem schuld sein. Mal hat man genug.«

Ferdinand klopfte, brachte Post auf einem silbernen Tablett, blieb stehen.

»Was ist?« fragte der Baron.

»Ich habe meinen Stellungsbefehl bekommen.«

»Sie sind doch Ende dreißig?«

»Es sind schon die Vierzigjährigen dran«, sagte Ferdinand.

»Bis Sie rauskommen, wird der Krieg zu Ende sein.«

»Hoffentlich. Trotzdem, Herr Baron wissen, ich bin immer bereit, das Vaterland zu verteidigen.«

»Bist angezogen?« rief Roserl, »mach schnell, es wird sonst zu spät.«

Freitagabend. Sie gingen durch den großen Eingang über

den Hof die bescheidene Treppe ohne Teppich hinauf. Sabine öffnete die Tür, bevor sie klingelten: »Der Onkel wartet schon. Guten Schabbat.«

Max drehte die Hände: »Es ist kalt.«

»Bei euch ists warm und gemütlich.«

»Wir heizen nur noch 's Speiszimmer«, sagte Max. Er hatte dreißig Pfund abgenommen, der Kragen war ihm zu weit.

»Das ist wenig«, sagte Sabine, »vierzig Pfund ist der Durchschnitt für ältere Männer.«

»Aber geh«, sagte Roserl zu der gescheiten Schwägerin. Die Kerzen brannten. Max segnete Brot und Wein: »Man hats immer so hingenommen, daß man Gott fürs Brot danken soll. Jetzt versteht mans wieder.«

Sabine brachte eine Suppenschüssel mit Kohlrüben.

»Du siehst gut aus, Gretel«, sagte Sabine und bedauerte sie. Die besten Jahre, dachte sie.

»Ich bekomme fast jede Woche ein Viertelpfund Konfekt in der Nähe vom Amt. *Ich* würde gern abnehmen, aber ich nehm nicht ab.«

»Sei froh, daß was zum Zusetzen hast«, sagte Roserl, »wer weiß, was noch kommt.«

Sabine hatte einen Brief von David Gutmann: »Ist doch nett, daß er die Korrespondenz aufrechterhält. Er schreibt interessant.«

»In den Lokomotiven werden die Kupferbuxen rausgenommen«, sagte Max, »aber alle sagen, wir können keinen Frieden machen, solange die Entente so rachsüchtig bleibt. Man muß halt durchhalten.«

»Und dieser Skandal mit den Kartoffeln! Sie sollen in den Mieten erfrieren«, sagte Sabine.

»Hast du gewußt, was Kartoffelmieten sind?« fragte Roserl.

»Nein. Wollen wir am Sonntag den Hindenburg benageln?« fragte Sabine, die eine Gestalterin des Daseins blieb.

In eine hölzerne Kolossalstatue von Hindenburg wurden Nägel geschlagen, wobei die Nagelkosten für Wohltätigkeit gesammelt wurden.

»Ich fahr nächsten Sonntag aufs Land«, sagte Roserl, »vielleicht bekomm ich ein Huhn.«

»Huhn?« lachte Sabine, als ob Roserl größenwahnsinnig sei.

»Ich hab doch immer noch vier Pensionäre. Es füllt sich übrigens wieder mit diesen vielen Ämtern in der Gegend. Wegen der Miete brauch ich keine Angst mehr zu haben.«

Max sprach das Tischgebet und sang, das Gebetbuch in der Hand.

Die Markthalle war ein besonders aufrührerischer Ort. Die Frauen schimpften: »Durchhalten, durchhalten, und das Maul halten.«

»Gleicher Lohn und gleiches Essen, wär der Weltkrieg längst vergessen.«

»Ganze Reihen von Schinken hängen bei den Leuten im Grunewald.«

»Und wir das Affenschmalz! Zwei Gramm Fett am Tag fürn erwachsenen Menschen!«

An der Somme häuften sich die Leichen, hingen die Verwundeten im Stacheldraht, während jede Hilfe im Sperrfeuer unmöglich war. Aber in Berlin sprachen die Leute vom Essen:

»Es soll Kohl geben«, sagten die einen.

»Aber madig«, sagte die andre.

»Erich ist auf Urlaub« sagte Rose Marie zu Jenny, »wir gehen zur Premiere von ›Dantons Tod‹.«

»Du bist glücklich«, sagte Jenny.

»Du mußt nicht denken, daß es leicht mit Erich ist. Er fühlt sich immer unterschätzt und gekränkt.«

»Vielleicht ist er es«, sagte Jenny.

»Und du wartest auf Herbst, ich kann dir nicht sagen, was ich das für Mist finde. Schließlich ist er verheiratet.«

»Ich liebe ihn. Alles andre ist mir gleichgültig. Er liebt Feodora nicht.«

»Bist du sicher? Hat er dir das gesagt?«

»Wo denkst du hin?« sagte Jenny.

Bei der Premiere von »Dantons Tod«: Auf der Bühne lag die

schmale Dirne Marion zu Füßen des Divans, auf dem sich Danton räkelte. Sie hielt eine Hand hoch, als ob sie eine antike Schale mit dem heiligen Feuer hielte, und sprach Worte des ewigen Büchner: »Meine Mutter ist vor Gram gestorben. Die Leute weisen mit Fingern auf mich. Das ist dumm. Es läuft auf eins hinaus, an was man seine Freude hat, an Leibern, Christusbildern, Blumen oder Kinderspielsachen. Es ist das nämliche Gefühl, wer am meisten genießt, betet am meisten.«

Klawotzky sah in einer Loge einen kupfernen Knoten. In der Pause sagte H. H. Herbst: »Gestatten Sie, Herr Klawotzky, Frau Konze.«

»Sehr angenehm, gestatten Sie, daß ich Ihnen meine Frau vorstelle. Liebe Rose Marie, du kennst doch Herrn Doktor Herbst?«

Herbst dachte, das zweite Ehepaar als Resultat der Beerschen Hochzeit. »Wir haben uns lange nicht gesehen. So viel ist in unserem Kreis passiert. Walter Markus gefallen. Lore Blaus Mann in Gefangenschaft.«

»Hat man Nachricht?«

»Ja, Gott sei Dank, übers Rote Kreuz in Genf.«

»Ich sehe sehr trübe.«

»Wie lange kann das Volk noch aushalten?«

Es klingelte.

»Ich kann den Herbst nicht leiden«, sagte Klawotzky, »auch einer, der ewig über ›Zusammenhänge‹ schreibt.«

»Du mochtest ihn doch gern«, sagte Rose Marie.

»Warum ist der nicht im Feld?«

»Er wird was am Herzen haben.«

»Du hast auch für jeden eine Entschuldigung.«

»Was hast du gegen ihn?«

»Ich habe mich eben so über ihn geärgert.«

Danton sprach die Worte des Überdrusses: »Das ist sehr langweilig, immer das Hemd zuerst, und dann die Hosen drüber zu ziehen und des Abends ins Bett und morgens wieder herauszukriechen und einen Fuß immer vor den andern setzen, da ist gar kein Absehen, wie es anders werden soll …«

Klawotzky dachte an Frau Konze. Wie mag sie mit Vornamen heißen? Auf der Bühne sang einer: »Was doch ist, was doch ist, aller Männer Freud' und Lüst.« Er drückte Rose Maries Hand. Du Schöne, Gute, dachte er gerührt und stellte sich Frau Konze vor. Ich habe sie sehr lieb und meinte Rose Marie.

Der Henker sang auf der Guillotine: »Und wenn ich hame geh, scheint der Mond so scheh.« Und Lucille, das war Maria Fein, starb für ihren Mann Camille Desmoulins. Sie rief, auf der Guillotine stehend, in die Stille des Abends: »Es lebe der König!« Ein Bürger schrie: »Im Namen der Republik.« Eine Wache führte sie ab.

Klawotzky wartete kaum den Schluß ab. Wie wild gebärdete sich die Galerie. In Rußland war Revolution und wir, und wir? Man jubelte dem Dichter der Liebe und der Revolution zu, dem jungen Genie, den hinreißenden Schauspielern.

Klawotzky ärgerte sich, daß Rose Marie immer noch klatschte. »Nun komm doch schon«, sagte er, ließ sie stehen, rannte zur Garderobe, bekam Krach mit der Gaderobenfrau, und kam doch zu spät, um Frau Konze abzufangen. Und was hätte es auch genützt, da sie mit Herbst war?

DRITTER TEIL
WEIMARER REPUBLIK

21. Kapitel
1918

Sie wußten alle an der Front, daß über Waffenstillstand verhandelt wurde. Aber die Franzosen schossen weiter. Die Leute von Jacobys Zug fingen an, einzeln zurückzugehen. Leutnant Jürgen von Rumke schickte hinüber. Die Leute sagten: »Morgen ist Waffenstillstand, wozu noch seinen Kürbis hinhalten?«

»Wo sind eure Offiziere?«

»Die Letzten gestern von einer Granate getroffen.«

Granaten kamen rasch hintereinander. In Jürgen wuchs plötzlich Haß. Die wissen doch, daß Waffenstillstandsverhandlungen stattfinden, macht ihnen offenbar Spaß, noch einige tot zu machen, solange es völkerrechtlich erlaubt ist. »Pfui Deibel«, sagte Jürgen.

Es dunkelte schon. Jürgen stieß an etwas Weiches. Er bückte sich: »Der ist frisch verwundet, wir müssen Sanitäter finden. Helfen Sie tragen.« Plötzlich sagte er laut: »Jacoby!«

»Kennen Sie den?«

»Ja. Filmmensch.«

»Gut, daß Sie da sind«, sagte Jacoby. Dann verlor er wieder das Bewußtsein.

Ich schreibe nicht über Voltaire, dachte Jürgen, sagte: »Diese Schweinefranzosen, jetzt noch zu schießen. Der Westen ist verrottet. Wir brauchen eine neue Menschheit. Ich gehe nach Rußland.«

Die Verpflegung blieb aus. Meuterer hatten einen Verpflegungszug an die Bevölkerung verkauft. »Und wir, die die ganze Zeit im Dreck gelegen haben, können verhungern. Etappenschweine.«

Ganz unvorhergesehen kamen bayerische Ersatzmannschaften aus den Vogesen.

»Was ist denn das hier für eine Sauerei?« sagte ein Hauptmann, ganz rot vor Wut zu Jürgen. »Nicht einen Schritt sind die Franzosen bei uns vorwärtsgekommen. Nicht einmal den Versuch habens unternommen. Und nach vier Jahren heldenmütigem Kampf werden wir kampflos preisgegeben von dem roten Sozigesindel, von den bolschewistischen Saujuden da droben in Preußen. Erst habens uns kahlg'fressen die elendigen Hungerleider, jeden Sommer sinds über unser Bayern herg'fallen wie die Heuschrecken.«

»Was die gfressen ham, meine Frau hats mir g'schrieben, das Fabriksgsindel, und jetzt hams uns noch an die Franzosen verraten. Ohne daß ein Schuß gfallen wär, ham mir die Vogesen aufgeben. A solch eine Schand' ist noch nicht dagewesen in der Weltgeschicht'.«

»Und den König hams abgesetzt, dafür haben wir den Eisner, einen Berliner Literaten und Juden dazu. Eine Sauerei!«

Jürgen widersprach, die Tanks, die Front sei nicht mehr zu halten.

»Ich muß mich sehr über Sie wundern, Leutnant ...«

»Von Rumke«, sagte Jürgen, »Herr Feldmarschall Ludendorff selber hat um einen Waffenstillstand gebeten.«

»Schlimm genug, daß niemand da war, als er mit seinen Nerven infolge eines Autounfalls am Rande war.«

»Ich brauche Essen für meine Leute«, sagte Jürgen.

»Die Etappe arbeitet nicht mehr«, sagte der Hauptmann, »diese Saubande, diese vermaledeite! Sie verkaufen die Lebensmittel an die Belgier.«

Vom Kaiser, der ein Vierteljahrhundert geredet hatte, zuletzt noch den berühmten Aufruf: »Ich kenne keine Parteien mehr, ich kenne nur noch Deutsche ...« hörte man nichts mehr. Still, wie seit vier Jahren, verließ er heimlich das Berliner Schloß, fuhr zu seinen Generälen und hoffte auf die Rückeroberung der noch gar nicht verlorenen Heimat.

Am 8. November ging Grete in ihre Arbeitsvermittlung, Hanna Beer-Fuchs, deren Mann eingezogen war, in ihr Geschäft und Edith Stern ins Büro von Geheimrat Kollmann.

Heyes Telefon stand nicht still: »Also der Kaiser hat abgedankt.« »Was sagen Sie dazu, der Kaiser weigert sich abzudanken?« »Der Kaiser hat gestern den Befehl zur Rückeroberung der Heimat gegeben.«

»Ach Unsinn«, sagte Heye.

»Doch, doch. Sie wird von der O. H. L. vorbereitet.«

In Heye erwachte die Witterung des alten Reporters, er ging, von seinem Instinkt geführt, zum Reichstag.

Vor den Ministerien standen Wachen, nicht ganz so stramm, aber sie standen, obwohl der »Oberkommandierende in den Marken« zurückgetreten war. Heye sah ein paar Trupps mit Offizieren, feldmarschmäßig ausgerüstet. Gegen wen?

Die Revolution, die in München ausgebrochen war, sollte in Berlin nach der Frühstückspause am 9. November beginnen, denn die Obleute der Rüstungsbetriebe hatten beschlossen, nach der Frühstückspause Streik auszurufen und ins Regierungsviertel zu marschieren.

In diese Massen geriet Heye vor dem Reichstag. Sie riefen nach den sozialdemokratischen Führern. Scheidemann trat heraus. Er schloß seine Rede mit: »Hoch die deutsche Republik!«

Heye versuchte rasch in die Zeitung zurückzukommen, fand kein Gefährt, mußte laufen. Der alte Fahrstuhlführer nahm ihn rauf! »Sie warten schon alle auf Ihnen, Herr Heye.«

»Der Ferndrucker hat eben die Nachricht gebracht, der Kaiser hat abgedankt«, schrie ihm Winkler entgegen. Heye stürzte in sein Zimmer, machte seinen Artikel fertig. Aber es war nicht nur Winkler, dem Tränen der Rührung kamen: »Die rote Fahne,

Herr Heye, auf dem ›Vorwärts‹. Das Kaiser-Alexander-Regiment ist zur Revolution übergegangen« – jeder in der von Mitarbeitern entblößten Redaktion überschritt das heilige Gesetz des Ortes: »Heye darf nicht gestört werden, wenn er seinen Leitartikel schreibt.«

Ein Journalist hatte tolle Nachrichten: »Scheidemann hat die Republik ausgerufen, und als er in den Reichstag zurücktrat, sagte Ebert: ›Philipp, dazu hattest du kein Recht. Über die Staatsform entscheidet die Nationalversammlung.‹«

»Interessant«, sagte Heye, »aber man darf es nicht veröffentlichen.«

Als keine Ablösung kam, traten die Soldaten aus den Schilderhäuschen, hängten die Gewehre mit der Mündung nach unten über die Schulter, gingen breitbeinig, setzten Mütze oder Helm schief.

Das war die Auflösung eines Heeres mit drei neuen Moden, Paßgang, Helm schief und Gewehr nach unten.

Soldaten strömten aus den Kasernen. Frauen, Greise und Buben schüttelten ihnen die Hand. Einigen Offizieren wurden Kokarden und Tressen abgerissen, Maschinengewehre wurden in die Spree geworfen. Nirgends war mehr ein Schutzmann. Vor den Ministerien standen jetzt genau so disziplinierte Posten in Zivil mit einer roten Armbinde.

»Ich denke«, sagte Gretes Leiterin, »wir machen Schluß für heute. Die Elektrischen fahren nicht. Muß man sehen, wie man nach Hause kommt.«

Edith klopfte: »Die Elektrischen fahren nicht.« »Gehen wir, gehen wir«, sagte der Geheimrat in seiner neuen munteren Art, »nehmen wir die Beine in die Hand.«

Hanna sagte zu ihrem Personal: »Ich denke, wir sollten Schluß für heute machen.«

Sie alle, auch Heye, eilten im frühen Dämmer aus dem Büro- und Zeitungsviertel nach Westen. Die Rolljalousien waren an den Läden herabgelassen. Ein Strom Arbeiter und Soldaten, der nach Osten zog, kam ihnen auf dem Fahrdamm entgegen. Die Soldaten mit dem baumelnden Gewehr und der schiefen Mütze rauchten. Alle hatten etwas Rotes anstecken. Ordner mit roten Armbinden gingen daneben. Auf rotbeflaggten Lastautos gruppierten sich Zivilisten um ein Maschinengewehr, stehend, knieend, auf dem Bauch liegend. Der Protest gegen die Uniform war das Zeichen der neuen Freiheit. Die Soldaten kehrten ihre Jacken um, zogen ihre Ärmel verkehrt herum heraus.

Auf dem Wege traf Heye Markus, der sagte: »Wir stehen vor apokalyptischen Scheußlichkeiten.« Heye war belebt und erwartete eine bessere Zeit, dachte an Winkler: »Die rote Fahne auf dem Vorwärts, Herr Heye.«

Kurz darauf hatte Heye eine Auseinandersetzung mit Kurt Eisner, der nach Berlin gekommen war: »Sie haben mitgeteilt«, begann Eisner, »daß die Lebensmittelnot in Deutschland nicht so groß sei, wie es von unserer Seite dargestellt wurde. Solche Mitteilungen müssen in den feindlichen Ländern den Verdacht erwecken, daß es nicht so schlimm steht wie in Wirklichkeit. Die Revolution wird dann für Schwindel gehalten. Die Lebensmittel reichen noch bis Ende März. Wir müssen zum Frieden kommen. Wir haben von Anfang an gegen die Kriegspolitik unter persönlichen Opfern gekämpft und deshalb dürfen wir zur Entente reden: ›Wir sind Vertreter von siebzig Millionen Menschen, und eure Pflicht ist, mit uns gemeinsam die Welt aufzubauen.‹«

»Sie sind ein Idealist«, sagte Heye, »aber im Augenblick ist alles, was Sie tun, heller Wahnsinn. Solange die Entente auch nur einen Funken Angst hat, der Krieg könne noch einmal anfangen, ist unsere Stellung günstiger. Indem Sie verkünden, was ihr uns auferlegt, wir müssen es annehmen, zerstören Sie die letzte Hoffnung auf einen auch nur etwas günstigeren Frieden.«

»Dort drüben sind auch kriegsmüde Soldaten. Sie wollen alle nur nach Hause.«

»Aber die Regierungen sind keine Sozialisten. Sie werden auf den Tisch schlagen wie unser General Hoffmann in Brest-Litowsk, und in zehn Jahren wird man sagen, diesen ungünstigen Frieden verdanken wir den Sozialisten. Ich hätte mich nicht zur Verfügung gestellt.«

»Die feindlichen Heere hätten die Grenzen überflutet. Wilson wollte mit der alten Regierung keinen Verständigungsfrieden schließen. Die Entente hat das säbelrasselnde Preußen bekämpft, sie muß uns, die wir uns diesem Preußen entgegenwarfen, die Hand reichen.«

»Ich habe andre Nachrichten. In Frankreich ist der Mörder Jean Jaurès' frei und in England MacDonald noch im Gefängnis.«

»Es wäre doch ein ungeheurer Betrug«, rief Eisner entsetzt.

»Man bereitet einen Diktatfrieden vor. Der darf nicht unterschrieben werden. Ich bin für Widerstand.«

»Herr Heye, Wilson gründet die Liga der Nationen. Es kommt ein neuer Völkerfrühling. Nein, sicher kein Diktatfrieden.«

Friedrich Wilhelm war wie Millionen grippekrank gewesen und hatte mit seinem Freund Krapfinger Erholungsurlaub bei Kiel. Sie gingen auf Jagd. Einsamkeit und Morgennebel waren Friedrich Wilhelm von langen Jahren im Osten vertraut. Er kam gut zum Schuß und kehrte in vorzüglicher Stimmung in das Gutshaus zurück, wo ihn die Freunde am Eingang empfingen. »Revolution!« schrie Krapfinger, »wir müssen sofort nach Kiel gegen das Gesindel.« Neben ihm meinte die Dame des Hauses: »In dieser Notzeit! Verrat am eigenen Volk!« »Man hat nicht durchgegriffen«, sagte ihr Vater, »Liebknecht hätte schon nach dem Munitionsarbeiterstreik erschossen gehört.«

»Ich muß auf mein Schiff«, schrie Krapfinger.

»Ich zu meiner Division«, rief von Rumke.

»Wir schicken Ihnen die Sachen nach«, sagte die Dame.

»Fahren Sie ohne Abzeichen!« sagte der alte Herr.

Sie ritten zum Bahnhof, wo alles drunter und drüber ging. Endlich kam ein Zug, in dem ein Mann zu ihnen sagte: »Draußen ist alles vorbei. Die haben sich mit den Tommys, den Franzosen und Italienern verbündet.«

»Möcht ihm eine knallen«, sagte Friedrich Wilhelm leise.

Am Bahnhof der nächsten Stadt sagte der Bahnhofskommandant: »Telefonischer Befehl aus Berlin. Jeder Schuss verboten.«

»Was?« schrie Friedrich Wilhelm, »das Vaterland muß gegen die Horden verteidigt werden. In Berlin haben sich Hochverräter eingenistet.« Friedrich Wilhelm, ein Herr mit vorzüglichen Formen, Hackenzusammenschlagen und »Jawoll, Herr Oberst,« tobte in dem Bahnhofszimmer: »Man muß diese Deserteure mit dem baumelnden Gewehr niederknallen. Alle Leistungen zu schanden gemacht von diesem randalierenden Haufen. Der Pöbel zerschlägt unser Vaterland, ein Spuk, sonst nichts.«

»Jawohl, Herr Hauptmann«, sagte ein Leutnant.

Friedrich Wilhelm wurde ruhiger. Der Leutnant, ein älterer Reserveoffizier, gab Nachrichten: Der Kaiser nach Holland. Regierungsgewalt wo? Bei wem?

Friedrich Wilhelm schrie wieder: »Mit einer halben Kompagnie mach ich Schluß mit diesem Militärstreik. Revolution! Quatsch! Wir werden mit diesem Liebknecht Abrechnung halten. Unsre Stunde kommt!«

»Den Offizieren werden die Achselklappen abgerissen!« sagte Krapfinger.

»Und man schießt nicht? Man macht uns zur Sau?« Rumke zerschlug einen Stuhl auf dem Boden, »liefert uns dem Feinde aus? Wo sind die Oberkommandierenden?«

Einer sagte: »Offiziere sind bei der Verteidigung der Fahne, die sie mit ihrem Körper gedeckt haben, auf S. M. S. König von der Meute erschossen worden.«

»Guter Soldatentod«, sagte Friedrich Wilhelm.

Es bummerte gegen die Tür. »Alles schußbereit?« sagte Friedrich Wilhelm.

»Schießen verboten, Herr Hauptmann.«

»Ich werde Sie auch niederschießen.«

Der Bahnhofskommandant öffnete. »Raus!« schrien die Leute.

Sie verließen den Raum. »Rache will kalt genossen werden«, sagte Friedrich Wilhelm zu Krapfinger.

22. Kapitel

Heimkehr

Habt ihr schon gehört, der Hindenburg hat versprochen, die Truppen geordnet zurückzubringen«, sagte Sabine, »ein edler Mann!«

Auf den Dächern, auf den Trittbrettern kamen sie zurück. Die Züge fuhren mit sichtbarem Abstand.

Werner Stern schloß die Wohnungstür auf. Franziska rief: »Da bist du ja. Und nichts vorbereitet, kein Bett bezogen und nur die Rationen da. Ich will nur heißes Wasser aufstellen.« Er ging in das Zimmer, das er mit seinem Bruder geteilt hatte. »Hast du eine Ahnung, wann Rudi kommt?« rief er in die Küche.

Sie saßen bei einer Tasse Ersatzkaffee. Er hatte immer Franziskas Sorgen geteilt, war immer ihr Vertrauter gewesen: »Deine Schwester hat mich ernährt, nein, so meine ich es nicht. Du hast uns ja brav geschickt, wieder mal nichts für dich behalten, und wir haben noch von deinem Schmalz. Übrigens bin ich einmal bei Herrn Gleichmann gewesen, als Edith noch nicht ihre vorzügliche Stellung hatte.«

»Das hättest du nicht tun sollen. Ich gehe gleich morgen hin. Er hat mir sicher meine Stellung gehalten.«

»Wir haben alles zurückgegeben, aber du weißt, es war nicht angenehm, Onkel Kollmann zu bitten. Er hat sich sehr geändert.«

Der Portier bei Lesser & Gleichmann begrüßte Werner: »Nee, was sagen Sie zu die Zustände hier? Herr Gleichmann wird sich freuen. Sein Paul ist an der Somme gefallen.«

»Das habe ich nicht gewußt. Schrecklich!«

»Tja, und sehen Sie sich das an, nur leere Bretter. Fräulein Mieses is det janze Personal, und was wir mal für 'ne blühende

Firma waren. Wenn ich nich mit 'ne schwache Brust jeboren wäre, wäre ich ooch noch mitjekommen.«

»Na ja, ich werde raufgehen.« Es war geradezu unheimlich, durch das leere Lager zu gehen.

»Freue mich«, sagte Herr Gleichmann und steckte den Federhalter hinters Ohr, »daß wenigstens Sie wiedergekommen sind. Mein Paul ist gefallen, werden Sie ja wissen!«

Werner nahm Herrn Gleichmanns Hand: »Mein allerherzlichstes Beileid.«

»Macht mir alles nicht mehr viel Spaß, können Sie wohl verstehen. Und dieser Antisemitismus. Dank vom Hause Habsburg. Dafür habe ich meinen einzigen Sohn geopfert. Man dachte doch, man gehört dazu. Ich habe mich immer nur als Deutscher gefühlt. Ist natürlich schrecklich, daß viele Juden unter diesen Bolschewisten sind. Aber nun genug geschwätzt. Sie wissen ja Bescheid. Mag doch schon die eine oder andre Order gekommen sein.«

Gleichmann sah ihm nach: Gut, daß er wieder da ist.

Werner rief den Portier: »Zuerst müssen wir mal hier reinemachen.«

»Ich habe ja immer so ein bissl jemacht. Herr Gleichmann konnte bei dem Rückgang des Geschäfts nich noch 'ne Aufwartung halten.«

»Ist denn gar nichts mit Militärmützen gewesen?«

»1915 kamen sie wegen Mützen, aber da war Paul im Felde, und Herrn Gleichmann war das Geschäft zu riskant«, – er wrang den Scheuerlappen aus, »der Fußboden sieht ganz sauber aus.«

»Mit dem Staub werde ich schon fertig.« Werner sah die Post durch. Tief in der Vorzeit lagen polnische Dörfer, Sumpf und Birken, Kopfsteinpflaster in mazedonischen Landflecken.

»Sie sind kein Angestellter«, sagte der Kassierer von Rudolf Sterns alter Firma, »Sie arbeiteten auf einer prozentualen Basis. Wir haben Ihnen gegenüber keine Verpflichtung.«

»Nein, gar nicht«, sagte Rudolf, »ich war nur vor Verdun, an der Somme, am Chemin des Dames und zuletzt im Vormarsch.«

»Das müssen Sie mir erst mal beweisen«, sagte der Kassierer.

Einer der Chefs trat ein: »Ah, Herr Stern, entlassen? Kommen Sie in mein Privatbüro. Ich habe noch was Trinkbares.«

Der Kassierer sagte zu der Sekretärin: »Schnaps könnte ich auch brauchen. Ich dachte, wir wären eine christliche Firma.«

Der Chef vertröstete Rudolf. Acht Tage später hatte sich Rudolf eine neue Vertretung verschafft: »In drei Tagen fahre ich mit Damenhemden nach Dänemark.«

Der Kassierer stand bei seinem Chef: »Haben Herr Direktor schon gehört, Herr Stern reist für die Konkurrenz.«

Grete saß bei Sterns, bewunderte die Damenhemden, Spitzen und Einsätze, durch die farbige Bändchen gezogen waren: »Du, die sind wirklich wunderbar.«

Es waren nur Vorderteile. Sie pruschten vor Lachen: »So was Komisches!« Besonders Werners ulkiger Kriegskamerad, Martin Zuckermann, der von Werners Ängsten wegen eines verlorenen Mündungsschoners erzählte: »Ich sagte, besorg dir einen, das heißt, stiehl dir einen, genauso wie dir deiner gestohlen worden ist, aber unser Werner, nein, das tat er nicht. Ein Kamerad sagte: ›Mensch, Werner, doof geboren und nischt dazu gelernt!‹«

»Ich weiß«, lachte Edith, »ich bin durch ganz Berlin um den Mündungsschoner gelaufen.«

Die Paketfahrt holte Rudolfs Musterkoffer. »Schießen sie in der Stadt?« fragte Rudolf.

»Ick weess nich«, sagte der Paketfahrtmann, »ick interessier mir nich mehr für die Politik, ick muß erst wieder ranschaffen.«

»Sie sind mein Mann«, sagte Rudolf, »ich will ooch erst mal ranschaffen.«

Franziska war nicht wohl bei dem Martin Zuckermann: »Wo lebt Ihre Famlie? Was hat Ihre Familie für ein Geschäft?«

»Das feinste Haus am Platz in Karbunkel in der Niederlausitz.«

»Karbunkel? Habe nie von solchem Ort gehört.«

»Er heißt auch nicht Karbunkel, sondern Kartow.«

»Sie können doch nicht mit Mama Witze machen«, sagten Werner und Edith.

Das Telefon klingelte. Franziska strahlte: »Wir sind zu eurer Begrüßung bei Kollmanns eingeladen.«

Der eiserne Ofen, dessen Rohr aus dem einzigen Fenster eines »Berliner Zimmers« hinausgebaut war, war geheizt. Beleuchtung war minimal. Geheimrat Kollmann, an der Spitze der Tafel, sagte, daß er glücklich sei, Armin, Rudolf und Werner, diese siegreichen Soldaten, hier zu sehen: »Noch ist es kalt und dunkel, aber bald wird auch uns die Sonne wieder scheinen, die wirkliche und die unsres Sieges, das kraftvolle Deutschland wird in neuem Glanz erblühen. Und so trinke ich ...«

Als er versuchte das Glas zu heben, versagte sein Arm, das Kristallglas zerbrach auf dem Boden. Er sah die Scherben und sagte: »Ulkig, nich? Glück und Glas, wie leicht bricht das.«

Alle überlief es. Marie sah sich hilflos um. Franziska streichelte seinen Arm, sagte: »Ja, sehr ulkig.«

Man brach früh auf. Rudolf, der kein Diplomat war, sagte auf dem Heimweg durch die dunkle Stadt: »Der Onkel ist doch nicht mehr normal. Hast du denn das nicht gemerkt, wie du bei ihm gearbeitet hast?«

»Er kam mir merkwürdig vor, aber er war immer so nett«, sagte Edith.

Armin bestand auf einem Arzt. Nur wegen des versagenden Arms, sagte er.

Der Arzt erklärte nach der Untersuchung: »Herr Geheimrat, Sie dürfen absolut nicht mehr in Ihr Büro gehen. Viel liegen, dann werden wir weiter sehen.« Er nahm Armin beiseite: »Gehirnverkalkung, schon ziemlich weit.«

Armin fuhr durch die Stadt, in der geschossen wurde, in das Büro seines Vaters. Schwer, nach vier Jahren Schützengraben, sich auf juristische Feinheiten umzustellen, aber er sah sofort, daß die Akten ganz unverständlich waren. Briefe waren unbeantwortet geblieben. Gewiß, es war Revolution, aber die Beamten waren auf ihren Posten, er mußte mit Richtern sprechen und mit gegnerischen Anwälten. Alle Sachen, die Kollmann in den Kriegsjahren geführt hatte, wiesen Unterlassungen, nicht eingereichte Unterlagen, falsche Angaben auf. Zu Hause konnte Armin keine Fragen stellen. Er hatte es einmal versucht: »Da ist eine Sache Sirkus, Papa, aus der ich nicht klug werde.«

Plötzlich erwachte der Mann aus seiner Albernheit: »Was höre ich da? Du arbeitest an meinen Akten, ohne daß ich orientiert werde? Ich bin ganz entschieden dagegen, daß irgend jemand, solange ich nicht im Büro bin, meine Akten berührt.«

»Deine Klienten ...«

»Die Familie Sirkus ist aufs beste von mir vertreten worden, die Herausgabe junger Aktien wurde von mir in die Wege geleitet, Anmeldung, Eintragung und Verteilung wird planmäßig erfolgen.«

Es war der alte überlegene Ton. Es stimmte bloß alles nicht. Die Ausgabe junger Aktien lag Jahre zurück. Die Eintragung war versäumt worden. Er konnte mit dem kranken Mann nicht disputieren. »Mama«, sagte er, als er mit ihr allein war, »ich denke, wir richten uns anders ein. Margot spielt im Sommer in Bad Elster. Wir können die ganze Vorderwohnung vermieten und Eßzimmer und drei Hinterzimmer behalten.«

»Armin!« schrie Marie auf, »und gar nichts mehr für Repräsentation?«

»Wozu willst du Repräsentation?«

»Aber Armin, man wird wieder Gesellschaften geben, Jugendtanzereien.«

»Papa ist sehr schwer krank. Wir werden eine Krankenschwester brauchen.«

»Du meinst, Papa kommt nie wieder in Ordnung? Was redest du da?«

Schulz spekulierte in Mark und kaufte Terrains, Häuser, Industrie. Jemand sagte ihm, Kunst sei am wertbeständigsten.

Sein schwerer Wagen, hellblau, gelb abgesetzt, mit einem Chauffeur in Hellblau, hielt vor dem Kunstsalon eines Freundes von Armin. Armin sah sich gerade um. Schulz, mittelgroß, jung, stark, mit hellblonder Bürste, trat siegesbewußt ein: »Verstehe von der Chose gar nichts, brauche jemanden, der Käufe für mich tätigt. Können Sie jemanden empfehlen?«

»Sie haben Glück«, sagte der Kunsthändler, »mein Freund hier ist ein herrvoragender Sachverständiger. Er hat eine Doktorarbeit über die Kurtisane des 17. Jahrhunderts gemacht und sucht Betätigung.«

Armin sah den Freund an, die Doktorarbeit, über die er so oft gefaselt hatte, war nie begonnen, geschweige beendet worden.

Armin gefiel Schulz: »Gut, Sie können mein Einkäufer werden.«

»Wie wollen Sie mich bezahlen, jede Woche wird es teurer?«

»Sie sind richtig«, lachte Schulz, »die meisten merken's nicht. Ich übernehme gerade eine Villa in der Tiergartenstraße. Wo wohnen Sie?«

»In einem möblierten Zimmer«, log Armin.

»Wenn Ihnen zwei Dachzimmer bei mir als Teil der Bezahlung genügen?«

»Ausgezeichnet«, sagte Armin, »und Prozente von den Käufen.« Dachte, also Teil vom Gesinde. Die größten Künstler waren Teil vom Gesinde.

Armin gehörte dazu, nicht zu Schulz' geräuschvollem Haushalt, sondern zum Inflationsbetrieb um Kunst und Bücher. Er wurde angerufen: »Wir bringen eine Hölderlinausgabe mit Bildern von Slevogt oder Picasso oder Marc Chagall, zwanzig Stück in Leder auf handgeschöpftem Büttenpapier.«

»Nummer drei, wie immer handsigniert.«

Er ging durch Ausstellungen, kaufte Bilder aus Streichholzdeckeln, Stücken Zeitung und Tapete, kaufte die Gebilde ohne Sinn als dem der Farbe und Form, kaufte langarmige, langbeinige Skulpturen ohne Kopf.

Zu Hause saß die Mutter mit dem Vater im Schlafzimmer. Besser, die vielen Mieter sahen nicht, was vorging. Der Vater wußte kaum mehr zu reden, die Bewegungen wurden schwerfälliger, bald würde er sich nicht mehr sauber halten. »Es darf mit niemandem über Vater gesprochen werden«, sagte die Mutter zu Armin. Das war ihr wichtig, »um Margots Heiratschancen nicht zu verringern«.

Armin dachte, das Geld zerrann, machte Arme reich und Reiche arm. Es war keine Zeit, um Förster mit Pfeife und Hund im deutschen Wald zu malen oder Birken im Vorfrühling. Rote Flecke und gelbe Flecke, durchkreuzt von schwarzen Strichen gaben vielleicht eine Idee der Zerrüttung, die Leben hieß, Rechtsanwalt Kollmann, Justizrat Kollmann, Geheimer Justizrat Kollmann, Vizepräsident der Anwaltskammer, Zehnzimmerwohnung im alten Westen, wo er am feinsten war, und nie ein persönliches Wort. »Du wirst Jurisprudenz studieren!« »Du wirst nach Oxford gehen!« »Ich halte die Kriegsgefahr für sehr gering.« Er hatte über alles eine Meinung, keine Zweifel, junge Mädchen heirateten unschuldig zwischen neunzehn und einundzwanzig, bekamen eine Mitgift von hunderttausend Mark aufwärts, junge Männer mußten mit dreißig eine Familie ernähren können, wußte alles, ganz genau. Und nun ein verblödeter kichernder Greis.

Hatte er nicht recht, nur so zu leben, Kaffeehaus, Ausstellung, Antiquariat, und das Toben der Schulzschen Gäste zu hören, die zerbrochenen Gläser, das Übergeben in den Badezimmern, das Tanzen bis zum frühen Morgen, die zweifelhaften Damen, und um ihn an den Wänden ein Gewirbel, Farben, Formen, Maschinenteile, Dreiecke, Vierecke?

An einem Sonnabend 1919 fand er Elli auf einem Maskenball, ging mit ihr noch in derselben Nacht in seine Wohnung im Dach. Wieviel einfacher, als wenn er noch bei seinen Eltern gewohnt hätte. War er nicht glücklich im Vergleich mit Rudolf und Werner und Otto Jacoby, die alle noch zu Hause hockten?

Sie lagen im Bett am Sonntagmorgen. Er dachte, dieses Mädchen heirate ich, wenn sie mich will. Er ging mit ihr zum Standesamt. Der Kunsthändler war Trauzeuge. Elli hätte es gern anders gehabt, nicht eine Hochzeit im Café, aber Armin war dagegen. Elli arbeitete weiter als Sekretärin, frühstückte immer allein. Es machte sie böse, wenn er morgens im Bett lag, und sie mußte hinaus. Er bekam das Mittagessen aus der Schulzschen Küche. Sie aß schlecht in der Nähe des Büros. Wenn sie nach Haus kam, machte sie ein kaltes Abendbrot. Sie besaßen nichts als einen elektrischen Wasserkessel.

Er änderte sein Leben nicht. Manchmal ging er mit ihr in ein Theater oder Kabarett, sonst nach dem Abendbrot ins Café, traf Herbst, Jacoby, Klawotzky, Jürgen von Rumke, Schwarz, Mühlenbach mit dem bleichen Danteprofil, aber keiner kam so regelmäßig wie Armin. Er liebte die nette Frau, aber Elli wünschte sich ein Heim, einen Tisch zu decken, mit ihrem Mann am Abend zu Hause zusammenzusitzen. Sie ging nicht gern ins Büro, wollte lieber kochen, nähen, Kinder haben. Trotz Maskenball und Zusammenschlafen noch in der selben Nacht, war sie ein ordentliches bürgerliches Mädchen. 1921 traf sie an Armins Cafétisch einen Ingenieur, verabredete sich mit ihm.

Ein halbes Jahr später sagte sie zu Armin: »Ich möchte mich von dir trennen.«

»Du möchtest mich verlassen, heißt das. Warum?«

»Es handelt sich nicht um dich, ich habe mich verliebt, ich möchte nicht ohne Franz Best leben, und er nicht ohne mich.«

Armin machte keine Schwierigkeiten, obwohl er an ihr hing, zwei Jahre im gleichen Bett, zwei Jahre alles besprochen, er wollte sie nicht entbehren, vergaß, daß sie immer allein gefrühstückt hatte: »Ich bin kein Sklavenhalter. Wenn du meinst, du mußt den Ingenieur heiraten, mußt du eben.«

23. Kapitel

Revolution von rechts

Hindenburg hatte die Armee zurückgeführt, Mitte Dezember über den Rhein, Mitte Januar in die Garnisonen.

Einmal in Berlin, lief die Truppe auseinander. Die Regierung brauchte Schutz gegen den Bolschewismus, die Spartakisten. Aber Arbeiter wollten nicht gegen Arbeiter kämpfen. Freiwillige stellten sich zur Verfügung. Es waren lauter Gegner der Regierung.

»Das Konsortium saturierter Sozis«, sagte Friedrich Wilhelm, »hat Angst um seine Ministersessel und Pfründen, aber *wir* müssen Deutschland vor dem bluttriefenden Bolschewismus bewahren.«

»Nennen sich Volksbeauftragte«, sagte Krapfinger, »weil kein Volk sie beauftragt hat. Aber wenn du dich stellst, stell ich mich auch. Vielleicht kann man einmal Abrechnung halten mit dem roten Gesindel und seinen landfremden Drahtziehern.«

»Schluß«, sagte Friedrich Wilhelm ein paar Monate später, »ich habe genug davon, die Novemberverbrecher zu schützen, das alberne Paragraphenwerk, die Quatschbude. Ich ziehe ein Fünfzehnerlangrohrgeschütz den geistigen Waffen vor.«

»Ich gewiß«, sagte Krapfinger, »wir müssen wohl kündigen. Wir haben uns verpflichtet.«

Verhaftet im Bürgerlichen, dachte Friedrich Wilhelm, wie einst seine Großmutter von seiner Mutter: »Du bist wohl von der Kompromißlerei angekränkelt? Verpflichtet? Glaubst du, daß Lützow, als er sein Freikorps schuf, überlegt hat, ob er noch der preußischen Armee ›verpflichtet‹ sei, mit ihrem schimpflichen Kotau vor Napoleon? Wir sind das verratene, nie geschlagene Heer, eine einmalige Rasse von Kriegern. Wir haben das Recht der Jugend, in der Rache die Gerechtigkeit zu suchen.«

Eine Gruppe junger Offiziere lauschte. Er fuhr fort: »Wir werden die Entscheidung des Krieges herbeiführen. Wir sind die gleichen Germanen, die einst dem Römischen Reich einen Tritt versetzten, daß die Säulen fielen, und alle Begriffe, Normen, Werte, Forderungen und Wünsche zertrampelt wurden, damit die Germanen über Europa herrschen konnten bis zum heutigen Tage, weil sie die Menschen des Nutzens ausspieen aus ihrer Gemeinschaft.«

Krapfinger und Friedrich Wilhelm, Ende Zwanzig im Haufen der Sechzehn,- Siebzehn,- Achtzehnjährigen, die zu spät zum Krieg gekommen, ihn nachholen wollten, fuhren ins Baltikum.

»Gegen wen werden wir eigentlich kämpfen?« fragte Krapfinger, »gegen die Bolschewiken?«

»Die Bolschewiken sind alles, was unsre reaktionäre Armee nicht war. Sie sind der geheimnisvolle Aufbruch eines Volkes, das wie wir um seine Freiheit ringt. Sie sind die zerlumpten Heroen der Zeit.«

»Also nicht gegen die Bolschewiken«, sagte Krapfinger bescheiden.

»Wir kämpfen für die letzte Möglichkeit für Deutschland, begreifen Sie doch, Kerl. Wir retten deutsches Land, Baltikum, Oberschlesien, das Rheinland aus den Fängen der Separatisten.«

Jeder wollte etwas anderes. Leutnants der Reserve wollten nicht in den Zigarrenladen des Papas zurück, preußische Offiziere Ostpreußen vor dem Bolschewismus retten, Balten ihre Heimat, ihre Güter und ihr Deutschtum gegen Letten und Russen verteidigen, Neandertaler zündeln und morden. Die Völker der Ostseestaaten hatten Landlosen Land- und Bürgerrecht versprochen, wenn sie ihnen gegen die Russen halfen.

Sie stiegen aus und lasen ein Plakat:

»Von Riga über die Meeresbucht geschickte schwächere Banden sind in Nordkurland gelandet. Sie beabsichtigen wieder roten Terror aufzurichten. Zur Abwehr befehle ich:

1) Jedes der Bandenmitglieder ist vogelfrei und kann von jedermann erschlagen oder sonstwie unschädlich gemacht werden.

2) An der Kasse des Oberstabes der Landwehr werden für jeden nachweislich unschädlich gemachten Banditen hundert Rubel Ostgeld bezahlt.
3) Dieselbe Belohnung erhält jeder, der zweckdienliche Angaben zur Ergreifung dieses Raubgesindels macht.
4) Alle Einwohner dieses Landes sind verpflichtet, jede zweckdienliche Angabe, die zur Ergreifung des Banditen führen kann, auf schnellstem Wege mitzuteilen. Wer dies unterläßt oder diesem Gesindel irgendwie Unterstützung oder Hilfe gewährt, wird unweigerlich mit dem Tode bestraft.
Der Befehlshaber der Landwehr.«

»Da weiß man doch, woran man ist«, sagte Friedrich Wilhelm, »erinnerst du dich an die Jaulerei: ›Mutter wähle sozialdemokratisch, Eure Kinder brauchen Frieden und Brot!‹ 'ne Propaganda für alte Weiber.«

Er befahl, Häuser anzuzünden, Brücken zu sprengen, Telegraphenstangen umzuhauen, wollte Krieg führen wie die Bolschewiken, die die deutschen Balten hingerichtet hatten. Er schuf eigene Gesetze, die sofort vollzogen wurden. Wer aufmuckte hatte alle gegen sich, an die Wand gestellt und schon begraben.

Und wie einfach alles war! Maschinengewehr durch den Sumpf bringen, Minenwerfer bedienen, Gewehr überm Kopf durch einen Fluss waten, Handgranaten schmeißen, kein Quartier haben, und alle für ›das Gesetz der Nation‹, immer Held sein, hineinknallen in einen Trupp, der die Arme hob, um sich gefangen nehmen zu lassen, auf lebendige Leiber treten und für jeden Getöteten hundert Rubel Ostgeld bekommen, Städte anzünden, um einer grandiosen Fackel willen oder wie Friedrich Wilhelm es zur Bewunderung Krapfingers ausdrückte: »Angezündet vom Urtrieb der Besessenen, in denen die erste Lust des Mannes, die Zerstörung, pochte und nach ihren Rechten schrie!«

Wir sind das letzte Stückchen unserer herrlichen deutschen Front, dachte er, vom Ärmelkanal bis zur Schweiz über die Alpen nach Oberitalien, über den Karst bis Griechenland zum Schwarzen Meer bis zur Krim und zum Kaukasus und quer durch Rußland bis Reval hinauf. Und er sagte zu Krapfinger: »Unsere Hoffnung ist der Osten. Der Ausgang des Krieges muß jede Bindung an den Westen zerstören. Wir helfen, den Zwang des Chaos herbeizuführen, aus dem die deutsche Revolution erwachsen muß.«

Selten war Zeit zu solchen Unterhaltungen, aber diesmal lagen sie ausgezogen auf dem weichen Waldboden, der nach Tannen duftete, was Friedrich Wilhelm ›in die braune Erde gekrallt‹ nannte. Der See vor ihnen gab Sicherheit.

»Sind Posten aufgestellt?« fragte einer.

»Der M. G. Stand ist gut, und keine Gefahr vom Letten«, antwortete Friedrich Wilhelm. Er genoß Sonne, Gezwitscher vom See. Sie schwammen, schüttelten das Wasser ab, lachten, spielten Bockspringen.

Plötzlich wurden sie beschossen.

Friedrich Wilhelm beschrieb den Angriff in einem Brief an eine baltische Dame, die nach Berlin gegangen war, weil sie nicht unter ihren eigenen Knechten, den Letten, leben wollte, und die Dame wußte, daß dieser Brief eine Liebeserklärung war: »Der Angriff hatte damit angefangen, daß es im Unterholz knackte. Sie schnatterten sich zu. Dieses Schnattern vor dem Angriff ist das Kennzeichen kleiner Völker, der Este, der Lette, der Litauer schnattert so. Diese Völker standen zu lange unter Druck, als daß sie schweigende Entschlossenheit kennen könnten. Wir aber, nackte, weiße, schimmernde Jugend, schlanke Körper zwischen den besonnten Stämmen, wir hatten nichts wie Gewehre und die reißende Kraft der Jugend. Wir schossen, rauschhaft wie in einem Liebesfest, es war der tollste, der beschwingteste Angriff.«

Sie sollten nach Deutschland zurück, waren schon einwaggoniert. Auf dem Bahnhof befahl ein Offizier, preußischer Major im Waffenrock, sich dem Regierungsbefehl zu widersetzen. Sie jubelten: »Gut so. Was geht uns dies Land an, das sich Deutschland nennt und sich feige den Feinden ausliefert. Nur unsre kleine verwegene Heerschar darf es noch wagen, sich deutsch zu nennen.«

Sie brachten dem Offizier einen Fackelzug.

Ein Freund des Oberst von Rumke von der Reichswehr sollte sie zurückbringen, aber sie warfen Handgranaten unter seinen Wagen, nannten ihn Volksverräter.

Kurz darauf erhielt Friedrich Wilhelm einen Brief:

»Lieber Friedrich Wilhelm, mit tiefer Sorge erfüllt mich alles, was ich von dir höre. Du sprichst vom ›nie verlorenen Krieg, der noch entschieden werden muß‹. Ich, dein Vater, Oberst im ehemaligen kaiserlichen Generalstab, erkläre dir, er war verloren. Die Tanks, die Amerikaner und die totgeglaubten französischen Reserven im Wald von Villers-Cotterets, es war zu viel.

Daß Ihr prinzipiell keine Gefangenen macht, ist Mord. Daß Major Bischoff, entgegen den Befehlen seiner Vorgesetzten, Euren Abtransport nach Deutschland verhindert hat, ist Meuterei. Ihr singt ein Lied: »Wir sind die Letzten, die am Feind geblieben!« Krieg in Permanenz? Was Ihr tut, ist die Mordbrennerei des Dreißigjährigen Krieges, der Ehrenkodex nicht der zehn Generationen preußischer Offiziere, von denen du stammst, sondern der Chicagoer Gangster. Willst du ein Volksgeneral von Deutschland werden? Ein Bandenführer? Überhebung und Selbstüberschätzung können immer nur zu Niederlagen führen. Wahres soldatisches Führertum im Sinne deutscher Tradition ist nicht denkbar ohne tiefes Erfassen der Verantwortung vor Gott.

Deutschland kannte nicht den politischen Mord. Wir überließen ihn gern den russischen Anarchisten oder den erst kürzlich zur Selbständigkeit erwachten Balkanvölkern. Ihr vernichtet unsern guten Ruf. Noch eins. Wir kämpften gegen eine französische oder russische Armee. Ihr kämpft gegen *den* Letten, *den* Engländer, *den* Franzosen. Eine unheimliche Ausdrucksweise von dir, der doch nur allzu redegewandt ist.

Wie du weißt, habe ich eine liebe Lebensgefährtin in der Witwe meines gefallenen Freundes Grauhase gefunden. Sie erleichtert mir die schwere Zeit. Wir wollen Freia bitten, zu uns zu kommen, sobald sie mit der Schule fertig ist. Ich habe das traurige Gefühl, daß Christine und ihr Mann froh sein werden, wieder allein zu sein.

Deine Rückkehr in mehr als einem Sinne erwartend, bin ich Dein Vater
Willibald von Rumke.«

Die Zeitfreiwilligen wurden entlassen. Friedrich Wilhelm schrieb an seinen Vater: »Ich hätte die Ehre haben können, an einer Abschiedsparade teilzunehmen. Aber ich konnte darauf verzichten, Herrn Gustav Noske als Reichswehrminister mit einer Suite von Generalen zu genießen. Wie tief sind wir gesunken, Vater!«

Der Oberst wünschte, daß er in die Reichswehr einträte und schrieb: »Wir müssen die Reste unserer zerschmetterten Wehrmacht in Neuformationen zusammenfügen, denen wir so viel vom alten militärischen Geist einflößen, daß sie die Lebensnotwendigkeiten unsres nationalen Daseins erfüllen. Das ist die Reichswehr. Es herrscht großer Andrang, aber ich könnte Dir mit meinen Verbindungen helfen, wenn Dein Ansehen bei der Truppe nicht genügen sollte ...«

Friedrich Wilhelm antwortete: » ... Einer Fahne den Treueid schwören, unter der mit lügnerischen Verleumdungen zum Überlaufen an der Front aufgefordert worden ist, kannst du von mir nicht verlangen, ebensowenig wie unter diesen schmachvollen Friedensbedingungen mitzumachen, die die »Reichsregierung« dank den Treibereien des Herrn Erzberger und seiner Komplicen dem deutschen Volk aufgelogen hat. Man hat opferbereit und wagemutig sein Letztes für den Sturz des Novembersystems einzusetzen, diesen Verrat des minderwertigen Teils unseres Volks an dem starken unverbrauchten, der 1914 aufgestanden war, weil er eine Zukunft haben wollte und haben konnte ...«

Der Oberst antwortete ihm mit einer Abhandlung über seine historischen Irrtümer, dann fuhr er fort: »Es gibt Institutionen, die nichts mit Tagespolitik zu tun haben, Römische Kirche, englisches Parlament und nicht zuletzt preußische Armee. Daß Du kein Offizier bleiben willst, ist mir schmerzlich. Familientraditionen sind zur Erhaltung eines gesunden Gemeinwesens wichtiger als abstrakte Ideen.«

Friedrich Wilhelm, weiter untraditionell, veröffentlichte einen

Artikel in dem blendenden Stakkato jener, die sich als ›links‹ bezeichneten, unbewußt geschickt in einer Tageszeitung, die er selber ›reaktionär‹ nannte. Sofort wollte ihn ein Oberschlesienkämpfer für seine Zeitschrift »Die Empörung« gewinnen, besuchte ihn in seiner Dachkammer, wo sein Bett auf Handgranatenkisten stand, besprach mit ihm das Programm: »Erfüllungsschweine umlegen«, »Freunde des Feindbunds niederknallen«, »Rache am Westen«, »Gegen Geldmacher, Befreiung von jüdischer Herrschaft, für völkische Wiedergeburt, gegen die Überfremdung unserer Universitäten. Jeder Achte ist Ausländer, die meisten Juden, schmarotzen an unserm Volkstum, die Universitäten müssen fremdenrein und judenrein werden. Lagarde verlangt, die Juden nach Madagascar abzuschieben. Unsre Leute sind überzeugt von unserm Recht, als Deutsche zu leben, und wer uns daran hindert, gegen den haben wir Gewalt zu gebrauchen.«

»Gut, sehr gut. Wir stehen in einer kosmischen Weltentwicklung, in deren Zusammenhang Deutschland nur das erste Werkzeug darstellt.«

»Feiglinge berufen sich auf Humanität und Liberalimus, aber den Herren Clemenceau und Poincaré werden nur Männer imponieren, die keinen Strohtod sterben wollen. Du gehörst doch zu uns?«

Natürlich gehörte Friedrich Wilhelm dazu, zur heimlichen Armee ohne Rütlischwur. Er brachte seinem zögernden Schwager angebliche Landarbeiter, die im Bedarfsfall Soldaten sein sollten, und Waffen: »Ehrensache, daß wir die Waffen nicht den Landesverrätern ausliefern.« Zerlegte Geschütze schickte er Freunden als »Maschinenteile«. Wenn die Regierung versuchte, das Land zu entwaffnen, verschwanden die Waffen nach rechts und links.

Auch Krapfinger besuchte Fredrich Wilhelm in seiner Dachkammer.

»Du weißt«, sagte er, »daß ich dich für den Führer von Deutschlands kommender Herrschaft halte. Aber ich bin zu schwach. Seit der Affäre Kröckelsdorf ...«

»Kröckelsdorf?«

»Der Reichswehrsoldat, der Waffen im Schloß Aumühle der Polizei verraten hat. Bei der Polizei waren alles Unsre. Sie gaben dem Kröckelsdorf dreitausend Mark Belohnung, er sollte mir und Paul die Waffen zeigen. Wir sind los, und Paul hat ihm gleich hinter Kragsheim mit einem Totschläger auf den Kopf gehauen. Der Kerl, der chauffiert hat, hat gefragt: ›Ist der auch wirklich hin?‹ Paul hat ihm mit dem Stiefel ins Gesicht treten wollen, da hab ich zuerst gemerkt, daß ich schwach bin. Ich hab Paul am Arm gefaßt, und da ist der Kröckelsdorf rausgesprungen.«

»Das war der Prozeß, in dem du zu zweihundertfünfzig Mark verurteilt worden bist. Hat man dir das bezahlt?«

»Natürlich. Paul hat gesagt, daß wir nun in einer Zwangslage seien, denn der Kröckelsdorf hat mit seinem Abgeordneten gesprochen, und der wollte tratschen, und so müßten wir den Abgeordneten hinmachen. Ganz sicher für uns, hat der Paul gesagt. Der Frick von der Münchener Polizei ist einer von uns.«

»Habt ihr ihn umgelegt? Ja?«

»Direkt vor seim Haus. Der Paul hat ihm mit einer Taschenlampe ins Gesicht geleuchtet und ihn von so nah erschossen, dasses Hirn ans Haus gespritzt ist ...«

»Was willst du? Es ist niemand verhaftet worden. Frick hat die Akten verschwinden lassen.«

»Ich weiß, aber ich bin halt schwach. Du hast gesagt ›befangen im Bürgerlichen‹. Mein Vater ist krank, meine Mutter schreibt, sie weiß nicht ein noch aus mit dem Gut und der Teuerung, und mein Bruder ist an der Somme gefallen. Das Wichtigste ist, ich möchte heiraten und meine Frau auf unser Gut bringen. Und nun hab ich halt die Frage, ich weiß von Waffenlagern, und daß der Paul hat einen hochgehen lassen, du kennst Paul, er ist achtzehn, werdet ihr mich leben lassen?«

»Wer verbürgt uns, daß du nicht plauderst? Die Kameraden werden Angst haben.«

»Aber die ganze politische Abteilung, Referat 6a bei der Polizei ist mit unsern Leuten besetzt. Der Polizeipräsident ist unser Mann…«

»Aber daß er falsche Pässe ausgestellt hat, nachdem wir das Schwein Erzberger haben hochgehen lassen, da sind viele unter den Pfaffen, die das nicht gern hören.«

Krapfinger begann feierlich: »Ich bin bereit, hier oder vor einem Kameradengericht einen Eid abzulegen, daß niemand je etwas von mir erfahren soll.«

»Ich hätte dich warnen sollen. Wir sind eine nie dagewesene Auslese. Die geschichtliche Wirkung unserer winzigen Schar ist schon heute allen bewußt. Sie hat in der furchtbaren Situation unseres Vaterlandes gebrochen mit der Welt des bürgerlichen Anstands. Unsre gewaltigen Jahrzehnte sind furchtbar und glücklos. Wer Behagen will, ein Gut, eine Frau, verdient es nicht, da zu sein.«

Krapfinger ging erschöpft die Treppe hinunter. War es nicht wirklich das Wichtigste, unsichere Mitwisser auf alle Fälle unschädlich zu machen? Er fuhr voll Angst zum Bahnhof. Im letzten Augenblick fiel ihm ein, eine Deckadresse anzurufen: »Fahren Sie sofort zu Krapfinger. Er ist im Krankenhaus. Nehmen Sie seine Sachen in Gewahrsam.«

Die, die Gewehre und Handgranaten wegbringen wollten, wurden überrascht. Waffen fielen in die Hand der Polizei, die nicht wie die Münchener sicher war.

Wenig später, als Krapfinger durch ein Wäldchen zu seinem Gut ging, schlugen ihn ein paar auf den Schädel, luden ihn auf einen Wagen, der langsam über die Landstraße fuhr. Der eine trug einen hellbeigewollenen Anzug, hellblaue Krawatte und hellblaue Strumpfbänder: »Ein Schüßchen in den Hinterkopf«, sagte er, »und in den Fluß mit der Leichen«, und schlug sich mit der Peitsche gegen das Bein. Ein Neandertaler mit niedriger Stirn und zu langen Armen packte den Toten.

Als er zurückkam, sagte er: »Wir haben ihm Steine in die Taschen gegeben, dann haben wir ihn plumps ins Wasser fallen lassen«, und machte mit beiden Händen nach, wie sie ihn plumps ins Wasser fallen ließen.

In der Stadt übernahmen Freunde Wagen und Pferd. Die Mörder fuhren nach München, der eine ging zur Universität, der andre zog seine Polizeiuniform an.

Friedrich Wilhelm las geheime Vorschriften für einen Putsch: »Mit dem Standesrechtlichen Erschießen darf jetzt nicht mehr human verfahren werden, insbesondere müssen wir auf die Führer der republikanischen, sozialistischen und Gewerkschaftlichen Organisationen unsre Späher wie auf das Wild hetzen … Sozialistenführer und größere Schreier in der Wohnung gleich erschießen. Die Juden festnehmen und auf den 4. Reserveplatz führen, wo sie samt und sonders gehenkt werden. Eher noch mit Sozialdemokraten Erbarmen haben als mit Juden. Die Presse, mit Ausnahme der rechtsdemokratischen, nationalen und antisemitischen, ist sofort zu besetzen. Weigern sich Drucker, für uns zu arbeiten, so sind die fünf nächsten zu erschießen und in den Druckereiräumen liegen zu lassen. Bei Sabotage an den Maschinen ist jeder sechste Mann zu erschießen. Straßenabsperrungen müssen rücksichtslos durchgeführt werden. Wer trotz des Verbots die Straße betritt, gleich ob Bürger oder Proletarier, wird erschossen.«

Friedrich Wilhelm erfuhr Krapfingers Tod erst ein paar Wochen später. So ein guter Kerl. Krapfinger hätte sich für ihn schlachten lassen, und er hatte keine Hand gerührt. »Die nächsten fünf erschießen und in den Druckereiräumen liegen lassen.« Er steckte den Finger in seinen Kragen, als ob er ihm zu eng würde.

24. Kapitel
Revolution von links

Was für ein Wintertag, dieser Sonnabend im Januar 1919. Der Schnee fiel aus einem bleiernen Himmel, nun schon seit Stunden. Aus der Ferne wurde geschossen.

Fürst Siegen-Siegen, der Frondeur des alten Regimes, enttäuschte Heye. Er hatte nicht erwartet, daß der Fürst die Revolution mit Winklers Rührung: »Auf dem ›Vorwärts‹ hängt die rote Fahne« begrüßen würde. Aber der Mann, der an den alten Größen ungern ein gutes Haar ließ, ließ auch keins an den neuen. Er, der die Alldeutschen und »ihren blöden Antisemitismus« abgelehnt hatte, nannte die sozialdemokratischen Führer im Stil des 18. Jahrhunderts »Pöbel und Gesindel«. Als sie sich im Dezember 1918 bemühten, die Bolschewisierung Deutschlands zu verhindern, schrieb er von dem »Bolschewiki-Regime in Berlin«. Diese Undankbarkeit nahm Heye übel. Ein wirkliches Bolschewiki-Regime hätte den Fürsten seinen Kopf gekostet. Nicht besser war die Bezeichnung des Idealisten Eisner als »Verbrecher Eisner«. Dabei lebte der Fürst, betreut von einer zahlreichen Dienerschaft in seinem alten Schloß, wo ihm vom Ei zum Frühstück bis zum Coq au vin nichts fehlte: »In einem sind sich alle feindlichen Regierungen einig, das Bolschewiki-Regime in Berlin nicht zu dulden.« Wieder einer, dachte Heye, der ihn und den er nicht mehr verstand. Seit 1909 hatte er den Briefwechsel mit dem politischen Kopf, mit dem anziehenden Menschen, zu seinen Lebensfreuden gezählt, sich durch die Freundschaft mit dem, wie man es nannte, »vornehmen Mann« geschmeichelt gefühlt. Sein treuer Mitarbeiter, sein verehrter Führer durch die Weltgeschichte endete seinen Brief: »Wir beten um Waffen für die Bauernschaft. Einstweilen habe ich ein geladenes Gewehr am Bett und werde ich mein Leben teuer verkaufen, wenn wir nicht alle verhungern, wenn wir nicht, auch Sie, Liberale, Demokraten und Aristokraten, aufs Schafott gehen, alle zusammen.«

Es ist nicht verbürgt, ob Heye antwortete. Die Archive schweigen. Aber am Tage, an dem er den Brief erhielt, hatte er zum erstenmal wirklich mit einer revolutionären Gewalt zu tun.

Die Elektrizität funktionierte nicht. Heye steckte den Brief in die Tasche. Er fand das Zeitungsgebäude von spartakistischen Truppen besetzt. Heye wollte den Vorgesetzten sprechen. Der war im Marstall. Heye ging durch ausgestorbene Straßen dorthin. Matrosen standen herum. Einer sagte: »Das geht uns nichts an. Wir sind alle bei Spartakus.« Es fand sich dann doch ein älterer Führer, der ihn zur Zeitung begleitete.

Bewaffnete Gestalten saßen auf den Papierrollen, standen klein, das Gewehr umgehängt, unter den Schnelldruckmaschinen und im Dampfkesselhaus, in ärmlichen Anzügen und vertragenen Uniformen, soweit sie nicht vorzüglich aussehende kraftvolle Matrosen waren. Zu den Anführern war schwer vorzudringen. Das Licht ging an, und er fand sie in einem Redaktionszimmer. »Beabsichtigen Sie, längere Zeit bei uns zu bleiben?« fragte Heye.

»Sie sind über die Lage in Berlin unterrichtet? Wir haben alle strategischen Punkte in Händen, alle Bahnhöfe, öffentlichen Gebäude. Morgen früh übernimmt Liebknecht die Regierung. Jeder Widerstand ist aussichtslos.«

Heye nahm Liebknecht, den zappeligen Sohn seines großen Vaters, nicht ernst: »Und dann werden Sie also für alle Ewigkeit – denn die Regierung Liebknecht wird natürlich dauerhaft sein – sich hier niederlassen und uns werfen Sie hinaus?«

»Nein, Sie werden Ihre Zeitung erscheinen lassen können mit einer anderen Richtung unter unserer Direktive. Das ist wohl selbstverständlich.«

»Ich wünsche Ihnen ein langes Leben, aber das werden Sie nie erleben.«

Der junge Mann lachte höhnisch – man weiß doch, daß die kapitalistische Presse käuflich ist. Die Anführer erlaubten ihm, ein paar Papiere mitzunehmen. Heye nahm Briefe und zwei Pfund Zucker, die er gerade erhalten hatte. Unten stieß er auf die Revolutionäre, die Verdacht geschöpft hatten. Waren sie wieder irregeführt worden? Hatten sie dem Bourgois erlaubt, die Zeitung, die nun ihre sein sollte, in Besitz zu nehmen? Während sie in der Eiseskälte auf dem dunklen Hof herumstanden? Keinem war klar, daß Heye ein Gehaltsempfänger war. Ein geborener Führer schaffte es mit sechs Worten: »Lasst ihn durch, seid doch vernünftig!« Er winkte einem, damit er Heye durch die Absperrung brachte. Ein dürftiges Geschöpf kam, ohne Mantel, so müde, daß es kaum die Füße heben konnte, seit Tagen nicht rasiert, der Sanskulotte aller Zeiten. Heye überlegte, worüber dachte der schweigende und müde Mann mit dem baumelnden Gewehr neben ihm nach? Doch wohl, ob man an die Eroberer der »Berliner Rundschau« heißes Essen verteilen würde, wo das nächste Nachtlager herkam, und nicht über Politik?

Die Zeitung blieb besetzt. Freibeuter schlugen Heye vor, das Gebäude durch Angriff zu befreien. Ein eindrucksvoller Major, den Gürtel mit Handgranaten und Revolvern garniert, versprach – gegen bar – die Spartakisten zu vertreiben. Daß die Spartakisten unterlagen, war klar, nachdem die sozialdemokratische Arbeiterschaft Berlins zum zweitenmal gesiegt hatte, indem ihre Massen das Regierungsviertel besetzt hatten. Nur eine Zeitfrage, wann die »Berliner Rundschau« frei würde, ohne daß die kostbaren Maschinen zertrümmert wurden.

Militär kam nach Berlin und beschoß eines der Zeitungsgebäude mit Geschützen.

Die Paladine, eine ganze Schicht, die alle deutschen Herrscherhäuser umgeben hatte, waren im November verschwunden. Es gab keinen Krieg zwischen Kavalieren und Gemeinen. Aber hier in diesen Januartagen 1919, mit dem Einmarsch des Militärs, begann die Gegenrevolution. Sie begann und endete in Berlin, und sie endete – vielleicht – ein Vierteljahrhundert später.

Das Militär teilte Heye mit, daß den in der Zeitung Eingeschlossenen ein Ultimatum gestellt worden war. Heye wußte, daß ihre Lage hoffnungslos war, und ließ unter der Hand mit ihnen verhandeln. Er hatte Angst um die Maschinen, und die Spartakisten, verkörpert in dem verhungerten mantellosen alten Arbeiter in der eisigen Januarnacht, waren ihm weniger unheimlich als das sicher zielende Militär ohne alte Disziplin und Tradition. Unter den Eingeschlossenen befanden sich Gerhard Jacke, Jürgen von Rumke und Schwarz. Jacke tummelte sich in seiner Offiziersuniform mit einer breiten roten Armbinde schon seit dem 9. November: »Wir«, sagte Schwarz, »sollten es ihnen zeigen, daß wir Ehre im Leib haben und fähig sind, einen Arbeiter- und Bauernstaat aufzubauen. Sollen wir uns den Besitzinteressen der Bourgeois unterordnen?«

Jacke klatschte Beifall, aber Jürgen war nicht bereit, hundert arme Menschen, auch arm im Geiste, die ihr Vertrauen auf die Anführer gesetzt hatten, zu opfern.

»Übers Dach? Entwischen? Das ist schändlich!« protestierte Jacke.

»Ich laufe nicht über ein Dach davon«, sagte Schwarz.

»Bitte, du kannst zurückbleiben«, sagte Jürgen, »ein paar von dieser Soldateska totschießen, aber lebend rate ich dir nicht, denen als Jude in die Hände zu fallen.«

Sie zogen ab. Mitten in der Nacht. Heye hatte ihnen Brandtreppen über Dächer gezeigt, von wo sie unerkannt in irgendeiner Straße herunterkamen. Um zwei Uhr nachts rief Jürgen Heye an: »Alles leer.« Jürgen stand in der dunklen Straße. Die Aufregung war in tiefe Müdigkeit umgeschlagen. Er wünschte sich nur eins, ein Bett. Er rief zu Hause an. Er hatte seinen Vater seit dem Krieg nicht gesehen. »Jürgen! Ja, natürlich, komm!«

»Frag nichts«, sagte der Oberst zu seiner Frau.

»Soll ich Hulda wecken? Vielleicht ist er hungrig?«

Hulda heizte im alten Jungszimmer, setzte ein paar Kartoffeln auf, etwas Wurst war noch da. Und heißer Grog.

Der Oberst ging in der eisigen Nacht auf und ab, damit Jürgen nicht den Portier herausklingeln mußte. Von ferne hörte er Geschützfeuer. Endlich erkannte er den Schritt. Jürgen kam näher.

»So sehen wir uns wieder, mein Sohn. Komm herauf. Ich habe es auch nicht leicht, ein Preußen ohne Hohenzollern. Sie waren großartige Fürsten.«

»Ich weiß, Papa. Und wo ist Friedrich Wilhelm?«

»Bei den Regierungstruppen.«

»Ach nein, Papa, bitte nicht«, sagte Jürgen wie ein kleines Kind.

In der hellen Wohnungstür stand eine fremde Dame. »Meine Lebensgefährtin, die Witwe meines Freundes Grauhase«, sagte der Oberst. Dahinter schluchzte Hulda: »Nee, Herr Jürgen, was fürn Nachhausekommen! Mitten in der Nacht statt Einzug durchs Brandenburger Tor.« Jürgen, verschmutzt, bärtig, übermüdet, in der grauen Soldatenjacke, sah von einem zum andern. »Hat man dir alle Abzeichen abgerissen?« sagte der Oberst. »Armer Junge!«

»Wollen Sie sich erst waschen? Hulda hat heißes Wasser aufgesetzt.«

»Ich gehe in mein Zimmer«, sagte Jürgen. Hulda brachte den Kessel, wollte reinkommen, erzählen von der neuen Gnädigen. Jürgen winkte ab. Er wusch sich und spürte plötzlich einen brennenden Hunger. Und meine Kameraden, dachte er, finden kein heißes Wasser und vielleicht auch nichts zu essen. »Ach, gut ist der Grog«, sagte er, und schon nach wenigen Bissen schlief er am Tisch ein. Der Oberst weckte ihn und führte ihn in sein Zimmer. »Leg dich nicht mit den Stiefeln ins Bett. Komm, ich helfe dir, dich ausziehen.« Nachdem er sah, daß Jürgen verschmutzte Füße hatte, rief er Hulda um eine Schüssel mit heißem Wasser. »Wasch dir mal erst die Füße!«

Jürgen gehorchte. »Ich weiß, ich bin ganz dreckig, Papa.« Und wusch sich in seinem alten Jungszimmer, es war ihm, als wäre er nie weggewesen. Nur sein Vater war nie dabeigewesen, immer die Mama. Ein Revolutionär, der die ganze Welt ändern wollte, und hier paßte Papa auf, daß er sich nicht mit dreckigen Füßen ins Bett legte, Papa, der unglücklich war, weil die Hohenzollern aufgehört hatten zu regieren. Zehn Minuten später schlief er fest, er wachte erst am nächsten Abend auf.

Heye wußte, wie sich die Befreiung vollzogen hatte, unblutig über die Dächer. Offiziere der Freikorps klingelten ihn an, daß die Zeitung erstürmt worden sei, und der tolle Major mit den Revolvern und Handgranaten um die Taille, von dem sich später herausstellte, daß er ein Feldwebel war, teilte ihm mit, daß die Befreiung seinem strategischen Genie zu verdanken sei.

Heye nahm Geknalle und den Versuch, eine Revolution nach russischem Vorbild zu etablieren, nicht ernst. Er glaubte an den Sieg der Vernunft. Jeden Abend untersuchte er die Vorkriegsgeschichte. Die Zeit lief ihm davon. Seit zwei Jahren war es überflüssig, sich *so* ausführlich mit den Handlungen der russischen Großfürsten zu beschäftigen, nun fing der Kaiser an, weniger wichtig zu sein, und heute erlebte er dies groteske Nachspiel übers Telefon, den pompösen Major: »So stand ich, und so führt ich meine Klinge!« Sie erschienen bei ihm, diese Falstaffs, Lügenbolde und Aufschneider, erwarteten, daß sie gefeiert und belohnt würden, was beides geschah.

Als Heye in die Zeitung zurückkam, sahen die Räume denn doch fürchterlich aus. Aus den Papieren war ersichtlich, daß auch Russen bei den Eingeschlossenen waren. Heyes Schreibtisch war aufgebrochen, und darauf lag eine Karte: »Mit freundlichen Grüßen, Gerhard Jacke, Oberleutnant a. D., Spartakus.«

Wenige Tage später besuchte ihn Winkler, der von den Sozialdemokraten als Abgeordneter aufgestellt worden war. Heye war munter: »Freue mich ungemein, es scheint doch aufwärts zu gehen, meinen Sie nicht?«

»Es sind furchtbare Dinge passiert«, sagte Winkler, »nicht bei uns« – Winkler nannte noch immer die »Berliner Rundschau« bei uns – »aber beim ›Vorwärts‹ gings nicht so glatt, die Spartakisten haben am 11. Januar Parlamentäre rausgeschickt, um mit den Truppen zu verhandeln, sieben Leute, unbewaffnet, mit weißen Zeichen. Sie sind abgeführt und in der Kaserne erschossen worden, nachdem man sie gefoltert hat …«

»Gefoltert?« sagte Heye, »gefoltert? Ist denn das wahr? Wissen Sie das bestimmt?«

Folter! Das war eine furchtbare Sache des Mittelalters. Folter gab es so wenig mehr wie Pest. »Niemand wird es glauben, wenn wir das veröffentlichen.«

»Bei einer Leiche war die eine Gesichtshälfte eingeschlagen, die andere war von Bajonettstichen durchbohrt.«

»Parlamentäre? Ja, um Gotteswillen! Das ist Mord!«

»Ist es auch. Der Vater des einen jungen Mannes hat Anzeige gegen die Offiziere erstattet. Ich bin beim Gericht gewesen. Es wird nichts dabei herauskommen. Vom Aktenhefter angefangen sind alle auf Seiten der Mörder.«

Das, dachte Heye, war das marxistische Mißtrauen gegen den Bourgeois. Sogar bei Winkler. Ein deutscher Richter begünstigt keine Mörder.

25. Kapitel
Umwertung

Sterns und Grete Mayer saßen bei der Acetylenlampe, die für das revolutionäre Versagen der Elektrizität in den meisten Familien gehalten wurde.

Rudolf war von der Geschäftsreise gekommen: »Mein Musterkoffer ist aufgeschnitten worden und alle Muster geklaut.«

»Du lachst«, sagte Franziska vorwurfsvoll.

»Lauter Vorderteile von Damenhemden! Die Diebe werden einen Spaß haben. Verlust ist nur die Kofferreparatur.«

»Fünf Mädchen haben angeklingelt«, sagte Edith, und es klingelte schon wieder.

Edith rief: »Für dich, Rudi, ein Mädchen, hat natürlich nicht ihren Namen gesagt.«

Und Rudolf sagte ins Telefon: »Das ist aber reizend, daß Sie mich anrufen, ja, natürlich habe ich Zeit.«

Franziska sagte: »Rudi, dein Mädchenbetrieb!« Sie mußte es hinnehmen, er war nun einmal nicht seriös, aber so ein schöner Mann würde vielleicht doch einmal eine große Mitgift erheiraten.

Werner las beim Frühstück seine »Berliner Rundschau«, die gegen die Kaffeekanne gelehnt war, und sagte zu seiner Mutter: »Ich möchte ja wissen, wann man endlich wieder auf längere Zeit hinaus disponieren kann. Der ganze Weltmarkt ist in Unordnung.«

Er schüttelte besorgt den Kopf, zog seinen Vorkriegsmantel an: »So was wird auch nicht mehr gemacht«, und fuhr mit der Untergrundbahn in die Mohrenstraße wie zehn Jahre lang vor dem Krieg.

Herr Gleichmann sprach nicht viel, aber heute sagte er: »Kluge Leute, die Herren in Versailles, wie die Elefanten im Porzellanladen.«

»Ganz meine Meinung, Herr Gleichmann«, sagte Werner und ging mit der Post hinaus. Und wie an sechs Abenden der Woche, jahraus, jahrein, ging er in Herrn Gleichmanns Zimmer: »Ist noch etwas, Herr Gleichmann? Sonst gehe ich.«

»Nein danke, nichts mehr, Herr Stern. Hoffentlich haben wir morgen elektrisches Licht.«

Neun Monate später an einem sanften Septembertag bürstete Werner Mottenpulver von seinem Cutaway, striegelte seinen Zylinder mit einem Samtlappen, bereitete sich auf die Hohen Feiertage vor.

Am nächsten Tag, sagte Herr Gleichmann schon um vier Uhr: »Herr Stern, heute abend beginnen die Feiertage, wollen wir Schluß machen.«

Franziska hatte Kaffee mit Schnecken gemacht: »Früher zwei Stück fünf Pfennige, jetzt zehn Pfennig das Stück! Wo soll das hinführen?«

»Mama«, sagte Werner, »es ist niemand im Zimmer, darf ich meinen Freund Zuckermann nach dem Tempel mitbringen?«

»Nein. Wir brauchen ja nicht mit Gewalt dazu beitragen, daß Edith einen kleinen Kaufmann in Kartow heiratet.«

»Es ist die beste Familie am Platz«, sagte Werner, »und wenn er nach Berlin ziehen würde?«

»Wenn er hier eine Existenz findet«, sagte Franziska milder, als sie wollte.

Rudi steckte seine Manschettenknöpfe ins Hemd, während Werner, sich rasierend, sagte: »Das waren schöne Zeiten, als der Großpapa noch gelebt hat. Wie schön er gesungen hat! Er hat in der einen Hand das Gebetbuch gehalten und mit der andern hat er mich um den Eßtisch geführt, über dem die Petroleumlampe mit dem weißen Glasschirm gebrannt hat, und die Kerzen brannten in den silbernen Leuchtern. Sie brennen zur Ehre Gottes, dürfen nicht benutzt werden, um das Zimmer zu beleuchten.«

»Ich erinnere mich an nichts«, sagte Rudi.

»Seid ihr fertig?« rief Franziska.

Sie gingen in die Synagoge, Franziska im ewigen Plüschmantel, Werner und Rudi im Zylinder.

Für Werner begannen die Feiertage damit, daß er auf dem Platz seines Großvaters Kollmann neben Herrn Gleichmann saß. Da begrüßte ihn der große Lastwagen-Markus neben Bernhard Blau, auch Baron Grünspecht war auf die Feiertage aus Wien gekommen: »Von der Teuerung in Wien hams fei hier kei Ahnung. Ein Brot kost halt tausend Kronen, da reicht kein Vermögen mehr hin.« Keineswegs war Werners Leben Gott geweiht wie das von Max. Aber an diesen höchsten Feiertagen befolgte er jede Vorschrift, fühlte sich dazugehörig, tief verwurzelt, glücklich.

Nach dem Gottesdienst sah Roserl im Vorhof Adelina mit den alten und jungen Blaus und ihrem Buben und Grünspechts, zehn Nächste. Roserl fühlte an solchen Tagen immer Reue, daß sie nicht nach Kragsheim gezogen war, da wär doch noch so mancher gewesen. Als sie mit Grete bei Gutmanns eintraf, sagte Sabine auf dem Vorplatz: »Ich hab eine Überraschung, kommt nur rein.«

»Grüß dich Gott, David«, rief Roserl entzückt.

»Ich wollt dich einmal wiedersehen, bist ganz die Alte.«

Roserl wurde rot, setzte sich zu Tisch. David Gutmann sang die Gebete. »Eine andre Stimm wie ich«, sagte Max neidlos. Ja, sein Bruder, der David, größer, hübscher, wohlhabend, und noch dazu eine schönere Stimme.

Sabine brachte die Klößchensuppe, dann Huhn in weißer Sauce mit Reis.

»Es ist alles richtiger im Judentum«, sagte Max. »Was soll ein neues Jahr im Januar, mitten im Winter? Jetzt ist der Sommer vorbei, die Ernte eingebracht, man sät das Wintergetreide, ein neues Jahr beginnt. Man kann auch nicht«, fuhr Max aufgeregt zu Roserl fort, »nur einmal im Jahr einen Anstandsbesuch beim lieben Gott machen, man hat abends und morgens und vor und nach dem Essen Gott zu danken.«

»Du kannst nur alles halten, weil du in einer jüdischen Firma arbeitest, wer kann das?« sagte David. »Und wie gehts denn, Roserl?«

Roserl legte die verarbeiteten Hände in den Schoß: »Ich weiß absolut nicht, wie ich zurechtkommen soll bei dieser Teuerung, und Gretes Gehalt wird nicht erhöht. 1913 hat sie das Ballkleid bekommen, das ihr so schlecht steht. Ich habe immerzu daran herumgepfuscht, aber schöner wird es davon nicht.«

»Ja damals, als wir im Mon Plaisir Kaffee getrunken haben, da waren glücklichere Zeiten. Wißt ihr noch, wie wir im Wald Dritten abschlagen gespielt haben? Du bist ein schöns Mädle«, sagte David zu Grete, »würdst auf einen kleinen Platz heiraten?«

»Noch Zwetschgenkuchen?« fragte Sabine.

Auch Sterns gingen zusammen nach Haus. »Es gehörte sich«, sagte Werner, »daß wir an den Feiertagen immer zu Kollmanns gingen, aber die halten ja gar nichts mehr. Und jetzt ist der Onkel krank.«

Auch sie hatten Klößchensuppe, aber dann polnischen Karpfen. Franziska begann, wo sie am Nachmittag aufgehört hatte, von der Teuerung: »Lieber Gott, wo soll das hinführen. Rudi willst du den Karpfenkopf?«

Rudi hatte es über, Angestellter zu sein: »Selbst wenn ich Prozente bekomme, kommt man nie mit der Teuerung mit. Ich muß sehen, daß ich mich selbständig mache. Willst du ewig bei deinen Lesser & Gleichmann sitzen?«

»Ich bin sehr zufrieden«, sagte Werner kühl.

»Der Onkel ist ganz kindisch«, sagte Franziska, »und offenbar gar kein Geld mehr da, nur Mengen von Kriegsanleihen. Man kann ihn nie allein lassen. Besuch doch mal Armin. Der arme Junge lebt bei dem Kriegsgewinnler Schulz als Einkäufer. Das ist wahrscheinlich das Letzte, was er werden wollte. Kann man sehen, wie alles anders kommt, wie man denkt.«

»Bei Schulz? Ich werd mir mal den Affenstall ansehen.«

»Wozu denn?« sagte Werner, »diese Leute sind eine Schande für den ganzen Kaufmannsstand.«

Rudolf ging in das Palais Schulz, wo ein roter Teppich von der Straße zum Eingang lag. »Hier rauf, bis Sie nicht mehr weiter können«, sagte der Portier.

Es war fünf Uhr. Rudolf hörte ein Mädchen rufen: »Nu gehen Sie schon weg mit den Händen«, und einen brüllen: »Die zieren sich, hat man so was schon gehört?« Er stieg bis zu einem niedrigen Oberlichtsaal, wo Armin mit einem romantisch Aussehenden, einem Verwachsenen und einer blonden großen Frau stand. Armin winkte: »Hallo Rudi, nett, daß du kommst. Stehe gleich zu deiner Verfügung.«

»Wer ist denn der Filmschauspieler?« fragte die schöne Frau an Armins Ohr.

»Wir müssen sowieso gehen«, sagte der Krüppel, »war sehr interessant, was Sie da haben, Herr Müller-Klingenberg. Komm Ingeborg. Leben Sie wohl allerseits.«

»Das ist doch Adelina Markus, na vorzüglich!« sagte Rudolf vor einer Büste.

»Sie ist von Müller-Klingenberg, auch die übrigen Statuen.«

»Dieses Porträt entspricht mir nicht mehr«, sagte Müller-Klingenberg, »der von außen beobachtende Naturalismus hält keine Wertposition innerhalb der neuen Front aus.« Er zeigte auf etwas, das er »Liegen« nannte: »Jetzt bin ich schon weiter. Ich studiere das Liegen als solches, unabhängig von Boden und Schwerkraft ...«

Rudolf drehte sich um, sah hüftenlose Frauenkörper mit langen Beinen, statt Köpfen ein Gekröse, und begriff: moderne Schaufensterpuppen. »Diese Figuren sind großartig!«

»Freut mich, daß sie Ihnen gefallen.«

»Ich muß gehen, Armin«, und Rudolf gab ihm ein Zeichen. »Du hör mal, ich bin auf der Suche nach einem Artikel, halt mich für einen Banausen, aber ich möchte die Damen mit den Gekröseköpfen als Schaufensterpuppen verwenden.«

»Für alle Geistigen schwer in der Inflation«, sagte Armin, »ich werde Müller fragen, wieweit er Lust hat, sich den Forderungen des Handels zu unterwerfen.«

»Genau so habe ich es gemeint. Dank dir sehr. Nett von dir.«

Der Bildhauer stimmte zu, fand es ulkig, statt Dame mit Wachskopf das Metallgekröse. Das paßte in diese Stadt, die täglich neu war, wo alles rannte, die Gewitzten mit dem Geld der andern davon, die andern dem eigenen Gelde nach, wo alle trauerten, die Offiziere um ihre Monarchie: »Donnerwetter, Donnerwetter, wir waren Kerle!« Und nun Pension, schon entwertet, wenn ausgezahlt, die Beamten um Kronenorden, roten, schwarzen Adlerorden, und nun noch nicht einmal eine Excellenz, kein ›von‹, kein Graf, nur ein ›Jelernter‹.

Margot Kollmann saß in der Garderobe des Kabaretts. »Dein Vater ist Geheimrat?« sagte die Kollegin. »Meiner hat 'ne Hofmöbelhandlung, uffn Hof nämlich. Wenn mein Vater Jeheimrat wäre, würde ich hier nich Clown spielen.«

»Ich wollte raus, 'nen Mann haben.«

»Mann haben? Mit dreizehn haben se mit mir angefangen. Wenn ich mir die Kledasche von Vaters Vertikows kaufen könnte, würde ich 'n reicha Mann heiraten. Du könntest das doch ohne diesen Quatsch. Ich habe immer gewußt, du bist plemplem. Du mußt auf die Bühne.«

Margot hob eingelernt den Rock, sang mit geschulter Stimme: »Einmal war auch ich Jungfrau vollständig, fand küssen zu müssen gemein, doch als dann ein Gent übern Weg mir rennt, da liebt ich, da übt ich mich ein.«

»Was für ein gräßlicher Text«, sagte Müller-Klingenberg zu Otto Jacoby.

»Fürn andres Publikum bestimmt«, sagte Otto und zeigte auf einen älteren Provinzler, der wie besessen klatschte.

Margot begann aufs neue: »Ein Divan mit Fellen und Kissen, möcht ihn nicht missen, roten Schimmer in meinem Zimmer ...«

Der ältere Provinzler kaufte dem Blumenfräulein den halben Korb ab. Das war sein Berlin, Beine in langen schwarzen Strümpfen mit Rüschen am Ende und schwarze Spitzen bis zu den Achselhöhlen. Er klopfte auf den Tisch: »Kellner zahlen!« Durfte die Süße nicht versäumen, lief zum Bühnenausgang.

Zu Müller und Jacoby kam ein Gespenst, lallte: »Zweihundert Märker.«

»Für Koks?« fragte Müller-Klingenberg.

»Ja«, nickte das Gespenst.

»Ich bestell dir Essen.«

»Nein. Draußen wartet der Händler.«

Müller griff in die Tasche.

»Nobel«, sagte Jacoby.

»Ich bin unter die Großverdiener gegangen, mache Damen mit Gekröse als Köpfe für die Schaufenster GmbH.«

»Wie was wer?«

»Rudolf Stern.«

»Verkauft oder beteiligt?«

»Verkauft.«

»Schlecht.«

»Immerhin. Und Sie?«

»Filmdreck.«

Mühlenbach kam: »Also ich habe aus sicherster Quelle, es geht schon los zwischen England und Amerika. Wilson hat fünf Zerstörer nach Miami gesandt, um das Legen eines britischen Kabels zu verhindern. Vielleicht 'ne Nachricht, was? In meiner Aufregung habe ich es Füllmeyer erzählt. Der hat die ›Rote Sichel‹ angerufen und sich die Nachricht bezahlen lassen. Feine Kollegen! Aber ich werde ihn schon zur Strecke bringen! Wo ist das Telefon?«

Er kam zurück: »Habe ihn zur Strecke gebracht. Schwarz wartet im Café.«

Draußen rief ein Zeitungshändler: »Dritte Internationale gegen zweite Internationale!«

»Na, Kleiner«, sagte eine Hure, »sünd mir mal die Sigarette an!«

»Kokain, Morphium«, flüsterte es im Schatten.

Im Café gepolsterte Sitze, Kristallkronen, weicher Teppich, Goldmosaikwände, Logen. »Das ist aber schön«, sagte Jacoby zu dem Wirt, der seinen Bückling machte. »Viel Geld gekostet«, sagte der Wirt, »und man weiß doch nicht, wos alle Tage teurer wird.«

Der häßliche Schwarz mit dem Froschmaul, neben sich die schöne Charlotte, erzählte von Moskau, ein fahrender Sänger, ein Scheich, vom Geist in der Flasche. Es gab keine Eisenbahnen, keine Post, kein Telefon mehr in Rußland. Hunderttausend Kriegsgefangene konnten jetzt, zwei Jahre nach Kriegsende, nicht nach Hause transportiert werden, und hier sprach Schwarz vom Wunder, das drüben war: »Da ist keine Sterilität im Theater wie hier.«

»Na, steril is es ja nu nich«, sagte Otto Jacoby.

»Molnargequatsch statt Brecht«, sagte Schwarz.

»Die Leute sehen den Molnarquatsch gern.«

»Eine hauchdünne Schicht. In Moskau sind ›die Leute‹ das ganze Volk, halten sich an Tairow, an Meyerhold, alles von der Bühne entfernt, was an höfisch-bürgerliches Theater erinnert, Vorhang, Rampe, Kulissen, Dekorationen. Und das Revolutionstheater, das nur als Waffe im Klassenkampf dienen will? Die typischen Fäulniserscheinungen der bürgerlichen Gesellschaft, Schülerselbstmorde, Sexualnot, Mitgift, sind mit dem Kapitalismus verschwunden.«

»Wo gibt es noch hier Schülerselbstmorde, Sexualnot, Mitgift?« sagte Jacoby. »Viel zu wenig Sexualnot und viel zu wenig Mitgift.«

»Schämen Sie sich nicht?« sagte Charlotte. »Ein uneheliches Kind ist in Rußland ein Stolz, in Europa eine Schande, ganz abgesehen davon, daß man sichs abtreiben lassen darf.«

»Genosse Sinclair«, sagte Schwarz, »hat in der ›Roten Sichel‹ einen Artikel: ›Welches ist dem Geschlechtlichen gegenüber die richtige proletarische Einstellung?‹«

Jacoby pruschte: »Kinder, das ist doch ein Witz!«

»Handlanger des Monopolkapitalismus!« sagte Charlotte.

Jacoby sagte zu ihr: »Warte, holder Liebling, na wie wärs mit so einem schönen Gesicht doch mit einer ganz kleinen Rolle beim Film?«

»In dieser Kapitalistenplantage? Nie!«

Jacoby rückte näher: »Na, Charlottchen, nie?«

Mühlenbach sagte: »Seien Sie nicht so unernst, lassen Sie Schwarz den Sinclair vorlesen.«

»Will der revolutionäre Proletarier Kinder, so wünscht er sie zu Klassenkämpfern zu erziehen. Will er keine, so ist der Prüfstein eines gesunden Sexuallebens, ob es die Hingabe an die Bewegung fördert. Jedes Sexualleben wird ausgeschaltet, das bloß Spiel und Zeitvergeudung ist.«

»Amerikanischer Puritanismus auf kommunistisch«, lachte Jacoby. »Ich muß gehen, auch wenn grade Jürgen kommt. Ich drehe morgen von zehn Uhr an. Ober, zahlen.«

»Was fürn Dreck wieder?« fragte Charlotte.

»Sie werden lachen, Berlin.«

»Was soll das heißen?«

»Na, so alles, zum Beispiel den Bahnhof Jannowitzbrücke um 5 Uhr.«

»Ohne Tendenz natürlich, ganz ohne Anklage«, sagte Charlotte.

»Ganz ohne Tendenz«, sagte Jacoby freundlich.

»Für die Gewinne der Herren Filmgewaltigen«, sagte Schwarz.

»Die Leute wollen ein bißchen Vergnügen für mühsam verdiente Groschen.«

»In Rußland gibt es eben keine mühsam verdienten Groschen mehr. Man steht völlig anders zur Arbeit wie hier, wo der Arbeiter die dicken Autos der Kapitalisten mit seinem Schweiß bezahlt. Film ist der Höhepunkt kapitalistischer Verlogenheit. Mary Pickford mit dem goldenen Herzen bekommt den Herrn mit dem Mercedes-Benz, Geld, Geld und nochmals Geld«, sagte Schwarz.

»Und nur Propagandafilme?« sagte plötzlich Müller, »›Die Front braucht dich‹, ›Repariert die Lokomotiven!‹ Ans Amüsement der Leute zu denken, ist immer noch anständiger, als sie politisch beeinflussen zu wollen.«

Schwarz sprang auf: »Eine Gemeinheit! Kampf um das Menschenglück politische Beeinflussung!«

»Bleib doch!« sagte Jürgen.

Schwarz hängte seinen Hut wieder auf, auch Jacoby stand noch immer. »Na, nu setzen Sie sich auch noch mal!« sagte

Jürgen, »Staatsbetrieb ist doch ideal. Das Jagen nach Profit zu Ende. Erfolg kein Maßstab mehr.«

»Wir drehen jetzt die französische Revolution. Wenn es nach Ihnen ginge, wären alle meine Sanskulotten edle Geschöpfe und alle Aristokraten Schweine.«

»Aber das waren sie«, sagte Jürgen.

»Auch du mein Sohn Brutus! Ihr haltet beim guten Fridolin und bösen Dietrich.«

»Einfach konterrevolutionär«, sagte Schwarz.

»Sie haben für alles eine vorgekochte Antwort«, sagte Jacoby ärgerlich.

»Ich schreibe einen realistischen Roman, schwierig im Augenblick, nicht?« sagte Jürgen zu Jacoby.

»Na und ob. Alle Ateliers wollen Doktor Caligaris. In einem Jahr wird man diese verzerrten Ecken nicht mehr sehen können.«

»Der Profit verschwindet«, sagte Charlotte.

»Zweitausend Mark sind einen Dollar wert, und ihr sprecht von Kunst«, sagte Schwarz.

»Mein Beruf«, sagte Jacoby.

»Es ist mangelndes Verantwortungsgefühl, Lebensunfähigkeit, sich spielerisch zu betätigen. Am schlimmsten ist es bei der Malerei. Daß man diese Ausflüsse auf viereckige Leinwandstücke einem Freund schenkt, wäre verständlich, aber fremde Leute dazu zu überreden, sie sich hinzubaumeln – für Geld –, das ist eine unglaubliche Entartung.«

»Danke verbindlichst Herr Schwarz«, sagte Müller-Klingenberg, »nu hats aber geschnappt. Bleiben Sie noch?«

Jacoby hörte ihn nicht, Lebensunfähigkeit, der »kleine Jacoby«. Sah Schwarz tief? Oder quatschte er nur?

Ein sehr großes junges Mädchen mit gekräuseltem aschblondem Haar ging durch das Café. Jacoby nickte »Guten Abend«.

»Sie kennen sie?« fragte Jürgen.

»Ja, Ruth Stahlmacher. Sie ist in Halle in mein Büro vorgedrungen mit dem unbegabtesten Manuskript, das ich je in Händen hielt.«

»Die Frau hat ein reizvolles Gesicht«, sagte Jürgen.

Sie brachen auf. Jürgen und Schwarz hakten Charlotte unter. Mühlenbach ging daneben. Der lange schmalköpfige Jacoby sah ihnen nach. Wie sie den Damm überschritten, zeigte ihr Zusammengehören. Er sah neidisch auf Schwarz, stämmig, Hemdkragen und Jackenärmel ausgefranst, auf den sanften Mühlenbach, auf den geliebten Jürgen, auf Charlotte, eine blonde kräftige Schönheit aus einer Kate eines Landarbeiters in der Mark Brandenburg, immer in der Windjacke, alle vier bereit zu sterben für ihren Glauben. Er ging einsam, voll Zweifeln, in die Tiergartenstraße.

Rudolf Stern brauchte ein Geschäftslokal mit möbliertem Zimmer. Franziska bewegte sich wie immer, telefonierte an alle Bekannten: »Von reden kommt reden.«

»Ein Geschäftslokal? Aber es gibt doch nichts. Was bildet er sich eigentlich ein?«

Rudolf fand zwei große altmodische Parterrezimmer mit Kachelöfen bei einer Dame, die nicht mehr auskam. Dort wurden Musterpuppen aufgestellt. Schon häuften sich die Bestellungen. Rudolf rief Blau an, ob er Offerte machen dürfe: »Knorke«, und machte eine Faust am Telefon.

Blau antwortete: »Ich habe sie schon gesehen, ein Schlager, aber wir können uns das nicht erlauben. Die Bluse ist tot.«

»Ich komme auf alle Fälle.«

Rudolf trabte durch die Leipziger Straße, Krüppel am Straßenrand, Soldaten in zerfetzten Uniformen, die sich schüttelten. Wechselstuben für fremde Währungen, Ankaufstellen für Gold und Silber, sah seine Figuren mit Gekröse im Schaufenster der Spezialmodenfirma, in allen besseren Geschäften. Frauen standen davor: »Sieh dir das an!«

Vor Blau stand niemand. Sie waren noch immer herrlich, die Blusen aus handgesticktem Batist, aus Brüsseler Spitzen, Voileblusen für 1.95 Mk., wenn man für eine Mark fünfundneunzig kaum mehr ein Brot kaufen konnte.

Lores Mann begrüßte Rudolf wie immer mit der losen

Hand: »Es hat keinen Sinn, etwas für Reklame auszugeben, wir können nur abwarten, ob sich die Bluse wieder belebt ...« Und so wie man eine Todesnachricht gibt: »Wir haben unsere permanenten Annoncenverträge mit den Zeitungen gekündigt.«

»Ich, Maria Manfeld, trage nur die gute Blaubluse«, zitierte Rudolf bewegt. Erst gab es nicht mehr »Ich, Anna Csillag mit dem langen Riesen-Loreley-Haar«, und nun starb auch, »Ich, Maria Manfeld, trage nur die gute Blaubluse«.

»Bauen Sie ab«, riet Rudolf, »verkaufen Sie das wertvolle Haus, gehen Sie in den kleinen Laden, mit dem Ihr Vater anfing.«

»Ein halbes Jahr nach meines Vaters Tod? Mein Vater hat es aufgebaut, und wir sollen es einreißen?«

Rudolf sah ihn sitzen, untüchtig, hilflos. »Ihr Schwiegervater Markus?« fragte er. »Will mir eine Rente zahlen, aber nicht, wie er sagt, gutes Geld dem schlechten nachwerfen. Er sagt: ›Mach zu.‹«

Rudolf ging durch das leere Haus, sah alte Verkäufer, denen die netten Blaus nicht kündigten. Er trat in den Vorfrühling. Nur in den billigen Warenhäusern stand noch der Wachskopf, wagte man nicht, der kleinen Frau das Gekröse anzubieten. Natürlich, die ganz feinen Geschäfte, deren Dekorateure bei der Gräfin ausgebildet waren, hängten nur einen Mantel über einen Stuhl mit Blume und Handschuhen. Rudolf dachte, ich müßte der Gräfin, dieser Königin der Schaufensterdekorationskunst, meine Puppen zeigen, ging beschwingt, leerte seine Taschen für die Schüttler, sah einen Herrn mit Orden auf dem schwarzen Jackett einen silbernen Tafelaufsatz in eine Metallankaufsstelle tragen, dachte, Kollmanns arm, Blaus am Bankrott, ich im Aufstieg. Alles dreht sich, alles bewegt sich.

Während Stern bei Blaus saß, saß Friedrich Wilhelm von Rumke mit einem – was er Vorkämpfer nannte – im Tiergarten.

»Mich stören«, sagte Friedrich Wilhelm, »die vielen alten Namen.«

»Du hast recht, Kerl, Willen und Form einer Zeit, die im Kriege starb. Und was ist mit Gremsmühlen?«

»Von sechs zerlegten Maschinengewehren vier in Stand gesetzt, tausend Schuß Munition gegurtet.«

»Der Befehl ist ausgegeben, am 13. durchs Brandenburger Tor zu rücken. Bisher hats geklappt. Die Haftbefehle der Systemregierung werden nicht befolgt. Görren hat Schupouniform mit Zivil vertauscht und uns alles mitgeteilt.«

»Und wenn wir Widerstand finden?«

»Wenn jetzt nicht das Letzte gewagt wird, kann es für Jahrhunderte zu spät sein.«

»Du hast recht. Wir zerbrechen die Tyrannei des Wirtschaftlichen über die Politik. Was jetzt den Namen Deutsches Reich führt, ist mir ganz frend.«

»Wie sollte es nicht? Sie machen Geschäfte, sie tanzen. Wir aber sind der Sturmtrupp, der die Zeit der grenzenlosen Erniedrigung überwinden wird. Du bist eine breite Axt. Sieh zu, daß du nicht schartig wirst, Kerl. Eine Bitte habe ich. Lass den Winkler leben, er ist ein braver Mann und ganz ungefährlich.«

Friedrich Wilhelm marschierte am 13. März 1920 endlich siegreich durchs Brandenburger Tor. Ludendorff stand zum Empfang bereit. Die Besetzung der Ministerien begann. Friedrich Wilhelm trat ein, drei Soldaten mit Handgranaten zur Seite.

»Ohne zu klopfen«, sagte der Geheimrat, »ich verbitte mir das.«

»Bei einem Putsch wird nicht geklopft.«

»Doch. Einzutreten, ohne zu klopfen, ist gegen die Geschäftsordnung. Im übrigen, Sie wünschen?«

»Sie haben von nun an für Reichsoberhaupt Kapp Dienst zu tun.«

»Mit welchem Recht muten Sie mir eine Verletzung meines Eides zu?«

»Mit dem Recht des 9. November.«

»Da war ich auch schon da. Der legale Reichskanzler Prinz Max von Baden hat damals im Einverständnis mit sämtlichen Staatssekretären die Beamten aufgefordert, Dienst für Ebert als seinen Nachfolger zu tun. Außerdem hat der Kaiser die Beamten noch einmal ausdrücklich von ihrem Eid entbunden. Das sind Unterschiede. An diesem Irrtum werden Sie scheitern.«

Beruft sich auf den zweifelhaften Ehrenmann Max von Baden, dachte Friedrich Wilhelm: »Verlassen Sie das Zimmer!« schrie er, stand breitbeinig, Hände in die Hüften.

Der Geheimrat packte seine Mappe.

Sterns und Martin Zuckermann sahen vorm Fenster von Rudolfs Geschäftslokal Truppen Gewehre zusammenstellen. »Und ich will Schaufensterpuppen fabrizieren!« sagte Rudolf.

Martin suchte einen Vertreterposten in Berlin. Er legte seinen Arm um Edith: »Es wird schon mit uns werden. Der Gegenstand, den ich nicht verkaufen kann, muß noch erfunden werden.«

»Ich werde mal bei Müller anrufen«, sagte Rudolf.

Das Telefon war tot. Rudolf lief auf die Straße, sprach einen Herrn an. »Es ist Generalstreik.«

»Unsinn«, rief eine Dame. Sie hatte ein schwarz-weiß-rotes Schleifchen anstecken, und ihr Begleiter trug zwei eiserne Kreuze: »Lassen Sie sich nichts erzählen. Der alte Barbarossa hat sich geschüttelt. Deutschland ist wiederauferstanden.«

»Danke verbindlichst für die freundliche Auskunft«, sagte Rudolf.

Der erste Herr schüttelte den Kopf, und als die Schwarz-Weiß-Roten vorüber waren, sagte er: »Sie sehen selbst, daß keine Straßenbahn fährt. Glauben Sie mir, es ist Generalstreik.«

Zum drittenmal hatten die Arbeiter Berlins gesiegt.

Martin Zuckermann hatte keine Stellung gefunden, aber einen Sozius zur Herstellung von Herrenhemden. Martin und Edith gaben ihre Ersparnisse in die Firma und beschlossen zu heiraten, obwohl sie kaum Aussicht auf eine Wohnung hatten. Frauziska war außer sich: »Ich hoffe, Edith wird nicht so töricht sein, einen wohnungslosen Mann zu heiraten«, sagte sie zu Werner.

»Wir werden schon eine kriegen«, sagte Martin. Die Firma

ging. Jeden Tag wurde es teurer, alles kaufte, konnte doch am nächsten Tag noch teurer werden. Franziska sagte: »Ihr wißt alles besser, gut, heiratet, aber ich mache für die Hochzeit nur Kaffee mit bunter Schüssel und hinterher Schokoladenfisch.«

Martin wohnte weiter in seinem möblierten Zimmer und seine Frau bei ihrer Mutter. Sie ging jeden Morgen ins Geschäft, nun ihr eigenes. Unter gar keinen Umständen Kinder, bevor wir eine Wohnung haben«, hatten sie sich vorgenommen. Aber eines Tages war es soweit. »Mama«, sagte Edith, »ich erwarte ein Baby.«

»Gott, so ein Unglück«, sagte Franziska, »dafür habe ich mir die Bissen vom Munde abgespart, dafür habe ich dir eine gute Erziehung gegeben, damit du geradewegs ins Elend heiratest.«

»Wieso Elend? Mein Mann hat ein vorzügliches Geschäft, wir haben nur keine Wohnung.«

»Und nun noch ein Kind. Da kann man nicht warten, bis man in anständigen Verhältnissen ist. Das ist ja schlimmer als die Zigeuner. Die haben wenigstens einen Wagen als festen Wohnsitz.« Nein, sie erlaubte Martin nicht, in Ediths Zimmer zu verschwinden. Martin wollte für Frau und Kind ein größeres Zimmer bei seiner Wirtin. »Was?« schrie die Frau, »ich glaube, es ist besser, ich kündige Ihnen zum ersten. Das paßt mir überhaupt schon lange mit Ihrem Damenbesuch nicht mehr.«

»Damenbesuch? Das ist meine Frau.«

»Nu wollen Sie sie sogar noch in das Zimmer bringen. Nich bei mir. Suchen Se sich mal 'ne andre Bleibe.«

»Werd ich auch«, sagte Martin.

Aber es gab auch keine möblierten Zimmer, und so sagte er zu seiner Wirtin: »Frau Gadatzke, ich habe mich bei Ihnen doch immer so wohl gefühlt, bin fast zehn Jahre hier, von Kriegsjahren abgesehen, wollen wirs doch beim alten lassen.« Aber so schnell ließ es sich nicht in Ordnung bringen. Er wurde tüchtig gesteigert und wartete von nun an im Treppenhaus auf Edith, damit Frau Gadatzke nichts merkte.

Werner ging wie jeden Abend zu Herrn Gleichmann: »Ist noch etwas Herr Gleichmann? Sonst gehe ich.«

Herr Gleichmann drehte seinen Drehstuhl um: »Tragen Sie noch immer Ihr Geld zur Bank? Ich fürchte, daß es immer weniger wird.«

»Glauben Sie, Herr Gleichmann?« sagte Werner erschrocken.

»Wenn Sie Vertrauen zu mir haben, werde ich das Geld in der Firma arbeiten lassen. Da bleibt es wertbeständig. Aber ganz wie Sie wollen.«

»Ich danke Ihnen Herr Gleichmann. Was könnte mir Besseres passieren, als mein Geld in solch solider Firma zu wissen.« Was für ein anständiger Mensch, dachte Werner.

Heye engagierte Jugend, darunter Gerhard Jacke. Alle waren dagegen, auch Winkler.

»Ist für Sie Kommunist mit Verbrecher identisch?« fragte Heye.

»Ich komme aus Genf. Die alten Genossen saßen endlich wieder zusammen. Vandervelde feierte Bernstein und Kautsky als europäische Sozialisten im Gegensatz zur Diktatur Lenins. Der englische Eisenbahner Tom Shaw nannte es sogar eine Militärdiktatur.«

»Sicher russische Methoden, aber man kann Arbeitern in ihrem Kampf um bessere Lebensbedingungen nicht in den Rücken fallen.«

»Lenin hat gesagt: ›Die Menschewiki sagen: *Wir haben ja immer gesagt, was Sie jetzt sagen, erlauben Sie, daß wir es wiederholen.* Und wir antworten: *Erlauben Sie, daß wir Sie an die Wand stellen!*‹«

Heye stand auf. Es durfte nicht wahr sein. Hatte er zwanzig Jahre gegen das Zarentum gekämpft, damit es fortgesetzt wurde? »Übergangserscheinungen, ein Riesenreich. Man muß nicht zu viel zu schnell erwarten. Dieser Bruderkrieg zwischen der zweiten und der dritten Internationale ist entsetzlich. Lenin, Trotzky, Radek, Bucharin, Lunatscharski sind schon heute große geschichtliche Erscheinungen.«

Heye brannte darauf, an sein Manuskript zu kommen. Heute galt es, das dramatischste Ereignis seiner Generation, die Ermordung Franz Ferdinands, zu schildern.

Was für eine Verschwörung, der Bosnier Ilić, drei in Sarajewo, Gobrilowitsch, Papowitsch und Mehmed Basitsch! Ein russischer Spitzel berichtete dem serbischen Generalstab, in dem der Chef der Verschwörung saß, daß sich Erzherzog Franz Ferdinand und Kaiser Wilhelm in Konopischt, Oktober 1913, geeinigt hätten, Serbien zu überfallen. Zusammenkünfte fanden in Lausanne und Toulouse statt. Um sich durch diese Namen und Eisenbahnfahrten durchzufinden, bedurfte es echten historischen Sinns. Sowieso beruhte die Verschwörerei unzufriedener siegreicher Offiziere auf einer Geisteshaltung, in die sich Heye schwer versetzen konnte.

Heye erschrak. Kaiser Franz Joseph hatte, als ihm das Telegramm von der Ermordung des Thronfolgers und seiner Frau überreicht wurde, gesagt: »Entsetzlich. Der Allmächtige läßt sich nicht herausfordern, eine höhere Gewalt hat wieder jene Ordnung hergestellt, die ich leider nicht zu erhalten vermochte.« Franz Joseph sah in dem tragischen Ereignis die göttliche Strafe für Franz Ferdinands unebenbürtige Heirat. Der eisige Greis verbot, die Ermordeten in der Kapuzinergruft der Habsburger zu bestatten. Alle Ehren wurden ihnen verweigert. Die Särge der Verworfenen wurden nachts bei Regen und Blitz im Kahn über die hochgehende Donau gerudert und nach Arnstetten, dem Gut Franz Ferdinands, gebracht, atemberaubender Schluß der Tragödie Habsburg. Das heimliche Verscharren war die Konsequenz, dachte Heye, aller Begriffe von »Rangordnung«, »standesgemäß« und »legitim«, die heruntergesickert waren bis in das letzte Bürgerhaus, bis sie ersetzt wurden durch die nicht bessere, nur unhistorische Rangordnung des Geldes. Die Unterhaltung mit Winkler fiel ihm ein: ›Erlauben Sie, daß wir es wiederholen.‹ Und Lenin erwiderte: ›Erlauben Sie, daß wir Sie an die Wand stellen!‹

Klothilde klopfte. Mitternacht. Der Tag stellte hohe Anforderungen, und er war über fünfzig.

Jürgen von Rumke ging mit Mühlenbach. Er fühlte tiefe Scham. An Deutschland zerschellte das Menschenglück. Die bedeutendste Arbeiterpartei, die deutsche Sozialdemokratie, hinderte, daß die Weltrevolution in breiter Front marschierte, Saboteure des Siegs der ewig Geschundenen. Waren Ebert und Scheidemann nicht hassenswerter als die Narren um seinen Bruder mit ihren Papageienschreien: ›Ende des Versailler Diktats!‹ ›Ende des polnischen Korridors!‹ ›Ende der Kriegsschuldlüge!‹ Ebert und Scheidemann betrogen ihre Klasse.

Mühlenbach sagte in die Gedanken von Jürgen: »Darf ich dir einen Vers von Wolfenstein sagen:

›Du Friede, Kampf der Stadt! Du roter Stern,
Mach über Krieg, Nacht, Kälte, dich zum Herrn,
Von uns verbunden tiefer uns verbünde,
Geliebt und liebend, leuchte und entzünde!«

»O Mühlenbach!« Jürgen umarmte ihn. Es war in der Grunewaldstraße, links Teppichhaus und drüben »Die helle Molle«.

»Bißchen plemplem«, sagte ein Arbeiter, der vorüberging.

»Arbeiter! Dich an Rad, Drehbank, Hammer, Beil, Pflug geschmiedeten lichtlosen Prometheus rufe ich auf! Dich Mensch voll Schweiß«, zitierte Jürgen dem Arbeiter ins Gesicht, übermütig, wie er manchmal sein konnte.

Der Arbeiter zeigte ihm einen Vogel: »Bei Ihn piepts aber wirklich.«

Zehntausend Mark waren einen Dollar wert. »Auf alle Fälle besuchen wir die Maskenbälle.« Rose Marie Klawotzky erfand wunderbare Kostüme für die Phantasielosen, die sich nicht selber mit ein paar Lappen ausstaffieren konnten, für die Kleinen, die schöne Schultern und Hälse hatten, etwas für die Mitte und für die Großen Chinesenjacken und lange Hosen. Sie hatte Zulauf, hatte Näherinnen sitzen.

»Ich muß eine größere Wohnung haben«, sagte sie zu Erich, »ein Empfangszimmer, eins für Anproben und zwei Ateliers.«

»Wozu? Ich kann nicht einsehen, wozu du dich so abrackerst, ich verdiene genug für uns beide.«

»Dir genügt eine Zweizimmerwohnung und eine Leberwurststulle. Ich bin jung und hübsch und möchte was von meinem Leben haben.«

»Sei froh, daß wir die schöne Fünfzimmerwohnung haben.«

Es war die elegante Wohnung seiner verstorbenen Eltern, rote und grüne Tapeten mit Renaissancegranatapfelmuster und unverwüstliche Samt- und Brokatsessel, aber Rose Marie sehnte sich nach hellgrauen Wänden, nach Stahlstühlen und Gummibaum. Die Palmen hatte sie gleich verschenkt.

»Meine Frau«, sagte Klawotzky zu Jacoby, »arbeitet, um sich schöne Kleider anzuschaffen, und weil sie arbeitet, ist sie abends zu müde, um die schönen Kleider anzuziehen.«

Trotzdem hatte Rose Marie recht. Sein festes Gehalt reichte bald nicht mehr. Sie konnte ihre Preise erhöhen. Aber für eine neue Wohnung, für die Tausende als Abstand verlangt wurden, genügte ihr Verdienst nicht.

Talberg war kurz vor dem Krieg nach Berlin gekommen. Er fand es abscheulich wie alle Wiener, aber es bot sofort Möglichkeiten. Er wurde Theaterkritiker bei der »Berliner Tageszeitung«. Klawotzky war, als er aus dem Krieg gekommen war, die Filmkritik statt der Theaterkritik angeboten worden.

»Filmkritik?« sagte er zu Rose Marie. »Warum nicht Zirkuskritik?«

»Der Film ist jetzt schon ganz was anderes. Ich würde nicht ablehnen.«

Fand sie nicht immer alles gut genug für ihn? Dabei war sein neues Stück glänzend. Die letzten zwei konnte er allerdings nicht unterbringen. Er hatte sich vorgenommen, es Rose Marie nicht zu sagen. Aber als der Ablehnungsbrief kam, mußte er sich aussprechen: »Was sagst du dazu, diese Esel! ›Nicht zeitgemäß. Das geht nicht mehr.‹ Das hat dieser verkniffene Bergmann aufgebracht, der jedes Stück verdammt, in dem wirkliche Menschen wirkliche Erlebnisse haben. Namen im Personenverzeichnis? Schon schlecht. Der Herr in Gelb? Schon gut. Und so was bestimmt die dichterische Produktion.«

Er zog vor, die zweite Garnitur der Theaterkritik zu bleiben.

»Gehen Sie oder ich zum ›Freudenfest‹ von Breitling?« fragte ihn Talberg in der Redaktion.

Klawotzky dachte, ich immer zu den schlechten Stücken von den Unbekannten. Und er zu den Gerhart-Hauptmann-Premieren. »Gehen ruhig diesmal Sie«, sagte er.

Talberg sagte zu seiner hübschen Begleiterin: »Dies ist kein Freudenfest, sondern ein Trauertag, man trägt nicht mehr Graf und Baronin, aber immer nur ›Arbeiterführer‹, jetzt schon im Schwank, und fetter Industrialist, dessen Hände die Geste des Geldzählens machen, das geht zu weit. Haben junge Mädchen wirklich den Arbeiterführer lieber als den Fabrikbesitzer? Vielleicht wegen des nackten Oberkörpers?« Und er blinzelte die junge Dame an.

Er beschloß, den dritten Akt nicht mehr anzusehen, sondern tanzen zu gehen. »Ende 10 Uhr 30.« Kurz nach halb elf gab er eine Dreizeilen-Vornotiz durch.

Er verriss das Stück drei Spalten lang: »Von Anzengruber in einem Gewand von Scribe, von Moser umgearbeitet … Ich habe mir den ganzen Abend überlegt, ob nicht auch noch was von der seligen Marlitt dabei ist, und was von wem ist, und habe die Nacht darüber nachgedacht und nicht schlafen können …«

Talberg strich da ein Wort, setzte dort eines hinein, war sorgfältig mit Komma und Gedankenstrich, ließ die Kritik in die Setzerei bringen und ging ins Café, wo er Klawotzky traf, Birnbaum vom »Handel«, Scharnagel, den Karikaturisten – seine überlangen Herren mit zu dünnen Armen und Beinen und Bart erkannte man sofort – und Dr. Thum, gestern noch Hausphotograph bei der »Berliner Tageszeitung«, heute der Lichtbildner, der die Köpfe unterbrachte, so daß plötzlich über ganz Deutschland H. H. Herbst erschien, dessen Buch »Die Ehe als Liebesbeziehung« Aufsehen erregt hatte. »Dr. Thum macht den Ruhm«, meinte Otto Jacoby.

Ein Bote schoß ins Café: »Dr. Talberg in die Setzerei!«

»Na, was sagt man, jetzt kann man noch nicht einmal mehr seinen Kaffee in Ruhe trinken. Galeerensklave. Ich bin gleich wieder da. Du, Thum, erzähl deine Geschichte nicht zu Ende, bevor ich zurück bin.«

Aber Talberg kam nicht zurück, nicht an diesem Mittag und nie.

In der Setzerei sagte der Metteur: »Wir haben Ihren Stremel rausgenommen.«

»Na schön«, er nahm es nicht wichtig.

»Sie sollen sofort zu Herrn Waldschmidt kommen.«

Der muntere Waldschmidt war feierlich: »Nehmen Sie bitte Platz. Ist es wahr, daß Sie gestern nach dem zweiten Akt weggegangen sind?«

»Es war stinklangweilig und unbegabt.«

»Ich muß Ihnen leider sagen, daß wir das mit der Berufsehre eines Journalisten für unvereinbar halten. Sie haben eine Kritik geschrieben, als ob Sie drei Akte gesehen hätten. Man kritisiert keine Sache, die man nur halb gesehen hat. In unserer Zeitung muß ein gewisser moralischer Standard aufrechterhalten werden. So leid es mir tut, wir müssen uns trennen.«

Talberg verschwand. Das Gerücht hatte freien Lauf. Irgendeine schiefe Sache, hieß es. Aber selbst im Berlin der zwanziger Jahre waren die Begabungen nicht so reichlich, daß ein Mann wie Talberg nicht etwas gefunden hätte. Er schlug dem Handelsredakteur Birnbaum eine neue Zeitschrift vor: »›Neue Hefte‹, gut, nicht?« Er holte ihnen ihren begabtesten Journalisten weg.

Birnbaum griff zu. Er war ein Kenner der Inflation. Das ging jeden an. Er würde der Mittelpunkt der »Neuen Hefte« werden. Herbst sollte über Medizin schreiben, Klawotzky über Film. Der lehnte ab.

Sieben Jahre nach ihrem einzigen Artikel schickte Grete Mayer Sachen an die »Neuen Hefte«. Talberg war entzückt: »Es ist gar kein Zweifel für mich, daß Sie schriftstellerische Karriere machen werden.«

Aber Grete wußte nicht, wie man das anfängt. Die weltweise Edith riet: »Schreib doch mal an Stüpf von der ›Berliner Rundschau‹«.

Stüpf schrieb immer noch über »Pünsche«, »die Kunst der

Bowle«, »Forsythien«, aber auch über Biere: »Der bodenständige Münchener Biertyp« oder »Bock, nach der Hannöverschen Stadt Einbeck (Einböck) um 1500 berühmt«. Verächtlich schienen die Ungebildeten, die einen Ziegenbock mit Bockbier in Verbindung brachten! Wer wußte, daß ein Boxbeutel ein Bocksbeutel war oder Eimer ein einhenkeliger Träger, Zuber ein zweihenkeliger? Stüpf!

Stüpf ließ Grete kommen: »Ich brauche neuen Stil. Sie schreiben den. Schicken Sie mir, was Sie haben.«

Grete begriff nicht, daß sich ihr ein neuer Beruf öffnete, fragte nicht, was man ihr bezahlen würde. Stüpf dachte, noch einen Augenblick, und diese brave Schülerin sagte: »Ich werde mir alle Mühe geben.«

Als Grete nach Hause kam, war eine alte Bekannte von Roserl da, Vertreterin deutscher Firmen in Kopenhagen. »Setzen Sie sich, Fräulein Mayer, ich habe Ihnen beiden eine traurige Geschichte zu erzählen. Als mein Vater im Krieg starb, standen meine Mutter und ich da und wußten nicht, was anfangen, aber ich hatte schon immer meinem Vater geholfen, und die meisten Firmen sind ja auch anständig gewesen und haben uns die Vertretung gelassen. So fünf Jahre ging es sehr gut, und ich wollte es mir ein bißchen leichter machen, und ich nahm einen gut empfohlenen jungen Mann, und dann kam mir alles so komisch mit den Abrechnungen vor – ich habe die Nächte durchgesessen, einem Betrüger ist man ja nicht gleich gewachsen, und habe festgestellt, der Lump hat mich doch die ganze Zeit betrogen! Zwei Drittel für sich, ein Drittel für uns. Dafür hat man gearbeitet, dafür hat man sich gequält! Wenn dieser Mensch nicht gwesen wäre, dann wären wir heute wohlhabende Leute.«

»Natürlich, Sie leben doch von Devisen«, sagte Grete.

»Der Prozeß hat noch eine Stange Geld gekostet, und es ist nichts dabei herausgekommen. Wieso ich auf diesen Menschen habe reinfallen können, kann ich nicht verstehen.«

»Noch ein Täßchen Kaffee?«

»O nein, ich gehe. Sie sind beide so arbeitsam, da will ich nicht stören.«

Nach Tisch rief Stüpf an. »Wer ruft dich denn da an?« sagte Roserl.

»Stüpf von der ›Berliner Rundschau‹. Durch den Besuch habe ich ganz vergessen, er will dauernd Sachen von mir.«

»Das mußt gleich Tante Sabine erzählen. Aber du gibst doch deine Stellung nicht auf?«

»Nein, Mama, jetzt bei der Teuerung.«

Das Honorar für ihre Artikel war nichts mehr wert, wenn sie es mit der Postanweisung bekam. Trotzdem schrieb sie weiter. Um drei Uhr, wenn die Zeitung fertig war, rief Stüpf an und verabredete Theater, Tanzabend, Spaziergang oder plauderte, während Grete auf Kohlen stand, denn ihre Mittagspause war zu Ende.

Tairow und Meyerhold aus Rußland, Kortner, den ganzen Abend im »Ostpolzug« allein auf der Bühne, und »Der Sohn« gegen die Tyrannei der Erwachsenen, die die Jugend fernhielten vom Liebesglück. Grete war hingerissen.

»Mit dem Kinderfräulein möchte er was haben. Und den Vater ermorden, weil er ihm keinen Hausschlüssel gibt? Grete!« sagte Stüpf.

Stüpf brachte ihr Sternheim. »Meta wie Jugend, Sturm und himmlische Überredung fuhr in sie.« »An sein Ohr hinsinkend, gestand sie Mutterschaft.« Nicht nur der Stil. Wann je hatte einer einen preußischen Schutzmann geschildert, der nach einer Liebesnacht so begeistert über sich selbst ist, daß er noch im Nachthemd mit einem Finger auf dem Klavier ›Heil dir im Siegeskranz‹ spielt?

Oder der neue Tanz. Bumm, bumm des Gongs, die Mädchen in langen Gewändern, das Publikum, große elegante geschminkte Russinnen, und die Tänzerin, die Sensation, keine Billets zu haben. Stüpf rief an: »Ich habe zu morgen zwei Karten, neues Programm.«

Ganz voll war die Zugangsstraße vom Gespräch: »Ich sage dir, wir kommen zu spät.« »Unsinn.« »Sofie sagte, es sei nicht zum Ansehen«. »Muß man sich eben selbst überzeugen.« Und das Gedränge an der Garderobe. »Ach, Sie auch, Klawotzky!«

Dr. Thum mit Assistenten und Scharnagl und der kleine Columbus Schmidt, stolz, weil er nun schon Tanzabende berichtete, und H. H. Herbst mit einer Brillantengeschmückten und Jürgen und Mühlenbach für die »Rote Sichel« und »Sowjetstern«. Bergmann, an der kalten Pfeife kauend, und Birnbaum persönlich.

Und in der Pause: »Geschmacklos und taktlos, so was Gemeines habe ich noch nie erlebt.«

»Was ist gemein?«, sagte Stüpf. »Diese Frau oder die Zeit, die sie tanzt? Doch wohl die Zeit.«

»Bravo«, sagte Jürgen, »eine Heldin, die ausgenutzte und ausnutzende Hure.«

»Man muß sich durch dick und dünn zu ihr bekennen. Sie ist häßlich, unschmeichlerisch, aber visionär ...«

»Sie ist eine Zerstörerin der Scham.«

»Scham? Das ist doch wohl ein antifreudianischer Begriff«, sagte Herbst.

Und Klawotzky: »Hier wird öffentlich gerülpst. Hier wird ein Furz losgelassen. Hier werden die Zuckungen des Beischlafs gezeigt. Ich entschuldige mich nicht vor den beiden Damen. Denn eine Dame, die sich das ansieht, muß wissen, daß es das gibt.«

»Wenn Sie die Damen auf meiner Couch erleben würden, würden Sie wissen, daß der Mut dieser Tänzerin, die Tiefen und Verirrungen das Eros zu zeigen, bewunderswert ist.«

»Die Gabe des Rüdigseins mußte einmal entdeckt werden«, sagte Jürgen, »man soll doch nicht, man darf doch nicht, man kann doch nicht. Die da auf der Bühne bringt die Welt in Trab. Mit vornehmen Gefühlen wird kein Hund vom Ofen gelockt.«

»Wir gehen morgen zu einer unerhörten Aufführung. Das wird Sie überzeugen«, sagte Stüpf zu Grete.

Sie spielten vor Vorhängen, ohne daß der Saal verdunkelt wurde. Ein blutjunger König im gleichen Kittel wie die ältliche Salome sagte: »Als ich hierherkam, bin ich in Blut getreten, und das ist ein böses Zeichen, auch hörte ich in der Luft ein Rauschen von Flügeln ...«, aber er sagte es, als ob er sagen wollte: »Hat jemand telefoniert?«

»Gewollt und gemacht und ungekonnt«, sagte Grete.

»Seien Sie nicht so scharf«, sagte Stüpf, »sie will, daß der Gestus alles ausdrückt, darum tragen alle die gleichen Kittel. Sie will das absolute Theater, Sprache ohne Hauch von Theatralik, Alltagssprache vor sich hin gesprochen.«

»Es ist auch so alltäglich, daß man den Kopf des Jochanaan auf einer silbernen Schüssel serviert haben will«, beharrte Grete.

Klawotzky ließ sich neben ihnen die Garderobe geben: »Herr Stüpf, Sie sagen, sie will, sie will, aber Kunst kommt von Können.«

»Versuch, Herr Klawotzky.«

Roserl hatte Rhein-Ruhrabgabe zu zahlen, Beitrag zu Löhnen der Ruhrarbeiter und dem Einkommen der Rhein-Ruhr-Millionäre während der Besetzung der Ruhr durch die Franzosen. Roserl sagte: »Sechs Millionen, nicht einmal so schlimm, die Gasrechnung für August ist 11 Millionen, und heute 15 Gemüsedosen 238 000 Mark.«

Sie saßen am Tisch am Fenster in den Hof im Durchgangszimmer: »Du brauchst unbedingt ein Kostüm. Ich hab mich umgesehen. Gadiel, gewiss kein Luxusgeschäft, hat eins für 2 480 000 Mark. Sie hebens mir nur bis morgen zu deiner Mittagspause auf. Wenn du morgen dein Gehalt bekommst und eine Million gibst, werde ich eine und eine halbe Million aufbringen.«

Grete sagte: »Hätt man ...«

»Fang bloß nicht damit an, ich hab so viel Reu wie Haar auf dem Kopf. Hätt ich das Geld für zwei Pelzmäntel für uns verwendet, bräuchten wir nie mehr Mäntel kaufen und wären elegant obendrein. Jetzt ist alles weg! Haben wir uns ganz umsonst geschunden.«

»Ich habe neulich eine alte Anzeige gefunden. Für 800 Mark konnte man nach Indien fahren. Waren wir verrückt, daß wir gespart haben? Wie hab ich immer auf allen Bällen ausgesehen? Ein Pariser Modell hätte ich mir anschaffen können.«

»Laß das nicht Onkel Max hören!«

26. Kapitel

Rudolf und Freia

Rudolf hatte sich in der Schule für Schaufensterdekorationskunst angemeldet.

»Guten Tag, guten Tag«, sagte die ewig Zigaretten rauchende Gräfin »lange nicht gesehen, gehen die Damen mit dem Eingeweide an Kopfes Stelle immer noch? Übrigens meine neueste Assistentin, Freia von Rumke, Rudolf Stern.«

»Ich glaube«, sagte er langsam, »ich habe mit Ihrem Bruder oder Verwandten Friedrich Wilhelm Soldaten gespielt.«

»Er spielt immer noch Soldaten, und er ist Freias Bruder.«

»Sie waren natürlich viel zu jung damals.«

»Ich weiß aber, Stern, meine Mami hat Ihre Mutter gekannt. Mami ist lange tot, sieben Jahre schon.«

»O, das tut mir leid. Sie war immer so nett zu uns«, und zur Gräfin: »Dürfte ich wohl einmal mit dem gnädigen Fräulein spazierengehen?«

»Na, Rudi, Sie! Freia, mein Kind, möchtest du mal mit Herrn Stern spazierengehen?«

»Ich würde so gern von alten Zeiten reden.«

Die Gräfin sagte: »Na, Freia, wann?«

»Darf ich Sie morgen zum Tanztee auf dem Dachgarten vom Eden abholen?«

Freia sagte: »Ja.«

»Also auf Wiedersehen«, sagte Rudolf und gab erst Freia und dann der Gräfin die Hand.

»Sie wollten doch etwas?« lachte die Gräfin gezwungen.

»Ach, es ist nicht mehr wichtig«, sagte Rudolf und ging.

Als er draußen war, fiel Freia der Gräfin um den Hals und weinte.

»Freiachen, mein Kind, hat es dich so gepackt? Sei bloß vernünftig. Stern ist ein netter, sehr tüchtiger jüdischer Kaufmann, ich glaube auch anständig, gar nicht reich und nichts für eine Freia von Rumke.«

»Mami hat mir oft erzählt. Wir haben auf einem Flur gewohnt, bevor ich zur Welt gekommen bin, und Christl hatte ein Kränzchen mit seiner Schwester. Mami sagte, sie wären Juden, aber sehr nett.«

Die Gräfin dachte, soll ich Willibald anrufen, die Pferde scheu machen?

Punkt halb fünf erschien Rudolf in der Schule. Freia strahlte. Rudolf traute seinen Augen nicht. Sie freute sich also. Etwas Zerbrechliches, Schutzloses war in seine Hand gegeben. Es gab gar nichts anderes mehr. »Darf ich Sie die Treppe hinunterführen?«

»Aber ich kann doch allein die Treppe runtergehen«, sagte sie erstaunt.

Auf dem Damm legte er seine Hand ganz vorsichtig an ihren Ellenbogen und leitete sie so durch den Verkehr. Auf dem Bürgersteig ließ er sie wieder los.

Wo man hinsah, standen Kioske für Aktien, die man am nächsten Tag wieder verkaufen konnte; so daß wenigstens für einen Tag das Geld wertbeständig angelegt war. Die Leute drängten sich um die Kurszettel wie um Kriegstelegramme.

Die Bäume waren herbstlich im Benzindunst, aber noch war es warm, man hörte alle Sprachen. Die Ausländer waren elegant, geräuschvoll und dufteten. Die Deutschen waren schäbig und sahen mit bösen Augen auf die Fremden.

Am Empfangsschalter des Eden hieß es »Kein Zimmer frei«. »Muß man telefonieren.« Die Telefonzellen waren besetzt. Koffer wurden hinein- und herausgetragen, der Boy pfiff, Taxis kamen, Autos mit Besuchern für den Dachgarten, der längst überfüllt war. Rudolf hatte Plätze reservieren lassen. Es war alles das erste Mal für Freia, daß sie ein Herr ausführte, ein elegantes Hotel, ein Tanztee im Berlin der Inflation, und der Herr, der wie ein Filmstar aussah, bewies ihr in jedem Augenblick, daß sie etwas Wunderbares war.

Rudolf hatte nicht gewußt, daß man so glücklich sein kann: »Was darf ich Ihnen bestellen? Eiskaffee, Halbgefrorenes, Frappé?«

»Was ist ein Frappé?«

»Weiß auch nicht. Wollen wirs probieren?«

»Ja, bestellen wir etwas, von dem wir gar nicht wissen, was es ist.«

»Zwei Frappés«, sagte Rudolf würdig.

Freia mußte so lachen, daß sie ihr Taschentuch vor dem Mund hielt. Das Getränk kam. »Ist doch gut?« sagte Freia.

»Sehr«, sagte Rudolf.

Musik, Pflanzen, elegante Menschen, grünliches Zwielicht unter dem Glasdach, die Sektluft Berlins und dieses zauberhafte Mädchen. Herrlich war die Welt, dachte Rudolf. »Was macht Christine?« fragte er.

»Geht ihr sehr gut, hat einen Jungen und ein Mädchen, der Junge der Ältere, bei Christine ist alles, wie es sein muß.«

»Wie klug Sie sind«, sagte er bewundernd, »ich glaube, das scheint Ihnen nur so. Christine war sehr schön und ist sehr aus der Reihe getanzt. Sie war die einzige aus diesem Kreis, die sich selbständig machte und nach Oxford ging.«

»Davon weiß ich gar nichts. Christine ist zehn Jahre älter als ich.«

»Wollen wir tanzen?« sagte Rudolf.

»Ich bin keine gute Tänzerin«, sagte Freia.

»Übungssache«, sagte Rudolf.

Er legte zum erstenmal seine Hand an ihren Rücken, spürte sie, zog sie an sich, sie widerstand nicht. Als sie sich gesetzt hatten, nahm er ihre Hand und sagte, zum erstenmal übrigens im Leben: »Ich liebe Sie.«

Freia dachte, es ist alles so schnell. Sie mußte mit jemandem reden, aber mit wem? Wenn Christine hier wäre. Nein, Christine war merkwürdig.

Der nächste Tag war hektisch. Die Gräfin sollte ein ganzes Warenhaus in Hamburg dekorieren. Alles mußte geordnet werden. »Hast du etwas Zeit für mich?«, fragte Freia.

Freia wollte doch nie etwas? Stern natürlich, fiel der Gräfin ein: »Mittags werden wir Zeit zum Reden haben.«

Aber schon um elf Uhr telefonierte Rudolf, ob er sie mittags treffen könnte.

»Nein«, sagte Freia.

»Nein?« sagte Rudolf so entsetzt, daß Freia sagte: »Es ist nur heute Mittag, daß ich nicht kann.«

»Sie wollen mich wiedersehen? Ja, gnädiges Fräulein, bitte!«

»Ja«, sagte Freia ganz leise und hängte an.

Beim Essen sagte die Gräfin: »Na, schieß los, wir haben nicht viel Zeit, dalli, dalli.«

»Stern hat zu mir gesagt, daß er mich liebt; es ist sehr ernst.«

»Das ist entsetzlich. Du kannst keinen Juden heiraten. Mach Schluß. Du bist zwanzig, ich habe das nicht ernst genommen, daß du mal mit jemandem ausgehst. Rudi Stern, wie kann man das ernst nehmen? So schön wie er aussieht, ich habe immer von ihm gesagt, den gönnt man der miesen Rasse gar nicht, aber jedes Mädchen nimmt er um, mich küßt er auch immer ...«

»Er hat mich nicht geküßt, aber ich weiß, daß er mich liebt.«

»Schlag dir das aus dem Kopf. Du kannst nicht in eine jüdische Familie heiraten. Eine Rumke!«

Freia wurde verstockt. Der Vater hatte eine fremde Dame geheiratet und sie bei Christine gelassen, deren Mann sie nicht mochte, und als sie zurückkam, da war die fremde Dame da. Nur Herr Stern konnte nicht ohne sie leben, und ein großes Mitleid mit sich selbst erfaßte sie. Ich muß alles allein machen, ich muß immer mit allem ganz allein fertig werden.

Als sie aus der Schule trat, wartete Rudolf auf der andern Straßenseite. Freia wußte, er wartete, ob sie über den Damm käme oder nicht. Sie fühlte, daß dies eine ungeheure Entscheidung war. Sie stand am Vorgartengitter und sah ihn drüben, auch am Vorgartengitter, und sie ging über den Damm. Er öffnete die Arme. »Willst du zuerst mit deinem Vater sprechen oder soll ich?«

»Papa wünschte sich so sehr, daß ich einmal ein wirklich

christliches Familienleben haben würde. Er sagt, weder Friedrich Wilhelm noch Jürgen seien echte Christen, und daher kämen alle ihre Verirrungen. Papa wird sehr unglücklich sein.«

»Ich weiß. Meine Mutter auch.«

»Lieber Papa,

nein, so was Schreckliches, daß Freia einen Juden heiratet, der Schaufensterpuppen fabriziert. Ich habe zwar in meiner Jugend gern mit diesen Leuten verkehrt, aber heiraten? Man gehört nicht zusammen. Und man hat es auch nicht so gewußt, diese furchtbaren Bolschewisten in Rußland sind alles Juden, und die Novemberlinge, wie Kuno sie nennt, die an Deutschlands furchtbarer Lage schuld sind, alles Juden! Lieber Papa, was für ein Unglück. Da hatten wir den Fahnenträger bei Leuthen – und jetzt einen Schaufensterpuppenkoofmich und Juden. Die arme Freia.

Herzliche Grüße von Haus zu Haus
von
Deiner Dich innigliebenden Tochter
Christl«

Franziska sagte zu Edith: »Es sind sehr vornehme Leute, aber du kannst dir doch denken, daß ich lieber eine jüdische Schwiegertochter gehabt hätte. Man möchte, daß die Juden sich erhalten, und man wird nie so intim werden.«

Die neue Frau Oberst sagte zu Freia: »Mein geliebtes Kindchen, ich freue mich, daß du einen Mann heiratest, der dich so sehr liebt. Wir wollen dir eine nette Hochzeit machen.« Freia fiel ihr um den Hals, und dann weinten sie ein bißchen. Freia erzählte es überglücklich Rudolf und sagte nachdenklich: »Wer weiß, ob Mami so nett gewesen wäre, mit diesen scheußlichen Burrmanns, die geschrieben haben, sie würden natürlich nicht zu einer Hochzeit mit Juden gehen, und es sei ein Trost, daß ihre Schwester und Tante unter der Erde wäre ...«

Es wurde eine standesamtliche Trauung und hinterher ein kleines Essen beschlossen. 1923. Fünf Millionen Mark waren einen

Dollar wert. Der Fürst Siegen-Siegen schickte eine riesige Kiste vom Gut, junge Gänse, Gurken, Butter, Wein, alles.

Franziska saß in dem Zimmer, in dem sie in ihrer Glanzzeit vor einem Vierteljahrhundert gesessen hatte, dem Zimmer mit den Ahnenbildern und den leicht zu verpackenden Möbeln.

Der Oberst hatte gehofft, sein Nesthäkchen zu Hause zu behalten! »Sie schicken sie mir jeden Tag«, sagte er zu Rudolf, »was soll ich alter Mann ohne mein geliebtes Kind, nachdem ich schon berufslos bin?«

Friedrich Wilhelm sagte: »Aber Papa, warum berufslos? Leute wie du werden gebraucht.«

»Als Verschwörer?« sagte der Oberst.

Im Ganzen verlief das Essen ohne Zwischenfall. Die weltgewandte Edith redete mit Friedrich Wilhelm von den alten Bekannten: »Jacoby hat seinen ersten erfolgreichen Film gedreht. Herbst hat ein Buch herausgebracht, ›Die Ehe als Liebesbeziehung‹.« Martin Zuckermann trug nach der Gans mit Gurkensalat Verse auf das Brautpaar vor. Friedrich Wilhelm fand sie peinlich, der Oberst war gerührt. Dann sprach man von der Inflation, die Friedrich Wilhelm den »raubenden Fremden« in die Schuhe schob. »Ausländische Juden haben hier ganze Straßenzüge aufgekauft. Sie werden meine Empörung teilen«, sagte er mit einer Verbeugung gegen den jüdischen Teil der Tafel.

Jürgen sprach parteipolitisch, was er aus allgemeiner Liebenswürdigkeit und Liebe zu seinem Vater sonst nie zu Hause tat: »Die kapitalistische Diktatur wollte die Ausgaben für die parlamentarisch-freiheitlich-humanitäre Kulisse abschütteln. Die Inflation ist der Raubzug des Groß- gegen das Kleinbürgertum.«

»Jürgen, mal stimme ich mit dir überein«, sagte Friedrich Wilhelm, »Rathenau hat im ›Nieuwe Rotterdamsche Courier‹ geschrieben, daß der sterbende Mittelstand das gefährlichste Gift im Staatskörper sei. Seine physische Vernichtung nach russischem Vorbild hätte mehr Umstände gemacht. Die Inflation gab die bequemste Handhabe.«

»Seit wann liest du holländisch?« sagte der Oberst. »Und Rathenau wurde 21 ermordet.«

»Also er soll es dort geäußert haben.«

»Um es den Franzosen unmöglich zu machen, Reparationen einzutreiben«, sagte Rudolf, »ruiniert man das eigene Volk. Ich war in Nordfrankreich, die Erde selber war kaputt. Reims hatte hunderttausend Einwohner, 1918 standen noch siebenundfünfzig Häuser. Deutschland blieb vom Krieg verschont.«

»Verschont, wieso?«, fragte Friedrich Wilhelm.

»Welche Orte, welche deutschen Dome wurden bis auf den Grund zerstört?«, sagte Rudolf.

Jürgen klatschte vergnügt Beifall.

Franziska saß auf Kohlen, Rudolf könnte vorsichtiger sein, und Werner dachte, was braucht Rudi von den Zerstörungen in Frankreich anzufangen? Der Oberst war erschrocken. Er hatte seinem kleinen hilflosen mutterlosen Liebling nicht verwehren wollen, den Geliebten zu heiraten, aber in was geriet er? Welche verwerflichen Ansichten wurden in seinem Hause geäußert? Waren die Juden vielleicht wirklich Vaterlandsverräter? Gut, daß Burrmanns und Burlepsch nicht da waren. Nicht nur verteidigte Rudolf die Gemeinheit der Reparationen, er wagte dem Reichsbankpräsidenten Havenstein unehrliche Handlungsweise vorzuwerfen. Der Oberst sagte erregt: »Es ist die erdrückende Last der Reparationen, unter der unser geliebtes Vaterland zusammenbricht. Die Geldverfälschung führt zu ungesunden Zuständen. Der Sparsame verliert, der Schuldenmacher wird reich. Höchst entsittlichend.«

»Aber, Papa, wann war ein preußischer Offizier nicht stolz, nichts von Geld zu verstehen? Wenn die Mächte dieser Zeit in ihrem wahnsinnigen Expansionsdrang sich selbst verzehrten, wie sollte einen Menschen wie mich dies dämonische Gebaren, dies im letzten hoffnungsvolle Zeichen, nicht erfreuen?«

»Sie können es doch nicht dämonisch nennen, wenn die Reichsbank Papierfetzen druckt und das Geld nennt? Und was für Mächte meinen Sie?« fragte Rudolf.

»Er meint die wirtschaftlichen Mächte«, antwortete der Oberst, der neue Auslassungen Friedrich Wilhelms fürchtete.

Aber Friedrich Wilhelm war nicht aufzuhalten: »Jede Zeile,

die ich schreibe, ist gegen die westliche Zivilisation gerichtet, mit der der Mensch nicht stieg, sondern sank. Liberale Verfassung ist zur Gewohnheit gewordene Anarchie, Parlamentarismus der Schutthaufen ehemaliger Autorität ... Das Gold wird besiegt werden. Das Blut wird Sieger bleiben, und die Juden, die gegen die Mark spekulierten, sind wie immer ein Teil von jener Kraft, die stets das Böse will und stets das Gute schafft.«

»Wollen wir nicht Kaffee trinken?«, sagte die Frau Oberst, die eine böse Wendung fürchtete.

»Kann ich helfen?«, fragte Edith eifrig.

Jürgen sagte: »Ich weiß nicht, was du redest, die Güterverteilung der Welt geht weiter zu Gunsten einiger Hunderttausend vor sich.«

Da alle aufstanden, sich die Hand gaben, Mahlzeit sagten und in die alte gute Stube gingen, um unter dem Fahnenträger von Leuthen Kaffee zu trinken, antwortete Friedrich Wilhelm erst, als alle saßen, denn er brauchte ein größeres Publikum als seinen kleinen Bruder: »Ich glaube, daß unser Kampf um die Verwandlung der deutschen Lage viel revolutionärer ist als euer Kampf um die Verlagerung von sozialen Positionen. Du und ich, wir beide arbeiten an der Gestaltung der kommenden Dinge, aber die geschichtliche Wirkung des deutschen Nachkriegs für den ganzen Erdball zeigt sich schon heute.«

»Was für ein absurder Ehrgeiz, sich darum zu streiten, wer der größere Revolutionär ist«, sagte der Oberst – und mit der alten Autorität: »Ich bitte, die Unterhaltung abzubrechen.«

Hulda reichte Torte. Die Frau Oberst dachte, es sind wirklich alles Handelsleute, die Geld verdienen wollen, man hat schließlich mit Recht früher nicht mit solchen Leuten verkehrt. Offiziere vergießen ihr Blut für das Vaterland.

Als die Hochzeitsgäste gegangen waren, blieben Friedrich Wilhelm und Jürgen zusammen sitzen. »Ich möchte nicht«, sagte Friedrich Wilhelm, »daß du so blind wie deine Genossen herumläufst. Höhere Reichswehroffiziere werden schon geraume Zeit auf russischem Boden mit modernen Waffen ausgebildet, auch Sturzflieger. Dafür reorganisieren wir den Militärtransport. Von Intendantur und Nachschub haben die Russen keine Ahnung.«

»Ein russisches Militärbündnis?«

»Zumindest eine Zusammenarbeit: Tuchatschewski-Beck-Hammerstein.«

»Jacke hat mir so was schon mal angedeutet.«

»Am Kommunismus ist ein kriegerischer Wille zur Macht nicht zu verkennen. Wir wollen dem Novembersystem, das durch Wahlen immer neue Minderwertige an die Geschäfte bringt, den Todesstoß versetzen. Deswegen haben wir schon Rathenau ermordet, der sich Bismarcks Stuhl angemaßt hat.«

»Ihr?«

»Wir wußten zumindest davon. Auch Rathenau. Kern hat ihm telefoniert, er würde am nächsten Tag erschossen werden.«

Jürgen lachte: »Wenn schon ritterlich, warum dann nicht ein Duell? Weil Kern hoffte, sich zu retten? Nur hats diesmal nicht geklappt.«

»Weil gemeine Arbeitslose sich den Kopflohn verdienen wollten. Rathenau wurde auch von einem Geistlichen gewarnt, dem etwas in der Beichte anvertraut worden war.«

»Und dieser Minister fährt im offenen Wagen seinen Mördern entgegen? Wenn man in einer Arbeiterwohnung bei Brot und heißem Wasser sitzt, und ich kämpfe für Änderung dieser Wirtschaftsordnung, das ist ernst. Aber ihr? Gerede, daß ›der Tod für eine Überzeugung das höchste Vollbringen ist‹, denn ihr habt den vollkommensten Sicherheitsdienst mit eingeweihten Polizeipräsidenten und falschen Pässen.«

Der Oberst hatte sich im Wohnzimmer aufs Sofa gelegt, während die Brüder nebenan diskutierten. Seine Frau setzte sich ans Kopfende und hielt seine Hand.

»Das hätten wir nun auch hinter uns. Ist Freia weg?«

»Sie war sehr glücklich. Ich hoffe nur, es bleibt so.«

»War Friedrich Wilhelm nicht wieder unerträglich? Jürgen ist ein erwachsener Mann, Friedrich Wilhelm ist stehengeblieben.«

»Sie sind beide bedeutende Menschen!«

»Na«, sagte der Vater.

Rudolf hatte eine Dreizimmer-Neubauwohnung gemietet. Die Stiefmutter hatte ein Dienstmädchen ausgesucht, und Rudolf und Freia kauften vom Fußabstreifer bis zum Buffet alles gemeinsam. Wenn Rudolf ins Geschäft ging, kehrte er oft noch einmal auf der Treppe um und ging zu Freia, die noch beim Frühstück saß: »Ich wollte dir nur noch einen Kuß geben.« Wenn er nach Hause kam, nach einem schweren Tag in der Inflation, der Stabilisierung, der Weltkrise, ging er, bevor er den Mantel ablegte, ins Wohnzimmer und sagte: »Ach, Gott sei Dank Freia, daß du da bist.«

»Aber Rudi, warum sollte ich denn nicht da sein?«

»Ich hatte schon Angst, du bist vielleicht nicht zu Hause.«

War sie einmal nicht da, wartete er in höchster Unruhe, und wenn er ihren Schritt auf der Treppe hörte, stürzte er an die Tür und rief ins Treppenhaus: »Soll ich dich raufholen?« Und lief hinunter und führte sie nach oben, als ob ihr die Treppen schwerfielen. Und wie oft telefonierte er am Tage! Freia antwortete: »Hier Stern«, und Rudi sagte: »Ich hatte solche Sehnsucht. Es ist gut, Freia.« Und hängte an. Wo immer sie herkamen, wenn sie ihre Wohnung aufschlossen, sagten sie: »Ach, wie schön, daß wir wieder allein sind.« »Ich mach uns noch eine Flasche Bier auf, ja?«, fragte Freia. »Oder lieber ein Schnäpschen?« Sie feierten. Was feierten sie? Ihr Zusammensein. »Der Hut steht dir aber entzückend!« »So gut hast du noch nie ausgesehen wie in dem Mantel!« »Die Abendsonne wirft so einen rosigen Schein auf dein Gesicht. Wie schön du bist!«

Wenn er auf Geschäftsreise war, rief er jeden Abend an: »Bist schon im Bett?« »Ja.« »Hast das blaue Nachthemdchen an?« »Nein, das weiße«, sagte Freia von Berlin nach Brüssel, und er flüsterte von Brüssel nach Berlin von seiner Sehnsucht.

Konnte es ihr nicht ganz gleichgültig sein, daß Christine Angst hatte, sie und ihren jüdischen Mann bei sich zu sehen? »Die anderen Gutsbesitzer, weißt du!« schrieb sie.

Wenn Rudolf nach Hause kam, das Abendbrot vorbei, das Mädchen abgedeckt hatte, zog er das Grammophon auf, und sie tanzten allein zu einer leisen Musik, die sie ins Bett führte.

»Papi«, sagte Freia strahlend, »Rudi hat ein Grammophon gekauft, und wir tanzen fast jeden Abend, an dem wir zu Hause sind.«

»Ich freue mich Freia.« Aber er wurde die Angst um seine zwei zarten Sorgenkinder, von der er am Begräbnisabend zu Christine gesprochen hatte, nicht los, obwohl Jürgen der heiterste der Familie war, er liebte ein Gläschen Bier, ging gern in die Kneipe, aß gern mit den Leuten dort, ließ sie erzählen, war sicher in seiner Überzeugung, daß sein Weg der richtige war.

Jacoby wohnte im schäbigen Glanz bei seinen Eltern. Sie waren auf sein Einkommen angewiesen, ohne daß es ihnen klar geworden wäre. Es ging mehr so: »Es ist eben die elektrische Rechnung gekommen. Zwei Millionen Mark. Kannst du sie grade mal bezahlen, Otto?« Wie sollte man auch eine Änderung herbeiführen? Es gab keine Wohnungen.

Am gleichen Spätsommertag, an dem Rudolf und Freia auf dem Dachgarten des Edenhotels getanzt hatten, saßen Jacobys beim Mittagessen. Emilie servierte mit weißen Handschuhen. »Ich war heute auf der Bank«, sagte Siegmund, »unser Konto soll überzogen sein? Hast du so was schon gehört? UNSER KONTO! Ich habe natürlich gesagt, ich verstehe das nicht. Soll ich mich mit dem Bankmenschen hinstellen und über ihre Buchführung diskutieren? Ob man Papiere verkaufen soll, hat er gefragt. Natürlich, habe ich gesagt, verkaufen Sie ein paar Papiere! Er will Mannesmann verkaufen und A. E. G ...«

Otto war jung genug, um zu wissen, daß man keine Aktien verkaufte, wenn alle Welt sich nur durch Kauf von Aktien erhielt. Er sagte: »Nein, Papa, auf keinen Fall. Ich gehe zur Bank.«

»Du willst mir das Heft aus der Rand nehmen«, sagte Siegmund traurig.

»Nein gar nicht, aber du mußt begreifen, daß unser Konto nichts mehr wert ist.«

Sein Vater antwortete mit der Sorglosigkeit eines Mannes, der immer von Renten gelebt hat: »Mein lieber Otto, man hat die selben Fehler nach dem amerikanischen Bürgerkrieg gemacht, plötzlich hieß es, die amerikanischen Papiere seien Non-Valeurs. Heute reißt sich alles um den Dollar.« Er wurde nachdenklich, und während sie schweigend fertig aßen, sagte er: »Mag sein, du hast recht.« Und in einer aufsteigenden Angst: »Aber fünf Millionen Barguthaben können doch nicht einfach weg sein? Goldmark?«

Frieda sagte: »Ich weiß, ich hätte es nicht tun sollen, ich habe die Kristallkrone im Wohnzimmer reparieren lassen. Es hat dreißig Millionen gekostet, und heute hatte ich zwei Rechnungen zu bezahlen, einen Zentner Kartoffel achtundzwanzig Millionen, und Zucker, Essig, Mehl vom alten Voigt 76 Millionen.«

Sie saßen vor den getäfelten Wänden, dem geschnitzten Buffet, am köstlich gedeckten Tisch mit großen Vasen, die Stüber mit Astern und Dahlien gefüllt hatte. Emilie brachte Äpfel: »Stüber läßt sagen, wir haben eine sehr gute Apfelernte, das sind die ersten Frühäpfel.«

Siegmund dankte, sah einen Apfel an, als ob es im Augenblick nichts Wichtigeres gäbe als Form und Farbe dieses Apfels. Er schälte ihn: »Sollte ich nicht Klavierstunden geben oder begleiten?«

Frieda sah fassungslos auf ihren Mann. Otto legte seine Hand auf die des Vaters. Frieda sagte: »Tja, was können wir mit dem Haus machen? Zwei Badezimmer, im ganzen Haus keine Waschbecken. Die Küche im Souterrain. Das kostet Milliarden umzubauen.«

Otto ging nach oben in sein Zimmer. Das Treppenhaus war groß genug, um ein modernes Haus einzubauen. Die Träumerei brachte heute nicht die Transportkosten. Perserteppiche begannen altmodisch zu werden, die Bilder waren es schon. Die nachgemachte Renaissance, die französierenden Salonmöbel, Silberbestecke für sechzig Personen, gutes Porzellan und ungewöhnliches Kristall konnten einen auch nicht über Wasser halten, blieben nur die Wertpapiere und das verkommene Haus.

Otto traf Stüber bei den alten Bäumen, dem Becken mit dem grün vermosten Wasser: »Herr Stüber«, sagte er zu dem bald

Achtzigjährigen, »bei uns steht es nicht sehr gut, wenn Sie nebenan bei Schulz etwas Arbeit fänden ...«

»Bei Leuten, die alle Bäume runterschlagen? Nee, sehen Sie doch an, wie das aussieht.«

Frieda machte Kasse. Seit dreißig Jahren war sie daran gewöhnt. Man mußte doch einen Überblick behalten. Aber jetzt mit den Millionen, Milliarden? Sie dachte an die Schätze, die früher ihre Zofe und die sie jetzt hütete, die geknüpften Straußfedern, die Paradiesreiher, einmotten, schütteln, wieder einmotten, und die nichts mehr wert waren. Alles überflüssig. Aber die Ausgaben aufzuschreiben, hatte ihr ihre Mutter zur Pflicht gemacht. Sie hielt sich daran. »Ein Pfund Rindfleisch ... 70 Millionen.«

27. Kapitel

Fünf fette Jahre

Der Präsident der Reichsbank, Havenstein, trat zurück, Vertreter des guten alten Deutschlands, eines Staates, der liebevoll für seine Bürger sorgte im Gegensatz zum heutigen ›Interessentenhaufen‹, wie ihn Oberst von Rumke und Millionen anständiger Deutscher empfanden. Unter ihm waren Bankguthaben, Hypotheken, mündelsichere Papiere, mühselig zusammengeschuftete Spargroschen zum Verschwinden gebracht worden.

Von einem Tag zum andern war der Spuk zu Ende, als niemand mehr die Papierfetzen annahm. Hilferding erfand die Rentenmark. 100 000 000 000, eine Billion Mark, war eine Rentenmark.

Ein neuer Mann, Hjalmar Schacht, übernahm die Reichsbank. Überhaupt übernahm eine neue Generation, hatte zum erstenmal Boden unter den Füßen, 250 Mark im Monat und ein paar Schuhe zwölf Mark fünfzig.

Die Zeitungen suchten neue Leute. Grete versuchte es bei der »Berliner Tageszeitung«, die einiges von ihr gebracht hatte. Sie saß im Wartezimmer, als eine platinblonde Dame in einem schwarz-weißen Kalbsfellmantel mit alpenveilchenfarbenem Hut in die Anmeldung rief: »Ich bin Ruth Stahlmacher«, nach ein paar Minuten sagte sie: »Ich bin nicht gewohnt zu warten, ich wünsche Dr. Waldschmidt persönlich zu sprechen, sonst gehe ich.«

Der Vorzimmermann erschrak und sagte ins Haustelefon: »Die Dame verlangt, sofort von Herrn Doktor Waldschmidt empfangen zu werden, sonst ginge sie wieder. Sie ist Ruth Stahlmacher.«

Nur die dreimal Gesiebten wurden bei Waldschmidt vorgelassen, vier Direktionssekretärinnen und zwei Privatsekretäre, einer ein Jurist. Aber die erschrockene Stimme des Vorzimmermanns – Dr. Waldschmidt sprang auf, ging in die Anmeldung, holte Ruth Stahlmacher in sein Zimmer.

Der Vorzimmermann fragte aus seinem Glaskasten Grete: »Sie wünschen?«

»Ich möchte einen Ihrer Herrn sprechen.«

»Um was handelt es sich?«

»Um feste Mitarbeit.«

»Na, da werde ich Ihnen Herrn Gripp geben«. Die paßt ja nicht hier rein, dachte er.

Sie schwirrten an, Aja Müller, lange rosa Beine, rote Baskenmütze, hellbraunes Bärenfell, Kitty im Winteranzug »Schneegestöber«, giftgrün mit weißem Pelz. »Na, mein Süßer«, sagte sie zum Vorzimmermann, griff ihn unters Kinn, ließ sich die Post geben.

Der Gutaussehende kam: »Also am fünfzehnten Januar. Du entwirfst die Einladungskarten.«

»Gewiß mein Zuckerhäschen, mein Goldfasan, meine Pfaufeder.«

Jacoby kam durch. Grete wandte sich ab. In wenigen Minuten würde sie zu einem Interview gerufen werden, sie konnte nicht noch gleichzeitig Jacoby begrüßen. Waldschmidt verabschiedete sich von Ruth Stahlmacher, die Jacoby zurief: »Verehrter Meister von der Jupiterlampe, Tach, Tach, wann werden Sie Ihren imposanten Körper zu mir schwenken und mich nach Adlershof holen?«

»Das erinnert mich«, sagte der Gutaussehende, »kommst du heute abend mit zur Kinopremiere ins Gigantschloss?«

»Kino, gut! Schön dunkel, oder liebst du mich etwa nicht mehr, mich, die kleine Waldfee?«

»'ne Dame«, sagte der Vorzimmermann ins Telefon, »Ihr Name?«

»Mayer«, sagte Grete.

Ein Botenjunge führte Grete über viele Gänge zu Herrn Gripp. Er bot Grete keinen Platz an: »Sie suchen Stellung?«

»Ja, ich habe schon einiges hier veröffentlicht«, und wollte aus ihrer Mappe Artikel nehmen. Sie stand neben dem sitzenden Herrn.

»Lassen Sie. Herr Waldschmidt telefoniert mir eben durch, er habe eine hervorragende Journalistin, Ruth Stahlmacher, engagiert, wir brauchen niemanden.«

»Nichts?« sagte Roserl vom Herd her.

»Nichts«, sagte Grete. Nichts glückte. Der einzige, den sie liebte, hatte sie Ostern versetzt. Was sonst anrief, war gleichgültig. Fünf Jahre Stüpf jeden Mittag um 3 Uhr, kein Verhältnis, keine Ehe, und nun noch nicht einmal fähig, eine Stellung zu bekommen. Alle hatten Erfolg. Feodora war leitende Chemikerin ihrer Abteilung, Margot an einer Oper, Provinz und Nebenrollen, aber immerhin. Edith hatte den entzückenden Dreijährigen, ein gutgehendes Geschäft, eine Wohnung, nur sie war eine Niete.

Am Abend ging sie zu Zuckermanns. Edith führte die Tradition ihrer Mutter weiter. Immer Besuch. Grete sprach über ihre Probleme: »Zehn Jahre habe ich bei Bukofzer & Regenreich angefragt: ›Können Sie Lehrmädchen brauchen?‹ Zehn Jahre habe ich sie bei mir sitzen gehabt, die Tochter wollte Putzmacherin werden, und ich habe gesagt: ›Putzmacherei ist ein Saisongewerbe.‹ Zehn Jahre habe ich Moss & Mosenbach angefragt, ob sie Mädchen für die Wäschefabrikation anlernen? Ich muß etwas anderes machen.«

Werner riet ab: »Nach zehn Jahren würd ich doch nicht wechseln.«

»Im Gegenteil«, sagte Rudolf, »es ist schrecklich, daß Gretl immer bei dieser Arbeitsvermittlung war. Wenn es nach dir gegangen wäre, würde ich mich heute noch als Wäschevertreter rumärgern.«

Edith und Franziska sagten: »Ich kann nicht verstehen, warum du nicht heiratest.«

Ein Jahr später fiel Grete ihres Vaters Wort ein: »Man geht

nicht zum Schmiedchen, sondern zum Schmied«, und schickte Artikel an Heye.

Heye bestellte sie sofort.

Als sie nach Haus kam, sagte Roserl: »Häng doch erst deine Sachen auf, du weißt, ich kann nicht leiden, wenn du mit Hut und Mantel in der Küche stehst.«

»Ich habe dir was Wichtiges zu erzählen.«

Vielleicht verlobt, dachte Roserl.

»Ich bin bei der ›Berliner Rundschau‹ mit fünfhundert Mark im Monat.«

»Fünfhundert Mark? Da müssen wir unbedingt abends zu Tante Sabine gehen. Telefonier gleich.«

Als Grete draußen war, weinte Roserl. Es war, als ob sie zwanzig Jahre in einer dauernden Spannung gelebt hätte, kochen, die Miete, der Kaffee, »das große gute Vorderzimmer ist einen Monat leer«, »die feinen Russen haben gekündigt, zwei Zimmer frei, jetzt zum Sommer, so ein Unglück«. Und Gretes komische Liebesgeschichten. Glogauer, der sie Ostern versetzt hatte, und die jahrelange tägliche Telefoniererei von dem Stüpf. Er war mindestens zwanzig Jahre älter, aber doch ein stattlicher Mann, warum nicht? Und die ewige Sorge, wie man das Kind hochbringt, und die Hungerei im Krieg und die Inflation und wieder alles mühselig Ersparte weg – und nun fünfhundert Mark im Monat. Vielleicht würde nun auch Heirat und Enkel kommen. Obzwar Kinder in diesen Zeiten?

Sie saßen in Sabines Wohnzimmer auf den roten Samtmöbeln. Sabine knackte brasilianische Nüsse, schälte Apfelsinen und reichte sie herum. Max rieb sich die Hände: »No, das ist amal eine gute Nachricht. Herzliche Gratulation.«

Und Sabine klopfte mit dem Finger auf den Tisch: »Also jetzt wird mal ein gutes Kleid angeschafft, nichts zu Hause gepfuscht. Die Gretl muß jetzt genug Geld haben.«

»No, man muß nicht gleich leichtsinnig werden«, sagte Roserl.

Heye hatte sich auch der Mitarbeit von Maximilian Randelhofer versichert.

Randelhofer! Keine Premiere von Hollywood bis Salzburg ohne ihn, ein Polyhistor, der alles kannte, die Geschichte der Päpste und den Talmud, die Kirchendatierungen in Mittelitalien, die englische Pamphletliteratur des 17. Jahrhunderts und Baudelaire und Rilke und Donne, so musikalisch, daß er manchmal einen Geiger in der Wiener Oper vertrat, der sich – einige sagten – verschleuderte mit Artikeln, Beiträgen und Frauen. Bis er sich plötzlich 1925 mit Schwung auf die Politik warf.

Er trat in das Redaktionszimmer, groß, ein feiner Kopf, den die Schmisse seiner Korpsstudentenzeit entstellten, in einem Taillenmantel mit Samtkragen, einem breitrandigen schwarzen Hut und einem Monokel. Das Telefon klingelte, er ließ sich Zeit, sagte müde, geziert: »Randelhofer«, lächelte, verbeugte sich: »Küß die Hand, morgen um sieben Uhr abends. Servus, küß die Hand«, zog Mantel und Jackett aus, hängte sie auf einen Bügel, steckte das Monokel in die Westentasche, nahm eine Hornbrille und zog einen alten Rock an. Aus dem Dandy wurde ein alter Handwerker. Er griff sich an die Hüfte: »Mein Ischias, Mayer, bestellen Sie uns einen Kaffee!«

Ein Mädchen in Schwarz mit weißem Schürzchen brachte duftenden Kaffee über die Straße.

Das Telefon klingelte. Grete sagte leise: »Ruth Stahlmacher, sind Sie da?«

Randelhofer gab ein Zeichen: »Herr Randelhofer ist leider nicht da … ich glaube nicht, … er kommt heute nicht mehr.«

»Danke«, sagte Randelhofer, »Schluß. Zuuu prätentiös.«

»Ich dachte gerade neulich noch, wie schön sie ist, platinblondes Haar und platinblondes Paillettenkleid, na toll.«

»Die Verpackung interessiert nur die Frauen.«

»Ich habe den Bericht. Sollte man zusammenstreichen. Nie sind in Deutschland so viele Wohnungen für kleine Leute gebaut worden. Von den Sozialisten natürlich. Spricht einer davon? Immer nur Angriffe.«

»Was verlangen Sie von einem Volk, das einen General, der einen Krieg verloren hat, zum Präsidenten wählt.«

»Der Krieg wurde verloren? Das stimmt doch nicht, Herr Randelhofer?«

Friedrich Wilhelm begann Aufsehen zu erregen. Er konnte sich aussuchen, wo er schreiben wollte. Damals kam der Herausgeber von »Die Empörung« zu ihm: »Ich fahre morgen nach Innsbruck, sonst gerate ich in Gefangenschaft.«

»Was ist geschehen?«

»Handgemenge, in Notwehr einen umgelegt, *wir* in der Minderheit, darf einem nicht passieren. Ich habe Geld und Paß für Jugoslawien. Siegen die Novemberverbrecher, kann ich nicht zurück, wenn die Schlappschwänze nicht eine Amnestie machen. Siegen wir, werde ich auf alle Fälle Schriftleiter. Sie können die Zeitschrift haben, schuldenfrei.«

In der Eisenbahn nach Berlin überlegte Friedrich Wilhelm den Titel der Zeitschrift. »Die Empörung« klang jetzt, nach der Stabilisierung zu wild, ›Aktivist?‹ ›Bahnbrecher,‹ ›Vorkampf‹, ›Vorläufer‹? Er entschloß sich für ›Aufbruch‹.

Es war die alte »Empörung«, gemildert und vertieft. Sie sammelte rasch die Jungen, man war für Autorität, Einsatzbereitschaft, gegen Völkerbund, Frankreich, Marxismus, Welthandel, Bankwesen, Großstadt: »Berlin, Bürohaus mit Wohngelegenheit«, eine echte Rumkeplantage für banalen Tiefsinn: »Das Wort Staat bedeutet bereits einen Gesamtzustand politischer Einheit und Ordnung. Es setzt eine Einheit voraus. Diese Einheit muß bewußt oder im Gefühl oder im Willen immer vorhanden sein, sonst ist der Staat noch kein Staat oder kein Staat mehr.«

»Das bündische Reich«, eine kurze Broschüre von Friedrich Wilhelm wurde sehr gepriesen. »Haben Sie schon ›Das bündische Reich‹ gelesen?« fragte Klawotzky Randelhofer.

»Schmarrn«, sagte Randelhofer. »Ich finde es sehr beachtlich«, sagte Klawotzky.

Das fanden so viele, daß er sich am Rundfunk über seine Ideen verbreiten durfte. Er sprach vom Volk als Kraft und nicht als Stoff, vom notwendig dynamischen Kampf, die Freiheit unter einer Auctoritas zu erringen. Er zitierte: »Der Wahn und die Welt sind eins, und wer für einen Irrtum starb, bleibt doch ein Held.«

Interviews folgten. Er verlangte »Ende der Tribute«, »Zerreißung des Versailler Diktats«, »Rücknahme der Kriegsschuldlüge«, »Räumung des Rheinlands«, »Rückgabe der geraubten Gebiete«, vor allem das Ende des polnischen Korridors. Scharnagl zeichnete ihn als »Kopf der Woche«. Thum photographierte ihn als »Kopf des Tages«, »Kopf des Monats«, »Friedrich Wilhelm von Rumke auf dem Presseball«, »Auf dem Ball des Reichsverbandes der deutschen Industrie«, ... »bei der Eröffnung des Reichstags«.

Waldschmidt schlug Ruth Stahlmacher vor, ihn zu interviewen, Überschrift »Der Gegner«. Sie ging zu ihm, der rasch eine Wohnung bekommen hatte, Stahlstühle, breite Couch, Gummibaum, abstrakte Gemälde.

»Ich kann nichts annehmen, gar nichts, meine Zeitschrift bleibt liegen, eigene Arbeiten.« Er zeigte auf einen Stapel Bücherpakete: »Alles Bitten um Besprechung«, einen Tisch an der Wand voller Briefe: »Alles Bitten junger Schrifsteller, ihre Manuskripte zu lesen. Keine Zeit, sie zu lesen noch zurückzuschicken.«

»Wie wärs mit 'ner Sekretärin?«

»Kann keine Manuskripte lesen. Ganz Deutschland will Nachrufe, Vorworte, Geburtstagsartikel, Einleitungen ...«

Das weiße Telefon auf der Erde neben einem niedrigen Sessel klingelte. Schick, dachte Ruth und sah auf den schönen Mann in grünen Samthosen, offenem rohseidenem Hemd, grüner Tweedjacke.

»Die Ausstellung der Moribunden eröffnen? Für den Katalog einen Vorspruch? Auch das noch! Ich ertrinke«, sagte er plötzlich hysterisch, »rufen Sie noch mal an.« Das Telefon klingelte. »›Kopf der Woche‹«, hundertmal gewesen. – Für die Funkzeitungen – Gut – Wann? – Aber bei mir –.«

»Wie wärs doch mit 'ner Sekretärin?«

»Nur noch Briefe diktieren?«

»Bitte zum Interview: Was sehen Sie als Ihre wesentliche Aufgabe an?«

»Vor allem meine Kameraden, die von den Erfüllungsschweinen ›gemeine Mörder‹ genannt werden, gegen den Rufmord zu schützen, diese ehrlichen Kerle, die Helden von der Feldherrnhalle, der Schlacht am Kemmelberge, die Verteidiger Rigas, die die beförderungssüchtigen Beamten der Republik unschädlich machen wollten.«

»Was heißt unschädlich machen?«

Er sah sie Notizen machen: »Lassen Sie das weg. Ich möchte überhaupt ablehnen, mich für die ›Berliner Tageszeitung‹ interviewen zu lassen«, sagte er wieder hysterisch.

»Und wenn ich über Sie unter dem Titel ›Der Gegner‹ schreiben würde?«

»Ginge vielleicht. Entschuldigen Sie, ich muß was trinken.« Er klingelte. Das Mädchen brachte Selter, Wein, Keks.

»Also bitte das Kernstück Ihrer Politik?« Ihr Kleid rutschte übers Knie, ließ ihre mächtigen Beine frei.

Friedrich Wilhelm ging auf und ab: »Tribute beenden, Wehrwillen wecken, eine gleichberechtigte Armee, Schluß mit der ästhetisch-zivilisationstrunkenen pazifistisch-humanitären Kulisse, die Herr Remarque noch kurz vor Toresschluß in einem literarischen Millionenunternehmen ausgeschlachtet hat. Nein, besser nicht. Meine Überzeugung? Bitte notieren Sie: Friedrich Wilhelm von Rumke, Hauptmann a. D. kämpft für eine neue Gesinnung, die in den Stahlgewittern des Weltkriegs geboren wurde.« Sie dankte. »Bitte sehr«, sagte er, brachte sie zur Tür.

Ich habe mir wunder was vorgestellt, dachte sie, sieht gut aus, aber ein Holzbock. Dafür habe ich mich heute noch ondulieren lassen. Rausgeworfenes Geld. Sie konnte sich nicht vorstellen, daß sie, diese mächtige blonde Frau, bewunderte Attraktion für Waldschmidt und Klawotzky, diesen Mann gleichgültig ließ, daß die kleine Jüdin, die sie auf der Treppe traf, von ihm erwartet wurde, Margot Kollmann, die schon Christine einen schändlichen Typ genannt hatte, daß er mit dem Wein auf sie wartete, daß der offene Kragen ein Deshabillé für sie war.

Grete Mayer bekam die Filmkritik, ein Fehlschlag, denn sie war kein kritisches Gemüt, aber viel Vergnügen, da sich Scharnagl ihrer annahm, der, bevor er die langbeinigen bärtigen Herrn zeichnete, im Kino, damals Flimmerkiste, am Klavier begleitet hatte. »Berlioz«, riet er seinem Nachfolger, »passt immer, bringt was Höheres rein und wennsen schnell spielen, hat er richtig Schmiß.« Er sah Grete vor den Filmateliers auf und ab gehen, fragte: »Warten Sie auf jemanden?«

»Eigentlich nicht?«

»Soll ich Sie mit reinnehmen?«

»Ja, bitte«, sagte Grete.

»Haben Sie sich etwa nich reingetraut?« sagte Scharnagl kopfschüttelnd und betrachtete sie, »zuerst mal die Haare abschneiden, Fräulein Berliner Rundschau.«

»Habe ich doch.«

»Wat dat bisken? Wenn ich Sie mit dem Dutt zeichne, bleibt kein Auge trocken. Sie sind keine mutige Dame. Und 'ne Korallenkette über Herrnhemd mit Schlips? Geht ooch nich.«

Er war ruppig, aber interessiert. Er dressierte sie: »Sag mal Scheiße. Na wirds bald?«

»Scheiße.«

»Es wird schon werden.«

Jacoby, in Filmtracht, den Schirm der Mütze nach hinten, kam dazu, sagte: »Seien Sie doch höflicher zu der Dame.«

»Keene Dame, 'ne Kollegin. Fräulein Mayer, Herr Jacoby.«

»Wir kennen uns doch von vor hundert Jahren von Markus. Sie sind verheiratet, hat mir jemand erzählt?«

»Nein, bin bei der ›Berliner Rundschau‹.«

»Ich wußte, es war etwas Endgültiges.«

Im Ateliergarten saßen Scharnagl und Grete. Hertha Kolk, die Filmtante von ›Film in Wort und Bild‹ interviewte den dünnen Komiker: »Wenn ich gefragt werde, welches Ihre Lieblingsblume ist, was soll ich antworten?«

»Nach mir fragt kein Mensch, geschweige denn 'ne Frau.«

»Aber es könnte doch«, beharrte Hertha Kolk.

»Na, was denn schnell? Lappalien.«

Scharnagl zeigte dem Komiker einen Vogel: »Da kommt der Ruhm-Thum. Hunderttausend im Jahr sind Ihnen sicher. Und denn glauben Sie, keine Frau fragt nach Ihnen, Mensch!«

Scharnagl ging mit Grete und Hertha Kolk in die Aufnahmeräume: Rokokowand, Kommode, Uhr mit einem Schäfer, der auf eine Glocke schlug. Den Klang hörte man nicht, aber man sah das Rokoko. »Dat is Jacoby«, sagte Scharnagl, »dat is geplant. Der arbeitet wie ein Ingenieur.«

Der Herzensdieb stellte sich in das Licht der Jupiterlampe. Ein Friseur sprang herbei, tupfte ihm schnell noch ein bißchen Puder auf die Nase. Der Kameramann maß mit einem Zentimetermaß die Entfernung von der Rokokowand zum Wagen. Jacoby drehte die Szene einmal, zweimal, dreimal, sprach kein Wort, machte eine Minute Pause, dann die nächste Einstellung, nichts wurde verändert. Wenn die Schauspieler ermüdet waren, drehte er allein weiter.

»Der kleine fette Vierlinger ist das Gegenteil. Alles improvisiert, nichts geplant.«

»Kostet sicher das Dreifache von Jacoby, aber Kosten interessieren nicht. Macht schnell, damit wir da hinten ein Plätzchen bekommen, Bockbierfest.«

Gartenlokal, Birkenstämme, Tanzpodium, um Tische Volk in buntem Voile, im verschnittenen Cutaway. Eine alte Dame kam zu Hertha Kolk: »Denken Sie an, was ich für Glück habe. Herr Vierlinger hat mir eine kleine Rolle gegeben, damit ich meinen siebzigsten Geburtstag im Atelier verleben kann. Schön, daß es noch so edle Menschen gibt.«

»Wissen Sie, wer das war? Die Treuhaft.«

»Die Treuhaft!« sagte Grete. »Sitzt hier so einfach am Tisch.«

»Da staunt der Fachmann, und der Laie wundert sich«, sagte Scharnagl. »Da kommt Cäsar Wichtig.«

Cäsar Wichtig hatte die Verteilung der Würstchen und Biere unter sich. Er achtete darauf, daß keiner ungekurbeltes Bier trank. »Sie, Herr«, brüllte er, »stellen Sie das Bier hin! Das Bier ist zum Filmen und nicht zum Trinken da.«

In einer Ecke stand ein alter Mime.

»War das nicht mal der Großinquisitor im Schauspielhaus, als es noch königlich war?«, fragte Grete.

»Das nenn ich Gedächtnis«, sagte Scharnagl.

Der Mime begrüßte die Salonschlange: »Zurück übern großen Teich?«

»Hollywood, es wird dort auch mit Wasser gekocht. Die Garbo ...«

»Die Erfinderin des Sexappeal. Schaumschlägerei.«

Auflauf um einen Herrn, der den Star-Komiker mitten aus der Szene wegholen wollte. Er sollte sich bei der Premiere im Gigantschloß verbeugen.

»Ich bin kein Mannequin, wozu soll ich vorgeführt werden?«

Der Herr ließ nicht locker. Der Komiker wurde weggefahren.

Scharnagl, Grete, Hertha Kolk gingen aus Lärm, Dunst, Hitze in die kühle Nacht. Draußen stand Schwarz, sagte: »Er wird nicht zurückkommen.«

Grete explodierte: »Es warten hundert Komparsen.«

»Darum eben«, sagte Schwarz, »die Konkurrenz wird ihn festhalten, um Adlershof kaputt zu machen. Aber Ihre ›Berliner Rundschau‹ wird Ihnen die Geschichte vom entführten Star nicht abnehmen.«

»Doch, wenn sie sich als wahr erweist.«

»Bilden Sie sich ein! Und die Filmannoncen?« Schwarz ging.

»Eine Schweineindustrie, der Film«, sagte Hertha Kolk. Kaum hatte sie das gesagt, stieg der Star aus dem Auto.

»Wie können wir nun Schwarz beweisen, daß der Star zurückkam?« sagte Grete.

»Er glaubt es auf keinen Fall. Nehmen Sie alles das nicht so wichtig«, sagte Scharnagl.

Bei Roserl war es voll, und immer wieder machte sie sich ein Bett in der Küche, um noch einen Gast aufnehmen zu können. »Es gibt keine möblierten Zimmer«, sagte Grete, »nie kündigt dir jemand, du bist fünfzig, machs dir ein bißchen leichter.«

Aber das war Roserls Leben: »Frau Amtsrichter, nur diesmal, könnten Sie wohl so nett sein und mir meine Wäsche zur Wäscherei bringen?«

»Frau Amtsrichter, ich habe heute abend Besuch. Würden Sie wohl Tee für mich machen?«

»Frau Amtsrichter, ach bitte, ich bekomme den Flecken nicht raus.«

Am Sonntag sahen sie bei Sabine und Max in blühende Linden und aßen Sabines delikate Kirschküchelн. Max schmunzelte: »Was für ein Glück, daß die Blaus, als die Bluse tot war, durchgehalten haben. Wir können uns nicht retten vor Kunden. Diese Konjunktur, und dabei das Geschrei wegen der Reparationen, und alle Welt redet vom polnischen Korridor, der Deutschland in zwei Hälften teilt.«

»Da droben in Ostpreußen?« sagte Sabine.

»Er soll untragbar sein.«

»Die Leut haben alle ihre Ersparnisse verloren«, sagte Roserl, »ich kann schon verstehen, wenn sie ihre rotgestempelten Tausender und Hunderter aufgewertet haben wollen. Man ist um alles gekommen, und keiner weiß, wo der Schwindel lag.«

»Weißt, ich hab grad von dem berühmten Buch von Herbst gehört: ›Die Liebe als Eheprinzip‹.«

»Tante Sabine«, lachte Grete, »›Die Ehe als Liebesbeziehung‹ heißt es.«

»Den Jacoby habe ich neulich auf einem Filmplakat genannt gesehen.«

»Gar nichts ist halt aus Klawotzky geworden«, sagte Roserl, »man hat doch gedacht, er wird der große Dramatiker.«

»Jetzt fängst du auch schon so an. Er ist an der ›Berliner Tageszeitung‹, ist das gar nichts?«

Und dann sprachen sie von alten Zeiten.

»Wißt ihr noch die Aufregung mit der Kasse?« sagte Max.

»Mein Lebtag werd ichs nicht vergessen«, sagte Sabine.

»Die ganze Nacht hab ich gegrübelt, ob ich mir 's Leben nehmen muß«.

»Wars eigentlich ein Rechenfehler?« fragte Roserl.

»Nein, ich hab einen ganzen Posten in die falsche Kolonne geschrieben, aber biste so was findest. Wochen hätten drüberhingehen können. Ein Zufall, daß ichs gleich entdeckt habe.«

»Ich denk so oft an unsern letzten Spaziergang mit meinem seligen Julius«, sagte Roserl, »erinnerst dich noch an das lange germanische Straßendorf im Gegensatz zum slavischen Runddorf?«

»Und wie Papa von der Gründung der Heidenfeldschen Kirche erzählt hat durch einen Engländer Wunibald?«

»Ja, in Heidenfeld war die große Gastwirtschaft«, sagte Sabine.

»Ich erinnere mich,« sagte Grete, »sie ging so schlecht. Die Eisenbahn hatte den Verkehr auf den Landstraßen kaputt gemacht.«

»Mama, ich muß in Windeseile packen, in einer Stunde muß ich vom Anhalter nach München fahren«, sagte Grete.

Roserl kam mit auf den geliebten Bahnhof, Ausgangspunkt für Kragsheim. Scharnagl, Randelhofer, Jacoby gingen auf und ab. »Im letzten Moment«, sagte Randelhofer. »Auf Wiedersehen, Mama«, sagte Grete.

Roserl ging zu Sabine: »Also weißt, da fährt sie mit all den gescheiten Männern nach München zu einer Filmpremiere. Fünfunddreißig Mark am Tag Spesengeld. Es ist schon fast wie bei einer Schauspielerin.«

Der Schnee schlug gegen die Scheiben. Randelhofer legte sich eine Decke über die Knie. Jacoby ließ zwei schöne Schauspielerinnen im Nebencoupé sitzen, um mit der amüsanten Gesellschaft zu fahren.

In Augsburg kamen die Münchener Abendzeitungen:

Der Sündenpfuhl von Harlaching
Haflinger, Kuppler oder Abtreiber?
Haflinger. Das Skelett im Hof
Übergriffe der Polizei im Fall Haflinger

»Mayerin. Sie könnten diesen albernen Fall Haflinger recherchieren. Ich hab gar keine Lust. Heye ist bestimmt einverstanden«, sagte Randelhofer, »setzen Sie sich mit dem Sozialdemokraten Hahnerl in Verbindung und unserm Münchener Korrespondenten.«

Grete war entzückt. An der Stelle von Randelhofer zu schreiben, mehr Aufstieg konnte es kaum geben. Es war ein unappetitlicher Sensationsfall, aber die Frau war zu den Sozialisten gelaufen, der Mann zum Zentrumsblatt.

»Der demagogisch verzerrte Bericht von Charlotte Schwarz hat uns sehr geschadet«, sagte Hahnerl zu Grete. Die maßgebenden hohen Beamten baten Grete in das Amt. Sie sprachen auf sie ein. Grete hörte zu, bedankte und verabschiedete sich.

Als sie draußen war, sagte der Präsident: »Ist sie nun dumm oder gscheit? Nicht das Maul aufgemacht, die Laus! Ihnen hats gefallen diese in Wohlgeruch einhertänzelnde Tochter des Wüstenvolks? Diese Berliner Judenpresse! Jetzt schickens einem schon ihre Mädeln ins Haus, weil man die nicht mit einem Tritt in'n Hintern die Stiegen nunterwerfen kann ...«

Grete ging verstimmt zum Abendbrot in ein Lokal voll Rauch und Lärm. Als drei jüdisch aussehende junge Leute hereinkamen, brüllte einer vom Nebentisch: »Das sind die Leute, die die Front erdolcht haben!« Ein Herr an Gretes Tisch sagte lächelnd zu ihr: »Fuchsengesellschaft.« Die drei jüdisch Aussehenden setzten sich, als der vom Nebentisch eine volle Weinflasche gegen sie hob. Er wurde von seinen Kommilitonen zurückgezogen.

Scharnagl, Hahnerl und Frau und Otto Jacoby saßen mit ihr im Bahnhofsrestaurant. Scharnagl schwenkte den Simplizissimus: »Ich habe heute einen Vertrag gemacht, in jeder Nummer soll ich was haben. Und dann die Reklame für die Meisterrasierklingen. Nach 25 Jahren Schluß als Flimmerkistler, Flimmerkritikaster? Filmologe? Filmophile ...«

Jacoby lachte: »Scharnagl noch mal, was waren Sie?«

»Ich war sechzehn, als mich einer gebeten hat, bei ihm Musike zu machen. Dat war wat, alle halbe Stunde, Faust erst von rechts, dann Faust von links, und ich geschmettert, den Gounod dadadidadadaa. Ich habe zwar immer auch gezeichnet, dat haben sie mir auch abgenommen, nur wat ich am liebsten machte, jrüne Blätter jemalt, hat keiner gewollt. Na nu is also Schluß mit der ›Berliner Tageszeitung‹.«

Grete dachte, Scharnagl ›haben Sie sich etwa nich reingetraut?‹

Vor den Adlershofener Filmstudios, von da an hatte er sie gelehrt, sich den Zopf abzuschneiden, keine Herrenbluse mit Kette darüber zu tragen, ›Scheiße‹ zu sagen, Türen aufzumachen. Das alles hätte sie nie von Mama, Tante Sabine oder den wirklich feinen Mädchen Lore oder Ricke Markus, Edith Stern lernen können. »Schade«, sagte Grete laut.

»Wieso?« sagte Scharnagl.

Hahnerl machte aus seiner Verliebtheit keinen Hehl. Seine verarbeitete Frau sah böse auf Grete. Jacoby wurde übermütig: »Schade, daß ich nicht mit Ihnen nach Berlin fahren kann. Ich muß hier bleiben.«

Alles war gleich gräßlich, fand Grete, daß Scharnagl Berlin verließ, das Mißverständnis der Frau Hahnerl, die peinliche völlig gleichgülige Affaire Haflinger. Die Wirkung ihrer Person war kein Trost. Sie konnte gar nichts damit anfangen.

Heye gab eine ganze Seite für ihren Bericht. Randelhofer sagte: »Sie haben es viel besser gemacht als ich.«

Mühlenbach sagte: »Ich hätte noch eine Seite weiterlesen können.«

Grete erzählte Randelhofer von der Fuchsengesellschaft: »Wohl wichtiger als die Haflingers.«

»Die Erniedrigte und Beleidigte«, sagte Randelhofer ironisch.

Hahnerl schickte einen Artikel über Gretes Besuch: »Man legte ihr Teppiche über den herrschaftlichen Aufgang zum Präsidenten und empfing sie wie eine Prinzessin von Heyes Gnaden, dieweil eine jüdische Schriftstellerin in unsern Rat- und Polizeihäusern eine größere Sehenswürdigkeit ist als der Schah von Persien zu Montesquieus Zeiten. Na ja, in der Not frißt man, trotz aller Schlachtrufe ›Los vom jüdischen Berlin!‹ auch bei uns Berliner Fliegen und gondelt sie (nicht die Fliegen sondern die Prinzessin von Persien ist gemeint) von einer Dienststelle zur andern im Polizeiauto! Unsre Journalisten werden platzen vor Neid, und die völkische Fraktion wird einen Dringlichkeitsantrag auf Ausrangierung dieses Dienstautos aus dem Staatlichen Autopark einbringen.« Genau so gräßlich wie alles, wie alles, dachte Grete.

Waldschmidt ließ Klawotzky kommen: »Unser Scharnagl ist

nun endgültig unter die Karikaturisten gegangen, hätt er längst tun sollen, aber er hing so am Film. Wir haben Sie zum Nachfolger bestimmt. 1500 Mark im Monat. Ich hoffe, Sie freuen sich?«

Klawotzky war wütend: »Ich bitte um 24 Stunden Bedenkzeit.«

Kompletter Narr, dachte Waldschmidt. In einer Redaktion hat man es nur mit Irren zu tun.

Dazu hatte er damals Talbergs Angebot, die Filmkritik für die »Neuen Hefte« zu übernehmen, abgelehnt und war doch nicht der erste Theaterkritiker von Berlin geworden. Alles ging ihm schief. Premieren seiner Stücke waren über die Jahre in Halle, Rostock und Bad Berka, immer Durchfälle. »Klawotzky hat die großen Erwartungen nicht erfüllt.« Das war sein Schicksal, und nun ein weiterer Schritt abwärts, vom Theater zum Film. Er hatte sich daran gewöhnt, der zweite Theaterkritiker von Berlin zu sein. Und obwohl ihm nie die Premiere eines neuen Hauptmanns zugekommen war, fast nie eine Reinhardtpremiere, waren doch alle Premieren ein großer Glanz, Rose Marie nie feenhafter als in ihrem weißen Chiffonkleid einer Tanagrafigur, und die interessantesten Köpfe von allen Zeitungen, die gern die öde Politik der zweit- und drittklassigen Besetzung überließen. Talberg und der österreichische Aristokrat Randelhofer, der sauertöpfische Bergmann, der an seiner kalten Pfeife lutschte, der blendende Friedrich Wilhelm, der enthusiastische Mühlenbach, der große Heye, der nur als Kibitz kam.

»Fünfhundert Mark mehr im Monat. Denk doch!« sagte Rose Marie, strahlte ihn an. Er stand auf, küßte sie, versuchte glücklich zu sein.

Als er Grete in den Ateliers traf, sagte er: »Wir kennen uns doch von Markus.«

»Erich Klawotzky! ›Das Lachen um Maria Schön‹.«

»Nicht mehr anzusehen, meine Gnädigste.«

Er folgte einem Hochbegabten, einem Ausdemärmelschüttler. Es war nicht leicht für ihn. Hingegen Rose Marie. Sie konnte alles. Als sie die Maskenschneiderei nach der Inflation aufgegeben hatte, rissen sich Zahnärzte, Modistinnen, Photographen um sie. Als Empfangsdame bei einem Arzt führte sie Kasse und Bücher, und die Patienten kamen, um sich bei Rose Marie auszusprechen. Nie hatte der Arzt solchen Zulauf. Sie kochte wie ein französischer Chef, tippte, daß es eine Augenweide war, malte drei Striche auf ein Senfglas, und die reizendste Vase war fertig.

Sie kam mit Klawotzky zu einer Filmpremiere. Wagen mit Chauffeur stellte die »Berliner Tageszeitung«. »Meine Gnädigste,« sagte Klawotzky zu Grete. »Darf ich Ihnen meine Frau vorstellen?«

Grete sah eine Elfe, eine Fee, ein Reh. Klawotzky sagte: »Sie haben sich nicht vorstellen können, daß ich eine so schöne Frau habe?«

»Warum sollte ich?« log Grete. Aber genau das hatte sie gedacht.

28. Kapitel

Otto Jacoby

Jetzt verstand Jacoby, warum er »Der kleine Jacoby« war, nicht nur, weil der Großvater »Der große Jacoby« war und der Vater »Der junge Jacoby«, sondern weil er das weltfremde Kind sehr reicher Eltern war. Er mußte zum Beispiel lernen, sich Adressen aufzuschreiben, da für seine Tätigkeit nicht mehr wie für seinen Vater das Berliner Telefonbuch genügte.

Er drehte wieder mit dem großen Komödianten. Er hatte Furcht davor, er war kein Mann für Stegreifkomödie, diese Meter und Meter von Gequatsch, die später herausgeschnitten werden mußten.

Der Komödiant spielte einen bescheidenen Buchhalter. Ein Dienstmädchen nahm ihm den Mantel ab, und er, in seinem verschnittenen Cutaway, sagte: »Danke sehr«, ging auf die Standuhr zu und sagte: »Sicher 'ne Uhr?«, sah auf die Kommode: »Ganz hübscher Nippes.«

»Halt!« rief Jacoby, »der Aufnahmewagen hat geknarrt.« Es wurde probiert, er knarrte nicht.

Sie begannen noch einmal. Der Komödiant kam herein, gab den Mantel ab: »Schön aufhängen, ja?«, ging auf die Uhr zu, sagte: »Scheint doch 'ne Uhr zu sein, sicher 'ne Uhr«, sah die Gegenstände: »Ganz schöne Nippesfigur, nichts wie Nippes, ganz hübscher Nippes.«

Jacoby rief: »Der Aufnahmewagen knarrt, offenbar knarrt er nur bei der Aufnahme.«

Eine völlig andre Rasse kam, breitschultrig, vertrauenerweckend, in blauen Kitteln, mit eisernen Gegenständen, schob den berühmten Kameramann und den langen schmalköpfigen Jacoby beiseite und »nahm den Aufnahmewagen in die Lamäng«.

Der einzige alte Mensch, ein Musiker, kam aus der Tonmischbude. Sie standen um die Techniker. »Nu knarrt er jarantiert nich mehr.«

»Auch bei der Aufnahme nicht?« sagte Jacoby. Aber der Techniker hatte keinen Humor. »Wollen Sie mir veräppeln?«

Die Aufnahme begann wieder. Das Mädchen nahm dem Komödianten den Mantel ab: »Ach, der Mantel wohl, die Sachen wohl, schön aufhängen, ja? Nehmensen Bügel, so«, und er zeigte ihr, wie man einen Mantel auf einen Bügel hängt, zeigte auf die Uhr: »Scheint 'ne Uhr zu sein? Nich wahr, Fräulein, das is sicher 'ne Uhr?« Das Mädchen hatte keine Sprechrolle, sah sich verzweifelt um. »Und hier 'ne ganz schöne Nippesfigur«, schüttelte, zum Mädchen gewandt, traurig den Kopf: »Nichts wie Nippesfiguren, lauter Nippessachen, Nippes, Nippes, Nippes ...« Und es klang wie eine komische Klage um das Leben. Nippes, Nippes, Nippes.

Es klingelte. Rotes Licht. Jacoby strahlte: »Also diesmal war's sehr gut. Sie auch«, sagte er zu der Komparsin, die nun schon fast eine Rolle spielte.

Zwei schöne, elegante Damen kamen. Jacoby brüllte: »Ich kann Sie nicht brauchen. Was soll ich mit den schönen jungen Gesichtern? Ich brauche einfache verarbeitete Frauen. Ist es nicht möglich, euch das klar zu machen, daß es nicht nur schöne Gesichter auf der Welt gibt? Es ist ja zum Verrücktwerden, alles da, und zwei sollen durchs Bild gehen, und was kommt? Schöne Mädchen. Ich habe es bis da, daß ich immerzu um ein bißchen Verständnis kämpfen muß, bißchen Verständnis!«

Die eine begann zu weinen. Schwer genug, eine Komparsin zu sein, gestern nacht war es zwei und kein Geld fürs Auto, dieses Ekel, dieser Jacoby, könnte er sie nicht durchs Bild gehen lassen. Wer will verarbeitete Frauen sehen? Eine halbe Minute, und sie hätte sieben Mark verdient, genug, um für ein paar Tage Essen zu bezahlen und die Kleiderrate, die sie selber bezahlen mußte.

Klawotzky, Hertha Kolk, Schwarz und Grete traten ein. Jacoby sah die beiden Damen mit ihren kaum zurechtgemachten

Gesichtern. Der ganze Schönheitsbegriff im Kino ist falsch, dachte er. Schönheit ist viel komplizierter, genau wie Kunst. Er allein wußte. »Zum Donnerwetter«, brüllte er, »rufen Sie mir den Produktionsleiter!«

Er schüttelte sich eine halbe Sekunde von Kopf zu Fuß. Die eine Komparsin machte: »Huch! 'n Irrer!« Jacoby ging rasch hinaus. Er hatte immer Angst – schon in der Schule –, derartige Nervenanfälle könnte einer bemerken. Grete ging ihm nach. »Das ist gar nicht so selten, ich kenne das, es ist der Schüttel. In der Schule habe ich mich deshalb schrecklich geniert. Ich kann auch kein Diner essen, vorher revoltiert mein Magen.«

»Meiner auch«, sagte Jacoby, »ich finde zwar den Schwafel über ›die Wehrlosen‹, ›die Hilflosen‹ seit Tonio Kröger zum Kotzen, Verzeihung! Aber das hilft mir gar nichts. Es fällt mir eben schwer, eine Tür aufzumachen, zu verhandeln, mich unter fremden Menschen zu bewegen.«

»Aber hoffentlich finden Sie nicht auch den blonden Hans, weil ihm nichts schwerfällt, wertvoller als den schwarzen Tonio?«

»Nein, gewiß nicht«, lachte Jacoby. »Ich hätte nicht so brüllen sollen, aber ich brülle eben. Ich muß zurück. Auf recht baldiges Wiedersehen. Aber übern Damm können Sie allein gehen?« rief er ihr nach.

Als Grete in die Setzerei kam, sagte Miehlke: »Na, darf man gratulieren? Verlobt?«

Randelhofer und sogar Heye sagten: »Sicher verlobt.«

»Nein«, sagte Grete erstaunt.

Aber die andern hatten recht.

Siegmund und Frieda Jacoby saßen in Roserls Durchgangszimmer, durch das von Zeit zu Zeit ein Mieter kam. Roserl ärgerte sich über ihre Bescheidenheit, dachte an Franziskas Weltklugheit, die immer an einem Empfangsraum festgehalten hatte. Ihr geliebter Tisch mit Sofa am Fenster wurde ganz armselig.

Siegmund trug graue Gamaschen, graue Weste und die lange eiserne Uhrkette (›Gold gab ich für Eisen‹), die er für die vom Großvater geerbte goldene bekommen hatte.

Frieda sagte: »Ihr macht doch eine Trauung in der Synagoge und ein Diner für die Familie und nachher eure Kollegen?«

»Meine Kollegen würden mich für bekloppt halten«, sagte Otto.

»Und wer kann ein Diner bezahlen?«, sagte Roserl.

Siegmund sagte: »Die Hochzeit unseres einzigen Kindes können wir nicht ohne unsre Geschwister feiern. Es gehört sich.«

»Zwanzigmal habe ich als Kind in einem weißseidenen Anzug diesen Mist über mich ergehen lassen müssen.«

»Tradition ist wichtig«, sagte Siegmund.

»Aber nicht die Tradition einer Tradition.«

»Kein Hochzeitsdiner?«, sagte Frieda traurig.

»Aber Mama, wir brauchen unser Geld für Wohnungsabstand. Wir können es nicht für Diners rausschmeißen.«

Grete hätte am liebsten ihre Hochzeit in Sabines weißem Speisezimmer gefeiert. Nur sie beide und Roserl und Max und Sabine.

Die beiden Jacobys waren unglücklich, als sie Roserl verließen: »Eine zugezogene Frau und Zimmervermieterin«, sagte Siegmund. Er ahnte nicht, daß er ärmer war als die Witwe Mayer.

Frieda sagte: »Es ist ein interessantes Mädchen mit einer vorzüglichen Stellung. Wäre dir eine Filmschauspielerin lieber gewesen?«

Auch Roserl war nicht glücklich: »Wie kann man so despektierlich sein wie dein Otto. Das hätt' Onkel Max hören sollen, ›Mist‹ zu einer Trauung in der Synagoge.«

Adelina sagte zu ihrem Mann: »Die geht doch nicht unschuldig in die Ehe. Bei meinen Töchtern hätt das vorkommen sollen, ich hätt sie längst rausgeschmissen, und hast schon mal von einer Frau gehört, die sich für Politik interessiert? Und diese feine Frau, die Frieda Jacoby, bekommt so ein Stück in die Familie.«

Franziska fand das Leben ungerecht, ein Jacoby für diesen Blaustrumpf, ein Mann aus Kartow für ihre große und schöne Edith, die doch schließlich eine Enkelin von Justizrat Kollmann war. Frieda gab am Hochzeitsvorabend ein Essen für ihre Allernächsten, Kaviar, ganz wenig auf Brötchen gestrichen, aber immerhin, und zum Rinderbraten Meerrettich mit Schlagsahne. Beim Hochzeitsessen von Onkel Alfred, damals im Kaiserhof 1910, dreihundert Personen und vierzehn Gänge, hatte es auch Meerrettich mit Schlagsahne gegeben. Sie trug zum Diner ein uraltes kostbares Spitzenkleid, und Emilie servierte im verkommenen, immer noch wunderbaren Wohnzimmer Kaffee.

Nach der standesamtlichen Trauung und einem Empfang bei Roserl fuhren Grete und Otto nach Paris, dem Paris der Coupole und des Dome, des Montparnasse, wo Raymond Duncan im weißen Gewand über die Straße ging. Sie wurden ins Bœuf à la Mode eingeladen, aßen auf roten Tischtüchern im grünen Bois. »Die Stahlmacher«, schwärmte ein deutscher Dichter, »reitet mit fünf kleinen weißen Hunden hinter dem Pferd. Tout Paris kennt sie.«

»Ich habe sie noch in Halle gekannt«, lachte Otto.

»Wieso Halle?« sagte der Dichter.

»Sie ist aus Halle.«

»Sie ist die Tochter der Reederei Stahlmacher in Hamburg.«

»So«, sagten Otto und Grete.

Der Dichter dachte, gefährliche Leute, dieser vornehmen Dame der deutschen Großindustrie nachzusagen, sie sei aus Halle.

Jacobys saßen im Theater. Von der Bühne kam die große Heiterkeit dieser Jahre: »Sur le Quai Malaquais«, sie saßen in Künstlerateliers: »Monsieur, man wird auf den Eiffelturm zurückkommen – «

»Wie recht Sie haben, ich glaube an die künstliche Palme.«

Und dann fuhren sie den ganzen langweiligen Boulevard Raspail zurück, denn am Ende ging man immer noch in die Coupole.

Draußen vor den Toren von Paris der dicht verwachsene französische Liebeswald mit dunkelblauem Himmel zwischen den Blättern, mit Sonnenflecken auf dem Waldboden und ein Omelette mit Pilzen oder Nieren in Rotwein, das Ideal eines

Omelettes, das Ideal von Nieren in Rotwein, draußen auf dem Lande, und daneben machten es sich die Straßenarbeiter unter einem Baum bequem, ihre Frauen brachten das Mittagessen im Körbchen, mit einem weißen Tuch zugedeckt, eine Flasche Landwein und ein Essen, nicht schlechter als auf der Terrasse des großen Luxushotels, von dem man hinsah über Paris.

Roserl war genauso enttäuscht wie Franziska, daß ihre Tochter keine Wohnung hatte. »Wir nehmen eine möblierte«, sagte Otto.

Er sah in einem Haus mit einem verwachsenen Garten drei exquisit eingerichtete Zimmer und ein elegantes Badezimmer. Auch Grete bemerkte nicht, daß keine Kochgelegenheit dabei war und keine Bedienung. Sie kosteten mehr als Roserls Siebenzimmerwohnung.

»Tja, wir müssen doch frühstücken«, sagte Grete am ersten Morgen.

»Ich geh zu meinen Eltern rum«, sagte Otto tröstend.

Grete sagte: »Noch nicht einmal zusammen frühstücken.«

»Aber ein elektrischer Kessel ist genug«, sagte die Wohnungsinhaberin und zeigte Grete eine Steckdose.

Otto kam unregelmäßig aus dem Atelier, manchmal um zwei Uhr nachts. Grete hatte um neun Uhr in der Redaktion zu sein. Müde kam sie am Nachmittag in die leere Wohnung zu ungemachten Betten.

»Ein Zustand ist das«, sagte Roserl.

»Es gibt keine Wohnungen«, antwortete Sabine, »was sollen sie machen?«

Mittag aß Grete unterwegs oder bei Roserl, Otto im Atelier oder bei seinen Eltern. Ihre teure Wohnung war eine ungemütliche Schlafstätte. Feodora besuchte sie: »Wunderbarr, ach Grete, wunderbarr.«

»Ich kann dir leider nichts anbieten, und so ist alles. Abwaschen nur im Badezimmer, kein Besen, kein Staubsauger. Wenn ich nichts täte als einen Haushalt führen, könnte ich damit zurande kommen, aber ich muß meinen Beruf aufbauen, und auf dem armen Otto lastet das Riesenhaus in der Tiergartenstraße.«

»Schwerrer Anfang.«

»Zu schwer. Ich bin nicht Rose Marie Klawotzky oder Edith Zuckermann. Ich war immer besonders untüchtig.«

»Ihr seid zusammen«, sagte Feodora, »es wird schon werden.«

Otto sprach mit seinen Eltern. Das Haus war unverkäuflich. Wovon sollten sie eigentlich leben? Otto sagte zu Grete: »Bloß keinen Besitz, so leicht wie möglich durchs Leben reisen.«

Grete hätte es gern besessen, was sie nie gehabt hatte, Silber, Schmuck, Haus, aber Otto hatte sicher recht. Sie sprach mit Sabine: »Ich kann es nicht schaffen. Ich kann nicht morgens Öfen heizen, wo soll ich Kohlen aufbewahren? Wir können nur zu Mama ziehen ... Es gibt keine möblierten Zimmer. Mama muß einem ihrer Mieter kündigen.«

»Deine Mama kann keine Leute auf die Straße setzen, die jahrelang da sind. Könntet ihr denn nicht in die Tiergartenstraße ziehen?«

»Unmöglich. Meine Schwiegermutter muß sich mit Emilie behelfen, die beleidigt wäre, wenn sie nicht mehr mit weißen Handschuhen servieren könnte. Man kann doch von dem alten Mädchen nicht verlangen, daß sie die Kohlen zwei Treppen hoch schleppt und auch noch heizt. Sie haben fünfzehn Zimmer, alle ohne Wasser. Und was für Zimmer, aus jedem könnte man eine Kleinwohnung machen.«

»Das ist nicht viel weniger als bei den Richters«, rief Sabine entzückt und mißverstehend aus, »Gott, was für reiche Leute.«

»Aber ich habe kein Dach und erwarte ein Kind und muß diese alberne Wohnung kündigen, die die Hälfte meines Gehalts verschlingt.«

»Ich spreche mit deiner Mama. Wollt ihr nicht Samstag nachmittag auf die Veranda kommen?«

Otto in diese Kragsheimer Unterhaltung bringen: »Die Ehe von David tat halt gar nicht gut« und »das Warenhaus von Mainzers ist eine Goldgrube«, besser nicht. »Ich weiß nie, wann Otto Zeit hat. Sie drehen gerade ›Liebe zur Fliederzeit‹.«

Roserl sagte: »Ich habe nur das Doppelzimmer von Baumanns, so feine geflüchtete Russen. Soll ich schreiben? Wenn ich es mündlich mache, lass' ich mich doch überreden, die Kündigung zurückzunehmen. Kannst du nicht mitkommen?«

»Roserl!« sagte Sabine.

Roserl dachte, da sollte sie Leuten, die sich so wohl bei ihr fühlten, kündigen, und wer weiß, wie dieser überspannte Otto es bei ihr finden würde.

Schon in der ersten Woche blieb Roserl fassungslos auf der Schwelle, Ottos Anzug lag auf der Erde, wie er ihn ausgezogen hatte, und Grete hatte sein Hemd in der Hand: »Dein Herr Gemahl kann sich nicht allein seine Manschettenknöpfe aus dem Hemd nehmen? Und du mußt den Anzug aufhängen!«

»Er ist von Hause sehr verwöhnt, und der Krieg hat ihn kaputt gemacht.«

»Eine nette Erziehung«, sagte Roserl.

»Bevor das Kind kommt, müssen wir eine Wohnung haben«, sagte Grete zu Otto.

»Diese Undankbarkeit«, sagte Roserl zu Sabine, »dazu habe ich den feinen Baumanns gekündigt.«

29. Kapitel

Feodora, Herbst, Jürgen

Feodora ging weinend auf dem Kurfürstendamm. Grete sah sie kommen, üppiger geworden, etwas Großartiges in ihrer Erscheinung, mit ihrem herrlichen Gesicht, eine Griechin mitten auf dem Kurfürstendamm. Nur die kurzen Röcke passten nicht zu ihr. Feodora schluchzte: »Hahaha will sich scheiden lassen.«

Grete zwang sie in ein Taxi und fuhr mit ihr in den Tiergarten.

Feodora war 14 Jahre verheiratet, vier davon war Krieg. Herbst war zurückgekommen, und die Frauen hatten dem Modenervenarzt das Haus eingerannt. Sechs Millionen Männer waren im Krieg gefallen. Die Frauen wurden die Werbenden. Junge Männer fanden sich Raritäten. »Aber jetzt hat er sich verliebt«, weinte Feodora, »er will sich scheiden lassen, die andre heiraten. Alles, nur das nicht.«

»Na und?« sagte Grete, »du bist bildschön und dreißig. Laß doch endlich für dich sorgen. Haha reist von St. Moritz nach Biaritz, von Rom nach Paris, und du wartest in Berlin auf ihn. Nie nimmt er dich mit.«

»Warum sollte er? Er war blutjung. Er hat mich nicht geheiratet, um eine lebenslange Verpflichtung auf sich zu nehmen. Ich habe mich immer allein ernähren können. Wenn er von Zeit zu Zeit zu mir kommt, ist alles gut. Aber sie ist keine zwanzig. Elinor. Wenn er sich scheiden läßt, kann ich nicht weiterleben.«

Der Sommer leuchtete, die Rhododendren blühten, das Geld war etwas wert, und die Welt stand offen. Feodora schluchzte: »Nur ins Wasser.«

»Feechen, wir lieben dich alle so, warte ab. Er hängt an dir.«

Sie wurden nicht geschieden. Sie saß weiter in ihrer kleinen

Wohnung und war immer da, auch wenn sie manchmal drei, vier Monate warten mußte.

Feodora war nicht die einzige, die wartete. Auf Madame le Docteur Soutines Schreibtisch in Paris stand ein riesiges Porträt von Hanns Hermann Herbst, für alle zu sehen. Er lief Ski mit Karoline, während Madame Soutine und Feodora und Frau Konze auf ihn warteten. Und immer Jenny! Die rothaarige Jenny mit dem Katzengesicht.

Jenny hatte gewußt, er würde nie ein Verhältnis mit einem Mädchen aus guten Haus anfangen, auch nicht 1922. Darum heiratete sie rasch einen gleichgültigen Herrn Unger, der ihren Eltern genehm war, bekam zwei Kinder und wartete auf Herbst. Aber Herbst reiste, ging mit Pia zum Presseball und mit Karoline nach Gardone. Dazwischen sah er Jenny, das Katzengesicht mit den roten Haaren, auf Gesellschaften. »Sie fahren nach Wengen?« sagte er, »ich auch.« Jenny schrieb ihm, als alles festgelegt war. Keine Antwort. Sie telegraphierte von Wengen. Keine Antwort. »Post gekommen?« fragte ihr Mann den Hotelportier. Jenny erschrak, aber es war keine Post dabei. Sie telefonierte nach Berlin, bat den Portier, das Gespräch nicht auf die Rechnung zu setzen. Sie begab sich in die Hände eines Hotelportiers. Herbst war ärgerlich: »Ich hatte kommen wollen, aber ich habe einen schweren Fall«, und plötzlich mit einer Stimme, die viel versprach: »Ich hoffe *sehr*, sie bei Ihrer Rückkehr ausführlich zu sehen.«

Sie sagte: »Ich hoffe, Ihr Patient erholt sich bald.« Es klang gegen ihre Absicht ironisch, beleidigt. Ich finde nie den richtigen Ton, dachte sie, ich sage immer die falschen Sachen.

Zehn Jahre später hatte sie acht Tage mit ihm in Rom. Sie wohnten im gleichen Hotel, Zimmer an Zimmer, durch das Bad getrennt. Die Nächte reichten weit in den Tag. Sie fuhren nach Tivoli, lagen im Schatten der Pinien. Jenny war vierzig. Acht himmlische Tage in Rom. 192 Stunden ohne Mißklang, ohne Vergangenheit, ohne Zukunft, Hanns Hermann Herbst, der Glanz, der Frauentröster. Eine Frau, geschaffen für einen freundlichen Mann, dem die Liebe dieser Frau wichtig gewesen wäre, und für Kinder. Sie hatte es sich selber verpatzt, hatte ohne Liebe einen feinen kühlen Herrn geheiratet, weil sie HaHaHa liebte. Sie heiratete für acht Tage in Rom vom 15. bis 23. April 1936.

Jürgen sah von Christines Frühstückszimmer auf fallende Blätter. Ferdinand »er hinkt links, ich hinke rechts«, sagte der Baron, brachte auf einem silbernen Tablett die Post. Barbara stellte frischen Kaffee hin. Christine, noch immer schön in einem wunderbaren Morgenrock, saß bei ihm, der elfjährige Junge und das neunjährige Mädchen tranken rasch ihren heißen Milchkaffee, schrien: »Auf Wiedersehen!« stürzten nach draußen, wo Menges, der Kutscher, mit dem kleinen Wagen auf sie wartete.

»Eure Sklav...«, wollte Jürgen beginnen, als Christine ihren Finger auf den Mund legte. Der Baron fragte: »Kommst du morgen mit auf Jagd?«

»Ich bitte gehorsamst, mich entschuldigen zu dürfen.«

»Sollen im Zukunftsstaat Rehe und Hirsche die Verfügung übers Korn haben?«

»Ich schieße auf nichts Lebendiges.«

»Ein Tolstoianer! Aber Rehbraten mit Sahnesauce ißt du? Ich sage dir, dies ist, was bleibt, mein Gewehr, mein Hund und der Wald.«

Gewehr, Hund und Wald. Jürgen sah den Schwager vor sich im Jagdanzug mit Pfeife und braungeflecktem Jagdhund im einsamen Buchenwald zwischen grauen Stämmen. Ich möchte mitgehen, dachte er.

»Soll das Jagdfrühstück im Saal sein?« fragte Christine.

»Der Saal wird erst wieder geöffnet, wenn wir den alten Fürsten zurückhaben.«

Jürgen glaubte nicht recht zu hören, aber er liebte Christine.

»Gemischte Gesellschaft«, sagte der Baron und wandte sich der Zeitung zu, die kein gutes Haar an der Republik ließ.

»Was nennt dein Mann gemischte Gesellschaft?«

»Alles, was nicht deutschnational und monarchisch ist. Er ist ganz unpolitisch. Wir laden nur niemanden ein, der den Eid auf die Republik geschworen hat.«

»Sind hier die Beamten republikanisch? Das wäre ja eine große Ausnahme.«

»I Gott bewahre. Aber Kuno will nichts mit Beamten zu tun haben, die einen Eid auf eine republikanische Verfassung geschworen haben und gegen sie konspirieren.«

»Das ist ja fast schon Vater! Freia geht übrigens täglich mit Vater und seinem Schäferhund spazieren. Vater und er, das ist das richtige Paar. Er schreibt eine Geschichte des kaiserlichen Regimes. Er sagte: ›Ich will vor dem Byzantinismus, dem Personenkult warnen.‹ Als ob es das noch geben könnte, nachdem die Monarchien gepurzelt sind.«

»Und wie steht er mit Rudi?«

»Gar nicht. Fremd.«

»Eine furchtbare Heirat.«

»Hör mal, Christine, Rudi ist entzückend mit Freia. Wer kommt übrigens zur Jagd?«

»Alle Gutsbesitzer, auch ein Graf Seckendorff, die waren hier Raubritter, also ganz fein. Ich setze dich neben eine bildschöne Gutshelferin. Nein, das kann ich nicht. Sie ißt zwar mit am Tisch, aber Tischdame für meinen Bruder?«

»Sei nicht lächerlich.«

»Ich kann dich nicht ans untere Ende setzen.«

»Zum Gesinde«, lachte Jürgen.

»Gutshelferin ist kein Gesinde, obzwar sie ein bißchen stupide ist. ›Wissen Frau Baronin, daß der Volksschulrektor zum Landtag aufgestellt wurde? Armes Deutschland!‹ Neulich kamen von unserm genialen Bruder zwei Kisten ›Maschinenersatzteile‹, sehr zum Ärger von Kuno, sagte sie geheimnisvoll: ›Wissen Frau Baronin, daß Leute sagen, es seien Waffen? Wir sollten diesen Tapferen dankbar sein, die ihr Leben aufs Spiel setzen.‹ Das Leben der anderen, habe ich dieser Kuh gesagt.«

»Na, das ist aber nichts für mich.«

»Vielleicht ein bißchen Spaß.«

Sie war wirklich schön, füllig, rosig, blond. Sie machten einen Waldspaziergang, als sich der Waldweg verengte, nahm ihr Jürgen die rote Pudelmütze vom Kopf, küßte sie und öffnete ihren Mantel. Sie küßte ihn leidenschaftlich. Der Waldboden war naß aber weich. Er blieb eine Woche, und sie kam jede Nacht in sein Zimmer. Als er einmal mit Kuno und Christine lange aufsaß, schlief sie schon drei Stunden in seinem Bett. Er machte Licht und sah eine Venus. Es war keine Rede von Kündigung. Er nahm sie einfach mit und heiratete sie in aller Stille. Er klärte sie auf, Klassenkampf, industrielle Reservearmee, gemanagte Arbeitslosigkeit. »Ich war in solchen Irrtümern befangen. Wie schrecklich!« Sie war ihm dankbar, folgte sofort den Weisungen der Partei, kassierte Mitgliedsbeiträge, klebte Plakate, was verboten war, klingelte jeden Sonntag morgen bei den Arbeitslosen in den Häusern ihrer Straße, gab ihnen Broschüren, sprach vom Ende von Not und Armut durch die neue Gesellschaftsordnung, und also war jeder ein Schwein, der die Erlösung der Hinterhäusler aufschob. Wenn sie ihre Broschüren untergebracht hatte, ging sie ins »Weiße Meer«, wo sie Genossen traf. Offiziell arbeitete sie an einer deutsch-nationalen Zeitung. Grete, die sie bei Eröffnungen traf, fragte sie, ob es nicht ein bißchen seltsam sei, als Jürgens Frau an einer deutsch-nationalen Zeitung zu arbeiten. Und obgleich Grete so wenig wie Heye oder Klawotzky wußte, das ahnte sie doch, daß man nicht nebenbei Kommunist sein konnte. Also wie?

Anna sagte: »Wir lieben uns, genügt das nicht?«

Wenn Anna log, schon schlimm genug, aber daß sie log, weil der Zweck, die Weltrevolution, als Mittel die Lüge erlaubte, traute keiner von denen, die Randelhofer die »bürgerlichen Deppen« nannte, worin er sich einschloss, Jürgens Frau zu. In Wirklichkeit war Anna Obmann der kommunistischen Zelle der Zeitung. Auf sie konnte sich die Partei verlassen. Um die Ausbeutung des Proletariers zu beenden, war es doch wohl erlaubt, sich gegenüber dem Klassenfeind zu tarnen? Als einmal eine Arbeiterin sagte: »Der Chef ist ein anständiger Mensch«, erwiderte Anna scharf: »Der sentimentale Kapitalist ist schlimmer als der brutale.« Jürgen empfand Anna als überlegen. Sie drückte es einmal so aus: »Wir halten nicht mehr bei 1921, wo sich die Intellektuellen einbildeten, in höhere Positionen aufzusteigen, ohne den Weg von unten gemacht zu haben. Ich mache ihn mit, Jürgen eben nicht.«

»Ich frage mich«, sagte Mühlenbach, »wo bleiben in diesem ausschließlichen Fabrikzellensystem die Intellektuellen?«

»Sie werden Betriebszellen zugeteilt«, sagte Anna, »entweder fügen sich diese Leute ein und machen den Kampf um fünf Pfennig Lohnerhöhung beim Adressenschreiben mit und reagieren ihre bürgerlichen Hemmungen beim Plakatekleben ab, oder sie werden aussortiert.«

»Schnell alles gelernt«, sagte Jürgen.

»Ich kann mir vorstellen, daß viele Intellektuelle dieses restlose Sicheinordnen, diese Nivellierung nicht aushalten. Geht nicht vieles dabei kaputt?«

Schwarz und Anna fielen über Mühlenbach her: »Es ist die Parteilinie. Im Kampf um die Zukunft muß eine zielklare proletarische Partei das Parteimitglied als Einzelwesen abtöten.«

30. Kapitel

Es kommt herauf

Niemals hatte es in Europa solche Kälte wie im Winter 1928/29 gegeben. Es ging bis auf vierzig Grad. Schneeschipper waren ein Teil der Berliner Straßen geworden.

Roserl und Sabine und Marie Kollmann, nun eine alte graue Maus, kamen wie immer zu Franziskas Geburtstag und sagten noch im Vorplatz: »So eine Kälte ist noch nicht dagewesen«, und Franziska: »Und dann noch die Treppen, es ist wirklich nett, daß Sie kommen.« Franziska goß Kaffee ein und bot die bunte Schüssel mit der Papierrose an. Sie saßen um den Tisch unter der Hängelampe. »Es ist schrecklich«, begann Franziska zu Marie, »daß du, seit Louis tot ist, nur noch in deinem alten Schlafzimmer lebst.«

»Aber Franziska, ist doch ein Glück, daß ich die ganze Wohnung vermietet habe.«

»Kann denn Armin nichts für dich tun?«

»Von seinem kleinen Briefmarkenladen? 1932 sollen ein paar von unsern Hypotheken aufgewertet werden, dann kann ich mir vielleicht eine kleine Wohnung nehmen.«

»Es gibt keine Wohnungen. Meine Kinder suchen verzweifelt«, sagte Roserl.

»Rudi und Freia haben schon lange eine Wohnung.«

»Mit riesigem Abstand und schrecklich teuer wie ich höre.«

»Nicht mehr als ein Fünftel vom Einkommen«, sagte Franziska, »also Marie, verkriech dich nicht so, komm mal öfter.«

»Adelina Markus fehlt. Ist sie krank?« fragte Sabine.

»Nein«, sagte Franziska, »sie hat übrigens neulich in einem Konzert gesungen. Alle Kritiker bedauerten, daß sie fast nie zu hören ist.«

»Wissen Sie noch, wie sie damals bei Ihnen angezogen war?«

»Ein Jupon aus grünem und lila Chiffon«, sagte Marie genauso indigniert wie vor dreißig Jahren.

»Grün und schwarz«, verbesserte Roserl.

»Was für eine würdige Mode. Diese modernen Kinderkleidchen bis zum Knie sind für jede ältere Frau untragbar, ja Federnhüte und Schleppen«, sagte Sabine sehnsüchtig

»Es gibt keine Damen mehr«, sagte Marie.

Franziska dachte, Maries Tochter ist eine Brettldiva und der Sohn hat ein Ladengeschäft. Ich habe drei wohlgeratene glückliche Kinder. Leider nur ein Enkelchen, aber das war wohl heutzutage so: »Mein Werner hat 25-jähriges Jubiläum gefeiert, Herr Gleichmann hat ihm eine silberne Dose gegeben, steht hinter Ihnen, Frau Amtsrichter. Haben Sie die Eingravierung gesehen? ›Meinem treuen Mitarbeiter Werner Stern zum 25-jährigen Jubiläum‹. Schöne Worte, nicht wahr? Wenn alles so bleibt, wie wir zu Gott hoffen wollen, wird er wohl einmal das Geschäft übernehmen können.«

Um sieben Uhr gingen die Damen. Franziska machte mit dem Mädchen belegte Brote, arrangierte eine zweite bunte Schüssel mit der Papierrose in der Mitte: »Bei dieser Kälte sollten wir noch einmal nachlegen«, und das Mädchen brachte einen Eimer mit Braunkohlen für den Kachelofen.

Die Familie saß um den Tisch unter der Hängelampe. Martin las sein jährliches Gedicht vor.

»Werner hat mich ins Theater eingeladen. Wir haben die Massary gesehen. Ich war viele Jahre nicht mehr im Theater, und so haben wir zwei Fliegen mit einer Klappe geschlagen.«

»Mama, welche Fliegen?« rief Freia.

»Werners Jubiläum und meinen Geburtstag.«

»Ach Werner, natürlich, dein Jubiläum. Wie wars? Aber erzähl genau, Christl sagte in solchen Fällen: ›Mit der Nummer von der Elektrischen‹.«

»Es war sehr feierlich. Herr Gleichmann hat das ganze Personal versammelt, auch die zwei Vertreter, und überreichte mir also in Anwesenheit des gesamten Personals eine silberne Dose – einen Augenblick«, und er holte sie vom Buffet.

»Schönes Stück«, sagte Freia. »Sieh mal, Rudi.«

»Habt ihr die Eingravierung gesehen?« fragte Werner.

Martin las: »Meinem treuen Mitarbeiter Werner Stern zum 25-jährigen Jubiläum.«

Freia sah Rudi an, war Werner nicht ein bißchen zu sentimental?

Rudi sagte: »Und *was* ist mit Gehaltsaufbesserung?«

Natürlich dieser Materialist, dachte Werner und trumpfte auf: »Eine *sehr große* Gehaltsaufbesserung, sechshundert Mark Fixum und Prozente. Herr Gleichmann ist eben ein geschäftliches Genie. Er hat mir den größten Teil meiner Ersparnisse über die Inflation gerettet, und jetzt lege ich wieder die Hälfte zurück.«

»Wenn du dir mal was gönnen würdest, wäre auch nicht falsch«, sagte Rudolf.

»Es ist überall eine phantastische Konjunktur«, sagte Martin, »ich kann nicht alle Aufträge annehmen. Wir haben einen Schlager herausgebracht, breit gestreifte Hemden. Es ist ein großes Glück für die Wäscheindustrie, daß man keine weißen Kragen mehr zu farbigen Hemden trägt.«

»Die Leute haben Angst, daß es teurer wird. Kannst du dich nicht erweitern?«

»Ich bin jetzt schon kapitalknapp. Mein Sozius entnimmt zu viel. Er sagt immer, er gibt zurück, aber er verbraucht zu viel.«

»Gibt es das bei Kaufleuten?« fragte Freia erstaunt.

»Gerade«, sagte Edith, »wer springt bei uns ein? Keine Pension im Hintergrund.«

»Bei mir gehts auch sehr gut, obwohl die Umstellung auf Wachsköpfe sehr viel gekostet hat. Ich habe sie im richtigen Moment gemacht. Das Gekröse war eine reine Inflationssache. Ich möchte gern unsre schäbige kleine Wohnung aufgeben, aber unter dreitausend Mark für Abstand ist nichts zu haben, und Freia ist doch ein Entsagerich.«

»Wie kannt du das sagen? Ich bin gar nicht dagegen, daß wir uns ein Auto anschaffen.«

Fünf Stimmen riefen: »Ein Auto! Rudolf!«

»Du bist doch kein Parvenu«, sagte Franziska.

»Aber ich will in unserer Wohnung bleiben. Ditty, du hast ein neues Kleid an, sehr hübsch.«

»Ja, nicht? Wann hätte ich mir was anschaffen können? Wir mußten für den Abstand sparen, Geld ins Geschäft geben, was auf die hohe Kante legen für unsern Ulli.«

Martin protestierte: »Na, für ein Kleid hätte es noch gereicht.« Er ärgerte sich, und Edith fühlte sich nicht anerkannt, und so saßen sie den übrigen Abend verstimmt beim Schokoladenfisch und dem Kaffee mit der bunten Schüssel.

Sie zogen dicke Mäntel an, Schals und Überschuhe und gingen hinaus in die entsetzliche Kälte. Sie wußten nicht an diesem 7. Januar 1929, daß in einem Bierlokal ein Mann zu den Versammelten sagte: »Gehen Sie zu einem Juden zu Gast? Ist Ihre Schwester mit einem unserer Todfeinde verheiratet? Die religiöse Moral der Juden ist Anleitung zum Betrug. Der Jude hat unsre Not verschuldet. Der Jude ist der plastische Dämon des Verfalls ... Ich werde dem Judentum die Antwort nicht schuldig bleiben. Darf ich Ihnen unser Aktionsprogramm bis Ostern überreichen, harmloser Passant jüdischen Aussehens?«

Dieses Programm kam nicht Ostern, sondern erst am 17. Juni 1929: »Der Jude ist ein Negativum, und dieses Negativum muß ausradiert werden aus der deutschen Rechnung. Die Forderung jedes sittlichen Staats, Todesstrafe nur für Mord, ist ein Niedergangssympton, einer der Gründe, warum der bürgerliche Staat untergehen muß ... Wir haben die Absicht, auch mit Schiebern, Wucherern, Vaterlandsverrätern und Verbrechern an der Ehre und der Existenz des Volkes ebenso kurzen Prozeß zu machen. Wer den Tod verdient, der soll den Tod haben. Wer dagegen anschreit, der ist dringend verdächtig, daß er ihn verdient.«

Und da dies Goebbels in Versammlungen und im »Angriff« immer wiederholte, so hätten sie es wissen müssen, »diese harmlosen Passanten jüdischen Aussehens«, die in der eisigen Winternacht nach Hause gingen. Aber sie lasen nicht den »Angriff«.

31. Kapitel
Niedergang

Die Aktien an der New Yorker Börse fielen. Es wird billiger, hieß es in der ganzen Welt. Niemand kaufte mehr, niemand baute mehr. Die Lagerhäuser füllten sich, Eisen häufte sich, Kohle türmte sich auf den Halden. Bergwerke und Spinnereien standen still. Die Feuer in den Hochöfen wurden gelöscht. Landarbeiter, Bauarbeiter, Dreher, Schneider standen Schlange vor den Arbeitsämtern, das einzige, was vergrößert wurde, Hallen für Arbeitslose. In Amerika zogen sie über die Landstraßen, um im nächsten Staat Arbeit zu finden, wo es auch keine gab. Im Winter schliefen sie auf Bahnhöfen, Untergrundbahnstationen, blieben einfach auf den öffentlichen Toiletten sitzen. Jeder versuchte noch billiger zu sein mit seiner Arbeit, mit seiner Ware, und so konnten alle immer weniger kaufen.

Wie die Pest im 14. Jahrhundert, wie die Grippe 1918, verbreitete sich 1929 die Arbeitslosigkeit.

Jeder gab eine andre Erklärung. »Ganz klar«, sagte der Künstliche Blumen-Fuchs, »wenn die Maschinen die Arbeit der Menschen übernehmen und man die Menschen nur für Arbeit bezahlt, wer soll dann die Produktion der Maschinen kaufen?«

»Krise und Konjunktur«, sagte Markus zu Heye, »gehören zum Wesen des kapitalistischen Systems. Wir haben Überproduktion oder Krise. Werden Schweine billig, hört man auf, sie zu mästen, weil man keinen Profit machen kann. Werden Schweine knapp und damit teuer, fangen alle wieder an. Augenblicklich sind Schweine billig!«

Es gefiel Heye nicht. In alle Ewigkeit menschliches Elend, wenn Schweine billig sind? Was hieß Überproduktion, wenn

Menschen hungerten? Aber er wuße, er verstand nichts von Wirtschaft.

Jacke sagte: »Am Hunger des Proletariats mästen sich die Kapitalisten, sie verbrennen den Kaffee in den Lokomotiven statt ihn wie in Rußland, wo niemand hungert, zu verteilen.«

Friedrich Wilhelm schrieb: »Die schleichende Revolution des Jahrhunderts, die man Demokratie nennt und die in Revolten der Masse durch Wahlzettel, parlamentarische Ministerstürze dem Staat gegenüber in periodische Erscheinung tritt, gewinnt eine wirtschaftliche Tendenz. Damit vollendet sich die Absetzung des Staates durch das Kontor.« Aber er schrieb auch: »Als am 29. August 1924 im Verpfändungstribunal, Deutscher Reichstag genannt, die letzten Reste unserer Souveränität den raumlosen Mächten des Goldes verpfändet wurden, wurde aus einem Heldenvolk eine wesen- und wurzellose Gemeinschaft von Profit, Flitter, Armut und Schmach, hausend in einer Wüste von Asphalt und Armut ...«

Und der »Angriff« fügte hinzu, »bereitet von asiatischen Freibeutern, den Juden.«

Der abendliche Strom der Osramarbeiter ging über die Brücke über das weite Eisenbahngelände, die Häuser fünf Stockwerke hoch, Vorderhaus, Seitenflügel, winziger Hof, Hinterhaus. Die Toiletten auf den Treppenabsätzen, die Wasserstelle auf dem gemeinsamen Korridor.

Max Feldtke und Paul Spinner saßen auf einer Bank: »Du weißt wohl, was ich von dir will?«

»Kanns mir denken.«

»Willste?«

»Na klar.«

»Ich fühle mich verpflichtet, dir aufzuklären, daß hohe Strafen auf Plakatekleben stehn, wenn dich die rote Polizei zu fassen kriegt.«

»Weiß.«

»Also morgen abend.«

»Du kommst besser nich mit, Spinner.«

»Was is los? Ich nich mitkommen? Du hast wohl 'ne weiche Birne?«

»Du bist zu alt für die Politik. Du kannst nich türmen. Du bist schon zwanzig. Dir verhaften sie bloß.«

»Na is gut, klebt alleine. Kommste in den ›Fliederbusch‹? Großartiges Verkehrslokal. Ick habe dicke Schulden. Denkste der Wirt mahnt? Fürn Pg, hat er jesagt, tut er alles.«

»Ick jehe heute abend dem Reichsbanner ihren Paukenschlägel klauen. Die Sozis können doch nischt wie trommeln. Sind se aufgeschmissen ohne Paukenschlägel!«

Ein paar Tage später sagte auf der gleichen Bank unter dem kümmerlichen Baum der Kommunist Ratschek zu dem Kommunisten Maier: »Dem Reichsbanner ist der Paukenschlägel geklaut werden. Rotfront soll mitmachen bei der Wiedererlangung.«

»Kommt janich in Frage. Ick wer den Sozialfaschisten helfen, diesen Verrätern an der arbeitenden Klasse? Auf keinen Fall.«

»Sei kein Frosch. Die Nazialisten sind janz jefährliche Brüder, die nehmen uns die janze Jugend weg. Ich bin mit Schulze in die 534. Gemeindeschule gegangen, den kenn ich. Wir arbeiten beide bei Osram. Det is son anständiger Kerl, ich möchte dem helfen, den Nazis was auszuwischen.«

»Det mußte auf deine eigene Kappe nehmen. Ick kann dir ROT-FRONT nich als Rot-Front zur Verfügung stellen. Da käme mir die KPD schön aufn Kopp. Aber in der Hinterstube vom ›Weißen Meer‹ kannste alle Unsre sprechen.«

Sozis und Kommunisten versammelten sich zweihundert Mann stark. Einer kletterte durchs Fenster in den ›Fliederbusch‹ und nahm den Paukenschlägel vom Tisch. Der wachthabende S. A. Mann mobilisierte seine Freunde. Auf der Straße kam es zum Zusammenstoß. Die Polizei kam rasch und nahm sie fest, sozialdemokratische Reichsbannerleute, Rot-Front-Leute, S. A. Männer, zwei Verwundete, ein Nazi, ein Sozi. Alle waren über zwanzig. Die Sechzehn- und Siebzehnjährigen waren schneller als die Polizei.

»Nun zum Angeklagten Spinner«, sagte der Richter, »das sieht ja böse aus. Bei Ihnen wurde ein Messer blitzen gesehen?«

»Bei mir? Ich bin Schlachtergeselle. Ich geh nich mit'n Messer aus. Auch ein Schlachtergeselle legt abends sein Schanzzeug weg. Das war ein Malerpinsel.«

»Entschuldigen Sie, Herr Richter, mein Freund wollte mir die Stube streichen. Det is doch hoffentlich noch nich in der freien Republik verboten.«

»Ich bin aus die S. A. ausgetreten«, sagte Spinner, »ich bin nu nich mehr bei die Politik. Ich bin doch schon zwanzig. Ich widme mich nur noch dem Sport, bin Ringkämpfer.«

Niemand nahm die Bürgerkriegsaspiranten ernst.

An einem Sommertag des gleichen Jahres 1929 waren die Pharussäle voll roter Fahnen, war um die Galerie roter Stoff drapiert. Die Versammelten waren in ihren besten Anzügen. Ihr Fest begann: »Brüder zur Sonne, zur Freiheit! Brüder zum Licht empor! Hell aus dem dunklen Vergangenen, leuchtet die Zukunft hervor!«

Man erhob sich, gedachte der »ermordeten und schwerverletzten Arbeiter« mit dem entschlossenen Willen, die Massen mehr als bisher für den Sturz der Bourgeoisie und Sozialdemokratie zu mobilisieren. Der Vorsitzende gedachte des 1919 ermordeten Leviné, der 1905 und 1917 in russischen Revolutionen kämpfte und 1919 vor dem Standgericht in München sagte: »Wir Kommunisten sind alle Tote auf Urlaub ...«

»Wunderbar«, sagte Jürgen zu Mühlenbach, »Tote auf Urlaub.«

»Er fiel, verfolgt von der Rache der Bourgeoisie und dem Hass der sozialdemokratischen Führer, die ihn einen Fremdstämmigen und Juden nannten ...«

Jürgen drückte dem Juden Mühlenbach die Hand. Mühlenbach war sicher, man würde sie »zur Strecke bringen«, diese gemeinen Nazis. Er wartete auf den Feldzugsplan.

Es kamen Abordnungen: die Metallarbeiter Berlins, die Kumpel des Ruhrgebiets, die Arbeiter der Leunawerke, die Textilarbeiter Sachsens. Die Landarbeiter der Mark überreichten eine Sichel mit der Inschrift: »Euer Wirken sei unsre Befreiung!«

Das Landarbeiterkind aus der Mark, Charlotte Schwarz,

klatschte ihnen zu, »Rot Front! Rot Front!«, fiel Schwarz um den Hals: »Ach, es ist fast zu aufwühlend!«

Politt aus England drohte mit der Faust: »Hermann Müller! Bei uns MacDonald und Konsorten. Nur eine revolutionäre Arbeiterregierung kann Sozialismus in England bringen. Es lebe unser Vaterland, die proletarische Sowjetunion!«

Die Arbeiter des roten Wedding begrüßten die Delegierten der Welt, Begrüßungsschreiben kamen aus Rumänien und Litauen, aus Bulgarien und Ungarn und Griechenland, aus Asien und Amerika. Die Kleinen der Welt, die ewig Gedrückten, waren hier im Wedding von Berlin. Mühlenbach und Schwarz, Jürgen und die beiden Frauen durchzog ein großes Gefühl, wenn sie von der Galerie in den Saal sahen, wo sich Leute umarmten, ein Kommen und Gehen war, Telegramme hinaufgereicht wurden und ein Brief der politischen Gefangenen auf dem Hohen Asperg. Für die Intellektuellen, für die Jürgen und Mühlenbach, war dies eine Zwingfeste des Geistes, gegen die schon Schiller seine ›Räuber‹ geschrieben hatte. »Kampfesgrüße« schickten sie. Verlangten »verschärften Kampf gegen die Sozialfaschisten, die Zuhälter des kommenden imperialistischen Weltgemetzels. Es lebe das Vaterland der Arbeiterklasse, Sowjetrußland!«

Um jeden kümmerte sich die Partei, schickte ein Telegramm an die »heroisch kämpfenden bulgarischen Tabakarbeiter«, an die Textilarbeiter von Bombay »im Kampf gegen eure eigenen Ausbeuter und den räuberischen britischen Imperialismus«, an den Genossen Margulies im Zentralgefängnis Bochum: »Heiße revolutionäre Grüße. Die Justizbarbarei der demokratischen Republik verhindert dich, heute in unserer Mitte zu weilen ...«

»Ruht nicht«, rief Gerhard Jacke von der Tribüne, »bis Rudolf Margulies und alle übrigen politischen Gefangenen der Arbeiterklasse aus den Kerkern befreit sind! Übt proletarische Solidarität!«

»Rot Front! Rot Front!« antworteten die Tausende, antworteten Jürgen, die Schwarzens, Mühlenbach und Anna.

War ein Ende der Millionen abzusehen, die Schlange standen, um sich solidarisch zu erklären? Die Betriebszelle der N. Werke in Zeitz, die revolutionären Hafenarbeiter von Stettin, die Mitglieder des Vereins für Freidenkertum und Feuerbestattung in Bonn, die Techniker- und Ingenieurssektion des Textilarbeiterverbandes Gouv. Moskau sandten Grüße, wobei sie die »Sozialfaschisten abzuschütteln« verlangten.

Jacke, der Undurchsichtige, der aufstieg und aufstieg, sprach: »Der Krieg gegen die Sowjetunion wird vorbereitet, die Unternehmeroffensive von Monat zu Monat unverhüllter. In allen Ländern rebellieren die Massen und greifen zum Streik. Überall verbünden sich Sozialdemokraten und Unternehmertum. Die Sozialdemokraten Severing, Zörgiebel, Greszinsky und Winkler, die Matadore des Arbeitermordes, der Lüge und Verleumdung, sind von der Bourgeoisie als die besten Henkersknechte gegen das Proletariat anerkannt... Sozialdemokratie... stärkster Hebel... der faschistischen Entwicklung. Charakteristische an der gegenwärtigen Situation... Bourgeoisie ihre imperialistische Politik... weder mit faschistischen noch mit diktatorischen Methoden... in engster Gemeinschaft mit der Sozialdemokratie auf dem Boden der kapitalistischen Demokratie... In Deutschland Diktatur des Finanz- und Trustkapitals in der Form der Bürgerlichen Demokratie, die die raffiniertesten Methoden des Arbeiterbetruges mit brutalstem Terror vereinigt. Demokratie zu entlarven... besonders gegenüber den Millionen sozialdemokratischer Arbeiter... unsre wichtigste Aufgabe... Riesige Fortschritte der Verschärfung der Gegensätze zwischen den revolutionären Massen und den sozialdemokratischen Führern gemacht. Wir stehen im schärfsten Kampf mit den rechten Liquidatoren des Kommunismus, den Brandler etc., und der versöhnlerischen Gruppe... die gegenwärtigen Kämpfe müssen als Begegnungskämpfe charakterisiert werden, die schon Formen von Durchbruchskämpfen annehmen...«

Mühlenbach stieß Jürgen an: »Schläfst du, Jürgen, um Gotteswillen, es wird eben die wichtigste Frage, unser Kampf gegen den Sozialfaschismus, abgehandelt.«

Jürgen fuhr zusammen und hörte gerade noch: »Man wird auch die Landwirtschaft durch Herstellung von Großbetrieben mechanisieren und den Bauern als wirtschaftliches Einzelgeschöpf aufheben. Proletarier überall! Arme kapitalistische Welt, was bist du gegenüber dem Sozialismus, der in fünf Jahren zur besseren Hälfte leistet, wozu du Jahrzehnte brauchtest! 1914 war die Losung: ›Keine Vaterlandsverteidigung in einem imperialistischen Lande!‹ Heute ergänzen wir: ›Verteidigung unseres Vaterlandes, der Sowjetunion!‹« Ganz wach wurde Jürgen erst, als eine gewaltige Stimme so schrie, daß kein Wort des Italienischen zu verstehen war. Die Ingenieure eilten auf die Tribüne und nahmen dem Riesen den Lautsprecher weg. Jürgen sah den machtvollen Mann, einen Illegalen des Mussolinischen Italien. So sahen sie aus, die Zimmerleute, die die Balken für die Dächer schleppten, die Matrosen, die am Rande der Schiffe turnten, die Männer, die aus glühenden Kupferplatten Röhren zauberten, mit Stimmen, die ohne künstliche Stimmvergrößerer zu Tausenden sprechen konnten, mit Armen, die Terrassen aus Felsen bauten, den von Natur Mächtigen dieser Erde kam die Herrschaft zu, nicht mittelgroßen zarten Geschöpfen wie ihm, nicht dem bleichen Mann mit dem Danteprofil neben ihm. Er gab es sich selbst nicht zu, wie er darauf wartete zu erfahren, wie Mussolini hatte zur Herrschaft kommen können. Aber der Italiener sagte: »Die Sozialdemokratie Italiens hat sich in ihrer früheren Phase als vorbereitende Kraft und später als erhaltende Kraft für den Faschismus erwiesen...«

Jürgen grübelte, als versöhnlerische Tendenzen, »Versöhnler«, ihn als Schimpfwort traf. Versöhnen, heilen, mildern, waren Worte, die er in seiner Jugend dem preußischen Militär entgegenschleudern wollte, und nun wurden sie hier im alten abträglichen Sinne gebraucht. Hätte das nicht Baron Burlepsch sagen können: »Wissen Sie, der Kerl ist für Versöhnung! Schlappschwanz!« Der Diskussionsbeitrag des Zentralkomitee-Mitglieds endete: »In diesäm Sinne schließe ich mit den Worden, daß die gommunisdische Pardei, ebenso wie es Marx im gommunisdischen Manifesd verkündet, der Auffassung ist, daß die Gewalt die Geburtshelferin jeder neuen Gesellschaft ist.«

Gewalt im preußischen Leutnants-Ton war widerlich genug, dachte Jürgen, aber Gewalt auf sächsisch?

»Wunderbar, Jürgen«, sagte Charlotte.

»Wunderbar«, sagte Jürgen.

»Es fällt einem schwer, sich von diesem Erlebnis loszureißen und auf die grauen Straßen zu gehen«, sagte Schwarz.

»Jürgen, was für eine wunderbare große Welt hast du mir erschlossen«, sagte Anna.

Mühlenbach setzte zum Sprechen an: »Es gibt doch schließlich die Nazis ... Findest du es richtig, daß sie verschweigen ...«

Jürgen legte den Zeigefinger auf den Mund. Mühlenbach schwieg. Hatte Jürgen Angst, daß vor seiner Frau ein Satz geäußert würde, der nicht linientreu war? Zugleich fühlte sich Mühlenbach durch das Vertrauen geehrt. Jürgen, das Beste vom Besten, dachte Mühlenbach. »Was ist mit Brandler?« fragte er.

»Das letzte Schwein«, sagte Charlotte.

»Wieso?« fragte Mühlenbach.

Charlotte dachte, wenn sie jemanden für ein Schwein erklärte, dann müßte das ja eigentlich Herrn Mühlenbach genügen, aber sie sagte: »Die Partei wollte 1923 die Arbeiter gegen rheinische Separatisten und Reaktion in Bayern bewaffnen. Brandler hat den Befehl durchkreuzt, nur Ernst Thälmann hat den Aufstand in Hamburg heldenhaft durchgeführt, er wußte nicht, daß die Revolution inzwischen von Herrn Brandler abgesagt war.«

»Großartig, wie orientiert Sie sind«, sagte Mühlenbach bewundernd.

Das Haus der »Berliner Rundschau« war ein Überrest. Die Fenster waren abwechselnd von einem Dreieck und einem Bogen bekrönt wie im 16. Jahrhundert in Italien und noch 1868 in Berlin. Der Verlagsdirektor, ein witziger urbaner Mann, ließ Heye machen. Er hatte ein schwarz geschnitztes Arbeitszimmer. In einem Wandschrank standen Waschschüssel und Kanne. Als der alte Besitzer starb, trat ein eleganter Mann das Erbe an und ließ die Zeichen eines veralteten Humanismus zertrümmern und einen gläsernen Schiffsbug bauen, in dem sein Büro lag, ein leeres Zimmer mit dem leeren Schreibtisch der modernen Gewaltherrscher, das der Mensch winzig und ungeschützt durchschreiten mußte. Der witzige Verlagsdirektor wurde gekündigt.

»Ganz ersten Mann engagiert, ganz ersten Mann«, teilte der neue Besitzer Heye mit, »Mann aus dem Volk. Ein Verlag ist keine Familienkutsche.«

Der neue Verlagsdirektor entfernte aus dem Zimmer, in dem mutig für die Wahrheit gekämpft worden war, die Eichenpracht. Die Handwerker standen sich im Wege und warteten kaum ab, bis der Schreibtisch ausgeräumt war. Stahlmöbel brachten die metallene Atmosphäre, die dem Zeitgeist entsprach. Heye bekam statt zwei Berufen, Redakteur und Historiker, drei. Der dritte, aufreibendste war, die Sparmaßnahmen der neuen Direktion zu bekämpfen.

Die fünf fetten Jahre waren zu Ende.

Grete Jacoby schrieb über »Zehn Tage, die die Welt erschütterten«: »Die Revolutionäre sind groß, stark, blond und schön, die Gegner armselig und häßlich. Bevor die Revolution ausbricht, wackeln die Kronleuchter. Diese wackelnden Kronleuchter haben wir jetzt seit zehn Jahren. Es ist *zu primitiv.*«

Sie sagte zu Randelhofer auf dem Korridor: »Ungerecht, wie jetzt verallgemeinert wird. Dieser Groß, der prinzipiell die Bürger beim Sekt und die Arbeiter bei der Arbeit zeichnet ...«

»Gerecht würde ich das nennen«, sagte Jacke.

Heye kam, den nassen Bürstenabzug in der Hand: »Na, das geht ja wohl nicht, Frau Jacoby.« Er beanstandete zum erstenmal einen Artikel von Grete. Sie sagte: »Es ist doch aber zu primitiv.«

»Seien Sie nicht so spießig.«

Heye war schärfer, als er sein wollte. Er hatte das Gefühl, der Kommunismus sei das Kommende, hatte Angst, unter den Zwanzig- und Dreißigjährigen veraltet zu sein. Hinzu kam, daß er die Memoiren des Fürsten Siegen-Siegen – ein Jahr nach dessen Tod – erhalten hatte. Er schlug sie erregt auf, denn seit jener Voraussage und dem geladenen Gewehr am Bett folgte nur noch ein Brief, in dem er die Sozialisten und Rathenau elende Schulmeister und konfuse Bücherschreiber nannte, freundlich eigentlich, verglichen mit ›Rindvieh‹ und ›Nashorn‹ für seine eigenen Standesgenossen. Heye schlug das Register nach. Sein Name war nicht dabei, aber auch nicht der seiner Zeitung. Elf Jahre einer regelmäßigen Korrespondenz und Mitarbeit! »Aus den ersten Jahren, die der Fürst auf seinem Ruhesitz verbrachte, haben sich nur wenige Korrespondenzen erhalten. Zwei Briefe an den Oberst von Rumke …« schrieben die Herausgeber.

Heye nahm aus seiner musterhaften Kartothek das Aktenstück Siegen-Siegen. Allein aus dem Jahre 1913 fand er neunzehn Briefe, alle acht und mehr Seiten lang, etwa zweihundert Seiten politischer Korrespondenz … »haben sich nur wenige Korrespondenzen erhalten«. Heye sah die Namen der Herausgeber, geachtete Historiker. Das Talent von Goldsuchern haben diese Herren Professoren jedenfalls nicht, dachte er, oder sollte die Familie Siegen-Siegen gewünscht haben, daß man das Bild ihres bedeutenden Mitglieds färbte? War man soweit, daß man in der Biographie eines deutschen Edelmannes die Mitarbeit an einem demokratischen Blatt verbergen wollte, daß man den Index nicht mit ›Berliner Rundschau‹ und ›Stefanus Heye‹ – wie? was? – ›entstellen‹ wollte? Hier in diesen Briefen fanden sich lange Ausführungen über Ereignisse und Menschen, die zum Weltkrieg 1914 beigetragen hatten – und Historiker verzichteten darauf? Aber auch die vom Fürsten selbst verfaßten Memoiren enthielten nichts über diese Epoche seines Lebens, in der er der Korrespondenz mit ihm so viel von seiner Zeit gewidmet hatte. Der Fürst hatte sich in den letzten Jahren geändert. Auch er war empört, daß privilegierte Schichten aus ihrem Machtbesitz verdrängt wurden, auch er sprach über die Erbärmlichkeit aller Demokraten und Liberalen, wie konnte er da seine eigene Sündhaftigkeit bekennen? Es war ihm wichtiger, die von genialer Voraussicht zeugenden Briefe zu verbergen, als zuzugeben, daß er an einem liberalen Blatt mitgearbeitet, daß er – Heye dachte es mit Schrecken – ein Judenknecht gewesen war. Da war der Brief von 1916: »Die Sorge um Amerika drückt mir die Feder in die Hand …«, der ihm ein Trost, eine Bestätigung gewesen war. Nun hatten sich die Zeiten grauenhaft geändert. Heye ließ es kaum an sein klares Bewußtsein kommen, aber er wußte, »Schmuel Heymann und sein Judenblatt«. So stand es im »Angriff«: »Der Jude ist Ursache und Nutznießer unserer Sklaverei. Der Jude besitzt unsre Münze und das Verfügungsrecht über den weitaus größten Teil der deutschen Produktion und auf Grund seiner militärischen und diplomatischen Machtmittel die Souveränität der deutschen Grenzen.«

Heye sprang auf. Es war doch nicht möglich, daß einer einen solchen Mist ernst nahm. Mein Gott, wann hätten die Juden militärische und diplomatische Machtmittel besessen? »Mit Hilfe deutscher Regierer hat der Jude über unser Volk einen Fronvogt gesetzt, den heimlichen Kaiser Parker Gilbert in sauberer Einheitsfront mit Gustav Stresemann, dem Syndikus des Geldes und Anwalt des Weltgewissens ...« Fürchtete der Fürst Siegen-Siegen diese Irren so, daß er nicht mehr wagte, um seiner Familie willen, seine Beziehung zu ihm festzuhalten?

»Herr Heye wird nicht bezweifeln wollen, daß er ein deutscher Staatsbürger jüdischen Glaubens und jüdischen Aussehens ist, aus dem man gewiß dreie machen könnte, ohne dabei Gefahr zu laufen, gegen die gute Sitte des kleinasiatischen Ponims zu verstoßen. Wenn Herr Heye behauptet, er hieße gar nicht Schmuel, dann machen wir ihn bescheiden auf das Sprichwort aufmerksam: ›Wenn es nicht wahr ist, ist es gut erfunden.‹ Arme Demokratie, sie kann schon keinen Schmuel mehr verdauen, und dabei haben wir vor, ihr noch ganz anderen Rizinus ins offene Maul zu gießen.«

Er nahm den »Angriff«, legte ihn weg, nahm ihn, legte ihn energisch beiseite und begab sich mit einem Salto mortale an sein Manuskript, an die Beziehungen zwischen Poincaré und Iswolski. Die Depeschen des Dreibunds wurden am Quai d'Orsay dechiffriert, die französischen Depeschen vom russischen Spionagedienst, der also einem Verbündeten auflauerte. Feierlich wurden die Staatsgeheimnisse behütet, versiegelte Depeschensäcke selbstbewußt bewacht, dabei wurde überall dechiffriert und bestochen.

Russische Subventionen beeinflußten die französische Presse, die wie der Finanzminister ihren Preis erhöhte. »Dies Gewerbe der Milchkuh paßt uns nicht«, schrieb ein russischer Diplomat.

Heye wäre beinahe von seinen Sorgen abgelenkt worden, hätte sich beinahe wieder in jene berauschende Arbeit vertieft, seine historischen Erkenntnisse zu Papier zu bringen, schon weniger berauschend als in kalten Kriegsnächten, als er, die Decke über die Beine, den Ursprung dieses Wahnsinns bloßzulegen sich anschickte, schon leise sorgenvoll, daß er bald niemandem mehr mit einer geretteten Reputation nützen würde und daß es ganz belanglos war, ob er ein paar hochgestellten Laffen die ordensbedeckte Brust entblößte.

Trotzdem hätte er weiter gearbeitet, wenn nicht sein Blick immer wieder auf den »Angriff« gefallen wäre: »Unsre unermüdliche Aufklärungsarbeit über die innere Wesensart des Juden hat in den breiten Volksmassen schon so erstaunlich gewirkt, daß keiner mehr Jude sein will, nicht einmal der, dem man es ansieht und, so man sich darauf versteht, auch anriecht. Sie alle hängen sich den Mantel der Staatsangehörigkeit um, binden sich die Maske der Mitbürgerschaft vor und singen laut im Chorus: Ich bin ein Deutscher. Unangenehm, wenn dann so ein Rassefanatiker kommt und dem falschen Siegfried die Tarnkappe runterreißt.«

Tarnte er sich? Es war die deutsche Geschichte, die deutsche Politik, an der er mit allen Fasern teilnahm. Zweihundert Jahre in Berlin. Zweitausend Jahre, mit den Römern in Deutschland. Nicht zugehörig?

War es wahr, daß sich bereits kein Staatsanwalt fand, der gegen Goebbels, der unausgesetzt zum Mord aufforderte, einen Haftbefehl erließ? Kein Polizist, der ihn ausführte? War es richtig, über diese Partei, die 5000 Jahre Gesittung mit Füßen trat, in seiner Zeitung zu schweigen?

Es war zu Ende mit aller schöpferischen Arbeit. Die Keule regierte. »Thildy«, sagte er zu seiner Frau, »ruf bei Markus an, ob es recht ist, wenn wir kommen.«

Auf dem kurzen Weg wurden sie dreimal angebettelt. Zerlumpte Gestalten wollten Schuhsenkel verkaufen, ein Trupp musizierte, einer spielte Klampfe, drei andere sangen. Dann baten sie um Geld. »In unserm Haus«, sagte Klothilde, »stehen zwei Wohnungen leer. Die Wirtin ist verzweifelt. Sieh hier, an jedem Haus steht: ›Zu vermieten‹. Vor einem Jahr noch gab es keine Wohnungen.«

Manfred und Adelina saßen in ihrem Wohnzimmer mit einem köstlichen Barocksekretär und einer kirschhölzernen Sitzecke. Als sich Heyes gesetzt hatten, klingelte Adelina um Kaffee, Keks, Liköre. Manfred hatte Kopfhörer um. Er hatte sich einen Apparat gekauft, sobald es einen Rundfunk gab.

»Wir sind dreimal angebettelt worden«, sagte Heye.

»So eine Weltkrise war noch nicht da. Das verdanken wir der Zerstörung des Welthandels durch den genialen Vertrag von Versailles.«

»Glaubst du wirklich?« fragte Heye. »Ich hoffe ja, daß die Räumung des Rheinlands durch die Franzosen, das Verdienst von Stresemann, den Nationalisten den Wind aus den Segeln nimmt.«

»Die Nazis werden das Verdienst ihrer eigenen Propaganda zuschreiben.«

»Das wäre der Höhepunkt der Gemeinheit!«

»Politik war immer ein schmutziges Geschäft. Dieser Totengräber Brüning macht alles kaputt. Was sollen diese Notverordnungen, die die Steuern erhöhen? Soll jeder immer weniger ausgezahlt bekommen? Gestern spricht dieser Brüning von ›dem Haupt einer großen Partei‹. Ist er zu feige oder zu dumm, um Hitler beim Namen zu nennen?«

Heye fühlte sich getroffen: »Wir erwähnen auch die Nazis nicht. Man will nicht noch mehr Propaganda für sie machen.«

»Ganz falsch. Man hängt der Katze die Schelle um.«

»Haben Sie schon ›Vor Sonnenuntergang‹ gesehen?« fragte Klothilde. »Ein erstklassiger Gerhart Hauptmann.«

»Die ganze Berliner Presse schämt sich, weil da eine vermögende Familie auf der Bühne steht«, sagte Adelina, »Seelenadel und Reichtum, wie verträgt sich das heutzutage?«

»Samtsessel auf der Bühne, Pfui Deibel! Es gibt nur noch zerbrochene Küchenstühle«, sagte Markus.

»Privateigentum ist anrüchig, weil die Not so groß ist«, entschuldigte Heye die Presse, »nur ein winziges Segment ist von diesem Erdbeben verschont.«

»Niemand ist verschont«, sagte Markus, und Adelina weinte: »Blaus sind in Zahlungsschwierigkeiten. Sie hatten sich in den letzten Jahren wieder so schön raufgerappelt. Die Düsseldorfer Bank hat ihnen einen Kredit gekündigt.«

»Der Nachfolger von Beer soll ganz allgemein jüdischen Firmen Kredite kündigen.«

»Das mußt du veröffentlichen.«

»Ich kann mich nicht noch mehr der Verleumdung aussetzen, daß wir für jüdische Interessen schreiben.«

»Teils wenigstens Birnbaum mit. Die ›Neuen Hefte‹ würden es bringen. Das weißt du, daß Grünspechts in Zahlungsschwierigkeiten sind?«

»Nein, so etwas Entsetzliches«, rief Klothilde.

»Wenn Grünspechts bankrott machen, wer macht dann nicht bankrott«, sagte Heye.

»Nein«, sagte Markus, »Wien? Ist bankrott seit 1918.«

»Was für schreckliche Sorgen Sie haben«, sagte Klothilde.

»Ich kam, um mich bei euch ein bißchen auszusprechen, aber ihr habt ja viel ärgere Sorgen.«

»Mein Schwiegersohn Blau sucht eine Vertretung.«

»Gott, der arme Kerl.«

»Wir möchten das Haus verkaufen«, sagte Adelina.

»Ausgeschlossen«, sagte Heye, »Siegmund Jacoby will das seit Jahren.«

»Das ist ein Haus aus den achtziger Jahren, unseres wurde kurz vor dem Weltkrieg gebaut, hat nicht diese albernen Ausmaße und hat allen Komfort.«

»Na Stefan, was gibts denn bei dir? Es ist ganz gut, wenn wir mal von was anderem hören.«

»Es ist auch nichts anderes. Mein genialer Herr Verleger hat sich an Millionenprojekten beteiligt. Die Kosten dafür will er einbringen, indem er den besten Journalisten 100 Mark im Monat weniger zahlt und den Sekretärinnen fünf Mark die Woche abzieht. Soll ich mein Leben damit verbringen, gegen die Sparmaßnahmen dieses Hohlköpfigen zu kämpfen, wenn Deutschland vor einer Katastrophe steht? Und dieser neue Verlagsdirektor, da haben Sie die ganze SPD. Er steht mit krummem Buckel, schlimmer als unterm Feudalismus, und sagt: ›Gewiss natürlich, die Anordnungen Eurer Hoheit werden befolgt.‹ Ich habe gegen den Byzantinismus unterm Kaiser geschrieben, jetzt haben wir die Herren aus dem Volk. Sie sind nicht aufrechter.«

»Wir arbeiten halbe Schicht«, sagte Markus, »und die können wir nur halten, weil wir zu Schleuderpreisen exportieren.«

»Noch eine Tasse Kaffee, solang wirs haben?« fragte Adelina.

Heyes verabschiedeten sich.

Vor dem Haus stand mit Hakenkreuzfähnchen am Hut und Anzug der Verkäufer des »Angriff«: »Frankreichs Rheinlandräumung Deutschlands größte Schmach. Die Wahrheit über die Rheinlandräumung.«

Heye trat heran. »Ach, bitte kaufe keine«, sagte Klothilde, aber Heye hatte schon das Blatt und klingelte noch einmal bei Markus, die erschraken: »Heye ist überfallen worden.«

Aber Heye trat ein und hielt das Blatt hoch: »Sieh dir die Überschrift an. Und überall die gleichen Aufforderungen.« Heye las: »›Ein Gummiknüppel ist nur angenehm, wenn er auf dem Rücken des andern tanzt‹, ›wohlgezielte Maulschellen‹, ›Tritt in den Hintern‹, ›Redlich gemeinte Kopfnüsse‹. Und die Sozialisten: Zörgiebel ist der derzeitige Reklamegoi, Hermann Müller ist ›Reisender in Spülklosetts‹. Und wenn es ihm paßt, dann vergißt er die Rasse, und der Jude Christus wird als Zeuge dafür angeführt, daß er eine Peitsche, natürlich Peitsche, nahm und die jüdischen Warenhaus- und Börsenschieber zum Tempel hinauspeitschte.«

Markus sagte: »Man kann nicht zweitausend Jahre lang von allen Altären gegen eine Minderheit predigen, ohne daß sich das auswirkt.«

»Am beunruhigendsten ist die Kriegshetze der Nazis. Friedensfreunde sind ›die feige deutsch schreibende Juden-Journaille‹ Aber wer will Krieg nach diesem Grauen?«

»Die Jahrgänge 1902–12 wollen ›Das Kriegserlebnis‹. Aber nimmt man diese Nazis nicht zu ernst, haben wir früher solche Stinkblätter gelesen?«

»Ich war gewiß deiner Meinung, aber heute bekam ich die Memoiren des Fürsten Siegen-Siegen. Seine Mitarbeit bei uns wird nicht erwähnt. Die Nazis schreien jeden Tag: ›Man kann nur Judenknecht oder Judengegner sein‹, und die Fürsten Siegen-Siegen verschweigen in ihrer Briefsammlung die Korrespondenz mit mir.«

»Die Studentenschaft nimmt auch nichts mehr wichtig wie Juden. ›Juden und Fremde raus‹«, sagte Markus.

»Weltbürgertum war ein deutsches Ideal«, sagte Heye.

»Das ist lange her.«

»Werden sie an die Regierung kommen?«

»Und wenn, werden sie schnell abgewirtschaftet haben«, sagte Markus.

32. Kapitel

Naziversammlung

Jürgen, Otto Jacoby und Grete beschlossen, eine Naziversammlung im Sportpalast zu besuchen. »Du kommst mit«, sagte Jürgen zu seiner Frau.

»Warum soll ich mir das Gequassel anhören?«

»Du kannst dir die Ohren zustopfen. Wir brauchen jemanden, der so penetrant blond ist wie du.«

Nach zwei Stunden Warten bekamen sie gute Plätze auf der Galerie. Die Kapelle Fusel spielte. Schon wurde gesungen: »Entrollt die Fahnen blutgetränkt, zum Himmel laßt die Feuer lohen …« »Wir weichen vor dem Feinde nie, des Hitlers fünfte Kompagnie …«

Ein kleiner junger Mann sagte zu Anna: »Ist das nicht herzerhebend, daß hier alles die Unsrigen sind?«

»Ich denke, es gibt sechzig Millionen Deutsche?«

»Aber so viele Verräter.«

Ein Lautsprecher gab den Kommentar: »Da marschieren sie, eisern in Schritt und Tritt und tragen über ihren Häuptern das heilige rote Tuch mit dem schwarzen Heilszeichen. Ernst und entschlossen blicken die harten Gesichter, und das aufsteigende Lied klingt wie ein Schwur. In jeder Hand, die sich zum Gruß hebt, liegt ein verhaltenes Zittern, als wartete sie darauf, daß sie sich zur Faust ballen kann. Nun erzittert der Riesenbau unter dem Sturm der Freude. Zwanzigtausend Menschen springen von ihren Plätzen …«

»Sie Hei«, »Sie Hei«, »Sie Hei.«

Auch der junge Mann neben Anna sprang hoch, presste ihre Hand: »Er kommt, sehen Sie ihn, er kommt! Sieg Heil!«

Der pechschwarze hinkende Zwerg, ein nachgedunkelter

Schrumpfgermane, von blonden Riesen umgeben, betrat die Tribüne. Ungeheurer Tumult herrschte, Leute sprangen hoch, Frauen breiteten die Arme aus und schrien, während die Kapelle Fusel spielte. Jetzt stand er oben. Noch standen die Zwanzigtausend, reckten die Arme hoch, grüßten die Berliner Sturmfahnen, neigten sich tief vor ihnen.

Goebbels begann, nachdem sich die Begeisterung gelegt, die Kapelle still war: »Hier vor mir sehe ich die alten Gesichter, seit vielen Jahren bekannt und vertraut... Der da war dabei bei Lichterfelde, der fungierte in Spandau als Kurier, der kämpfte mit in...«

»Verdun«, schrie Jürgen.

»Sie Lump«, drehte sich einer vor ihnen um, »ich ruf den Saalschutz, der wird Hackfleisch aus Ihnen machen...«

Otto dachte, in einer Minute sind wir alle tot, und unsre Mörder werden freigesprochen. Aber der junge Mann neben Anna beugte sich vor und sagte: »Schweigen Sie doch! Wir warten auf die Worte vom Doktor.«

Er rettete ihnen das Leben.

»... den Pharussälen in Wedding. Wir kamen hier zusammen, um die letzte schändliche Entwicklung zu besprechen. Daß Frankreich den Rhein räumt, daß es der Republik einen Teil der geraubten Souveränität zurückgibt, das ist eigentlich die tiefste Schmach, die die deutsche Regierung eingehandelt hat. Frankreich hat dem deutschen Hund die Kette abgenommen, weil es weiß, daß er nicht beißen kann. Es sichert sich Sanktionsrechte für den Fall, daß einer aus dem Pudel wieder eine reißende deutsche Dogge macht. Frankreich vertraut dieser Regierung ohne Pfänder, denn sie ist nur noch der Geld- und Tributeintreiber des Feindes. Von allen Plakaten schreien die stummen Buchstaben: ›Heil Kaiser dir, Parker Gilbert, Kaiser der Republik.‹ Schufte dürfen regieren, die den Young Plan annahmen! 1924 zählte Deutschland 300000 Arbeitslose. Als man den Young Plan unterschrieb, sind es drei Millionen geworden! Ein mörderischer Wirtschaftskrieg gegen deutschen Fleiß und deutsche Arbeit!

Darum reißt ihnen die Maske von der Fratze! Packt sie beim Genick, gebt ihnen bei der Wahl Fußtritte auf die Fettbäuche, und fegt sie mit Glanz und Gloria zum Tempel hinaus. Wir werden Reichstagsabgeordnete, um die Weimarer Gesinnung mit ihrer eigenen Unterstützung lahmzulegen. Wenn die Demokratie so dumm ist, uns für diesen Bärendienst Freifahrkarten und Diäten zu geben, so ist das ihre Sache. Wer von euch stimmt dafür, daß wir weiter unsre eigenen Groschen der jüdischen Dawesbahn in den Rachen werfen, während die Republik wahrhaft danach lechzt, uns Freifahrkarten zu geben!«

»Niemand!« »Keiner!« »Ich nicht!«

»Unsere niederträchtigen Zwischenrufe schmettern wir in die satte Geruhsamkeit dieser greisenhaft hinwelkenden Impotenz, dann klappern die falschen Gebisse, dann rauschen die Bärte, dann wackeln die grauen Häupter, die verstaubten Theaterrequisiten des bürgerlichen Patriotismus werden aus der Rumpelkammer geholt, die ältesten Excellenzen takeln sich auf wie zerschlissene Fregatten und schleppen ihre Kalkhaufen.«

Ein Gelächter erhob sich, das nicht aufhören wollte.

»Wir kommen als Feinde! Wie der Wolf in die Schafherde einbricht, so kommen wir. Ich habe schon 1926 zur Zerstörung des heutigen Staats aufgefordert. Kein Staatsanwalt hat mich in Anklagezustand versetzt. Denn man kann nur Judenknecht oder Judengegner sein, und selbst jeder Büttel dieser Finanzkolonie weiß, daß Judengegnerschaft eine Sache der persönlichen Sauberkeit ist.«

Otto, Grete und Jürgen fühlten, daß sie der Zerstörung von allem beiwohnten, was Jahrhunderte mühevoll aufgebaut hatten. Das Alter wurde verhöhnt, der Erfolg gepriesen, der jedes Mittel rechtfertigt, die Institution der Polizei zerfetzt:

»Ist Herr Müller in Gefahr, so appelliert er an die Polizei, das heißt an die Gewalt der andern, die er selbst zu feige ist, auszuüben. Menschen dafür zu bezahlen, daß sie unser Leben und unsern Besitz verteidigen, gilt als Höhe der Kultur.«

Die Versammelten lachten, die Hasenfüße bezahlen 'ne Polizei, statt selber den Gummiknüppel ...

»Um Mitternacht bewegt sich ein schwarzer Zug durch die stillen dunklen Straßen, Haß auf den Lippen, Rache in den Fäusten. Sie tragen die rote Fahne der Freiheit, die Hand am Gurt, den Kopf hoch, aufrecht und tapfer, einem Gesetz gehorchend, das ihnen das ewige Blut vorschreibt ...«

»Es lebe die ss, ss, ss, Heil Sieg, Hei Sie!«

Die drei oben hörten: »Wer die Fememänner ...«

Jürgen sagte leise: »Mörder.«

Der sanfte junge Mann neben Anna wurde wild: »Haben Sie eben Mörder gesagt?«

»Wie werd ich denn?«

»Ich habe doch Mörder gehört?«

»Nein«, sagte Anna und strahlte ihn mit ihren blauen Augen an.

Und sie hörten den Aufruf zum Krieg: »... als Cäsar den Rubikon ... als Friedrich in Schlesien ... als Bismarck Österreich den Krieg erklärte ... hat jeder von ihnen alles gewagt ... und die Geschichte segnete sie ...« Und in die Ergriffenheit: »Terror? Niemals! Mussolini sagte: ›Wir nahmen diese Individuen aus dem Umlauf, wie die Mediziner einen Bazillus.‹ Ich meine, das ist vor allem richtig, weil am Ende eins steht, das jede Methode rechtfertigt, der Erfolg!«

Zwanzigtausend klatschten, rissen die Arme hoch: »Sie Hei!« »Sie Hei!« »Sie Hei!«

»Wenn wir Deutschland vom Wahn des Goldes freimachen, dann vollbringen wir die größte Tat der Weltgeschichte. Blut gegen Gold, Arbeit gegen Gold, Fäuste gegen Paragraphen. Euch Belogenen und Betrogenen rufen wir zu: Deutsche, seid deutsch! Hört auf, Bürger zu sein! Hört auf, Proletarier zu heißen! Werdet Deutsche!«

Die Kapelle Fusel setzte ein: »Die Fahne hoch ...« Alle standen, die Händ erhoben, sangen: »Wir sind das Heer vom Hakenkreuz«. Die Fahnen wurden vor der Tribüne gesenkt, und während noch alle mit erhobenem Arm auf ihren Plätzen standen, begannen die Führer aus der Halle zu gehen, vom Saalschutz mit dem braunen Leder eng umgeben.

Eine Frau fiel auf die Erde und versuchte, dem Doktor die Schuhe zu küssen, andre fielen nieder, hoben die gefalteten Hände zu ihm auf, die Kapelle spielte: »Wir sind die Sturmkolonnen, wir gehen drauf und dran ...«

Jürgen, Anna, Grete und Otto gingen schweigend durch die glücklich erregte Menge. Ganz leise flüsterte Anna: »Aber warum sollen wir auch wirklich nicht für Deutschland, sondern für die Sowjets kämpfen?«

»O Anna!«

33. Kapitel

Die Krise geht weiter

Der KPD-Rathschek und der SPD-Schulze waren endgültig auseinander, wußten nicht mehr, daß sie zusammen in die 534. Gemeindeschule gegangen waren, bei Osram gearbeitet und sich aus der Patsche geholfen hatten.

In den »Neuen Heften« rang Randelhofer mit Schwarz um rote Einheit. »Von beiden Seiten müssen Konzessionen gemacht werden, vielleicht werden dann die Nazis nicht Oberwasser gewinnen.« Er wollte eine gemeinsame Zeitung, links von der Sozialdemokratie, rechts von der »Roten Sichel«. Er stellte gläubige Fragen: »Wenn die Zeitungen sozialisiert werden, wer bezahlt die Presse der Opposition? Aber solch eine Frage darf unsern Willen zum Sozialismus nicht lähmen.«

Jacke rief Schwarz an: »Du kannst doch diese idiotische Diskussion nicht mit jemandem fortführem, der keine Ahnung von der konkreten Generallinie hat.«

Die Genossen saßen bei Jürgen, der sich als der geborene Spion vorkam, weil seine neue Wohnung zwei Ausgänge hatte. An der Wand hing eine Holbeinsche Rötelzeichnung, das Dürersche Häschen, ein holzgeschnittener Marx und »Aufruhr« von Käte Kollwitz.

»Habt ihr keine Leninecke?« fragte Charlotte. »Das Bild Lenins oder Stalins, darunter Blumen und zwei Kerzen. Man hat es jetzt vielfach in Rußland.«

»Nicht für den Opiumverteiler, sondern für den echten Erlöser der Menschheit«, sagte Anna.

Mühlenbach dachte, man hat doch nicht eine Religion abgeschafft, um eine andere einzuführen. Wissenschaftliche Klarheit, das war Marxismus.

Es hatte harmlos angefangen. Mühlenbach sagte: »Diese Nazis erschießen unsre Leute, werden freigesprochen und nehmen uns die ganze Jugend weg. Die Zunahme der KPD sind Arbeitslose. Wir sind nicht tiefer in die Betriebe eingedrungen.«

Jacke, dessen Mund nur mehr ein Strich war, sagte: »Der Sozialfaschismus ist der konkrete Wegbereiter für den Krieg gegen die Sowjetunion. Die ihre Klasseninteressen verratenden Sozialrevolutionäre haben sich mit konterrevolutionären Organisationen und der imperialistischen Bourgeoisie, deren Ziel die bewaffnete Intervention gegen die USSR ist ...«

Jürgen dachte, na also, was? Aber daß er dieses – na also was? – hätte laut sagen können, so weit war man nicht mehr.

»... verbündet«.

»Ach Unsinn, Gerhard. Wer verprügelt unsre Leute?«

»Wir müssen die Sozialfaschisten aus allen Betrieben, Arbeitsnachweisen und Berufsschulen verjagen.«

»Gerhard!« rief Mühlenbach.

»Ihr vergeßt, es gibt keine deutsche kommunistische Partei, sondern eine deutsche Sektion der Internationale. Es droht ein neuer Krieg.«

»Ich rede vom gegenwärtigen Krieg der Nazis in den Straßen Berlins gegen *uns*.«

»Es ist irrsinnig, was wir machen«, sagte Jürgen. »Der Heinz Neumann hat recht: ›Schlagt die Faschisten, wo ihr sie trefft!‹«

»Neumann treibt linkssektiererische Massenpolitik«, sagte Jacke.

»Wir sollen also mit den Nazis zusammengehen.« Mühlenbach sprang auf.

»Es wurde festgelegt, daß wir im Volksentscheid mitmachen.«

»Uns mit den Nazis gegen die Regierung Braun zusammentun?«

»Das mach mal den Arbeitern klar«, sagte Jürgen.

»Sie werden nicht zur Wahl gehen«, sagte Mühlenbach.

»Man nennt ihn den ›Roten Volksentscheid‹«, sagte Gerhard Jacke.

»Sie glauben, Leser merken was, janischt merken Leser«, das

stammt von Miehlke, dem Meistermetteur der ›Berliner Rundschau‹«, sagte Jürgen.

Nur Jacke begriff, was Jürgen meinte. Volksbetrug. Zynismus.

»Hammer und Sichel und Hakenkreuz vor den Wahllokalen?« sagte Mühlenbach.

»Grausig«, sagte Jürgen.

»Sollte man nicht die Mitglieder befragen, ob sie mit dem Roten Volksentscheid einverstanden sind?« sagte Mühlenbach.

»Es handelt sich um Rußland«, griff Charlotte ein. »Amerika und England haben unter entsetzlichen Opfern der Arbeiterklasse Jahrzente zur Industrialisierung gebraucht. Rußland will die Industrialisierung in fünf Jahren erreichen. Habt ihr es heute in der ›Berliner Rundschau‹ gelesen?«

Anna nahm die Zeitung und las: »›Es handelt sich um Überlegungen von ungewöhnlicher Tiefe. So sind auch nur Weite und Schwung zu verstehen, mit denen der Plan in die Zukunft greift, im letzten ein kolossales Verteidigungswerk für die ungestörte Umgestaltung des sozialistischen Gedankens auf russischem Boden.‹ Ein bürgerliches Blatt, und ihr zweifelt.«

»Die Genossinnen haben recht«, sagte Jacke. »Hitler zertrümmert Sozialdemokratie und Gewerkschaften. Das deutsche Bürgertum, dem der Weltkrieg die Rente verkürzte, wird versuchen, die Westmächte von den Weltmärkten zu verjagen. Und die Nazis stehen Schmiere während der Sozialismus in Rußland errichtet wird.«

»Man kann sich nicht einfach den Nazis ausliefern«, sagte Mühlenbach.

Jürgen dachte, will er nicht schweigen, wir Kommunisten haben doch gelernt zu schweigen. Er brach ein Gespräch vom Zaun über die Harzburger Koalition zwischen Nationalen und Nazis. Mühlenbach ging auch sofort darauf ein: »Ich habe das als erster erfahren, aber dieser Leichenfledderer Speckle hat sich *meine* Nachricht bezahlen lassen. Aber ich werde ihn schon zur Strecke bringen.«

Charlotte sprach von ihrem Peterchen: »Er sucht sich Buchstaben zusammen.«

»Ist erst vier«, sagte Anna bewundernd.

»Ungeheuer begabt«, sagte Schwarz.

»Bei *dem* Vater«, sagte Jürgen.

»Wir sollten wirklich nicht die Weisheit des ZK anzweifeln. Stalin ist ein Genie«, sagte Schwarz, »die Nazis werden mit der übrigen Bourgeoisie auf dem Misthaufen der Geschichte enden.«

Als sie weggingen, sahen sie sich vorsichtig um. »Hier seid ihr ganz sicher. Die SA greift nur in den Arbeitervierteln an«, sagte Jürgen. Trotzdem gingen sie in Abständen in verschiedene Richtung.

1928 hatte Mühlenbach zu Grete gesagt: »Ich habe die Arbeit beim ›Roten Stern‹ recht satt. Immer wollen sie einem alles vorschreiben. So kann man keine Zeitung machen.«

Grete sprach mit Randelhofer, und Mühlenbach wurde Korrespondent in Dortmund. Er schrieb ihr: » ... erwünscht ist *ein* schriftlicher Vortrag im Monat, politisch oder Feuilleton. Hätte ich das gleich gewußt, hätte ich mich nicht so angestrengt und dreie diese Woche geschickt. Ich habe 300 Mark und monatliche Kündigung.«

1930 kam er in die Redaktion und bat Grete ins Café. Grete konnte sich schon denken, Abzüge, der Abbaudirektor. Es war haarig.

Er bekam nur noch 150 Mark: »Ich weiß nicht, wie ich mich damit in Dortmund halten soll. Mein Zimmer kostet 50 Mark bei einer netten Frau, die überhaupt nur leben kann, weil sie so mietfrei wohnt. Wenn ich kündige, dreht sie den Gashahn auf. Ein Glück mit den ›Neuen Heften‹. Talberg und Birnbaum sind ja hochanständig, zahlen genau wie sonst 50 Mark pro Artikel, habe ich 350 Mark im Monat, aber es reicht kaum für Fahrten nach Berlin, woran mein Herz hängt.«

Im Januar 32 kam ein Brief: »Ich bin vorsorglich zum 1. März gekündigt worden, vielleicht haben alle derartige Briefe bekommen. Mateike, einer der anständigsten, muß es wissen. Wenn ich auf Zeilenhonorar gesetzt werde, ist es katastrophal.

Ich habe keine hundert Zeilen pro Monat, vierzig bis fünfzig Mark. Neunzig Prozent von dem, was ich schicke, fliegt in den Papierkorb, dazu kommt, daß ich Auslagen nicht vergütet bekomme, allein die Zeitungsabonnements. Ich bin sehr verzweifelt ...«

Auch Feodora wurde gekündigt nach achtzehn Jahren in dem chemischen Konzern und siebenhundertfünfzig Mark am Ende. Sie ließ sich bei ihrem Chef melden, seine Sekretärin sagte: »Ich verstehe nicht, wie Sie dazu kommen, Herrn Direktor Becker mit Ihrer eigenen Angelegenheit zu behelligen.«

Als sie endlich vorgelassen wurde, blieb er sitzen, Bauch, Glatze und kurze Beine: »Kommen Sie näher«, und spielte mit einem Lineal.

Feodora nahm sich wortlos einen Stuhl, von dem sie auf ihn heruntersah.

»Sie sind achtzehn Jahre unter falschen Voraussetzungen hier gewesen. Mein Kollege sagte, ›unter falschen Voraussetzungen eingeschlichen‹. Keiner von uns hat gewußt, daß Sie eine Nichtarierin sind. Sie haben gedacht, es merkt keiner?«

Sie sah auf den verfetteten Kümmerling: »Sie waren im Krieg sehr froh an meiner Hilfe. Sie haben nicht danach gefragt, daß ich eine Russin bin. Sie haben mich befördert ...«

»Ja eben, eine Frau und Jüdin als Vorgesetzte, ich weiß nicht, was Sie sich vorgestellt haben, in der chemischen Industrie, die wir immer judenrein gehalten haben.«

»Ich werde mich ans Arbeitsgericht wenden. Sie haben mir mindestens ein halbes Jahr Gehalt zu bezahlen ...« Feodora stand auf, eine königliche Feuerbachsche Iphigenie.

Sie rief Hanna Beer-Fuchs an. »Aber ich freue mich doch immer, dich zu sehen.« Mitten in der Woche, mitten am Tage? Was ist los? dachte Hanna.

Sie saßen im Wohnzimmer unter der Stehlampe in der Beerschen Villa im Grunewald. Das Hausmädchen in Schwarz mit weißem Häubchen und Schürzchen schob den Teewagen herein. »Wieso habe ich das Vergnügen, dich an einem Nachmittag bei mir zu haben?«

»Ich habe meine Stellung verloren. Ich bin untragbar. Das ist das neue Wort. Denn ich bin – noch ein neues Wort – eine Nichtarierin«.

»Nichtarierin?«

»Direktor Becker hat sich benommen, und aussehen tut er, ich kann mir keine Rasse vorstellen, die ihn zu den ihren zählen möchte.«

»Du hast leicht reden, du Schaustück an Schönheit, übrigens noch viel schöner, seit du ein bißchen älter bist.«

»›Statueske Frau‹, nennt das ein Freund.«

»Freund?«

»Nicht, was du denkst!«

»Schade«, sagte Hanna, die eine Wut auf Herbst hatte und ihn nicht mehr einlud. »Und was wirst du machen bei dieser Arbeitslosigkeit?«

»Ich miete mir ein möbliertes Zimmer, ich brrauche sehrrr wenig. Irgend ein jüdischer Apotheker wird mich schon nehmen.«

»Ich würde gern auswandern. Was sollen wir in diesem Deutschland? Mein Mann klebt. ›Von Renten leben‹, sagt er, ›das ist zu unsicher.‹ Wir haben zwei heranwachsende Töchter, er denkt noch an Mitgift, weißt du.«

»Je früher, je besser. Was sollen sie denn mit deutsch in der Welt?«

»Und du?«

»So lange Ha Ha Ha hier bleibt, bleibe ich auch.«

Hanna wollte fragen, als Feodora sagte: »Erspar dir die Frage, ich ziehe nicht zu ihm.«

Werner sagte zu seiner Mutter: »Das war heute ein trauriger Abschied. Lewin mußte gehen. Wir konnten ihn nicht mehr halten.«

»Kürzer dagewesen wie du?«, fragte Franziska.

»Viel! Er kam erst 25 ungefähr. Er ist über fünfzig, wie soll er noch einen Posten finden? Herr Gleichmann disponiert eben sehr vorsichtig. Nur ich, die Sekretärin und der Portier sind noch da.«

»Als ob Krieg wäre«, sagte Franziska.

»Abwarten ist in solchen Zeiten das Wichtigste«, sagt Herr Gleichmann.«

»Sehr klug!« sagte Franziska und wiegte den Kopf.

Birnbaums »Neue Hefte« waren fast das einzige Blatt, in dem noch eine freie Diskussion stattfand.

Birnbaum war klein, die Nase zu groß, der Mund zu klein. Kinn hatte er keins. »Falsch besetzt«, nannte ihn Otto, denn Birnbaum war ein Genie. Name und Gesicht waren ein Fressen für die Nazis: »Die Einen tragen in ihrem Gesicht eine gerade und die andern eine republiktreue krumme Nase und gar kein Kinn. Dieser mit dem dummen, faulen, instinktlosen, feigen Ponim, dieser Anhänger des Trierer Rabbinersohns Mordochai, der sich später den Namen Marx beilegte ...«

Birnbaum kümmerte sich nicht. Er war ein glühender Kämpfer gegen das Nichtstun der Regierung angesichts der Wirtschaftskatastrophe. War es Birnbaums herzliches Lachen, war es des alten Talbergs zustimmendes Schmunzeln, sie alle schrieben besser in den »Neuen Heften«. Ihre Artikel waren Briefe an diese höchst verfeinerten Geister, die jede Nuance begriffen. Hatte nicht Nietzsche gesagt, wenn alle lesen könnten, würde das Schreiben verlernt werden?

Es schrieb in den »Neuen Heften« Gerhard Jacke, vorsichtig, aber immerhin, Schwarz, dessen neuestes Schimpfwort ›Objektivist‹ war, Mühlenbach über Mißtände von bolivianischen Kupferbergwerken bis zu griechischen Schwammtauchern, Friedrich Wilhelm die blendenden Tiraden seines vergeistigten Totschlägertums, Grete Jacoby und die giftspritzende Charlotte, Hertha Kolk über Film und Luise Leermann Buchkritiken. Welcher Redakteur wäre nicht glücklich gewesen, wenn jede Woche fünftausend gescheite Menschen einander gefragt hätten: »Haben Sie gestern drin gelesen? ...« »Drin« waren die »Neuen Hefte«, und nun hatte sich Birnbaum in eine Frau verliebt, in die sich vom siebzehn- bis zum siebzigjährigen jeder Mann verliebte, in Elinor nämlich, wegen der Feodora hatte Selbstmord begehen wollen. Und Elinor, der jahrelang die Wahl unter ihren Bewerbern schwergefallen war, sagte zu dem plötzlich so berühmten Birnbaum »Ja«.

Grete sagte zu Otto: »Ich weiß nicht, für wen diese Ehe unangenehmer ist, für diesen jämmerlichen kleinen häßlichen Mann oder für diese große schöne Frau. Es ist furchtbar, wie sie zusammen aussehen.«

»Davon verstehst du nichts. Wenn es nur zwei Jahre hält, hat er großes Vergnügen gehabt.«

Jacobys, Jürgen, Anna und Birnbaums gingen zusammen zu der großen Kabarettistin.

Das Kabarett war unauffällig in einer Wohnstraße. In einem weißen privaten Vorplatz mit einer riesigen Blumenvase nahm eine grauhaarige Frau in Schwarz die Garderobe ab.

Scharnagl kam: »Na, was sagt ihr?«

Otto begriff sofort: »Von Ihnen ausgemalt?«

»Ja, es konnte gar nicht teuer genug sein. Sie sitzen auf echten Persern.«

Man lachte und grüßte an viele Tische. »Was bestellen wir?« sagte Otto.

»Natürlich Sekt«, sagte Birnbaum.

»Sie sind glatt wahnsinnig«, sagte Jürgen, »zu uns kam heute morgen der Gerichtsvollzieher Piepmätze ankleben und zugleich der Geldbriefträger.«

»Vorschuß für Jürgens Roman«, sagte Anna.

»Die Vögel werden bald abgerissen sein und der Geldbriefträger Dauergast, also Sekt, a) wegen Elinor. Mit einer Frau wie Elinor trinkt man nur Sekt, und zwar französischen, b) wegen Jacobys zauberhaftem ›Märchentraum‹. Gratuliere zum ersten großen Erfolg! c) wegen Jürgens bevorschußtem, unveröffentlichtem und ungeschriebenem Roman.«

»Liegt fertig da«, sagte Jürgen.

»Kein Sekt. Meine Stellung wackelt. Randelhofers übrigens auch«, sagte Grete.

»Und überhaupt«, sagte Jürgen, »Deutsche eßt deutsche Bananen. Deutsche trinkt deutschen Burgunder!«

»Die Nazis können nicht mehr ihre Druckerrechnungen bezahlen. Der Spuk wird bald zu Ende sein!« sagte Birnbaun, »Sekt Veuve Clicquot.«

»Wenn es schon deutscher Wein sein muß, Jürgen, dann doch Bordeaux«, sagte Otto.

»Wie voll das ist, eigentlich empörend!« sagte Anna.

»Ein Berliner Lokal, das vor drei Tagen eröffnet worden ist«, sagte Birnbaum, »ist immer überfüllt, und noch dazu die Fölsch. Wenn die Verhältnisse bleiben wie jetzt, wirds in vier Wochen schon hübsch leer sein. Keine Sorge! Die Wände sind noch voll Ölfarbe. Draußen ist ein Anschlag: ›Terpentin frei zur Verfügung‹. Ich habe einen gräßlichen Flecken am Anzug. Kann man von einer Frau wie Elinor verlangen, daß sie einem Mädchen beibringt, Flecken rauszumachen? Das wäre zu viel verlangt ...«

Jürgen sagte: »Viel zu viel verlangt! Meine Anna macht sogar Flecken selbst raus. Das ist aber auch ein Musterweib!«, und er fiel ihr um den Hals.

»Ihr seid doch gar nicht verheiratet? Ihr lebt in einer Gewissensehe. Pfui Teufel!« Birnbaum winkte einen Kellner: »Also zwei Flaschen anständigen deutschen Bordeaux!«

»Nee, Herr, bisher noch nich. Wenn die rankommen, kann das ja möglich sein.«

»Haben Sie Feindeswein?« sagte Otto. Der Kellner nickte traurig.

»Na, bringen Sie mal zwei Pullen.«

»Halt!« rief Birnbaum. »Und etwas Terpentin und ein Läppchen, hier an meinem Anzug ist ein Flecken.«

Tatsächlich kam der Kellner mit dem Bordeaux und Terpentin und machte sich an Birnbaums Jacke zu schaffen. »Nein, Herr«, sagte er, »Flecken, die nicht sofort rausgehen, sind nicht von uns.«

Jürgen rief: »Kinder, mir wird schlecht vor Lachen!«

»Ich sehe Schwarz, obwohl ich zum erstenmal seit Monaten rosig sehe«, rief Birnbaum. »Hallo! Schwarz! Sie in diesem Schandlokal?«

»Aus beruflichen Gründen ...«

»Ich hatte schon den Verdacht, Sie wollten sich amüsieren.«

Schwarz ging auf solche Albernheit nicht ein: »Feiern Sie Jürgen? Sein Roman ist phantastisch!«

»Kommt er tatsächlich bei Klopfer raus?«

»Klopfer?« sagte Schwarz. »Wo wird denn Klopfer so ein Buch drucken? Bei der kommunistischen Verlagsanstalt, natürlich. Wie Jürgen die Kollektivierung darstellt, wie aus Muschiks Menschen werden, aus verlotterten, rückständigen Dörfern sozialistische Agrarkommunen! Ein Welterfolg steht bevor!«

»Ich dachte, er kommt bei Klopfer raus?« sagte Otto noch einmal, obwohl ihn Grete anstieß.

»Sie verlangten Kürzungen.«

»Kommt er ungekürzt heraus?« fragte Grete.

Jürgen sagte die Wahrheit: »Nein.«

»Es ist ja wohl ein Unterschied, ob man sich in die Hände einer kapitalistischen Firma oder in die Hände von Genossen begibt«, sagte Anna.

Jürgen sagte begeistert: »Wir haben eine tolle Wohnung, völlig im Grünen versteckt, mit zwei Ausgängen!«

»Zwei Ausgängen?« sagte Birnbaum. »Da finden Sie die Nazis nie.«

»Es ist auch schwerer«, sagte Jürgen beleidigt.

Jetzt trat die berühmte Diseuse vor den Vorhang, eine starke Mutter aus dem Volk mit Umschlagtuch, und sang, von den Stakkaten am Klavier begleitet, einen Tucholsky:

»Der schlimmste Feind, den der Arbeiter hat,
das sind nicht die Soldaten;
es ist auch nicht der Rat der Stadt,
nicht Bergherrn, nicht Prälaten.
Sein schlimmster Feind steht schlau und klein
in seinen eigenen Reihn.
Der weiß nichts mehr von Klassenkampf
und nichts von Revolutionen;
und hat vor Streiken allen Dampf

und Furcht vor blauen Bohnen.
Der will nur in den Reichstag hinein
aus seinen eignen Reihn.
Klopft dem noch ein Regierungsrat
auf die Schulter: »Na, mein Lieber …«
dann vergißt er das ganze Proletariat –
das ist das schlimmste Kaliber.
Kein Gutsbesitzer ist so gemein
wie der Feind in den eignen Reihn.«

Der Beifall war ungeheuer. Dann kamen drei Herren auf die Bühne. Der Conferencier stellte »den Verräter« vor: »Brenneke, zehn Jahre Gewerkschaftsführer, zehn Jahre Reichstagsabgeordneter, zehn Jahre Betriebsratsvorsitzender«, und beiseite, zum Publikum gewandt: »Er kommt mit den Feinden ganz gut aus – und eines Tages sind es eigentlich gar keine Feinde mehr.« Der zweite, ein hochnäsiger Herr, sagte zum »Verräter«: »Ich wende mich an Sie, lieber Brenneke, weil Sie der einzige sind, mit dem man zusammenarbeiten kann. Sie sind und bleiben ein objektiver Mann …«

Brenneke sagte zum Publikum: »Genossen, man muß die Lage von zwei Seiten ansehen …«

Gelächter antwortete. »Fauler Kompromißler«, rief eine junge Stimme aus dem Publikum, denn es war wahnsinnig komisch, daß jemand verlangte, man solle eine Sache von zwei Seiten ansehen.

Der Conferencier sagte: »Aber die Genossen sehen die Lage nur von einer Seite an, nämlich von der Hungerseite …«

Brenneke ballte die Fäuste.

»Sehen Sie, er ist erstaunt, wenn man ihn ›Verräter‹ schilt.«

Das weitere ging im Klatschen und Hochrufen der Zuhörer unter. Waren es nicht Verräter, die den Hunger verlängerten, statt ihn für alle Zeit zu beenden wie im Paradies gleich nebenan, wo eine neue Menschheit nicht fragte: »Was hat er?«, »Wo wohnt er?« Wo nichts nach Geld ging und Rang und Stand, wo alles allen gehörte?

Nicht allen war wohl bei diesem Jubel. Das Kabarett wollte auch der Minderheit etwas bieten. Ein kleiner Mann fragte demütig mit Mehrings Versen:

»Ach bitte, mein Herr! Wo ist das gelobte Land?
Neger, Chinesen und Christen!
Traktoren sind Schicksal – Glaube ist Wahn!
Schicksal ist Fünfjahresplan.
Gefühle sind kapitalistischer Dreh!
Wer henkt wen? ...«

»Aufhören! Aufhören!« rief Jürgen.

»Für uns denkt das Zentralkomittee!«*

»Unglaublich!« rief Schwarz.

Aber der kleine Mann blieb stehen, gab dem Klavierspieler ein Zeichen und begann, ein großer Schauspieler, begleitet von einer tollen improvisierten Musik:

»Mit der Uhr in der Hand, mitm Hut aufm Kopp,
keine Zeit, keine Zeit, keine Zeit,
man knutscht, man küßt ...«

Auch Jacoby dachte bei dem Hohn: »Für uns denkt das Zentralkomitee!« Geht es nicht um das Selbstbewußtsein des einfachen Menschen, sein Glück, seine Würde? Man durfte das Paradies nicht verhöhnen, auf keinen Fall, jetzt bei dieser Not.

Da sahen sie Kolks mit Luise Leermann,

»Wahlverluste der Nazis feiern?« fragte Professor Kolk.

»Nee, neues Kabaret sehen«, sagte Birnbaum.

»Wir kommen aus der ›Mausefalle‹«, sagte Professor Kolk, und als alle lachten, »aus dem Stück, aus der andern hoffentlich auch. Primitiver gehts schon nicht.«

»Sch«, machte Birnbaum und legte den Finger an den Mund,

---

* Textstelle aus dem Gedächtnis zitiert

»Herr Professor befinden sich im Augenblick im Angesicht eines Emissärs seiner bolschewistischen Majestät Stalin I.«

»Tach, Jürgen«, sagte Luise Leermann, »Sie begabter Lümmel, wann kommt nun endlich was von Ihnen raus?«

Kolk sprach mit Birnbaum: »Das Judenprogramm können die Nazis auf keinen Fall durchführen. In den besten adeligen Familien ist jüdisches Blut. Bismarck hat Mischehen gefördert, germanischer Hengst und jüdische Stute …«

»Das wird erlaubt werden, aber jüdischer Hengst und germanische Stute?«

»So primitiv?«, sagte Kolk.

»Noch primitiver«, sagte Birnbaum.

Luise Leermann erzählte: »In Braunschweig soll ein Stück ›Ewiges Volk‹ von Kluge aufgeführt werden. ›Ewiges Volk‹, stellen Sie sich vor.«

»Aber ewiges Volk kann auch gut sein«, sagte Grete.

»Grete Jacoby«, sagte Luise Leermann empört, ›Ewiges Volk‹ kann nur Kitsch sein.«

»Wir sitzen drüben mit Freunden«, sagte Kolk, »vielleicht sehen wir uns nachher noch.«

»Tach, Frau Stahlmacher«, sagten sie.

»Wen man hier alles trifft!«

»Na, is doch ganz neu«, sagte die Stahlmacher, »darf ich mich zu Ihnen setzen?«

»Wenn Sie wollen zu dieser Judenbagasche«, sagte Birnbaum mit scharfem Instinkt.

Sie setzte sich und hörte dem Gespräch von Jürgen und Grete zu.

Grete sagte: »Hat es schon in den Abendzeitungen gestanden?«

»Natürlich!« sagte Jürgen. »Rheinische Großindustrie, wo sie am fettsten ist …«

»Und wo ist der Alte?«

»Auf dem Weißen Hirsch zur Trauer.«

»Von wem sprechen Sie? Was ist denn passiert?«

»Kleiner Mord in feinen Kreisen«, sagte Jürgen, »Frau Corvinus, die Frau von Vinzenz Corvinus, wurde in Nordafrika ein bißchen ermordet, als sie mit ihrem Wagen allein mit ihrer Jungfer fuhr.«

»Was heißt ein bißchen ermordet?«

»Es heißt genau so viel wie bißchen schwanger«, sagte Jürgen.

»Tot?« fragte Ruth Stahlmacher.

»Sicher.«

»Fahr ich sofort auf den Weißen Hirsch.«

»Den Alten interviewen?« fragte Grete.

»Nee, heiraten«, sagte Ruth Stahlmacher.

»Er ist mindestens fünfundsechzig«, sagte Anna, »was wollen Sie denn mit so einem alten Mann? Kinder werden Sie von dem keine bekommen.«

»Frau Corvinus ist gar nischt?« Sie stand auf: »Leben Sie wohl allerseits.«

»Warum haben Sies denn so eilig?« sagte Birnbaum.

»Ich muß packen für den Weißen Hirsch.«

Keiner nahm es ernst. Das gabs doch nicht. Wie alt konnte sie sein? Anfang Dreißig.

Sie kamen aus der Vormittags-Premiere von René Clairs »À nous la liberté«. Grete, wie immer verhetzt – »Ich will noch schnell Fleisch besorgen« –, ließ sich auf keine Diskussion ein: »Ein entzückender Spaß! Im übrigen wollen die Menschen arbeiten, nicht nur wegen des Geldes. Auf Wiedersehen, Herr Doktor Klawotzky, grüßen Sie bitte Rose Marie. Grüßen Sie Charlotte, Schwarz. Kommen Sie mit, Frau Kolk?«

»René Clair zeigt den Arbeiter als Sklaven der Transmission«, sagte Schwarz.

»Rußland will doch mit aller Gewalt industrialisieren«, sagte Klawotzky.

»Was für ein Unterschied, der Vierstundentag nähert sich.«

»Aber es ist ein unfreies Land.«

Schwarz war milde: »Die Massen kontrollieren ihren Staatsapparat. Arbeiterbrigaden prüfen die Amtsführung der höheren Funktionäre. Wo sonst gibt es das?«

»Danke Ihnen, Schwarz.« Vielleicht hatte Schwarz recht. Aber wie konnte man das feststellen? Und während er seine Kritik im

Kopf zu formulieren begann: Selbst René Clair, der heitre beschwingte, kann sich dem politischen Klima ... sah er plötzlich Frau Konze, Sofa, Glasfenster ... »Frau Konze«, sagte er.

Die Frau sah zu ihm auf. Ja, das waren die großen grauen Augen, das fuchsige Haar, neben ihr sitzen, mit ihr reden von seiner zwanzigjährigen Sehnsucht. »Darf ich Gnädigste zu einem Tässchen Kaffee bitten?« Sie nickte. Im Café redete er, sprach, erzählte von München, wie sie bräunlich war mit goldenen Armreifen die nackten Arme hinauf und wie er plötzlich gewußt habe, nur sie konnte die Erfüllung bringen ... »Wie heißen Sie mit Vornamen?«

»Natascha.«

Eine Russin? 1916? In München? Frau Konze? Und mit Herbst im Theater? Im Krieg?

»Natascha. Ich sah Sie im ›Danton‹ wieder, mit dem Nervenarzt Herbst.« Natascha sagte kein Wort.

»Sie waren achtzehn, kleine braune Füße mit Kettchen zwischen den Zehen und Edelsteinen. Gleich ein Uhr. Darf ich mir erlauben, Sie zu einem Mittagessen einzuladen?«

Sie nickte wieder.

Sie saßen auf einer Samtbank. Es war leer, und er küßte sie. Ihm war zum Weinen vor Glück. Das gab es für einen Mann in den Vierzigern. Nur noch arbeiten für diese Frau. Goldene Kettchen zwischen den Zehen, eine Bajadere, eines Gottes würdig.

»Kommen Sie noch zu einer Tasse Tee zu mir?« sagte sie mit ziemlich scharfem russischen Akzent.

Wär das möglich? Er wußte nicht, wie schnell das heutzutage ging.

Im Hausflur schon umarmte er sie, sah sie vor zwanzig Jahren knicksen und verschwinden. Sie schloß auf. Ein schäbiges möbliertes Zimmer, schmutziges Frühstücksgeschirr auf dem Tisch, Flasche Milch und blaue Tüte mit Zucker. Auf dem Bett lagen Kleider und Strümpfe. Arme Natascha Konze. Wie konnte es dahin kommen?

»Ich mache Tee.«

Er nahm das Tablett: »Ich helfe Ihnen.« »Nein, nein.«

Sie ging aus dem Zimmer. Er nahm die Kleider vom Bett, hängte sie an einen Haken an der Tür, faltete die Strümpfe, zog die Tischdecke glatt. Sie kam mit dem Tee in einem Kleid, das ihre entzückende Figur zeigte. Er ließ es nicht mehr zu einer Teezeremonie kommen, zog rasch, sie mit einem Arm festhaltend, die Gardinen zu ...

Es war dunkel, als er sie verließ. In der Redaktion sagte der Chef: »Ich dachte, Sie sind überfahren worden. Ich habe überall nach Ihnen rumtelefoniert. Ihre Frau ängstigt sich auch. Schnell die Kritik, in fünf Minuten ist Umbruch.«

»Ich habe keine.«

»Das ist doch nicht möglich.«

»Mir wurde plötzlich schwarz vor Augen, ich bin zu einer Unfallstation gefahren. Mir ist noch immer nicht gut.«

»Wenigstens eine Vornotiz, drei Zeilen von der Unfallstation. Sie sind doch sonst so zuverlässig.«

Klawotzky schrieb die paar Zeilen, er bekam Bedenken, war nicht mehr sicher. War Natascha Frau Konze?

Als er an Rose Maries gepflegtem Tisch der Kleinen einen Gutenachtkuß gab, seine Kritik schrieb: »Selbst René Clair, der heitere, beschwingte ...«, versank Frau Konze-Natascha.

Zuckermanns Sozius, der zu viel entnommen hatte, verschwand. Die kleine Firma bankrott, die Arbeit von Martin, von Edith, Sekretärin und Buchhalterin umsonst, alle Ersparnisse weg.

Edith war guter Dinge: »Wozu hat man all die reichen Bekannten? Sie werden sich um dich reißen. Wir hätten à tout prix eine Stellung suchen sollen. Kleine Leute können sich nicht selbständig machen.«

»Und Rudi?«

»Ist ein kaufmännisches Genie.«

»Ich will dich nicht hindern, aber ›Freunde in der Not gehen hundert auf ein Lot‹!«

»Dich engagiert man nicht aus Freundschaft. Wie sagst du immer?« Martin lachte: »Der Gegenstand muß noch erfunden werden, den ich nicht verkaufen kann.«

»Unsre Gesellschaften waren die nettesten im ganzen Kreis. Bunte Schüsseln mit einer Papierrose in der Mitte und hinterher Schokoladenfisch. Und du weißt, wie alle Mädels in Rudolf verliebt waren. Er stand am Klavier mit Zylinder:

»Eine Schrippe, einen Wecken, in das Hungermaul zu stecken ...« Alle Mütter haben sich um ihn gerissen. Paß auf, es wird ganz leicht sein, einen Posten für dich zu bekommen. Da hat Mama nun doch recht gehabt mit ihrer Aufrechterhaltung des feinen Verkehrs, durch den ich nie ein eigenes Zimmer hatte.«

»Möge dein Optimismus recht behalten!«

Edith ließ sich beim Direktor der Futurum Werke melden, wurde sofort vorgelassen: »Bitte, nehmen Sie Platz. Wir haben uns ewig nicht mehr gesehen!«

»Tja, nicht wahr. Alles hat immer so viel zu tun.«

»Und was verschafft mir das Vergnügen? Was macht Ihr Mann?«

»Mein Mann hat sein Geschäft bei dieser Krise nicht halten können, und ich komme wegen einer Stellung für ihn. Sie wissen doch, wie tüchtig er ist. Die Sache, die er nicht verkaufen kann, die muß noch erfunden werden.«

»Mit anderen Worten, Ihr Mann hat bankrott gemacht«, sagte der Herr hinter seinem Schreibtisch mit solchem Entsetzen, als ob er das 1932 noch nie gehört hätte. »Und Sie verlangen von mir, daß ich so einen Mann einstelle? Das hieße doch geradeswegs mein Unglück heraufbeschwören, einen Bankrotteur?«

Ein Licht leuchtete auf. Der Herr sprach in einen Trichter.

Edith stand auf: »Ich möchte nicht weiter stören«, sagte sie.

»Wir sehen uns doch am Sonnabend, schöne Frau, bei der Gesellschaft von Hanna Beer-Fuchs. Ich freue mich, Sie wieder einmal gesehen zu haben. Nichts für ungut.«

Edith nahm nicht den Fahrstuhl, stieg das elegante Treppenhaus hinab, das niemand benutzte. Dazu! dachte sie, dazu hatten sie ihre Jugendjahre auf diese Leute verschwendet, hatte ihre Mutter jeden Tag Marie Kollmann angeklingelt und ihr Gänse besorgt, hatte ihre Mutter gesagt: »Euer Großvater Kollmann hat bei der Gründung der ›Futurum Aktiengesellschaft‹ Pate gestanden, und der alte Bachmann hat gesagt, er würde unserer Familie immer mit Rat und Tat beistehen.« Und der junge Bachmann, der nicht sein ›Unglück heraufbeschwören‹ wollte, war mit Rudi befreundet gewesen, hatte mit ihr getanzt. Martin hatte recht, dachte sie. Sie liebte ihn nicht nur, sie erkannte auch, daß er klüger war als sie. »Euer Durchlauchtigster, Euer großmütigster Fürst und Herr«, sagte man im achtzehnten Jahrhundert. »Von einem goldenen Wägelchen fällt ein goldenes Rädelchen«, sagte man im neunzehnten Jahrhundert. Es fiel gar kein goldenes Rädelchen. Schluß, ich sage bei Hanna ab, obwohl Hanna nichts dafür kann. Könnte ich doch wenigstens gut genug Stenographie und Schreibmaschine, aber gerade Bürostellen sind überhaupt nicht zu bekommen …

Aber eine Gesellschaft absagen, bekam Edith nicht übers Herz. Sie sagte zu Martin, dem gar nicht nach Gesellschaften zumute war: »Man kann doch nicht wissen, von reden kommt reden, und wenn gar nichts dabei herauskommt, ganz gut, wenn man sich mal rausreißt!«

Sie fand Arbeit in einer Reinigungsanstalt, Sachen herausgeben, Sachen annehmen, bis eines Tages Markus anklingelte, er hätte 'ne kleine Sache für Martin. Es war eine ausgezeichnete Vertreterstellung. Edith triumphierte: »Bitte, hatt' ich doch recht! Ich habe bei Hannas Gesellschaft mit ihm gesprochen. Er war reizend …«

»Na ja«, sagte Martin, »große Leute, die Lastkraftwagen-Markus.«

Eine gute Stellung 1932, als nichts etwas kostete, als einem alles nachgeworfen wurde, war etwas anderes als eine gute Stellung zu jeder anderen Zeit.

Edith nahm sofort eine hochherrschaftliche Wohnung, fünf große Zimmer, Bad, Loggia.

»Ist die Wohnung nicht zu teuer?«, fragte Werner.

»Ein Fünftel unseres Einkommens«, sagte Martin, »wie es sich gehört.«

34. Kapitel

1932

Stüpf war schon ein paar Jahre wieder zurück. Es war nett mit ihm wie immer. »Wie gehts, Grete?« – »Und was machen Sie?« Er schrieb immer noch über Bowlenbrauen, Pünsche, Forsythien und Weigelien, nur nach einigen Jahren Frankreich stand ihm der Burgunder näher als das Bier. Er kniete sich in die französischen Weine »Barsas liefert süße Weine von Sauternes-Charakter, lieblich, vornehm und sehr gehaltvoll«. Für Grete war er ein Kollege geworden. Sie war verheiratet, und er hatte eine feste Freundin. Nun war es 1932. Grete und Randelhofer, obwohl empört, daß sie jedesmal Ende des Monats weniger ausbezahlt bekamen, als ihnen zukam, dachten nicht daran, zu gehen, hingen zu sehr. Für Jacke war das verringerte Gehalt ein persönlicher Triumph: »Was verlangen Sie vom Kapitalismus?« – Randelhofer erwiderte »Was verlangens von einem leeren Kopf?«

Aber Stüpf – sein Artikel über Bocksbeutel stand schon im Satz, »Bocksbeutel, auch Berbeutel, kommt von Buch-Beutel. Man trug wertvolle Handschriften in Beuteln …« – verabschiedete sich von Heye. Heye wußte, *ein* Grund waren die Abzüge. Aber der andere?

»Es ist alles falsch, Herr Heye, ich bin nach einer Wahlversammlung der Nazis in ihrer Feier gewesen. Da saß das beste deutsche Volk, anständig, bescheiden, opferbereit.«

»Sie gehen also zu den Nazis?« Und Heye kaute an seiner Zigarette.

»Nein, ich ziehe mich zurück. Ich kann nicht mehr über Theater schreiben, wenn es nicht eine Aufführung in Berlin gibt, die die Stimmung der Zeit erfaßt, Sehnsucht nach Natur und

Gemeinschaft. Die Menschen wollen einen Helden auf der Bühne sehen, nicht Stücke gegen das Abtreibungsverbot.«

»Ich halte Sie nicht, aber haben fünfundzwanzig politische Morde, allein gestern, etwas mit dem Wald zu tun?«

Stüpf wollte Heye nicht sagen, daß er in seinem Haus wieder eine Anschrift gefunden hatte: »Schlagt den Heyejuden tot!« Wozu sollte er sich opfern?

Sie schüttelten sich stumm die Hand. Es fiel ihm nicht leicht zu gehen. Wie nett sie alle waren, Heye, Randelhofer, die Jacoby.

Heye stand am Fenster. Alchemisten, Teufelsbeschwörer, die ganze mittelalterliche, mühselig gebändigte Armee der Grausamkeit und Dummheit besetzte das Land bei elektrischem Licht, Frigidaire und Zentralheizung. Er nahm die gestrige Zeitung vor:

»Theodor Knobel, Führer des deutschvölkischen Jungsturms in Guhrau, machte einen Ausflug mit den Jungen. Sie gingen über Wiesen, durch Wälder. Knobel ließ die Jungen am Friedhof haltmachen. ›Spuckt dreimal aus!‹ befahl er.

Er wurde wegen Religionsschändung angeklagt. Das Gericht in Glogau sprach ihn frei, denn Knobel habe nicht die religiöse Gemeinschaft der Juden, sondern die jüdische Rasse treffen wollen.«

»Wandervögel ziehen durch die Wälder. Sie haben eine Laute mit entzückenden Bändern, mit Vergißmeinnicht und alten Weisheiten von den Märchen für ihre Freunde bestickt. Und wenn sie durch die Dörfer ziehen, dann singen sie: ›Ich hört ein Bächlein rauschen‹ und ›Blut muß fließen, Judenblut‹. Das Gericht lehnte ab, dagegen einzuschreiten, denn es gäbe nur ›Aufreizung zum Klassenhaß‹, und die Juden seien keine Klasse, sondern eine Rasse.«

Er nahm die letzten Nachrichten:

Terror in Königsberg

»Der Regierungspräsident in seiner Wohnung erschossen.«

»Kommunistischer Stadtverordneter im Bett erschossen.«

»Lagerverwalter des Konsumvereins in seiner Wohnung schwer verletzt.«

»Brandbomben auf Volkszeitung und Hartungsche Zeitung«.

»Vergeblicher Versuch, den Syndikus des Zentralvereins deutscher Staatsbürger jüdischen Glaubens in seiner Wohnung zu töten.«

»Zwischen sechs und sieben Uhr 63-mal falscher Alarm der Feuerwehr.«

»Drei jüdische Geschäfte mit Pflastersteinen zerstrümmert.«

»Einundfünfzigjährige Frau ersticht vierjährigen Enkel, damit ihn der Vater nicht bekommt.«

Das war Königsberg am 2. August 1932.

»Die ostpreußischen Nazis erklären, daß alles die raffinierte Taktik der KPD sei.«

»Der Polizeipräsident von Königsberg erklärt die Angaben der SA über die Bedrohung ihrer Leute und dadurch maßlos gesteigerte Erregung für glaubhaft.«

Aus dem Fernschreiber kamen die Streifen wie das Schicksal selber.

Heye ging in das Nachrichtenzimmer, als könne er nicht mehr die Minuten warten, bis ihm die Nachrichten gebracht wurden:

»In Oldendorf a.d. Weser schrien die Nazis: ›Fenster zu, Straße frei!‹, schossen, töteten einen Reichsbannermann und verletzten zwei andre schwer. In Halberstadt schossen sie aus dem Auto, Arbeiter, Frau und Kind schwer verletzt. In Breslau zog Nazi Pistole und erschoß Schaffner der Straßenbahn. In Krefeld wurde ein Trupp Arbeiter ›unter Feuer genommen‹. In Darmstadt ›Reichsbannermann‹ erschossen, anderer durch Messerstiche tödlich verletzt. In Essen Kommunist erschossen. In Dortmund durchsuchten die Nazis Insassen von Automobilen, beschossen anrückende Polizei, als Polizei Feuer erwiderte, flüchteten die Nazis. Bomben gegen sozialdemokratische Parteihäuser in Pinneberg, Itzehoe, Uetersen, Rendsburg, Hohenwestedt, Elmshorn, Barmstedt und Altona. In Szillen in Ostpreußen durchs Fenster auf Reichsbannermann geschossen. In Quadranth bei Köln springen 150 Hakenkreuzler vom Wagen, gehen mit Knüppeln, Stöcken gegen Passanten vor. Sozialdemokratischer Gemeindevorsteher von Stergau ermordet. In Karlsruhe schmeißen sie Pflastersteine gegen alle Passanten, dabei Vater von zehn Kindern tötlich getroffen. In Kiel Bombenanschlag auf Synagoge, Frau eines Hilfsarbeiters durch Hals- und Schulterschuß durchs Fenster schwer verletzt. Die Zentrumszeitung ›Der oberschlesische Kurier‹ mit Handgranaten zertrümmert.«

Jacke trat ein: »Der Polizeikommissar von Wolfenbüttel wurde entlassen, weil er bei einem Tumult SA-Führer mit dem Säbel abgewehrt hat.«

Tik, tik, tik. Heye stand noch immer. Jetzt kam aus der Maschine:

»*München*: Geschäftshaus Uhlfelder mit Steinen beworfen, eine Röhre mit Dynamit ins Innere geworfen, nicht explodiert, Kaufhaus Epa zwei Schaufenster demoliert, im Kaufhaus Tietz Wolle und Werg angezündet, im sozialistischen Jugendheim Brandstiftung mit Explosionsstoff in Maggiflaschen. Bierzelt im Dantestadion und Straßenbahnhäuserl angezündet ...«

Telegramm des Allgemeinen Deutschen Gewerkschaftsbundes an Hindenburg: »In letzter Nacht elf sinnlose Attentate auf Republikaner allein in Mittelschlesien. Schlesiens staatstreue Bevölkerung bittet um Ihren Schutz.«

Schutz, dachte Heye. Bin ich ein alter Mann, daß mich dieses Wort so rührt? Er sah sich um. Es war nicht mehr wie früher, wo er vertrauensvoll von Zimmer zu Zimmer gegangen war. Wer von denen, die hier über Schreibmaschinen gebeugt saßen, war bereit, ihn morgen »unter Feuer zu nehmen«?

»*New York*: Börsenhausse in Wallstreet, 40-prozentige Hebung der Kurse.«

Das genügte. Das war das Ende der Krise, damit würde das Vertrauen wiederkehren oder die Lagerhäuser sich leeren, die Mörder verschwinden.

»Herr Heye, schnell, Thomas Mann am Radio!«

»Die Unordnung begann mit der erzwungenen Aufhebung des Uniformverbots. Dreizehn und eine halbe Million haben Hitler gewählt. Die Schandtaten von Königsberg müssen ihnen die Augen öffnen über die wahre Natur dieser Volkskrankheit, dieser Mischmasch aus Hysterie und vermuffter Romantik, dessen Megaphon-Deutschtum die Karikatur und Verhöhnung alles Deutschtums ist. Wir stehen vor dem Anbruch der Barbarei.«

Der Fahrstuhlführer sagte leise zu Mateike: »Hörense nich hin. Der Thomas Mann isn Halbjude und hat 'ne jüdische Frau.«

»Hab ich mir schon gedacht. Ich sage überhaupt, soll man alles zugrunde gehen. Ich habe auf dem Grab meiner Frau so 'ne kleine Hacke liegen lassen. Ich komme vorigen Sonntag hin. Gestohlen! Wenn man schon nicht mehr eine kleine Hacke draußen liegen lassen kann, ist wirklich Zeit, daß alles zugrunde geht.«

»Lassen Sie man den Führer machen!«

Grete ging hinunter in das schäbige Café, in dem Schwarz und Jürgen saßen: »Haben Sie heute die Nachrichten gehört? Glauben Sie wirlich immer noch, die Nazis sind besser als die Sozialdemokraten?«

»Es ist kein Unterschied zwischen Faschisten und Sozialfaschisten. Hitler ist mir genau so lieb wie Braun, dieser Verräter an der arbeitenden Klasse.«

»Eure geistige Unterstützung ist viel gefährlicher als die Gelder von Thyssen. Ich kann mir nicht vorstellen, warum ein Mensch wie Sie nicht für den Zusammenschluß der Arbeiter in diesem Moment ist?«

»Trotzki will das. Sie sind eine Trotzkistin.«

»Unsinn. Sie ist doch die letzte Liberale«, sagte Jürgen.

Als Grete fort war, sagte Schwarz: »Die haben doch offenbar keine Ahnung.«

»Das hast du doch an der Diskussion mit Randelhofer gemerkt.«

»Übrigens startet Piccard heute zum Stratosphärenflug.«

Heye wurde das Urteil von Beuthen über die SA-Männer gebracht, die einen Arbeiter zertrampelt hatten: »Zur Schwere des Verbrechens kommt noch die ungeheuerliche Rohheit und Brutalität, mit der es begangen wurde. Nach den Aussagen des Gerichtsarztes ist ein Rohheitsakt, bei dem einem Überfallenen durch Fußtritte der Kehlkopf zertrümmert und die Halsschlagader zerrissen wird, außerordentlich selten.«

Hitler telegraphierte an die Verurteilten: »Meine Kameraden, angesichts dieses ungeheuerlichen Bluturteils fühle ich mich mit euch in unbegrenzter Treue verbunden ...«

Randelhofer las, was die »Hamburger Nachrichten«, das Blatt Bismarcks, schrieb: »Wir sind stets gegen Gewaltakte aufgetreten, aber, was in Beuthen abgeurteilt wurde, war ja kein Gewaltakt gegen einen deutschen Volksgenossen, sondern die Beseitigung einen polnischen Halunken, der zudem noch Kommunist war. Also ein zwiefacher Minusmensch, der das Recht, auf deutschem Boden zu leben längst verwirkt hatte ... Hat man in deutschen Richterkreisen immer noch nicht begriffen, daß es sich im Osten, in dem Grenzkampf zwischen germanischen Edelmenschen und polnischen Untermenschen um den Daseinskampf des deutschen Volkes handelt?«

Randelhofer nahm erregt seinen Füllhalter: »Die deutschen Edelmenschen heißen Rufin Wolnitzka, Hipolit Hadamik, Karl Czaja, der vierte Mörder war bis vor kurzem in der Kommunistischen Partei. Wir stehen an einem Wendepunkt, für oder gegen die Gemeinheit, für oder gegen moralische Verwilderung ...«, brachte das Geschriebene selber in die Setzerei.

Am Abend sprach Kanzler Papen am Rundfunk: »Totschlag soll erlaubt, der Gegner vogelfrei sein. Ich kenne kein Recht, das nur Kampfmittel einer Klasse oder Partei ist. Die Zügellosigkeiten des Herrn Hitler passen schlecht zu den Ansprüchen auf die Staatsführung. Ich gestehe ihm nicht das Recht zu, die Minderheit, die seinen Fahnen folgt, allein als die deutsche Nation anzusehen und alle übrigen Volksgenossen als Freiwild zu behandeln. Ich bin fest entschlossen, die schwelende Glut des Bürgerkrieges auszutreten.«

Markus rief Heye an: »Na endlich! Was sagst du?«

Heye antwortete: »Ich nehme an, das ist das Ende. Mördern gratulieren zu einem Mord, neun gegen zwei und totgetrampelt ...«

Oberst von Rumke rief Freia an: »Habt ihr eben Papen gehört?«

»Ja, Papa.«

»Ich glaube, diese wilden Leute werden nicht rankommen. Ihr braucht euch nicht mehr zu ängstigen, mein Kindchen.«

»Ängstigen? Wieso Papa? Wir haben uns nicht geängstigt.«

Sabine rief Grete an: »Das war eben aufregend nicht wahr? Edle Worte. Man konnte sich ja auch nicht vorstellen, daß alles an diese Lumpen glaubt. Wir sehen uns morgen an Klaus' Geburtstag.«

Jacke ging zu Jürgen, der kein Telefon hatte, aus dem selben Grund wie eine Wohnung mit zwei Ausgängen: »Ich komme nur, um dich zu warnen, damit du keine Dummheiten machst.«

»Gerhard, ich bin ja gebumfiedelt und gebauchklatscht, daß der große Jacke den Weg zu seinem demütigen Bruder findet.«

»Quatsch nicht, Jürgen, aber wirklich. Ich habe eben Klara Zetkin gesprochen. Sie wird morgen im Reichstag sprechen.«

»Na und?«

»Papen, dieser alberne Herrenreiter, seit je der Handlanger des vertrusteten Monopolkapitals. Wenn er Reichskanzler bleibt, wird Deutschland in steigende Abhängigkeit von den Großmächten des Versailler Vertrags geraten. Der Sturz des bürgerlichen Staates ist das Ziel.«

»Kommst du wirklich deswegen zu mir, um mir das mitzuteilen?«

»Ich bin dein Freund. Ich möchte mich nicht gezwungen sehen, dein Feind zu werden.«

Anna war schon schlafen gegangen. Jürgen dachte, wieso soll er gezwungen sein, mein Feind zu werden? Jürgen hatte sich verändert. Er hatte Erfolg mit seinem Roman, ließ es sich ein bißchen wohl sein, rauchte mehr, trank Wein – war eine Flasche Wein eine bürgerliche Abweichung? –, Anna kochte üppiger. Er war dicker geworden. Aber hielt er nicht genau wie zwanzig Jahre früher den Kapitalismus für eine verrottete Wirtschaftsform? Wußte er nicht, daß die Geschichte selber ihre Flügel über Sowjetrußland breitete?

Anna weckte ihn mitten in der Nacht: »Jürgen, mein Liebster, du stöhnst immerzu. Ist dir nicht wohl?«

»Ich habe einen schrecklichen Traum gehabt. Du liefst und liefst, und ich konnte dich nicht einholen, und dann kam ein Mann, packte dich am Hals, und weg warst du, und ich war allein, und im Schnee.«

»Ich krieche ein bißchen zu dir.«

»Ich habe eine Idee«, sagte Manfred Markus, als sie 1931 bei den Jacobys in den vertragenen grünen Samtsesseln saßen, »ihr laßt alle elektrischen Leitungen rausreißen und bietet das Haus als Museum an, garantiert 1883, so lebten wir, so lebten wir, so lebten wir alle Tage.«

Es war trotz aller Sorgen behaglich bei Friedas Teezeremonie mit dem köstlichen Silber und Nymphenburger Porzellan.

Otto sagte: »Ich habe schon Adlershof vorgeschlagen, das Haus als permanentes Studio für 19.-Jahrhundert-Filme zu nehmen, aber meine Bachulken, diese Nichtskönner, sagten, es käme teurer, als zu imitieren.«

»Ihr lacht«, sagte Frieda, »aber Emilie ist im Krankenhaus, und Stüber ist tot, ich habe einen Gaskocher auf der Diele, damit ich, ohne ins Basement zu gehen, Kaffee machen kann.«

Adelina dachte, dieser Nichtstuer Siegmund, bei solchen Zeiten kann man auch mit Ende sechzig etwas arbeiten. Bei seiner Musik ist doch nie etwas rausgekommen.

»Wenn der ›Märchentraum‹ weiter so gut geht«, sagte Otto, »und mein neuer Film ›Wie kann er schlafen durch die dünne Wand‹ ein Erfolg wird, bauen wir das Haus um. Mama, genügt auch eine Dreizimmerwohnung im Dachgeschoß?«

»Warum denn net? Ich wär sehr zufrieden, wenn ich nur zwei hätte«, antwortete Adelina an Friedas Stelle, die das doch etwas happig fand.

»Du hast doch diesen Winter schon vier große Musikgesellschaften gegeben«, sagte Manfred, »wie hättsde denn das in zwei Zimmern machen wollen?«

»Meinst diese großen Abfütterorgien machen mir Freud?«

»Warum machst'es denn dann?«

Grete dachte, ich möchte wissen, ob sie verlogen ist oder ob sie aus Takt gegen die verarmten Freunde so redet.

»Also, drei Zimmer«, sagte Otto, »und wir nehmen uns dann auch eine richtige Wohnung und bekommen genug Möbel von euch.«

»Ich wüßte nichts, was mir größere Freude machen würde«, sagte Frieda.

1932 war die Dreizimmerwohnung in der alten Dienstbotenetage für Siegmund und Frieda fertig. Das übrige Haus war in kleine Wohnungen geteilt. Sie konnten von den Mieteinnahmen leben. Otto und Grete hatten eine Menge ihrer Möbel bekommen und sich eine schöne Wohnung eingerichtet. Nach fünfzehn Jahren waren sie alle wieder in geordneten Verhältnissen.

Grete saß am Telefon. Es war still. Alles nahm ab, Lärm, Verkehr, Autos, die Arbeitslosen sparten Schuhsohlen, die Wohlhabenden Reifen und Benzin, nur eins nahm zu, das Klingeln der Hausierer an der Wohnungstür. Ein Mann vom Land wollte Honig verkaufen, ein anderer Staubsauger, ein Dritter den Haarbrenner ›Friseurlos‹, einer Perser, einer Parkettputzmittel. Damen fragten: »Darf ich Ihnen mitteilen, daß Maggis Suppenwürze die beste ist, und einen Würfel überreichen?« Sie offerierten handgehäkelte Eierwärmer, handgemalte Ansichtskarten, »fünfzehn Pfennig das Stück«, und Silhouetten, »Sehen Sie die Feinheit des Geästs?«, für eine Mark. Es klingelte der Gasmann: »Wir sind dabei, die Gasleitungen zu revidieren. Kann ich bitte in die Küche? Verbrauchen Sie auffallend viel? Es brennt ganz unsauber. Dieser kleine Gassparer Prokrustes nur drei Mark, und Sie sparen ganz beträchtlich.« Auch er kein Gasmann, sondern eine Figur im Reigen des Elends, die gut Maske gemacht hatte.

Das Mädchen buk Kuchen für Klaus' Geburtstag. Die Kinderpflegerin stand am Waschtrog. Frieda telefonierte: »Du gehst doch wahrscheinlich mit Julius und Klaus in den Tiergarten. Papa möchte dich an der Schleuse treffen? Recht?«

Noch war es warm, aber schon golden. Julius ließ Gretes

Hand nicht los. Klaus spielte Lokomotive, vielleicht auch einen ganzen Zug, ging auf den kleinen Gittern, sprang bei jedem Knopf runter, stieg wieder rauf. »Mach doch mit«, sagte Grete zu Julius, der gehorchte wie immer. Siegmund Jacoby kam ihnen entgegen, machte sich klein, hielt die Arme auf und die Kinder liefen hinein. Bänke standen im Halbkreis, und Siegmund und Grete setzten sich. Klaus fand einen Zweig, stellte sich fest hin und schleuderte ihn um sich. »Ich habe einen Kreis im Sand gemacht«, schrie er und fuhr fort, Kreise zu machen. »Er macht den ganzen Weg unordentlich«, sagte Julius, der nach Gretes Vater genannt worden war, »es war so hübsch geharkt.« Der Großvater zeigte den Kindern die Sträucher mit Schneebeeren, als ein Mann mit Luftballons kam. »Welchen?«, »Den gelben«, sagte Klaus, »Und du«, fragte Siegmund. »Blau? Oder?« sagte Julius, »Nein, Rot? oder?«

»Es ist zu kühl zum Sitzen«, und sie gingen langsam durch welke Blätter. Klaus rannte mit dem Luftballon, dann ließ er ihn los und jubelte und klatschte in die Hände: »Opa, er fliegt, kuck, er fliegt!« Eine kleine gelbe Sonne schwebte vor dem blauen Himmel. Julius vergaß seinen Ballon, ließ ihn los. Als er ihn wegfliegen sah, weinte er: »Ich werde ihn doch nie wieder fangen können.« Klaus sagte strahlend: »Deiner fliegt auch, ein rotes Bällchen.« Aber Julius verstand nicht, was Klaus meinte: »Er ist doch weg.« »Er fliegt«, sagte Klaus.

»Unsre Wohnung ist entzückend«, sagte Siegmund, »alles sauber und frisch tapeziert. Mama sagt, sie fühlt sich wie im Paradies. Man kann sich schon gar nicht mehr vorstellen, wozu man ein solches Riesenhaus bewohnt hat.«

Klaus' vierter Geburtstag. Sie saßen in den alten grünen Samtsesseln, die nun mit englischem Leinen bezogen waren. Alle sprachen von ihren neuen Wohnungen. »Sie ist herrlich«, sagte Rose Marie, »ich möchte mich am liebsten nur noch mit der Einrichtung beschäftigen. Die erste Wohnung nach sechzehn Jahren Ehe.«

»Aber Sie haben doch ganz in unserer Nähe die herrliche Wohnung Ihrer Schwiegereltern gehabt?« sagte Frieda.

»Herrlich? Dieser alte Dreck mit roten und grünen Renaissancetapeten und vier Meter hohen Zimmern?«

Grete erschrak. Sie kannte Rose Maries hervorragende Qualitäten und nahm ihre absprechenden Urteile hin. Aber ihre feine Schwiegermutter? Frieda sagte denn auch: »Ich glaube, Frau Klawotzky, diese halbhohen Zimmer, als ob sie alle Mezzanins wären, sind eine vorübergehende Mode.«

»Wir haben wirklich nur eine Hinterhauswohnung gehabt«, sagte Edith, »unsre neue Wohnung ist auch bildschön.«

»Wir haben von unsern Dachzimmern eine Aussicht in den Tiergarten, von der wir von unsern Parterrezimmern aus nichts geahnt haben. Mein Siegi findet, wir haben es noch nie so gut gehabt«, sagte Frieda

»Ich finde es sehr sorgenvoll«, sagte Roserl, »alles Geld haben die Kinder in diesen Umbau gesteckt, und stehen ohne Rückhalt da.«

Sabine erschrak über diese Taktlosigkeit gegen Frieda. »Aber Roserl«, sagte sie, »Otto verdient doch glänzend, was willst denn?«

»Alles so großhansig. Zwei Mädchen, es wäre sehr gut für eine zu schaffen, und dein grauer Mantel wäre noch sehr gut gegangen und eine Handtasche für 25 Mark!«

Grete bekam einen roten Kopf. Frieda sagte: »Du bist nur einmal jung, leiste dir was.«

Roserl fand das ja unerhört. Dieser Siegmund war doch der reine Schmarotzer.

Adelina, die ein anderes Thema wollte, erzählte von ihren Enkeln, Walter und Thomas Blau. »Du weißt«, sagte Frieda zu Grete, »daß Thomas wieder so musikalisch ist.«

»Nein, nein«, sagte Adelina, »keine Übertreibungen, weder wie mein Bruder noch wie unser gefallener Walter. Wir haben nur nach zwanzig Jahren die gleichen Diskussionen, in Großvaters Fabrik gehen oder Musiker werden. Aber das sind keine Zeiten für Künstler. Praktisch, das ist die Forderung des Tages. Er ist halt leider arg sensibel für eine Fabrik. Er hat einmal auf dem Markt wie am Spieß geschrien, als ein Fisch getötet wurde:

›Nicht das Fischchen schlagen.‹ Ich hab gottlob hingeschaut, sonst wär er ins Messer gelaufen.«

»Kein Kind für diese Zeiten«, sagte Sabine und ging ins Kinderzimmer. Sie sah Ottos Schaukelpferd, auf dem Klaus traumverloren ritt, Teddybären und die spielenden Kinder. Wieder ein Julius, dachte sie, nur leider weder so intelligent wie sein Großvater oder Klaus, noch so schön. Bald würden beide so weit sein, daß sie am Freitag abend zu ihnen kommen könnten.

Grete trat in das Redaktionszimmer, in dem Jacke eifrig schrieb.

»Stören Sie mich nicht, mein Bericht über den Autobusstreik muß in die Setzerei.«

»Wieviel verdient ein Busschaffner im Monat?« fragte Grete.

»250 Mark.«

»Das scheint mir aber nicht schlecht für jetzt.«

»Haben Sie schon mal von 250 Mark gelebt, Grete Jacoby?«

»Es ist aber kein ökonomischer, sondern ein politischer Streik.«

Randelhofer trat ein: »Die Nazis beteiligen sich am Streik ihrer proletarischen Brüder.«

Gegenüber der Redaktion stieg ein Mann auf eine Leiter, um ein Plakat der Nazis anzukleben: »Die sozialistische Einheitsfront gegen die goldene Internationale.«

»Wollen Sie wirklich für diesen Streik eintreten, Jacke?«

»Wir können uns ja wohl nicht auf die Seite der sozialdemokratischen Bonzen stellen. Man kann Arbeitern nicht bei ihren Lohnforderungen in den Rücken fallen.«

»Willibald«, sagte Frau von Rumke, »alle Wohnungen in unserm Haus sind zu vermieten gewesen. Jetzt hat die Wirtin, ohne uns etwas zu sagen, die Zimmer einzeln vermietet, vierundsechzig Zimmer! Hörst du das Getrampel? Über uns wird eingezogen. Ich habe dir nie erzählt, daß Frau Ditz mich immer wieder bittet, zu ihr zu ziehen. Sie kann nie verreisen, weil sie niemandem die Pension anvertrauen kann.«

Sie sprachen hin und her und beschlossen, daß sie mit Freia

die Pension ansehen sollten. Zwei Berliner Luxuswohnungen von 1900 waren zusammengebaut. Alle Zimmer waren mit tadellosen Teppichen ausgelegt. Frau Ditz bot ihnen drei Vorderzimmer an, die sie mit ihren eigenen Sachen möblieren konnten, mietfrei, für Hilfe bei der Führung der Pension.

Nachher in einer Konditorei redete Freia ihrer Stiefmutter zu: »Wie lange kann Papa noch die drei Treppen steigen? Und es wäre doch schrecklich, wenn er nicht einmal mehr mit dem Donau spazieren gehen könnte. Hast du gesehen, wie er Papa die Pfoten auf die Schulter legte und ihn ein bißchen leckte?«

»Dein Vater kann es nicht leiden. Er sagte hinterher: ›Ich werde dem Tier diese Undiszipliniertheit abgewöhnen.‹«

Freia lachte: »Ich bin dafür, daß ihr das macht. Für meine robuste Schwiegermutter waren die drei Treppen auch zu viel. Meiner Meinung nach hat das ihren Tod beschleunigt. Sie fehlt mir sehr. Nachdem sie ihre Enttäuschung, daß ich aus keiner guten jüdischen Familie war, überwunden hatte ...«

»Eine Frechheit!«

»Laß nur, sie hat mir sehr geholfen. Sie war in ihrer Art so sicher wie Papa. ›Freia‹, hat sie mich angerufen, ›Rudi soll dir einen anständigen Pelzmantel kaufen.‹ Sie legte Wert darauf, daß ich elegant war, und heute macht es mir große Freude. Oder: ›Der kleine Blau wird eingesegnet. Geht bitte zum Gratulieren. Ich kann nicht gehen. Laßt nicht alle eure Beziehungen einschlafen.‹ Sie hat immer angerufen, macht dort Besuch, gratuliert zum siebzigsten Geburtstag. Wenn sie nicht gewesen wäre, wir haben uns gegenseitig so genügt, hätten wir heute kaum Freunde. Also, die Pension, ich finde es wunderbare Räume, und Hulda, der Trampel, ist für eine Pension viel geeigneter als für euren feinen kleinen Haushalt, und unsre Teppiche sind nur noch Scheuerlappen.«

»Du bist so verwöhnt durch deinen reichen jüdischen Mann. Und der Umzug? Die Anstrengung?« sagte die Frau Oberst.

»Wozu bin ich da?«

»Dein Vater spricht immer von ›den wilden Leuten‹, an die wir geraten sind. Wir haben bis auf die Inflationsjahre immer gut von der Pension gelebt, aber wer weiß, was uns bevorsteht. Es ist eine große Lebenssicherung, keine Miete zu zahlen, nicht wahr?«

Freia kniete vor den Schüben. Der Vater saß daneben an einem Tisch. Freia legte ihm Briefe vor, Photos, Aufzeichnungen, und der Oberst entschied, was aufgehoben werden sollte. Da war ein eigenhändiges Dankschreiben Kaiser Wilhelms I., eine Geburtstagsgratulation des Regiments. »Kosel, siehst du, mein Kindchen, das bin ich mit meiner Kompagnie in Kosel.«

»Es sieht aus, als ob es hundert Jahre her wäre, die hohen Kragen, die komischen ...«

»Krätzchen.«

Auf einem andern Foto stand der Vater als Fähnrich an einem Tisch mit einer Decke mit Fransen, oder als junger Hauptmann mit Vollbart, Großvater Generalmajor und Großmutter in der Krinoline mit dem Familienschmuck, den jetzt Christine hatte, das Hochzeitsbild, die Mami im weißen Seidenkleid, enganliegende Taille, Schleier und Myrthenkranz, und der Vater im Waffenrock mit den stolzen Streifen.

»Ach, sieh mal.« Rudi und sie, wie sie das Standesamt verließen. Rudi, den Zylinder ein bißchen schief, bildschön und übermütig, Freia rührend jung. Der Oberst sah das Foto immer wieder an.

Frühe Dämmerung fiel. Sie machten kein Licht, und der Oberst erzählte von den ersten Jahren mit der Mama, wie schwer es war, und von Christine, die allein nach Oxford gegangen war: »Das war ein tolles Mädchen, sie wollte zur Bühne, auf die Reinhardtsche Theaterschule, man kann sich das heute schon nicht mehr vorstellen, und Jürgen war ein kleiner Heiliger, er litt an dem Elend, das man damals sah und leider heute wieder sieht, und verschrieb sich schon siebzehnjährig den Irrlehren, und Friedrich Wilhelm geriet in die Organisationen, die sich für patriotisch hielten und Umstürzler waren. Sie waren beide schon in der Schule hochbegabt. Wenn alles beim Alten geblieben wäre, wäre Friedrich Wilhelm heute mindestens Oberst, und Jürgen wäre ein sozialdenkender Minister des Inneren ...«

Freia saß atemlos, noch nie hatte der Vater so offen mit ihr gesprochen. Nun begann er von den Ahnen, vom Onkel bei den Düppeler Schanzen, vom Ahn, der eigentlich die Schlacht bei Leipzig gewonnen hatte: »Eigentlich! Was für eine Familienlegende. Er hat eine Nachricht rechtzeitig durch die Linien gebracht ...«

Das Telefon klingelte. Freia sprang auf: »Das ist Rudi, er ist nach Hause gekommen, ohne daß ich da war. Das darf ich ihm nicht antun.« Und dann fiel sie ihrem Vater um den Hals, was nie vorkam, und sagte: »Ach, Papi, was für ein wunderbarer Nachmittag.«

35. Kapitel

30. Januar 1933

Grete sagte zu Otto beim Frühstück: »Wir sind nach dem Abendbrot bei Klawotzkys zur Wohnungseinweihung eingeladen.«

»Unsere ganze Generation bekommt zum erstenmal anständige Wohnungen, ich möchte ja wissen, wohin die Leute sich verkrochen haben. Ganze Straßenzüge stehen leer.«

»Er ist wie üblich nicht so glücklich.«

»Er macht sich Sorgen. Man weiß doch nicht, wie's weitergeht mit diesen Nazis.«

»Also, noch haben die Deutschnationalen das Heft in der Hand. Wo man eine Filmzeitung aufschlägt, steht was von Klawotzky, und sie verdient doch glänzend mit ihrem Kitsch.«

»Sei nicht so unfreundlich!«

»Otto! Lampenschirme mit Hanseschiffen? Ich habe sie furchtbar gern, aber zu dir darf ich doch sagen, daß sie Kitsch macht?«

»Ich kann Klawotzky sehr verstehen. Ich habe auch manchmal das Gefühl, wir sollten uns radikal umstellen, drei Zimmer und nur eine Hilfe. Aber ich weiß, es ist jahrtausendealte jüdische Angst.«

»Eine nicht ganz unberechtigte Angst. Aber wenn *du* schon unter die Miesmacher gehst, was soll werden?«

»Mich haben sie ja zum berufsmäßigen Clown befördert, sonst wird da draußen nur noch mit gezogenem Schwert herumgelaufen, und daß sich unser guter Otto Gebühr in diesem nationalistischen Laden lächerlich machen muß, so ein anständiger Kerl.«

»Er kriegt aber eine hübsche Rente, weil er dem alten Fritz ähnlich sieht.«

»Nu laß mich mal einen Blick in die Zeitung tun.«

»Verdirb dir nicht das Frühstück!«

»Findste die Post angenehmer? Ich habe noch keinen Brief aufgemacht, weil ich mich fürchte.«

»Ich fürcht mich auch!«

»Also Mut mit Kaffee angetrunken und – wo ist der Öffner – hör dir an, was Runge schreibt: ›Was fernerhin Ihre Filmidee betrifft, so können wir uns im Augenblick noch nicht entscheiden. Ich bitte Sie, sich bis nach den Preußenwahlen zu gedulden.‹«

»Reichspräsidentenwahl, Preußenwahl, Volksentscheid, wieder Reichstagswahl, bloß ein bißchen Ruhe möchte man haben. Lieber Gott, hör dir den Brief an: ›Baron und Baronin Worpswede bieten einen angenehmen Aufenthalt in ihrem Gutshaus für zahlende Gäste, Park, Tennisplatz, Jagdmöglichkeit‹, – für dich besonders wichtig ›Sonnenterrasse ...‹, ein Windspiel ist im Haus, auch furchtbar wichtig, man kann Bridge spielen. Grausig! Bis die Leute soweit sind. Hier: ›Zigarren, Fehlfarben! Ganz billig.‹ ›Klassiker für zwei Mark fünfundachtzig.‹ Sollen wir nur Geld fürs Nötigste ausgeben oder sollen wir uns was anschaffen, jetzt, wo's so billig ist wie nie wieder? Willst du ein Ei?«

»Jetzt sollst du mich mal lesen lassen. Der Raiffeisen-Skandal ...«

»Ottchen, Eichen?«

»Der Clown im Haus erspart den Scheidungsanwalt.«

»Ich laß' dir 'n Ei machen, damit du was zum Zusetzen hast.«

»Nu, laß mich schon in Frieden!«

»Ottochen, worin besteht eheliche Liebe? Nimm wenigstens noch 'n bißchen Zucker in'n Kaffee.«

»Du, ich bring dich um.«

»Würde dir nicht bekommen.«

»Zum Donnerwetter, nu will ich aber Ruhe haben.«

»Aber eine ganz wichtige Frage!«

»Ich weiß, liebst du mich? Ja.«

Rose Marie entschied, daß ein sehr großes Wohnzimmer für alle Bedürfnisse reichte. Für das kleine Eßzimmer hatte sie dunkelgrüne Taftgardinen mit glänzender hellgrauer Seide gefüttert und mit schweren grauen Schnüren gerafft; den Boden hatte sie dunkelgrün ausgelegt.

Scharnagl hatte einmal gesagt: »Meine janze Kunst is ja 'ne jross Täuschung über meine Person. Wenn ich könnte, würde ich ja mitm Haarpinsel 'ne Wand nur mit Blättern malen. Die Leute lachen so über meine Zeichnungen, Menschen sind ja jrotesk, übrigens nich so wie Tiere, die Natur selber hat die jrotesken, kann man dat übrigens sagen, jroteskes, jroteskesten, ich weiß nicht, na ja, aber die Natur is jrotesk, ich möchte sojar sagen, eine ehrliche Darstellung der Natur muß jrotesk sein, 'n Tapir oder 'n Elefant oder die Fische aus der Tiefsee, nich zu jlauben, was Sie da für Formen sehen.«

»Wollen Sie mir etwas Dekoratives malen?« fragte Rose Marie.

»Ja, sehr jerne, sagen Sie mir nur, wo et hinkommen soll.«

»Ich kann nicht viel zahlen.«

»Na wissen Sie, dat wäre ja jelacht, wenn ich nicht mal für Sie und den juten Erich was umsonst anfertigen würde.«

Rose Marie beschrieb ihm ihr Traumeßzimmer, die grünen Taftgardinen, sonst das Billigste aus den Althändlerläden, hellgrau gestrichen, und wenn er ihr Panele malen würde in Grau und Grün …

Scharnagl war entzückt: »Na, was fürn Spaß. Ich helfe ja immer den jungen Leuten bei ihren Festen. Dieser Raum, den alle so bewundert haben beim Stakugemu*, der war von mir. Leute sagen immer: Scharnagl, lege dich aufs Dekorative! Aber die gnädige Frau als Auftraggeber, dat is nischt für mich.«

Scharnagl brachte vier Streifen, auf grauem Grund ein Gewirr von grünem Laub. »Europäische Kakemonos«, rief Rose Marie, »Scharnagl, was sind Sie für ein Künstler!«

»Dat jenücht mir völlig«, sagte er.

Rose Maries Eßzimmer war ein Juwel. Überall verteilt stan-

---

* Staatl. Kunst- und Gewerbemuseum

den gelbe Chrysanthemen in grünlichen Kugelgläsern. Ein Jammer, daß für die Gesellschaft der Mitteltisch an die Wand geschoben werden mußte und so die Tischbeleuchtung über dem Nichts hing.

Das Buffet war bescheiden. Belegte Brötchen, aufgeschnittener Kuchen und Tee.

Edith kam als erste: »Ich habe mir eine Schürze mitgebracht, was ist noch zu tun?«

»Nichts. Es ist mir angenehm, du bist da. Eine Gesellschaft ist immer eine Aufregung.«

»Wer macht die Tür auf?«

»Gertrud.«

»Alles? Auch Mäntel abnehmen? Und wohin damit? Die Garderobe ist doch nicht groß genug?«

»Ins Schlafzimmer.«

»Und am Buffet?«

»Eine Freundin von Gertrud. Ich habe beiden dunkelgrüne Kleider gemacht.«

»Du mußt sehr viel Geld haben!«

»Ach, Unsinn, macht doch viel mehr Spaß, aus Nichts was zu machen, ich kann den fertigen Dreck aus miserablem Material überhaupt nicht leiden. Gertrud, kommen Sie mal rein!«

»Entzückend«, sagte Edith, »und die Schürzen mit den kleinen Plissees, wo haben Sie die her?«

»Die haben wir gekauft, nicht wahr, gnä Frau?«

Edith ging ans Buffet: »Sind genug Teelöffel? Du weißt, wieviel Teelöffel man immer braucht.«

»Grete bringt noch achtundvierzig Stück aus dem Jacobyschen Fundus.«

Man hörte einen Schlüssel. Klawotzky kam. »Endlich!« rief Rose Marie. »Immer im letzten Moment. Jetzt willst du dich im Schlafzimmer umziehen, und die ersten Gäste kommen schon, und wir wissen nicht, wohin mit der Garderobe. Beeil dich bloß, und laß ja nichts rumliegen!«

»Wer läßt rumliegen, du oder ich?«

Als erste kamen Heye und Klothilde, das war eine große

Ehre, fast zu große Ehre. Anna leuchtete durchglüht von Kälte unter einem glatten Helm aus silber-goldenen Haaren. Jürgen rieb sich die Hände. Armin Kollmann wartete auf Jacoby, weil er etwas ganz Wichtiges mit ihm besprechen wollte. Herbst sah Birnbaums eintreten, dachte, Entwurf zu einer Tragödie, zollhohe Absätze trägt das schlechte Weib, das einen Kopf größer ist als er. Die hätte ich beinahe geheiratet. Armer Birnbaum. Aber Birnbaum war stolz darauf, daß ihn eine so schöne Frau genommen hatte. Der Theaterkritiker Bergmann, ein überlanger Mensch, den Klawotzky den ›verkniffenen Burschen‹ nannte oder einen ›verrkrrochenen Charakter‹, hatte die kalte Pfeife im Mund.

Alles sprach durcheinander, ließ sich Brötchen geben, trank Tee, als Jacobys eintrafen, und Otto ausbrach: »So geht es nicht weiter.«

Es wurde plötzlich still.

»Wir wateten auf dem Kurfürstendamm durch Schnee von Hakenkreuzen, die beiden Sammler, der für die Hitlerjugend und der für die Rote Hilfe, ununterscheidbar der eine vom andern ...«

»Für Sie, Herr Filmregisseur«, unterbrach Schwarz, »ich kann Gangster von Proletariern unterscheiden.«

»Die einen Proletarier, die andern Prolet-Arier«, sagte Otto.

»Bravo«, klatschte Elinor, die sich gern bei Jacoby aufhielt, vielleicht würde sie doch zum Film kommen.

»Halt dein süßes Rosenmündchen, hier gehts um ernste Dinge. Wir gingen in die recht volle Weinstube, und plötzlich kommt einer halb nackt, halb verhungert, niemand sagt: ›Schnell, gebt ihm was zu essen‹, stattdessen greifen ihn zwei Kellner, laufen mit ihm in die Kälte und übergeben ihn einem Schutzmann.«

»Was verlangen Sie vom Kapitalismus?« rief Charlotte.

»Sie machen sich jede Hilfsaktion kaputt, in den Arbeitervierteln, besser Arbeitslosenvierteln, hängen Plakate: ›Lasst Euch nicht dumm machen von Wohlfahrtskartoffeln!‹«

»Wohlfahrtskartoffeln und dann den Kaffee verbrennen, weil das die Herren billiger kommt.«

»Kein Wunder«, sagte Grete, »daß so ein frierender hungernder Mensch zur SA geht, da kriegt er Essen, Uniform, Kameradschaft. Wo ständiger Hunger herrscht, da schmeißen die Familien die Sechzehn- und Siebzehnjährigen raus, ›Such du dir dein Essen alleine‹. Sie wohnen in ungeheizten Lauben und verkommen.«

Heye kam zu ihnen: »Sie können mir gratulieren. Ich habe heute die ersten Korrekturbögen von meiner ›Entstehung des Weltkriegs‹ bekommen.«

»Wann haben Sie noch dafür Zeit gefunden?« sagte Birnbaum.

»Neben Ihrer gigantischen journalistischen Leistung?« sagte Herbst.

»Ich habe zwanzig Jahre daran gearbeitet«, sagte Heye.

»Zwanzig Jahre!« riefen alle.

»Hoch soll er leben, hoch soll er leben, dreimal hoch!« rief Jürgen.

»Sind Sie zufrieden?« fragte Klawotzky.

»Eine solche Quellenforschung existiert noch nicht. Aber mein Zweck war eine Darstellung der Epoche.«

»Das wird ein Riesenerfolg«, sagte Herbst und dachte, Hitler ante portas, wen interessiert noch die Entstehung des Weltkriegs?

»Vorige Woche war der schönste Augenblick im Leben eines Schriftstellers. Ich habe alle Bücher in die Bibliotheken zurückbringen lassen. Sogenannter reiner Tisch, und zur Feier bin ich mit Thildy ins Theater gegangen.«

Herbst sagte: »Auf allen Stühlen und Tischen liegen Bücher. Ich lasse es mir nicht nehmen, sie selber zur Bibliothek zu bringen und erlaube mir einen Freilassungsspaziergang. Jürgen können Sie auch gratulieren. Sein Roman ist raus.«

»Und Klawotzkys neues Stück angenommen«, sagte Jürgen.

»Na, wenn schon, in Nauheim auf der Sommerbühne«, sagte Klawotzky.

»Müssen Sie das jedem auf die Nase binden?« sagte Klothilde.

»Es ist aber doch nur in Bad Nauheim angenommen«, beharrte Klawotzky.

»Und bei uns gibts nur Tee und Brötchen, kann man nicht mal anstoßen«, sagte Rose Marie.

»Nee, daß es kein Alkohol gibt«, sagte Jürgen.

»Warum nicht mit Teetassen?« sagte Anna.

»Der größte Erfolg ist Jacobys ›Wie kann er schlafen durch die dünne Wand?‹«, sagte Herbst.

»Denken Sie an, der ›Kleine Jacoby‹«, sagte Otto, »es ist doch einfach zu gratulieren, wenn man Erfolg hat. Ein gutes Wort vorher wäre viel wichtiger ...«

Heye nahm Otto beiseite: »Sie haben sich gut durchgesetzt. Ich freue mich, daß Sie meine hübsche und begabte Mitarbeiterin geheiratet haben. Was sagt denn Papa? Und wie gehts überhaupt zu Hause?«

»Wissen Sie, daß wir unsern Florentiner Palast geteilt haben?«

»Nein, Otto. Wie schade, daß ich nicht noch einmal dort war. Wie viele glanzvolle Feste habe ich dort in meiner Jugend mitgemacht, als der große Jacoby, Ihr Großvater, noch lebte. Die Ausmaße dieses Hauses waren ja ein Symbol der Gründerjahre. Das Treppenhaus mit der ›Träumerei‹ von Salbach!«

»Wir haben zum Abtransport zugezahlt.«

»Es war schon damals unbegreiflich, daß Papa das kaufte. Die Fuchs haben riesige Werte durch Beers Kunstkäufe.«

»Ich weiß nicht. Für diese Maler der Berliner Juden, Liebermann, Lesser Ury, Corinth, besteht kein Markt. Sie werden gelesen haben, daß Papa seine Menzels versteigert hat.«

»Ja, haben nicht viel gebracht. Tut mir leid. Und die Eltern wohnen im umgebauten Haus?«

»In einer Dreizimmerwohnung im Dach. Den Ausschlag gab, abgesehen davon, daß ich sehr gut mit dem ›Märchentraum‹ verdient habe und es also bezahlen konnte, daß Emilie gestorben ist, vierzig Jahre im Haus gewesen, und mit 86 Jahren Stüber. Ich suche eine Story mit einem alten Gärtner, Adam. Im Krieg hat er mit Schaufel und Besen in der Tiergartenstraße gestanden und hinter den Pferden die Pferdeäpfel aufgenommen: »Für Bohnen, Jungchen.«

»Ich weiß, wie Sie ihn geliebt haben! Und Mama, eine der

elegantesten Frauen Berlins, in drei Zimmern? Ich sehe sie in einem weißen, glänzendem Teagown mit schwarzem Pelz. Es ist häßlich, Ihren Vater so lange nicht besucht zu haben, einen der wenigen Jugendfreunde, aber die Zeitung nimmt alle meine Kräfte in Anspruch und dann die Fertigstellung meines Buchs.«

»Wenn Sie die Eltern besuchen, werden Sie etwas Erschütterndes sehen, Papas patriotische Ecke: Das eiserne Kreuz meines Großvaters von 70 unter Glas und meines, worauf ich nicht den geringsten Wert lege, ein paar gerettete Menzels, die deutsche Kriegsflagge und die deutsche Handelsflagge gekreuzt, und die zwei Kaiserreden vom August 14, schwarz-weiß-rot gerahmt, trotz aller Geschichtsfälschung lesen sie sich wie aus einer besseren Welt.«

»War es ja auch. Ich glaube, daß das Hitler-Telegramm an die Halsschlagaderzertreter von Potempa den Tiefpunkt darstellt ... Da kommt Rumke, der gelesenste Publizist von Deutschland. Er wird Ihnen darlegen, daß Halsschlagaderzertreten ein Beweis ist, daß im Plan der Welt eine transzendierende prophetische Substanz ist, daß das ›Leiden‹, der Schmerz das eigentliche Kapital der Welt ist, das Leiden und der Schmerz der andern natürlich.«

»Sie sind verbittert, Herr Heye. Friedrich Wilhelm ist ein anständiger Mensch.«

»Aber er verwirrt die Intellektuellen.«

Der Berühmte war sofort Mittelpunkt.

Birnbaum überfiel ihn wegen seines letzten Artikels: »Schluß mit Welthandel? Zurück zur Höhle? Deutsche eßt deutsche Bananen?«

»Aus der Not der Abkapselung sollten wir eine Tugend machen. Wir müssen los von überholten liberalistischen Vorstellungen.«

»Warum liberalistisch und nicht liberal?« sagte Heye, den unsaubere Sprache ärgerte.

»Welthandel überholte Vorstellung?« sagte Birnbaum.

»Er bedeutet das Diktat der Westmächte. Alle planwirtschaftlichen Maßnahmen können nur dann zur Herbeiführung einer neuen Volksordnung beitragen, wenn sie Glied sind im nationalen Verteidigungsprogramm, sonst können wir der Gefahrengemeinschaft zur Restaurierung des Kapitalismus nicht gegenübertreten.«

»Welche Gefahrengemeinschaft?« fragte Birnbaum.

»Die heilige Allianz von Lausanne, wie die von 1815 international und antisozial.«

Jürgen sagte mehr amüsiert als erschreckt zu seinem Bruder: »Ha, ich verstehe, die Revolution ist national und sozial.«

»Ja, die Idee der Frontgeneration. Der Bürger erlebte den Zusammenbruch seiner Ideale, Besitz und Bildung, und fand im Felde seinen Kameraden, den Arbeiter. Das Nationale löste sich aus seiner Verflechtung mit dem Kapitalismus, der Sozialismus entschied sich für die nationale Idee. National-Kapitalismus und Liberal-Sozialismus werden von der jüngeren Generation abgelehnt.«

Was dran, dachten die Zuhörer. Heye hielt noch beim Verteidigungsprogramm: »Sie halten einen Krieg für kein Unglück?« Er zündete sich eine Zigarette an, erinnerte sich nicht, daß er vor zwanzig Jahren die selbe Frage an Friedrich Wilhelm gestellt hatte.

»Herr Heye, ein Geschehen, wie wir es durchmachen, ist richtungweisend für Jahrhunderte. Die feige Sicherheit des 19. Jahrhunderts ist zu Ende. Das Leben in Gefahr, das eigentliche Leben der Geschichte, tritt wieder in sein Recht. Wir sind an der Zeitmauer angelangt, wo es gilt, unterzugehen oder in Harmonie mit dem Weltplan ...«

»Weltplan«, sagte Heye leise zu Otto, der zurückflüsterte: »Hatte immer schon direktes Telefon zur Prophetenabteilung.«

»... den Sprung ins Neue, Unbekannte zu wagen. Der Mensch steht heute am Ende seiner Geschichtlichkeit überhaupt.«

»Es ist Wirtschaftskrise«, sagte Birnbaum betont nüchtern.

»Das ist der Ausdruck der Gazetten für eine Störung des Behagens«, sagte Friedrich Wilhelm.

»Unerhört! Millionen hungern«, sagte Jürgen.

»Wie zu allen Zeiten«, wich Friedrich Wilhelm aus, und zu Birnbaum: »Diese Krise ist die grandioseste Stockung, die die Wirtschaft je erlebte, die normale Form, in der sich die großen Wendungen der Geschichte vollziehen. Es schwelt unfaßbar und unsichtbar unter der Decke der sichtbaren Ereignisse, ein unentrinnbarer Fäulnis- und Zersetzungsprozeß. Das zermürbte und übermüdete Unternehmertum desertiert, resigniert mit der Villa in Lugano, wagemutig mit der Fabrik nach England, in die Anonymität auf das Rittergut oder in den Tod. Auch der Bauer ist müde. Die Bauern bieten nicht mehr auf Auktionen für die Güter Verschuldeter. Hier ist ein Grad blut- und bodenmäßiger Verbundenheit erreicht, der die verstandesmäßig notwendige Entwicklung einfach über den Haufen wirft. Die Banken leeren sich. Frankreich bleibt der Herr der Welt mit seinem gewaltigen Goldbestand, den es zum Ausbau seiner Macht in Litauen, in Österreich, in Polen, ja in Japan benutzt. Epochale, grandiose, vielleicht letzte Spekulation!«

»Natürlich epochal«, machte Birnbaum Friedrich Wilhelm nach.

Die Gesellschaft war zu atemlosen Zuhörern eines Vortrags geworden. »Zersetzung, Fäulnis, Untergang.« Hunderttausend lasen ihn jede Woche. Er war der Kommende, erfaßte die Stimmung. Als er seinen Bann von Birnbaum gebrochen sah, sagte er: »Ich werde mich nicht von Ihnen verhöhnen lassen.«

Jacoby sagte: »Sie wollen sagen, alles geht unter. Das sind Götterdämmerungsvorstellungen. Wegen epochal und grandios hat Nero Rom angezündet.«

Rose Marie sagte mit ihrer zauberhaftesten Grazie: »Wir sind alle aufgeregt in diesen Tagen, aber seien wir froh, daß hier verschiedene Meinungen aufeinanderprallen können.«

Später sagte Birnbaum zu Winkler: »Alles war mit der Wegjagung der preußischen Regierung im Juni 32 zu Ende. Man hätte kämpfen müssen oder zum Generalstreik aufrufen.«

»Sie meinen schießen?« sagte Winkler.

»Ja. Ihr Severing soll gesagt haben, die Sozialdemokraten könnten nicht putschen. Putscht eine legale Regierung? Sie hält die Ordnung aufrecht. Aber ihr habt Minderwertigkeitsgefühle, weil ihr nicht so national seid wie Hitler.«

»Wir konnten nur zum Staatsgerichtshof gehen.«

»Der aus Nazirichtern besteht. Sie hätten das Reichsbanner aufrufen müssen.«

»Und die Reichswehr? Es hätte zum Bürgerkrieg kommen können.«

»Ministerpräsident Braun konnte nicht zum Generalstreik aufrufen«, sagte Schwarz, »ein Gefangener des Kapitalismus.«

»Und Staatssekretär Abegg, ein Liberaler, konnte?« sagte Klawotzky.

»Nur ein völliger Nichtwisser wie Abegg konnte an aktiven Widerstand denken. Die Sozialdemokraten haben ja noch einen Rest Marxismus, der sie von solchen Tollheiten abhält«, sagte Jürgen.

»Was passiert den Kommunisten, wenn Hitler rankommt?« fragte Grete.

»Er kommt nicht ran. Er hat bei den letzten Wahlen 33 Mandate veroren. Wir sind bereits beim Bonapartismus von Schleicher angelangt«, sagte Schwarz.

»Wer sind die Jacobiner? Sie oder die Nazis?« fragte Otto.

»Die konkrete Gefahr eines Bürgerkriegs erzeugt bei der herrschenden Klasse das Bedürfnis nach einem Schiedsrichter, das war Bonaparte, das ist bei uns Schleicher.«

»Sie haben recht, man kann noch hoffen«, sagte Birnbaum, »Hitler hat die marxistische Front nicht durchbrochen, vierzehn Millionen Kleinbürgerstimmen stehen dreizehn Millionen Arbeiterstimmen gegenüber.«

»Das ist trotzkistisch«, sagte Jürgen.

»Dem Befehl Ihres Herrn Stalin, daß nicht die Nazis, sondern wir zu bekämpfen sind, verdanken wir den heutigen Zustand«, sagte Winkler.

»Sie glauben, es gibt keine proletarischen Elemente in der SA?« fragte Klawotzky.

»Es gibt alles bei Hitler, bloß keine Arbeiter«, sagte Schwarz.

»Dreiviertel der SA sind Arbeiter«, sagte Grete, »wissen

Sie, Schwarz, daß Sie diese arme jüdische Sozialdemokratin angegriffen haben und den Nazi ungeschoren ließen, ist grauenhaft.«

»Ein Nazi hat zu mir gesagt: ›In diesem Augenblick zwei Juden gegeneinander. Die Juden sind ein dummes Volk.‹«

Bergmann, der die ganze Zeit an seiner kalten Pfeife gesogen und sich auf seine verbissene Art nicht an der Unterhaltung beteiligt hatte, wurde lebendig: »Das Volk ist von dem Judenproblem tausendmal fiebriger durchwühlt als von allen andern Problemen. Sie hassen erstmal die Juden, dann nochmal die Juden und drittens die Juden, dann erst kommen Kommunisten, Sozialisten, der Feindbund und der Versailler Vertrag.«

»Aber Herr Bergmann«, sagte Friedrich Wilhelm, »daß unser vierjähriger Heldenkampf zu unnötiger Erniedrigung geführt hat, hat uns zu Nationalisten gemacht.«

»Ein Jude auf hundert Deutsche soll wichtiger sein als die Arbeitslosigkeit und die Stellung des Deutschen in der Welt?« sagte Heye.

»Ich war wegen einer Premiere in Wien«, sagte Bergmann, »meine sozialistischen Freunde haben schwere Gewissenskonflikte. Es ist eine Frage von Leben und Sterben, ob die jüdischen Genossen in verantwortlichen Parteifunktionen bleiben.«

»Wie können Sie das sagen«, sagte Winkler, »ich bin in ständiger Fühlung mit den Wiener Genossen.«

»Sie sind doch auch Jude«, wendete sich Bergmann an Schwarz.

»Geborener. Ich habe mit dem komischen Verein längst nichts mehr zu tun.«

»Eins ist sicher«, sagte Bergmann aufgeregt, »in Österreich, im Sudetenland wissen die Leute nur deshalb, daß sie Deutsche sind, weil sie keine Juden sind. Fragen Sie den Beerensammler im Böhmerwald, den Glasarbeiter in Haida, die Tschechen und die Polen sind ihm wurscht. Mit dem Hungerlohn seines Naziunternehmers findet er sich ebenso ab wie mit der nationalen Vorherrschaft der Tschechen oder Polen, nur damit, daß es Juden gibt, findet er sich nicht ab.«

»Sie beschreiben eine Krankheit,« sagte Heye, »wir gehören in das Land unsrer Vorfahren, unsrer Geburt und unsrer Sprache. Die Synagoge von Worms stand schon, als Konrad II. zum Kaiser gekrönt wurde. Die Juden haben die deutsche Sprache in die slavische Welt getragen.«

»Das jüdische Kauderwelsch?«, sagte Bergmann.

»Schiller war der gelesenste Dichter im östlichen Ghetto.«

»Ich bin stolz darauf gewesen, in Ihrer Zeitung zu arbeiten, aber die Entfremdung der Genossen in Wien spüre auch ich«, sagte Bergmann.

»Einer der wenigen Deutschen, die sich 1918 aus Verzweiflung das Leben nahmen, war der Jude Ballin, und mich haben, vom Grafen Bülow angefangen, die Reichskanzler mit ihrem Vertrauen beehrt.«

»Damit wird Schluß sein«, sagte Bergmann grob.

»Wir gehen nach Palästina« sagte Grete.

»Was wollen Sie denn da?« sagte Heye. »Ich habe Herzl und Nordau in Paris gekannt, Nordau, der weit Bedeutendere – Sie hätten sehen sollen, wie die sich ihre weißen Glacés anzogen. Und selbst Herzl sagte: ›Ich bin Jude geworden von Stöckers Gnaden.‹«

Jacoby nahm seine Frau beiseite: »Wir gehen nach Palästina? Was ist denn das?«

»Ich wußte, du wirst mich fragen. Als ich Bergmann hörte, da hatte ich nur ein Gefühl, ich will mich distanzieren. Wenn sie mir mein Deutschtum absprechen, bleibt mir immer noch mein Judentum.«

»Ich bin gewiß kein Heye«, sagte Otto, »man kann in diesem Augenblick nicht betonen, daß einen Graf Bülow mit seinem Vertrauen beehrt hat, war Graf Bülow eben ein Judenknecht. Ich habe immer meine Zweifel über unsre Väter gehabt, Menzel sammeln, Wagnerianer sein, Kinder Siegmund und Siegfried nennen. Aber auswandern? Hitler verliert Stimmen.«

»Für uns Kaufleute«, sagte Werner Stern zu Otto, »ist die Situation doch eine ganz andere. Unter jeder Regierung kaufen die Leute Herrenhüte. Für uns kann es nur besser werden.«

Birnbaum ging auf einen sehr blonden jungen Herrn zu und stellte den Nachzügler vor: »Er hat mir neulich einen grundlegenden Artikel zur Verfügung gestellt.«

»Ich stimme mit Herrn Birnbaums wirtschaftlichen Ansichten überein. Ihm gebührt das Verdienst einer Laienleserschaft Wirtschaft und Währung ...«

»Wer ist denn das?« fragte Rumke Bergmann.

»Junger Mann vom Wagemann in Nürnberg, Erhard, ganz gleichgültig.«

»Wir hatten das reine Seminar, ich habe Sie sehr vermißt«, sagte Birnbaum, »Sie haben ja den großartigen Gedanken gehabt, Geld nach wirtschaftlicher Notwendigkeit und nicht in währungstechnischen Grenzen zur Verfügung zu stellen.«

»Sie sind auch für Zerreißung der Goldkette, an der uns Frankreich gängelt?« fragte Friedrich Wilhelm.

»Wieso Frankreich? Der Schweizer Goldbestand hat um 250 Mark pro Kopf, der französische nur um 43 Mark zugenommen. Wir brauchen sogenannte Verkehrsschecks, mit denen der Fabrikant auch Löhne entrichten kann. Die Wirtschaft ist die Hauptsache, nicht die Währung.«

»Genial!« rief Birnbaum, »Wirtschaft nicht Währung.«

»Genial!« rief Friedrich Wilhelm mit der ihm eigenen Unverschämtheit, wenn er von ihr Gebrauch machen wollte. »Der Herr Doktor vom Nürnberger Institut für Wirtschaftsbeobachtung organisiert ein Wirtschaftswunder mit Hilfe von kleinen Zetteln! Wir aber wollen die Tribute beenden, den polnischen Korridor beenden, aber die deutsche Staatsleitung lieferte sich in einem dreifachen Gang nach Canossa in dieser Sommersonnwendnacht 1932 den Gläubigern auf Gnade und Ungnade aus.«

Randelhofer trat mit einer jungen Frau ins Zimmer: »Ich komm grad aus dem Theater, das war fei fad! Ich hab grad gehört, Sie haben von Canossa gredt. Wo man hinkommt, redens von Canossa. Das stammt von Ihnen, Herr von Rumke. So einen Erfolg wie Sie mit Ihrem Gschreib haben! Sie reden mir zu gschwollen daher.«

»Sie sehen den Ernst der Schicksalsstunde nicht.«

»Doch, doch, ich war im Ruhrgebiet, wissens, was mir ein wilder Nationalist gesagt hat? ›Erst wenn wir die rote Armee am Rhein haben, können wir uns von den Goldforderungen Frankreichs frei machen.‹ No, was sagens, Herr Schwarz, Herr Kommissar, zu den neuen Genossen?«

»Das ist nicht neu«, sagte Jürgen, »als sie mich 1923 im Rheinland eingesperrt haben, sagte mein Gefängnisdirektor: ›Wir werden erst wieder nationale Freiheit haben, wenn die Kosaken ihre Pferde im Rhein tränken.‹«

»Wenn Deutschland unter den nationalen Gewalten wieder stark genug ist, wird es sich den polnischen Korridor, Oberschlesien und unsre Kolonien wieder holen«, sagte Friedrich Wilhelm.

»Sie sind bescheiden, ein echter Nazi hat mir gesagt, in fünf Jahren wird Frankreich nur noch ein Haufen Departements sein.«

»Wenn das den Nazis gelingt«, sagte Friedrich Wilhelm, »wird sich Amerika auf unsre Seite stellen. Frankreich will den Norden von China den Japanern geben, den Süden einstecken. Damit würde den Amerikanern ihr wichtigster Markt entzogen werden.«

»Frankreich, Frankreich«, sagte Randelhofer böse, »hörens, Birnbaum, der Generaldirektor der Gutehoffnungshütte, hat zu mir gesagt: ›Wenn Frankreich nicht unsre politischen Schulden streicht, stehen wir Deutschen vor einem geistigen Zusammenbruch‹, Küss die Hand, Frau Rose Marie, kann ich einen Schnaps haben, erstens weil ich durchgefroren bin und zweitens weil mir von dem Schmarrn noch schlecht ist.«

»Hat er nicht recht?« fragte Friedrich Wilhelm und meinte den Direktor der Gutehoffnungshütte.

»Nein«, sagte Birnbaum, »Deutschland ist der beängstigende Riese von Europa. Die I. G. Farben sagen selbst, daß das flüssige Kohleverfahren allein genügen würde, um die gesamten politischen Schulden zu decken.«

Armin sagte zu Otto: »Ich mache doch mein Geschäft mit den Kindern, und sie bekommen jetzt so wenig Taschengeld.

Ich habe den modernen Krempel, Klee, Macke, Feininger, wenig Öl. Ist da ein Markt?«

»Die Menzels haben sehr wenig gebracht. Klee ist doch bezaubernd. Ich würde alles behalten.«

»Sie meinen, abwarten? Und wenn sie gar nichts mehr wert sind?« »Es ist alles Spekulation. Verkaufen Sie die Hälfte.«

Edith, Grete und Rose Marie standen im Eßzimmer. »Soll ich noch Kaffee machen lassen?«

»Ich würde«, sagte Grete, »sind genug Tassen draußen?«

»Wir sind dreißig, und Markus und Fuchsens kommen nach dem Theater.«

Friedrich Wilhelm ging ins Eßzimmer, um sich ein Brötchen zu holen, sah ein ganz junges Mädchen gelangweilt am Fenster stehen, dachte, so dünne Ärmchen, so ein süßes Gesichtchen: »Sehen Sie grade zum Fenster raus?« Er nahm ein bißchen die Gardine zurück, stellte sich dicht hinter sie, fühlte seinen machtvollen Körper gegen ihren kleinen und zeigte ihr die Schneelandschaft, beugte sich herunter, nahm ihren Kopf und küßte sie auf den Mund. Sie wehrte ihn nicht ab, sagte, als er an ihre Brust griff: »Was werden Sie von mir denken?«

Die Damen kamen aus der Küche zurück. Friedrich Wilhelm fragte: »Wie heißen gnädiges Fräulein?«

»Susi Fuchs.«

»Mama ist Hanna Beer gewesen?« sagte er mit seinem brillanten Gedächtnis. »Darf ich Sie nach Haus begleiten?«

»Papa und Mama holen mich ab. Sie werden wohl bald kommen.«

»Und kann ich Sie nicht irgendwo wiedersehen?«

Sie fühlte, wie er sie begehrte, kannte das nicht, sagte: »Wir gehen nächste Woche in die Schweiz.«

Er wußte, daß das endgültig war, Devisenschieber, und dachte an das winzige Ding in einem großen Bett. Er saß neben ihr, küßte ihre Hand. Edith sah es und drohte mit dem Finger: »Herr von Rumke!«

Man stand im Eßzimmer ums Buffet, um Kaffee zu trinken. Mühlenbach stürzte im Mantel herein, und begann aufgeregt zu

Grete: »Also ich muß Ihnen was erzählen. Der Stadtrat Kleinmann hat mit den Direktoren der Schiffswerke getafelt, eine tolle Sache! Ich rief die ›Rote Sichel‹ an, habe das Ganze diktiert, aber Kollegen haben wir! Hat doch dieser Füllmeyer meinen Bericht dort gesehen und gestohlen und überall untergebracht und sich bezahlen lassen! Aber ich werde ihn schon zur Strecke bringen! Wo ist denn hier das Telefon?«

Und nachdem Rose Marie es ihm gezeigt hatte, rief er bei der ›Roten Sichel‹ an und diktierte seine Empörung.

»Sie werdens bringen«, sagte er, als er vom Telefon kam, »ach, Frau Klawotzky, ich habe Sie ja noch gar nicht begrüßt, entschuldigen Sie bitte, aber wissen Sie, wir haben Kollegen, Kollegen haben wir ...«

Fuchs und Hanna, betulich in schwarzen Spitzen, Markus und die noch immer strahlend schöne Adelina traten ein. Hanna stellte ihre Susi Adelina vor. Susi knickste und dachte, wie gern sie sich von dem großen Herrn hätte nach Haus bringen lassen. Hanna sagte leise zu ihrem Mann: »Da ist der kleine Jacoby, weißt du noch, er hat Zettel, den Weber, gespielt, und die von Rumkes.«

»Von Rumkes? Haben die bei euch verkehrt? Ist ja komisch.«

»War, glaube ich, Thisbe bei unserer Hochzeitsaufführung. Papa hatte eine Menge christliche Freunde. Das war damals anders. Du siehst, Adelina musiziert seit Jahren mit dem Dampf.«

»Der Bruder von dem SA-Führer? Ich versteh ja die Leute nicht. Hat man nötig.«

»Du, wir müssen Klawotzky begrüßen. Papa hielt ihn für ein Genie. Nun ist er Filmkritiker.«

Markus und Fuchs kamen aus ›Mahagonny‹. »Seltene Taktlosigkeit, dieses Stück jetzt zu spielen, in dem vom ›Dreifaltigkeitsmoses‹ die Rede ist«, sagte Markus.

»Das haben die Herren Brecht und Weill nötig«, sagte Fuchs.

»Die Hesterberg ist überhaupt überschätzt«, sagte Klothilde Heye.

»Die Hesterberg ist noch die Beste«, sagte Friedrich Wilhelm.

»Mahagonny ist großartig. Brecht ist der große Dichter unserer Zeit, ihr einziger Exponent«, sagte Bergmann.

»Wollen wir morgen einen Schneespaziergang machen?« sagte Grete zu Anna.

»Vormittags kann ich nicht«. Sie sagte nicht, daß sie Straßendienst für die Partei hatte, da alle glaubten, sie sei eine Konservative, die an dem nationalen Blatt arbeitete. »Nachmittags muß ich sauber machen. Ich habe einen Staubsauger geborgt.«

»Unserer ging den Weg des Gerichtsvollziehers«, sagte Jürgen.

Das Mädchen meldete: »Herr Heye wird am Telefon verlangt.«

»Nachtglocke zur Redaktion«, sagte Heye und erhob sich.

Otto Jacoby wollte für Sonntag eine Bridgepartie zusammenbringen: »Klawotzky kommen Sie mit Ihrer Frau? Wären wir schon drei. Grete spielt ja nicht.«

»Ich würde kommen«, meldete sich Elinor Birnbaum mit dem Finger.

»Anfänger?« fragte Jacoby. »Da muß ich Sie erst mal prüfen. Wo sind Karten?«

Heye kam vom Telefon zurück: »Hitler ist Reichskanzler geworden.«

»Na, da können wir ja was erwarten«, sagte Otto.

»Es ist mindestens eine interessante Nachricht«, sagte Heye, »es ist eine Regierung Hugenberg, Papen, Schwerin-Krosigk ...«

Grete sagte zu Jürgen: »Wir haben noch gar nicht darüber gesprochen, an wen Sie Besprechungsexemplare Ihres neuen Romans schicken.«

»Ich kenne Ihren großen Mann, Männe«, sagte Jürgen.

»Da kennen Sie was Richtiges. Randelhofer natürlich. Sprechen Sie jetzt gleich mit ihm. Er ist doch noch da? Und für die ›Neuen Hefte‹? Birnbaum ist nur noch Spezialist gegen die Goldwährung.«

»Talberg?«

»Natürlich, immer noch der Beste.«

Friedrich Wilhelm hatte sich noch einmal neben Susi gesetzt: »Ich möchte Sie gerne küssen, glauben Sie, daß Ihnen das gefallen würde?«

Susi saß ganz still, stand nicht auf, wie sich das gehört hätte, sagte auch nichts, denn sie wußte nicht, was sie darauf antworten sollte, wo sie sichs doch auch wünschte.

Fuchs nahm Markus beiseite: »Wir gehen morgen abend endgültig in die Schweiz. Ich habe alles streng legal liquidiert. Ich rate Ihnen, das Gleiche zu tun.«

»Ich soll mein Werk aufgeben? Wenn der Himmel einstürzt, sind alle Spatzen tot. Es geht nur gegen Kommunisten, Sozialisten und Intellektuelle. Es war genau so unter Bismarcks Sozialistengesetz. Sie wollen den Leuten einen Maulkorb umhängen. Sie werden sich nicht an der Wirtschaft vergreifen.«

»Sie brauchen keine Angst um Ihr Geld zu haben«, lachte Schwarz. »Faschisten sind Kapitalisten.«

Martin Zuckermann, stolz mit den zwei großen Fabrikanten zusammenzustehen, sagte: »Es wird alles nicht so heiß gegessen wie gekocht.«

Randelhofer nahm Winkler beiseite: »Sollten nicht die Gewerkschaften sofort etwas unternehmen? Zum Beispiel die Gewerkschaftsgelder ins Ausland bringen?«

»Ich habe morgen wichtige Tarifverhandlungen«, sagte Winkler, »bin den ganzen Tag besetzt.«

Jacobys und Jürgen und Anna warteten frierend im Schnee auf die Elektrische.

Jürgen stellte sich auf die Schienen und versuchte, sie herbeizulocken: »Komm, komm gute 76, edelwerte 76, laß die kleinen Mädchen nicht im Schnee stehen.«

Friedrich Wilhelm stieg in seinen kleinen Wagen, schade, dachte er, Susi Fuchs, ja, das war sein »schändlicher Typ«, wie Christine zu sagen pflegte. Er fuhr an den Kurfürstendamm, um noch etwas zu essen, diese Brötchennahrung war doch etwas knapp. Rotes Licht. Stand, als jemand an seine Scheibe klopfte, die Stahlmacher, diese Brünhilde, kolossal in einem Chinchillamantel. Er öffnete den Wagenschlag. Sie paßte ihm gar nicht in seine Träume. Susi Fuchs.

»Ich bin heute von Corvinus geschieden worden.«

Friedrich Wilhelm antwortete: »So.«

Sie hatte ein halbes Jahr Scheidungsprozeß hinter sich und ein Jahr Ehe mit dem fünfundsechzigjährigen Corvinus, von dem sie sagte: »Er war sicher auch vierzig Jahre früher nicht knuspriger. Wollen Sie noch ein bißchen zu mir kommen?«

»Gut«, sagte Friedrich Wilhelm, es war immerhin kurz nach elf.

Sie fuhren in dem engen Fahrstuhl, er stand, als wäre sie nicht da. In ihrem Salon mit exquisiten französischen Möbeln sank er in einen Daunensessel. Sie entschuldigte sich und kam in einem Kimono mit einem Teewagen, auf dem Flaschen und Gläser standen. Friedrich Wilhelm, geweckt aus seinem aufregenden Traum, war ärgerlich. Er hatte Hunger. Er hätte in ein gutes Restaurant fahren sollen, als er die Stahlmacher traf. »Ich dachte, Sie lassen mir etwas zu essen machen.«

»Ich habe kein Dienstmädchen.«

»Warum denn nicht?«

»Ich wollte niemanden hier während des Scheidungsprozesses, aber er hatte einen Detektiv, es war ganz überflüssig, mich so zu behelfen.«

»Und heute war Schlußtermin. Wieviel haben Sie rausgeholt? Aber erst bringen Sie mir was zu essen!«

»Genügt was Kaltes?«

»Nein. Also wieviel?«

»Fünfzigtausend im Jahr.« Und sie ging hinaus.

Sie kam mit einem großen Rührei mit Spargel wieder.

»Sich fünfzigtausend Mark Rente in einem Jahr erschlafen, allen Respekt.«

»Nicht erschlafen.«

»Dacht ich's doch! Soll ich das vom Teewagen essen? Müssen sich schon bemühen, aufzudecken.«

Sie ging ins Eßzimmer, kam zurück, holte ihn. Der Tisch war halb gedeckt unter der Zuglampe. Friedrich Wilhelm sah deutsche Renaissancemöbel, echt, aber scheußlich. Sie hatte Brot und Butter hingestellt, er strich ein Brot: »Holen Sie mir bitte den Wein aus dem Salon, ich möchte was zum Essen trinken.«

Und nachdem sie mit dem Wagen kam: »Ich möchte Weißwein, nicht den Rotwein zu den Spargeln.«

Er jagte sie. Sie war wütend, aber sie begehrte ihn. Sie brachte Weißwein. »Ist er offen?«

»Hier ist der Öffner.«

Einen Augenblick wollte er sagen: »Machen Sie auf!« Aber das wäre zu viel gewesen. Beim Essen sagte er: »Warum haben Sie unter Ihrem Kimono nichts an?«

»Ich gehe immer zu Hause ohne was rum. Ich hoffte den Sieg des Führers mit Ihnen zu feiern. Endlich können wir wieder stolz sein, Deutsche zu sein. Ein glanzvolles Leben liegt vor uns beiden. Wollen Sie nicht mit mir anstoßen?«

»Warten Sie, nachher. Wie heißen Sie?«

»Edeltraute.«

»Haben Sie immer so geheißen? Sicher nicht.«

»Ich hieß Ruth.«

Er hielt sich am Tisch fest vor Lachen: »Das ist allerdings eine Katastrophe im Hitlerreich! Und sonst Corvinus?«

»Nein, Stahlmacher.«

»Haben die Corvinus verlangt?«

»Ja.«

Er lachte wieder.

Sie sagte: »Sie werden Chefredakteur des »Völkischen Beobachters« werden oder vielleicht ins Propagandaministerium kommen.«

»Warum soll ich mir wünschen« – an einem Pöbelblatt wollte er sagen, aber er dachte plötzlich, besser nicht vor der Stahlmacher –, »beim ›Völkischen Beobachter‹ zu sein, statt meine eigene Zeitschrift weiter zu führen?«

Sie lachte. »Es wird nur ganz Volkstümliches erlaubt sein, nicht Ihre Überspanntheiten.«

»Und Ihnen wird man überhaupt nicht zu schreiben erlauben, denn eine deutsche Frau schreibt nicht.«

»Ich kann gar nicht schreiben, und mir liegt nichts daran.« Sie sah ihn an.

»Wo ist Ihr Schlafzimmer?« Je primitiver, umso besser. Ein Kuß auf den Mund und dann ganz leise weiter, Susi Fuchs, siebzehnjährig oder vielleicht erst sechzehn, ängstlich, zart, unschuldig und wirklich ergeben, ein Körperchen, das man hin und her tragen konnte von Zimmer zu Zimmer und ins Bett. »Was werden Sie von mir denken?«

In Berliner Wohnungen waren die Wohnräume vorn und die Schlafzimmer am Hinterkorridor. Es war ungewöhnlich, daß Ruth Stahlmacher ihr Schlafzimmer neben dem Salon hatte. Sie hatte ein Doppelbett mit Spiegel darüber und einen Spiegelparavant darum und rosa elektrische Birnen.

»Machen Sie Ihre Verführungsbeleuchtung aus.«

Am Morgen rief er vom Bett: »Ruth.« Sie hatte das Eßzimmer in Ordnung gebracht, hörte ihn rufen und kam zurück. Er sagte: »Entweder bringen Sie mir das Frühstück ans Bett oder Sie ziehen sich an. Es ist mir unangenehm, in einem bürgerlichen Eßzimmer mit einer nackten Frau zu frühstücken.«

Er nahm im Korridor Mantel und Hut, gab ihr die Hand, sagte: »Auf Wiederschen«, ging ohne Kuß. Er rief sofort von seinem Büro bei Fuchs an. Das Hausmädchen rief Fräulein Susi. Er fragte, ob er sie sehen könne. »Aber wir fahren heut abend in die Schweiz.«

»Auf fünf Minuten im Garten, die Bank am großen Fliederbusch. Um sieben Uhr, ja?«

An dem stockdunklen Februarabend lief sie in den Garten, fand ihn, der sie stumm umarmte und auf seinen Schoß zog, weiter gehen wollte. »Bitte nicht«, sagte sie sehr leise und legte ihr Gesicht an seins.

Das große Glück, schnell ins Auto gepackt, Entführung Minderjähriger, kein Mensch bestraft mich hier. Eine jüdische Frau? Schon die Stahlmacher würde mich sofort denunzieren, ich würde alle Stellungen verlieren. Es sind die letzten einzigen Minuten. »Susi«, und er küßte sie. Ach, könnte ich sie festhalten. »Bitte nicht.« »Ganz still, Susi, ich liebe dich.«

Er spürte eine Unruhe im Haus, die große Halle wurde erhellt, das riesige Fenster über der Treppe leuchtete in den Garten. Die Tür wurde geöffnet; ›Susi‹ gerufen. Sie schlang schnell die Arme um seinen Hals, preßte sich an ihn: »Ich möchte bei Ihnen bleiben.«

»Nein, mein süßes Kleines, ich bin genau so unglücklich. Lauf!«

Ein Kinderkuß, sie lief davon, hinten ins Haus. Die Lichter in der Halle verlöschten. Unter diesen Menschen war sein Konflikt entstanden zwischen Kadettenanstalt, Kasino, Trinken auf den Tag! Kampf als Vater aller Dinge und jüdischer Zersetzung seiner Ideale. Von diesen Menschen hatte er von den destruktiven Elementen, den Einstein, Freud, Marx gehört. Zwanzig Jahre her. Krieg, Niederlage und der Versuch, sie nicht zur Kenntnis zu nehmen, weiter zu kämpfen, Baltikum, Oberschlesien für Deutschland zu retten, aus der Erniedrigung zurückzufinden zu einem stolzen Deutschland. Er war glücklich in diesem Kampf, Freundschaft, Hilfe, Gemeinsamkeit, und galt es auch nur, ein Geschütz zu verteidigen, ein Brot zu teilen, einen Verräter zu vernichten. Dem Duce war es gelungen, die Zerrüttung durch die roten Verräter aufzuhalten, die römischen Feldzeichen aufzurichten am Mare Nostrum, ein neues stolzes Italien zu schaffen, ohne allgemeines Morden, wie es Hitler mit seiner ›Nacht der langen Messer‹ verlangte.

Er hatte das Auto entfernt hingestellt, die Lichter abgeblendet. Er schlug den Pelzkragen hoch, konnte sich nicht entschließen aufzustehen. Sie müßten bald kommen. Er würde Susi noch einmal sehen. Er fühlte sich furchtbar allein. Sein Vater war nie so allein. Sein Vater fand, daß die Armee 1918 eine Niederlage erlitten hatte wie 1806, er beschäftigte sich mit den Gründen dieser Niederlage, aber er rebellierte nicht. Er hatte sich etwas vorgemacht, wenn er seinen Vater einfach für alt und verkalkt hielt. Er saß hier in der Gefahr zu erfrieren, um noch einmal ein jüdisches Mädchen zu sehen, den inneren Feind, hatte er nicht gekämpft für den Sieg des arischen Menschen, für den Sieg der schaffenden Arbeit, von der Hitler sagte, ›die ewig antisemitisch war und antisemitisch sein wird‹? Deutschland, von hochgerüsteten Nachbarn umgeben, würde wieder frei werden, würde sich alles zurückholen, was Verrat und Gemeinheit ihm geraubt hatten. Der Fackelzug, zu dem es vor dreizehn Jahren nicht gekommen war, würde durch Berlin gehen – und er war nicht dabei.

Der Fuchsche Benz fuhr vor, das Licht in der Halle ging an, Koffer wurden eingeladen, Abschiedsworte hallten über den Schnee, er konnte nicht viel in der Dunkelheit unterscheiden. Das Auto fuhr zum Gitter hinaus. Das Licht in der Halle wurde ausgedreht. Das Haus lag dunkel.

Friedrich Wilhelm war sich klar, daß er in ein Netz des Verrats geraten war, indem er die Abreise dieses Schiebers, der mit seinen Devisen auskratzte, nicht anzeigte.

Er fuhr in ein Restaurant. Als er seine gefütterten Glacés in seinen Pelz steckte, fühlte er mehr Schlüssel als gewöhnlich. Ruth Stahlmacher hatte ihm ihre Schlüssel in den Mantel gesteckt. Sollte er in die Stadt fahren, die neue Epoche miteinzuleiten, deren Geburtshelfer auch er gewesen war? Oder sollte er wieder zu der Frau fahren, die es ihm so bequem machte?

Sie empfing ihn tadellos vornehm: »Ich wollte gerade ausgehen, wer könnte heute zu Hause bleiben? Aber mit Ihnen ist es natürlich viel interessanter. Haben Sie ihn gehört? ›Mögen wir inhuman sein, aber, wenn wir Deutschland retten, haben wir die größte Tat der Welt vollbracht! Mögen wir Unrecht tun, aber wenn wir Deutschland retten, haben wir das größte Unrecht der Welt beseitigt.‹ Wir wollen gleich gehen, sonst wirds zu spät. Ja, daß wir das noch erleben, der böse graue Traum dieser Judenrepublik zu Ende.«

»Es ist ein Elementarereignis.«

Auf dem Weg zum geparkten Auto grüßte Ruth den Polizisten mit der erhobenen Hand, rief einem bescheidenen jungen Mädchen ›Heil‹ zu, ›Heil‹ einem alten kümmerlichen Mann. Wann je hat eine elegante schöne Frau unsereinen begrüßt? »Heil«, erwiderte der alte Mann. Sie gab ihm die Hand. Friedrich Wilhelm waren diese Verbrüderungsszenen peinlich. In der

Tiergartenstraße kamen sie nicht weiter, stiegen aus, ließen den Wagen stehen. Solche Menschenmassen waren noch nie unterwegs gewesen. Umdrängt, nicht gestoßen, von einer beglückten, erwartungsvollen, berauschten Menge, gelangten sie Unter die Linden.

Zuerst sah es wie alle Demonstrationen dieser Jahre aus – Beerdigung eines Kommunisten, Kundgebung für Sacco und Vanzetti, erster Mai – grüne republikanische Polizei auf Lastwagen, berittene Polizisten auf braunen Pferden. Aber das Brandenburger Tor war angestrahlt, der Siegeswagen gebadet in Licht. Die ersten Fackeln kamen, beleuchteten die blutroten Fahnen mit dem weißen Kreis, mit dem schwarzen Zeichen, beleuchteten die Kolonnen, deren Gleichschritt dröhnte im nicht endenden Triumphzug einer nie dagewesenen Revolution. Wenige Kommandos, nur der Marschtritt der Hunderttausende, nur der Klang der Fanfaren von der Wilhelmstraße, nur das donnernde aufjauchzende »Heil« der Volksmenge, die das kommende goldene Zeitalter der Deutschen unter einem gottgleichen Führer bejubelte, hallte durch alle Straßen, ebbte ab, klang wieder, steigerte sich zur Wilhelmstraße hin, donnerte zurück aus dem Osten, dem Norden, dem Süden, dem Westen der Millionenstadt.

Die Legionäre heben ihren Soldatenkaiser auf den Schild, dachte Friedrich Wilhelm. Könige waren durchs Brandenburger Tor gezogen, Prinzessinnen, Generäle, nun kam das Volk, kein Ende abzusehen, wohin es marschieren würde. Die Bürger, die Dienstmädchen, die älteren Frauen, die Kinder saßen auf den Zäunen, den Bäumen, den Laternen und auf den Dächern der Elektrischen, marschierten, reckten die Arme hoch, huldigten solchem Sieg, solcher Macht. Immer weiter marschierten die Kolonnen, schrien die Zuschauer: »Heil! Heil den Soldaten der Revolution, Heil unserm Sieg!« überfluteten alle Straßen.

Friedrich Wilhelm fühlte, das war tödlich ernst. Da kam etwas Unbändiges, die Urmassen überrollten alles Gewesene. Er hörte den Marschtritt der Hunderttausenden, sah das unstete flackernde, an Feuersbrunst gemahnende Licht der Fackeln. Der Sieg war gewonnen. Die Zeit der Dekadenz, der Müdigkeit, der Weltfriedensstimmung und internationalen Utopien war vorbei. Sie hatten nicht ihr Ich zum Ziel. Der kleine Mensch ganz verschwunden vor dem großen Gedanken des Staates. »Heil!« schrie Friedrich Wilhelm. »Heil!« schrie Ruth.

Friedrich Wilhelm und Ruth gingen zu seinem Auto. Neben dem schicken Wagen standen zwei SS-Männer. Wie es Ruth vorkam, einen halben Kopf größer als Friedrich Wilhelm, und zwanzig Jahre jünger als der Vierziger.

»Knorke«, sagte der eine. »Toller Wagen«, der andre, »unsereiner wird sich auch bald so was leisten können, Herr ... ?«

»Von Rumke.«

»Friedrich Wilhelm?« sagten sie, schlugen die Hacken zusammen, legten die Hand an die Mütze.

Ruth sagte: »Besuchen Sie mich doch mal«, und gab ihnen ihre Visitenkarte.

Friedrich Wilhelm war verstimmt. Er fühlte, wie sie ihm die SS-Burschen vorzog, sehnte sich aus Tumult und Geschrei, Fackeln und Militärstiefeln nach dem verschneiten Garten im Grunewald.

Vor Ruths Haus hielt er ihr den Wagenschlag, öffnete ihr die Haustür. »Sie kommen nicht mit rauf?«

»Nein«, sagte er ohne Umschweife, küßte ihr die Hand und ging zum Auto.

In der Menschenmenge standen Jürgen und Anna. »Wo sind eigentlich unsre Führer?« fragte Anna.

»Die Schande«, sagte er und erzählte, als sie durch stille Straßen gingen, daß er den Standpunkt vertreten habe, die Arbeiter dürften sich nicht kampflos den Nazis ausliefern. »Aber wir haben ein Telegramm aus Moskau bekommen, daß jede Gegendemonstration der KPD zu unterbleiben hat. Ich habe opponiert.«

»Du hast opponiert?« sagte Anna mit dem Schrecken des Instinkts.

Sie hörten nicht nur »Heil«. »Hörst du sie schreien ›Juda verrecke!‹ ›Deutschland erwache!‹ ›Wo sind die Kommunisten? Im Keller, huhu!‹ Wir müssen uns verstecken.«

Sie trafen Jacke. »Entsetzliche Niederlage«, sagte Jürgen.

»Wer spricht von Niederlage?« sagte Jacke drohend. »Es ist ein strategischer Rückzug.«

VIERTER TEIL
DRITTES REICH

36. Kapitel
Der Reichstag brennt

Nach den Feststellungen der Polizei liegt dem Riesenfeuer, das das Reichstagsgebäude vernichtet hat, unzweifelhaft Brandstiftung zugrunde. An wenigstens zwanzig bis dreißig Stellen sollen Brandherde entdeckt worden sein.

In einem Sitzungssaal hatte gestern nachmittag eine kommunistische Konferenz getagt, deren Mitglieder gegen sechs Uhr das Gebäude verlassen hatten. Dann wurden die einzelnen Sitzungssäle und die Haupteingänge von den Aufsichtsbeamten abgeschlossen. Die regelmäßigen Kontrollgänge fanden alle Stunde statt. Erst nach neun Uhr abends verspürten die Beamten einen starken Brandgeruch. Inzwischen war bereits aus einem Nachbarhaus die Feuerwehr alarmiert worden. Als die Beamten des Reichstags der Feuerwehr die großen Türen öffneten, versuchte ein etwa dreiundzwanzigjähriger Mann aus dem Gebäude zu entwischen, er wurde jedoch eingeholt und der Polizei übergeben. In der Wache am Brandenburger Tor, wohin er gebracht wurde, fand man bei ihm einen holländischen Paß und Ausweise auf den Namen van der Lubbe, die nach Angabe der Polizei von der holländischen kommunistischen Partei ausgestellt waren.

Der Mann will die Tat allein begangen haben.

Die Kriminalpolizei hat mehrere Brandherde, deren Feuer im

Keim erstickt werden konnte, gründlich untersucht und dabei Benzinflaschen mit glimmender Lunte vorgefunden. Die Flaschen müssen von den Brandstiftern in Aktentaschen in den Reichstag geschmuggelt worden sein. Mehrere hundert Beamte der politischen Polizei sind noch während der Nacht mit den weiteren Ermittlungen beauftragt worden. Außerdem hat die Polizei auch alle anderen öffentlichen Staatsgebäude, vor allem das Landtagsgebäude, unter polizeilichen Schutz gestellt, da sie mit der Möglichkeit rechnet, daß weitere Brandstiftungen vorgenommen werden könnten.

In amtlichen Berichten des Wolffschen Büros findet sich der Satz, »es sei offensichtlich mit weiteren Terrorakten der Kommunisten zu rechnen«, worauf sich diese Vermutung stützt, wird nicht mitgeteilt. Dagegen heißt es an anderer Stelle der amtlichen Mitteilung, »die Feststellung, daß der Reichstag von Kommunisten in Brand gesteckt worden sei, dürfte sehr energische Maßnahmen gegen die kommunistische Bewegung im Gefolge haben«.

Friedrich Wilhelm hatte Ruth Stahlmacher vergessen, als sie ihn am 28. Februar anrief: »Seit Stunden versuche ich Sie zu erreichen. Jürgen soll nicht zu Hause schlafen.« Das war das erste Gemeinsame, das er ›mit dieser Person‹ hatte. Er fuhr sofort zu Jürgen, sagte: »Ihr müßt weg. Du bist gefährdet.«

Anna sagte ganz ruhig: »Wir gehen nach Prag.«

»Brauchst du Geld?« fragte Friedrich Wilhelm.

Anna sagte stolz: »Nein.«

»Doch«, sagte Jürgen, »wenn du mir etwas geben willst.«

»Ich habe fünfhundert Mark bei mir, und ich habe Außenstände in der Tschechoslowakei. Die lassen ja meine Zeitschrift rein. Es ist gar nicht zum sagen, wie dumm diese Demokratien sind.«

»Ganz deiner Meinung.«

Friedrich Wilhelm schrieb Adressen, gab eine Vollmacht und Geld.

»Habe ich noch Zeit, zu Vater zu gehen? Werde ich bewacht?«

»Anna soll packen, ihr trefft euch auf dem Görlitzer Bahnhof.

Die Hauptsache ist, nicht mehr hier schlafen. Sie holen die Leute nur zwischen drei und fünf Uhr morgens.«

»Ich dachte, sie würden uns hier nicht finden«, sagte Anna.

»Anna!« sagte Friedrich Wilhelm, ärgerlich über so viel Naivität. »Aber«, fügte er freundlicher hinzu, »wenn sie Jürgen hier gesucht hätten, wäre ein zweiter Ausgang vielleicht ganz nützlich gewesen.«

Die Brüder fuhren zum Oberst in die Pension, traten in das Zimmer mit den Familienbildern, die genauso hingen wie früher, aber das Zimmer, größer als im Alten Westen, sah ungleich eleganter aus. Es war kein Augenblick, in dem man von neuen Möbelbezügen, vom prachtvollen Bodenbelag hätte sprechen können. Nur Friedrich Wilhelm dachte einen Augenblick, es ist alles so billig geworden, die Eltern sind mit ihrer Pension wohlhabend.

Der Oberst begriff nicht, was war passiert, wieso kamen die beiden am Vormittag zu ihm?

Sie sagten, Jürgen müsse fort, sei in Gefahr, verhaftet zu werden.

Sie saßen um den Tisch, Jürgen auf dem Sofa unter dem Fahnenträger von Leuthen.

»Jürgen, mein Sohn«, sagte der Oberst, »ich sehe nun doch hoffnungsvoll in die Zukunft. Ein einiges deutsches Volk, von Splittern abgesehen, konservative und revolutionäre Kräfte verbunden, ein Volksreich, in dem zum erstenmal die Arbeiter begeistert mittun. Ich finde es ein großes Wort, auch wenn ich das Wort Diktatur in keinem Zusammenhang liebe, ›Wir wollen dem Volke die Diktatur des Volkes in seiner Gesamtheit auferlegen‹, das hat Hitler versprochen. Nicht schlecht.«

»Außerdem verändert die nationale Revolution in Deutschland den gesamten Weltaspekt, ein transitorischer Moment von epochaler Bedeutung«, sagte Friedrich Wilhelm.

»Die Deutschnationalen werden sich nicht verdrängen lassen. Hugenberg wird die Oberhand behalten. Sehr bald wird wieder Ruhe und Ordnung herrschen.«

Beide Söhne wußten, daß ihr Vater zum erstenmal im Leben nicht wußte, daß er nichts wußte.

»Die wilden Leute werden sich ihre Hörner abstoßen, und du wirst zurückkehren. Ich hoffe, du kannst auch von dem armen Kind, der Freia, Abschied nehmen.«

Er brachte die Söhne vor die Tür. Würden sie sich noch einmal sehen?

Alles zum letzten Mal, dachte Jürgen, das alte geliebte Berlin, der Vater, die Bilder der Vorfahren und nun noch schnell Freia.

Friedrich Wilhelm wartete unten. Freia war verstörter als der Oberst. Alle verließen sie. Zwei Geschwister kümmerten sich nicht mehr um sie, und nun verließ sie der dritte. Blieb nur noch Vater.

Schwarz und Charlotte kamen die Straße entlang, sahen die roten Fahnen an ihrem Block, auch sie hatten auf Jackes Weisung wegen der Reichstagswahlen am 5. März geflaggt.

»Wohnt Jacke nicht im zweiten Stock?« fragte Charlotte, »Sind das nicht seine Fenster?«

»Ausgeschlossen, da hängt keine Fahne.«

»Darum eben. Wo sind seine Fenster?«

»Ich weiß nicht genau«, sagte Schwarz.

»Geh mal hier rauf und klingle, ich glaube bestimmt, es sind seine Fenster, und da hängt keine Fahne.«

»Charlottchen, was ist denn mit dir?«

»Mir wird ganz schlecht.«

Schwarz ging hinauf, klingelte, tatsächlich machte Jacke auf. »Du hast keine Fahne raushängen?«

»Kaderschutz«, sagte Jacke ernst.

»Nun, ja«, sagte Charlotte nachher, »wir sind einfache Mitglieder, und er ist ein hoher Funktionär der Komintern.«

Nachts klingelte es bei Rudi und Freia. Rudi ging, sah eine schöne Frau mit einem todmüden Kind.

»Ich bin Charlotte Schwarz, Freundin von Jürgen, ich hoffte, daß Sie mich vielleicht bei sich übernachten lassen. Unser Wohnblock ist von SA umzingelt. Mein Mann schläft bei einem Genossen.«

Rudi nahm sie herauf. »Ich fahre morgen nach Prag«, sagte sie.

Sie half Freia Betten beziehen. »Was fürn großes Bett«, sagte das Jungchen, »wo komm ich denn hier hin? Legst du mich auf Eis?«

Am nächsten Tag fuhr Rudi die beiden zum Bahnhof.

»Ich hoffe nur, die Kontrolle an der Grenze ist noch nicht so weit, Kommunisten zu verhaften.«

»Sie sagen, Sie fahren mit dem Kind zur Erholung. So organisiert wird es noch nicht sein.«

»Wie kann ich Ihnen je danken?«

»Indem Sie nicht jeden Bourgeois für ein Schwein halten.«

»Ich nahm nach Jürgens Erzählungen an, daß Sie in der Partei sind. Es tut mir sehr leid, Sie behelligt zu haben.«

Rudi erzählte es Freia: »Es ist das letzte Mal, daß ich jemanden von der Blase aufgenommen habe.«

»Aber Rudi, Jürgen und Anna sind ganz anders.«

Es klingelte. »Wir müssen vorsichtig sein. Schneiders nebenan flaggen das Hakenkreuz.«

Wanda kam ins Zimmer: »Ein Herr Meyer möchte die Herrschaften sprechen.«

Mühlenbach trat ein: »Verzeihen Sie bitte die Störung zu dieser Abendstunde, ich möchte nicht zu Hause schlafen. Ich sah zu meinem Schrecken, daß Sie ein Dienstmädchen haben, ich habe mich sofort als Meyer getarnt. Gestatten Sie, Mühlenbach von der »Roten Sichel«. Jürgen hat mir gesagt, Sie seien sein Schwager. Alles, was mit Jürgen zusammenhängt, ist reines Gold.«

»Na, setzen Sie sich schon, Herr Mühlenbach«, sagte Rudi, der zehn Minuten vorher beschlossen hatte, niemanden mehr aufzunehmen.

»Meyer, Herr Stern, Meyer. Sie sind Jürgens Schwester, Frau Stern. Darf ich Ihnen die Hand drücken?«

»Wollen Sie was zu essen haben?«

»Ich sage nicht nein. Ich habe mich den ganzen Tag in den Straßen aufgehalten, man kann doch nicht wissen.«

»Wir sind nicht in der Partei«, sagte Rudi.

»Schade, Sie werden in wenigen Jahren außerhalb stehen.«

Freia ging in die Küche. Wanda sagte: »Daß die Menschen nicht wissen, wo sie schlafen sollen, das hätte man dem Hitler nicht zugetraut. Das Mädchen von Schneiders sagt, es ginge nur gegen verbrecherische Elemente. Der Herr hat aber nichts Verbrecherisches.«

Jacoby sagte: »Ich lasse auf alle Fälle unsre Wohnungstür mit Eisen beschlagen und Sicherheitsschloß und Kette anbringen.«

Der Schlosser hatte Zeit, wer nicht bei dieser Weltkrise?

Grete fuhr in die Stadt, Stimmung nach dem Reichstagsbrand feststellen. Sie notierte: »Auf dem Bahnhof Zoo Germanin, blaues Kostüm, stramm über üppigen Hüften, hocheleganter Hut, hält Schirm wie Degen. Die Stahlmacher kommt ihr entgegen, hebt die Hand zum römischen Gruß: ›Heil Hitler‹, sieht über mich weg, kennt offenbar keine Juden mehr.« Die Stadt war beflaggt wie 1914, als die deutsche Armee in raschem Siegeslauf auf die Marne vordrang. Grete notierte: »Voreilige Siegesflaggerei. Wahl am 5. noch nicht entschieden, allerdings nur Hakenkreuzfahnen.«

Grete fuhr nach Moabit ins Gericht. Vielleicht hörte man dort etwas. Ein alter Wachtmeister mit grauem Schnurrbart und guten blauen Augen, rieb sein Bein, hatte Gicht. Er trug eine vertragene feldgraue Uniform. Er sagte: »Ich glaube ja nicht, daß die Hitlers siegen werden. Wir hatten immer die Hälfte Sozialdemokraten und Kommunisten. Die Leute fallen doch nicht alle um. Was ist denn die Hitlerjugend? Jearbeitet wird nicht, jelernt schon jarnich, und die Eltern sind Neese. Meinen Sie, *die* Leute werden Hitler wählen?«

»Aber sehen Sie doch die vielen Hakenkreuzfahnen!«

»Aber nich doch, die kriegen die Leute jeschenkt, die andern Fahnen müssen sie koofen. Jehen Se mal da rein.«

Ein alter politischer Prozeß. Im Oktober 1932 hatten die Deutschnationalen einen Nazijournalisten wegen Verleumdung angezeigt. Aber inzwischen hatten sich Deutschnationale und Nazis versöhnt, und es war eine Gespenstersitzung.

Der Vorsitzende las den Artikel des Nazis monoton vor: »›Solch Lump führt die deutschnationale Partei, dieser Landesverräter wirtschaftet nur ins eigene Portemonnaie. Es ist ja allgemein bekannt, daß Hugenberg während des Krieges ein

Geschützmodell an England verraten – und geliefert hat. Sein Direktor Minoux, ebenfalls ein Kriegs ...‹ Meine Herren, wollen wir es nicht mit einem Vergleich versuchen?«

»Nein«, sagte der angeklagte Nazi, »ich bin wegen dieses Artikels aus meiner Zeitung geflogen. Ich habe kein Interesse an einem Vergleich.«

»Ebenfalls ein Kriegsverbrecher«, las der Vorsitzende monoton weiter, »dem man leider vergessen hat, einen gehörigen Tritt an einen bestimmten Körperteil zu versetzen.«

Die Reporter verließen den Raum. Wo sollte man noch etwas über diesen historischen Prozeß veröffentlichen? Der »Kriegsverbrecher« war Minister geworden.

Staatsanwälte und Rechtsanwälte standen zusammen und lachten. Ein Staatsanwalt sagte: »Der Herr Brandstifter läuft der Polizei entgegen und sagt, er hat alles allein angezündet, Dutzende von Flaschen mit Benzin und Lunten, alles allein eingeschmuggelt, und zur Erleichterung der Polizei trägt er freundlicherweise seinen kommunistischen Parteiausweis gleich bei sich.«

Grete machte diese Munterkeit glücklich. Kein Berufsrevolutionär, sondern ein konservativer Staatsanwalt hielt die offiziellen Mitteilungen für falsch. Sie kaufte die Zürcher Zeitung. Die hielt sie auch für falsch.

Sie fuhr nach dem Osten. Auf dem Bahnhof arbeitete ein Arbeiter an den Schienen, rief bei jedem Schlag: »Rot Front!« Immer Hacke runter, klapp »Rot Front!« Ein Held, dachte Grete, aber drei Arbeiter trugen Hakenkreuze. Ein eleganter Herr rief ihnen entgegen: »Heil Hitler!«, »Heil Hitler!« antworteten die Arbeiter.

Vor dem Bahnhof versuchten Arbeitslose Knöpfe, Schnürsenkel und Sicherheitsnadeln zu verkaufen. Es war trübseliges Wetter. In der Madaistraße schüttete ein Kran tagaus, tagein Kohlen auf einen Berg. Alles wurde schwarz. Die Menschen saßen arbeitslos in kalten Stuben, hatten nichts rechtes zu essen, und wenn ihnen einer das Wunderbare versprach, glaubten sie und hängten sein Bild auf, Bebel oder Lenin oder Hitler.

In den Bäckerläden lagen noch immer nur ein paar Schnecken

und Kokosnussstücke. Hier hatte Fritz Schulz sein entsetzliches Leben gelebt, hier war der junge Mehlhose gestorben, hatte sich Herr Mehlhose einen Stuhl vors Haus genommen als Sommerreise. Nach dem Krieg sah es besser aus, die Wohnungen nicht mehr so überfüllt, weniger Tuberkulose, mehr Parks, eine nie anerkannte Leistung der Sozialdemokraten.

An einer geschwärzten Mauer stand: »Haut sie endlich grün und blau, die gottverfluchte Judensau.« Und an halb zerrissenen Plakaten: › ... Reichtstag ... bezahlte Fremdenlegionskompagnie, Republik ... Ramschgeschäft, kommt am 5. März zum Ausverkauf!«

Grete fuhr in ein Restaurant und schrieb ihren Bericht, die Wahrheit über eine Ecke des Lebens.

»Der Fahrstuhl ist kaputt«, sagte der Fahrstuhlführer in der Redaktion. Grete stieg die Treppe hinauf, sah, daß jemand aus dem Fahrstuhl kam. Der Fahrstuhlführer ließ also Juden nicht mehr im Fahrstuhl fahren.

»Wo ist Herr Randelhofer?«

»Schon zwei Tage nicht gekommen.«

»Und Herr Heye?«

»Nicht mehr da.«

»Unmöglich«, sagte der Vertreter, »liebe Frau Jacoby, verbrennen Sie das gleich. Humor ist das Gefährlichste, Humor übern Reichstagsbrand? Um Gotteswillen.«

»Ja, was denn?« fragte Grete.

Der Herr sah sich im Zimmer um. »Was suchen Sie denn?«, sagte Grete halb lachend. »Ps«, der Herr legte den Finger auf den Mund. Dann sprach er leise: »Alle kommunistischen und sozialdemokratischen Zeitungen sind verboten, alle Redakteure verhaftet. Die SA wirft Leute über Eisenbahnbrücken vor die Züge. Bleiben Sie noch in Deutschland?«

»Natürlich, man will doch der Historie zusehen.«

Der Fahrstuhlführer war die Macht im Hause, der Nazizellenobmann.

Otto war erstaunt. Sie hatten in Adlershof ruhig weiter gearbeitet: »Leute vor die Züge geworfen? Stimmt denn das?«

Rose Marie telefonierte: »Erich ist so verstimmt, kommt doch mit zum Albersfilm, bißchen entspannen.«

Zuerst kam eine Reklame für die Zigaretten ›Siegesfreude‹ und ›Trompeterglück‹, hauptsächlich marschierende Soldaten, dann ein Kurzfilm, ein Jude wurde von einem sehr sympathischen deutschen Arzt hinausgeworfen, kommt immer wieder und drückt sich davor, zu bezahlen. Sie blieben nicht zum Albersfilm. »Siegesfreude und Juden, das ganze neue Deutschland«, sagte Otto zu Klawotzky.

Gegen vier Uhr morgens trommelte es an die gepanzerte Wohnungstür der Jacobys. Sie öffneten nicht. Grete telefonierte an Friedrich Wilhelm. »Zu Ihnen will SA?« sagte er. »Das habe ich überhaupt noch nicht gehört.«

»Sie sagten, direkter Befehl von Reichsminister Göring.«

Er riet ihr, das Überfallkommando und einen Mächtigen anzurufen. Der Mächtige war so erstaunt wie Friedrich Wilhelm: »Was, die SA will so einfach in Privatwohnungen eindringen? Rufen Sie mir den Führer des Kommandos.« Der Führer des sozialdemokratisch-republikanischen Überfallkommandos sagte ins Telefon: »Könnten Sie diesen Befehl nicht generell geben? Es passieren ja furchtbare Sachen.« Er ließ den Führer der SA, einen armseligen kleinen verelendeten Mann, einen früheren Major, eintreten. »Ich werde mir das nicht gefallen lassen, daß Sie mich wegschleppen wollten!« sagte Grete zu ihm. »Ich zeige Sie an wegen Hausfriedensbruch, versuchter Nötigung und Bedrohung.«

Sie nahmen eine Haussuchung vor. Klaus stand im Bett und rief: »Hier aber raus!«, SA und Polizei gingen aus dem Zimmer. Julius hatte sich unter Klaus' Bett verkrochen.

Der Mächtige hatte Grete die Mörder vom Leibe gehalten. Der Führer des Kommandos sagte: »*Die* kommen nicht wieder.«

Grete erklärte, daß sie nicht einen Tag mehr bliebe. Sie telefonierte an Mutter und Schwiegereltern. Alle kamen. Siegmund Jacoby machte Grete Vorwürfe: »Du hättest dich eben nicht um Politik kümmern dürfen. Es ist alles wie unterm Sozialistengesetz. Sie wollen den Leuten einen Maulkorb umhängen. Ganz richtig, daß du ein bißchen zum Wintersport fährst. Wenn Otto den Film fertig hat, kann er ja nachkommen.«

»Ich hab einen Jumper für dich zu häkeln angefangen, willst du ihn rund oder viereckig ausgeschnitten?«

»Aber Mama!«

»Du brauchst doch etwas zu deinem Kostüm, auch eine weiße Batistbluse habe ich fast fertig. Sind die Buberln schon wach? Ich geh grad nachschauen.«

Wenn der Nazikommissar in das Zimmer trat, das nur zehn Tage früher über dreißig Jahre lang Heyes Reich gewesen war, hakte er den Gummiknüppel ab, nahm den Revolver aus der Gesäßtasche und die Pistole aus einer hellledernen Tasche, ordnete alles auf dem Schreibtisch, setzte sich, schlug die Beine in hohen Lackstiefeln übereinander und drückte auf die Klingel: »Rufen Sie mir bitte Herrn Männe.«

Er bat ihn, eine Notiz einzusetzen:

»Montag vormittag drangen mehrere Angehörige der NSDAP in die Wohnung des jüdischen Kaufmanns Weidmark ein. Sie forderten unter Vorhaltung von Pistolen die Öffnung des Geldschranks, aus dem sie achthundert Mark entwendeten. Drei an der Tat beteiligte Personen wurden festgenommen. Die Leitung der NSDAP hat diese drei sofort aus der Partei ausgeschlossen. Ein Strafverfahren wegen räuberischer Erpressung ist eingeleitet worden.«

Markus saß mit Adelina am Frühstückstisch: »Na bitte, na also, da kann man wieder sehen, was geredet wird. Wenn du erlaubst, möchte ich dir vorlesen... Na, das ist wohl sehr beruhigend, nicht wahr? Sie wollen zwar den Leuten einen Maulkorb umhängen, aber politische Geldschrankknackerei ist noch was anderes.«

»Ja, ja, schon«, sagte Adelina, »aber ich les grad die Nachrichten aus München, soweit sie einem noch Nachrichten geben ...«

»Wie kannst du so was sagen.«

»Aber, ich bitte, sie sind noch nicht an der Regierung, und schon ist alles besser, Leute werden eingestellt. Deutschland ist wieder geachtet und geehrt. ›Polen zieht sich zurück‹, ›Frankreich zieht den kürzeren‹. ›Der Streik der Ziehleute ist beendet.‹ Alles in vier Tagen, nur weil sie die sozialdemokratischen und kommunistischen Zeitungen verboten haben. Ja, und wegen München. Den Büchner, den Chefredakteur von der ›Neuesten‹, hams verhaftet, den Freiherrn von Aretin, weil er königstreu ist, die Führer der Bayernwacht, weils keine Nationalsozialisten sind, und den Grafen Arco, der den Eisner erschossen hat! Ja, was sagst, vorgestern hams'n noch für den großen Patrioten erklärt. Ich glaub kein Wort mehr, das in der Zeitung steht.«

Markus dachte, Adelina hatte ja leider auch im Krieg recht behalten, aber er sagte: »Ein Reich aus einem Guß, das kann nur gut für die Wirtschaft sein.«

»Du wirst sehen, sie verhaften jeden, der kein Nazi ist. Ich möcht rausgehen. Du bist ein großer Fabrikant, du kannst wo anders fabrizieren.«

»Aber Adelina, es ist doch in all und jedem eine Überproduktion da.«

Post wurde gebracht.

Adelina rief: »Da hast's! Der Dampf schreibt, er könne leider morgen nicht kommen und mich auch nicht mehr weiter zum Gesang begleiten. Keine Erklärung! Kein Dank! Zwanzig Jahre eine Natter am Busen genährt! Schatzerl, ich hätt vorgezogen, nicht recht zu behalten.«

Werner Stern kam, wie jeden Abend zu Herrn Gleichmann ins Zimmer: »Ist noch etwas Herr Gleichmann? Wenn nichts mehr ist, geh ich.«

»Ich habe eben mit der letzten Post zwei recht beträchtliche Orders bekommen, und mein Freund von der Gubener Hutfabrik teilt mir auch einen steigenden Ordereingang mit. Wenn das Geschäft sich weiter belebt, könnten wir Herrn Levy wieder einstellen.«

»Man würde direkt ein gutes Werk tun, Herr Gleichmann. Ich traf ihn neulich. Er hat nur die Arbeitslosenunterstützung und die zwanzig Mark in der Woche, die er von uns bekommt.«

»Schon gut, Herr Stern, auf Wiedersehen.«

»Auf Wiedersehen, Herr Gleichmann.«

Im März 1933 gab Edith die erste Gesellschaft ihres Lebens, die aus mehr bestand als bunte Schüssel und Schokoladenfisch. Fuchsens fehlten, Jacobys, Klawotzkys.

Edith zuckte die Achseln. »Sie haben abgesagt«, sagte sie vorsichtig, wie sie war. Aber Rudi sagte: »Ich habe gehört, sie sollen nicht mehr in Berlin sein.«

»Wieso denn?« fragte Freia.

Edith schickte noch im Frühjahr 1933 ihren Jungen nach England. Man konnte das Schulgeld in Deutschland bezahlen.

»Übertrieben«, sagte Martin.

»Es wird alles nicht so heiß gegessen wie gekocht«, sagte Rudolf.

»Wenn der Himmel einfällt, sind alle Spatzen tot«, sagte Werner.

»Aber Ditty«, sagte Freia, »deinem Kind wird doch hier nichts geschehen.«

»Freiachen, ich liebe dich sehr, aber bei Judenverfolgungen verlass ich mich auf einen ererbten Instinkt, so wie ein Vogel nicht gegen einen heißen Ofen fliegt. Die Männer haben diesen Instinkt nicht mehr, darum sagen sie Sachen wie meine Brüder. Nur die Frauen wollen alle weg.«

»Ach was«, sagte Rudi, »Frauen sind für das Mystische. Geheimnisvolle Zusammenhänge, Vorahnungen begeistern sie.«

»Meine belesene Schwester Christine sagte, der Tacitus habe den Frauen der Germanen die Gabe der Weissagung zugeschrieben. Davon habe ich nie was gemerkt, aber den Jüdinnen ist sie vielleicht wirklich verliehen.«

Aber es war der Besuch bei dem Direktor der Futurumwerke, der Ediths Optimismus zerschmettert hatte. Seitdem hatte sie den Verdacht, daß die Menschen nicht anständig und gut waren. Der Welt gegenüber sprach sie von einer besseren Erziehung. Ihr ganzes Leben hatte sie ein schlechtes Gewissen gegen Werner, der mit vierzehn Jahren in eine Lehre gegeben wurde, damit sie und Rudolf auf eine höhere Schule gehen konnten. Das sollte nicht noch einmal in der Familie vorkommen. Ihr Kind sollte wenigstens die Wahl haben.

37. Kapitel

Ruth Stahlmacher

Friedrich Wilhelm lud sich bei Ruth Stahlmacher zum Abendbrot ein: »Ich bringe Ihnen die zwei ss-Leute mit.«

Der Tisch war köstlich gedeckt, Essen und Wein vorzüglich. Sie sah prachtvoll aus, selbst für Männer von zwanzig. Als die beiden angetrunken waren, goß ihr der eine ein Glas Wein in den Ausschnitt. Der andre kroch auf der Erde zu ihrem Stuhl und machte sich an ihr zu schaffen. Friedrich Wilhelm ging wortlos weg.

Als die beiden Ruths atemberaubendes Schlafzimmer sahen, wurden sie fast nüchtern. Dichte Gardinen verhüllten jedes Tageslicht, und so schliefen die drei den ganzen Tag bis zum nächsten Abend. Sie erwachten mit einem Bärenhunger. Ruth gab Anweisungen. Sie ging in ihr Bad und erschien in einem neuen Kostüm, einem Morgenrock aus Schwanenpelz, duftend und wundervoll. Die beiden hatten inzwischen den Kühlschrank geleert, brachten kaltes Fleisch und Salate, Gläser und Wein und Korkenzieher auf dem Teewagen an ihr Bett. Sie waren bald nicht mehr fähig, den Korkenzieher zu handhaben, zerschlugen Flaschenhälse an Herd und Kühlschrank und benutzten die Spiegel als Zielscheibe. Trotzdem wollte sich die herrliche Stimmung der ersten Nacht nicht wieder einstellen, und so sagte der eine: »Hol den Kerl rauf, vielleicht bringt er uns wieder in Schuss.« Der Chauffeur, den er heraufholte, dachte, als er die kolossale blonde Frau sah, na, das wird ein anderer Spaß als der jüdische Anwalt, den sie mehrere Tage und Nächte fertiggemacht hatten, dünn und klein mit widerlichen schwarzen Haaren.

Weinflaschen standen auf dem Tisch, Liköre, Cognac. Tatsächlich schien der Taumel der vorigen Nacht wiederzukommen. »Donnerwetter, alle Achtung«, sagte der eine ss-Mann »der hört nicht wieder auf.« »Germanisches Vollblut«, sagte der andere.

Der Chauffeur sagte: »Haben Sie 'ne Geräuschkulisse? Wir lassen immer unsre Motorräder laufen, wenn die Schreierei anfängt.«

Die Halbbetrunkenen verstanden ihn nicht, sahen nicht gleich, daß er seine Stahlrute vom Gürtel riß und auf die Frau schlug. Mit einem furchtbaren Schrei stürzte sie sich vom Bett auf die Erde. Die beiden erschraken, kamen gerade zurecht, bevor er wieder schlug, ganz offenbar der Meinung, daß er ›die Nacht der langen Messer‹ fortsetzen sollte. Er verstand nicht, um was es ging, und schlug auf die Männer, die ihn hindern wollten.

Ruth rutschte zur Tür und öffnete sie mit größter Anstrengung. Es gelang den beiden, eine Gardine herunterzureißen, ihn zu fesseln und in den Fahrstuhl zu stopfen. Die Treppe vom Hochparterre zur Haustür rollten sie ihn über die Marmorstufen, öffneten die Haustür, legten ihn auf die Straße und fuhren davon. Er wurde gefunden. Die Überschrift im ›Angriff‹ hieß: »Noch immer tobt Rotmord!«

Ruth drehte vom Bett in einem Gastzimmer Friedrich Wilhelms Telefonnummer und bat sehr bescheiden, ihr einen Arzt zu schicken, dem er ›freundlicherweise die Wohnungsschlüssel geben‹ möge. Friedrich Wilhelm hätte am liebsten gesagt: »Wie komme ich dazu«, er sagte aber: »Gut, ich schicke jemanden.« Das war einfach, da im Hause ein junger Arzt wohnte.

Der Arzt öffnete die Fenster im verpesteten Schlafzimmer mit der heruntergerrissenen Gardine, drehte die rosa Lichter aus, nahm an, daß er zu einer reichen Hure käme, die Perversen in die Hände gefallen war. Er suchte durch die Wohnung, fand sie.

Friedrich Wilhelm kamen Bedenken, daß er aus Laune Ruth Stahlmacher in ein Abenteuer geführt hatte, das offenbar nicht gut abgelaufen war. Er ging zu ihr. Der Arzt öffnete: »Lassen Sie sie jetzt ruhig schlafen. Es sind ungefährliche Verletzungen.

Sie bat mich, ein neues Schloß anfertigen zu lassen, wenn es Ihnen recht ist?«

»Lassen Sie mich völlig aus dem Spiel, nehmen Sie bitte alles in die Hand. Sie ist eine geschiedene Corvinus.«

»Eine entzückende Frau«, sagte der Doktor und freute sich auf den nächsten Tag.

Friedrich Wilhelm machte die Tür zum Schlafzimmer auf, sah die Fensterdekoration heruntergerissen, Spiegel und Spiegelparavent zertrümmert, den Boden voll Scherben. Er stand einen Augenblick. Hatte er nicht vom Manne geschrieben, in dem die erste Lust, die der Zerstörung pochte? Nicht gewünscht, daß die Jugend berauscht, keuchend, besessen sei? Er ging zu seinem Vater, fand das alte Ehepaar und Freia, die wegstürzen wollte. »Bleib Spatz«, sagte er zärtlich, ein alter Kinderausdruck, den sie seit ihrer Heirat nicht mehr gehört hatte.

»Ich freue mich, daß du in diesen Tagen den Weg zu uns findest.«

»Ich lasse Kaffee machen«, sagte Frau von Rumke.

»Ich weiß, Vater, du nennst sie ›die wilden Leute‹, aber wir bekommen ein starkes Großdeutschland unter *einem* Führer. Der deutsche Arbeiter ist wieder ein Patriot ...«

»Der deutsche Arbeiter hat mit ungeheurem Patriotismus seine Knochen zu Markte getragen.«

»Nur gemeutert.«

»Ich will den alten Streit nicht aufwärmen. Alle Grundrechte sind aufgehoben, vom Briefgeheimnis bis zum Landfrieden. Einer deiner Freunde hat am Radio geplappert, ›das kämpferische Symbol der Jugend sei nicht mehr der umrißlose Sturm auf die Bastille, sondern der zuchtvolle untergangsfreudige Kampf von Thermopylae. Wenn ein Kampf nicht umrißlos war, dann der um die Bastille. Die preußischen Reformer haben in seinem Zeichen Preußen reformiert und Napoleon besiegt. Ohne den Sturm auf die Bastille hätte selbst Gneisenau nicht die Körperschaft gründen können, der anzugehören ich die große Ehre hatte. Und was soll das mit Thermopylae? Eine Niederlage als Ideal? Untergangsfreudig?«

»Man denkt an den Opferwillen, die Zucht und nicht an die Niederlage.«

»Schlimm für einen Offizier.«

Kaffee wurde gebracht. Gut, neben seinem Vater zu sitzen, neben der vornehmen Frau seines Vaters, dem Schwesterchen, aber es war das zum Untergang bestimmte Bürgertum, Vergangenheit, stilles Sterben. Aktion war nötig, bewaffnete Aktion. »Ich wünschte, ihr hättet den Fackelzug gesehen, eine siegreiche Menge, bereit, die Niederlage auszuwetzen.«

Im Hause der Stahlmacher war nun doch eine gewisse Aufregung, Mieter hatten den Schrei gehört, das Zerschlagen der Spiegel, und die ersten, die das Haus verließen, sahen Blut auf den Stufen. Der Portier konnte die Sache nicht verstehen. Da oben wohnten Nazis, er hatte ss-Männer, prachtvolle Leute, hinaufgehen sehen, und der Tote mit den Kopfwunden war auch in Uniform. Haben die nicht vielleicht ihren eigenen Mann umgebracht? Er sagte das dem Journalisten, der ihn aufsuchte. Aber der sagte zu ihm, einem Berliner Portier, der kaisertreu und nun für Hitler war, drohend sagte er: »Ich rate Ihnen, das nicht zu wiederholen. Er wurde von Kommunisten ermordet.«

Der Portier sagte zu seiner Frau: »Wie will denn der das wissen? Wozu frägt er mich denn?«

Dann kam die Reinigungsfirma, und der junge Doktor sagte: »Wir nehmen besser die Treppenläufer runter.«

»Ich alter Mann, ich denke gar nicht daran.«

»Könnte etwas im Hof verbrannt werden?«

»Na sehr vorsichtig und hinterher die Asche wegbringen. Ordnung muß sein.«

Sie verbrannten die Matratze, Kisten voll Scherben wurden neben den Mülleimer gestellt, Teppiche, Sessel, der mit Rotwein getränkte Aubusson abtransportiert.

»So 'ne Schweinerei«, sagte der Portier, »in 'nem hochherrschaftlichen Haus.« Er ging am Abend zum Hauswirt: »Nee, Herr Goldstaub, das hat ja nich seine Ordnung. Das is wohl 'ne Lebedame, besser raus, wech mit Schaden. Es sollte doch alles wieder seine Richtigkeit haben. Ende von den Tributen und 'ne nationale Regierung. Und nu sone Schweinerei und 'n Toter.«

»Ich werde ihr kündigen, obwohl es sehr schwer sein wird, die Zehnzimmerwohnung zu vermieten. ss-Männer in meinem Haus, na, das habe ich wohl nicht nötig.«

Und ging ins Geschäft wie jeden Tag.

Als Ruth die Kündigung zum 1. April bekam, bat sie Friedrich Wilhelm um die Adresse der beiden ss-Leute, die die Rücknahme der Kündigung bewirken sollten.

Herr Goldstaub saß mit ihnen in roten Ledersesseln vor dunklen Eichenmöbeln: »Ich kann das in meinem Haus nicht dulden, das ist ein hochherrschaftliches Haus.«

»Sie Jude, wagen eine Arierin zu beschimpfen. Sie scheinen sich über den Aufbruch des deutschen Volkes nicht klar zu sein.«

Ein Wort gab das andre. Goldstaub fühlte sich bedroht. Zum Donnerwetter, er war doch ein Held: »Ich lasse freiwillig eine Wohnung leerstehen, verzichte auf eine hohe Miete ...«

»Mit dem jüdischen Hausbesitz ist es sowieso zu Ende. Versuchen Sie mal, Frau Stahlmacher rauszusetzen, eher setzen wir Sie raus.«

Die beiden ss-Männer gingen nach oben: »Gnädige Frau, alles in Ordnung. Sie bleiben.«

Goldstaubs Haushälterin kam zum Portier: »Unser Herr Goldstaub fühlt sich so schlecht, er hat doch was am Herzen. Wissen Sie, wer da war?«

Der Portier erschrak, man dachte doch, die schaffens, machen Deutschland wieder hoch in Ehren.

»Lasse man erst zur Ruhe kommen«, sagte seine Frau.

38. Kapitel
Prag

Klawotzkys und Jacobys warteten am 1. Mai in Randelhofers Hotel auf ihn, ein Hotel mit einer Schloßtreppe, würdiger Rahmen für den Friedensvertrag von 1866, der hier geschlossen worden war.

Grete war neidisch. Sie wohnten in einem armseligen Hotel. Sie waren beide nicht fähig, sich in einem schmutzigen Bett in einem Zimmer zu umarmen, in dem ein Sechsjähriger und ein Vierjähriger schliefen. Randelhofer war nicht wohlhabender. Kein Geld?

Borgt man eben, macht man Schulden. Für Jacoby und Klawotzky waren Schulden das Letzte. Ihre Frauen waren gegen die Beschränkung auf das Lebensminimum. Das ausgezeichnete Essen in der Volksküche kostete die Hälfte wie in jedem Restaurant. Rose Marie und Grete hätten nicht darunter gelitten, daß ihnen das Essen mit einer Kelle zugeschöpft wurde, aber würden die Kinder je die Erinnerung an diese Armut loswerden?

»Wenn man eine kleine Wohnung hätte, aber mit einem Haushalt daneben kann man gar nichts verdienen. Es wird für keine Arbeit etwas bezahlt.«

»Artikel werden ganz gut bezahlt«, sagte Grete. »Hundert Kronen, das sind zehn Mark, aber reichen weiter.«

Klawotzky sagte zu Grete: »Ich muß Ihnen etwas zeigen, meine Gnädigste, kommen Sie mit.«

In einem riesigen Zimmer mit hohen Fenstern und schweren Damastgardinen standen Mühlenbach, Jürgen und Jacke um einen Küchentisch. »Grete Jacoby, ach, auch hier«, sagte Mühlenbach, »wir haben leider keine Zeit, die erste Nummer der

›Arbeiter-Illustrierten‹ muß raus.« Jürgen schob Bilder hin und her, die beiden andern beugten sich über ihn.

»Will die Herren nicht stören«, sagte Grete, und sie gingen.

»Statt ›Rote Sichel‹ in Berlin ›Arbeiter-Illustrierte‹ in Prag«, sagte Klawotzky, »denen ist die Partei Heimat, Halt, der gleiche Weg der Gedanken, den man nur mit Gleichaltrigen aus der gleichen Stadt hat.«

Grete dachte, sollte die Diskutiererei über den Kommunismus immer weiter gehen? Schließlich sagte sie: »Bei mir haben sie morgens um vier geklingelt, um mich umzubringen, ich kann nur leben, wo klingeln nur die Post bedeuten kann.«

»Aber wenn man dazugehört?«

»Herr Doktor Klawotzky, Sie wollen sich den Tyrannen anschließen?«

Klawotzky war fest im liberalen 19. Jahrhundert verankert, aber jetzt ergriff ihn die Sehnsucht, sich diesen drei Männern, dieser Gesellschaft zur Errichtung des Paradieses, anzuschließen.

Randelhofer trat ein im Mantel auf Taille, das Monokel im Auge. »Es ist zehn Uhr«, sagte Otto. »Woher kommen Sie denn jetzt schon? Wann stehen Sie denn bei unsern ungeheuer wichtigen Geschäften auf? Sitz mal 'nen Augenblick still, Klaus!«

Hinter Randelhofer kam Elinor, von deren eleganter Pension er kam. Birnbaum war in Amsterdam. Sie trug ein blau und gelbes Chiffonkleid und einen gelben Mantel. Grete fühlte Ottos Blick. Sie war mit ihren Wintersachen geflohen, hatte kein Sommerkleid. Nachschicken war schwierig, hieß zum Zoll gehen, stundenlang warten. Sie hatte in der Aufregung schlecht gepackt. Von einem Kleid fehlte das Unterkleid, vom andern der Gürtel. Die Kinder hatten keinen Platz zum Spielen, man mußte jeden Augenblick auf sie aufpassen.

»Bleiben Sie noch hier?« fragte Klawotzky. Blieb Elinor hier?

»Ich geh nach London«, sagte Randelhofer.

»Wovon wollen Sie dort leben?«

»Schnorrer kann man überall brauchen. Das ›Prager Tagblatt‹

hat uns also erlaubt, dort die Hitler-Rede zu hören. Nicht zu laut und nicht zu viel Leute.«

»Ich kann nicht«, sagte Grete, »wo soll ich die Kinder lassen?«

»Ich geh mit den Kindern spazieren«, sagte Rose Marie.

»Furchtbar nett von Ihnen. Ich brenne darauf, die Rede zu hören.«

Winkler kam: »Ich fahre zurück und wollte Ihnen Adieu sagen.«

Randelhofer sagte: »Arg gefährlich.«

»Wir sind schließlich die Führer. Wir haben eine Verantwortung. Ich bin Reichstagsabgeordneter. Ich muß demonstrieren, die Wahrheit sagen.«

»Was können Sie ausrichten? Man läßt Sie gar nicht sprechen. SA steht zwischen den Abgeordnetenbänken. Keine Zeitung bringt eine Zeile.«

»Ich habe den Entschluß zurückzukehren schon gefaßt, als ich am 5. März floh«, sagte Winkler.

»Versteh ich sehr«, sagte Otto, »wir waren oberhalb Hirschberg in einem entzückenden Gasthaus, Naturholz und karierter Stoff, und ich sagte zu Grete: ›Ein Bild von Deutschland, auswendig funkelnd von Edelsteinen und inwendig voller Maden‹, als eine gemeine Stimme aus dem Radio rief: ›Nach allen Seiten fliehen sie über die Grenzen. Herr Ministerpräsident Braun hat mit seinem Auto voll Devisen und Gold die Grenze überschritten. Wir wünschen den Herrschaften Glück auf den Weg!‹

»Die Wahlen waren noch nicht entschieden, da wurde schon geflohen«, sagte Winkler.

»Mich hat der Sturm 33 überfallen, und Randelhofer war aufs höchste gefährdet!«

»Meine Frau wollte sofort raus«, sagte Klawotzky, »ich hätte noch verdienen können. Hätten wir nicht alles so stehen und liegen lassen brauchen.«

»Wir entschuldigen uns alle. Wir waren ja schließlich weder Reichstagsabgeordnete noch Ministerpräsidenten«, sagte Grete.

»Was konnte Braun tun in diesem Land, wo die Mörder, die

er aus Preußen vertrieb, in Braunschweig als ›nationale Helden‹ gefeiert wurden?« sagte Randelhofer. »Das ganze Land eine Fuchshöhle. Überall Ausgänge und falsche Pässe und Geld. Berlin, Innsbruck, Italien. Nie war eine Verschwörung so gut organisiert wie die der Nazis.«

»Das deutsche Volk bekommt die Regierung, die es wollte«, sagte Grete.

»Wie können Sie das sagen?« sagte der alte Sozialist empört.

»Ich will es Ihnen erklären. In einem der Überfälle auf kommunistische Arbeiter wurde ein schwer verletzter Nazi in ein Krankenhaus gebracht. Er war nicht mehr aufzufinden. Er war nicht in der Einlieferungsliste, das heißt, der Portier war im Komplott. Er kam blutüberströmt ins Krankenhaus, eine halbe Stunde später war keine blutige Wäsche mehr vorhanden. Die Polizei, die das ganze Krankenhaus durchsuchte, fand keine Spur. 1932 in Berlin, nicht in Halle oder Magdeburg, wo alle Nazis sind. Alle müssen daran beteiligt gewesen sein. Heizer, die die blutigen Sachen verbrannten, Krankenschwestern und Ärzte. Die Nazis gelten als die Patrioten. Für wen wollen Sie sich opfern? Männer wie Sie werden gebraucht.«

»Ich gehe zurück. Seit der Rundfunk alle halbe Stunde die Flüchtlinge verhöhnt hat, bohrt es in mir. Ich bin von den Arbeitern gewählt worden. Man kann nicht vertrauensvolle Menschen im Stich lassen.«

»La terreur blanche. Warten Sie ab«, sagte Randelhofer.

»Ich bin Schlesier, ich kenne hier die Leute. Ich komme unbehelligt rein.«

»Fahren Sie nach Berlin?« sagte plötzlich Elinor und wandte ihr wunderbares Gesicht mit den rotblonden Haaren Winkler zu: »Ich habe einen Pelzmantel aus Berlin, und da läuft die Garantie noch zwei Jahre, und er ist eingerissen, könnten Sie den mitnehmen und im Pelzgeschäft abgeben? Die Firma muß ihn mir nämlich kostenlos reparieren.«

»Hören Sie auf, Elinor!«, rief Randelhofer.

»Warum denn?« fragte Elinor.

»Es ist wirklich besser, Sie hören auf«, sagte Jacoby ärgerlich.

Ein Verhängnis, die Epidermisliebe, dachte Randelhofer: »Wir müssen gehen, die Rede kann jeden Augenblick anfangen. Herr Winkler, Sie sind ein Protestant und ein ungläubiger noch dazu, aber lassen Sie mich Ihnen aus meiner katholischen Jugend sagen, schon die ersten Bischöfe haben das sinnlose Martyrium als dem Himmel nicht wohlgefällig erklärt.«

Sie standen um den kleinen Wagen. »Sie können noch an der Grenze umkehren«, sagte Grete. Dann fuhr Winkler davon.

Wie sie zur Herrengasse gingen und Licht und Sonnenschein genossen, die eleganten Frauen, Automatenrestaurants mit Hummer- und Kaviarbrötchen für wenige Kronen, die lebendige zukunftsfreudige Atmosphäre eines jungen Staates, kam Mühlenbach aufgeregt: »Also, ich *muß* Ihnen etwas erzählen. Sie erinnern sich doch an Nothnagl aus dem Innenministerium ...«

»Ein Märzgefallener«, sagte Randelhofer.

»Dieser Mensch hat sich die Villa Beer-Fuchs einfach angeeignet. Toll, was?« Er zog Bleistift und Block aus der Tasche: »Ich gebs gleich durch, warten Sie einen Augenblick.«

Er kam aus der Telefonzelle: »Wollens nicht drucken! Man könne dem Leser nur eine gewisse Portion Empörung zumuten. Schrecklich, was?« »Wovon leben Sie denn hier?« fragte Klawotzky.

»Mein Bruder schickt mir etwas aus Deutschland«, sagte er mit seiner Offenheit, »abends verkaufe ich Zeitungen in Cafes. Gar nicht uninteressant.«

Im Schatten eines geheimnisvollen Hauses wischte sich ein Mann den Schweiß ab. Er hatte zwei Handtaschen neben sich gestellt, Schwarz!

»Sinds Einbrecher geworden?« sagte Randelhofer.

»Nein, Farbenvertreter.«

»Warum gehens nicht nach Rußland?«

»Man läßt uns nicht rein.«

»Das gibts doch nicht«, sagte Jacoby, und Randelhofer: »Sie werden halt eine schlechte Nummer bei Ihren Vorgesetzten haben.«

»Niemand kommt rein«, sagte Schwarz, »Genossen sind in Booten über die Ostsee gefahren, und man hat sie nicht landen lassen. Was hätte es auch für einen Sinn, wenn alle Kommunisten nur in Rußland wären?«

Jacobys hatten Schwarz auf ihrer Flucht in der tschechischen Baude getroffen. »Die Herrschaften kommen nur ein bißchen zum Wintersport?« hatte er sie verhöhnt.

»Jawohl, nur zum Wintersport«, hatte Jacoby gesagt und ihn stehen gelassen.

Aber jetzt tat er ihnen leid. Glaubte er wirklich, daß die Sowjets recht daran taten, die Todgeweihten über die Ostsee zurückzuschicken? Und Farbenvertreter? War es nicht zu hart?

Im »Prager Tagblatt« ließ sie der Portier in ein stilles Zimmer mit zugezogenen Gardinen. Sie kamen ein bißchen zu spät und mußten sich in der Dunkelheit zurechtfinden.

»An diesem Tage wollen wir das Programm für das erste Jahr unserer nationalen Arbeit vor den Millionen unserer Volksgenossen verkünden. Darum ist unser fester Entschluß, jeden einzelnen Deutschen, er mag sein, wer er will, ob hochgeboren, ob reich oder arm, jeden einmal in seinem Leben zur Handarbeit zu führen. Wir Nationalsozialisten haben den Kampf gegen das Vorurteil der Marxisten aufgenommen, daß Handarbeit schändet ...«

Randelhofer sah anbetend zur Decke. Jacoby hörte kaum zu. Er wollte gestalten, etwas schaffen. Es war sehr schwer gewesen, etwas aufzubauen, dann der Krieg, Verwundung, fünf Operationen und wieder aufbauen und die zerrütteten Verhältnisse seiner unpraktischen Eltern. Jetzt noch einmal anfangen, er würde es kaum können. In welches Land sollte man gehen? War es nicht entsetzlich, daß er sich überlegte, was seine Kinder für ein Vaterland haben sollten?

»... Wir wollen ein gigantisches Werk in Angriff nehmen, das wir nicht der Nachwelt überlassen wollen, ein Werk so groß, daß das größte Kulturvolk der Neuzeit damit wirken wird in tausend Jahren ...«

Die gespannte Aufmerksamkeit der Anwesenden teilte sich

Jacoby mit, er hörte zu, jetzt würde es kommen ... »ein riesiges Programm des Straßenneubaus ...«

Randelhofer und Jacoby standen gleichzeitig auf, konnten es nicht mehr aushalten. »Wir fallen einem Clown zum Opfer«, sagte Randelhofer. Daß Randelhofer, dem Gretes Ernsthaftigkeit auf die Nerven ging wie ihr seine wienerische Unernsthaftigkeit, sich plötzlich losließ, erschütterte Otto und Grete. »Und die Sprache. Kein Straßenbau, sondern Straßenneubau. Für Straßenbau wurden Hunderte erschlagen, gefoltert, macht man Revolution, stiehlt den Arbeitern ihr Symbol des ersten Mai.«

»Und warum Straßen?« grübelte Grete laut.

»Ein Autonarr«, sagte Randelhofer.

»Nein«, sagte Jacke, »zum Kriegführen«, und leise zu Jürgen: »Hat Stalin wieder einmal recht gehabt.«

»Also, jetzt schnell die Kinder abholen«, sagte Otto.

Kein Durchkommen, die ganze Bevölkerung schien auf der Straße zu sein. Rote Fahnen hingen von den Häusern, die Frauen trugen rote Röcke, rote Kopftücher, die Männer breite rote Bänder über der Brust, aber nur Arbeiter. »Die Einigung des ganzen Volks ist nur in Deutschland geglückt, und zwar zum Straßenneubau«, sagte Klawotzky.

Grete wurde abgetrieben, gequetscht und verlor in der dichten Menge den Boden unter den Füßen. Sie rief in der Angst: »Ich habe den Boden verloren«, als gerade Masaryk vorbeiritt. Sie sah in bedrohliche Gesichter. Ein Arm legte sich um sie, zog sie in eine Nebenstraße.

Der junge Mann sagte: »Es ist gefährlich, in so einer tschechischen Volksmenge deutsch zu reden.« Sie gingen ein Weilchen schweigend. »Ich bin ein Sudetendeutscher. Wollen wir einen Kaffee zusammen trinken?«

»Danke vielmals. Mein Mann sucht mich. Ich muß sehen, ihn wiederzutreffen.«

»Ich habe mich gefreut, einer Landsmännin zu helfen. Kann ich Sie nicht wiedersehen?«

»Ich reise morgen schon wieder ab«, sagte Grete.

Alles geschah unter falschen Voraussetzungen. Die Menge

war wütend wegen der deutschen Sprache, der Sudentendeutsche freundlich wegen der deutschen Sprache. Hätte er gewußt, daß sie Jüdin war, hätte er sie nicht Landsmännin tituliert, hätten die Tschechen gewußt, daß sie von den Deutschen verfolgt wurde, wären sie freundlich gewesen. So verworren war alles, überall.

39. Kapitel
Friedrich Wilhelm

Im März erhielt Friedrich Wilhelm eine Einladung zur Eröffnung des Reichstags in der Potsdamer Garnisonkirche. Zum erstenmal seit Jahren nahm er an einem Gottesdienst teil. Feldmarschall Hindenburg, die hohen Offiziere, die alten Choräle überwältigten ihn mit Erinnerungen.

Er schrieb: »Das Echo der Salutbatterien ist verklungen. Adolf Hitler hat die Herstellung des einheitlichen Willens der Nation verkündet, ein aus dem Weltkrieg hervorgegangener Kämpfer, der nationale Leidenschaft atmete und den sozialen Opfersinn weckte und abhold allem falschen Pazifismus mit dem Totenschlegel das Kalbsfell drosch. Eine Revolution ohnegleichen liegt hinter uns. Die Nationalsozialisten besetzten alle öffentlichen Gebäude, ergriffen die Polizeigewalt. Alle Bürgermeistereien wichen dem Hakenkreuz. Die Sammellager füllten sich mit Kommunisten und Sozialdemokraten, aber unsre nationale Revolution hat weder zu Füsilladen noch zu Noyaden noch zu einem Pogrom gegriffen …

Potsdam in strahlender Frühlingssonne zwischen dunklen Kieferforsten und dem hellen Wasserkranz, die alte Residenz in ein Meer von schwarz-weiß-roten Bannern und roten Hakenkreuzflaggen eingetaucht. Die Kirchenglocken läuteten, der Marschtritt der braunen Bataillone und der grauen Reichswehrtruppen rauschte durch die Straßen, still und verträumt lag Sanssouci. Hindenburg rief den alten Geist auf das neue Geschlecht: ›Möge er uns freimachen von Eifersucht und Parteigezänk und uns zusammenschließen zu einem einigen und freien Deutschland.‹ Dann nahm er, die Hände um den Säbelkorb gefaltet, vor dem Altar Platz. Hitler trat in schlichtem schwarzen Rock vor das Rednerpult. Glatt lag die braune Haarsträhne auf der ausgearbeiteten Stirn, hart kantete sich das willenskräftige Kinn, mit weichem Griff umfassten seine Hände das Pult, auf dem der Regierungsakt aufgeschlagen lag.«

Friedrich Wilhelm stieg in seinen Wagen, fuhr in seine Zeitschrift, von einem Glück bewegt, das er selber rauschhaft nannte, und wiederholte leise Verse von Stefan George:

»Kehrt wieder kluge und gewandte väter!
Auch euer gift und dolch ist bessre sitte
Als die der gleichheit-lobenden verräter.
Kein schlimmrer feind der völker als die mitte.«

Er klapperte seinen Artikel, gab ihn in die Setzerei, ging nach Hause und zog sich zu einer Nachfeier bei Ruth Stahlmacher den Smoking an. Er freute sich, er würde nur Begeisterte treffen, keine Zyniker wie Randelhofer, keine Grübler wie Klawotzky, keine Verirrten wie seinen Bruder, keine Überklugen wie Birnbaum. Der Sieg war errungen, die Niederlage ausgewetzt. Hindenburg war allein zur Gruft Friedrichs des Großen hinabgestiegen und hatte einen Lorbeerkranz zwischen Friedrich Wilhelms des Ersten und Friedrich des Großen Grab gelegt.

Ruth hatte eine moderne Villa gemietet. Vorbei mit den Environs einer teuren Hure. Nicht mehr das Schlafzimmer an der Haustür, kein Aubusson, keine französischen Möbel. Viel Handgewebtes, riesige Sessel, im Eßzimmer, rot auf gelb hingewischt, bemalte Wände. War es ihr neuer Geschmack oder der der Vorbesitzer? Schwarz gekleidete Hausmädchen, ein Diener. Sie selber in Schwarz, hauptsächlich unverheiratete Offiziere, Kolleginnen, Journalistinnen, keine Gegner des Regimes.

Ihre Tischordnung war ausgezeichnet. Essen und Wein exquisit. Tischrede folgte auf Tischrede, auf den Geist von Potsdam, auf den Tag von Potsdam, auf den Führer. Ein alter Kamerad Friedrich Wilhelms bat, ihnen nicht den Glanz seines Geistes vorzuenthalten.

Friedrich Wilhelm sprach von der Sehnsucht des deutschen Menschen, »nicht der Sonne nach, die goldgesättigt im Westen sank, sondern der Sonne entgegen, die sich aufflammend dem Osten entrang, den Pflug in jungfräuliche Erde zu stoßen. Nicht die Ebene lockt, sondern die Raumweite, zu der Himmel und Erde sich im Osten verbinden. Sie lockt uns wieder.«

Die Kameraden klatschten jubelnd: »Hoch Rumke, hipp, hipp, hurra!«

Aber wie immer hörte er nicht auf: »Der Osten kennt keine sichere Grenze. Die russische Erde hat diese Grenze so oft über sich hinwandern sehen, daß es ihr wenig ausmacht, wie sie in einem willkürlich festgesetzten Zeitpunkt verläuft, am Ural, am Don, am Warägerweg, vor Warschau und auf den Pässen der Karpathen. Sie war immer nur eine Furche oder ein Drahtzaun, nie ein Organ. Eine Weltwende, die sich sogar in der Verschiedenheit der in Asien, Amerika und Europa bezahlten Lohnsätze ausdrückt, hat mit Grenzlinien aufgeräumt, die das Schwert in den Boden ritzt. Wir stehen nicht nur vor einer Neuordnung Europas, sondern auch vor einer Krisis der in der Zivilisation zusammengeschlossenen Ökumene, vor einer Neuverteilung des Erdballs. Fest steht, daß Deutschland die tragende Stellung im eurasischen Raum inne hat, so bedrängt diese auch heute noch erscheinen mag. Neue Weltwende wirft ihre Schatten voraus.«

Dreimal hatte Ruth schon den Bedienenden gewinkt, den neuen Gang in die Küche zurückgeschickt. Auf wen würde man anstoßen?

Deutschland? Da sagte Friedrich Wilhelm: »Nun zu unsrer Gastgeberin. Sie ist ein Geschöpf dieser Revolution. Als ich sie kennenlernte« – Ruth saß auf Kohlen – »wohnte sie zwischen Geräten des französischen achtzehnten Jahrhunderts, Ausdruck seiner Liederlichkeit, seiner Genußsucht, seiner Verspieltheit. Sie hat gefühlt, daß das nicht zum Heute paßt. Sie ist ein Anfang, eine Brunhilde, die einen Siegfried braucht, nicht einen schwächlichen König vom Rhein.« Eine Freundin begriff die Anspielung und kicherte. »Und so hat sie sich eine neue Umgebung gesucht, einen Stil, der deutsch und ohne Vorbild ist, wie die Epoche, in die wir jetzt schreiten. Sie lebe hoch …«

»Sekt«, rief sie den Bedienenden zu. Dann wurde getanzt. Sie fragte Friedrich Wilhelm: »Bleiben Sie nachher noch ein bißchen?«

»Bißchen ist gut«, sagte er.

Friedrich Wilhelm wurden sofort Stellungen angeboten, Gaufunkwart, Reichssendeleiter. Er hätte fast angenommen. Seine Zeitschrift ging rapide zurück. Tagesgeschehen durfte er nicht kritisieren, prophezeien war Goebbels' Privileg. Also wozu?

Er ging zu seinem Vater, der trotz allen Hin- und Hergeredes bald merkte, sein Sohn war gekommen, um sich mit ihm zu beraten. Der Oberst sagte: »Ich bin äußerst dagegen, daß du dich in den Regierungsapparat einspannen läßt. Du kannst nur mitmachen, wenn du alle Ansichten des böhmischen Gefreiten teilst. Schon in der Zeitschrift ist dir offenbar ihre Befehlsgewalt unangenehm. Menschen werden ermordet, Bücher verbrannt, Gewerkschaftshäuser, von Arbeitergroschen aufgebaut, zerstört. Das Werk Bismarcks ist vernichtet. Die österreichische Disziplinlosigkeit als Staatsräson, die Jesuitenmoral, daß der Zweck die Mittel heiligt …«

»Vater, ich habe im Baltikum gekämpft.«

»Für nationale Ziele, wenn auch mit falschen Mitteln, aber nicht für ein Chaos, das sich eisern und markig nennt. Selbst Burlepsch ist fassungslos, wie sie Hugenberg reingelegt haben. Er war übrigens schon am 9. März empört, daß auf Landtag und Herrenhaus keine schwarz-weiß-rote und keine schwarz-weiße Fahne aufgezogen wurde, entgegen dem ausdrücklichen Befehl des Herrn Reichspräsidenten. Auf Anfrage an Herrn Kerrl hat dieser sogenannte Minister nicht geantwortet. Burlepschs Sohn ist in der Reichswehr. Dort herrscht noch das alte Preußentum. Setz dich mit ihm in Verbindung.«

Friedrich Wilhelm dachte, Vater versteht die Zeichen der Zeit nicht. Er selber war der Disziplin von Befehl und Gehorsam längst entwöhnt. Seit 1919 schwamm er in einem Meer von Anbetung, in den Freikorps, in der Zeitschrift. Frauen, junge Männer himmelten ihn an. Sollte er nicht doch lieber in die Partei eintreten? In einem Auto stehen, den Arm hochgereckt, die Anbetenden vorbeidefilieren sehen? Er wußte, es war ein kindischer, aber verführerischer Traum ... »Ich bin nicht aus dem Holz der Gneisenau geschnitzt wie du. Ich habe nicht aus Zufall solchen Erfolg mit meiner Zeitschrift gehabt.«

»Deine geschwätzige Anbetung des Preußentums war das Gegenteil von Preußentum.«

»Das meine ich nicht«, sagte Friedrich Wilhelm gekränkt, »aber ich bin verwöhnt. Ich habe meine Wohnung, meine Haushälterin, die mir das Frühstück ans Bett bringt.«

»Die Reichswehr ist kein Mönchsorden, sie ist aber der einzige Teil des Staates, der nicht unter Herrschaft der neuen Herren steht, obwohl mir dieser Gummilöwe an der Spitze nicht sympathisch ist.«

Am Reichstrauertag, an dem wegen des Vertrags von Versailles halbmast geflaggt wurde, ging Friedrich Wilhelm mit Ruth Stahlmacher zu mehreren Kundgebungen. Dann setzten sie sich an dem schönen Junitag auf eine Caféterrasse. Sie sagte in dem neuen maunzenden Ton, den sie für weiblich hielt: »Und warum wollen Sie mich nicht heiraten?«

»Ich bin dreiundvierzig und nie verheiratet gewesen. Warum sollte ich?« Er dachte, besser und bequemer kann ich es gar nicht haben.

Sie sagte: »Aber *ich* will wieder heiraten.«

»Und warum gerade mich?«

»Weil ich Sie liebe, weil Sie mich aufregen.«

Er lachte: »O Ruth, Liebe? Sie haben keinen Schimmer, was Liebe ist.«

»Och pfui.«

»Wenn ich Sie heirate, fangen Sie zwei Tage später mit dem Nächsten an.«

»Nein, bestimmt nicht. Ich weiß, daß Sie mich verachten, aber ich werde Ihnen eine gute treue Frau sein, denn ich will nur mit Ihnen leben. Im übrigen wird Ihre Zeitschrift bald geschlossen, hat mir der Doktor gesagt.«

Ganz kleine Erpressung, dachte er. Sollte er sich kaufen lassen? Sollte er diese amüsante, sehr kluge, tollkühne und sehr reiche Frau mit den besten Beziehungen zur Partei heiraten? Er liebte sie nicht, und sie war kein Freund, mit dem man über seine Zweifel an der Partei oder seine Sehnsucht nach Susi Fuchs reden konnte. Susi Fuchs. Er fuhr nach Luzern und wohnte zwei Tage im gleichen Hotel, machte mit ihr einen langen Spaziergang, als ob er siebzehn wäre, untergefasst und gelegentliche Küsse, Susis jämmerliches Weinen, als er sich verabschiedete, war fast unerträglich, machte ihn vor sich selbst zum Feigling, dieses zarte Mädchen, das ihn liebte, warum hatte er nicht den Mut? Ach was, er würde Ruth Stahlmacher heiraten, eine Art von Lebensversicherung.

Die Abwürgung der Zeitschrift ging für ihn nicht ohne schlechte Note bei den Parteihäuptern ab, keine Rede mehr von Gaufunkwart oder Reichssendeleiter. Er entschloß sich zur Reichswehr. Er kam in die Bendlerstraße, fühlte Heimkehr.

Hätte Ruth Stahlmacher, jetzt Edeltraute von Rumke, nicht große Angst vor ihm gehabt – er hatte auf zwei Schlafzimmern bestanden und hatte eine Art, sie abzuweisen, die sich sehen lassen konnte –, so hätte es bald Krach gegeben über das, was Edeltraute »die Zeichen der Zeit nicht verstehen« nannte.

Sie hielt ihn auf dem Laufenden: »O Willy, was du versäumst, weil du dich weigerst, in die Partei einzutreten. Da findet in Südende der Kameradschaftsabend der Standarte 9 statt, sechstausendfünfhundert Menschen, ist es nicht wunderbar? Soldaten werden eingezogen, aber das ist eine echte Gefolgschaft. Gruppenführer Ernst nimmt den Vorbeimarsch vom Auto aus ab. Ihr haltet noch beim Pferd. Komm doch mit, heute ist Appell auf den Treptower Spielwiesen, da war ich mal bei einem roten Appell mit den Hetzern Ebert und Liebknecht. Ich muß das sehen, nur Arbeiter aus dem alten Horst-Wessel-Kampfgebiet. Ich machs Auto fertig. Ist nicht alles immer noch kaum zu begreifen. Ernst hat gesagt, daß die Unehre und das Sklaventum des November 1918 vom deutschen Volk genommen ist.«

Sie kam aus ihrem Zimmer: »Ich setze keinen Hut auf. Wir

sind zwar über den Klassenkampf hinaus, aber *zu* elegant sollte man nicht zu einem Aufmarsch der braunen Volksgarde gehen«, gab noch Anordnungen, holte das Auto aus der Garage und schimpfte, weil etwas nicht geputzt war. Fuhr, obwohl so wenig Zeit war, vor der Garage vor: »Na, sagen Sie mal, was denken Sie sich eigentlich, da bezahle ich jedesmal für die Reinigung – und bitte! Na, wenn das noch mal vorkommt, werde ich mir eine andere Garage suchen. Sie haben wohl zu viel dreckige Judenkundschaft, denen es nicht drauf ankommt? Nu, machen Sie aber mal zu, wir wollen zum SA-Appell in Treptow. Sind Sie kein Pg?«

Der Mann putzte, tat, als höre er nicht.

»Na, wirds bald?«

»Fertig.«

»Na, einigermaßen.«

Setzte sich ans Steuer, riß das Fenster auf, schrie hinaus: »Sie läppische Kruke, lernen Se fahren, gehen Se aus'm Weg!«

»Laß doch die Schreierei«, sagte Friedrich Wilhelm.

»Ich habe übrigens als Amtswalter der Frauenschaft morgen meinen Parteitag in den Pharussälen. Die NSBO, die Arbeitsfront, die NSKOV, die NSV, alle vertreten.«

Wenn Friedrich Wilhelm seine Frau vom »grandiosen Winterhilfswerk«, vom »epochalen Kampf um die Seele des Volkes« reden hörte, hatte er das schreckliche Gefühl, sie verhöhne seinen Stil. Auch in der Bendlerstraße wurde dieser Stil nicht geschätzt. Aber er genoss die Institution der Ehe: »Sehr angenehm, verheiratet zu sein. Ich habe es zwar immer gut gehabt, aber allein macht das gute Essen keinen Spaß.«

»Ist das alles«, sagte der Oberst, der empört war, daß ›diese Dame‹ noch nicht einmal ihren Schwiegervater besuchte. »Keine Formen, kein Anstand mehr.«

»Papa, das wird alles kommen.« Er war zufrieden mit der Munterkeit, die in sein Leben gekommen war, Theaterbesuche, Einladungen, Besuche von Sport- und politischen Veranstaltungen, immer hatte man etwas vor, immer war etwas ›hochinteressant‹.

Sie kam aufgeregt nach Hause: »Der Makiczrowek hat sich das Haus von Fuchs angeeignet. Fuchs, der schlaue Fuchs, hat einen Pg-Anwalt, der den Ausschluß des Makiczrowek aus der Partei sucht.«

»Fuchs? Haus Fuchs?« sagte Friedrich Wilhelm und fühlte sich aufgeregt werden, »ich denke, Nothnagl hat das Haus?«

»Zuerst hatte es Nothnagl, dem hat es Makiczrowek entsteißt. Er hat den Nothnagl dafür zum Regierungsrat in der Niederlausitz gemacht.«

»Was war der Makiczrowek?«

»Ordonnanz des Standartenführers II. Ich habe den Fuchsens geschrieben, anständige Bezahlung geboten, fünfzig Prozent des Wertes. Das ist heute in der Krise und für jüdischen Besitz hochanständig.«

Friedrich Wilhelm war fassungslos, zeigte es nicht: »Ich finde, du hättest mich fragen können, ehe du ein Haus kaufst. Ich liebe unser Haus, ich gehe nicht raus. Ich denke gar nicht daran«, sagte er hysterisch.

»Ich kann hier keinen höheren Parteigenossen einladen. Es ist von einem Bauhausmenschen gebaut, die alle volksverräterische undeutsche Elemente sind, dann habe ich die Bilder übernommen, Pechstein, Schmidt-Rottluff, lauter Geistesjuden, wie ich höre. Ich habe sie runtergenommen, aber jetzt sind leere Wände.«

»Aber ein Haus, das einem Juden gehört hat?«

»Goebbels wohnt sogar in einem Haus, das einem Juden gehört hat und von einem Juden gebaut wurde. Bei Häusern, sagte er, käme es nur auf den Stil an. Flaches Dach ist undeutsch, hohes Dach ist deutsch. Das Haus Fuchs hat sogar Läden, kannst du dir etwas Deutscheres vorstellen?« Dann begann sie zu maunzen: »Willy, mein Süßer, ich habe doch alles eingeleitet, wollte dich nicht behelligen, kannste doch nicht so sein, mir die ganze Freude verderben.«

Widerstand war nie Friedrich Wilhelms starke Seite gewesen, sie zogen in das Haus Fuchs.

Sie traf die neue Stimmung vorzüglich, modern, aber nicht

anstößig modern, und was sie an Bildern zusammentrug, war bewundernswürdig, Förster mit Pfeife und Hund im Wald, Friesenfrauen und eine blonde Dame in einem stilisierten blauen Dirndl. »Das ist so schön dekorativ, hängen wir in die Mitte von der Halle.«

»Wer ist denn das?« fragte Friedrich Wilhelm naiv.

»Kusine.«

»Na, würde eher denken Tante?«

»Sagen wir Tante. Familienporträts schmücken.«

Sie war zufrieden. Nun blieb nur noch Friedrich Wilhelms Schwester von dem Juden loszueisen. Das konnte nicht schwer sein. Welcher Mensch, der seine fünf Sinne beisammen hatte, würde unter den Nazis sein Schicksal mit dem Juden verknüpfen. Diese Freia sollte zwar nicht klug sein, aber so dämlich würde sie doch nicht sein, wenn man es ihr leichtmachte.

40. Kapitel

Freia

Freia wollte zu ihrem Vater gehen, hatte schon den Strohhut auf, als eine fremde Dame ins Zimmer geführt wurde, von der sie sofort wußte, daß sie nur die Frau ihres Bruders sein konnte. Um eine Umarmung abzuwehren, stellte sie sich ans Fenster. Ruth setzte sich und machte es sich bequem.

»Wozu verkriechen Sie sich vor mir? Setzen Sie sich, nehmen Sie Ihren Hut ab, geben Sie mir die Hand, ich beiße nicht.«

»Ich wollte gerade zu meinem Vater gehen.«

»Ich kenne leider Ihren Herrn Vater nicht.«

»Vater ist ein großer Mann. Wenn alles beim alten geblieben wäre, wäre er heute Generalstabschef. Das glauben alle. Er bekommt noch immer viel Besuch von hohen Reichswehroffizieren.«

»Na, is schon gut. Ich wollte gar nichts gegen ihn sagen. Haben Sie gestern den Führer gehört? Es war herzerhebend. Wer das nicht erlebt hat, weiß nicht, was Erschütterung ist. Plötzlich ist man wieder stolz, deutsch zu sein. Nach dieser Rede hatte ich mich entschlossen, eine gute Tat zu tun und Sie zu bitten, zu uns zu ziehen.«

»Das ist ja furchtbar nett. Ich danke Ihnen sehr. Aber ich lebe hier sehr gut mit meinem Rudi, schon seit zehn Jahren.«

»Das ist leider ein Mißverständnis. Ich muß dann also ganz deutlich werden. Sie wissen, daß Ihre Familie Ihre Heirat nicht gebilligt hat.«

»Ja, ich weiß, auch Papi hat meine Heirat nicht gern gesehen. Aber ich bin meiner Mutter sehr ähnlich im Aussehen, und wohl auch im Wesen. Papi hat mich einmal ihr Vermächtnis genannt, und da es für mich nur Rudi gegeben hat, hat er eingewilligt.«

Ruth hörte ihr offenbar mit Sympathie zu: »Sie waren ganz jung, nicht wahr?«

»Zwanzig. Als mein Mann mit mir einen Tag nach dem Kennenlernen ausging, begann mein Leben. Natürlich war es für uns nicht leicht, allen unsern Lieben einen Schmerz zuzufügen, aber unsre Liebe ist vielleicht noch stärker geworden in diesen zehn Jahren.«

»Ich muß mit Ihnen offen sprechen, und ich glaube, Sie werden mir eines Tages dankbar sein. Sie wissen nämlich nicht, was Ihnen bevorsteht. Der Führer ist der Ansicht, daß es die heiligste Verpflichtung ist, daß das Blut rein bleibt. Wissen Sie was Rassenschande ist?«

»Ich habe so was gehört.«

»Ihre Ehe gilt als dauernde Rassenschande. Sehen Sie, der Führer spricht immer nur von der jüdischen Verbrechernatur. Sie müssen sich darüber klar sein, daß Sie sich selbst, Ihren Mann, Ihren Vater und Ihre Geschwister aufs schwerste gefährden, wenn Sie an dieser Ehe festhalten. Es stehen Ihnen verschiedene Wege offen. Sie können mit ihm auswandern. Sie können sich scheiden lassen, und er wandert allein aus oder bleibt hier, und Sie bleiben bei uns. Haben Sie verstanden? Ich kann Sie sofort zu uns mitnehmen. Wir haben ein großes Haus. Ich wollte es Ihnen ganz leichtmachen. Ich habe einen Koffer mitgebracht, könnten wir das Notwendigste packen. Man wird vielleicht die Juden hier weiter leben lassen, aber was man unter gar keinen Umständen zulassen wird, werden Ehen mit Juden sein. Der Führer hat gesagt, daß der Staat in erster Linie die Ehe aus dem Niveau einer dauernden Rassenschande herauszuheben habe.«

»Aber die Ehe ist ein Sakrament.«

»Doch nicht mit einem Juden.«

»Man verläßt doch seinen Mann nicht. Wir müssen zusammenbleiben. Das gibt es doch nicht, was Sie da erzählen. Sie haben geglaubt, ich komme gleich mit Ihnen mit? Sie wollten mich meinem Mann so einfach wegnehmen? Was müssen Sie für eine Meinung von mir haben ...«

»Liebe Freia, seien Sie doch nicht blödsinnig. Ich weiß Bescheid. Es gilt nun einmal als Verbrechen, mit einem Juden verheiratet zu sein. Sie opfern nicht nur sich, Sie opfern Ihren Vater, an dem Sie so hängen, und Sie opfern wahrscheinlich auch Ihren Mann. Sie müssen sich auf den Boden der Tatsachen stellen. Dies ist ein neuer dynamischer Staat, vorwärtsstürmend, welterobernd – und gegen die Juden. Da wird nicht mehr viel Federlesens mit dem Einzelnen gemacht werden. Was am Wege bleibt, bleibt. Na, und schließlich haben Sie doch alles von dem Mann gehabt, woran Ihnen lag. Es gibt noch andre.«

»Gehen Sie sofort!«, sagte Freia, und wies zur Tür.

Ruth hätte am liebsten gesagt, Sie sind sehr dumm, aber Sie sagte: »Ich habe Sie gewarnt, ich wollte es Ihnen leichtmachen. Ich hatte gehofft, Sie würden mir dankbar sein, wir würden wieder eine Familie werden. Gehen Sie allein in Ihr Unglück. Wir werden uns nicht von Ihnen mitreißen lassen.«

Sie stand auf, ließ den Koffer stehen, dachte, hübsch schiefgegangen. Schwägerin eines Juden, das war ja ein Schlag ins Kontor.

Freia rief ihren Vater an: »Entschuldige, ich komme jetzt erst ...« »Ich hatte einen schrecklichen Besuch ...« – »Die Frau von Friedrich Wilhelm ...« – »Weißt du, sie ist ja ordinär. Ach Papi.«

41. Kapitel
Karlsbad

Klawotzkys und Jacobys hatten sich noch einmal in Karlsbad getroffen. Karlsbad war leer. Die Russen kamen seit zwanzig Jahren nicht mehr. Nun erlaubte Hitler nur noch ausgewählten Parteigenossen, die böhmischen Bäder zu besuchen. Mit einem Federstrich ruinierte er Hoteliers, Kellner, Badefrauen, Zimmermädchen.

Um das Café, in dem Klawotzkys und Jacobys saßen, blühten Dahlien. Nirgends gab es größere, buntere und aufrechtere Dahlien, veredelt wie Rosen und Fuchsien. Auf der Leinendecke standen silberne Kännchen mit dem besten Kaffee der Welt und Tassen und Teller aus dem zartesten Porzellan. Hörnchen lagen auf den Tellern, Kunstwerke, veredelt aus dem Weizen, der in vielen Ländern zur Sättigung genügt, nicht zum Genuß. In der Butter war der Duft des Heus, des Wiesenschaumkrauts und der Pechnelken.

Aus einer Equipage stieg ein Herr in grauen Hosen, einem hellgrauen kurzen Mantel, weißen Handschuhen und weißen Gamaschen. Er half zierlich einer Dame, das Füßchen aufs Trittbrett und von dort auf die Erde zu setzen, einer alten Engländerin, die ein fliederfarbenes Kleid trug und viele Perlen, geradewegs aus einem Haus mit geblümtem Kretonne über großen Sesseln und Farbstichen von Parforcejagden an den Wänden. Sie kamen aus einer versinkenden Welt. Und während Grete und Rose Marie auf diese Figuren sahen und Rose Marie sagte: »Wunderbar, das alte Europa«, sagte Jacoby zu Klawotzky: »Ich kann nicht mehr telefonieren und sagen: ›Hier Otto Jacoby.‹ Dann mache ich eine erwartungsvolle Pause und hoffe, daß einer sagen wird: ›Ha, Otto Jacoby vom ›Liebesduett‹ oder

›Wie kann er schlafen durch die dünne Wand?‹ Aber sie sagen: ›Sie wünschen?‹ Und dann versuche ich mich in Erinnerung zu bringen: ›Darf ich Sie fragen, ob Sie meinen Namen kennen. Mein letzter Film war: Wie kann er schlafen durch die dünne Wand?‹ Sie haben keine Ahnung, und nicht einer hat sich gefreut. Ich kann mir keine Verbindungen schaffen, meine Frau ebensowenig. Wenn ich ein guter Kameramann oder Cutter wäre, würde ich vielleicht engagiert werden. Ich bin nichts weiter wie ein guter Filmregisseur. Sehr viel! Wer läßt mich ran? Keiner.«

Klawotzky wollte mit Jacoby besprechen, wie man herauskäme aus dieser deprimierenden demütigenden Suche.

»Dieses Karlsbad könnte ein wunderbares Glück für drei Wochen sein«, sagte Grete.

»Blödsinn, hier zu sitzen«, sagte Rose Marie, »das ist doch kein Boden für unsereinen. Freunde an der Riviera schreiben mir, eine Konditorei sei dort eine Goldgrube, oder ein Restaurant. Sie wissen, wie ich koche, aber Erich will sich auf keinen Fall von mir ernähren lassen und nichts anderes machen als deutschen Journalismus und deutsche Theaterstücke. Kann man davon leben?«

Grete, zum erstenmal seit Monaten glücklich, ging an den Tisch der beiden Herren: »Sehen Sie, Herr Doktor Klawotzky, ich komme nicht darüber hinweg, daß Otto die große Chance im Frühjahr in New York nicht ausgenützt hat.«

»Was für eine Chance?« fragte Otto.

»Na, man hat dir doch ein Festessen gegeben.«

»Mir hat noch nie einer ein Festessen gegeben«, sagte Klawotzky.

»Mir hat man schon mal Festessen gegeben, aber nicht mehr nach 33. Was Grete mit Festessen meint, weiß ich nicht.«

»Das Festessen von deinen Kollegen.«

»Lieber Gott, Festessen!« rief Otto. »Ich war bei meinem Freund Kemp, nur um zu hören, daß gar keine Hoffnung für mich wäre, und ich soll um Gottes willen nicht noch unsre paar Kröten für die Reise nach Hollywood ausgeben, und Kemp, der meine Verstimmung sah, sagte: ›Wir haben Lunch mit ein paar

Filmkritikern, komm mit, ich lad dich ein.‹ Ein angelsächsischer Lunch in einer besseren Kantine. Das nennst du Festessen.«

»Aber du hattest ein Angebot von einer Universtät.«

»Ich hatte nicht.«

»Sagen Sie ruhig, was war. Sie machen mir nicht das Herz schwer«, sagte Klawotzky, »wenn Sie zugeben, daß Sie Erfolge hatten, Angebote, ich werde Sie nicht beneiden. Vielleicht werde ich Sie sogar beneiden. Aber erzählen Sie.«

»Aber es war gar nichts.«

»Du brachtest einen Fragebogen von der Universität mit.«

»Fragebogen! Sie sagten mir, wenn ich einwandern wollte, dann würden Sie mir behilflich sein.«

»Das war alles?«

»Das war alles.«

»Schade«, sagte Grete.

»Er will mich nur trösten, meine Gnädigste«, sagte Klawotzky.

»Ihr seid wirklich verrückt«, sagte Otto mit der Formlosigkeit einer jüngeren Generation, die Klawotzky nicht ausstehen konnte.

Rose Marie reparierte an einem andern Tisch eine Perltasche. Sie hatte sofort nach der Ankunft in Karlsbad von Laden zu Laden gefragt, ob man ihr etwas zu reparieren geben könnte, und sie bekam wirklich zwei Spitzenschals und die Perltasche. Sie stopfte Stichlein für Stichlein. Ihre Unruhe war nicht zu spüren, wie sie voll Grazie die Hände bewegte. »Worüber haben sich die beiden unterhalten? Hat sich Erich beklagt, daß er nicht als bester Filmkritiker der Welt einen Posten bekommen hat?«

»Seien Sie nicht so bitter«, sagte Grete, »Sie können die Menschen nicht ändern.«

»Sie sollten sich mit meinem Mann befreunden. Er legt Wert darauf. Es lohnt sich.«

»Ich habe mich in all den Jahren noch nie richtig mit ihm unterhalten. Er ist so männlich, genau wie Otto. Kann man mit denen quatschen? Ich weiß, es müßte sich lohnen. Aber mit Schriftstellern ist es so eine Sache. Ihr Bestes steht in ihren Büchern. Und jetzt haben wir alle nur noch Sorgen.«

»Lächerlich. Menschen wie wir werden in der ganzen Welt gebraucht. Ich mache einen Mittagstisch in Paris oder an der Riviera oder in England.«

»Wieso Mittagstisch?«

»Ich habe das zwischen den Maskenkostümen und den Lampenschirmen gemacht. Es war für Junggesellen oder für die, die weit draußen wohnten, sehr bequem.«

»In Berlin? Wo gebratener Fisch mit Kartoffelsalat eine Mark fünfzig kostete? Sie waren konkurrenzfähig?«

»Sie wollten nicht den Restaurantfraß essen. Zu Hause gekocht ist wohl was anderes.«

Grete konnte Rose Maries absprechende Kritik nicht leiden. »Restaurantfraß«, »fertiger Dreck«, »miserables Material«. Aber war es abstoßend oder vielleicht Sinn für Qualität?

»Tausende von Franzosen führen eine Pension zuammen. Madame kocht, Monsieur macht die schwere Arbeit, aber Erich läuft einem Phantom nach.«

»Wieso denn?«

»Er will anerkannt werden. Es ist nie geglückt.«

»Ach, das ist ja Unsinn«, sagte Grete ärgerlich, »er war der beste Filmkritiker von Berlin. Ist das gar nichts? Sein ›Lachen um Maria Schön‹ gehört mit Gerhart Hauptmanns ›Versunkener Glocke‹ und Maeterlincks ›Monna Vanna‹ zu den großen symbolischen Dramen.«

»Aber seitdem ist kein Stück auch nur halbwegs ein Erfolg gewesen, kein Roman auch nur gedruckt worden.«

»Ich kenne einen Roman von ihm.«

»1913 erschienen«.

»Ein guter Roman«, sagte Grete.

»Aber zwanzig Jahre her«, sagte Rose Marie, »ich sage Ihnen, er läuft sein ganzes Leben einem Phantom nach.«

»Wie jeder Künstler.«

»Aber nie ein Erfolg?«

»Was ist Erfolg? Herbst hat Erfolg, schon wieder, höre ich.«

»Sie können Herbst nicht mit meinem Mann vergleichen, einen Menschen ohne Tiefe, fast schon ein Scharlatan, ein Peterle auf allen Suppen, mit seinen weißen Gamaschen und grünen Krawatten.«

»Sie lieben Ihres Erichs Gradlinigkeit, Konzessionslosigkeit. Erfolg hat man aber damit nicht. Und wie er Sie liebt. Er hat Sie immer hinreißend schön gefunden.«

»Liebt?« sagte Rose Marie, »Sie irren sich.«

Grete erschrak. Was würde kommen? Elinor?

Rose Marie erzählte ganz ruhig, ohne mit ihren feinen Händen das Sticheln aufzugeben: »Vom Morgen nach der Hochzeitsnacht an habe ich gewußt, er liebt nur seine Literatur. Er hat von seinem neuen Stück gesprochen.«

»Aber jeder Mann spricht zu der geliebten Frau von dem, was ihn erfüllt.«

»Seine Literatur hat ihn erfüllt, sein Phantom hat ihn erfüllt. Nie ich.«

War sie ein Überrest von 1910, als Feindschaft herrschte zwischen Mann und Frau, als die Frauen auf die Männer eifersüchtig waren und umgekehrt? »Männern ist ihre Arbeit wichtig«, sagte Grete, »das hindert sie doch nicht, ihre Frauen zu lieben.«

»Bis zu einem gewissen Grade«, sagte Rose Marie verbockt.

»Und jetzt sind sie nur noch arme Hunde« sagte Grete, »man verlangt, sie sollen alles aufgeben, Kellner werden ...«

»Kellner? Dafür bekommen sie nie Arbeitserlaubnis.«

»Oder vielleicht Packer im Warenhaus.«

»Na und? Warum sollen immer nur die Frauen verdienen?«

»Ich bin auch verbittert. Ich denke immerzu, ich würde Geld verdienen, wenn ich Zeit zum Arbeiten hätte. Aber Otto kann nicht die Jungs versorgen. Die Männer sind zu spezialisiert. Wir könnten verdienen, wenn die Männer unsere Arbeit übernehmen würden. Aber das können sie nicht. So habe ich nie Zeit zum Schreiben, außer abends nach einem Vierzehnstundentag. Und dann ist Otto beleidigt, weil ich immer noch bis in die tiefe Nacht aufbleibe.«

»Na bitte.«

Fräulein Rosenberg tauchte auf: »Nein, so ein Zufall! Ich bin zur Kur hier. Die zweite Reise, die ich mir gegönnt habe, seit ich Ihre liebe Mutter besucht habe. Es war in der Inflation. Unsereiner konnte sich plötzlich mal was leisten. Diesen Sommermantel habe ich mir damals gekauft, schönes Stück, über zehn Jahre alt.«

»Sehr schön«, sagte Grete, »darf ich Ihnen meine Freundin vorstellen, Frau Klawotzky, Fräulein Rosenberg aus Kopenhagen.«

»Ich könnte mir jedes Jahr eine Reise in dieses Paradies leisten, wenn ich nicht dieses Unglück gehabt hätte. Ich wollte es mir ein bißchen leichter machen und nahm einen sehr gut empfohlenen jungen Mann, und eines Tages kam mir alles so komisch mit den Abrechnungen vor, und da habe ich die Nächte aufgesessen, um die Bücher zu prüfen, einem Betrüger ist man ja nicht gewachsen, und habe festgestellt, der Lump hat mich die ganze Zeit betrogen. Dafür hat man gearbeitet, dafür hat man sich gequält! Ich habe mir so oft überlegt, wieso ich auf diesen Menschen habe reinfallen können. Und der Prozeß hat eine Stange Gold gekostet und rausgekommen ist gar nichts. Ach, du liebe Zeit, ich muß ja ins Bad. Es war so nett, Sie zu sehen. Ich habe noch Ihren Vater gekannt, den Herrn Amtsrichter, was für ein wunderbarer Mann!«

Sie verschwand.

»Hat nichts gefragt«, sagte Grete, »schließlich ist ja einiges passiert in diesen fünf Monaten.«

»Sie hat geglaubt, wir sind auch zur Kur hier.«

»Genau darum handelt es sich«, sagte Grete, »sie fragen alle nicht mehr.«

Talberg setzte sich an den Nebentisch. Jacoby und Klawotzky sprangen auf, ein Stück Berlin, dachten beide entzückt. Talberg sagte: »Ach wie nett, Sie zu sehen. Ich habe einen so scheußlichen Schnupfen, daß ich Ihnen nicht die Hand geben kann, es ist überhaupt zu kalt, draußen zu sitzen. Alles Gute.«

Er verließ das Café.

»Er ist noch beim Deutschlandsender. Was verlangt man?« sagte Otto.

Die drei Kinder spielten verhältnismäßig ruhig am Ende des Gartens, verhältnismäßig, denn es waren aufgeregte, entwurzelte Kinder, denen man immer wieder das Zimmer, die Personen, an die sie sich gewöhnt hatten, genommen hatte. Klaus tauchte eine Blume in eine Pfütze und strich mit dem schwarzen Schlamm eine Telegraphenstange an, langsam und systematisch. Julius fragte von Zeit zu Zeit: »Was soll ich denn spielen?«

Grete und Rose Marie horchten, ob alles ruhig bliebe.

Klaus hatte sich Anzug und Gesicht völlig schwarz gemacht. Eine Schulklasse in Sonntagsanzügen rief: »Schau den Schmutzigen an. An Anstreicher!« Julius lief zu Grete und versteckte sich. Marion beteiligte sich an der Schreierei der Schulklasse gegen Klaus.

Klaus aber tauchte tief in den Schlamm, streckte seine triefenden Hände vor und näherte sich so Schritt für Schritt der Schulklasse. Die Kinder, auch Marion, stoben mit Geschrei davon. Klaus aber begab sich in Ruhe an sein Anstreichergeschäft.

Grete kam strahlend mit Julius, der sich immer noch an sie klammerte, zurück. »Was war denn?« fragte Otto.

»Klaus wirds schaffen. Wer ganz allein dreißig heulende Kinder in die Flucht schlägt, um den braucht man sich keine Sorgen zu machen.«

Julius hatte immer noch seinen Kopf in ihrem Rock verborgen: »Du brauchst keine Angst zu haben. Geh ruhig zu Klaus.«

»Ich weiß nicht, ein Rebell, der sich der Menge entgegenstellt, was soll aus dem heutzutage werden?« sagte Otto.

Ein kleiner nervöser Herr mit Pincenez und Gamsbart am Hut setzte sich an den Nebentisch. Kaum saß er, rief er zu seiner Frau: »Siehst du dort drüben das Firmenschild Cohen? Und da Pinchas und dort Braun? Braun könnten auch Juden sein, meinst du nicht? Überall Juden! Dem muß ein Ende gemacht werden! Unser Führer ist auf dem besten Wege dazu.«

Der Kaffee duftete, dick schwamm die geschlagene Sahne auf der Milch, eine sanfte Herbstsonne leuchtete. Der Mann blätterte in einer Illustrierten. Er wandte sich an Jacobys und Klawotzkys: »Hier sind Photos vom Hochgebirge, den erhabenen Alpen. Aber auf den Hütten können Sie Leute finden, die haben keine Ahnung von der erhabenen Schönheit. Sie wissen, wen ich meine? Juden!«

Alle vier schwiegen. Der Wahnsinn war nun ganz nahe. Da fiel der Blick des Herrn auf den Namen des Cafés: »Luise! Komm!« Und ging.

»Seinen Kaffee hat er auch nicht bezahlt«, sagte der Kellner.

Jacoby entwickelte ein paar Aufnahmen in dem dunklen Zimmer, in dem die Kinder schliefen. Grete machte einen Abendspaziergang. Sternenhimmel einer Septembernacht, Stille und Duft. Sie ging zwischen Fluß und Felsen, in die seit zweihundert Jahren Menschen ihre Dankbarkeit für die Heilquellen hatten einmeißeln lassen, viele mit polnischen, rumänischen, jüdischen Namen.

Man muß davon loskommen, dachte Grete, man wird nie davon loskommen. Sie hörte auf das Rauschen des Wassers, sah eine Inschrift:

»Wie schön o Gott ist deine Welt gemacht.
Es fehlt an Engeln nur und nicht an Pracht,
daß sie kein Himmel ist.«
Goethe*

In der Dämmerung blieb eine Dame stehen, rief entzückt: »Halt, halt, Frau Jacoby.«

Ruth Stahlmacher. Grete überlegte, auf dem Bahnhof Zoo hat sie mich nicht gegrüßt, soll ich vorbeigehen? Neugier überwog, sie blieb stehen.

»Kur oder Flucht?«

»Flucht. Ihre SA hat mich umbringen wollen.«

»Schrecklich! Aber Sie müssen zugeben, es waren zu viele Juden Vereinsvorsitzende.«

»Vereinsvorsitzende?«

---

* Aus dem Gedächnis zitiert. Jahreszahl vermutlich 1823.

»Das ging nicht mehr. Ich will ja nicht sagen, daß die Juden schlechter sind, aber sie sind anders. Man gehört nicht zusammen. Wunderbar ist Deutschland geworden. Ein selbstbewußtes Volk. Ich bin wegen meiner Leber hier, bißchen zu gut gepräpelt. Ich bin übrigens verheiratet.«

»Ich dachte geschieden von Corvinus?«

»Das auch. Nee, Friedrich Wilhelm von Rumke. Ich habe ihn zum Traualtar, vielmehr Standesamt, geschleift. Seine Zeitschrift hatte ihn schon aufgegeben. Sie raten nicht, wo wir wohnen. Haus Beer-Fuchs.«

»Gestohlen oder gekauft?« fragte Grete im Stil der Stahlmacher.

»Gestohlen hatte es Nothnagl und von dem der Gruppenführer Makiczrowek.«

»Ungeheuer deutscher Name.«

»Volksdeutscher. Einfach Diehstahl an jüdischem Eigentum und Fettlebe machen, das geht nicht. Es muß doch alles seine Ordnung haben. Ich habe dafür gesorgt, daß der Makiczrowek kalte Füße bekommt, und habe den Fuchsens einen anständigen Preis bezahlt, für die heutige Zeit natürlich.«

»Ich gehe in der andern Richtung«, sagte Grete.

»Alles Gute, Frau Jacoby«, rief ihr Ruth Stahlmacher betont liebenswürdig nach.

Plötzlich – es war fast schon dunkel – kam der alte Talberg auf Grete zu: »Ich bin froh, daß ich Sie noch einmal sehe. Ich wollte nicht so in der Öffentlichkeit mit Emigranten gesehen werden.«

»Schon gut, Herr Talberg.«

»Ja, Sie haben es sich alle leichtgemacht. Was meinen Sie, keine Kleinigkeit, unter den Nazis zu arbeiten.«

»Ich finde umgekehrt. Sie haben es sich leichtgemacht, beziehen weiter Ihr gutes Gehalt.«

»Es ist schwerer auszuhalten. Ich fürchte mich, zurückzukehren.«

»Ich kann Sie nicht bedauern, Herr Talberg.«

42. Kapitel

Der 30. Juni 1934

Nationalsozialisten und Faschisten trafen sich 1934 in Venedig. Der Lido war abgesperrt. Man war unter sich. Eine Gondelfahrt wurde arrangiert.

»Ach heiß«, sagte Edeltraute.

»Na, runter mit den Sachen«, sagte der Minister.

Edeltraute streifte die Sachen ab, war nackt, wollte ins Wasser springen, der Minister sagte: »Spielen Sie mal erst ein bißchen Mannequin«.

Sie machte ein paar Schritte, der Gondoliere bekreuzigte sich. Friedrich Wilhelm rief wütend: »Schluß!« Sie sprang ins Wasser.

»Verderben Sie mir nicht mein Vergnügen«, sagte der Minister.

Friedrich Wilhelm dachte an Scheidung, aber er hatte den Blick des Ministers und seines Adjutanten gesehen, eine Kleinigkeit, ihn ins KZ zu schaffen. Wie klug war sein Vater. Nur die Zugehörigkeit zur Wehrmacht konnte ihn retten.

Der Ball am Abend endete spät. Der Minister sagte zu Edeltraute, sie möge ihn erwarten.

Sie sagte: »Ach was, scheren Sie sich zum Teufel.«

Er sagte: »Sie lieben wohl Ihren Mann? Na, wenn Sie sich ihn erhalten wollen ...«

Sie wußte, das war ernst.

Als er nachts bei ihr war, fragte sie: »Und wenn mein Mann kommt?«

»Meine Leibwache ist nebenan.«

Sie dachte, tolle Burschen.

Kaum einen Monat später war sie in der Halle, als es klingelte. Vor der Tür standen sechs SS-Männer. Sie sagte: »Die Herren wünschen?«

»Wo ist Herr Major von Rumke?«

»Ausgegangen.«

»Sagen Sie die Wahrheit.«

»Wie kommen Sie mir denn vor? Ich bin eine glühende Verehrerin des Führers. Bitte durchsuchen Sie das Haus!«

Zwei gingen durchs Haus, vier durch den Garten.

Friedrich Wilhelm spielte nebenan Tennis. »Rumke«, sagte ein Kamerad, »was wimmeln denn da drüben bei Ihnen für Schwarze rum?«

Friedrich Wilhelm ließ den Schläger fallen: »Schnell, geben Sie mir Ihr Auto.«

Friedrich Wilhelm, erst in rasendem Tempo, dann ruhiger fuhr in die Bendlerstraße. Hier erfuhr er, nun wurde also gemordet. Die Füsilladen, deren Abwesenheit er vor einem Jahr gerühmt hatte, wurden nachgeholt. Die SA-Führer verschwanden. Man jubilierte in der Bendlerstraße. »Warum Sie?« fragte ihn sein Vorgesetzter. Friedrich Wilhelm sagte: »Keine Ahnung.« Aber er wuße, es war der älteste aller Gründe. Mußte er Deutschland verlassen?

Am Morgen telefonierte eine Freundin mit Edeltraute: »Du hast wirklich immer recht gehabt. Der Führer ist ein großer Mann. Er opfert seine eigenen Freunde.«

»Wie recht du hast«, sagte Edeltraute und stürzte ans Radio zurück.

Ein SA-Freund besuchte sie, suchte Schutz und einen Zivilanzug. Man hatte Röhm erschossen, den Mann, der Röhmsche Liebesbriefe der Polizei gegeben hatte, und der Mann, der sie einst veröffentlicht hatte, floh ins Ausland. »Wir werden den Kassenschränken geopfert. Hitler hatte eine Zusammenkunft aller hohen SA-Führer in Wiessee verabredet. Ich konnte nicht, sonst hätten sie mich auch fertiggemacht.«

»Kleine Bartholomäusnacht«, sagte Edeltraute. Der Gruppenführer verstand sie nicht. »Wo werden Sie hingehen?« fragte sie.

»Ich verschwinde.«

»Das kann nicht ohne Folgen bleiben«, sagte der empörte Oberst zu seinem Sohn.

Nicht viel anderes sagte Markus zu Siegmund Jacoby. Otto und Grete erhielten zwei Briefe, die mit dem Ausruf: »Schön, nicht wahr?« anfingen, den einen von Sabine, den andern von Roserl.

Fast alle Zeugen von Friedrich Wilhelms aufrührerischer Jugend waren nun tot. Ein paar hatten kehrtgemacht und sich den Kommunisten angeschlossen. War alles die Folge davon, daß er keinen Versuch gemacht hatte, Krapfinger zu retten? War der Gestank von Wiessee, der sich über Deutschland ausbreitete, das Resultat der Bomben der Freikorps? Wo lag der Unterschied zwischen Lützows Freikorps gegen Napoleon und ihrem großen und heroischen Kampf gegen den Schandvertrag von Versailles, gegen die Paktierer mit dem Feind?

»Ich habe dir viel abzubitten«, sagte Edeltraute, als Friedrich Wilhelm zurückkam. »Nicht einer von den SA-Herren, die bei uns verkehrten, hat überlebt. Waren das alles Schweine?«

Friedrich Wilhelm sprach sich nicht aus, sagte: »Bitte lass mir ein anständiges Abendbrot machen.«

»Gleich, Willy. Ich möchte deinen Vater besuchen, wenn er mich sehen will.«

»Ich kann mir denken, daß es ihn sehr freuen wird.«

»Frage ihn besser erst.«

Der Oberst lehnte ab: »Eine Frau, die meine kleine Freia bedroht hat, die es schon schwer genug hat, nein, mein Sohn.«

»Das wußte ich nicht. Aber meine Frau hat Jürgen gerettet. Sie telefonierte mir, daß er in Gefahr sei.«

»Trotzdem. Deine Wege waren mir immer sehr contre cœur und leider auch deine Heirat. Aber um nicht nur unfreundlich zu sein. Der Gummilöwe hat deine militärischen Fähigkeiten zu rühmen gewußt. Aber das habe ich gewußt. Es fehlt dir nur ein bißchen an Charakter.«

In Prag, in dem leicht verwanzten Haus, stürzte Mühlenbach von Zimmer zu Zimmer, es war schon spät abends, klopfte bei Jacobys.

»Was ist denn los? Wecken Sie mir doch nicht die Kinder!«

rief Grete, war schon weg, klopfte bei Schwarzens, stürzte weiter, klopfte bei Jacke, klopfte bei Rumkes:

»Jürgen, Anna, rasch ans Radio! Revolution in Deutschland!«

Sie saßen in Mühlenbachs Zimmer, hörten von Röhms geplantem Hochverrat, vom Eingreifen des Führers, von den Erschießungen.

»Werdet ihr zurückgehen?« fragte Mühlenbach. »Man muß noch ein paar Tage abwarten. Nur mit Mord kann sich das Regime nicht halten. Ich glaube, Jürgen, du bist vorschnell, daß du nach Rußland weiter willst, aber du kannst ja jederzeit zurückkommen.«

»Was sagst du, warum schlagen Faschisten Faschisten tot?« fragte Schwarz.

»Röhm«, sagte Jacke, »wollte eine echte Sozialrevolution, von der Hitler ebensoviel zu fürchten hatte wie Großbourgeoisie und Reichswehr, die sich die SA als ihre Landsknechte hielt, als Bewacher ihrer Kassenschränke. Die kapitalistische Reaktion läßt immer nur den Nazistrohmann in Erscheinung treten, diesmal die SS. Sie vollführt die Verworfenheiten, von denen sich der bürgerliche Klasseninstinkt noch eine Rettung verspricht«.

»Also haben wir jetzt erst den echten Faschismus«, sagte Charlotte.

»Es hat sich wieder keiner gewehrt«, sagte Jacoby. »Ein Rätsel unserer Zeit, warum sich alle ohne Widerstand hinmorden lassen.«

»Wenn der Röhm gewußt hätte, hätte er Maschinengewehre in die Fenster gestellt«, sagte Randelhofer, als einziger angezogen, während die andern in Pyjamas und Schlafröcken saßen.

Mühlenbach drehte am Radio: »... Und ich gab weiter den Befehl, bei jedem Versuch des Widerstandes der Meuterer gegen ihre Verhaftung, diese sofort mit der Waffe niederzumachen. In dieser Stunde war ich verantwortlich für das Schicksal der deutschen Nation und damit des deutschen Volkes oberster Gerichtsherr.«

43. Kapitel
Moskau

Jacobys, Schwarzens und Mühlenbach standen auf dem Bahnhof.

»Ach Anna, wie ich dich beneide, du bekommst wieder Boden unter den Füßen. Ihr werdet Sowjetbürger, braucht nicht mehr um Paß und Arbeitserlaubnis zu kämpfen wie in diesen verdammten Demokratien. Man wird sich um euch reißen. Ich wollte, ich hätte schon mein Peterchen in einer russischen Schule.«

Jürgen sagte zu Jacoby: »Sie sollten nachkommen. Man braucht Kinofachleute bei dieser ungeheuren Produktion.«

Schwarz sagte: »Was redest du dem Herrn Kapitalisten zu, nach Rußland zu gehen, verliert er ja die Rente.«

»Hören Sie auf mit dem Quatsch«, sagte Grete, und zu Jürgen: »Ich freue mich schon, was Sie uns alles erzählen werden.«

»Erzählen?« sagte Anna. »Wir hoffen doch, dort zu bleiben.«

»Na ja, Briefe, Bücher«, sagte Otto.

Ein paar Leute drängten sich vor Jürgen und Anna, schrien zum Fenster hinaus: »Tschekuiwam, also Sonntag, Schweinsbraten mit Knödl!«

Sonntag würden sie sich wiedersehen und verstellten ihnen die Aussicht auf Jürgen und Anna, die sie wer weiß wann wiedersehen würden. Endlich entschloß sich Jürgen auf französisch – deutsch war zu unbeliebt –, um Raum am Fenster zu bitten. Der Zug fuhr schon.

»Ihr Glücklichen«, rief Charlotte, »in die Heimat, in die Sicherheit.«

»Kommt nach«, rief Anna.

Otto lief am Zug entlang: »Alles Gute euch beiden!«

Der Zug dampfte aus der Halle, sie winkten mit dem Taschentuch. »Wieder einer verschwunden«, sagte Grete.

Otto war bitter: »Na, hoffentlich erfüllt sich ihr Traum. Aber ich will nicht mehr mit Schwarz zusammenkommen. Was erlaubt er sich mit seinen ewigen dummen Redensarten. Ich bin deprimiert genug.«

»Er ist ein rührender Kollege. Er sucht mir immer was zuzuschanzen, und wie er für Charlotte und Peterchen sorgt. Man muß diese albernen kommunistischen Schlagworte nicht so ernst nehmen.«

Jürgen und Anna hatten gesagt, wie glücklich sie wären, nach Moskau zu gehen, aber sie gingen nicht gern. Offiziell fuhren sie zu einen Schriftstellerkongress, aber in Wirklichkeit hatte die Komintern Jürgen nach Moskau befohlen. Entzog man sich dem Ruf der Sowjets? Der kommunistischen Partei anzugehören war das Leben selbst. Von den Sowjets verurteilt werden war nicht schlimmer, als sich selbst zum Tode ohne Parteizugehörigkeit zu verurteilen. Jürgen war gewarnt. Man hatte einen Widerruf von ihm verlangt. Er widerrief. Er bestätigte die Unfehlbarkeit des Zentralkomitees. Er gestand, er hätte einen schweren Fehler begangen, als er sich für einen bewaffneten Aufstand gegen Hitler eingesetzt hatte. Er war ein Ketzer, und er bereute. Obwohl die neue Volksfrontpolitik genau die Linie war, die die Abweichler der KPD im Winter 1932 propagierten, so war dies eben die neue Politik. Man konnte 1934 nicht recht behalten wollen gegen das Zentralkomitee. Dort drüben lag die Zukunft der Menschheit. Welch eine Fülle von Gemeinheiten in der demokratischen Welt gegen den einfachen Menschen, dachte Jürgen, um seinen Entschluß vor sich selbst zu rechtfertigen, während er durch Polen fuhr. Da war die Inflation. Und 1931, als alles stillstand, wo waren die Aufbauarbeiten geblieben? Keine neuen Schulen, Straßen, Wohnungen.

Die Unternehmer waren gestützt worden, die Arbeiter Neese gewesen. Nur in Rußland hörten die tödlichen Wirtschaftskrisen des Kapitalismus auf. Wer war er, der kleine Jürgen, daß er versucht hatte, dem Rad der Weltgeschichte in die Speichen zu greifen?

Der Schriftstellerkongreß war höchst eindrucksvoll, die großen Schriftsteller der Welt, da saß Martin Andersen Nexø, ein herrlicher Kopf mit weißer Mähne, ein strenger Marxist mit mißtrauischen Augen, da donnerten die Franzosen, Malraux zum Beispiel, da waren Russen, Ilja Ehrenburg, Alexei Tolstoi, der den Westen kannte und den Bois de Boulogne besungen hatte. Die Legenden traten auf, Bucharin und der Verteidiger des Nationalisten Schlageter Karl Radek mit der roten Schifferkrause. Präsident war der Mythos selber, der Patriarch Maxim Gorki, kein Tolstoi, kein Dostojewski, aber der Beste auf Lager, dem, wie Jürgen zu Anna sagte, »der dekadente Westen den Nobelpreis vorenthalten hatte, um ihn dem Emigranten Bunin zu geben«.

Die Schriftsteller waren nicht unter sich, das Volk kam, Arbeiter, Schaffner waren interessiert, stellten Fragen, bestellten einen Roman über die Metallindustrie. Jürgen verstand plötzlich, wieso Tretjakow 1931 in Berlin rühmte, daß sie einen Roman über die Getreideproduktion hergestellt hatten. Kein einsam Werkelnder mehr, der nur durch Zufall erfuhr, wenn einer durch sein Werk beeindruckt war, ein Dazugehöriger, der für diese geistig Hungrigen Nahrung schaffte, die nicht zu kompliziert war. Wenn eine Geschichte anfing »In Prag«, wurde sie in Prag gedruckt. Alle Menschen wollten über sich selbst lesen. Also mußte man für diese Menschen anfangen »Als der Traktor ...«. Klar, dachte Jürgen.

Es war wunderbar, daß man kein armseliger Emigrant mehr war, sondern rechtens im Hotel Lux wohnte. Der Direktor des Hotels hieß Kommandant, zu militärisch für den alten Pazifisten Jürgen, aber doch mehr eine façon de parler. »Ulkig« fand es Jürgen. Weniger ulkig fand er, daß alle Transformatorenwerke, Fabrikeingänge, Überlandleitungen von Rotarmisten, das Gewehr im Arm, bewacht wurden. »Gegen Schädlinge«, erklärte ihm einer.

Jürgen und Anna gingen mit vielen Freunden auf dem Roten

Platz auf und ab. Man hatte unendlich viel zu diskutieren, natürlich nicht die Grundlagen.

Manche fuhren wieder ab, nach Prag, nach Paris. Jürgen und Anna blieben. Sie übersetzten. Jürgens Bücher kamen in riesigen Auflagen heraus. Sie konnten auf bequeme Weise durch das faszinierende Land reisen. Sie sahen zum erstenmal die Krim, den Orient. Sie schlossen beide Augen, um die bettelnden Kinder neben den privilegierten im Kinderheim nicht zu sehen, oder daß die Ernährung in Moskan abgestuft war, wenig für die unteren Beamten, sechsundzwanzig Abstufungen. Sie sahen eine Frau im Müll nach Lebensmitteln wühlen. Sie sprachen nicht darüber, daß ein Gemeiner zehn Rubel im Monat bekam und ein Leutnant tausend. Schließlich war das immer noch weniger Unterschied wie zwischen den Arbeitslosen und Thyssen, und der Weg war richtig.

Sie wurden zu einer Gesellschaft bei einem hohen Beamten eingeladen. Er war nicht nur einfach, sondern altmodisch eingerichtet, Lampen mit vielen Rüschen, ein bunt angemalter Gipssoldat, viele Familienphotos. Ein General sang zur Balaleika, tanzte allein einen tollen Tanz. Die andern klatschten im Takt. Einer verliebte sich in Anna. Er konnte etwas Deutsch, setzte sich neben sie, streichelte ihre Hand, sagte: »Samt«. Dann sagte er zu Jürgen: »Schenne Frau, schenne deutsche Frau.« Er tanzte mit ihr, fiel auf die Knie und küßte ihre Fußspur auf dem Teppich. Die andern lachten, stellten sich um Anna, klatschten und tranken ihr zu. Es wurden viele Reden gehalten. Der sich verliebt hatte, zog sie in eine Ecke, erzählte, wie schrecklich arm sie gewesen seien und wie oft sie gehungert hätten, und dann kam »Unsre Revolution«, und er, ein halber Junge, kämpfte mit, es war kalt und wieder nicht genug zu essen, aber sie kämpften, damit alle Menschen Brüder seien, keiner oben, keiner unten und alle gleich. Es war die gute alte französische Revolution, bevor sie schiefgegangen war, die er ihr vortrug, aber es war doch sehr ergreifend, und Anna streichelte ihm das Haar, als er sich über ihre Hand beugte.

»Was für gute Menschen«, sagte sie nachher zu Jürgen.

Niemand sprach viel in Moskau, auch Jürgen, einer der geschwätzigen Brüder Rumke, begann zu schweigen.

Es begann das tödliche Jahrzehnt. Im Juni 1934 wurde jeder ermordet, der Hitler nicht gefiel. Vom Dezember 1934 an wurde jeder ermordet, der Stalin nicht gefiel. In Deutschland herrschte Standrecht. In Rußland fanden Prozesse statt.

Im Hotel Lux in Moskau besuchte man sich nicht mehr. Wenn einer kam, suchte er erst mal die Abhörapparate, zog die elektrischen Kontakte heraus, hängte eine Decke über das Telefon. Man konnte das Lux nur mit einem Durchlaßschein betreten. Jeder Besucher wurde registriert. Der Titel Kommandant bekam einen unheimlichen Sinn.

Nie waren Jürgen und Anna so aufeinander angewiesen. Sie genossen das Beisammensein, die Tage, die Stunden, die Minuten. Wie lange noch?

»Ich lese dir etwas vor«, sagte Jürgen. Er nahm ein Bändchen des Inselverlags.

»Jesus Christus war auf die Erde zurückgekommen, 1533, nach Sevilla, der Stadt der Ketzerverbrennungen. Über 100 Ketzer waren gerade verbrannt worden in Gegenwart des Königs, des Hofes, der Kardinäle und der lieblichsten Damen. Das Volk erkannte Christus, drängte sich um ihn. Da gebot der Großinquisitor, ihn festzunehmen. Die Menge wich angstvoll zurück, und er wurde in ein finsteres Gefängnis eingeschlossen.« Jürgen las die Unterhaltung zwischen dem Großinquisitor und Christus: »Warum bist du gekommen, uns zu stören?«

»Ich weiß«, sagte Anna, »warum du mir diese Geschichte vorliest. Karl Marx kommt zurück, und sie verhaften ihn. Denn würde er nicht stören?«

»Das ist eben die Frage«, sagte Jürgen, »wäre er nicht vielleicht völlig einverstanden, ist es nicht vielleicht wirklich so, daß Brot für alle und Freiheit nicht zusammengehen? Denn niemals werden sie dazu gebracht werden, in Freiheit miteinander zu teilen.« Eines Nachts zwischen drei und vier Uhr holten sie ihn. Der ›Schwarze Rabe‹ stand vor der Tür.

Anna blieb zurück. Es gab keine Möglichkeit, ihr eine Nachricht zu geben. Sie suchte mit den andern hunderttausend Zurückgebliebenen die Moskauer Gefängnisse ab. Man durfte fünfzig Rubel im Monat einzahlen. Sie mußte ihm das Geld bringen. Vielleicht hungerte er, und man konnte sich im Gefängnis etwas kaufen, und er war solch ein Raucher. Außerdem quittierte der Gefangene. So würde sie noch einmal die geliebte Handschrift sehen. Sie mußte ihn finden, bevor sie selber verhaftet wurde. Wenn es nicht glücken sollte, so wäre vielleicht einer in einem Lager, der ihr sagte: »Jürgen Rumke, mit dem war ich in der Butyrka zusammen. Der ist jetzt in Kolyma.« So hatten ihr wenigstens die andern Frauen erzählt.

Sie erfuhr schließlich, daß er in der Lubjanka war. »Wann ist Besuchszeit?« fragte sie eine der wartenden Frauen. In der langen Schlange wurde nicht gesprochen. »Volksfeinde dürfen doch nicht besucht werden«, sagte plötzlich ein junger Mann.

»Darf man schreiben?«

»Natürlich nicht.«

Sechs Monate später wurde sie selber verhaftet.

Jürgen fuhr nach Nordsibirien, Tage und Tage. Fünfmal hatte er die Unterschrift seiner Frau gesehen. Aber es war ja ausgeschlossen, daß sie nicht verhaftet wurde. Sie war Anfang dreißig. Er war zu fünf Jahren verurteilt worden, billig, wegen Trotzkismus. Er würde sie wiedersehen. Aber ganz tief innen wußte er, er würde sie nicht wiedersehen. Anna hatte nicht die Kunst des Überlebens gelernt, nie für ihre Nahrung zu kämpfen gehabt. Sie warfen wie die Nazis die Weltfremden, Aufrechten, die Wahrheitssucher, die für eine bessere Welt Kämpfenden zu den Mördern und Dieben. Er war schuld, daß Anna nun allein in dieser Welt stand, die sie ganz schnell vernichten würde. Wenn kein Mann sich ihrer annahm, würde sie verhungern und erfrieren. Anna in Untersuchungshaft. Anna zu fünfen angetreten, Bajonette vorn und Bajonette hinten. Nordsibirien oder Kasakstan, wo die Steppe bei 600 Gramm Brot am Tag kultiviert wurde. Anna würde sich mit allem abfinden, aber wie oft würde ihr ihr Brot gestohlen werden?

Und während er fuhr und fuhr, dachte er an den Parteitag

von 1929, an den Brief der Gefangenen vom Hohen Asperg: »Kampfesgrüße« hatten sie geschickt, hatten verschärften Kampf gegen die Bourgeoisie verlangt, und diese Bourgeoisie hatte sie weder zu Tode geprügelt noch in den Hunger und Kältetod geschickt. Er hörte Jacke, als ob es gestern gewesen wäre: »Ruht nicht, bis Rudolf Margulies und alle übrigen politischen Gefangenen der Arbeiterklasse aus den Kerkern befreit sind!« Und er und Anna hatten die Faust erhoben, hatten gerufen: »Rot Front! Rot Front! Rot Front!« Würde Jacke die Genossen in Paris zusammenrufen und Protestkundgebungen veranstalten, wie sie es für Margulies getan hatten? Würde Jacke rufen: »Ruht nicht, bis Jürgen Rumke aus Sibirien befreit ist!« Er würde nicht. Heimlich wurde er weggebracht, heimlich würde er zugrunde gehen, heimlich verscharrt am Eismeer. Keine Protestversammlungen, keine Aufrufe. Kein Telegramm: »Heiße revolutionäre Grüße. Die Justizbarbarei der demokratischen Republik verhindert dich, heute in unserer Mitte zu weilen.« Würde irgendwo, von irgendeiner Tribüne gerufen werden: »Ruht nicht, bis Jürgen Rumke aus dem Kerker befreit ist?« Nein, nirgends. Hatte er dafür gekämpft, daß es keine Hilfe mehr für Gefangene gab? Wo lag die Schuld? Hatte ihm nicht ein russischer Genosse gesagt: »Heute sitzen nur Verbrecher in unsern Gefängnissen oder Feinde des Volks. Kein anständiger Russe würde sich um die kümmern.« Was war falsch gegangen? War vielleicht nicht alles ein Resultat der ökonomischen Verhältnisse? Er erschrak. Er wurde ja mit Recht nach Sibirien geschickt, wenn er solche Ketzergedanken dachte. Und die Sozialdemokraten, gestern noch die Sozialfaschisten, heute die Brüder in der Volksfront, würden sie etwas für die Verbannten in den Totenhäusern tun?

Aber war die Sowjetunion noch ein kommunistischer Staat? Es war die Konterrevolution, der weiße Schrecken wie in Deutschland, der in Rußland herrschte. Aber wo war die Rückkehr zum Kapitalismus? Wer waren die Großbürger?

Müde vor Hunger versuchte er alles, um vor sich selbst seinen Glauben, sein Leben, das vom siebzehnten Lebensjahr an in diesem Glauben bestanden hatte, zu rechtfertigen, und die Schuld, die er gegen Anna auf sich geladen hatte, zu erklären. Er fragte jeden, ob er sie getroffen hatte, zermarterte sich den Kopf, wie er ihr Lager, ihr Gefängnis ausfindig machen könnte. »Besuchsstunde«, dachte er bitter. »Briefe«, dachte er bitter, während er fuhr und fuhr oder tagelang auf einem Bahnhof stand.

»Tundra, das Land mit der niedrigsten Temperatur, 70 Grad unter Null. Vierhundert- bis fünfhunderttausend werden jährlich dorthin verbannt. Ich bin einer davon; zwanzig bis fünfundzwanzig Prozent sterben jährlich an Skorbut, an Herzschwäche. Zehn Millionen sind dort«.

Anna starb, wie er es vorausgesehen hatte, sehr bald. Er lebte noch sechs Jahre, starb 1943.

Aber das erfuhr niemand.

44. Kapitel

Paris

Es war beängstigend, daß kaum einer der französischen Pavillons auf der Weltausstellung fertig war, als sie schloß. Aber nie war Paris schöner als in diesem Sommer 1937.

Jacobys fuhren nach London über Paris. Die Kinder waren bei Roserl, Roserl und Sabine schrieben fast täglich über ihre Entwicklung, ihr Leben hatte einen Inhalt bekommen.

Jacobys gingen in Paris gleich zu Klawotzkys, die sie in einem schrecklichen Zimmer fanden, fast leer, verkommen, aber die Wirtin war nett, wenn sie mal nicht gleich zahlten. Und tausend Cafés standen bereit, in denen man sich treffen, seine Artikel schreiben, Handarbeiten machen konnte. Klawotzky schrieb für Emigrantenblätter. Rose Marie machte Blumen, Ketten, hausierte sie im Faubourg St. Honoré. Jetzt hatte sie Aussicht, Sprechstundenhilfe bei einem deutschen Arzt zu werden, der als Neger für einen französischen Arzt arbeitete.

»Neger?« fragte Jacoby.

»Auch Schwarz ist Neger geworden«, sagte Klawotzky ernst.

»Er ist Schwarz«, sagte Jacoby, »aber Neger ist er doch nicht.«

»Sie müssen das Ballett Joos in der Salle Pleyel sehen«, sagte Klawotzky, wie immer tadellos angezogen, schwarzes Jackett, weißes Taschentuch aus der Brusttasche.

Es war wie ein Wunder. Da wedelten Jacobys, bevor es anfing, mit der Hand: »Hallo! Hallo! Sie auch in Paris?« »Wie sind Sie rausgekommen?« »Über die grüne Grenze.« »Heye lebt ganz zurückgezogen.« »Der Stüpf hat sich gleich dem Goebbels zur Verfügung gestellt.« »Der Bergmann ist ein Märzgefallener.«

Und das Ballett! Die Welt von heute, die Straße, die Begegnungen, das Wedeln mit der Hand: »Hallo! Hallo! Sie auch in Paris? Sie auch in New York?« Und die Verworrenheit der Zeit getanzt, die Unfähigkeit, sich am grünen Tisch zu einigen, bis der Tod die Herrschaft übernahm. Stolz tanzte das Gerippe als Sieger.

Schwarzens, nein so was, auch Schwarzens! »Genau so ist es«, rief Charlotte über drei Bänke, »wir sehen uns in der Garderobe.«

Sie war breitschultriger und robuster geworden. »Schade, nur noch ein Pferd«, sagte Otto.

Eine Augustnacht und fürs erste gerettet und die Hotels an der Place de la Concorde angestrahlt und hinten der angestrahlte Arc de Triomphe und links die feenhafte Spitze des Eiffelturms, über den Pont Alexandre und langsam am Ufer entlang nach Notre Dame. Schwarz war wieder der alte, kein Schlepper von Farbenmustern mehr. Sie schrieben beide in Emigrantenblättern. Die Editions Carrefour gaben eine Broschüre, ein Buch nach dem andern heraus. Mühlenbach half in dem Buchladen eines russischen Emigranten, ›Auf Pont de l'Europe‹. Eine Traumerfüllung für einen Juden aus Minsk, eine europäische Brücke aus Büchern. Mühlenbach stürzte sich für wenig Geld in diese Arbeit. Schwarz half manchmal. Auf und ab gingen sie in der Sommernacht vor Notre Dame.

»Tuchatschewski ist hingerichtet worden«, sagte Grete, »seltsam, ein Land, wo der Generalsstabschef hingerichtet wird …«

»Ein Mann, der mit der Reichswehr paktiert hat? Wir können Stalin auf den Knien dankbar sein«, sagte Charlotte.

»Ist das sicher?« fragte Jacoby.

»Ganz sicher«, sagte Schwarz.

»Rätselhaft«, sagte Jacoby, »daß plötzlich alle alten Bolschewisten gestehen, sie hätten die schlimmsten Verbrechen begangen. Haben Sie je vorher gehört, daß solch bedeutende Männer sich selber in der Öffentlichkeit bezichtigen?«

»Das ist ja wohl der beste Beweis, daß alles wahr ist«, sagte Charlotte.

»Kamenew, Rykow, Bucharin, Sinowjew, alles Verräter?«

»Rykow und Bucharin waren schon immer rechte Abweichler.«

»Man möchte die ganze Nacht auf der Straße spazierengehen«, sagte Jacoby, »was für eine Stadt.«

Sie standen wieder am Pont Alexandre, sahen die Lichter der Ausstellung, die Spitze des Eiffelturms, fühlten eine Süße der Luft, eine Milde.

»Ich muß nach Haus, Peterchen ist allein«, sagte Charlotte. »Geh ruhig noch mit ihnen in ein Café«, sagte sie zu ihrem Mann.

Sie saßen in der Sommernacht unter Bäumen am Straßenrand. »Was macht ihr hier? Propaganda für die Überzeugten?« fragte Otto. »Wer liest diese Blätter? Wir. Sehr hübsch die alten Freunde zu lesen. Aber hat es einen Sinn?«

Schwarz sagte: »Wir sind der französische Flügel der antifaschistischen Front.«

»Dies ist aber keine politische Emigration der Deutschen«, sagte Grete.

»Richtig«, sagte Klawotzky, »es ist eine Etappe in der Geschichte der Judenverfolgung.«

Schwarz widersprach. Grete sagte: »Ich habe neulich eine Bekannte getroffen, die aus Palästina kam, die sagte: ›Wie lange wollen Sie sich *noch* für Deutschland interessieren?‹ Ich antwortete ihr, daß vier Jahre Hitlerregime nicht zweitausend Jahre deutsch-jüdischer Geschichte in uns selbst vernichten können. Und trotzdem, diese Beschäftigung mit deutscher Politik in den Emigrantenblättern hat etwas Gespenstisches.«

Klawotzky fühlte sich nicht als Mitglied einer wie immer gearteten Front. Es brannte ihm auf den Nägeln, dies oder das zu schreiben. »Ungeheuer wichtige« Bücher erschienen. Er *mußte* sie besprechen. Es war auch ein Weg, Geld zu verdienen. Seine Übersetzertätigkeit an einer französischen Zeitung brachte nicht genug.

Rose Marie sprach glücklich von Marion: »Ein richtiger kleiner Affe, so was von geschickten Händen, sie näht immerzu, eine richtige kleine Pariserin. Die Lehrerin ist bei mir gewesen, sie soll mit in die Guides de France. Wie nett sie mit den Kindern sind.«

»Mama war mit den Jungs wegen des Visums auf dem englischen Konsulat in Berlin«, sagte Grete, »hat der Konsul gesagt: ›Ich hoffe, ihr werdet nette englische Jungs werden.‹ Mama schreibt: ›Nach all den Demütigungen hier war es ein großer Trost‹. Liest Marion?«

»Merkwürdigerweise gar nicht. Ob es der Wechsel der Sprachen ist?«

»Vielleicht. Wenn es Hitler fertigbringt, die Geistigkeit der Juden zu beenden, hat er sein Ziel erreicht. Landarbeiter ist plötzlich das Ideal der Juden«, sagte Grete.

»Für die Luftmenschen«, sagte Klawotzky, »die mit zwei Zitronen auf dem Markt des osteuropäischen Städtel handeln.«

»In der Woche Hausierer«, sagte Grete, »oder wie mein Onkel Max ein kleiner Angestellter. Aber am Sonnabend König und Gelehrter, das Volk, das vier Weltreligionen gegründet hat.«

»Vier?«

»Judentum, Christentum, Mohammedanismus und Marxismus.«

Über die Champs-Elysées tobte eine leicht maskierte Bande, küßte die Frauen, die Männer lächelten, sie küßten auch geschwind, geschwind Rose Marie und Grete, »noch einen?« fragte ein Junge und sah in Rose Maries liebliches Gesicht, aber er wartete nicht ab, küßte sie wieder, lief mit der Bande weiter. Sie störte den Verkehr. Die Autos hupten.

»Was macht Birnbaum?« fragte Otto.

»Er hat sich sehr verändert, er glaubt, daß Hitler Europa überrennen wird.«

»Warum druckt er Churchill?«

»Churchill hat mit jedem Wort recht«, sagte Klawotzky.

»Natürlich«, sagte Grete, »solange wir in Prag waren, lechzte ich jede Woche danach, seine Artikel zu lesen. In England haben wir erfahren, daß er ohne Einfluß ist.«

»Er mauert«, sagte Jacoby.

»Was tut er?«

»Ich sage Ihnen doch, er mauert, legt Ziegelsteine aufeinander.«

»Es ist eine Irreführung der Leser, die glauben, er spräche für England.«

»Seien Sie nicht immer so scharf, Grete Jacoby. Halten Sie England für hitlerfreundlich?«

»Noch nicht mal für deutschfreundlich, aber es will auf alle Fälle Frieden.«

»Nie wieder Krieg!« sagte Klawotzky. »Und rausgekommen ist die Herrschaft des Bösen.«

»Böse! Komische Ausdrucksweise aus dem 19. Jahrhundert«, sagte Schwarz, »in Spanien wird um die Entscheidung gekämpft. Und wir sitzen auf den Champs-Elysées, eine Schande.«

Das alte Paris gegen Mittag. Elegante Mädchen kamen aus den Ateliers, wurden von ihren Freunden in blauen Overalls mit Kuß begrüßt. Die Sonne schien. Grete aß wie alle in dem Bistro eine Suppe mit viel Weißbrot eingebrockt, ein winziges Beefsteak, das auf der Zunge zerging, Pommes frites, Kressesalat, einen Roten und Kaffee.

Im Pariser Haus mit der Wendeltreppe – warum war sie so bezaubernd? – eine weiße Tür, auf der stand »Neue Hefte«. Grete klopfte. »Herein«, rief eine Berliner Stimme. Grete fand es gespenstisch.

»Guten Tag«, sagte Birnbaum müde.

Man sprach ein bißchen. Sie sagte: »Sie haben meine Artikel noch nicht gebracht.«

»Haben Sie Artikel geschickt?«

Grete war nicht gekränkt. Sie teilte Birnbaums Gefühl, wie gleichgültig alles war. »Hat man irgend etwas von Jürgen und Anna gehört?« fragte sie.

»Sie wissen nicht?« Es klopfte. »Ja, ich komme gleich zum Umbruch.«

»Also was?«

»Hingerichtet wegen Spionage zusammen mit den Generalen Blücher, Gamarnik, Tuchatschewski.«

»Herr Birnbaum, Jürgen? Ein Spion?«

»Wenn sämtliche alten Bolschewisten die Sowjetrepublik zerstören wollten, warum soll Jürgen kein Spion für die Nazis gewesen sein? Ich denke manchmal, was war dieses Mittelalter für eine anständige Zeit, man verbrannte die Leute öffentlich auf dem Marktplatz. Überall werden sie jetzt heimlich verscharrt. Jemand hat extra wegen Jürgen mit Stalin gesprochen, und Stalin hat es ihm aus den Akten bewiesen. Ich muß zum Umbruch. Ich werde sehen, daß ich Ihre Artikel finde.«

Grete ging in ihr schmutziges Hotel. Otto war verstimmt, gar nichts zu machen mit Film.

»Jürgen ist als deutscher Spion hingerichtet worden.«

»Wer sagt das? Charlotte Schwarz?«

»Nein. Birnbaum.«

»Furchtbar. Wie ist das möglich? Vielleicht haben ihm die Nazis gedroht, seinen Vater zu verhaften?«

»Wenn es stimmt. Es ist ja alles gleich rätselhaft. Warum nicht einer vor der Welt protestiert?«

»Wir wollen Schwarzens nichts erzählen. Ich kann ihren Glauben an Stalins Unfehlbarkeit nicht mehr ertragen. Übrigens hat Jacke schon mehrfach angerufen, der Portier meint neunmal, er will dich dringend sprechen.«

»Aber ich nicht ihn.«

»Gretel, mach ihn dir nicht zum Feind, triff ihn, was kann schon sein.«

Das Telefon klingelte. »Gut, am Boulevard des Italiens«, sagte Grete.

»Teuer«, sagte Otto.

»*Er* hat es vorgeschlagen.«

Grete sah den Lächellosen kommen. Er bot ihr Mitarbeit am »Wort« an, der in Moskau erscheinenden Zeitschrift: »Mit Hitler wird es bald zu Ende sein, wo wir die Volksfront von Treviranus bis Thälmann haben.«

»Das ist doch eine Schimäre. Wird Thälmann die Ideen von Treviranus gelten lassen?«

»Sie glauben nicht an die Volksfront? Ich werde dafür sorgen. daß Sie in keinem Blatt mehr besprochen, nirgends mehr erwähnt, nirgends mehr gedruckt werden. Für die Linke sind Sie tot.«

»Ach, lustig, der große Fluch aus dem Deuteronomium. Bitte lassen Sie mich allein.«

»Mein Kaffee«, sagte Jacke.

»Den bezahle ich«, sagte Grete.

Otto erwartete ihren Telefonanruf.

»Na und?«

»Ich erzähl dir.«

»Von Menschen wie Jacke abzuhängen muß furchtbar sein. Ich war so glücklich, daß ich ihn wegschicken konnte, daß mir der scheußliche Boulevard des Italiens auch ohne Geld als Paradies erschien.«

»Siehst du, manchmal bist du doch zufrieden, daß ich dafür gesorgt habe, daß wir unabhängig sind, Kleinrentner oder Weißwurscht privatiers. Hast du nicht ein bißchen zu viel Charakter? Sie arbeiten alle am ›Wort‹ mit.«

Und als ob er ihre Unterhaltung gehört hätte, kam ein Brief von Randelhofer: »›Das Wort‹ ist ein verdienstliches Unternehmen, aber sie morden auf eine besonders abscheuliche Weise.«

45. Kapitel
London

1937 waren glänzende Zeiten für England. Die Krise war vorbei. England baute. Es wurde mit billigen Lebensmitteln überschüttet, es lag auf den Wiesen seiner Parks, es spielte Kricket. Der Lebensstandard hob sich. Baldwin hatte es glänzend verstanden, England stabil zu halten. Randelhofer schrieb bewundernd in Birnbaums »Neuen Heften«: »Die klappende Demokratie«. Niemand machte sich um Deutschland Kopfschmerzen.

Am Piccadilly Circus drehte sich plötzlich Michael Mills von der Lindo Film um: »Man Tschäcoby! Sie hier? Come along! I am going to a cocktail party.«

Mills war entzückt: »Wir werden nächstes Jahr eine Strauß-Operette drehen. Tauber ist hier. Stellen Sie sich vor, Tauber und Sie, wir haben Glück. Haben Sie in der nächsten Zeit Verpflichtungen?«

»Gar keine«, sagte Jacoby.

»Hallo, hallo, Sie kommen aus Deutschland?« sagte ein Herr auf der Cocktailparty.

»Ich bin ein Emigrant aus Deutschland.«

Peinlich. Wer sagt auf einer Cocktailparty etwas Ernstes?

»Drüben steht Johnny, so long«, sagte der Herr.

»Höre, Sie kommen aus Deutschland«, sagte der nächste, »glauben Sie, Hitler will etwas anderes, als die Selbstachtung des deutschen Volkes wiederherstellen?«

»Ich komme gerade aus Dresden«, mischte sich eine junge Dame ins Gespräch, »lovely town, entzückende Stadt. Wir sind das Elbsandsteingebirge entlanggewandert. Es stimmt ja alles nicht, was man so erzählt, meine reizende Wirtin sagte, es sei unter der Republik unsicher gewesen, auf die Straße zu gehen. Alle Naselang konnte man erschossen werden. Mußte ja geändert werden.«

Jacoby wäre nicht Jacoby gewesen, wenn er nun zu der Dame, die er nie wiedersehen würde, gesagt hätte: »Ganz richtig, gnädige Frau, darf ich Ihnen einen Sherry bringen?« Er sagte: »Sie haben bei SA-Leuten gewohnt. Die organisierten Überfälle auf das, was sie die Kommune nannten.«

»Kann ich mir nicht denken, soo nette Leute«, und rief: »Hallo, hallo, Winnie.«

Und England wäre nicht England gewesen, wenn nicht eine andre Dame auf ihn zugekommen wäre, eine ältere, sehr resolute: »Ich habe da Ihre letzten Worte gehört. Na, ich habe ja kein Blatt vor den Mund genommen. Ich habe an dieses Propagandaministerium geschrieben: ›Wie ich höre, nehmen Sie den Juden ihr Eigentum weg und foltern Leute in Konzentrationslagern. Ich, als Engländerin, bin tief empört.‹ Und daraufhin hat mir dies Propagandaministerium einen widerwärtig liebenswürdigen Brief geschrieben und mich nach Deutschland eingeladen: ›Bitte überzeugen Sie sich, wie es bei uns aussieht‹, schrieben sie. Gutschein für ein Hotel und Fahrkarte waren dabei. Ich bin natürlich nicht gefahren. Ich lasse mich doch nicht von Verbrechern einladen.«

Jacoby ergriff die Hand der Dame und schüttelte sie: »Ich kann Ihnen gar nicht sagen, wie wohl mir das tat, was Sie mir da erzählt haben.«

Die Dame erschrak vor so viel Gefühlsüberschwang und rief: »Hallo, hallo, wie gehts alter Junge«, zu einem Danebenstehenden.

Otto hatte einen so mürrischen Gesichtsausdruck, daß jeder sich hütete, sich ihm zu nähern. Mills wollte ihm helfen, aber wie?

Auf dem Rückweg traf Jacoby Herbst. Er freute sich: »Vier Jahre nicht gesehen. Wie gehts Ihnen denn?«

»Ausgezeichnet«, sagte Herbst, »ich habe meine Praxis in Berlin aufgelöst und bereite meine Auswanderung nach Amerika vor.«

Auswanderung vorbereiten, wie macht man das? dachte Jacoby.

»Ich freue mich, daß es Ihnen gut geht. Sie waren im Gefängnis habe ich gehört.«

»Ich bitte Sie sehr, Herr Jacoby, das niemandem gegenüber zu erwähnen.«

»Aber Doktor Herbst! Unter Hitler verhaftet zu werden, ist eine Ehre.«

»Gefängnis ist Gefängnis. Im Gefängnis gewesen zu sein, ist eine Schande, immer und überall.« Ein dummer Kerl, dieser Jacoby, dachte Herbst, weltfremd, genau wie seine Frau, und verabschiedete sich schnell.

Später führten Otto und Grete eines dieser Ehegespräche.

»Du hättest zu Mills nicht sagen sollen, daß du keine Verpflichtungen hast. Wenn du Berufsungar gewesen wärst, hättest du gesagt: Im August gehe ich nach Hollywood und nächstes Jahr nach Paris.«

Hätte nun Jacoby gesagt: »Vielleicht hast du recht«, dann wäre alles gut gewesen, aber er bekam einen roten Kopf: »Nach deiner Ansicht mache ich ja immer alles falsch, wahrscheinlich wäre gar kein Unterschied gewesen, immer weißt du alles besser. Du bist ja so erfolgreich.« Und setzte sich und starrte vor sich hin.

Grete ging an dem herrlichen Frühlingstag am Rande des Hyde Parks. An einer Autobushaltestelle standen Damen in großer Abendtoilette und Herren im Smoking. Schon 1914, dachte Grete, haben Margot, Hanna, Edith und ich uns eine Droschke genommen, weil es in Berlin unangenehm war, in einem Abendkleid über die Straße zu gehen. Jetzt, ein Vierteljahrhundert später, haben die Leute hier keine Hemmungen. Land ohne Klassenkampf.

Ein Herr kam ihr entgegen, fragte sie nach einer Straße, ein feines intelligentes, nicht mehr junges Gesicht. Obzwar Grete wußte, daß es nur eine Ausrede war, gab sie eifrig Bescheid. Der Herr lächelte entzückt: »Sie sind eine Pariserin?« Sie wagte nicht »Ja« zu sagen. Sie sagte: »Nein.« Der Herr sah sie fragend an. »Ich bin eine deutsche Jüdin«, sagte sie.

Der Herr erschrak, zog den Hut, eilte davon. Sollte sie sich als Deutsche bezeichnen? Sollte sie sich als Pariserin tarnen?

Dämmerung zog herauf. In dem runden Erker Park Lane Ecke Hamilton Place wurde ein Kronleuchter mit hundert elektrischen Birnen angezündet. Auf den Balkon trat eine Dame im Ballkleid. Hinter den beleuchteten Fenstern wurde getanzt. Eine festliche Stadt. Ein Botenjunge radelte an ihr vorbei, die Hände auf dem Rücken, und pfiff. Man konnte es so verstehen, wenn man in London war, warum sich niemand um Deutschland Kopfschmerzen machte. Grete war glücklich. Es würde schon Frieden bleiben.

Manchmal vergaß Otto seine vergeblichen Gänge. Sie besuchten das Haus von Soanes, von dem Otto Abbildungen in einem historischen Film benutzt hatte, sahen die putzige Welt mit roten und blauen Glasscheiben. Nein, schön war das nicht, aber die hoffnungsfreudige, erwartungsvolle Zeit von 1830. Auch die beiden Jacobys warteten, als die freundlichen Diener Gemälde verschoben, hinter denen neue Gemälde erschienen oder Türen oder Schränke. Otto würde befriedigende Arbeit finden, Grete Ruhe, ihre Kinder großzuziehen, ab und zu einen Theaterbesuch und nicht nur geschenkte Kleider.

In Deutschland und Rußland wurde gemordet. In Spanien wehrte man sich wenigstens. Aber auch dort kämpfte eine Form der Tyrannei gegen die andre. Hier war Friede. ›Das Betreten des Rasens ist verboten.‹ Als Otto und Grete an diesem Maitag den Rasen des Hyde Park betraten, als sie die Schafe grasen sahen, da lag der verbotene Rasen weit hinter ihnen.

Schwarzens wohnten in einem roten Ziegelhaus im unteren Hampstead, in einem Zimmer, das auf eine Mauer sah, was in London selten war. Als Jacobys eintraten, fanden sie dort einen kleinen alten Herrn und den berühmten Pazifisten in heftiger Diskussion: »Wie kann man in einem Land bleiben, in dem auf den Mauern Glasscherben stecken, damit niemand darüber klettern kann?«

Charlotte hantierte an einem altmodischen Waschtisch, auf dem ein Gaskocher stand. Im Kasten darunter bewahrte sie

Geschirr und Vorräte auf. »Ich habe mir für fünf Shillinge einen ganzen Haushalt eingerichtet«, sagte sie. »Porzellan, Bestecke, Töpfe und eine Pfanne. Es lohnt nicht, sich mit Sachen zu belasten. Fünfundzwanzig Pfennige kostet ein Pfund Keks, fünfzehn Pfennige ein Pfund fettes Rindfleisch«. Sie briet einen Hackbraten auf dem Gas. »Ich habe gehört«, sagte sie erregt zu dem alten Pazifisten, »du bezweifelst, daß Tuchatschewski ein Verräter war?«

»In Deutschland haben sie Schleicher umgebracht, in Rußland Tuchatschewski, die russisch-deutsche militärische Zusammenarbeit ist zu Ende. Das ist alles.«

»Das scheint mir ja keine sehr stabile Regierung zu sein«, sagte Otto.

Der kleine Herr beugte sich vor und sah Otto an, als ob er so ein Untier noch nie gesehen habe: »Sie sind gegen die Sowjets, Herr Jacoby?«

»Ja«, sagte Otto.

Charlotte legte den Hackbraten mit Wucht auf die andre Seite: »Eine Gemeinheit, wer den Sowjets jetzt in ihrem heroischen Kampf in den Rücken fällt.«

»Sind Sie denn dafür, daß die armen Leute arm bleiben?« sagte der kleine Herr sanft zu Otto.

»Ach Unsinn«, antwortete Otto ärgerlich.

»Na dann müssen Sie doch für die Sowjets sein«, sagte der kleine Herr.

»Natürlich«, sagte Charlotte. »Mein Braten ist fertig.«

»Für mich nicht. Ich kiebitze«, sagte der kleine Herr.

Otto beteiligte sich nicht an der Unterhaltung. Er war mit seinen Gedanken weit weg. Nachdem der Pazifist sich genommen hatte, reichte Charlotte Otto den Braten. Otto nahm mechanisch drei Stücke. »Otto«, sagte Grete erschrocken. »Habe ich mir zu viel genommen?« schrie er böse.

»Sicher«, sagte Grete.

»Ich kann ja was zurücklegen«, schrie er und warf die Stücke zurück. Der kleine Herr sagte zu ihm: »Herr Jacoby, Sie haben sicher hier Möglichkeiten. So ein Künstler wie Sie.«

»Glauben Sie?« sagte Otto beruhigt und freundlich. »Wissen Sie, die Leute kennen mich schon nicht mehr.«

Der Pazifist sagte: »Man hört nirgends mehr was von Friedrich Wilhelm von Rumke. Die Frau ist bei der Frauenschaft. Randelhofer sitzt in Cambridge.«

»Wie kommt man nach Cambridge?« fragte Grete.

»Mit der Bahn«, sagte Schwarz.

»Was kann das kosten?«

»Ungefähr ein Pfund.«

»Wir haben vier Pfund in der Woche und jetzt der Umzug. Ich kann nicht hinfahren.«

»Man kann von vier Pfund gut leben«, sagte Charlotte.

»Ich könnte das aber nicht aushalten, nur auf Mauern sehen«, sagte Otto.

»Es gibt auch was anderes«, sagte der kleine Herr.

»Wollen wir noch ein bißchen in die Heath gehen?« sagte Charlotte, die gern ausschritt.

»Muß man steigen?« fragte Otto.

Otto war es jetzt erst klar geworden, daß er durch seine Kriegsverletzung für keine körperliche Arbeit mehr zu brauchen war. In seinem Kopf ging ein Mühlrad: Sollen wir in England bleiben? Und was, wenn ich keine Arbeit finde und Grete auch nicht? Sie arbeitet schließlich mit der deutschen Sprache, vier Personen. Wir haben die hübsche Wohnung in Prag mit unsern Sachen. Hierher kommen lassen geht nicht, denn wir müssen ja warten, bis wir Daueraufenthaltsgenehmigung haben. »Sagen Sie, kann man sich Möbel hierher kommen lassen?«

»Sie werden sich doch keine Möbel kommen lassen«, sagte Charlotte. »Na, lächerlich überhaupt. Ein Emigrant!«

»Sie haben ganz recht. Man ist eingesperrt, wenn man eine Wohnung bezahlen muß. Wir bezahlen noch die Wohnung in Prag. Wir können London nur bestreiten, weil meine Schwiegermutter die Kinder hat.«

»Seien Sie nicht so besorgt«, sagte Charlotte.

Otto zog seinen Paß heraus: »Sehen Sie, ich darf keine Arbeit machen, bezahlt oder unbezahlt.«

46. Kapitel

1938

Randelhofer hatte schon einen englischen Paß, konnte reisen, fuhr ums Mittelmeer. Ein kolossaler Franzose sprach ihn in einer Sommernacht an der Reling an:

»Wir sind alle Faschisten, zwei Millionen Anhänger de la Roques. Nous ne sommes pas des brutes comme les Allemands, wir sind keine brutalen Hengste wie die Deutschen, aber wir wollen nicht von Juden regiert werden. Léon Blum richtet Frankreich zugrunde, Monsieur.«

Die Reise auf dem französischen Schiff war auch sonst keine Freude für Randelhofer. Die dritte Klasse war menschenunwürdig, die Besatzung unzufrieden. Alles schien versteinert. Eine alte Französin schleifte mit langen schwarzen Röcken das Deck ab.

In Marseilles stand an der Hafenmauer »Heil Hitler! à bas les Juifs«. Ein Bettler sagte: »Dies ist Frankreich, wir hungern hier.« Im übervollen Coupé führte ein junger Mann das große Wort: »Ich bin Tischler, natürlich arbeitslos. Diese Sauregierung hat ja drei Millionen Fremde nach Frankreich gelassen, und was sind diese Fremden? Des ébenistes. Tischler.«

Randelhofer erwartete, daß einer sagen würde: »Drei Millionen Tischler, das glauben Sie doch selber nicht!«

Aber sie nickten alle zustimmend.

Randelhofer kam besorgt zu Heye, fand ihn gelassen und heiter. Ein Freund im Auswärtigen Amt hatte ihm Bibliothek, Möbel, Archiv nach Frankreich geschickt, außerdienstlich, dienstlich war er Nazi. In Heyes kleiner Wohnung passten die schönen französischen Möbel, die in Berlin immer etwas zu klein aussahen, zu Zimmergrößen und Kaminen. Er las alles, was über die Politik der Jahre 1900 bis 1914 irgendwo erschienen war. Seine vielen Entdeckungen belebten ihn. Er, der nie unter zwölf Zeitungen gelesen hatte, warf nur noch einen flüchtigen Blick auf die Gazetten, las weder Emigranten- noch Naziblätter. Sein Geschichtswerk, dessen Korrekturen er im Januar 1933 gelesen hatte, war erschienen. »Haben Sie in Cambridge davon gehört?« fragte er.

Randelhofer fühlte Heyes Erwartung. Sollte er ›ja‹ sagen? Aber die Zeiten waren zu ernst: »Nein. Aber man hört in England kaum von ausländischen Büchern. Wie die Franzosen machen sich die Engländer ihre Kultur allein.«

»So«, sagte Heye.

Wer sollte eigentlich sein Buch lesen? Österreich fiel nun auch weg. Es blieb Sudetengebiet und Schweiz. Randelhofer dachte, ›verbiete du dem Seidenwurm zu spinnen!‹, als Heye sagte: »Ich habe Unglaubliches entdeckt. Bethmann Hollweg hat unserm Pariser Gesandten, Herrn von Schön, aufgetragen, im Fall der französischen Neutralität im russisch-deutschen Krieg Toul und Verdun als Pfand dafür während der Kriegsdauer zu verlangen. Es kam nicht dazu. Man besaß in Paris den Chiffreschlüssel! Und Poincaré? Er hat jeden Abend in sein Tagebuch eingetragen, wie oft ihm in Paris oder auf einer Reise ›Vive Poincaré‹ zugerufen wurde, und er notierte jeden Namen der Honoratioren, die ihn auf einem Bahnhof empfangen haben. Von solchen Menschen hat das Glück ganzer Völker abgehangen.«

»Was wollen Sie, ›Lorrain, villain, traitre à Dieu et son prochain, Verräter an Gott und seinem Nächsten‹, sagen die Elsässer von den Lothringern«, sagte Randelhofer, »und jetzt ist Frankreich auf dem besten Wege, faschistisch zu werden.«

»Wie können Sie so etwas sagen? Die französischen Wahlen …«

»Wahlen? Es kommt auf die aktiven Elemente an.«

Randelhofer berichtete seine Erlebnisse.

»Kolonialfranzosen!« sagte Heye.

»Kommen Sie nach England, ich hab das nicht gern, daß Sie hier bleiben.«

Die Kinder waren nach London abgereist. Es war so leer und so still, und Roserl entschloß sich, in den Tiergarten zu gehen. Sie traf Frau Dix, seit dreißig Jahren Pensionsbesitzerin in der gleichen Gegend. Wenn Frau Dix keine Gäste unterbringen konnte, rief sie Roserl an und umgekehrt. »Ich freue mich«, sagte Frau Dix, »daß ich Sie einmal treffe. Ich kann mir vorstellen, wie schwer alles für Sie ist.«

»Ich hätte gute Lust, die Pension zu schließen. Sie wissen, wo jüdische Männer wohnen, darf kein Dienstmädchen unter fünfundvierzig sein, und meine Guste ist erst dreiundvierzig.«

»Ziehen Sie zu uns. Herr Oberst von Rumke wohnt bei mir, die Tochter ist mit einem Juden verheiratet, und seine Frau hilft mir bei der Bewirtschaftung, und Frau Oppenheim, so eine feine jüdische Dame, wohnt seit fünfzehn Jahren bei mir.«

»Ich würd in Ihrer Pension sehr glücklich sein. Die Kinder wollen nichts von meinen Sachen. Würd ich halt alles verkaufen, oder könnten Sie etwas brauchen?«

»Wäsche kann man in einer Pension immer brauchen.«

»Ich nehm Sie beim Wort, Frau Dix. Ich möchte mich schon jetzt sehr bei Ihnen bedanken.«

Roserl verkaufte die Pension, nachdem sich Frau Dix einiges ausgesucht hatte, darunter die Filetgardinen für fünf Zimmer. »Nein, Frau Amtsrichter, so etwas Wunderbares, die sind allein fünfhundert Mark wert.«

»Schauens, sie fangen schon an zu reißen. Ich hab sie selber gemacht. Übrigens, Frau Dix, ich bin immer eine gute Köchin gewesen, wenn Sie Vollpension geben, könnt ich gern helfen.«

»Ruhen Sie sich erst mal aus. Die kostbaren Perser-Brücken könnten wir in alle Zimmer verteilen.«

»Bei uns galten Perser als eine Geldanlage, habe ich alle paar Jahre eine Brücke gekauft. Natürlich nicht im Krieg, in der Inflation und in der Krise. Was hat man für schwere Zeiten gehabt, und da hab ich diese begabte Tochter und zwei Enkel, und nun sind sie weit weg, wo ich schon meinen geliebten Mann so früh verloren hab.«

Roserl schrieb in einem ihrer langen Briefe an Jacobys: »Was für ein Glück, bei so feinen Leuten zu wohnen. Ich hab meinen Augen nicht getraut, da hat mir Frau Dix zu meinem Empfang einen Fuchsientopf und – das rätst Du nicht – einen kleinen Baumkuchen auf dem Tisch aufgebaut.

Ich hab Dir ein Jerseykleid gekauft, mich aber doch besonnen, daß ich Dich lieber erst frage, es ist dunkelrot, gutes Material, hat aber kurze Ärmel, vielleicht von der Schulter 30–32 cm. Ich könnte vielleicht aus der Länge Ärmel ansetzen. Schreib gleich, Abbildungen, Kataloge, so was gibts nicht mehr. Ist das Lebertranprobepäckchen für die Buben eingetroffen? Ihr schreibt von elektrischen Sachen, aber nicht von welchem Volt und Strom ...«

In Berlin bereitete Edith Zuckermann ihre Auswanderung vor, lernte entflecken, schaffte Wäsche und Kleider an, hatte eine Nummer für Amerika, Einwanderungserlaubnis nach Australien und stand mit einer Bekannten in Brasilien im Briefwechsel: »falls alle Stricke reißen«.

Martin hätte gern abgewartet: »Die Nazis wollen natürlich keine Juden als führende Industrielle. Markus wird arisiert, aber die Angestellten werden wohl bleiben können.«

»Sag mal, Werner, hast du dir endlich eine Nummer für Amerika besorgt?« fragte Edith, »ich werde dann sehen, dir ein Visum für England als Durchreiseland zu verschaffen.«

»Unserer Firma wird man nichts tun, ein kleines Geschäft, Filzhüte en gros, wen soll das interessieren?«

»Ich möchte gewiß bleiben«, sagte Martin, »die beste Stellung im Leben und die erste richtige Wohnung.«

»Ich sage euch, solange Geschäfte gemacht werden können, brauchen sie uns. Wenn ich nichts gegen den Staat unternehme, tut der Staat auch nichts gegen mich«, sagte Werner, »die verfolgten Juden haben sich mit Politik beschäftigt. Und eine Nichtjüdin heiraten will ich ja gar nicht. Seit fünfunddreißig Jahren fahre ich dieselbe Strecke in die Mohrenstraße, begrüßt mich der gleiche Portier, und dann gehe ich rauf zu Herrn Gleichmann. Ich kann doch den 76-jährigen Mann nicht im Stich lassen.«

»Du bist der Reichste aus der Familie, hast wieder ein kleines Vermögen zusammengespart, geh damit raus.«

»Aber Martin, du weißt, daß man nichts mitnehmen kann«, sagte Edith ärgerlich.

»Ich werd doch nicht alles den Nazis lassen. Dafür habe ich nicht Pfennig auf Pfennig gelegt. Ich habe niemals jemandem etwas getan.«

»Man muß leider zugeben«, sagte Martin, »die Geschäfte gehen glänzend, nur das Rohmaterial wird knapp. Aber Edith will raus, und was meine vorgesetzte Behörde will, geschieht.«

Markus war dafür, zu liquidieren. Die Besuche der Gestapo, um seine Geschäftsbücher zu kontrollieren, häuften sich. Sie blieben stundenlang, und während der Zeit durfte er sich nicht aus seinem Büro rühren.

»Man fühlt sich von Feinden umgeben«, sagte er zu Adelina, »noch haben wir Geld; man sollte gehen, bevor es zu spät ist, ich habe ein schlechtes Gefühl.«

Adelina war entsetzt, daß ihr optimistischer Mann nun »raus« wollte, nachdem sie sich schon an den Gedanken gewöhnt hatte, nach fünf Jahren, in denen es unmerklich immer böser aussah, zu bleiben.

Adelina nahm mit ihrer Lore einen Kursus für Schokolademachen, für alle Fälle, und sie sagte, während sie die Förmchen füllte: »Papa ist ganz erschöpft von der überflüssigen Qual und Arbeit, die alle haben, die hier bleiben. Mir fällts auch so schwer aufzulösen. An jedem Stück hängen Erinnerungen. Die zwei herrlichen Schwechten-Flügel hab ich verschleudert, Tausende haben sie mal gekostet. Ganz schamlos hat der Händler zu mir gesagt: ›Es sind so viele Flügel durch diese Juden auf dem Markt, gehen ja fürn Butterbrot weg.‹ Teilweise zahlen die Leute auf Raten ab. Wenn wir früher weggehen, könnt ihr die Raten einziehen.«

»Wir können nicht auswandern. Bernhard sagt, man muß 25% abgeben. Wir können das nicht. Und wir haben noch ein paar jüdische Angestellte. Was soll aus den Menschen werden?«

»Ich glaub nicht, daß Bernhard recht hat. Man kann nur Sperrmark verkaufen, und die ist 25% wert. Ich glaub wenigstens, wenns die Teufel nicht schon wieder geändert haben. Fast hätt ich wieder vergessen, habt ihr euch nun endlich wegen Walter bemüht? Du weißt, daß Edith Zuckermann zu den jüdischen Stellen Beziehungen hat. Sie hat doch ihren Jungen schon 1933 rausgeschickt. Frag sie nun endlich schon an.«

»Mama, kannst du nicht mit Edith wegen dieser Transporte reden? Dir gelingt alles viel eher.«

Markus war ärgerlich: »Man kann nichts diesem Schlehmil, dem Bernhard, überlassen. Als ob wir beide nicht genug auf dem Kopf hätten. Diese Arisierung ist die komplizierteste Geschäftstransaktion meines Lebens. Dazu bin ich siebzig geworden, um mit Geheimen Justizräten und Treuhändern und Wirtschaftsprüfern und Steuerberatern meine Tage hinzubringen. Zahlen werden sie zehn Prozent, und die gehen dann als Reichsfluchtsteuer und Judenabgabe an den Fiskus, damit man arm wie eine Kirchenmaus hinausgehen kann.«

Für seinen Enkel Thomas hatte er mit vielen Schwierigkeiten ein befreundetes Werk überredet, ihn Kabelverbinden zu lehren: »Mit einer so hochqualifizierten Arbeit kannst du in der ganzen Welt durchkommen.«

»Ich nehme auf alle Fälle meine Geige mit«, sagte Thomas.

»Aber Thomas!« sagte Markus. »Schon hier in den besten Zeiten hat Großmama nicht geglaubt, daß du begabt genug für eine Musikkarriere bist. Sie hat immer Onkel Siegmund Jacoby als warnendes Beispiel gehabt. Vier Lieder bei Breitkopf und Härtel. Aus. Aber Jacobys waren so reich, er konnte leben wie ein Lord. Du kannst doch in Amerika keine Musikkarriere anfangen. Ich bin überzeugt, Westinghouse können cablejointers brauchen. Mußt halt wieder klein anfangen. In Amerika hat man sich immer raufarbeiten können.«

Thomas fuhr an einem heißen Augusttag mit einem dreimonatigen Touristenvisum nach New York, um sich umzusehen.

»Thomas ist auf und nieder wie unser gefallener Walter, leider nur zarter«, sagte Adelina zu Markus, als sie vom Bahnhof nach Haus gingen.

»Er ist auch ein vorzüglicher Ingenieur. Ich konnte mir keinen besseren Nachfolger für mein Werk wünschen. Es ist noch nicht aller Tage Abend. Eines Tages wird er die Markusschen Lastkraftwagenwerke zu neuem Glanz führen.«

Für Thomas' Bruder Walter Blau hatte Markus eine Freistelle in einer Kunstschule in Glasgow ausfindig gemacht.

Die Familie begleitete Walter zum Bahnhof, von dem gleichzeitig ein Kindertransport nach England abging. Im letzten Moment kam ein Trupp SA, ließ die Kinder auf dem Bahnsteig antreten, riss ihnen die Uhren vom Arm, Goldketten vom Hals, Broschen vom Kleid, die ihnen die Eltern als Andenken mitgegeben hatten. Die Transportleiter waren schon froh, daß man die Kinder wieder einsteigen ließ.

»Na, nu haste ja wohl selber gesehen«, sagte Markus zu seinem Schwiegersohn Blau, »sieh zu, daß du das Geschäft arisiert bekommst, und geh raus!«

»Man sagt, in Paraguay wollen sie anfangen, Konfektion zu machen. Vielleicht ist das was?«

»Paraguay? Das kann ich mir nicht denken«, sagte Markus, »vor hundert Jahren haben sie noch ihre Frauen aufgegessen, wenn sie keine Fische hatten.«

»Ich habe neulich gehört«, sagte Adelina, »wenn man etwas ausführt und den Devisenbetrag fünfzig/fünfzig mit dem Reich teilt, könnte man die fünfzig Prozent behalten.«

»Reines Latrinengerücht«, sagte Markus.

»Mein Bruder«, sagte Bernhard Blau, »hat 40 000 Mark bei der Steuer hinterlegt, damit er 30 000 Mark freibekommt. Dafür sollte er durch einen Mittelsmann die Einreise nach Südafrika bekommen. Aber sie haben sie nicht freigegeben, und die 40 000 sind weg.«

»Räuber. Ich sage rausgehen.«

»Ohne Geld?«

»Auch ohne Geld.«

Das Blausche Geschäft wurde an die alteingesessene Firma

Fölsch abgegeben. Herr Fölsch gab Bernhard die Hand: »Ich wünsche Ihnen, Herr Blau, daß Sie mit Ihrer Familie bald bessere Zeiten im Ausland sehen.«

Bernhard Blau war gerührt: »Ich bin Ihnen sehr dankbar. Sie zahlen mir über vierzig Prozent des sehr anständig geschätzten Wertes. Sie wissen so gut wie ich, daß im allgemeinen nur zehn Prozent gezahlt werden. Wir haben, wie befohlen, unsern fünf jüdischen Angestellten gekündigt. Ich weiß nicht, was aus den Menschen wird. Herr Max Gutmann bekam ein Ruhegehalt von uns.«

»Wir werden jedem ein kleines Ruhegehalt zahlen«, sagte Herr Fölsch.

Fölsch wunderte sich, daß das Geschäft geschlossen war und ihn der Portier hinausließ. Auf beiden Seiten der Treppe stand das Personal. Wie nett, dachte Fölsch, sozusagen ein Ehrengeleit.

Die fünf Angestellten steckten Kaffeetasse, Thermos, Seife, kurz, was ihnen gehörte, in ihre Aktentaschen. Eine der Verkäuferinnen sagte zu ihrer Kollegin: »Du hast das Zertifikat für Palästina, na da biste glücklich. Hoffentlich gelingt es meiner Schwester noch, es für mich zu bekommen. Palästina ist so gut wie gesperrt.«

Sie holten Herrn Blau ab. Der Fahrstuhl funktionierte nicht. Als sie an die Treppe kamen, hob der Zellenobmann die Hand, und plötzlich erfüllte ein heiterer jubelnder Chor das Treppenhaus: »Das gibts nur einmal, das kommt nicht wieder, das ist zu schön, um wahr zu sein.« Sie machten Tanzschritte. Sie warfen die Arme in die Luft, steckten den Finger in den Mund und pfiffen und sangen: »Das ist zu schön, um wahr zu sein ...« bis sich das Tor hinter den sechs Juden schloß.

Sechzig Jahre Blaublusen zu Ende, ein Wahrzeichen Berlins. Fölsch ließ den Namen bestehen. Das Resultat von sechzig Jahren Arbeit der Blaus, von sechzig Jahren Dienst am Kunden und sechzig Jahren Reklame konnte man sich nicht entgehen lassen.

Und dann kam Thomas zurück. Adelina ließ in der geräumigen Küche decken, um die Familie zu Thomas' Begrüßung bei sich zu sehen.

»Ich mußte auf alle Fälle noch einmal rausgehen, weil ich auf ein Touristenvisum keine First Papers bekomme«, sagte Thomas auf die Frage seines Großvaters.

»Sie könnens gar nicht kompliziert genug machen«, sagte Adelina.

»Was ist eigentlich mit Kanada?«

»Aber Opa, nur mit sehr viel Geld oder als Landwirt.«

»Gehst du sehr bald?« fragte Lore voll Angst.

»So schnell wie möglich.«

»Hast du eine Stellung als Kabelverbinder in Aussicht?« fragte Markus.

»Opa, ich will dir nicht bange machen, aber das war wohl das Falscheste, was ich lernen konnte. Die Gewerkschaften lassen nirgends hochgelernte Arbeiter zu. Eher komme ich mit meiner Geige durch, Musiklehrer an einem College. Ich habe schon Geld als Stehgeiger verdient.«

»Stehgeiger, das hab ich schon lang nimmer ghört«, sagte Adelina.

»Eher mit der Geige als mit einer so nützlichen Arbeit? In Amerika hat man sich doch immer raufarbeiten können ...«

»Mein Freund Robert sagt mit Hilfe eines Pendels wahr, verdient sehr gut.«

»Zaubern« sagte Markus, »als Zauberkünstler.« Markus packte eine Wut auf sich. Er war ja von den Nazis angesteckt wie alle Welt, als er mit so viel Mühe und auch Gefahr für seine Arbeitgeber dem Jungen eine Lehrstelle als Kabelverbinder verschafft hatte, Juden sollten mit der Hand arbeiten. Wäre er noch vor ein paar Jahren auf eine solch blöde Idee gekommen. Musikunterricht, richtig. Man macht nicht Brennholz aus Mahagoni.

Roserl saß bei Max und Sabine, zeigte Photographien, nicht mehr so viele wie früher: »Der arme Otto versucht halt nur noch das zu photographieren, was Geld bringt.«

»Aber Roserl, er hat es uns doch geschrieben, er darf, weder bezahlt noch unbezahlt, etwas arbeiten. Wenn man denkt, wie schrecklich sie Ärzte und Rechtsanwälte und Künstler hergenommen haben, und die Kaufleute leben eigentlich noch alle ganz gut.«

»Markus sind noch in ihrer Villa.«

»Marie Kollmann, das Häuflein Unglück, lebt von Unterstützung. Sie haben ihr die Wohnung gekündigt. Das ist noch ein Damoklesschwert. Die meisten Hauswirte wollen keine Juden mehr, sind wir gut dran, daß wir bei einer Schweizer Versicherungsgesellschaft wohnen.«

»Es ist schon arg spät«, sagte Roserl.

Das Treppenhaus war dunkel. »Hat der Portier kein Licht angezündet? Ist sonst so ein netter Mann. Das ist auch ein rechtes Glück, daß wir so einen anständigen Luftschutzwart haben.«

Als Sabine die Haustür aufschließen wollte, hörte sie Krach von zersplittertem Glas. Da klopfte der Portier an sein Fenster: »Nee, die Damen, bleiben Se man bloß drin. Hören Se mal.«

Man hörte wieder klirren. »Ja, was ist denn das?« fragte Roserl.

»Sie schmeißen drüben Schneider Moses ein«, sagte der Portier, »das vorhin war Schuh-Leiser. Gehen Sie man schnell in Ihre Wohnung.«

»Da steht einem ja der Verstand still«, sagte Roserl, »sind es Uniformierte?«

»Nee, nee, Zivilisten mit eisernen Stangen.«

»Sie werden doch kommen, uns totschlagen.«

»Das glaube ich nicht«, sagte der Portier, »sie sollen zwar Juden verhaften. Der Herr Berak von oben ist gerade zum Bahnhof gegangen. Er will wegfahren.«

Werner Stern zog die Gardinen vor und sah fern einen roten Schein. Er machte das Licht aus und sah hinaus. Es schien ganz ungestört zu brennen. Keine Feuerwehr? Sollte man nicht bei der Feuerwehr anrufen? Besser nicht. Heutzutage als Jude. Kann man wissen. Er zog den Mantel an und ging auf die Straße. An der Ecke beim Schuh-Leiser waren die Scheiben zerbrochen, und Leute holten Schuhe heraus. Jetzt sah er, daß die Synagoge brannte, ging näher und ließ die Vorsicht seines ganzen Lebens fahren, wackelte mit dem Kopf und sagte: »Du lieber Gott.« Da drehten sich auch schon SA-Leute nach ihm um, und er rannte in die Untergrundbahn. Völlig klar für den Billetknipser – ein Jude, hinter dem SA her war. Er ließ Werner durch. Zu den SA Männern sagte er: »Fahrkarte bitte.« Sie zögerten. War es zulässig, ohne Fahrkarte auf der Untergrundbahn zu fahren? »Lösen Sie sich 'ne Fahrkarte«, sagte der Knipser. Werner war im Zug verschwunden.

Am nächsten Tag kamen er und Martin Zuckermann und Thomas Blau in ein Konzentrationslager. Es war eisig. Als sie erschöpft ankamen, war die Nacht von Scheinwerfern erhellt, Lärm empfing sie, Geschrei, Hundegebell, Steinhagel, Zischen der Peitschen. Einer trat auf Werner zu, würgte ihn an seiner Krawatte, daß er zu röcheln begann: »Nimm Haltung an, Saujude, reiß die Knochen zusammen«, kam der Befehl, in die Hocke zu gehen, wer nicht schnell genug machte, wurde in die Kniekehlen getreten, wer hinfiel, wurde erschossen. Sie mußten bewegungslos stehen.

Wer war Werner Stern? Nun sollte er ein Held sein ... Niemals jemandem etwas getan – Ist noch etwas Herr Gleichmann, sonst gehe ich jetzt, – kleines Geschäft, Filzhüte en gros, wer soll daran ein Interesse haben? – Werner schloß die Augen. Martin Zuckermann hatte nur einen Gedanken, wie kann man hier überleben? Thomas Blau, weiße Kinderstube und Märchenvorlesung am Abend und Großmama Adelina mit dem herrlichen Gesicht, die ihn zur Geige begleitete, Brahmssches Violinkonzert. Er sah das Ungeheuerliche, wollte nicht mehr leben in einer Welt, wo dies möglich war, sah die Menschheit geschändet, nicht auf öffentlichem Markt, sondern heimlich zwischen Wäldern und Mooren tobte der ungehemmte pervertierte Sexus. Thomas rannte mit aller Kraft gegen den elektrisch geladenen Zaun. Schüsse knallten, aber die hörte er nicht mehr.

Burlepsch telefonierte mit dem Oberst. »Ein Zustand ist das«, sagte er. Der Oberst war froh, endlich sah auch Burlepsch die Wahrheit. Er sagte: »Richtig. Auch meine Meinung.«

Burlepsch fuhr fort: »Wenn doch endlich alle diese Juden

draußen wären. Sie stören jeden ordentlichen Geschäftsgang. Ich habe zu meinem Verwalter gesagt: ›Kündigen Sie allen Juden.‹ Mein Verwalter sagte, wenn die Leute langjährige Verträge haben, ist das nicht klar. Ein Gericht hat entschieden, daß so ein Vertrag eingehalten werden muß. In den Ministerien sagen sie auch, bloß alle Juden raus, damit man wieder einen ordentlichen Geschäftsgang haben kann ...«

Der Oberst sagte: »Völlig Ihrer Meinung.«

»Wer war denn am Telefon?« fragte die Frau Oberst.

»Burlepsch. Er meint, wenn in Deutschland geplündert und gemordet wird, so sind es die Juden, die den ordentlichen Geschäftsgang stören.«

»Und was hast du gesagt?«

»Völlig Ihrer Meinung.«

»Willibald!«

»Sprich es ruhig aus. Wie tief sind wir gesunken.«

»Wir müssen sehen, daß wir Bernhard und Lore rauskriegen«, hatte Markus gesagt.

Nun saßen sie in der Küche in dem unheimlich leeren Haus mit der Treppe zwischen den gelben Marmorwänden.

Das Klingeln in der Nacht, das Abholen des Sohnes, der höhnische Chor, es war zu viel. Bernhard Blau erschrak bei jeden Klingeln. Er traute sich nicht mehr ans Telefon.

»Hast du gar keinen Verwandten in den Vereinigten Staaten?« fragte Markus.

»Nein«, sagte Bernhard, »es soll drüben ein Komitee geben. Aber die Konsuln in Berlin sind solche Antisemiten. Sie lassen ja keinen rüber. Woanders soll es besser sein. Der Konsul in Stuttgart zum Beispiel. Wir würden überall hingehen. Am liebsten natürlich nach Glasgow zu Walter. Aber wie?«

»Gott, wenn Amerika aufmachen würde, wie es nach Kischinew aufgemacht hat, wie einfach wäre alles«, sagte Adelina.

»Wie einfach«, sagte Bernhard.

»Ich werde mich erkundigen«, sagte Markus und zog sein volles Notizbuch, um noch etwas hineinzuschreiben.

47. Kapitel

Zehn entscheidende Monate

Grete und Otto besuchten ein Museum. Otto sprudelte wie früher. »Pieter van Hooch! Das wäre eine Filmdekoration.« Primitive Franzosen. »Wie ungebildet man ist! Hast du gewußt, daß sie auf Goldgrund gemalt haben?«

Sie hatten in ihren guten Jahren nach der Inflation und vor der Weltkrise nicht viel gesehen. Sie würden Neues sehen. Turner, ›Regen, Wind und Rauch‹! Sie würden besser Englisch lernen, und eine ganze neue Literatur würde ihnen aufgeschlossen sein. Überall waren großartige freie Bibliotheken.

Sie fuhren für einen Penny weiter. London Bridge. Grauer Himmel und grauer Strom. Spitzen und Zacken der Türme, Krane und Kähne, Pferde mit langhaarigen Beinen. »So was kann ich nur mit dir machen«, sagte Otto, »die meisten würden uns für irre halten, daß wir hier rumkriechen.«

Ein Arbeiter rief ihnen etwas zu. Andre lachten freundlich. »Wenn ich die Leute nur verstehen könnte«, sagte Grete.

»Dieses Englisch ist eine Mauer, jede feinere Nuance entgeht einem. Sieh mal dieser Square mit den bunten Häusern und geschnitzten Oberlichtern in den Türen und den messingnen Türklopfern und grünem Rasen und roten Bussen.«

»Eine bezaubernde Stadt. Die mittelalterlichen Gassen, in denen sie sich wie in Korridoren bewegen, die Firmenschilder, Randall und Cohen und Gentili und Macdonald, Elefantenzähne und fünfzig verschiedene Sorten Tee. Und die Zeitungen? Ich habe in diesen sechs Monaten London gelernt, Freiheit und Demokratie sind keine Erfindung von Heye und noch ein paar Juden, wie man uns in Deutschland eingeredet hat. Millionen glauben daran, toll was? Dafür allein lohnt es sich doch, hier zu leben?«

»Ich will aber nicht Lebensabend spielen. Ich will arbeiten. In Amerika hätten wir endlich Boden unter den Füßen. Du gehörst dazu. Hier hast du den herrlichen Löwen im Zoo, die Gärten von Kew, die Hampstead Heath, bald wird es für alles zu spät sein, und unsre Liebe geht daran kaputt, daß es zu eng ist.«

»Wir dürfen Klaus und Julius nicht wieder rausreißen. Sie schließen sich an niemanden an, weil sie erfahren haben, daß man Freunde doch wieder verlassen muß.«

»Na Gretl, Tränen? Wir sind hübsch mit unsern Nerven fertig. Hast du kein Taschentuch? Hier nimm meins. Komm, laß uns über die Brücke zurückgehen.«

Otto kaufte eine Zeitung. Plötzlich fing er an zu zittern. Wieso fingen die Folgen der Kriegsverwundung plötzlich wieder an? Otto hielt die Zeitung:

POGROM IN DEUTSCHLAND.

Die Kinder neu im Land, die unmöglichen zwei Zimmer, alles in Unordnung, und sie lernten so schwer Englisch, und nun Pogrom in Deutschland. Wie konnten sie mit all dem fertig werden?

Es kam ein Brief von Siegmund Jacoby: »Nachdem was heute in der Zeitung veröffentlicht ist, stehen wir tatsächlich am Rand des vollständigen Ruins. Ich weiß nicht mehr ein noch aus. Von den Juden wird eine ungeheure Vermögensabgabe gefordert. Wir sind bettelarm, und ich weiß nicht mehr, wovon wir in den nächsten Wochen leben sollen. Unter diesen Umständen bleibt uns nichts anderes übrig, als uns zu unsern Kindern zu begeben, vorausgesetzt, daß das überhaupt möglich ist. Wir bitten Dich, 1. Otto, uns sofort eine Einladung zu schicken und beim Home Office vorzusprechen und zu sehen, daß dasselbe uns das Einreisevisum gibt. Wir haben keinen Paß. Ich befürchte, daß jetzt eine Ausreise nicht möglich sein wird, bis der wahnsinnige Betrag von einer Milliarde voll bezahlt ist. Was jetzt über uns verhängt wurde, ist das Furchtbarste, was auszudenken war. Lebt recht wohl, ich bringe meine Gedanken gar nicht mehr zusammen ...«

Otto erwachte aus seiner Lethargie. Es galt Menschen zu retten, Visen zu beschaffen, Einwanderung, Weiterwanderung. Er besuchte Leute, um Garantien zu bekommen. Er wartete im Woburnhaus, der Einwanderungszentrale, wo die Akten lagen oder verschwunden waren in einer aufgeregten Menschenschar. Eine Frau schrie: »Nehmen Sie mich doch endlich dran. Ich habe ein dreijähriges Kind allein zu Haus. Wer weiß, was da passiert. Ich kann nicht mehr warten.« »Ich gehe nach Chile«, sagte ein Mann zu Otto und ein anderer: »Wissen Sie, daß man ohne weiteres nach Shanghai kann?« Und ein feiner Herr mit weißem Spitzbart schrie: »Spielen sich hier auf! Ich habe 10 000 Mark nach Kischinew gegeben, damit die Menschen nach Amerika konnten, tun hier so, als ob wir Bettler wären.«

Zuckermanns waren in London. Martin war nach ein paar Tagen aus dem KZ entlassen worden. Blieb Werner zu retten. Der Herr, der die Garantie geben sollte, war sehr kühl. Aber seit Edith beim Direktor der Futurum-Werke gewesen war, wußte sie, so war's eben. »Gewiß ja«, sagte der Herr, »ich habe mit Ihren Verwandten in Geschäftsverbindung gestanden. Unsre Firma hat schon zwanzig Garantien gegeben. Müssen uns sichern. Unser Anwalt wird Ihnen in den nächsten Tagen einen Brief zur Unterschrift vorlegen ...«

»Mein Bruder wird Sie nicht in Anspruch nehmen. Wenn einer, kann er von den zwei Pfund öffentlicher Unterstützung leben.«

»Und Sie?«

»Ich bin Haushälterin auf dem Lande. Wir wandern nach Amerika weiter.«

Im Vorzimmer fragte ein Angestellter. Edith sagte: »Kompliziert mit den Garantien. Mein Bruder ist im Konzentrationslager.«

»Ich gebe die Garantie.«

Der Chef hörte es: »Diese Verantwortung können Sie nicht auf sich nehmen.«

»Doch eher als einen Menschen im Konzentrationslager lassen.«

Das Haus, in dem Jacobys zwei möblierte Parterrezimmer

hatten, war nicht unterkellert, aber es stand auch nicht auf der warmen Erde, sondern darunter war für Durchzug gesorgt. Der Wind sauste unter den Türen von der Straße durch die Zimmer zur Gartentür, gesund, aber ungemütlich. Grete wurde nicht mit dem Kamin fertig, kniete, erst Zeitungspapier zerknüllt, dann Hölzchen, obendrauf Kohlen, nun ein Streichholz angezündet, es brannte nicht. Klaus sagte: »Wenn ich groß bin, kaufe ich dir einen Blasebalg.« Julius entdeckte Feueranzünder in einem Laden: »Das reicht für fünfzig Feuer.« Bis eines Tages Charlotte Schwarz ihnen zeigte, daß man nur ein Zeitungsblatt vor den Kamin zu halten brauchte, damit es lichterloh brannte. Das Haus war eine ideale Wohnweise, aber nicht für die Aufteilung in Einzelzimmer für Flüchtlinge. Jacobys hatten ein Waschbecken mit kaltem Wasser in einem von drei Seiten freistehenden unheizbaren Raum im Garten. Unmöglich, Kinder in dieses Eisloch zu treiben! Sich in der Küche waschen?

Grete aß Abendbrot mit den Kindern in der trübseligen ehemaligen Küche, in der jetzt der Warmwasserkessel für das Haus stand: »Bei der Oma war es so schön, so viele Lampen. Wir hatten einen netten Lehrer, er war ein Mischling zweiten Grades und durfte nicht heiraten.«

»Was für ein Unsinn«, entfuhr es Grete.

»Er *war* ein Mischling zweiten Grades«, sagte Klaus ernst, und fuhr fort: »Weißt du, Mama, in Berlin hieß es, »Lech, Iller, Isar, Inn fließen zu der Donau hin. Altmühl, Naab und Regen fließen der Donau entgegen. Hier reden sie von Bucks, und Herts und Berks, und dann gibt es Sussex.«

Schwarz kam und fragte, ob sie jemanden für die Nacht unterbringen könnte. »Nun lassen Sie mich wenigstens erst in Ruhe mit den Kindern essen.«

»Ich kann mich nicht aufhalten. Sie müssen es mir sofort sagen.«

»Lassen Sie mich jetzt doch mal!«

»Na, Sie können doch nachsehen.«

Grete war hilflos, immer war diese Unruhe um die Kinder: »Otto muß sowieso gleich ins andre Zimmer gehen, sagen Sie ihm, die Kinder kommen ins Bett.«

»Ich kann doch hier wenigstens in der Wärme sitzen«, rief Otto.
»Nein, du mußt rausgehen«, sagte Grete.
»Bißchen Ruhe, wenn man die doch hätte«, schrie Otto.
»Also können Sie eine ältere Frau hier schlafen lassen?«
»Nein«, sagte Grete grob.
»Hilfsbereit!« sagte Schwarz.
Klaus schrie im selben Ton: »Ich will Ruhe haben.« Julius aß keinen Bissen.
Die beiden Männer gingen ins andre Zimmer. »Australien ist ganz zu«, sagte Otto.
»Ich weiß«, sagte Schwarz.
»Vor Ihnen sollte ich es gar nicht sagen, aber die katholische Kirche rettet Tausende unter der Bedingung der Taufe in die südamerikanischen Länder. Die Pfarrer, die Juden taufen, tun es unter Lebensgefahr. Helden. Aber man kann Menschen nicht unter Bedingungen retten.«
»Damit muß man sich abfinden«, sagte Schwarz lächelnd, fand Otto kindisch.
»Muß man? Ein Mensch fällt ins Wasser. Treffen Sie ein Abkommen, bevor sie ihn herausziehen?«
»Jedes Land nimmt nur die Leute, die ihm nützen.«
»Genau. Nur ein Schritt zu Hitler. Unter dem Gesichtspunkt des Nutzens muß man Alte und Kranke umbringen.«
»Kein Land will seine Armee von Arbeitslosen vermehren.«
Es gab kein Gespräch mit Schwarz, da er mit ihm nicht in den Grundlagen übereinstimmte. Schwarz ging. Otto starrte ins Feuer. Sein Antrag auf Arbeitserlaubnis war endgültig abgelehnt. Grete kam ins Zimmer. »Ich bringe eine Kleinigkeit zum Essen auf dem Tablett, recht?«
»In Amerika weiß man, nach fünf Jahren ist man Amerikaner.«
»Aber Otto, die Kinder! Sie wollen keine neue Sprache sprechen. Sie sprechen untereinander tschechisch, mit uns deutsch. Klaus nennt die Schule ›Stummer Ochse spielen‹. Warum sollen sie Englisch lernen? Tschechisch war ganz umsonst. Und alles ist überall anders. Sie fühlen, wie alles wankt.«

Klawotzky schickte an Otto Geld, fünf Pfund, zehn Pfund, zwei Pfund. Otto führte sorgfältig Buch. Dann kam ein Gehpelz. Sie gingen zum Zoll, ein Abenteuer, eine andre Gegend von London, ein schäbiges Amt und schäbige Leute. Otto sagte diesen freundlichen älteren Herren die Wahrheit. Der Mantel eines Flüchtlings in Paris. Er glaube wohl an Krieg. »Krieg? Glauben Sie das nicht, lieber Herr, und wenn, wird das Schwein bald erledigt sein.«

Es kamen aus dem vorinflationären Schatz der Klawotzkyschen Eltern Perlen und Brillanten für Smoking- und Frackhemden, goldene Manschettenknöpfe und ein goldenes Zigarettenetui. »Du, das wiegt ein Pfund«, sagte Otto.

»Ich habe keine ruhige Minute, solange das im Haus ist«, sagte Grete.

»Wir haben nichts Verschließbares«, sagte Otto, »ich weiß, daß Klawotzky einen Vetter in England hat.«

Otto schrieb an den Vetter, der sie ins Hotel Cumberland zum Lunch einlud. Es war das erstemal, daß Grete sich gut anzog, die Kinder abgab und mit Otto in ein Hotel fuhr. Der Vetter war kein sympathischer Herr, aber in ständiger Verbindung mit Klawotzky, der sich seit München mit Weiterwanderungsplänen trüge. Sie übergaben ihm die Goldsachen. Für Grete war dieser Lunch unvergeßlich. Alles war wie Champagner, obwohl sie nur Apfelwein bekamen, die Beleuchtung, die weichen Sessel, das Silber, das Bedientwerden. Als sie herauskamen, strahlte Otto, Otto, der sich einbildete, daß ihn alles nicht störte, sagte: »Komm, laß uns noch ein bißchen spazierengehen.«

Grete war unruhig. Hatte man die Kinder schon wieder nach Hause gebracht? »Ein richtiger Ausflug mit meiner Grete«, sagte Otto. Hyde Park, Kensington Gardens.

Am gleichen schönen Frühlingsabend standen Schwarzens in der Tür. Jacobys gingen mit ihnen in den Garten und fühlten eine Feierlichkeit. »Sie sind Chefredakteur der Prawda geworden?« sagte Otto.

»Ja, sozusagen«, sagte Schwarz, »der gute Jacke hat uns eine Einwanderung nach Rußland verschafft.«

»Ich kann mir vorstellen, wie glücklich Sie sind. Aber für Peterchen die fünfte Sprache!« Dieses entzückende Kind war im Laufe der Jahre nervös und aggressiv geworden.

»Das ist endgültig. Dort gehören wir hin, in das einzige Land, dessen Ziel ist, bessere Menschen zu schaffen, wo man nicht fragt, wieviel hast du? Wo der Mensch gebraucht, nicht als Konkurrenz angesehen wird.«

»Wenn Klaus will, soll er morgen seinen Teddybären Peterchen zum Andenken an uns alle bringen. Klaus verschenkt gern. Ich wäre Ihnen übrigens dankbar, wenn Sie Näheres über Jürgen und Anna erfahren, wenn Sie es uns mitteilen würden.«

»Jacke weiß sicher, daß er als deutscher Spion hingerichtet wurde.«

Im dunklen Zimmer von Schwarzens mit den gepackten Koffern hielt Klaus Peter seinen Bären hin: »Nimm ihn, er ist überall mitgekommen, nur einmal ist er ertrunken, aber wir haben ihn gerettet.«

Peter zog ein Messer und drei Steine aus der Tasche und gab sie Klaus. Klaus war sehr glücklich. Peter hielt ihn offenbar für erwachsen, vielleicht war er sogar zu alt für das Bärchen, wenn er alt genug für ein Messer gehalten wurde?

Im April hatten Otto und Grete im Radio die Stimme gehört, die seit sechs Jahren das Leben aller Europäer bestimmte: »In den Skodawerken beschlagnahmten wir fünfhunderttausend Schuss Munition, siebentausend Brenguns, zehntausend Antitankgeschütze, achttausend Kanonen Es ist gar nicht auszudenken, was passiert wäre, wenn wir diesen aufgehäuften Zündstoff in die Hände unserer Feinde hätten fallen lassen.«

»Das ist nicht mehr der Clown von 1933«, sagte Otto, »das ist mephistophelischer Hohn.«

Otto war sehr besorgt, so einfach, wie sich sein Vater das vorgestellt hatte, war es nicht mit der Einwanderung. Er konnte keine Garantie geben. Seit 1938 waren sie »paßlos wie der schlafende Säugling«, wie Otto in seinen besseren Stunden zitierte, also wie?

Aber nachdem Ruhe eintrat – »Er hat Österreich und die

Tschechoslowakei, mehr kann er ja nicht verlangen«, sagte Siegmund Jacoby, lebten sie weiter wie bisher, Roserl in der feinen Pension, Max und Sabine auf ihrer pompejanisch roten Loggia, Siegmund und Frieda mit dem Blick auf den Tiergarten im Frühlingsgrün. »Auch nach dem Boykotttag haben wir noch fünf ruhige Jahre gehabt«, sagte Siegmund, »ich glaube an das deutsche Volk.« Zu diesem Glauben kam, daß ein großer deutscher Dirigent mit ihm in seinem Hotel dinierte. »Aber Herr Jacoby«, sagte er, »in Ihrem Alter wandert man nicht mehr aus. Den Emigranten geht es schrecklich schlecht. Erinnern Sie sich noch an Schmaltzmann? Ein ausgezeichneter Pianist, nicht erste Klasse, aber doch gut?«

»Sehr gut.«

»Er hat sich keinen Rat gewuß und hat sich bei den Rennen in Auteuil mit einem Wärmer und dreihundert Paar Würstchen aufgestellt, ist auf zweihundertfünfzig Paar Würstchen sitzen geblieben. Bleiben Sie man hier.«

Roserl schrieb: »Man gehört zu seiner eigenen Generation. Euch, die sich so quälen, auch noch auf der Tasche liegen. Onkel Maxens Bruder David Gutmann ist bei ihnen auf Logierbesuch, er wartet auf seine Auswanderung nach Kanada, kannst dir vorstellen, wie urgemütlich es dort war. Und eine große Neuigkeit, ihr werdets schon wissen, Simonis hat Siegmund Jacoby nach Kanada eingeladen, eigentlich selbstverständlich. Siegmund hat ihm das Geigenstudium bezahlt, aber jedenfalls anders, als sich der Hans Dampf in allen Gassen gegen die Markus benommen hat. David hat seine Unbedenklichkeitsbescheinigung für Kanada bekommen. In vierzehn Tagen wird gepackt. Wieder einer weniger. Dabei wars so gemütlich diesen Sommer, jeden Sonntag waren wir alle zum Kaffee auf der Loggia.«

Alle in Deutschland Zurückgebliebenen wurden aufgefordert, elektrische Aparate, Radios, Pelze und Wollsachen abzuliefern, nachdem schon Silber und Schmuck bis auf zwei Bestecke abgeliefert werden mußten. »Wollsachen geb ich nicht ab«, sagte Sabine, »meinst, die können alle Wohnungen danach absuchen? Meinen vertragenen Kaninchenmantel können sie gern haben.

Die Packer von Markus haben uns alles ordentlich abgeliefert, nicht ein Stück für sich behalten. Sie haben uns auch alle ihre Gutscheine fürs abgelieferte Silber gegeben und eine Vollmacht, damit wir von den Käufern die Raten für ihre kostbaren Möbel und Teppiche einziehen können. Alles furchtbar nett von Markus. Aber die Käufer zahlen nicht. Eine Frau aus Wilsnack hat uns zehn Mark als Abzahlung für einen Teppich, der 3000 Mark wert ist, geschickt.«

Nach Monaten wurde Werner Stern aus dem KZ entlassen. Kurz danach klingelte Marie Kollmann bei ihm. Sie war obdachlos. »Aber natürlich, Tante Marie, kannst du hier wohnen. Du kannst die Wohnung haben. Mein Vertrag geht automatisch weiter, wenn ich in England bin.«

»Ob ich die Möbel auf einen Speicher gebe? Kostet natürlich.«

»Bring die besten Stücke mit und verkaufe das andre.«

Sie zog in das Zimmer, das Franziska mit Edith geteilt hatte. Sie konnte nicht kochen, sie brauchte endlos, um drei Kartoffeln zu schälen, aber Werner war froh, daß sie da war, eine Verwandte.

Er stellte Anträge, ob er ein Dutzend Taschentücher mitnehmen dürfe. Neu gekauft? Nein. Alt? Alte ja. Er lief zu Treuhänder und Rechtsanwalt, von Steuerbehörde zu Steuerbehörde, um sein Geld dazulassen. Die Wertgegenstände mußte er noch abliefern, die goldene Uhr und Kette, nach der Inflation wieder angeschafft, die silberne Zigarettendose. Er hielt sie in der Hand, dachte an das fünfundzwanzigjährige Jubiläum, den Theaterbesuch mit Mutter bei der Massary. Herr Gleichmann war tot, ein wunderbarer Mensch. Und so einsam. Die Frau jung gestorben, sein Paul im Krieg gefallen. Werner sah noch die silbernen Schabbatleuchter seines Großvaters. Das waren Zeiten, wie ihn der Großvater bei der Hand um den Tisch geführt und gesungen hatte.

Der Koffer stand offen. Er packte die Schuhe, jeden mit seinem hölzernen Schuhleisten. Schuhe nach unten, seinen in langen Jahren aufgehäuften Wäschevorrat.

Marie Kollmann kam mit den sechs Handtüchern, die er

mitnehmen durfte. Schlecht geplättet, dachte er. Was diese Frau anfasste, machte sie schlecht. »Soll ich alle drei Mäntel über den Arm nehmen oder wenigstens den Regenmantel einpacken? Waschzeug pack ich erst am letzten Tag.«

Die Zollbeamten beanstandeten nichts. Die Koffer waren versiegelt.

Er ging in seiner alten Bürojacke weg, um sich einen Reiseführer zu kaufen. Den konnte er noch in Berlin bezahlen.

Er traf einen Bekannten und rief Marie an, er käme später zu Tisch. »Die Gestapo ist dagewesen«, sagte Marie Kollmann.

Er lief an seinem Bekannten vorbei, rief: »Ich muß sofort zum Flughafen«, stürzte in die Untergrundbahn, hatte glücklicherweise Paß und Billet bei sich, bekam einen Platz.

Er stand ohne Gepäck auf dem Londoner Flugplatz. Was er in langen Jahren sorgfältig gekauft hatte, Sommermantel, Wintermantel, Regenmantel, war weg. »Can I help you?« fragte ihn eine Dame. Er stotterte Ediths Adresse. Die Dame telefonierte für ihn. Edith würde kommen. Alles so schwer in einem fremden Land, ohne Sprache und ohne Geld. Was für ein Glück, daß die Menschen so nett waren. Nach vielen Stunden kam Edith.

»Und dein Gepäck?« fragte sie.

Später stellte sich heraus, daß der Gestapobesuch harmlos war. Wer konnte das wissen nach dem 10. November 1938?

Werner fand als einer der allerersten Arbeit, Filzhüte verpacken, drei Pfund in der Woche, nur ein Pfund mehr als die Arbeitslosenunterstützung, aber er kam zurecht. »Gut sogar«, sagte er, »ich bin despatch clerk, klingt hübscher als Packer, nicht wahr?«

Ein Ehepaar aus Wien besaß das einzige Radio im Haus. Der Wiener klopfte bei Jacobys: »In einer halben Stunde sollen wichtige Nachrichten kommen. Wir werden grad essen, hoffentlich stört Sie das nicht.«

Die Wiener aßen nur Kartoffeln in der Schale mit Margarine. Grete dachte, Otto hat recht, ich sollte dankbarer sein für das von ihm Geschaffene.

Die Wiener bekamen zwei Pfund Arbeitslosenunterstützung in der Woche, aber zahlten nicht die üblichen fünf Schilling für ein Arbeiterhäuschen, sondern ein Pfund für ein möbliertes Zimmer. Otto und Grete setzen sich auf die Couches, die als Betten dienten, hörten, Deutschland und Rußland hatten einen Freundschaftspakt geschlossen.

»Freundschaft mit den doppelten Untermenschen, hübsch, nicht wahr?« sagte der Wiener.

»Werden die Deutschen auch das schlucken?« fragte Otto.

»Sie wern glaubn, das sei die echte Staatskunst.«

»Jedenfalls verbindlichsten Dank«, sagte Otto.

»Bitt schön«, sagte der Wiener und schälte noch eine Kartoffel.

Später klopften sie bei Jacobys. Die bildhübsche Frau im Seidenkleid und Samtcape und Hütchen. »Wie kommt solcher Glanz in meine Hütte?« sagte Otto.

»Ich habs zum erstenmal an, drei solche Fetzen hab ich mitgenommen, was ich bräucht, wären Schürzen, aber die hab ich nicht.«

Der Wiener sagte: »Wir haben ghört, große Begeisterung in Deutschland, Großdeutschland natürlich. Hab die Ehre.«

Otto schrieb sofort nach der Radioverkündigung an seine Eltern, für Roserl und Maxens mitgültig, Adressen von Freunden in Kalifornien und Lugano, die Briefe weitersenden würden.

Frieda Jacoby gab Roserl den Brief: »Die Kinder sind immer so übertrieben.«

»Dein Sohn wird kommen«, sagte die Frau Oberst, »er ist freudig bewegt.«

»Habe ich geahnt«, sagte der Oberst.

Man saß um den ovalen Tisch unter dem Fahnenträger von Leuthen, der frisch gereinigt eine scharlachrote Schärpe zeigte, bei Kaffee und Kuchen.

Friedrich Wilhelm war Oberst. Man wurde rasch befördert in der Wehrmacht: »Es wird nicht zum Krieg kommen. Der verrottete Westen wird nicht gegen das deutsch-russische Militär antreten, aber wenn es dazu kommt, ist es der Befreiungskampf gegen Versailles und nationale Unterdrückung.«

»Keine Unterschätzung der Westmächte«, sagte der Oberst.

»Der Engländer wollte seit Jahren mit Deutschland gegen die Sowjets antreten, er ist von diesem Deutschland gefährlich überspielt worden.«

»Dieser Krieg unter einer gewissenlosen Führung kann Deutschlands Ende bedeuten.«

»Vater, wir stehen am Vorabend einer ungeheuren Veränderung der Welt, und ich war beteiligt. Wir bereiten den Sieg der Deutschheit über die Erde vor.«

»Hältst du Beck für einen unfähigen Dummkopf? Er ist ein brillanter General, der abdankte, weil er diesen von vornherein verlorenen Krieg nicht führen wollte.«

»Für ein gewaltiges Ziel müssen gewaltige Risiken getragen werden. Wir haben uns immer auf die Tat berufen, auf Aktion, Ruhe hat uns gestunken.«

»Ich nehme an, daß du bald zum General aufsteigst. Keine Freude für mich unter diesem Regime.«

»Unter dem von dir verachteten Regime kennt die Armee keinen Klassengegensatz mehr, keine Soldatenselbstmorde. Das Volk fühlt soldatisch. Ich habe schon unter der Weimarer Republik einen Mann gefragt: Was sind Sie? Und er hat geantwortet Marschierer. Ich sah wohl erstaunt aus, und er fügte hinzu: Außerdem bin ich Posthelfer. Schon damals war es ihm wichtiger, Marschierer in der SA als Posthelfer zu sein.«

»Hübsche Geschichte.«

»Ich bedaure aufs tiefste, daß du den Sturm, der das deutsche Volk zusammenschweißt, nicht billigst. Wir grüßen uns gegenseitig.«

»Sehr hübsch«, sagte der Oberst.

Die Frau Oberst kam ins Zimmer, wollte wissen, ob er zum Abendbrot bliebe.

»Nein, danke verbindlichst. Wir haben heute abend Gäste. Meine Frau macht das ja wunderbar.«

Der Oberst war, wie immer nach Besuchen Friedrich Wilhelms, verstimmt, obwohl Friedrich Wilhelm reifer geworden war. Er hatte, was Adelina das Gockelhafte genannt hatte, verloren. Auch Friedrich Wilhelm war verstimmt wie immer, wenn er aus der Welt seines Vaters in die seiner Frau zurückkehrte. Genügte ihre Welt des Vergnügens und des Erfolgs?

48. Kapitel

Noch einmal Krieg

Krieg war erklärt. Über London wurden Ballons hochgezogen, silberne Elefanten in der Luft, Papierstreifen über die Fenster geklebt, um Splittern zu verhüten, Mauern vor den Eingängen der öffentlichen Gebäude errichtet, Sandsäcke aufgeschichtet, Statuen von den Sockeln genommen, die Museen ausgeräumt, die Kinder aus London weggeschickt.

Männer gehen gern in junge Länder, wo alles häßlich ist. Sie zerstören, damit sie aufbauen können. Aber Frauen lieben Länder, die Jahrhunderte gepflegt haben. Für Frauen war es schrecklich, wie London immer schmutziger, häßlicher und unordentlicher wurde, eine unaufgeräumte Gebrauchsstadt, in der alle grau und müde und unmerklich alt wurden.

Kein Schuß fiel. Die Luftschutzwarte gebärdeten sich, als ob der Krieg durch Millimeterlichtspalten entschieden würde, weil sie sonst nichts zu tun hatten. Es war ein harter Winter. Jacobys waren mit der Abwehr der Kälte beschäftigt. Otto hatte neben dem Mülleimer einen Anthrazitofen entdeckt und fand einen Ofensetzer, der ihn für ein paar Shillinge in den Kamin setzte. Es war das erste Mal, daß ein Engländer bei ihnen war. Sie sprachen über Öfen. Der Mann sagte: »Ich habe gehört, in der Schweiz frieren die Röhren nicht ein. Wie machen die Leute das?«

»Sie werden innen und nicht wie hier außen an den Häusern verlegt.«

»Innen? Das könnten Sie hier nicht machen.«

»Warum denn nicht?« fragte Otto.

»Gesetz. That's the law.«

Otto fühlte, er konnte nichts von Änderung sagen: »Wollen Sie noch eine Tasse Tee?«

»Gern«, sagte der Mann.

Otto dachte, eine Insel des Friedens mitten im Krieg. Man ändert ein Gesetz nicht.

Die Wienerin klopfte: »Das Wasser ist eingefroren.« In der dunklen Straße standen die Frauen an der Straßenpumpe Schlange. Keine schimpfte, alle machten Witze. Die Wienerin kam mit ihren Eimern zurück. »Naturgegeben, daß Röhren einfrieren«, sagte sie zu Grete »wenns friert, holt man eben das Wasser von der Pumpe.«

Am Abend kam Mühlenbach. Sie saßen bei einer schwachen Birne. Otto hatte einen illustrierten Artikel in einem amerikanischen Blatt, Grete einiges in Emigrantenzeitungen.

»Kein Zufall«, sagte Mühlenbach, »Jacke sagt, der Ribbentrop/Molotow-Pakt ist ein Friedenspakt. Sie sehen, keine Armee bewegt sich.«

»Sie meinen also, die Engländer nehmen den Krieg nicht ernst?«

»Jacke meint nicht. Jacke weiß.«

Nach Monaten kamen Briefe über die Schweiz von Berlin. Max schrieb: »Pessach waren mein l. David und die l. Roserl zu Gast bei uns. Der Gottesdienst in der Münchenerstraße war sehr feierlich. Sie haben einen ausgezeichneten Vorbeter, der nun auch bald auswandert, es ist schon fast fühlbarer Mangel an Vorbetern und an Rabbinern. Die Auswanderung des l. David nach Kanada macht halt gar keine Fortschritte. Einesteils ist David froh, denn er zweifelt daran, daß er sich mit 65 ohne Geld noch eine Existenz gründen kann. Man soll alte Bäume nicht verpflanzen. Bei uns ist von Auswandern keine Rede. Ich befasse mich offengestanden gar nicht mit dem Gedanken.«

Sabine lief herum, um den sogenannten Gegenwert für das von Markus abgelieferte Silber zu bekommen. Sie ging in die Pfandleihanstalt. Die machte die Anzahlung von der Genehmigung der Devisenstelle abhängig. Nach mehreren Stunden Wartens erklärte man ihr auf der Devisenstelle, daß sie eine Unbedenklichkeitsbescheinigung des Finanzamts beibringen müsse. Auf dem Finanzamt stellten sie solch eine Bescheinigung nur aus, wenn sie eine Lebensbescheinigung der Markus vorweisen könne. Und nachdem sie alles zusammen hatte, war die dreimonatige Gültigkeit abgelaufen. Es war schon zum Verzweifeln, und Sabine wollte ›nur raus‹, hoffte, Max zu überreden. Luise Leermann und Hertha Kolk gingen für sie zum amerikanischen Konsulat, fragten, wann ihre Quotennummer drankäme. »Sie sind doch Arierinnen?« sagte die amerikanische Sekretärin auf dem Konsulat, wie können Sie sich für diese Juden einsetzen? Sie müssen doch wissen, daß das streng verboten ist. Die Nummer ist in 5–6 Jahren dran.« Sabine sagte: »Diese Antwort halte ich für eine Bosheit.« Dabei gab es nur den Reiseweg über Rußland, Japan nach San Franzisko, für den alle Plätze längst ausverkauft waren. Sie schrieb an Otto und Grete.

Hitler besetzte Dänemark, besetzte Norwegen, Frankreich, machte Sonderfrieden, nichts konnte Sabines Interesse an der Welt und ihre Teilnahme am Herrscherhaus beenden: »Vergangenen Sonntag sind wir nach Jahr und Tag wieder einmal nach dem Tiergarten gefahren. Gleich vorn, wo die Heintz- und Blankertzsche Villa stand, ist ein Neubau bis ans Trottoir, ich glaube die dänische Botschaft. An der Ecke der Liechtensteinallee und Drakestraße bis zur ehemaligen Goldbergervilla das Riesengebäude der spanischen Botschaft. Vis-à-vis ist die neue norwegische, und dieser gegenüber die schwedische errichtet. Jacobys sagen, sie finden sich in ihrer Gegend nur noch mit Mühe zurecht. Daß nun wieder Hunderttausende von Menschen im blühendsten Alter so elend ihr Leben lassen müssen, ist furchtbar, des Kaisers ältester Enkel, Vater von zwei Kindern, ist auch gefallen. – Rudolf Stern muß Schienen und Zement schleppen. Er ist 51. Marie Kollmann kann nicht auswandern, denn Armins Bürgschaft reicht nicht, er hat schon die Überfahrt bezahlt ... Euer Vater Siegmund mit seinem glücklichen Temperament ist immer heiter ...«

Roserl hatte darunter geschrieben: »Der Untergang des Abendlandes? von Spengler.«

Plötzlich im Juni standen Klawotzkys in Jacobys Zimmer mit Rucksäcken und einem Koffer.

Otto sagte gleich: »Ich habe natürlich Ihr Geld, aber die Goldsachen habe ich Ihrem Vetter gegeben. Wir leben Parterre und kein verschließbarer Schrank.«

»Wollen Sie hier schlafen?« fragte Grete.

»Tja, wenn wir Matratzen haben können.«

»Ich glaube, die Wirtin hat ein Zimmer frei. Haben Sie alles drüben gelassen?«

»Wir sind doch glücklich, daß wir von Bordeaux das letzte Schiff bekommen haben«, sagte Rose Marie.

Marion schlief sofort. Otto und Klawotzky gingen zur Wirtin wegen des Zimmers. Grete holte Essen, immerhin sieben Münder, ihre Kinder waren von der Südküste zurück. Noch gab es alles im Überfluß, Eier, Milch, Fleisch, alles.

»Ihr müßt mit Erzählen warten, bis ich zurück bin.« Es war schrecklich für Grete, in der Küche zu sein, während im Zimmer höchst Interessantes erzählt wurde. Rose Marie half ihr. »Werden Sie herbleiben? Ach, das wäre schön«, sagte Grete.

»Ich habe die Leitung eines Hostels im Norden in Aussicht.« Wie immer kam sie nicht auf die Idee, daß Klawotzky verdienen könnte.

»Woher haben Sie das nun wieder erfahren?« fragte Grete und beneidete sie wegen ihrer Tüchtigkeit.

»Eine Freundin, die nach Amerika geht, schrieb mir, daß ihre Stellung frei wird.«

Sie aßen in der Küche, in der alle Scheiben mit Zeitungspapier beklebt waren. Nur, wo Scheiben hochgezogen waren, bekam man Licht. Klawotzky begann zu erzählen, vor den Kindern, Klaus sagte: »Den Hitler bring ich um, wenn ich groß bin.«

Klawotzkys waren von Paris nach Südwesten gefahren, denn niemand wußte, wo die Front verlief. Sie hatten an der Loire mit einem englischen Offizier und dem Vorstand eines winzigen Bahnhofs gesprochen. »An der Loire. Wer konnte auf die Idee kommen, daß sie schon an der Loire sind?« sagte Klawotzky. Es war ein friedlicher Sommertag. Klawotzkys wollten versuchen, mit der Bahn weiterzufahren. Er trug Rucksack und zwei Koffer, Rose Marie auch Rucksack und einen Koffer. Ringsum wuchs hoher Weizen. Klawotzky fragte, ob ein Zug gehen würde, als er ein furchtbares Motorengeräusch hörte. Er packte Marion und sie stürzten in das Gebüsch am Bahnhof.

Die Motorräder kamen näher, mehrere Deutsche sprangen ab und hatten im Nu Offizier und Bahnhofsvorstand entwaffnet, in ein Bahnhofskabuff eingeschlossen, einen Mann als Bewachung zurückgelassen und waren davongerast. Klawotzkys kauerten im Gebüsch. Jede Bewegung konnte Entdeckung, und Entdeckung Tod bedeuten. Klawotzky ließ den schwersten Koffer im Gebüsch und marschierte mit Frau und Kind weiter. An einer Straßenkreuzung ließ eine französische Beamtin jedes Auto halten, um die Nummer aufzuschreiben, dabei hatten die Autos nur noch für wenige Stunden Benzin, und die Gräben lagen voll mit Autos, die keines mehr hatten.

Klawotzkys waren in den Strom der Flüchtlinge geraten, zwischen die hochaufgetürmten Bauernwagen, die Autos, die Motorräder. Ein älterer Mann sagte, sie sollten bei der nächsten Straßenkreuzung versuchen, sich zu verteilen: »Solche Menschenansammlungen beschießen die Stukas, die Sturzflieger sofort mit ihren Maschinengewehren.« Die Aufforderung wurde weitergegeben. Bei der nächsten Straßenkreuzung bogen Klawotzkys vom großen Strom ab auf einen Feldweg. Sie stießen auf einen Trupp älterer jüdischer Herren, die aus einem französischen Lager entkommen waren. Sie trugen städtische Anzüge mit Kragen und Krawatten. Sie waren froh, Klawotzky zu treffen, der Kompaß und Generalstabskarten hatte. Rose Marie war die einzige Frau, Marion, das einzige Kind, wurde abwechselnd getragen. Sie marschierten in Richtung Bordeaux, denn der Buschtelegraph hatte ihnen zugetragen, daß man von dort noch nach England könne. Ein Getreidehändler aus Ostpreußen sagte: »Ich bin ein alter Wandervogel. Es jeiht sich viel bässer, wenn man'n bißchen singt.« Er schnitt einen Stock ab, schulterte ihn wie ein Gewehr und sang das Lied aus dem ersten Weltkrieg: »Die Vöglein im Walde, die singen so wunder, wunderschön, in der Heimat, in der Heimat, da gibts ein Wiedersehn ...« Er hatte einen schönen Baß und sang dröhnend, und es gab einen schönen Chorgesang. Ein Teil fand, es marschiere sich wirklich leichter, ein Teil verlor sich in Erinerungen. Neben Klawotzky ging ein älterer Schriftsteller, der sagte: »Wer immer uns hört, verhaftet uns, falls uns nicht die Franzosen für harmlose Geisteskranke halten, was wir ja auch sind.« Kaum gesagt, tauchte ein Auto mit deutschen Offizieren auf. Einer beugte sich heraus und sagte: »Sie sind Juden, nicht wahr? Ich würde Ihnen raten, nicht zu singen; wenn Sie hier weitergehen, laufen Sie der ss in die Hände. Biegen Sie links ab. Hat jemand eine Karte?« Klawotzky zeigte seine Karte. »Ich zeichne Ihnen ein, wie Sie die ss vermeiden. Guten Rutsch, meine Herren!« Das Auto verschwand so geheimnisvoll, wie es aufgetaucht war. Marions Schutzengel. Kinder haben einen Schutzengel, dachte Klawotzky. Was für ein Sommer! In den Feldern blühten rote Mohnblumen, blaue Kornblumen, hellblaue Skabiosen, weiß-gelbe Margeriten. Endlos dehnten sich die Felder, erntereif. Die Bauern ließen sie in den Scheunen schlafen. Sie vermieden die Orte. Der Weg der deutschen Offiziere bewährte sich. Sie erreichten Bordeaux und setzten sich in ein Café. Da hörten sie am Nebentisch leise sprechen: »Draußen steht der letzte Bus zum Schiff. Lasst alles stehen und liegen, euern Kaffee, alles. Kommt.«

Klawotzky nahm Rucksack und Marion und einen der beiden Koffer: »Schnell, schnell, komm.« Warf ein Geldstück auf den Tisch. Sie rasten den anderen Leuten nach zum Bus, er war überfüllt, der Schaffner war ein Mensch, ließ sie herein. Im Hafen lag das Schiff, da wehte die englische Fahne, da lag die Schiffsbrücke, da stiegen sie in die Arche, Mann, Frau und Kind. Zum erstenmal fragte keiner. Natürlich wurden sie endlos bei der Landung in England verhört. Nun würden sie wohl interniert werden, wie alle von diesen Schiffen, unter ihnen konnten ja Tausende von Spionen sein, »die Fünfte Kolonne«. Klawotzky nahm es ganz ruhig. Aber Jacoby war außer sich über die Internierungen. Die Flüchtlinge in England waren gesiebt und gesiebt worden. Jeder Engländer konnte eher ein Verräter sein als einer von ihnen.

Wenige Tage später war Birnbaum am Telefon. Grete rief: »Sind Sie in London? Wollen Sie herkommen?«

Aber Birnbaum bat Otto zu sich. Birnbaum wohnte in einem angenehmen Hotel. Der Zappler war von einer unnatürlichen Ruhe. Er sagte: »Es gibt keine Rettung. England kann sich nicht halten, und ich werde nicht abwarten, bis das eintritt.«

»Sie irren sich, dies Volk ist unbesiegbar. Es hat nur eine Idee, Hitler zu besiegen.«

»Womit, wenn ich fragen darf? Ich habe heute etwas gesehen, das hat mir den Rest gegeben. Hier vor dem Rathaus haben die Buchhalter gelernt, mit dem Gewehr umzugehen. Na, das ist doch kindisch, das gegen die deutsche Wehrmacht!«

»Sie können auch die Bahnbeamten auf den Bahnhöfen sehen, wie sie schießen lernen. Ich sage Ihnen, es ist der Geist von John Citizen, dem Buchhalter, der vor dem Rathaus schießen lernt, der die Welt retten wird. Die Franzosen sind besiegt worden, weil Jean Citoyen nicht mehr bereit war, sich ganz allein und persönlich mit dem Gewehr zu verteidigen. Glauben Sie, es ist ein Zufall, daß zweimal in einem Menschenleben die Zivilisten der Demokratien eine Schlacht gewonnen haben? Die Taxichauffeure von Paris die Marne-Schlacht und die Vergnügungsschiffchen von der Themse die Schlacht um England!«

»Aber sehen Sie doch das Menetekel! Alle deutschen Juden und Antifaschisten sind in Frankreich interniert worden, in französischen Häfen hat man deutsche Juden von den Schiffen geholt, die nach Amerika fuhren. Zufall? Oder Vorbereitung für den Sieg des Nazismus? Und hier? Sie glauben doch nicht, daß diese Internierungen nichts bedeuten?«

»In Frankreich hat das Parlament aber nicht wie hier zwei volle Tage darüber verhandelt, daß diese Internierungen eine Schande sind. Zwei volle Tage im Moment der höchsten Gefahr! Oder sind Sie schon von den Deutschen angesteckt, daß Sie das englische Parlament für eine Schwatzbude halten?«

Birnbaum schwieg.

Otto fuhr fort: »Ich bin empört über die Internierungen, aber Engländer sind genauso empört.«

»Retten könnten uns nur dreitausend Flugzeuge von Amerika.«

»Sie sind ein bedeutender Mann«, sagte Otto, »man braucht Sie hier. Mit mir ist das ganz etwas anderes. Ich finde die Wege nicht. Kommen Sie, essen wir eine Kleinigkeit!«

Aber Birnbaum wollte nicht.

Birnbaum ging im Zimmer auf und ab: »Ich frage Sie, wozu soll ich weitermachen? Alles, was ich geschrieben habe, war für die Katz. Die Leute haben genug von der Kultur. Freud hat nicht umsonst sein neues Buch geschrieben: ›Das Unbehagen in der Kultur‹. Die Mutter der Parlamente gilt als ein überholtes Überbleibsel. Man ist nicht mehr sicher, ob Folter und Urteil ohne Gericht verabscheuenswürdig sind und Freiheit und Humanität wünschenswert. ›Die eiserne Notwendigkeit‹, das ist das Schlagwort. Nur in England und Amerika glaubt man noch an den Menschen.«

»Ich kann Ihnen noch andere aufzählen, Dänemark ...«

»Ja, ja, die germanischen Kleinstaaten, aber bitte, Rußland, Deutschland, Italien, Polen, Spanien, Portugal, Türkei, Griechenland, Ungarn, Rumänien, Bulgarien, um nur von Europa zu sprechen, kennen keine Gewissensfreiheit mehr. England ist binnen kurzem überrannt. Alles, wofür ich gekämpft habe, ist unweigerlich untergegangen. Ich laufe mit einem gepuderten Zopf herum, nachdem die Französische Revolution gesiegt hat.«

»Haben wir Atheisten nicht einen Teil Schuld? Haben wir nicht mit dem Glauben an einen lieben Gott mit Bart auch den Glauben an Gut und Böse zerstört?«

»Nein«, sagte Birnbaum leidenschaftlich, »gerade darum handelt es sich. Das Gute ist das Gute ganz jenseits von einem Gottesglauben!«

»Ich habe mich immer als Jude gefühlt, ich habe nur die Steinzeitaltertabus nicht mitmachen wollen, aber was ich jetzt sehe, die Verweltlichung des Judentums, den Glauben verloren an den barbarischen Begriff der Nation, der alles erlaubt, was dem einzelnen verboten ist, ich muß zugeben, lieber Birnbaum, auch das paßt in Ihr pessimistisches Bild. Aber gerade Sie müssen weitermachen! Ich habe mehr Grund, nicht weiterzumachen, ich bin nur noch ein überflüssiger Esser.«

»Aber Jacoby, Grete liebt Sie.«

»Glauben Sie das? Ich nicht. Ich liebe sie nicht mehr, und sie liebt mich nicht mehr. Im Grunde genommen können wir uns nicht leiden.«

»Aber das bilden Sie sich doch ein!« Birnbaum dachte, warum erzählt er mir plötzlich diese Intimitäten? Er ist ein guter Mensch, er will mich trösten, er will mir sagen, es gibt Ärgeres.

»Ich bin arbeitslos, überflüssig, wenn ich Schluß machen würde, würde es ihnen viel besser gehen. Aber Sie ernähren Elinor! Kommen Sie, lassen Sie uns etwas essen«, sagte Jacoby.

Birnbaum winkte ab und sagte: »Erinnern Sie sich noch an Klawotzkys Gesellschaft am 30. Januar 33? Ich war aktiv, löste auf, packte Akten, nicht alle, manches warf ich weg. Ich brachte die Zeitschrift nach München. Ich mietete ein Lokal, machte einen Vertrag mit einem Drucker, bestellte Papier, ich veranlaßte die meisten meiner Mitarbeiter, Sekretärinnen und den guten Kreutzer, ihre Wohnungen in Berlin aufzugeben und mit mir nach München zu kommen. Ich glaubte an den Minister Held. Zwei Monate später war Bayern genau so nazistisch wie Berlin, und ich fragte mich, was ich mir eigentlich eingebildet hatte, und wir packten unsere Akten, nicht alle, ich vernichtete Ordner voll Briefe von Fallada und Alfred Neumann und Emil Ludwig, Max Reinhardt und Bernauer. Ganze Aktendeckel warf ich ins Feuer, und ich veranlaßte die Sekretärinnen und den guten Kreutzer, ihre eben genommenen Zimmer aufzugeben und mit nach Wien zu gehen. Ich ging nach Wien wegen der deutschen Sprache. Ich mietete ein Lokal, suchte einen Drucker, bestellte Papier. Ich machte das alles schon nicht mehr so gut wie früher. Ich verhandelte mit dem Drucker, obwohl ich sah, daß dies nicht der rechte Drucker war, die Papierfirma suchte mich reinzulegen, beinahe hätte ich es nicht gemerkt. Ich bin in Wien nicht glücklich gewesen. Ganz langsam kam auch in Wien die Stimmung Hitler vor den Toren, alles wurde bedrückter, provinzieller. Auf den Theatern wurden Stücke mit einem religiösen Hintergrund vorgezogen oder Stücke abgelehnt, in denen ein Ehebruch vorkam. Man konnte den Leuten nicht mehr trauen. Unterm Revers trugen sie das Hakenkreuz. Wir schrieben nur noch für die Überzeugten. Ich übernahm die Aufsätze von Churchill, ich berauschte mich an ihnen, aber ich warnte meine Leser nicht, daß Churchill machtlos war, daß die Politik in England ganz andere Leute machten. Meine Sekretärin ging nach einer Weile nach Berlin zurück. Kreutzer blieb bei mir. Ich habe sein Lebensglück zerstört. Seine Frau verliebte sich und verließ ihn, aber sie verließ ihn auch, weil ihr dieses Wandern von Berlin nach München nach Wien nicht paßte und womöglich noch weiter. Ich wußte im Januar 37, daß wir besser nicht bleiben. Wir flohen vor Hitler, aber Hitler folgte uns. Wir übersiedelten nach Paris. Wieder hatte ich Akten verbrannt, was war wichtig, was nicht. Immer vernichtet man das Falsche. Ich hatte fast alle Bücher weggegeben, Bücher, die ich kannte, in denen ich nachschlug, kurzum die eigenen Bücher. Wir hatten eine sehr hübsche Wohnung mit unsern Sachen. Elinor deckt gern einen hübschen Tisch. Wir ließen die Möbel da, aber Glas, Porzellan, Wäsche ließen wir packen. In Paris packten wir nicht mehr aus. Sollte ich weitermachen? Mein Geld für ein Büro, für Papier, für Druck ausgeben? Ich hatte immer noch ein paar tausend Abonnenten. Also fing ich wieder an, obwohl ich wußte, es war Unsinn. Im März 1940 verkaufte ich nun endgültig alles. Zuletzt ließen wir die Sachen einfach stehen.

Meinen Sie, ich könnte zum fünften Mal anfangen? Sie könnten es auch nicht. Und es wäre auch sinnlos. In vier Wochen ist Hitler in England. Ich werde ihn nicht abwarten.«

»Machen Sie keine Geschichten. Wir brauchen Sie, Menschen wie Sie sind wichtig. Wir würden alle ärmer ohne Sie sein.«

Otto sah sich in dem Zimmer um. Nicht alles, aber vieles wäre wahrscheinlich gut, wenn er mit Grete und den Kindern so leben könnte. Wir müssen froh sein, daß wir diese vier Pfund die Woche haben, manchmal sogar fünf oder sechs. Grete schätzt nicht genug, daß wir unabhängig sind. Sie ist nur unzufrieden. Ich habe das schließlich geschafft. »Ich gehe jetzt. Sie sind ein hervorragender Nationalökonom. Das ist ein Kaufmannsland. Sie werden hier ein Feld finden.«

Birnbaum blieb sitzen, winkte mit der Hand, sagte nichts.

»Ich komme morgen, oder Sie kommen zu uns. Grete will Sie doch sehen.«

Aber Birnbaum sah nicht auf.

Auf der Treppe fühlte Jacoby, Birnbaum tut sich etwas an. Ich sollte zurückgehen, etwas tun. Aber was? Ich sollte Grete anrufen und mit ihr mal bei Lyons essen. Er trat in eine Telefonzelle. Aber Grete sagte: »Ach Otto, ich habe mich gerade mal zum Arbeiten hingesetzt, und ich habe schon Essen gemacht. Komm nach Haus.« Er hatte Reue gefühlt über das, was er zu Birnbaum über Grete gesagt hatte. War es wahr? Wollte er mit einer andern Frau glücklich sein? Er wollte mit Grete glücklich sein. Aber sie gab sich keine Mühe mit ihm. Birnbaum hatte genug Geld, die großen Möglichkeiten einer ungewöhnlichen Kenntnis der wirtschaftlichen Zusammenhänge, eine hinreißend schöne Frau, die ihm alle Türen öffnen konnte. Es war die reine Narretei, sich wegen Hitlers Einmarsch in England, der noch nicht erfolgt war, der vielleicht nie – vielleicht? wahrscheinlich nie – erfolgte, das Leben zu nehmen. Ein so kluger Mann. Aber Jacoby wußte, daß er Birnbaum zum letzten Mal gesehen hatte.

Grete kam ihm entgegen, küßte ihn, und Otto sagte: »Es ist schon passiert?«

»Elinor hat angerufen, du sollst hinkommen die Beerdigung besprechen. Nein, so ein bezaubernder Mensch, klug, gut und weise.«

Wen sollte man benachrichtigen? Klawotzkys waren schon in Leicester. Der Vetter hatte bankrott gemacht. Die Goldsachen waren weg. Sie würden schwerlich das Reisegeld aufbringen. Randelhofer natürlich. War sonst noch jemand da?

Grete rief eine Sängerin an. Ja, sie würde singen.

Otto kam zurück. Montag um zehn Uhr würde er verbrannt.

»Soll niemand sprechen?«

»Er hat nichts hinterlassen. Elinor weiß auch nicht.«

»Soll man einen Rabbiner bitten?«

»Ich glaube nicht, vielleicht kann ein Verwandter das Kaddisch sprechen.«

»Verwandter?«

»Birnbaums waren eine große Familie im Posenschen. Es sind sicher Verwandte hier, aber wie sie finden?«

»Durchs Woburn House vielleicht?«

»Nichts wie ein Kaddisch: ›Der Herr hat gegeben, der Herr hat genommen, der Name des Herrn sei gelobt!‹ Das ist jüdische Tradition, vier Bretter und ein Gebet. Im Tode sind wir alle gleich.«

Jacobys und Randelhofer holten Elinor ab. Im Taxi sprachen sie von Birnbaums merkwürdigem Mangel an Lebenskraft. Er sah doch robust aus. So ein kleiner stämmiger Kerl. »Es hat ihm nie was gefehlt«, sagte Elinor.

»Er ist an Ekel gestorben«, sagte Randelhofer.

Das Londoner Krematorium lag in der schönen südenglischen Landschaft zwischen rasenbedeckten Hügeln.

Autos standen die ganze Straße entlang. Die Chauffeure unterhielten sich. Nun kam die Trauergesellschaft, die Witwe, Brüder, Schwäger, Schwestern, Schwägerinnen, Kinder, Schwiegersöhne, Schwiegertöchter, Neffen, Nichten, Enkel und die Freunde des alten Herrn, den man soeben verbrannt hatte, und ein feiner alter Geistlicher.

Sie aber waren vier Menschen. In die vier Ecken der Welt zerstreut, eine zweitausendjährige Geschichte zu Ende, eine geistige Gemeinschaft zerschlagen, jeder einzelne war nun unersetzbar, jeder Tod vereinsamte sie noch mehr. Wenn Birnbaum vor acht Jahren gestorben wäre, wären spaltenlange Nachrufe in den Berliner Zeitungen erschienen. Journalisten, Wirtschaftswissenschaftler, Mitglieder seines Blattes, Abordnungen der politischen Parteien, Drucker und der endlose Schweif der Bewunderer, Freunde und Feinde wären gekommen. Gewiß ein Jahrmarkt der Eitelkeit und doch Ausdruck der Zusammengehörigkeit in einem großen Kampf. Jede gedruckte Zeile, jedes gesprochene Wort gehörte zu diesem Kampf um eine freiere, gerechtere Welt, und nun war eine Epoche der Kultur tot wie Pompeji. Ein abgeschnittener Baum treibt noch lange Blätter aus seinem Stumpf. Aber sie waren mit allen Wurzeln ausgegraben worden. Die Familie! Hier stand sie unverändert, verkörpert in dieser englischen Trauergesellschaft. Sicher waren sie auch selbst schuld an diesem kümmerlichen Nachwuchs seit zwei Generationen. Es war nicht mehr das Normale, daß ein Enkel da war, wenn noch ein Kind im Hause spielte. Die Männer hüteten nicht mehr ein häusliches Feuer. Randelhofer war geschieden. Birnbaum hatte keine Kinder. Wir gefährdet waren die Kinder der Jacobys. Ausgestoßen aus dem warmen Schoß von Großeltern und Tanten und Onkeln und Vettern und Basen. Wie tröstlich, wenn einen die Familie umringte, Geschwister, Schwäger, Vettern, Kinder, Enkel und der alte Onkel. Das Leben ging weiter in einem ewigen Strom! Ihr Leben war ein kärglicher versickernder Bach.

Die vier gingen in den häßlichen Raum. Es war Juni. Birnbaums Sarg war mit Rosen bedeckt. Die Orgel spielte. Gretes Freundin sang. Otto sprach das Totengebet der Juden.

Sie gingen hinaus. »Kommen Sie mit mir nach Cambridge, Elinor. Sie sollen jetzt nicht allein in das Hotel zurückgehen«, sagte Randelhofer und auf Elinos Erstaunen: »Ich komme mit Ihnen, wir packen schnell.«

»Wollen wir fahren?« fragte Otto, als sie allein waren.

»Nein«, sagte Grete, »komm, gehen wir langsam zusammen zur Station.«

»Langsam zusammen zur Station«, sagte Otto und nahm ihren Arm.

»Ich möchte nichts wie glücklich mit dir sein«, sagte Grete.

»Und ich mit dir«, sagte Otto.

Die deutschen Bomber kamen pünktlich, wenn die Sonne sank, und verließen London in der Morgendämmerung. Die Abwehrgeschütze dröhnten die ganze Nacht.

»Randelhofer ist in London. Er hat angerufen«, sagte Otto, »er will dich sehen, bevor er nach Amerika geht.«

Es war ein entzückender Bezirk, leicht gotisierende weißlich getünchte Häuser von 1840 mit grünen Fensterläden, von Rosen bewachsen. Die Sirenen gaben Alarm, aber es war schon September. Die Londoner hatten sich an die Bomben gewöhnt. »Vierhundert Tote in einer Nacht«, sagte ein Arbeiter zu Grete, »ich habe mir ausgerechnet, die brauchen zwanzig Jahre, um uns auszurotten. Na, det gelingt doch den Brüdern nicht.«

»Sie haben die großen Schiffsgeschütze nach London gebracht. Für uns!« sagte ein anderer gerührt.

Randelhofer wohnte wie immer über seine eigenen und die Verhältnisse der anderen in einem weiten Zimmer mit einem edlen Marmorkamin, über dem ein goldener Spiegel hing. Sie saßen in zwei Sesseln mit hellem geblümtem Leinen. Randelhofer ließ Tee kommen: »Hier sind die besten Kuchen, die es in London gibt, vom Belgier.«

›Das Beste von irgend etwas‹ war immer faszinierend für Grete: »Wie reizend von Ihnen, mich so zu verwöhnen.«

»Habts kein Geld?« sagte er.

»Sie wissen doch, Otto hat keine Arbeitserlaubnis.«

»Tut mir leid. Ich hab auch ka Geld, aber ich borg mir halt.«

»Und Sie gehen nach Amerika?« fragte Grete.

»Ich bin nur unter dieser Bedingung entlassen worden.«

»Ich versteh ja nicht, wie Sie haben interniert werden können. Ein solcher Bewunderer Englands! Wären Sie nach London gekommen, wäre das nicht passiert.«

»Daß dich net irrst! Ich bin in Cambridge geblieben, weil ich geglaubt hab, hier kennt man mich, und dann hams mich interniert, weil sie mich gekannt haben.«

Grete sprang auf: »Das ist nicht wahr, lieber Randelhofer, sagen Sie mir, daß das nicht wahr ist.«

»Ich Narr habe mich bemüht, den Leuten die Grausigkeiten der Konzentrationslager klarzumachen. Ich bin von Ministerium zu Ministerium gelaufen. Sie haben mir höflich zugehört und geschwiegen, denn sie haben alles gewußt. In Preußen, hat man gesagt, fängt der Mensch beim Leutnant an. Wissen Sie, wo er in England anfängt? Beim Engländer.«

»Wie können Sie das sagen? Die Bomber waren überm Kopf, und das Parlament hat zwei Tage über die Internierung von ein paar Ausländern verhandelt, dabei haben wir erfahren, daß neunzigtausend deutsche, österreichische und tschechische Refugees hier sind. Wedgewood hat gesagt: ›Die einzigen Fremden sind Leute, die an die Nazireligion glauben. Nicht das Geburtsland, sondern die Weltanschauung trennt die Menschheit in feindliche Lager.‹«

»Wieso habe ich nichts davon gehört?«

»Sie waren schon interniert. Ich schicke Ihnen den Parlamentsbericht. Aber das ist nicht alles. Der ›Evening Standard‹ hatte eine Überschrift: ›Why not intern General de Gaulle?‹«

»No die Fratzen vom ›Evening Standard‹, die tun jetzt, was sie wollen.«

»Und H. G. Wells hat gegen die Internierung unter der Überschrift geschrieben: ›J'accuse‹. Ein englisches J'accuse. Ich versichere Ihnen, die Zolas leben immer noch in diesem Lande.«

»Sie meinen, es ist Hoffnung?«

»Hitler wird nicht durchkommen. Wells teilt Ihre Ansicht, daß die Internierung eine faschistische Maßnahme war. Und die Zeichnung von Low, der fragt: ›Wo sind die Verräter, vor oder hinter den Gittern?‹«

»Wer ist im Parlament aufgestanden?« fragte Randelhofer, »Juden oder auch Engländer?«

»Engländer. Und erst die Lords! Die Verhandlungen waren ein tiefer Trost.«

Randelhofer ließ sich nicht trösten: »Und wer ist zuerst entlassen worden? Sie meinen vielleicht ein Anti-Hitler-Kämpfer, der in einem Konzentrationslager war? Oh, nein! Der Elefantenwärter vom Zoo. Wahrscheinlich ein harmloser Deutscher, obwohl ich so meine Bedenken hab gegen harmlose Deutsche. Aber er wurde nicht entlassen, weil er harmlos war, sondern weil die Elefanten das Fressen verweigerten, anständig, wie sie sind, und so ein Tier ist wenigstens tausend Pfund wert. Aber ich bin keine tausend Pfund wert.«

»Es kommt so viel zusammen«, sagte Grete, »die alten Nationen können sich nicht vorstellen, daß es Leute gibt, die gegen ihre eigene Nation sind. Das sind eben Verräter.«

»Die Verworrenheit ist enorm, das stimmt schon. Als wir ins Lager Huyton geführt wurden, sagte der Lagerkommandant: ›Ich hätte nie geglaubt, daß so viel Juden Nazis sind.‹ Der konnte sich nun wieder nicht vorstellen, daß man Antinazis interniert. Ganz ehrlich, ich fahre aus einer Art von verletztem Stolz nach Amerika. Mich hat Hitler nicht zerbrochen. Solche Gauner konnten mich nicht zerbrechen. Aber daß ich wieder mal ein bürgerlicher Depp war, der an Humanismus und Freiheit geglaubt hat und an Englands Größe!«

»Ich schicke Ihnen die Parlamentsverhandlungen, Wells' ›J'accuse‹ und den ›Evening Standard‹: ›Warum nicht General de Gaulle internieren?‹«

»Bitte tun Sie das! Gehen Sie schon? Wir sehen uns noch mal, wenn Sie mir Ihre tröstliche Literatur bringen. Rufen Sie mich vorher an. Es ist gerade Entwarnung. Kommen Sie gut nach Hause.«

Klawotzky war entlassen worden und besuchte die Jacobys, die umgezogen waren. Sie hatten ein großes Zimmer in einem schönen Haus, die Kochgelegenheit in einem Schrank, daneben ein Waschbecken. Es gab immer warmes Wasser, aber sie mußten ein Zimmer dazu nehmen, wenn die Kinder auf Ferien kamen. Das schien einfach, denn London war leer.

Klawotzky war belebt: »Wir haben hervorragende Vorträge gehabt, ich habe selber viele gehalten mit enormem Zulauf. Sehr anregend, mit so viel geistigen Menschen zusammen zu sein. Wir haben uns fest vorgenommen, uns in einem Klub der Internierten zusammenzuschließen. Wie ich hier in Euston Station ankam, fiel gerade eine Bombe und quer über den Schienen lag eine Schnellzugslokomotive. So ein Blödsinn, habe ich gedacht, die schöne Insel zu verlassen, wo wir interniert waren. Für zwei Pfund in der Woche konnte man freiwillig weiter dort bleiben. Rose Marie braucht mich nicht. Ich bin ihr nur im Wege. Sie führt das Heim natürlich großartig.«

»Andere reden anders. Es sollen nicht genug Decken dagewesen sein?«

»Mich konnte das nicht kratzen. In der ersten Zeit. Was verlangt man in einem Kriege?«

»Randelhofer ...«

»Hören Sie mir von Randelhofer auf. Er hat sich mit nichts abgefunden.«

»Ich hätte mich auch mit nichts abgefunden«, sagte Otto Jacoby, »natürlich war er empört, daß man einen solchen Verehrer Englands wie ihn interniert hat.«

»Anspruchsvoll und verwöhnt, das ist er.«

»Herr Doktor Klawotzky!« sagte Grete. »Haben Sie einen bestimmten Grund, nach London zu kommen?«

»Ich soll einen Vortrag im ›Bund‹ halten.«

»Randelhofer sagte, man würde dort nur als bürgerlicher Depp mißbraucht.«

»Echt Randelhofer. Dort werden die politischen Fragen abgehandelt.«

»Es tut mir leid, aber Jacke ...«

»Jacke habe ich kennengelernt, famos, das sind schon Prachtleute, diese Kommunisten.«

»Herr Doktor Klawotzky, ich wollte Mühlenbach ein Paket nach der Isle of Man schicken, aber Jacke hat es nicht erlaubt.«

»An Mühlenbach? Ein so netter Kamerad in der Internierung, immer hilfsbereit, warum sollte er kein Paket bekommen?«

»Er ist nicht linientreu.«

»Aber meine Gnädigste, was für vollkommen abwegige Schlüsse Sie ziehen.«

Es klopfte. »Please come in«, sagte Jacoby.

»Mit mir müssen Sie nicht englisch reden, Jacoby. Sei mir gegrüßt, du hohe Halle«, sang Markus im Wagnertonfall. »Ja, wer sitzt denn da? Dr. Klawotzky, das ist aber nett. Kommen Sie rauf zu meiner Frau, die freut sich und macht Ihnen einen guten Kaffee.«

Der kraftvolle große alte Mann war vorzüglicher Stimmung. Er sagte: »Unser Enkel Walter Blau hat es weiter gebracht als ich. Der ist bei der Garde, ich war zwar auch bei den Kürassieren, aber nur Gefreiter, Knöppe, das war alles, zu mehr habe ich es nicht gebracht. Aber unser Walter ist Leutnant geworden. Gestern habe ich einen jungen Verwandten von Heye getroffen, kennen Sie nicht? Lippmann, der ist Captain, Hauptmann. Hat man so was schon gehört? So weit haben wir es alle nicht gebracht. Ich habe den Engländern gesagt, die mich hier besucht haben wegen dieser Fremdenuntersuchung, mein Enkel ist bei der Garde. Die Herren waren sehr freundlich; zufällig lag auf dem Schreibtisch meine Postkartensammlung vom Verein für das Deutschtum im Ausland. Ich bin da immer Mitglied gewesen, hat man so hübsche Postkarten bekommen, Schillerhaus, Goethehaus, habe ich den Herren erklärt, waren sehr freundlich, ist ja ein freundliches Volk.«

»Sehr freundlich, aber ob sie den Krieg gewinnen können?« sagte Klawotzky. »Stellen Sie sich vor, wir hatten keine Decken, ist der Hausvater von unserem kleinen Haus zum Lagermajor gegangen, war gar nichts zu machen, da haben wir gesehen, daß in einem offenen Schuppen ein ganzes Deckenlager ist, also ich wollte nicht ohne Auftrag, ohne Befehl, es muß doch schließlich alles seine Ordnung haben, aber der mit mir ging, ein junger Mann, ging einfach rein und holte Decken, da nahm ich auch welche.«

»Besorgt ...« sagte Jacoby.

»Mit dem ganzen Stoß sind wir an dem Posten vorbeigegangen, kein Mensch hat darauf geachtet. Na, wie wollen die einen Krieg gewinnen?«

»Indem sie sich selber die Decken holen.«

»Aber Jacoby, ich verstehe Sie nicht. Befehl ist überhaupt nicht Befehl bei den Engländern.«

»Das gibts doch wohl nicht?« sagte Markus.

»Doch, wenn ein Befehl unsittlich ist, braucht er nicht ausgeführt zu werden.«

»Und das liegt im Ermessen des Muschkoten? Hübsche Zustände.«

»Sag ich doch. Ein unmilitärisches Volk.«

»Haben nur noch nie einen Krieg verloren«, sagte Otto.

»Das ist schon richtig«, sagte Markus, »wir haben doch gleich hier eine Bibliothek, habe ich mir ein Buch über Napoleon geholt, hochinteressant. Was hatte der Mann das nötig, hätte Sommerreise und Winterreise machen können, stürzte sich in Abenteuer.«

»Hätte der Hitler nicht auch Sommerreise und Winterreise machen können?« sagte Jacoby.

»Der ist ein Verrückter, der Napoleon war kein Verrückter.«

»Verrückt?« sagte Klawotzky. »Im Augenblick beherrscht er nur ganz Europa.«

»Wird er nicht behalten«, sagte Markus, »das kann nicht gut gehen. Im ersten Weltkrieg hatten wir auch im ersten Monat den Krieg gewonnen. Na und? Ich sage Ihnen, unser Walter wird die Fabrik wiederbekommen. Man hat nicht ein solches Werk für nichts aufgebaut. Ich bin überzeugt, eines Tages werden die Lastautomobile Markus in neuem Glanz unter der Leitung von unserem Walter erstehen.«

»Übrigens«, sagte Grete, »es gibt hier auch keinen Lehrplan. Den Lehrern steht frei zu unterrichten, was sie wollen.«

»Na, klappt denn das?«

»Unsere Jungen sind sehr glücklich.«

»Ein komisches Land. Kann jeder Lehrer erzählen, was er will. Es muß doch einen Lehrplan und ein Pensum geben?«

»Ich glaube, es gibts nicht. Unsren Kindern haben sie gleich beigebracht: ›Man is born gloriously different‹. Der Mensch ist herrlich verschieden geboren. Werden sie also verschieden unterrichtet.«

»Darum gibt es hier keine Gesinnungstracht und keine geballten oder ausgestreckten Hände«, sagte Otto.

»Und so viel Einsamkeit und Exzentrizität. Die Erziehung zu Verrückten erscheint mir auch kein Glück«, sagte Klawotzky.

»Und zur Toleranz«, sagte Otto. »Klaus war ganz hingerissen, als der Lehrer sagte: »Wenn ihr das elektrische Licht anknipst, sind drei Völker daran beteiligt, Ampère, Watt und Volta.«

Bernhard Blau trat ein, Blaus hatten ein Zimmer neben dem

von Markus in der oberen Etage. Bernhard war keineswegs so optimistisch wie sein Schwiegervater und Jacoby: »Wir sind auf einer Insel. Wenn die kommen, ists aus. Es steht schon im Talmud, ein Jude soll auf keine Insel gehen.«

»Alarm«, sagte Otto, »gehen Sie lieber schnell nach Haus, Doktor Klawotzky. Während eines Angriffs können Sie nicht gehen, da fallen auch Schrapnells.«

»Geht das immerzu so mit den Bomben?« fragte Klawotzky.

»Das sind kurze Kämpfe über London.«

»Bleiben Sie ruhig hier«, sagte Markus, »kommen Sie zu uns rauf.«

Bei Markus sah es völlig anders aus. Sie hatten ein paar eigene Möbel von 1905 mitgebracht, Samt- und Gobelinsessel, und Liebermanns, Leistikows, Lesser Urys. Adelina hatte sich ein Alterskostüm ausgedacht, schwarze Seide mit etwas echten weißen Spitzen und ihre wunderbare Perlkette, die sie gerettet hatte. Ihr Gemmenprofil hatte sich kaum geändert, die strahlenden Augen waren blau und groß wie immer. Sie kochte im Schrank einen vorzüglichen Kaffee, servierte ihn auf einem runden Tisch mit einer kostbaren Spitzendecke in ihren alten Tassen. »Wie behaglich es bei Ihnen ist«, sagte Klawotzky. Das Haus wackelte ein bißchen. »Ist eine Bombe in der Nähe gefallen«, sagte Markus, »kommt nicht oft vor.«

Adelina und Lore fertigten Konfekt an, winzige Mengen, die sie nur auf Marken verkaufen durften, denn sie bekamen ihr Rohmaterial nur auf Marken. Adelina liebte es, mit ihrer Tochter zu arbeiten. Sie machten das Konfekt auf dem Gaskocher im Schrank. Bernhard war in einem Lehrkurs der Regierung für Metallarbeiter. Er fand es viel einfacher, in der Fabrik zu arbeiten, als die Firma Blau zu führen. Er verdiente drei Pfund in der Woche, jeder Shilling, den Lore mit Adelinas Hilfe verdienen konnte, rechnete. Ihr Zimmer kostete beinahe zwei Pfund die Woche.

Otto konnte und konnte nichts finden. »Ihr Mann hat keine earning capacity«, hatte Charlotte einmal mißbilligend zu Grete gesagt. Aber Grete hatte die Fähigkeit, Geld zu verdienen, ebensowenig.

Während Nacht für Nacht die Bomben fielen, schliefen die Hausbewohner im Souterrain. Otto fand das »Unsinn«.

»Wenigstens die Betten vom Fenster wegstellen. Blaus haben ihre Schränke vom Fenster abgerückt und ihre Betten dahinter gestellt.«

»Manche setzen sich unter einen Tisch. Ich kaufe dir eine blaue Kette, die hängst du dir um.«

»Aber wenigstens nicht ausziehen«, sagte Grete.

»Findest du es einen Unterschied, ob man ausgezogen oder angezogen gebombt wird?«

»Ja, denn man muß eventuell gleich rauslaufen.«

»Also müßte man im guten Anzug schlafen.«

»Nein, das geht nicht. Schlaf doch in der Flanellhose.«

»Dann hat man die ganzen guten Sachen verloren.«

Jeden Abend wurde das Gas abgedreht, wurden Eimer und Badewannen mit Wasser gefüllt, die Handlöschapparate bereitgestellt, die drei Personen zu bedienen hatten. Einmal wurde das Elektrizitätswerk getroffen. Grete zündete zwei Kerzen an und und ging durchs Haus: »Lady Macbeth coming,« sagte sie mit düsterer Stimme, »wer will Kerzen?« Eine junge Engländerin, die, während die Bomben fielen, mit ihrem Freund kichernd telefonierte, sagte: »Thank you, you are boosting the morale.«

»Was tu ich?« fragte Grete.

»Sie helfen die Moral aufrechtzuerhalten.«

Kein Orden konnte Grete mehr erfreuen. Moral war also Mut.

Vom 1. bis 15. August schliefen die Jacobys angezogen. Vom 15. August bis 1. September schliefen sie angezogen bis etwa zwei Uhr nachts. Nach dem 5. September, als das Bomben richtig einsetzte, gingen sie zu Bett.

Am 15. August kam eine Mitbewohnerin: »Die Deutschen haben 185 Flugzeuge verloren.« Sie umarmten sich. Am 18. August wurde mitgeteilt, daß die Deutschen in zehn Tagen 697 Flugzeuge verloren hatten, die Engländer 153 und von diesen waren 60 Piloten gerettet worden. Sie wußen alle, sie waren gerettet.

In der Nacht traf eine Feuerbombe eine benachbarte Garage. Am nächsten Vormittag klopfte Adelina bei Jacobys: »Ich muß Ihnen etwas erzählen. Neben der ausgebrannten Garage seh ich Leitern beim Mime, wir nennen den Grünkramhändler so, ein schräges Gestell, hab ich geglaubt, das Haus sei vielleicht auch getroffen, aber nein, sie streichens frisch. »Why not?« hat der Arbeiter zu mir gesagt.«

»Ganz richtig,« sagte Otto, »why not?«

Bernhard Blau kam zum Heimatschutz. Markus teilte zwar die Ansicht von Birnbaum: »Wenn Bernhard so glücklich ist bei dem Krähwinkler Landsturm, laß ihn.« Aber er hütete sich, derartiges vor seinem Schwiegersohn zu äußern, der sich als Mitglied des Heimatschutzes mehr befördert fühlte als sein Sohn Walter als Hauptmann.

Wenn er am Sonntagmorgen, das Gewehr umgehängt, das er wie alle andern im Kleiderschrank aufbewahrte, zu seiner Übung ging, fühlte er sich zugehörig. Wenn er zurückkam, schmutzig, schwitzend und angestrengt, er war über fünfzig, sagte er zu Jacoby: »Sie nehmen mich immer noch nachher in die Kneipe mit, einen heben. So nett, nich?«

Eines Abends klopfte er bei Jacobys: »Es ist etwas Schreckliches passiert.«

»Mit Walter?« sagte Otto und fühlte sein Herz klopfen, als ob es eins seiner eigenen Kinder wäre.

»Nein. Lore hat Krebs. Sie weiß es nicht, die Eltern sollen es auch nicht wissen.«

»Keine Operation mehr möglich?«

»Nein, zu spät. Darmkrebs.«

Das Hakenkreuz auf der Akropolis. Das Hakenkreuz auf dem Eiffelturm. Nein, zu spät, Darmkrebs.

Eine kleine Gruppe stand im Krematorium. Die beiden alten Markus, zwei Kinder und einen Enkel verloren. Aber Walter Blau stand neben seinem Vater, ein Ausbund von einem Menschenexemplar, Captain Blue.

Im Februar 1941 kam die Nachricht von Maxens Tod in ein dunkles Kriegslondon. Roserl begann ihren Brief: »David Gutmann, der uns in diesen schweren Jahren so eine liebe Gesellschaft war, hatte gerade seine Passage gebucht, von deren Beglaubigung das Visum abhing, und war gerade noch vor der allgemeinen Sperre hinausgekommen. Nur mit zwei Handkoffern. Er mußte für den Dollar 62 Mark zahlen. Kurz darauf starb sein Bruder, unser herzensguter Max. Als er merkte, daß die Auswanderung aus dem von ihm so geliebten Land unumgänglich, wurde er völlig verbittert und weltabgewandt. Kurz nach der Beerdigung mußte Tante Sabine zwei Parteien in die Wohnung nehmen. Sie stand vor der Frage, den deutschen Renaissanceschrank oder das rote Samtkanapee mit dem Barockumbau zu verkaufen. Ich habe mir ein Herz genommen und mit Frau Dix gesprochen, und stellt euch vor, was für ein Glück, sie hat erlaubt, daß Tante Sabine in die Pension zieht.«

49. Kapitel

1942, Jahr des Grauens

Im Winter 1941 wurde es klar, daß Roserl und Sabine nicht bei Dix bleiben konnten. Auch ein Brief von Grete, in dem sie schrieb, daß Julius und Klaus über die ersten schweren Jahre weg wären, interessierte Roserl kaum. Sabine sagte: »Roserl, das ist doch ein großer Trost, daß der Klaus so begabt ist und der Julius so ein gutes Kind. Bei dir geht alles weiter.«

Aber Roserl hörte kaum hin. Sie hatte aus ihrem Zimmer ein Heim gemacht. Frau Dix sagte: »Es ist das geschmackvollste Zimmer in der Pension.« Nun sollte sie wieder heraus.

Sabine wollte mit Roserl ein Zimmer bei einer jüdischen Familie, fand endlich eins mit Küchenbenutzung. Sie war ganz angeregt, als sie mit Frau Dix sprach: »Ich kann Ihnen gar nicht sagen, wie es mich bedrückt, daß wir noch immer hier sitzen.«

»Es ist für mich auch nicht leicht, daß ich Sie sozusagen raussetzen muß. Überstürzen Sie nichts. Wir haben diesen netten Hauswart, ein alter SPD-Mann. Der Herr Oberst sagte erst kürzlich: ›Ich merke gleich, wenn die gute Frau Mayer kocht. So gut schmeckts bei keinem‹. ›Diese Teufel‹, hat er gesagt.«

»Du kannst dir doch wenigstens dieses schöne Zimmer ansehen«, sagte Sabine zu Roserl.

Roserl wollte nicht. Frau Dix ließ sie manchmal kochen, gab ihr Nähereien, und sie konnte vor dem Tischchen mit den Fotos ihrer Enkel sitzen und sie ansehen, ohne daß sie einer störte.

Sabine machte Pläne: »Wir müssen das Zimmer reinigen lassen, Verdunkelung anbringen, tapezieren, es schaut arg verwohnt aus, und ich werd auch einen Kammerjäger bestellen, wenn's dir recht ist?«

»Mach alles, wie du denkst, Sabine.«

»Wir müssen auch den Packer bestellen.«

Das Zimmer gefiel Roserl sogar.

Auf dem Heimweg trafen sie Frieda und Siegmund Jacoby, die versuchten, die ihnen nach fünf Uhr zustehenden Lebensmittel zu bekommen.

»Ach, wie nett, Sie zu sehen. Gehen die Damen auch wegen Ihrer Kartoffeln?« fragte Siegmund.

»Nein, wir haben ein Zimmer angesehen. Wir gefährden ja die guten Menschen bei Dix. Wir sind schon viel zu lange geblieben.«

»Wir sind sieben Personen in unsern drei Zimmern«, sagte Frieda, »wir brauchten wenigstens in unser Zimmer, das doch ein sehr großer Raum ist, niemanden hineinzunehmen. Aber wir können Ihnen leider keinen Platz anbieten.«

»Sind gnädige Frau übrigens schon registriert?« fragte Siegmund Sabine.

»Was ist denn das?« rief Roserl.

»Wenn man registriert ist, wird man evakuiert. Ich bin auch noch nicht registriert. Darf ich übrigens fragen«, wandte er sich an Roserl, »läßt du dich mitevakuieren oder wollen sich die Damen vorher das Leben nehmen?«

Roserl sagte: »Sie deportieren einen also. Ich habe gewußt, daß ich unsre Enkel nie mehr seh.«

»Aber das ist gar nicht sicher«, sagte Sabine. »Wenn es soweit ist, kann man immer noch sehen.«

Sie lief herum, telefonierte, das Zimmer wurde tapeziert, die Verdunkelung angebracht, der Kammerjäger war dort gewesen. Alles war gepackt. Ihre Zimmer in der Pension sahen öde und kahl aus. Morgen früh käme der Möbelwagen.

Am Mittag kam Frau Dix zu Sabine ins Zimmer: »Ich habe das Telefongespräch für Sie angenommen. Ihr neuer Hauswirt will keine Juden mehr nehmen. Er sagte, Sie können nicht in das Zimmer.«

»Ich muß sofort zur Jüdischen Gemeinde. Sie müssen mir ein neues Zimmer anweisen.«

»Wieso denn ein neues? Sie haben alles machen lassen. Wie

darf der Hauswirt Ihnen im letzten Moment absagen? Sie haben Unkosten gehabt. Na, das geht wohl nicht.«

»Mit uns kann man alles machen, Frau Dix.«

Sabine lief herum, alles absagen und zur Jüdischen Gemeinde: »Kann man gar nichts machen? Die Unkosten! Und es ist schon alles gepackt?«

Der Herr telefonierte: »Die Partei braucht das Haus. Da ist gar nichts zu machen. Ich gebe Ihnen eine andere Adresse.«

Am Abend kam Sabine todmüde nach Haus. »Haben Sie etwas?« fragte Frau Dix. »Nichts«, sagte Sabine. Sie saß auf einem Stuhl, die Hände im Schoß. »Nun bin ich beinahe auch soweit. Herr Jacoby hat uns gefragt, ob wir uns evakuieren lassen oder uns lieber das Leben nehmen.«

»Evakuieren? Was ist das für Unsinn. Es ist schon alles schlimm genug für die Juden, soll man nicht noch Latrinengerüchte verbreiten. Aber was machen wir?«

Frau Oppenheim, fünfundsiebzig Jahre, Sabine erst siebzig, liefen von morgens bis abends nach einem Zimmer herum. Roserl beteiligte sich nicht an der Wohnungssuche.

Der Winter wurde kälter. Das Jahr 1942 würde bald beginnen. Eines Tages kam Frau Oppenheim: »Ich habe ein Zimmer bei jüdischen Leuten, wo der Hauswirt nichts dagegen hat. Die haben noch ein ganz großes Zimmer, in das können Sie einziehen, aber nicht vor Februar.« Sie sagte das in ihrer weinerlichen Stimme, die Sabine nicht leiden konnte.

Frau Oppenheim zog aus. Sie ließ mehrere Kisten mit Porzellan und Kristall und kostbarer Wäsche stehen.

»Nehmen Sie Ihre Sachen nicht alle mit?« fragte Frau Dix, als die Ziehleute die Koffer nahmen.

Frau Oppenheim legte ihren Finger auf den Mund.

Als die Ziehleute weg waren, sagte sie zu Frau Dix und Frau von Rumke: »Ich möchte, daß Sie diese Sachen behalten.«

»Das kommt gar nicht in Frage«, sagte die Frau Oberst.

»Bitte, ich schenke sie Ihnen. Ich will sie auf gar keinen Fall mitnehmen.«

Nachdem Frau Oppenheim ausgezogen war, saßen der Oberst,

seine Frau und Frau Dix im großen Wohnzimmer unter dem Fahnenträger von Leuthen.

Frau von Rumke sagte: »Das kommt nicht in Frage, daß man sich an diesen unglücklichen Menschen bereichert.«

»Bravo«, sagte der Oberst, »nicht ein Stück wird behalten.«

»Ich möchte auch nicht«, sagte Frau Dix, »aber vielleicht nimmt es dann die Gestapo?«

»Das wäre Diebstahl. Bisher haben sie alles immer noch gesetzlich bemäntelt. Nein, das glaube ich nicht.«

»Ich bestelle die Ziehleute noch mal«, sagte die Frau Oberst.

Wenige Tage später schickten sie Frau Oppenheim die Kisten ins Haus.

Februar 1942 war für Sabine und Roserl Umzugstermin. Zwei Tage vor dem Umzug sah Frau Dix ein Röllchen Veronal in Roserls Zimmer und nahm es weg. Sie setzte sich zu Roserl, sagte, daß es nicht mehr nach Sieg für die Bande aussähe. Vor Moskau wären sie nicht weiter gekommen. Jetzt wäre Amerika im Krieg. Im Jahre 14 hätte es noch ein Jahr nach Amerikas Kriegseintritt gedauert, bis Frieden gewesen wäre. Also, noch ein Jahr durchhalten, dann würde sie Tochter und Enkel wiedersehen.

Roserl dankte der guten Frau: »Sie quälen und foltern die Menschen, ich kann das nicht mehr. Glauben Sie mir, lassen Sie mich in Ruhe sterben. An einem einzigen Tag im Oktober haben sich 281 Juden in Berlin das Leben genommen.«

»Wie entsetzlich, Frau Amtsrichter. Der Herr Oberst sagt: ›Wir werden für alles zu bezahlen haben.‹«

Am nächsten Abend hörte Frau Dix Stöhnen. Sie lief sofort in Roserls Zimmer, sah Roserl furchtbar verändert auf der Erde liegen, rief Sabine, den Oberst und seine Frau. Sie standen um die Sterbende. Der alte Oberst lief in das Sanatorium im Nebenhaus, klopfte beim diensttuenden Arzt: »Gestatten, Oberst von Rumke, bei uns nebenan hat eine Dame Zyankali genommen, bitte kommen Sie schnell, wenigstens eine Morphiumspritze geben.«

Der Arzt ließ ihn nicht zu Ende reden: »Dame, höre immer

Dame, 'ner alten Judensau wollen Sie helfen, Sie Schwein, wollen mich auch zum Judenknecht machen.« Er öffnete eine Tür: »Wir haben hier fünfundzwanzig Ärzte, nicht einer wird einen Fuß in Ihren Judenstall setzen, hätte längst ausgeräuchert gehört…« Und während er noch schrie, kamen zwei weitere Ärzte in weißen Kitteln, »daneben in dem Judenstall kotzt sich wieder eine Judenhure zu Tode. Alter Offizier setzt sich ein, andre Begriffe, nicht mit dem Führer einverstanden. Diesmal wird Ihre Sippe uns nicht den Dolchstoß von hinten versetzen.«

Der Oberst blickte auf die zwei andern Ärzte. Der eine sagte: »Sie hätten längst ausgeräuchert gehört. Leute sind für geringere Verbrechen ins Kazet gekommen.«

»Raus hier!« schrie der andere.

Sabine zog in die fremde Wohnung. Im Herbst 1942 wurden die Wirte und Frau Oppenheim registriert und einige Zeit später abgeholt, alle Zimmer bis auf das von Sabine versiegelt.

Sie blieb allein zurück. Jedesmal wenn sie sich etwas kochte, war sie in Versuchung, den Gashahn offen zu lassen. Wochenlang hätte sie niemand gefunden, dachte sie… Auch die Jacobys wurden registriert. Als die Gestapo klingelte, nahm Frieda das vorbereitete Veronal. Siegmund aber wollte, wie er es mit Frieda besprochen hatte, die Abholer beschämen. Er setzte sich in die Ecke, die Otto ›die patriotische‹ genannt hatte, unter die gekreuzten schwarz-weiß-roten Fahnen, Kriegs- und Handelsfahne, die gerahmten Reden des Kaisers und die eisernen Kreuze seines Vaters und seines Sohnes und nahm Veronal.

Sabines Akten waren verlegt. Sie fühlte sich wie ein Gespenst, wie damals in Kragsheim. Zwei Gestapoleute klingelten zu ungewöhnlicher Stunde, das heißt am hellen Tage, entfernten die Siegel und nahmen Sachen, unter anderem die Krokodilledertasche von Frau Oppenheim. Ein anderer Gestapomann kam eines Abends allein, ging durch die Zimmer und kam zu Sabine: »Die Bonzen haben sich wohl schon alles geholt?«

»Ich habe keine Ahnung.«

»Ich heirate nämlich in zwei Monaten – gestatten Sie, daß ich mich setze –, ich versuche in den jüdischen Wohnungen ein schönes Schlafzimmer zu finden, aber nur mit modernen niedrigen Betten. Hier haben doch wohlhabende Leute gewohnt. Wie ist denn das Schlafzimmer?«

»Ganz altmodisch«, sagte Sabine.

»Ach, dann sehe ich es mir gar nicht an.«

Sabine hätte gern gesagt: »Wie können Sie denn einer Judensau glauben?«

»Ich danke sehr«, sagte er noch und verschwand.

Im Winter 1942/43 wurde auch Sabine abgeholt. Sie war noch magerer als schon immer und hatte mehrfache Unterkleidung angezogen, ihre sämtlichen Wollsachen und Gummimantel und Wintermantel darüber. Sie wurde mit einem Möbelwagen abgeholt, in dem zu beiden Seiten lange Bänke standen.

Der Chauffeur verfuhr sich immerzu und rief in den Möbelwagen: »Ich bin hier fremd, können Sie mir nicht Bescheid sagen?« Ein sehr alter Herr sagte zum Entsetzen aller: »Wir sind alle zu Fremden erklärt worden. Sie müssen sich schon allein zurechtfinden.«

Sabine atmete auf, als sie in das ehemalige Altersheim in der Großen Hamburger Straße kamen, denn das wußten die Juden schon, daß man von der Großen Hamburger Straße nach Theresienstadt kam, aber von der Levetzowstraße nach Polen. Sabine traf eine Menge Bekannte, man begrüßte sich, man erkundigte sich. Ihre zwei Uhren und ihr Geld wurden beschlagnahmt.

Sie wurden um zwei Uhr geweckt, bekamen um drei Uhr ein anständiges Frühstück und drei belegte Brote als Wegzehrung. Sabine überlegte, warum diese Transporte zwischen drei und vier Uhr nachts stattfanden. Wenn das Volk so sehr wünscht, daß wir fortkommen, warum führt man uns nicht zur Volksbelustigung durch die Straßen?

Sie fuhren mit der Elektrischen, Sabine sah die Linden, die Friedrichstraße, die sie schon seit Jahren nicht mehr betreten durfte. Sie fuhr vom Anhalter Bahnhof, von dem sie noch vor anderthalb Jahren mit Roserl nach Tegernsee gefahren war. Es ging nach Dresden. Sabine sah das Elbsandsteingebirge, das sie noch nie gesehen hatte, eine Winterlandschaft, rosig beleuchtet in der Morgendämmerung.

Sie stiegen erst in der Dunkelheit aus und liefen zwei Stunden über Stock und Stein. Bei der Ankunft in Theresienstadt wurden ihnen Taschenlampe, Thermos und das Schlimmste, alle Medizinen abgenommen. Sabine bat den Quartiermeister, ob sie mit zwei Damen, mit denen sie sich in der Großen Hamburger Straße und auf der Fahrt gut verstanden hatte, zusammenbleiben dürfe. Nachdem er in einem Buch geblättert hatte, sagte er: »Führen Sie die Damen nach Nummer zweiundzwanzig.«

Sie kamen nach einem schwierigen Weg in einen großen Raum, wo etwa fünfzig Frauen auf Holzpritschen lagen, immer zwei übereinander. »Sie sind doch Berlinerinnen?« rief eine, »wie sieht es denn da aus? Alles zerbombt, ja?«

»Nein, seit Wochen sind keine Bomben gefallen.«

»Ach schade«, rief eine.

Sabine hatte Hunger und Durst, war aber stolz auf die eine, die sagt, was sie denkt, vor fünfzig Leuten. Dann sah sie zum erstenmal eine Massenlatrine, dazu wird mich niemand bringen, lieber mache ich Schluß, und sie fühlte nach ihrem eingenähten Veronal. Sie ging zurück zu der Pritsche, es gab keine Decke, und sie schlief in ihren Sachen, dachte, hat nicht Roserl recht gehabt?

Am Morgen sah sie, daß es ein sehr großer Pferdestall mit vergitterten Fenstern war, und dann sah sie Flecken auf dem Bett ihrer Nachbarin. »Wanzen«, wurde ihr geantwortet. Eine Frau setzte sich zu ihr: »Seien Sie nicht so verzweifelt. Bei mir zu Hause sagt man, man geweehnt sich zi.«

»Richtig, es ist gar nicht das Schlechteste hier. Es ist sogar manchmal gemütlich. Nehmen Sie doch Wanzen nicht wichtig. Haben Sie noch nie mit Wanzen oder Läusen zu tun gehabt?«

»Nein«, sagte Sabine empört, was sie sofort falsch angebracht fand. »Ich habe es wohl sehr gut gehabt. Und diese sechs offenen Toiletten nebeneinander?«

»In Italien und Frankreich gibt es Tapsen.«

»Was sind Tapsen?«

»Zwei Vertiefungen für die Schuhe und ein Loch.«

»Das gibt es noch in Frankreich?« fragte Sabine.

»Über diese Sachen dürfen Sie wirklich nicht so unglücklich sein.«

Die peinlich ordentliche Roserl, dachte Sabine, die es nicht ertragen konnte, wenn ihr Kind nicht gleich seinen Mantel auf einen Bügel hängte, deren Küche immer aussah wie ein Wohnzimmer, Roserl mit Wanzen und Latrine!

Um sechs Uhr mußte man aufstehen, sich von Kopf bis Fuß waschen, Betten in den Hof tragen, einmal in der Woche auch Matratzen und Gestelle, alles durch sehr lange Räume. Bis acht Uhr mußte der kalte Kaffee geholt sein, der die ganze Nacht auf dem Hof stand. Bis halb neun Uhr mußten die Betten gemacht und zwischen den Betten aufgewischt sein, für die siebzigjährige Sabine recht anstrengend, aber es würde schon gehen, ›man geweehnt sich zi‹. Sie freute sich auf ein paar glückliche Stunden, wenn sie Verwandte wiederfinden würde, die nach Theresienstadt gekommen waren, und begab sich in das Amtsgebäude. Sie fragte auch nach Marie Kollmann.

»Sie ist vor zwei Monaten mit einem Transport fortgekommen.«

»Transport von Theresienstadt?«

»Sch«, machte der Herr, »schweigen Sie, sonst kann es Ihnen passieren, daß Sie auf die kleine Festung kommen.«

Draußen lehnte sie sich an eine Mauer. Man konnte weiter verschickt werden. Wer wurde verschickt? Die Gesunden oder die Kranken, die Alten oder die Arbeitsfähigen? Sabine schwieg.

In der dritten Nacht – alles in Theresienstadt geschah in der Nacht – brachten Leute Zettel, daß in einigen Stunden ein Transport abgehe. Frau Oppenheim war dabei. Alle halfen packen. Was sollte sie dalassen? Was war wichtig mitzunehmen? Ein paar, die sich immer einfanden, wenn etwas abfallen konnte, ergatterten zwei Laken, denn es wurde nicht wie beim Transport nach Theresienstadt mehr befördert, als man tragen konnte.

»Fieberthermometer möchte ich mitnehmen. Wer weiß, ob man dort so gute jüdische Ärzte hat wie hier.«

»Es ist ja auch kein Gewicht«, sagte Sabine.

An die Wanzen hatte sich Sabine beinahe gewöhnt, denn obwohl einmal wöchentlich die Bretter mit Lysol gewaschen wurden, stürzten sie Nacht für Nacht über die Schlafenden, bis ein Jahr nach Sabines Ankunft der Stall getüncht und die Wanzen vernichtet wurden. Sabine war glücklich, als sie die Nacht ohne Störung zubringen konnte.

Der Schrecken der Transporte ins Unbekannte blieb. Dazu kamen die Läuse. Zur Entlausung standen Männer und Frauen nackt im gleichen Raum. Ganz junge ss-Leute rasierten Männer und Frauen, wo sie nur ein Härchen entdeckten. An der Desinfektion starben fast alle, manche schon in der folgenden Nacht, andre kränkelten eine Weile und starben. Sabine blieb von Läusen verschont.

Sie führte die Gewohnheiten ihres Lebens fort. Sie ging zum Geburtstag von Frau Alfred Jacoby, bei der sie noch 1941 in Tegernsee war. Alle – es war Ruhestunde – lagen auf der Erde auf Matratzen. Sie hatten ihre Sachen um sich liegen, Blechbecher und Blechlöffel, Wäsche, Schürzen, Strickjacken. Neben Frau Alfred Jacoby lag die Witwe von Professor K., eines der größten Chirurgen von Deutschland. Sabine war unfähig, etwas zu sagen, aber Frau Jacoby lächelte: »Wie nett, Frau Gutmann, daß Sie an meinen Geburtstag gedacht haben. Vielleicht können Sie auf diesem kleinen Schemel Platz nehmen. Ich fühle mich noch immer schwach nach einer Nierenkolik. Darf ich Ihnen hier meine liebe Nachbarin, Frau Professor K., vorstellen?«

In dem Gewühl der Straßen, im Sommer Sand, im Winter Schlamm, begegnete Sabine Männern, die Leichen auf Holzbrettern trugen, mit einem dünnen Tuch zugedeckt. Bei Beerdigungen standen bis zu dreißig Särge in einem langen Kellerraum. Ein Rabbiner sprach, die Särge wurden auf einen Wagen geladen und aus dem Ghetto hinausgefahren.

Am Abend bürstete Sabine mit allen anderen ihre Sachen wegen der Läusegefahr. Es gab Konzerte und Vorträge von Universitätsprofessoren. Die meisten im Stall gingen nicht, aber alle warteten auf Sabines Rückkehr, damit sie ihnen den Vortrag wiederholte, zum Beispiel einen über »Christus und Buddha«.

Nie hatte sie das gehabt, wünschte, sie könnte mit Roserl oder Grete darüber sprechen, ging aufgeregt in der Dunkelheit über das holprige Pflaster in den Stall.

Als sie aufgehört hatte zu sprechen, klatschten alle, und eine sagte: »Ich glaube, ich spreche im Namen aller, wenn ich Ihnen sage, Sie haben uns eine herrliche Stunde bereitet.«

Sabine schlief nicht. Was für große Gedanken gab es in der Welt. Endlich, siebzigjährig, fand sie einen Weg. Wenn ich hier herauskomme, will ich nur noch solche Werke lesen. Was habe ich alles zusammengelesen, die Eschstruth und Spielhagen und den »Laufenden Berg« von Ganghofer, gar nicht an die »Schwankenden Herzen« zu denken. Schmökern hat man es genannt. Schmökere nicht so viel. Aber es konnte einen über Hunger und Wanzen wegbringen.

Dann kam der 11. November 1943, von dem sich Sabine nicht mehr erholte. Die achtunddreißigtausend Bewohner mußten sich in einem Talkessel außerhalb des Ghettos aufstellen. Auf den Höhen standen Bewaffnete. Alle erwarteten, daß sie niedergemäht würden. Aber die SA stellte sie in Blocks von Hundert zusammen, um sie zu zählen. Keiner durfte austreten, kleine Kinder mußten stillstehen, Stunde um Stunde. SS mit Reitpeitschen zählte die Blocks. Wenn einer fehlte, wurde der Blockälteste verprügelt. Um vier Uhr, nach zehn Stunden Stillstehen, war die SS verschwunden. Als nichts erfolgte, setzten sich die Versammelten in Bewegung auf dem holprigen unbekannten Terrain. Es war dunkel und regnete und das Ghettotor war verschlossen. Dem Judenältesten gelang es, eingelassen zu werden. Er verhandelte mehrere Stunden, um die Öffnung der Tore zu erreichen.

Sabine hörte, daß die SS nicht damit gerechnet hatte, daß Juden ohne Befehl umkehren würden, hatte geglaubt, daß sie sich in Panik tottrampeln oder ohne Nahrung in der Novembernacht oder in den nächsten Tagen sterben würden. Jetzt ahnte Sabine, daß Tötung das Ziel war. Sie war nicht mehr ihr altes Selbst.

Im Herbst 1944 gingen alle drei Tage Transporte. Alle Bekannten von Sabine kamen fort. Niemand wußte. »Wir kommen in ein anderes Ghetto«, sagte die Baronin Grünspecht, eine Frau über Achtzig, die Sabine noch ganz zuletzt kennengelernt hatte. »Ja, ja«, sagte eine andre, »es ist zwar hier ein entsetzlicher Hunger, aber man hat sich doch wenigstens eingewöhnt.«

»Wie heißt der Ort, wo Sie hinkommen?«

»Birkenau.«

Die Überfüllung der ersten Jahre, das Gedränge auf den Straßen hörte auf. Es wurde leer. Wieder einmal zurückgeblieben, dachte Sabine, wie in Kragsheim 1941, wie in der versiegelten Wohnung 1942.

Die Russen waren auf dem Vormarsch.

Niemand hatte gewußt, wo die Särge hingerieten. Sie wurden verbrannt, die Asche in Urnen getan, auf denen der Name des Verstorbenen stand, und die Urnen außerhalb des Ghettos aufbewahrt. Nun sollten sie vernichtet werden. Sabine mußte sie weiterreichen, wie Maurer Ziegelsteine. Sie wurden auf Lastautos geladen und, wie es hieß, in der Elbe versenkt. Unausgesetzt wurden auch Papiere verbrannt.

Während die Transporte abgingen, kamen Transporte aus Lagern, die schon von den Russen besetzt waren. Die Waisenkinder wurden aus Theresienstadt abtransportiert, und zweitausend Kinder aus Polen trafen ein. In aller Eile wurden Vergasungsöfen gebaut. Im Winter 1944 erzählte ein jüdischer Gendarm, der es von einem Tschechen hatte, von Flucht der Deutschen aus dem Osten: »Sie lassen lieber ihre eigenen Leute zu Fuß über das gefrorene Land fliehen und erfrieren, als ein paar Juden leben zu lassen, zweitausend polnische Kinder, zehntausend arbeitsfähige Männer.«

Die Vergasungsöfen wurden nicht mehr fertig.

Im Februar 1945 wurden plötzlich Hunderte für einen Transport in die Schweiz aufgerufen.

Sabine war nicht dabei, auch nicht bei der Befreiung am 7. Mai 1945. Sie erlebte nicht Jubel und Chaos, nicht, wie die russischen Soldaten Zigaretten, Konserven, Brot, während sie marschierten, den Hungernden zuwarfen, und nicht mehr den

Flecktyphus. Sie war kurz vorher an allgemeiner Entkräftung gestorben.

An Rudolf und Freia Sterns Wohnungstür war ein Hakenkreuz, es klingelte immer wieder, und wenn Freia öffnete, riefen Halbwüchsige »Judenhure!« und liefen lachend davon. Rudolf arbeitete bei einem Unternehmer. Er verdiente acht Mark in der Woche. Freia arbeitete in einer Fabrik.

Im Dezember 1942 bekamen sie einen Wink. Der falsche Paß lag unter einer Diele. Rudolf fuhr vom Anhalter Bahnhof nach Süden.

Freia wurde in der gleichen Nacht durch Trommeln gegen die Tür aus dem Schlaf gerissen. Die Rotte stürzte an ihr vorbei in die Wohnung: »Wo ist Ihr Mann?«

»Mein Mann ist nicht in Deutschland.«

Freia ging noch einmal ganz ruhig ins Bett. Sie mußte um sechs Uhr an der Arbeit sein. Als sie sich am Morgen eine Tasse Kaffee machte, klingelte es wieder. Sie wurde in ein Amt bestellt.

Dort saß ein Uniformierter hinter einem Schreibtisch und bot ihr einen Stuhl an: »Ich habe schon alles für Ihre Scheidung von dem Juden vorbereitet«, und legte Papiere hin, »Sie brauchen nur hier zu unterschreiben.«

Freia sagte ganz fein und leise: »Ich lasse mich nicht scheiden.«

Der Mann sprang rot vor Wut auf und schlug sie ins Gesicht, daß Zähne heraussprangen und sie aus Mund und Nase blutete. »Sie können noch was erleben. Ich lasse Sie durchziehen, daß Ihnen Hören und Sehen vergeht.« Er trat sie, so daß sie zur Tür hinausstolperte.

Sie ging durch das Amtsgebäude auf die Straße, hielt das blutgetränkte Taschentuch vors Gesicht. Solange Rudi da war, ging alles. Aber jetzt? Allein. Niemand sprach sie an. Es war zu gefährlich.

Rudolf wurde kurz vor Basel aus dem Zug geholt. Hatten zehn Jahre Mißhandlung ihn erkennbar gemacht?

Freia erhielt keine Nachricht, keine Postkarte, kein Telegramm, niemand bestellte ihr etwas. Wo war er? Sie ging in die Fabrik. Sie wußte nicht, wohin sie sonst hätte gehen können. Sie wartete eine volle Woche. Dann war sie am Ende. Sie lief zu ihrem Bruder ins Amt, sagte sie brauche keine Anmeldung, sei Freia von Rumke.

»Gott, Spätzchen«, sagte Friedrich Wilhelm entsetzt, als er sie sah.

»Du mußt meinen Mann retten. Sie haben ihn sicher verschleppt. Ich kann nicht ohne ihn leben.«

Er erkundigte sich vorsichtig. Erfuhr nach Stunden, daß er von Kazet zu Kazet geschleppt worden war und daß er nun einem Transport zugeteilt war. Friedrich Wilhelm ließ sich mit dem Transportleiter verbinden, verlangte, daß er Rudolf Stern freigebe: »Er ist kriegswichtig, es ist ein Irrtum passiert.«

»Das müssen Sie mir auf dem Dienstweg mitteilen ... nur Anordnungen meiner vorgesetzten Behörde. Er steht in allen Listen. Die Waggons sind bereit. Es muß doch alles seine Ordnung haben, Herr ... ?«

»Oberst ...«

»Verzeihung. Aber es muß doch alles seine Richtigkeit haben. Ich kann keine Listen fälschen und bei diesem Mangel an Eisenbahnmaterial Waggons, die nicht gefüllt sind, abschicken. Wenn Herr Oberst mir vielleicht einen Ersatzjuden stellen könnten ...«

Friedrich Wilhelm schrie ...

»Geht in Ordnung, wird gemacht ...«

»Friedrich Wilhelm, darf ich dir einen Kuß geben oder bin ich dir eklig?«

»Nein, Spatz.«

»Du hast dich sehr verändert, ich meine innerlich.«

»Lassen wir das.«

Einer der Folterknechte begleitete Rudolf: »Setzen Sie sich mal, Sie haben genug bei uns gestanden – und gelegen.«

»Wieso erlauben Sie mir, mich zu setzen? Sie haben mich doch am schlimmsten geschlagen?«

»Im Dienst«, sagte der Mann.

Stern hatte unterschrieben, daß er nichts erzählen würde. Es würde ihm ohnehin niemand glauben. Keiner, der es überlebte, erzählte von der eigenen Entwürdigung.

Rudolf war furchtbar anzusehem. Freia sagte: »Was können wir tun? Wir sind keine privilegierte Mischehe, ich kann dich also nicht ins jüdische Krankenhaus bringen, und es gibt keinen christlichen Arzt, der es wagen kann, in eine Wohnung mit Stern zu kommen. Du wirst wieder gesund werden. Friedrich Wilhelm wird uns helfen. Wir sind zusammen, das ist die Hauptsache. Ich habe nur dich auf der Welt.«

»Komm ganz dicht. Denke an unsre himmlischen Zeiten, an unsre Spaziergänge in Grindelwald, an die Bootsfahrt in Lugano, wo wir fast ins Wasser fielen, an die Nacht in dem Hotel in Köln. Liebes Freiachen, wir hatten zwanzig glückliche Jahre. War nicht jeder Tag ein großes Glück?«

Friedrich Wilhelm besuchte seine Schwester und seinen Spielgefährten. Rudolf sagte: »Danke.« Er wußte nicht, durfte er ihn noch duzen. Es war das erste Wort in zwanzig Jahren.

Nach wenigen Tagen starb er an seinen inneren Verletzungen. Freia meldete sich in der Fabrik ab.

»Werden Sie verschickt?« fragte die Vorarbeiterin, »das wäre sehr unangenehm. Sie haben mir viel abgenommen.«

Der Oberst riet Freia, zu Christine zu fahren, die sie herzlich eingeladen hatte: »Vergiß, mein Kind, was sie dir angetan haben, sie sind feine Menschen. Die schöne Natur, die andre Umgebung werden dir guttun.«

»Ich will gar nicht, daß mir etwas guttut«, weinte Freia, aber sie fuhr, ›wenn Papa es für richtig hält‹.

Auf dem Bahnhof wartete Menges, der Kutscher, senkte die Peitsche: »Haben gnädige Frau nur diesen Koffer?«

Ferdinand stand am Gitter, älter geworden, nahm den Koffer. Es war Frühsommer. Die Rhododendren blühten. Unverändert, unverändert.

Auf der kurzen Treppe zum Eingang stand Christine, küßte sie: »Wir haben jetzt unten eine neue Toilette, da kannst du dich waschen, und komm dann gleich zum Frühstück.«

Die Sonne schien ins Morgenzimmer. Der Frühstückstisch mit silbernen Eierbechern, silbernem Brotkorb, der Spitzendecke über dem frischen Brot.

Der Schwager stand auf, beugte sich über ihre Hand: »Ich möchte dir mein herzlichstes Beileid aussprechen und dich herzlich bei uns willkommen heißen.«

Die Formen der alten Welt. Sehr angenehm. Der Schwager alt, groß schlank, gut aussehend, Christine bildschön, sie eine zahnlose Greisin mit roten rissigen breitgewordenen Händen. Christines lange weiße Finger hatten sorgfältig geschliffene Nägel. Hier war sie sich immer bemitleidenswert vorgekommen, auch als sie sechzehn war, eine Waise, ein häßliches Entlein.

»Komm, lieber Spatz, ich bringe dich in dein altes Zimmer.«

Alle sagten Spatz, wo Rudi tot war.

Freia schluchzte. »Es ist besser so«, sagte Christine, »für ihn und für dich. Du siehst es nicht im Augenblick, aber glaube mir. Ruh dich gut aus. Der Gong zum Mittagessen läutet um halb eins.«

Es war doch nicht möglich. Unverändert, unverändert. Als ob nichts geschähe in der Welt. Sie nahm ihr Köfferchen, ging. Im Garten harkte Ferdinand: »Darf ich der gnädigen Frau den Koffer tragen? Wohin wollen gnädige Frau?«

»Ich kann den Koffer tragen«, sagte Freia.

»Nein, nein«, sagte Ferdinand.

»Ich habe schon schwerer geschleppt, und mein Mann hat Zentnersäcke geschleppt, den ganzen Tag mit fünfzig.«

»Ich rufe Menges.«

»Bitte nein. Ich gehöre nicht zu den Leuten, die im Wagen fahren.«

Aber Ferdinand hinkte schnell zu Menges, schickte ihn ihr nach. Menges sah die schluchzende Frau, stieg vom Bock, hob sie in den Wagen.

Freia dachte, war es Neid? Nein. Die zerstörte Stadt, die Trümmer, die Sirenen, die Wagen, die die Juden zu den Menschenschlachthäusern fuhren, die Soldaten mit erfrorenen Gliedern, die Flieger mit verbrannten Augen und hier? Unverändert, unverändert. »Der Gong zum Mittagessen läutet um halb eins.« Die Gleichgültigkeit der Natur. Sie haßte die Rhododendren, die blühten und sproßen, trugen Blätter und wuchsen.

Menges sagte: »Mein einziger Enkel ist in Rußland gefallen.«

»Ja, Herr Menges, alles ist so schrecklich, alle müssen wir so leiden, ich kann nicht mehr im Morgenzimmer aus silbernen Eierbechern essen, und alles geht weiter, als ob nicht Ihr Enkel und mein geliebter Mann, ach Herr Menges, was für ein Mann, tot wären.«

»Die Herrschaften haben Glück gehabt«, sagte Menges.

Freia fuhr in die nächste Stadt, ging in ein Lokal, saß auf einer Holzbank neben ein paar Frauen und einem Arbeiter. Zu diesen gehörte sie. Sie fühlte sich besser. Was sollte sie bei ihrer Schwester, die zwanzig Jahre lang nicht den Mut aufgebracht hatte, Rudi einzuladen, die es gut fand, daß Rudi tot war, die nicht wußte, die nie gesehen, was sie gesehen hatte. Sie weinte.

»Ist er gefallen?«

»Ja«, sagte Freia.

Die Frau legte ihr die Hand auf den Arm: »Weinen Sie sich aus. Das tut gut. Mein einziger Sohn ist gefallen, meinen Mann haben sie ...«

Freia sagte: »Kazet?«

»Ja.«

»Totgeschlagen?«

»Totgeschlagen.«

»Meinen auch«, sagte Freia.

»Biester«, sagte die Frau.

Einen Augenblick wünschte Freia, mit dieser Frau weiter zu leben, die wußte, die verstand.

»Wie alt?«

»Fünfzig. Lederarbeiter.«

»Meiner war dreiundfünfzig. Jude.«

»Was sie mit den Juden treiben, ist wohl schrecklich. Wir gehen noch alle zugrunde. Wir sterben noch alle, bevor der Krieg aus ist, und was soll das auch, nur Frauen übrig.«

Freia erzählte der Frau. Die Frau erzählte Freia.

»Würden Sie sich mit Eiern freuen?« fragte Freia.

»Nein, liebe Frau, jetzt, wo mein Junge nicht mehr ist und mein Mann tot, soll ich allein Eier essen? Und als er gelebt hat, haben wir keine gehabt. Nein.«

Freia fuhr in Berlin in die Pension, unter keinen Umständen wollte sie mehr in ihre Wohnung.

»Man bekommt nichts zu kaufen. Ihre eigenen Kleider?« fragte Frau Dix.

»Ich will keine Kleider mehr«, sagte Freia.

Die Frau Oberst besprach mit Frau Dix, daß man Freia in Ruhe lassen solle. Mit dem Oberst könne sie vielleicht ausgehen, obwohl er sehr gebrechlich wurde. »Wir können vielleicht abwechselnd mit einem Packer alles wertvolle und natürlich Freias persönliche Effekten packen.«

Der Oberst fragte Freia nach einigen Wochen, ob sie keine Erinnerungen an ihren Mann aufheben wolle.

»Ich brauche keine Erinnerungen an ihn«, sagte sie.

»Du bist jünger als ich war, als deine liebe Mami starb. Heute, nach einem Vierteljahrhundert, kann ich mich nur noch durch Fotos daran erinnern, wie sie in den verschiedenen Zeiten aussah. Heb dir alles auf. Ich glaube, daß wir schweren Zeiten entgegengehen. Es wird nie mehr das alte Deutschland sein. Es wird ein armes zerstörtes Land sein, daß seine Ehre verloren hat.«

Frau Dix gab Altes, Verwohntes an Ausgebombte und verteilte Freias Möbel in die Zimmer. Freia sah und merkte nichts.

Kurz nach Freias Zuzug verabschiedete sich Friedrich Wilhelm: »Ich habe mich zur Truppe versetzen lassen.«

»Wir haben dich ganz umsonst gefährdet«, sagte Freia.

»Laß, Spätzchen. Freia hat recht. Es ist bei unserem vorzüglichen Beamtentum klar, daß früher oder später in Erfahrung gebracht werden muß, daß ich einen Juden retten wollte. Da dies viel wichtiger ist als die Niederlage von Stalingrad oder el-Alamein, so kann ich mit Verhaftung rechnen, was heute KZ heißt, also lieber einen anständigen Soldatentod.«

»Du bist einen weiten Weg gekommen«, sagte der Oberst,

und Freia schrie: »Nun bin ich an deinem Tod schuld, wie an Rudis. Mit einer jüdischen Frau wäre er längst ausgewandert.«

»Nein, nein, Freiachen«, sagten Vater und Bruder.

Man sprach über die Kriegslage.

»Wir sind wieder soweit mit diesem genialen Gefreiten. Zweifrontenkrieg. Amerika hat eingegriffen, was will man mehr, und eines Tages werden wir auch wieder den Dolchstoß von hinten haben.«

»Ich hoffe noch immer auf ein Wunder. Nach einem Sieg wird es viel leichter sein, die Nazis loszuwerden als nach einer Niederlage. Wir stehen weit in Rußland. Die Festung Europa ist unangreifbar. Ich halte noch immer einen Sieg der Deutschen über Slaven und den amerikanischen Materialismus für ein Glück.«

»Ich werde das nicht mehr erleben. Ich werde auch dich wahrscheinlich nicht mehr wiedersehen. Ich wünsche von ganzem Herzen, daß du auch aus diesem Krieg gesund zurückkehrst. Du hast dich gewandelt. Du wirst dich weiter wandeln. Mögen nicht nur Nazis überleben.«

Friedrich Wilhelm war im Osten, als seine Frau Krach mit ihrem Dienstmädchen hatte, das sie noch immer halten durfte: »Ich möchte ja wissen, wo wieder die Butterration hingekommen ist? Können Sie mir vielleicht sagen. Ja?«

»Woher soll ich denn das wissen? Aber wenn gnädige Frau mich verdächtigen, kann ich ja auch gehen.«

Ruth sah, wie sie einen Mantel anzog, und mit ihrem Instinkt sagte sie: »Sie wollen mich wohl anzeigen, weil ich die BBC höre?«

»Will ich auch. Wir werden zur Bekämpfung staatsfeindlicher Elemente aufgefordert und ich soll mir die Hände für solche Leute schmutzig machen? Auf der einen Seite Frauenschaft, auf der anderen BBC hören, so was gehört unschädlich gemacht.«

»Ich zeige an, daß Sie Chinin benutzt haben, um 'ne Schwangerschaft loszuwerden. Also besser, Sie überlegen sich Ihre Anzeige. Ich kann mir meinen Haushalt auch alleine machen.«

Kurz darauf kam Ruth erst spät zum Einholen und traf bei

ihrer Grünkramfrau – »Guten Tag, Frau Oberst, was kann ich Ihnen geben, Frau Oberst?« – einen bildschönen Sternträger. Sie sagte leise zu ihm: »Seien Sie morgen wieder hier.«

Sie hatte einen Brief geschrieben, daß sie ihn verstecken würde. Er solle in der Dunkelheit an einer bestimmten Stelle im Garten sein.

Wenn man Ruth gefragt hätte, so hätte sie gesagt: »Der Junge gefällt mir.« Sie war eine Vierzigerin, er in den Zwanzigern, aber ebenso stark war ihr Trieb, sich in Gefahr zu begeben. Seit Friedrich Wilhelm im Feld war, hatte sie wieder mehr Besuche von Parteiangehörigen, und es machte ihr diebischen Spaß, daß sie einen Juden im Haus hatte. Ende 1944 wäre sie fast noch reingeschlittert. Als ein paar Mitglieder der Frauenschaft gegangen waren, brüllte sie durch das Haus: »Fritz! Entwarnung!« Es klingelte, eine Dame, die ihren Schirm vergessen hatte, sagte:

»Haben Sie nicht eben Fritz gerufen? Ich denke, Ihr Mann ist in Rußland?«

»Ihnen haben wohl die Angriffe die Nerven zerstört? Sie hören wohl weiße Mäuse?«

»Nein, Frau von Rumke. Ich glaube, wir sollten bei Ihnen eine Durchsuchung machen lassen. Sind Sie überhaupt astrein?«

»Bei Ihnen piepts wirklich. Sie sind doch mal in einer Heilanstalt gewesen, nich?«

»Ich? Ich war in einem Sanatorium. Wer war das nicht?«

»Das nennt man heute Heilanstalt. Haben Sie schon mal was von Gnadentod für Leute in Heilanstalten gehört? Wenn Sie Ihre Phantasien erzählen, können Sie was von mir erleben. Nu raus mit Ihrem Schirm.«

50. Kapitel
Es schleicht dem Ende zu

Jacobys bekamen einen Brief aus Leicester von Rose Marie, daß die kleine Marion durchaus nach London wollte und es durchgesetzt habe, in einer Textilfabrik zu arbeiten, ob sie bei ihnen gewesen sei?

»Nein«, schrieb Grete zurück. Sie kam auch nicht.

Sie wäre genauso ein armer Hund gewesen wie die jungen Mädchen, die im gleichen Haus wie die Jacobys wohnten, schon vierundzwanzig oder fünfundzwanzig, die morgens in die Fabrik gingen, um Uniformen zu nähen, und abends heimkamen und gar nichts von ihrem Leben hatten, junge Jüdinnen, Ausländerinnen, kannten niemanden, waren wohlerzogen, aber Marion war sechzehn und ging in den »Bund«. Da fand sie Willy Steppuhn, der eine Stange Gold verdiente, kein rasch angelernter Dreher im Lehrlingskurs der englischen Regierung wie Bernhard Blau, sondern einer, der von der Pieke auf bei Siemens gelernt hatte, kein nachgemachter, sondern einer von Generationen von Drehern, Willy Steppuhn von der Partei.

Willy holte sie von der Fabrik mit dem Rad ab. Die Abende verbrachten sie im »Bund«, der ein hübsches Londoner Haus hatte. Man konnte dort ein einfaches Essen bekommen. Es gab Räume für Vorträge und Ausstellungen. Jeden Dienstag hörten Willy und Marion den Kursus »Marxismus und Kultur« und jeden Donnerstag »Reform des Erziehungs- und Bildungswesens in Deutschland«. Es war zum erstenmal alles einfach für die Sechzehnjährige. »Quatsch, Juden, ihr seid Deutsche«, sagte Willy. Man spielte Theater. Junge Leute trugen ihre ersten Kompositionen vor. Es gab Tanz mit einem guten Zweck (›Hilfe für die deutschen Opfer des Hitlerfaschismus‹). Große englische

Schauspieler lasen große englische Literatur. Große vertriebene deutsche Schauspieler lasen deutsche Literatur. Es war viel mehr als ein geselliger Verein, obwohl auch das für ein einsames Kind wie Marion wichtig genug war, eine hellblaue Schleife ins Haar stecken und zu einem Tanz gehen und einen Freund haben, so einen prachtvollen Freund wie Willy, der über alles Bescheid wußte. Sie besuchte die Jacobys nicht, schrieb auch selten nach Hause, denn der »Bund« war ihr Leben.

»Siehste, in allen Kriegsgefangenenlägern gehört bereits der größte Teil der Mannschaften und ein Teil der Offiziere zu uns«, sagte Steppuhn und erzählte ihr von der Hilfe der Freien Deutschen für die französischen Partisanen.

Und wieviel Marion zu tun hatte! Jeden Sonnabend half sie jetzt bei der Ausstellung: »Die Bewegung ›Freies Deutschland‹.«

Auch Mühlenbach war voll beschäftigt. Zum ersten Mal hatte er Gelegenheit, sein Talent zu zeigen. Er organisierte »Streitgespräche« über Nietzsche, über Wagner. Schriftsteller, die keinen Auslaß hatten, sich innerlich verzehrten vor Nichtstun, konnten hier reden. Hierher kamen Hunderte von Intellektuellen, Mühlenbach telefonierte, Mühlenbach schrieb, Programme mußten gedruckt, Billets in Auftrag gegeben werden. Freiwillige Helferinnen, zum Beispiel Marion, schrieben Adressen. Er bat englische Universitätsprofessoren, im »Bund« Vorträge zu halten. »Wir sind alle antifaschistische Deutsche, die zurückkehren wollen, und die Gelegenheit unseres Aufenthalts in England benutzen, um unsere jungen Menschen mit der englischen Literatur vertraut zu machen.«

Wie klar das war! Junge Deutsche, Antifaschisten, die nach Deutschland zurückkehren wollten, und der Professor hielt den Vortrag.

Am 9. November 43 arrangierte der »Bund« eine Gedenkfeier des Novemberpogroms von 1938. Otto ging nicht mit. »Es interessiert mich nicht.« Es interessierte ihn nichts mehr. »Lass das Feuer nicht ausgehen«, sagte Grete. Sie wußte, er würde es ausgehen lassen, er würde frierend zu Hause sitzen. Sollte sie zu Hause bleiben?

Der Vorspruch war von Klawotzky. Dann sprach Jacke, gelobte feierliche Gutmachung aller von den Nazis angerichteten Schäden: »Jede Bank, jedes Geschäft, jedes Haus wird von uns zurückgegeben werden, die geraubten Gelder, die Möbel.«

Es folgte ein Brechtsches Lehrstück, gespielt von Stars, die wegen der englischen Sprache nirgends ihr Talent zeigen konnten.

Der alte Markus sagte nach Schluß zu Grete: »Großartige Leute, die Kommunisten. Dieser Jacke! Was hat man den Leuten Unrecht getan.«

»Haben Sie das organisiert?« fragte Grete Mühlenbach beim Hinausgehen. Mühlenbach strahlte. »Ich gratuliere Ihnen. Niemand außer dem ›Bund‹ hat daran gedacht, eine Gedenkfeier zu machen. Es war wunderbar. Was für ein Glück, wieder einmal gutes deutsches Theater. Aber was redet Jacke? Kommunismus mit Privatunternehmungen?«

»Kommunismus für Millionäre«, lachte Mühlenbach, »aber Stalin ist doch ein Genie. Wiedersehen!«

Grete trat auf die Straße, wo man nur die winzigen Lichtpunkte der Taschenlampen sah und nur Menschenschritte hörte, dachte an ihres Vaters Erzählungen von Kragsheim, wie die Leute mit ihren Laternen aus dem ›Gläsernen Himmel‹ nach Hause gingen. Im Untergrundbahnhof waren immer zwei Betten übereinander den ganzen Bahnsteig entlang und lustige Unterhaltung von Bett zu Bett. Es fielen keine Bomben mehr, aber die Leute waren nicht aus den Untergrundbahnhöfen wegzubringen. Sie waren ausgebombt, es war so bequem, direkt aus dem Bett in die Bahn zur Arbeit. Die Geselligkeit war anregend, jahrelang lag man nun schon nebeneinander und war befreundet. Wieder in die Einsamkeit? Und außerdem eine kostenlose Wohnstätte und morgens Tee. Grete sah Marion und ging auf sie zu: »Aren't you Marion Klawotzky?«

»Mit mir können Se deutsch reden«, sagte Marion laut, obgleich man im Kriegslondon nicht gern laut deutsch sprach. »Wer sind Sie denn?«

»Frau Jacoby.«

»Ach, ick weess, ’ne Freundin von mein Vater. Vakrümmel dir doch nich, Willy, hier is ’ne Freundin von meine Eltern. Hier mein Freund, Willy Steppuhn.«

»Freut mich.« Sie schüttelten sich die Hand.

»Waren Se bei unse Feier oder jehn Se nich zu Sachen vom ›Bund‹?«

»Der Vorspruch von Ihrem Vater war sehr schön.«

»Wie mans nimmt, is eben die sterbende Bourgeoisie.«

»Und was Jacke gesagt hat, stimmen Sie da überein?«

»Das war doch bloß son Gerede«, sagte Willy, »wird alles sozialisiert. Wir sind in der Epoche der Tarnung.«

»Da kommt mein Zug«, sagte Grete. Sie lud Marion nicht ein. Sie würde nicht kommen, und wenn, die gleichen Unterhaltungen, jetzt schon mit der nächsten Generation. Nein. Wie wichtig Worte waren, statt Lüge sagt man Tarnung, statt Mord umlegen, statt vernichten evakuieren.

Marion Klawotzky, nicht so feenhaft wie ihre Mutter, aber hübsch und ununterscheidbar von jeder Londoner Fabrikarbeiterin ihres Alters. Mit dem Instinkt der Raupe hatte sie sich assimiliert, hatte keine Schwierigkeiten in der Fabrik, hatte ungewöhnlich geschickte Hände, aber dachte nicht daran, schneller zu arbeiten – »Ick wer mir abrackern für den Boss«. Sie schlief in Sachen wie die andern, zog den Jumper über die bloße Haut. »Wäsche kaufen?« hatte eine Kollegin zu ihr gesagt, »und dich denn hinstellen, waschen? Nee, wozu?« Und Marion gab auf, Wäsche zu tragen.

Klawotzky half im Heim, bediente Staubsauger und Scheuerbürste, deckte Tische, wusch ab. Was sie an Personal sparten, kam ihnen zugute. Wenn Rose Marie fertig gekocht hatte, machte sie Schmucksachen aus Kork, den sie bunt anmalte. Sie verdiente damit etwa zwei Pfund in der Woche. Wenn sie keine Schmucksachen machte, übernahm sie Heimarbeit, sechs Haarspangen auf Pappe stecken oder sechs Briefmarken in Säckchen. Refugeefrauen halfen, aber man konnte sich nicht unterhalten, damit man sich nicht verzählte. Ein großer Erfolg war, daß Rose Marie mit Hilfe einer freundlichen Engländerin drei Manuskripte über Kriegskocherei in der BBC unterbrachte. Sie bekam zwölf Pfund.

»Dafür schaffst du dir ein Kleid an«, sagte Klawotzky.

»Du brauchst viel nötiger einen Anzug«, und es wurde der Anzug angeschafft.

Eines Tages bat der große Berliner Regisseur um Klawotzkys Stück »Die Straße«, um es vielleicht im »Bund« aufzuführen. Klawotzky zeigte den Brief seiner Frau. Wo war das Stück? »Wir haben doch bei Kriegsbeginn verschiedene Manuskripte nach Amerika geschickt. Haben wir noch die Liste?«

»Die getippten Listen sind im Koffer im Gebüsch an der Loire.«

»Ich hab sie mir auch hinten in ein Notizbuch geschrieben. Wo ist das Notizbuch?«

Sie hatten zwei Schubladen, ein Fach, für Flaschen entworfen, in dem sie Pässe, Notizbücher, Manuskripte, Penguins – 6 Pence das Stück – stapelten. Klawotzky mit seiner peinlichen Ordnung fand das Notizbuch und die Liste unleserlich mit schlechtem Bleistift gekritzelt. »Ich kann jetzt kein Manuskript aus Amerika kommen lassen, die Schiffe werden torpediert, und ich kann Hanna Fuchs nicht die Auswahl anvertrauen. Kannst du das lesen?«

»Ja«, sagte Rose Marie, »Jacoby.«

»Daß ich das vergessen habe, aber Jacobys haben nie davon gesprochen. Hoffentlich haben sie noch die Sachen bei der vielen Umzieherei.«

»Jacobys schmeißen keine fremden Sachen weg, eher ihre eigenen.«

An einem Sonntag kamen Willy Steppuhn und Marion zu Jacobys, um das Manuskript abzuholen. Sie gingen mit Otto in den Keller, fanden den Koffer und das Paket.

Wie schon öfters lag unter Jacobys Tür ein Zettel: »Hierdurch kündige ich Ihnen zum Ersten. Bei dem Überangebot an Zimmern werden Sie leicht etwas zu gleichem Preis finden.«

In einem Jahr hatten sie dreimal ihr Zimmer wechseln müssen. Das jetzige bot viele Vorteile. Der Satz vom Überangebot an Zimmern war Hohn, es gab gar keine. Adelina kam ihnen zu Hilfe: »Bieten Sie der Person fünf Shillinge in der Woche mehr, und sie wird Ihnen keine Zettel mehr unter die Tür schieben.« Die Wirtin nahm die Kündigung zurück, und Otto und Grete schämten sich. »Wie dumm sind wir eigentlich?« fragte Grete.

Klawotzky kam aus Leicester. »Wenn er ›Die Straße‹ für so gut hält, warum hat er sie nicht 1925 in Berlin einstudiert?« sagte er zu Otto.

»Seien Sie zufrieden, daß sie aufgeführt wird.«

Die Generalprobe war eine furchtbare Enttäuschung für Klawotzky. Er schrie: »Mein fulminanter Angriff gegen den lieben Gott *muß* bleiben. Ich bestehe darauf. Das erst gibt dem Stück das Metaphysische.«

Der berühmte Regisseur brüllte zurück, daß nur über seine tote Leiche dieser Angriff auf den lieben Gott gesprochen werden würde.

Er wurde auch nicht gesprochen.

Alle kamen, die noch die Kraft hatten nach dem dauernden Alarm wegen der fliegenden Untertassen, wie man die v-1- und v-2-Waffen nannte, Rechtsanwälte, die in Fabriken arbeiteten, Richter, die bei der Enttrümmerung halfen, Bankiersgattinnen, die Kellnerinnen waren, der bekannte Bibliophile, der den Kaffee bei Lyons verwaltete, der Literaturpapst, aber auch die zweite Garnitur. Ob diese Aufführung zweimal vor 200 Menschen stattfand oder in Berlin vor einigen Tausend, kein Unterschied für Klawotzky. Er konnte sich fünfmal verbeugen, mit der herrlichen Clarissa Scheinweg zum Beispiel. Der Literaturpapst klopfte ihm auf die Schulter. Dann eilte er zum letzten Zug nach Leicester.

1944 gab Rose Marie das Heim auf und mietete ein Haus für Sommergäste.

»Wozu?« sagte Klawotzky.« Jetzt ist alles eingespielt, könnte ich wieder was schreiben. Es ist wie eine Besessenheit, daß du dir Arbeit machen mußt. Bis wir das Haus in Ordnung haben! Es ist doch ganz verkommen.«

»Erich, in vier Wochen haben wir alles gemacht, und es wird uns viel besser gehen.«

Klawotzky polsterte Stühle auf, legte elektrische Leitungen, Rose Marie machte Überzüge, Gardinen, fuhr auf Auktionen, sah sofort das Beste, und schon meldeten sich Gäste. Klawotzky handhabte Staubsauger und Scheuerbürste, heizte den uralten eisernen Herd, Rose Marie zeigte ihre Kochkunst, ihre Kunst des Blumenarrangements. Die alten Markus kamen, Mühlenbach, Clarissa Scheinweg, Kitzingers und Frau Leipziger und Rosenthals. Abends setzte sich Rose Marie zu ihren Gästen, eine Näherei in der Hand. Klawotzky trat mit der Redewendung ein: »Sie sehen, ich habe meine Knechtsgestalt abgelegt.«

Wieder einmal hatte Rose Marie recht. Das Sommergeschäft genügte, um im Winter drei Monate ohne Arbeit in London zu leben.

Sie saßen mit Jacobys und Mühlenbach zusammen. »Ich bleibe auf keinen Fall hier, wo man nicht weiß, ob man naturalisiert wird«, sagte Rose Marie, »ja, ob sie einen überhaupt da lassen.«

»Sie lassen einen nicht da«, sagte Mühlenbach, »ich weiß aus bester Quelle, daß wir sofort nach Friedensschluß ausgewiesen werden.«

»Ach, diese Geheimnistuerei«, sagte Rose Marie. »Was soll heißen ›aus bester Quelle‹? Wir dürfen nicht hier bleiben, steht in jeder Zeitung.« Sie nahm Zeitungsausschnitte aus ihrer Handtasche und las vor: »Auf der Konferenz des Hampsteader Zweigs des Kriegervereins wurde folgender Antrag abgelehnt: ›Viele Fremde feindlicher deutscher Herkunft haben jetzt schon beschlossen, nach dem Krieg hierzubleiben, und sie klappern Hampsteadt ab, um um jeden Preis Geschäfte zu kaufen. Sie kamen nach 1935. Achttausend haben im Pionierkorps gedient. Sie könnten nach dem Krieg im Dienst der alliierten Kommission die Polizei in ihrem eigenen Land stellen, so laßt sie zurückgehen. Die Regierung will einem Drittel erlauben, hier zu bleiben. Ich bin dagegen. Der britische Soldat geht vor.‹«

»Das hat uns gerade noch gefehlt, die deutschen Juden als Polizei in Deutschland!« sagte Otto.

»Der Antrag wurde abgelehnt«, sagte Klawotzky.

»Oh, das ist nicht alles«, sagte Rose Marie und nahm einen zweiten Ausschnitt vor: »Die Handelskammer in Hampstead nahm folgenden Antrag an: ›Mit größter Besorgnis beobachten wir, daß die Erlaubnis, Geschäfte aufzumachen, andern als britischen Staatsbürgern gegeben wird. Alle diese Erlaubnisse müssen sechs Monate nach der Beendigung der Feindseligkeiten widerrufen werden. Der Präsident sagte, daß Fremden, denen ein Schutzhafen in England gewährt wurde, auch die Möglichkeit gegeben werden muß, ihren Lebensunterhalt zu verdienen, aber warum sollten sie überhaupt die Erlaubnis bekommen, Läden aufzumachen? Sie würden nützlicher verwendet, wenn sie Angestellte in bestehenden Geschäften würden.‹«

»Sie können doch die Kinder nicht ausweisen, die hier aufgewachsen sind?« sagte Grete mühsam. Otto legte ihr die Hand auf den Arm, um sie zu beruhigen, ihr herzensguter nervöser Julius, ihr hochbegabter verfeinerter Klaus, was würde aus ihnen werden, wenn sie noch einmal herausgerissen würden?

»Na, bitte«, sagte Rose Marie, »ich will wissen, wo ich hingehöre. Gleich die first papers und fünf Jahre später Amerikaner. Da kann ich überall ein Restaurant aufmachen und mein Akzent ist kein Hindernis. Marion geht mit Willy Steppuhn nach Deutschland«.

Jacobys hatten nicht nur Pech mit ihrer Wirtin, die Frau im Nebenzimmer ließ ihr Radio bis zwölf Uhr nachts laut laufen und ließ die Jacobys jeden Morgen zwischen 6 und 7 Uhr morgens durch das Telefon wecken, um sie zu zwingen, das Zimmer aufzugeben, das sie für Freunde wollte.

Das Telefon im Hausflur klingelte.

»Und wenn es Hollywood ist, Otto. Ich will doch sehen, ob sie prinzipiell nicht geht.«

»Frau Jacoby, Jacoby, Jacoby! Daß ich für Sie ans Telefon laufen muß, ist ja noch schöner.«

»Sie wissen ganz gut, daß ich den ganzen Tag damit beschäftigt bin, für Sie ans Telefon zu gehen und Ihren Kundinnen die Haustür zu öffnen.«

»Wenn es noch mal klingelt, geh ich nicht ran.«

»Ich auch nicht«, sagte Grete, und ins Telefon: »Hanna Fuchs! Von wo telefonierst du denn?«

»Von London.«

»Ich dachte, ihr seid in New York.«

»Sind wir auch.«

»Gehen denn schon Schiffe?«

Grete stürzte ins Zimmer zurück, wo Otto an einer Erfindung bastelte: »Hanna Fuchs ist aus New York da.«

»Gehen denn schon Schiffe?«

»Denk nur, es gehen Schiffe. Wir gehen heute zu Adelina, und morgen wollen wir mit ihr in Soho essen.«

»Soho, ich weiß nicht, teuer«, sagte Otto.

»Eine der wenigen Übriggebliebenen.«

»Na gut«, sagte Otto und dachte wie Grete: Es gehen Schiffe, und sie küßten sich.

Grete erzählte Hanna, daß Markus gestorben war: »Er war achtzig. Zuletzt hat sich noch die Krankenschwester in ihn verliebt. Er hat einmal meine arme Mama in der Tiergartenstraße angesprochen, sie hat es nie vergessen. Er hat ›entzückend‹ zu ihr gesagt.«

Hanna war elegant, sah jung aus, eine Frau, die keinen Krieg hinter sich hatte.

»Ich mach euch einen Tee«, sagte Adelina, »trinkst auch Tee, Hanna?«

Sie saßen in den schönen Sesseln, tranken aus dem feinen Porzellan. Ein bildschöner junger Mann mit der grünen Mütze der Kommandos trat ein.

»Ihr scheint meinen Enkel Walter Blau, jetzt Blue, nicht zu erkennen?«

»Ja, Walter!« riefen Hanna und Grete.

Er war mit der Truppe in Italien gewesen, hatte ein paar Filmleute kennengelernt: »Dort wird große Kunst gemacht, ein neuer Realismus.«

»Kommen Sie doch mal zu meinem Mann, es wird ihn brennend interessieren.«

»Ja, Walter«, sagte Adelina, »dein Großvater und der Vater von Otto Jacoby waren Jugendfreunde, und Otto Jacoby war ein großer Filmregisseur und Grete Jacoby eine bekannte Journalistin.«

»Ein bißchen übertrieben, aber danke sehr. Also kommen Sie mal.«

»Gern«, sagte Walter Blau, aber Grete wußte, er würde nie kommen. Was sollte der Vierundzwanzigjährige mit dem Fünfziger?

»Ich geh jetzt Großmama, ich fliege heute abend nach Rom. Wenn ich das nächstemal in London bin, besuche ich Sie, Frau Jacoby.«

»Glückliche Generation«, sagte Grete. Als Otto vierundzwanzig war, wurde er schwer verwundet. Auch Otto war bildschön und hochbegabt, kein Hauptmann, kein Kommando.

»Ich wollt schon fragen, hat Klaus ... Du weißt doch Hanna, daß Grete so einen begabten Buben hat ...«

»Ja, großes scholarship für Cambridge und Julius arbeitet in einer Autofabrik. Er ist sehr zufrieden. Klaus war ganz überwältigt von Cambridge. Es gibt dort einen ›bedder‹, das heißt eine Frau, die aufräumt, und sie legt das Feuer im Kamin, so daß man bloß ein Streichholz hinzuhalten hat, dann hat man ein gemütliches Feuer. Es beglückte ihn, daß alles fünfhundert Jahre so gewesen ist. Der ›bedder‹ und in der gotischen Halle essen und das Podium für die Professoren. Die Sicherheit, daß hier Generation nach Generation gleich gelebt hat und gleich leben wird, ist ihm viel wichtiger, als daß das Essen nicht gut und die Waschgelegenheit eine Etage tiefer ist. Meine Kinder sind keine Rebellen.«

»Meine Enkel auch nicht«, sagte Adelina, »hübsch ist das Bluserl, Grete; ich hab so einen guten schwarzen Anzug von meinem Mann, da könnten Sie sich ein Kostüm draus machen lassen.«

»Mein Kostüm ist von 1931, es fängt eben erst an, schäbig zu werden, aber nach vierzehn Jahren möcht man schon gern mal etwas anderes. Ich nehm den Anzug sehr gern.«

»Ich hab einen guten Schneider«, sagte Adelina, »sagen Sie,

Sie kommen von mir. Na, und Hanna, was machen die Mädeln? Beide verheiratet, nicht wahr?«

Jacobys und Hanna gingen durch eine müde Oxfordstreet. Knallrote, knallgrüne, knallblaue Plastiksachen. Stoffe aus Zeltbahnen für Neuverheiratete reserviert. Häßliche Kleider, die rationiert waren.

Und wie sie so schlenderten, kam ihnen Bernhard Blau mit einem schweren Koffer entgegen. Otto freute sich, zeigte auf Hanna: »Sie ist aus New York gekommen. Es gehen schon Schiffe.«

Bernhard Blau berührte das nicht. »Na, wie gehts?« fragte man ihn.

»Recht gut. Ich muß Ihnen zeigen, was ich für wunderbare Sachen verkaufe. Kommen Sie in den Hausflur.«

Hanna kannte das alles nicht. Sie waren in ein Schweizer Hotel ausgewandert, und als es aussah, als ob Hitler auch die Schweiz überrennen würde, in ein Hotel in New York, und nun sah sie Bernhard Blau – Blaublusen – glücklich, einen Koffer zu schleppen.

Bernhard öffnete den Koffer und sah sie erwartungsvoll an. Hutnadeln auf Pappe. »Diese hier aus Pailletten ist ein Modell von Rose Marie Klawotzky. Sie ist ja so erfinderisch.«

»Hübsch«, sagte Hanna.

»Nicht wahr? Ich freue mich, daß ich so etwas Hübsches verkaufen kann.« Er sah Otto an, den Mann mit dem großen Geschmack.

Otto sagte: »Die Nadeln sind wirklich sehr hübsch. Und was macht Walter?«

»Er hat in Italien ein paar Filmleute kennengelernt und will gleich nach seiner Entlassung dort arbeiten. Der Junge hat alles Glück, das unser armer Thomas nicht gehabt hat.«

»Mit Filmleuten in Italien«, sagte Otto. Grete hatte es ihm verschwiegen. Die neue Generation fing an.

»Ja, es geht mir sehr gut«, sagte Bernhard, »schade, daß Lore das nicht mehr erlebt hat.«

Hanna fand Otto ja scheußlich verändert, so mürrisch, aber

sie ließ sich nichts anmerken: »Mein Mann wollte nicht nach Europa, er ist über siebzig. Ich komme von Paris. Alles ist Schwarzer Markt. Als ich hier beim Frühstück im Hotel ein winziges Stückchen Butter bekam und der Kellner sagte: ›Die Ration‹, war es wie eine Erlösung, ein Land ohne Schwarzen Markt.«

»Es gab so gut wie keinen in England.«

»In Amerika sagen sie, ›Europe is finished‹, und warnen, einen Pfennig hier reinzustecken.«

»Unsinn«, sagte Otto, »zweihundert Millionen hochentwickelte Menschen! Das erholt sich.«

»Aber so zerstört?« Sie wollte noch einmal nach Paris.

»Würden Sie mir für meine Gretl einen Seidenschal mitbringen?«

»Ganz richtig, Otto. Sie muß sich ein bißchen rausreißen und netter machen. Welche Farbe?«

»Grün, denke ich«, sagte Otto.

FÜNFTER TEIL

NACHKRIEG

51. Kapitel

Berlin

In Hoek van Holland ging Grete vom Schiff über Bretter in einen Schuppen und wieder über Bretter in einen verkommenen Zug, fuhr langsam an Arbeitern vorbei, die neue Schwellen legten, Schienen verschraubten. Pfeifen und Blasen durch den Schalltrichter, und der Skandinavien-Express zuckelte langsam über eine Brücke, eine der tausend zerstörten Brücken Europas.

»Ist schon wieder in Ordnung«, sagte die Holländerin, aber dort hing eine im Wasser und dort auch.

»Die erste Lust des Mannes, die Zerstörung ...«

Bentheim. Grete sah Beamte in hohen Stiefeln. Dies war die verruchte Grenzstation: »Fahren Sie ja nicht über Bentheim raus. Dort werden regelmäßig die Juden aus den Zügen geholt. Kehl-Straßburg oder Flensburg ist viel besser.« Waren es noch dieselben Beamten? »Kaffee?« fragte der eine.

Am nächsten Bahnhof standen Schulkinder. Alle in Pelzmäntelchen.

»Seit wann ist es Mode, daß Schulkinder Pelzmäntelchen tragen?« fragte Grete.

»Die Bauern verdienen, was sie wollen«, sagte ein Deutscher.

»Die Pelzmäntel sind waggonweise aus Frankreich geholt worden«, sagte die Holländerin.

»Und jetzt nicht zurückgeschickt worden?« fragte Grete.

Die Holländerin lachte. Der Deutsche nahm seine Zeitung.

Freia sagte zu ihrer Stiefmutter: »Frau Jacoby hat geschrieben, daß sie nach Berlin kommt. Ich fürchte mich, wird man von allem sprechen.«

»Sie wird wissen wollen, wie es mit ihrer Mutter war. Man kann ihr noch nicht einmal eine Tasse Kaffee anbieten.«

»Von dem Care-Paket von Edith ist gar nichts mehr übrig?«

Die Sonne schien. Es war ganz still. Alle Häuser in der Straße waren gebombt, warfen Schatten mit den Fenstern als viereckige Sonnenflecken, denn die Fenster waren Löcher in den Fassaden. Ein älterer feingekleideter Herr näherte sich Grete: »Haben Sie vielleicht zufällig etwas zu essen bei sich?«

Grete gab ihm ein belegtes Brot.

»Danke verbindlichst«, sagte der Herr.

Es gab Augenbrauenbürsten zu kaufen, Zahnbürsten nur gegen Griffablieferung, keine Schuhe, keine Strümpfe, die Frauen trugen Kleider, die nach Gardinen aussahen, die Männer Leinenjacken mit Passe, offenbar aus Tischtüchern. Eiserne Bettstellen bildeten Zäune.

Die Pension Dix war nahezu ungebombt. Das Haus hatte keine Tür, der Fahrstuhl funktionierte nicht, es gab keine Treppenläufer, der Stuck blätterte ab. Grete klingelte. Ein Dienstmädchen machte auf und sagte: »Die Damen erwarten Sie.« Grete hatte den Eindruck von riesigen dunklen Zimmern und riesigen Möbeln. Drei Damen begrüßten sie. Freia und Grete fanden sich sehr verändert, aber nur im ersten Augenblick. Dann kam das alte Gesicht zum Vorschein.

Die dritte Dame war Besuch der Frau Oberst: »Ach, Sie kommen aus London? Na, was sagen Sie, wie zerstört unser Berlin ist?« sagte sie.

»Ja, sehr zerstört. Aber London wurde auch gebombt.«

»Na, so schlimm kann es ja nicht gewesen sein. Die Bomben waren ja noch nicht so weit.«

Man sprach vom Leben in England. Grete erzählte, was noch alles rationiert war.

»Ist ja komisch. Die haben doch gesiegt«, sagte der Besuch, »ich finde, wir haben nun genug gebüßt. Jetzt sollte man die Deutschen sich mal erholen lassen. Können Sie mir sagen, warum uns die Alliierten keine Milch und keine Südfrüchte geben?«

Grete überlegte, sie saß in der Wohnung, in der sich ihre Mutter vor der Deportierung das Leben genommen hatte. Sie kam in die Stadt, aus der sie und ihre Freunde vertrieben worden waren, und sie wurde angegriffen.

Die Dame verabschiedete sich. »So, nun kann ich Sie erst mal richtig begrüßen«, sagte die Frau Oberst, »und nun erzählen Sie mal, wie es Ihnen ergangen ist.«

Frau Oberst von Rumke fragte.

»Zuckermanns sind noch 1939 nach drüben gegangen. Aber das werden Sie ja wissen. Der Junge ist bald mit dem Studium fertig. Er ist begabt und sieht gut aus.«

»Das freut mich«, sagte die Frau Oberst, »es nimmt einem eine Last von der Seele, wenn man hört, daß es den Kindern wieder gut geht.«

»Von meinen Jungs studiert der eine in Cambridge, der andre ist Techniker. Nur, ich sage ›nur‹, mein Mann ist nie wieder richtig in seinen Beruf gekommen. Frau Dix lebt wohl nicht mehr? Meine Mutter war ihr unendlich dankbar.«

»Sie ist im letzten Kriegsjahr gestorben. Mein Mann auch. Es war ein leichter Tod, auch bei meinem Mann, obwohl ich nicht von leicht reden sollte, Deutschlands Untergang, die schändliche Ermordung seiner Kameraden traf ihn sehr hart. Wir hätten ihn wohl sonst länger gehabt.«

»Haben Sie eine Ahnung, wie lange meine Tante Sabine noch gelebt hat?«

»Wir wissen ja gar nicht, wohin sie gekommen ist? Wissen Sie das?«

»Nach Theresienstadt. Wer lebt denn noch von Ihren Geschwistern, Frau Stern?«

»Wir wissen es nicht. Christine, bei ihr ist alles unverändert. Der Sohn arbeitet auf dem Gut. Er hat in dem Wirrwarr im Osten eine mecklenburgische Prinzessin gerettet und geheiratet.«

»Daß das Ihre Großmutter nicht erlebt hat. Christine hat mir immer erzählt, ›standesgemäß‹, das war ihr Traum. Und jetzt eine Prinzessin in der Familie.«

»Meine Heirat hat sie ja nicht erlebt. Sie wissen doch?«

»Edith hat mir geschrieben«, sagte Grete, »daß Rudi umgebracht wurde, nichts Näheres. Sie kennen doch Edith. Sie beschäftigt sich ungern mit den Toten.«

»Alle beschäftigen sich ungern mit den Toten«, sagte Freia, »über uns wohnen Nazis, alles voll mit gestohlenen Sachen und Geld wie Heu. Warum sollen sie sich mit den Toten beschäftigen?«

»Warum zeigen Sie solche Leute nicht an?« sagte Grete.

»Nein, Frau Jacoby. Zwölf Jahre war Deutschland ein Denunziantenland. Nun muß Schluß damit sein.«

»Ein bewundernswerter Standpunkt, Frau Oberst, aber er hat Gefahren.«

»Jürgen ist in einem Lager in Rußland. Wir wissen nicht, wo.«

»Ach, das freut mich«, sagte Grete und merkte gleich ihren Irrtum. »Das muß ich Ihnen erklären. Wir haben Jürgen und Anna noch 33 und 34 in Prag gesehen, und dann ist ein blödsinniges Gerücht aufgekommen, Jürgen sei als Spion hingerichtet worden, und ich freue mich, daß das nicht der Fall ist. Und Anna?«

»Sie ist schon in den dreißiger Jahren gestorben. Charlotte Schwarz hat uns einmal besucht.«

»Charlotte hat überlebt? Haben Sie die Adresse?«

»Ja, ich gebe sie Ihnen nachher.«

»Wissen Sie, was aus Peterchen wurde?«

»Ich glaube, er ist in Rußland geblieben. Sie hat uns nichts erzählt.«

»Und Friedrich Wilhelm?«

»In russischer Kriegsgefangenschaft. Sie haben ja noch Millionen. Keiner weiß, wann sie zurückkehren dürfen.«

Die Frau Oberst merkte, daß Grete nach allen fragte, nur nicht nach ihrer Mutter. Sie fing davon an: »Ihre Frau Mutter ...«

»Ich werde mein Leben lang nicht darüber hinwegkommen, daß wir die zwei Frauen nicht retten konnten, aber das konnte man doch nicht ahnen. Ein alter Onkel meines Mannes, der 1941 in London starb, hat gesagt: ›Mein Leben ist eine einzige Reue, daß ich rausgegangen bin. Wenn ich wissen will, was in der Welt los ist, muß ich mir eine sechs Wochen alte Schweizer Zeitung kaufen.‹ Meine Mutter war so glücklich hier.«

»Als Ihre liebe Frau Tante kam, war es schon ein bißchen gefährlich, aber Frau Dix hatte so viel Humor und sagte: ›Wir nennen Frau Gutmann anders. Wenn wir sie ans Telefon rufen, dann rufen wir ›Frau Anders‹, und wenn irgend etwas passiert, dann sagen wir, es war ein Spaß.‹ Ich zeige Ihnen die Zimmer der beiden Damen.«

»Ich habe mir schon das Haus meiner Schwiegereltern, das Haus, in dem mein Mann und ich wohnten, angesehen, aber ich bekomme es nicht fertig, zum Haus meiner Tante und meiner Mutter zu gehen. Ich weiß, es ist feige.«

Die Frau Oberst stand mühselig auf: »Ich brauche immer ein bißchen, bis ich mich in Trab setze.«

Sie gingen in den Hinterkorridor.

»Hier ist das Zimmer. Ich lasse Sie allein. Nur noch eins, man muß mit Freia sehr vorsichtig sein. Alles erst fünf Jahre her. Ich wünschte, das Leben würde noch einmal für sie beginnen, aber in Berlin gibt es ja kaum mehr Männer.«

Eine Dame rief bei Grete im Hotel an: »Das raten Sie nicht, wer hier dran ist.«

»Doch«, sagte Grete, »Ruth Stahlmacher.«

»Das nenn ich ein Gedächtnis, aber besser Edeltraute von Rumke.«

»Nicht wieder Ruth?«

»Schon wieder Edeltraute. Wollen Sie zu mir in den Grunewald kommen?«

»Nein, treffen wir uns bei Schillings. Existiert doch noch.«

»Zur unvermeidlichen Himbeerlimonade? Nee, ich hole Sie abends mit Herrn Goldberg ab.«

»Wer ist Herr Goldberg?«

»Mein Freund.«

Eine Mondlandschaft, von Laternen beleuchtet, leere Straßen ohne Gefährte. Schutthaufen, wo Klawotzky gewohnt hatte. Glogauer war an dieser Ecke nicht gekommen, erinnerte sich Grete. Warum hatte sie so gelitten?

»Am 23. November 1943 ist in einem Sturmwind der ganze alte Westen bis zur Kaiser Wilhelm Gedächtniskirche durch Feuerbomben vernichtet worden. Feuerwehr hat nicht mehr funktioniert, aber die Wagen, um die Juden abzuholen, fuhren weiter«, sagte Edeltraute.

In einer Wohnstraße aus Ruinen war die Tür zum Restaurant. Auf einem weißen Vorplatz mit einer riesigen Vase mit Blumen nahm eine grauhaarige Frau in Schwarz mit einer weißen Schürze die Garderobe.

Perserteppiche, gedämpftes Licht, gedämpfte Musik, gelbe Tulpen auf den weiß mit Silber gedeckten Tischen.

Edeltraute von Rumke erzählte: »Ein Pfund Butter kostet 300 Mark, Zucker 280, die Untergrundbahn 20 Pfennig. Wenn Sie sich einen Hund kaufen, zum Essen natürlich, fragt man Dackel? Terrier? Was für ne Rasse ziehen Sie vor? Ich habe 'nen Hasen gekauft, wurde als Dachs bezeichnet, war aber Hund, kostete 150 Mark. Na also, was essen wir?«

Kellner im schwarzen Frack. Edeltraute fragte: »Na, was können Sie uns bieten? Nur Muscheln?«

»Ich schlage der gnädigen Frau vor, 'ne Suppe zu wählen, dann Hering.«

»Ganzen Hering?« fragte Edeltraute erstaunt.

»Nein, einen halben, aber sehr schön zubereitet, dann als Fleischgang ...«

»Na sagen Sie schon Bulette mit Zwiebel.«

»Wir nennen sie Brisoletts.«

»Gut, und zwei Cocktails.«

Am Nebentisch saß ein betrunkener Schwede, sagte vor sich hin: »Möchte wissen, möchte wissen, wer ich bin.« Legte den Kopf auf den Tisch, begann wieder: »Möchte wissen, möchte wissen ...«

Dämmriges Zimmer, Geigenmusik, der Betrunkene, draußen Ruinen. War es ein Stück der zwanziger Jahre?

Edeltraute erzählte von den Russen: »Ich habe einen Hof von Pferdeäpfeln reinigen müssen, dafür haben mir die guten Kerle vier Büchsen Wehrmachtskäse gegeben, habe ich gesagt: ›Bitte Fett‹, hat er mit der Hand ins Fett gegriffen und mir ein großes Stück auf den Käse geschmiert. Wissen Sie, wir werden das ja den Amerikanern nie verzeihen, daß sie an der Elbe stehen geblieben sind und uns den Russen ausgeliefert haben. Zuerst hatten wir sibirische Truppen, großartige, hochgewachsene Leute und tadellose Disziplin. Erst als die zurückgenommen wurden, kam diese furchtbare Truppe. Sie werden ja alles wissen. Keine Möglichkeit, sich zu verstecken in den gebombten Häusern, wo keine Tür schloß. Mein Doktor vom Sanatorium neben Rumkes Pension hat seine sechzehnjährige Tochter mit Zyankali abgespritzt, als die Russen sie für ein Bordell mitnehmen wollten. Es gab auch anderes. Es gab Russen, die sorgten für die eine Frau, die sie sich ausgesucht hatten, daß sie zu essen und in dem schrecklichen Winter 46/47 zu heizen hatte. Ich weiß von einer Frau, die haben russische Generäle, für die sie kochte, an ihren Tisch geladen. Das wäre weder den Amis noch den Engländern eingefallen, und Dymschitz und Tulpanow sind bei weitem die gebildetsten und kultiviertesten Leute von der Besatzung. Ich muß Ihnen was von den Russen erzählen. Ich holte mir ein Paket am Schlesischen Bahnhof, sagt plötzlich so einer: ›Hilf hier einladen‹, also half ich Kisten mit Porzellan einladen. Wir arbeiteten sehr brav. Plötzlich sieht der Russe auf seine Uhr, sagt: »Zwölf Uhr. Soll nicht erfüllt.« Und befiehlt uns die Kisten, die noch nicht eingeladen waren, umzuschmeißen und alles zu zertöppern.«

»Na, das ist aber wirklich Sabotage, wofür man nach Sibirien kommt.«

»Ach nee. Das Soll waren vielleicht vierundfünfzig Kisten. Bis zwölf Uhr waren aber nur einundfünfzig eingeladen, war das Soll nicht erfüllt. Ließ er das Porzellan zerschlagen, konnte er seinen Bonzen hinführen und sagen: »Hier alles kaputt, kann ich doch nicht einladen?« Die sind nicht dumm. Wir hatten bei unserem Haus eine Kompagnie liegen, die haben ihren Kommissar besoffen gemacht. Wenn er aufwachte, hat ihm gleich einer wieder was eingeflößt. Da kommen die Brisolettes, na, Herr Ribald, die sind doch so verdächtig groß?« Und Edeltraute sang: »Nie sollst du mich befragen!«

Der Schwede hörte sie, wankte auf sie zu, lallte, sein Glas in der Hand: »Hier.« Edeltraute sagte: »Sch, sch, zurück ins Körbchen«, und zeigte auf seinen Platz. Der lange Schwede ging zurück, schüttelte den Kopf: »Möchte wissen, möchte wissen ...«

Die Geigen spielten.

»Wie ist das mit den Amis?«

»Denen sind die Mädchen mit Schleifchen im Haar entgegengegangen.«

»Ich kann es nicht verstehen, daß sich hier alle Mädchen darum reißen, Ausländer zu heiraten. Sie haben doch keine Ahnung, was die zu Hause sind.«

»Bei der Hungersnot? Die Mädchen haben doch von keinem Mann was.«

»Wenn die Jüdinnen sich so benommen hätten, gäbe es längst kein jüdisches Volk mehr. Die Männer in Berlin sehen erbarmungswürdig aus, und die jungen Mädchen laufen einfach davon und lassen sie im Stich?«

»Was sollen sie denn mit 'nem Mann, der kein Mann ist? Und der Zustand hier, kein Essen, keine Wohnungen, nichts anzuziehen. Das kann man den Mädchen nicht übelnehmen, vielleicht Kinder in Deutschland bekommen?«

»Das kann sich schnell ändern.«

»Das wird sich nicht ändern.«

Ein feiner junger Herr trat ein. Edeltraute begrüßte ihn mit einer leichten Handbewegung, liebevoll nett wie einen Neffen, wie den Sohn einer Freundin.

»Was war mit Mr. Young?« fragte sie gleich.

»Er glaubt, er kann mir die Einreise verschaffen.«

»Das ist ein schöner Schritt weiter. Herr Goldberg möchte nach Amerika«, erklärte sie Grete.

Man trank eine Art von schwarzer Brühe. Sie holten sich ihre Garderobe, traten auf die leere Straße mit den Ruinen. »Es ist unsicher in den Straßen, wo sich jeder in den Ruinen verstecken kann, viel Überfälle von dem DP-Gesindel.«

Am Kurfürstendamm gingen Leute. »Na, Kleiner«, sagte eine Hure zu Goldberg, »sünd mir mal 'ne Sigarette an.«

»Haste noch 'ne Sigarette?« sagte eine andere, die leicht angetrunken war. Edeltraute zog ihr Etui und gab ihr eine. »Mir auch«, sagte eine Dritte. Die erste winkte Goldberg. Zwei Herren kamen dazu, man lachte. Die Elektrische, die die ganze Nacht fuhr, kreischte in den ausgeleierten Schienen.

»Können wir nicht noch wo hingehen?« fragte Edeltraute.

»Na, wohin?« sagte Goldberg.

»Ich muß ins Bett«, sagte Grete.

»Also treffen wir uns morgen im Osten, am Bahnhof Alexanderplatz. Unten, wissen Sie. Stadtbahnhof natürlich.«

Grete ging vorher zu einem Vortrag im Weißen Saal des Schlosses, Erinnerung an die Revolution von 1848, eine freundliche Ausstellung. Der Vortragende war ein Besiegter von 1933. Er vertrat das Gute, 1918, 1933, 1948, gegen Uniformen, Brandstiftungen und Morde. Mäßiger Beifall, als er geendet hatte. Sie ging mit Freunden durch die tote Stadt, Gendarmenmarkt, Linden.

Am Alexanderplatz in einem schönen Buchladen war die Londoner »Times«, die amerikanische »Neue Zeitung«, marxistische Literatur. Ein Halbwüchsiger zeigte einem Zerlumpten und Hungernden die marxistischen Broschüren. »Laß mich bloß damit in Frieden«, sagte der Zerlumpte. Zwei russische Offiziere photographierten. Der eine hatte einen großen Hund. Edeltraute streichelte den Hund. Der Hund bellte, der Russe sah böse hin, zog seinen Hund weg.

Man durfte nichts aus dem Osten in den Westen bringen. Edeltraute trug eine prall gefüllte Einkaufstasche. Nichts hielt sie zurück, den Hund des russischen Offiziers zu streicheln oder auf dem Bahnsteig provozierend vor einem Uniformierten auf und ab zu gehen. Grete zog sich ans andre Ende des Perrons zurück. Es waren schon Leute im Osten in neue Konzentrationslager gebracht worden, schuldige und unschuldige. Wenn der Uniformierte, wenn der Russe mit dem Hund Edeltraute auf die Schulter getippt und mitgenommen hätte, wäre sie geliefert gewesen. Aber es war nicht zu leugnen, daß ihr Spiel mit der Gefahr das Leben in jedem Augenblick spannend und interessant machte. Immer traf sie einen, der sie abküßte: »Hallo, sieht man Sie mal wieder! Wie gehts denn?« Immer hatte sie Geschichten zu erzählen. In der Stadtbahn begann sie: »Von Bergmann haben wir ja noch gar nicht gesprochen, ein Neubekehrter, hat sich eine wilde Kommunistin angelacht und lutscht nun in den östlichen Premieren an seiner kalten Pfeife. Und Stüpf? Lebt im Blütenalter von siebzig mit der Mohrbutter. Haben Sie Mohrbutter nicht gekannt? n' Stücke Dreck, aber 'ne gute Kollegin. Sagen Sie, Grete Jacoby, wen kennen Sie eigentlich hier? Ich schreibe Ihnen ein paar Empfehlungen. Das wäre ja gelacht, 'ne Person wie Sie.«

»Danke, furchtbar nett von Ihnen. Aber ich glaube, die Leute kennen mich noch.« Schließlich war die Stahlmacher eine Nazin gewesen, eine milde, aber eine Empfehlung von ihr – das ging zu weit, obwohl Grete diese teure Reise – die erste seit zehn Jahren – vor Otto nicht verantworten konnte, ohne sie zu finanzieren.

Grete ging in das alte Zeitungshaus zum Fahrstuhl. Ein junger Fahrstuhlführer sagte: »Jehörte auch mal überholt.«

»Menschenskind«, sagte Grete, »die Stadt ist zerbombt. Niemand hat was zu essen, kein Fahrstuhl funktioniert, und Sie werden sich über einen ungebombten funktionierenden Fahrstuhl beschweren?«

»Na, es muß doch alles seine Ordnung haben, wie sieht denn das aus?«

Als Grete aus dem Fahrstuhl ging, kam ein Mann vorüber: »Guten Morgen, Frau Jacoby.«

Grete blieb stehen. »Sie erkennen mich wohl nicht, ich bin Herr Bielitz.«

»Na, setzen wir uns mal hier«, sagte Grete, die keine Ahnung hatte, wer sie da begrüßt hatte, als ob sie drei Tage krank gewesen wäre.

»Ich bin der Botenmeister. Ich habe die Zeitungen in die Zimmer verteilt. Das ist ja 'ne sehr gewissenhafte Arbeit. Wissen Sie nicht mehr? Kreuzzeitung, Germania, Morgenpost, mindestens zehn Zeitungen, und jeder Redakteur mußte alle Zeitungen kriegen, und das war noch nicht alles, man mußte auch die alten Zeitungen bündeln und in den Keller bringen. Herr Mateike, erinnern Sie sich noch an Herrn Mateike? Der war sehr tüchtig mit so was. Regale waren seine Leidenschaft. Er wollte, daß alles seine Ordnung hat. Er hatte mal 'ne Hacke auf dem Grab seiner Frau gelassen, die war ihm gestohlen worden, davon sprach er oft. ›Wissen Sie, so'ne kleine Hacke, wenn man die schon nicht mehr auf dem Friedhof lassen kann‹, sagte er, ›wenn so was schon geklaut wird, dann soll man alles zugrunde gehen.‹ Ich mußte nicht nur zusehen, daß die Zeitungen schnell in die Redaktionszimmer kamen, und Sie wissen ja, wie die Herren Redakteure sind, die gehen in ein anderes Zimmer und da lassen sie die Zeitung liegen, und futsch, weg is se, und denn kommt so einer und sagt: ›Geben Sie mir die BZ von gestern‹, und denn, woher nehmen und nich stehlen? Und dann zusehen, daß das alles klappte mit den Ausschnitten und dem Hausexemplar. Wissen Sie, wenn noch Exemplare von unserer Zeitung existieren, dann verdanken die Leute das mir. Nich eine Nummer habe ich verloren.«

»Es existieren aber keine mehr.«

»1931 setzten se mein Gehalt runter, ›im Zuge der Rationalisierung‹ nannten sie das. Es war nie hoch gewesen, aber denn konnte man sich noch nich mal 'n Glas Bier leisten, und, wissen Sie, wenn man sich noch nich mal 'n Glas Bier leisten kann, denn is ja alles aus. Es war viel Gerede bei uns, Sie können sich ja denken, viel Gerede, aber ich habe mich nie an der Politik beteiligt. Ich bin 'n ganz unpolitischer Mensch. Man versteht ja nischt davon. Es ist besser, habe ich gedacht, du hältst dich da ganz raus. Aber denn hat man doch gesehen, wieviel Arbeitslose und daß das daher kommt, daß wir ein Volk ohne Raum sind und vom Versailler Vertrag, und dann haben sie mich für die Partei gewollt, aber mich geht doch die Politik nichts an, und das habe ich den Leuten auch gesagt, aber dann, nee wissen Se, da haben sie doch eines Tages unsern Herrn Heye rausgeschmissen, 'n Mann wie Seide. Der Fahrstuhlführer hat ihn aus seinem Zimmer geschmissen. Das gehörte sich ja nun wirklich nicht, und dann haben sie die ganze Redaktion abgesetzt, nur zwei oder drei Herren sind geblieben, und neue sind gekommen. Herr Allert wurde der Nachfolger von unserm Herrn Heye, unter unserm Führer. Ich kann nicht klagen, es waren nette Leute, sehr nette Leute, und das waren ja nun ruhige Jahre, sehr ruhige Jahre. Und daß dann Krieg kommt, hätte ja keiner von uns erwartet. Das war ja nun wieder nichts anderes als der Neid auf den deutschen Fleiß und die deutsche Tüchtigkeit, wie schon 1914, und was wir dann erlebt haben, nee, das hat die Menschheit noch nie gesehen. Nee, wissen Sie, die Bomben! Eines Tages bin ich gekommen, und alles hat noch gebrannt, und die Menschen waren wie vor'n Kopf geschlagen, nee, so'n Elend, und ich konnte mit's Rad nicht weiter, und alles aufgerissen, und wie ich an die Zeitung komme, alle Fenster kaputt, und der Schutt stürzte runter, und wie ich noch so stehe und denke, was wohl aus meinen Zeitungsstapeln geworden ist, da sehe ich den netten Herrn Allert, und er sagt: ›Herr Bielitz, nu sind wir beide arbeitslos.‹ Son Mensch war das, ›Herr Bielitz, nu sind wir beide arbeitslos.‹

Und denn haben wir gar nichts mehr gesprochen, und wir fanden uns nicht mehr zurecht. Man konnte keine Straße finden. Das war alles voll, nur Staub und Mörtel und Glasscherben. Und denn bin ich nach dem Osten eingezogen worden. Beim Stab war ich da.«

»Da müssen Sie aber viel Schreckliches gesehen haben.«

»Das sagt man so. Es ist alles anständige deutsche Kriegsführung gewesen. Aber ich wer' Ihn mal was erzählen, denn könn' Sie sehen, was so passiert ist. Wir sind mit dem Stabsauto zweihundert Kilometer hinter der Front. Und da plötzlich kommen doch Franktireurs, und da haben se doch den Herren die Uniformen ausgezogen, 'n Tod hätte man sich da holen können.«

»Was, nur die Uniformen weggenommen?«

»Einer hat geschossen, unsern Major leicht verletzt. Aber zweihundert Kilometer hinter der Front! Franktireure! Nee, wissen Sie, das würde Deutschen nicht einfallen, zweihundert Kilometer hinter der Front.«

»Aber die Menschen sind ohne Kriegserklärung überfallen worden.«

»Da stehen wir wieder vor der großen Frage, die keiner beantworten kann. Wer war denn schuld an diesem Krieg? Wie ich zurückkam, haben sie neue Zeitungen gemacht. Mich haben sie gleich genommen. Wie is denn das mit Herrn Heye geworden?«

»Er wurde von einem Konzentrationslager ins andere geschleppt, bis er starb.«

»N' Mensch wie Seide is das gewesen, 'ne Schande, 'ne Schande ist das, und der Herr Allert, den wir später gehabt haben, den haben se nun auch geschnappt.«

»Wer?«

»Na, die da, die Alliierten, die haben doch den armen Menschen in'n Lager gesetzt. 'n Mensch wie Seide. Der hat die Zeitung sehr anständig geführt, gute Bezahlung und Urlaub, und meine Frau und ich sind in Italien gewesen mit Kraft durch Freude. Da kommen die grade mit den Zeitungen.«

»Ich will Sie nicht länger aufhalten, Herr Bielitz. Das hat mich alles sehr interessiert. Auf Wiedersehen.«

»Freut mich, Frau Jacoby, daß Sie nun wieder bei uns sind. Auf Wiedersehen.«

Niemand hatte Telefon, aber Post funktionierte. Grete hatte geschrieben, und Charlotte erwartete sie. Sie wohnte in einem ungebombten Proletarierhaus im französischen Sektor.

Grete stand im Hausflur vor der Tafel der Bewohner. Hier, wußte sie, links die Tafel der Bewohner.

»Suchen Sie jemanden?« fragte ein Arbeiter.

Für Grete überraschend sprach er deutsch. »Ja, Frau Schwarz.«

»Lebt in Untermiete. Jehen Se'n rechten Seitenflügel, zwei Treppen bei Adamowski.«

Enger Hof, Teppichstange, Müllkästen, Wendeltreppe, das war Gretes Kindheit, Fritz Schulz, Mehlhoses, Sterns im dritten Stock, der Bäcker Fränkel, der Heringskeller von Frau Schafstall, aber jetzt gabs statt ›Frische englische Matjesheringe‹ und ›Saure Gurken‹ den ›siebenten Abschnitt der Karte fünf‹.

Charlotte hatte reizend vorbereitet, Kaffee gemacht. Grete war das unangenehm, wo es so schwer war, Kaffee zu bekommen.

Charlotte erzählte, vom Bärchen, das beim Zoll aufgetrennt wurde, daß sie die Kinderbücher nicht mitnehmen durften, daß das Konfekt ausgeschüttet wurde. Ein kleiner Zettel, daß die Fabrik die Frische des Produkts garantiert, wurde sorgfältig beiseite gelegt. Sie entdeckten in Moskau, daß man nur arbeiten durfte, wenn man eine Wohnung hatte, und daß man nur eine Wohnung bekam, wenn man Arbeit hatte. Schließlich bekamen sie eine Übersetzung und damit ein Zimmer und merkten, daß man verhaftet wurde und niemand darüber sprach, und dann wurde Schwarz 1939 an die Nazis ausgeliefert.

Die beiden Frauen saßen an dem Tisch mit dem Kaffee. Charlotte, die Erzrebellin, erzählte, wie sie auf Weg und Steg jene Haltung fand, die sie einst aus der Kate getrieben hatte: »Man muß sich abfinden.« Es gab keine Verhütungsmittel. Es gab einen §218 in Rußland und keinen Kampf dagegen. »Und das alles, ohne daß man eine industrielle Reservearmee brauchte!« Sie erzählte vom Transport nach Sibirien, Kälte, Hunger, von der Rolle, die die Körperfunktionen spielten, vom Kot, wo immer man ging, und wie doch Liebe entstand, weil die Russen Männer und Frauen nicht trennten, wie sie sich fanden, politischer Flüchtling zu politischem Flüchtling: »Ich flicke dir heute abend dein Hemd.« »Ich habe dir einen Löffel geschnitzt«, nicht nur Lagermann und Lagerfrau, sondern alles, was Liebe gibt, Rücksicht, Zärtlichkeit, Helfenwollen.

Charlotte erzählte, wie sie sich einmal plötzlich allein gefunden hatte, Aufsicht verschwunden, Genossen verschwunden, nur Wald und Himmel und Hitze und sie, und wie sie es nicht glauben konnte, sogar die Mückenschwärme, sogar die Fliegenschwärme waren Teil von diesem Glück, allein. Sie kamen gleich wieder, Aufsicht, die Verbannten, aber in dieser kurzen Zeit hatte sie tief empfunden, was das war, Freiheit.

»Charlotte«, sagte Grete, »Sie müssen das schreiben. Es ist wunderbar, niemand weiß das, und wie Sie es erzählen ...«

»Das kommt gar nicht in Frage. Ich werde mich nicht in die Reihe der Monopolkapitalisten stellen, und ich werde mich nie dazu hergeben, aus meiner geänderten Weltanschauung Geld zu machen, es wäre ja doch ein Verrat an den Sowjets.«

Charlotte fragte nach den Buben. Grete fragte schließlich nach Peterchen: »Er ist neunzehn, nicht wahr?«

Charlotte holte eine Schachtel. In dieser Schachtel lag ein kurzer Brief in russischen Buchstaben, in einer rührenden Kinderschrift. Charlotte zitterte, als sie den verknitterten Brief herausnahm: »Ich habe ihn jahrelang auf der nackten Haut getragen.« Der Brief trug keine Überschrift.

»Ich bitte mir nicht mehr zu schreiben. Ich werde keine Briefe mehr beantworten. Mein Vater war ein Faschist und ein Feind des Sowjetstaats. Er ist verhaftet und wird seine gerechte Strafe erhalten. Das Vaterland aller Werktätigen ist mir Vater und Mutter zugleich. Ich habe mich von meinen Eltern losgesagt. Es sorgt für mich und wird meine Heimat bleiben. Pjotr.«

»Für die Kinder war es am schlimmsten« sagte Grete, »wie konnten sie fassen, was geschah? Je jünger, umso gefährdeter sind sie. Es mag sein, daß man Peterchen diesen entsetzlichen Brief diktierte, es gibt zwei Beispiele in der Geschichte, die Türken haben Kinder der Christen zu Janitscharen, fanatischen mohammedanischen Kämpfern erzogen, und Nikolaus I. hat jüdische Kinder zu rechtgläubigen Christen gemacht, nachdem er sie den Eltern weggenommen hat. Aber ich kann mir auch vorstellen, daß Peterchen wirklich nur noch eins wollte, Sicherheit, eine Heimat.«

»Sie haben recht, je älter die Menschen waren, umso besser haben sie sich in den Lagern halten können. Ich bin mit einer alten Menschewikin zusammen gewesen, der konnte nichts etwas anhaben, aber die Jungen, da haben wir einige Fälle von verlorenem Verstand erlebt.«

»Kinder«, sagte Grete, »sind auf alle Fälle nur eine geborgte Angelegenheit. Man muß sie auf eigene Füße stellen. Meine Jungen sind fleißige ehrenhafte Menschen. Aber sie haben nichts mit uns gemeinsam. Wir sind deutsche Juden, rundherum, eingesessen, ganz klare Fälle, die Jungen sind Engländer, aber doch nicht ganz. Es ist nicht nur der Unterschied der Generationen. Sie sind in einem anderen Kulturkreis aufgewachsen, und die Sprache … Unser ganzes Wesen ist die Sprache. Jedenfalls sind wir unsren Kindern nicht so nah wie meine Mutter und meine Tante Sabine mir waren.«

»Meine Eltern waren mir gar nicht nah. Ich habe die Kate gehaßt, ich habe es meinen Eltern sehr übel genommen, daß ich Hütemädchen sein mußte …«

»Ich gehe heute abend noch zu Hertha Kolk.«

»Professor Kolk?«

»Seine geschiedene Frau und Luise Leermann.«

»Interessante Frauen.«

»Na sicher. Charlotte schreiben Sie mir, wenn Sie noch mal Zeit für mich haben.«

Grete ging durch die sommerlich abendliche Straße zur Untergrundbahn, deren Stationen sie kannte, stieg an einer Straße mit roten Kastanien aus, die die gebombten Häuser verdeckten.

Vor Hertha Kolks Zimmer war eine Loggia mit Blumen. Die Türen standen offen. Vor einem Biedermeiersofa stand ein Tisch mit Wein und Gläsern. Grete setzte sich in einen der schönen Sessel, als ob sie erst vorgestern hier gesessen hätte. Luise Leermann mit dem feinnasigen Gesicht und dem Mittelscheitel rauchte: »Wir rauchen hier alle wie die Schlote.« Sie hatte keine Zeile »unter der Bande veröffentlicht, auch nicht geschrieben. Komisch, Sie werden ja wissen, es gibt keine Schubladenliteratur hier. Nicht nur die Städte sind kaputt gegangen auch die Gehirne. Ich habe Schallplatten verkauft.«

»Ich Taschentücher. Ich war ganz erschlagen, wieviel besser das ging als die Literatur. Na, nu mal Prost!«

»Ich habe nicht mehr gewußt, wie köstlich Rheinwein ist«, sagte Grete. Ein Duft schien das Zimmer zu erfüllen.

Hertha erzählte: »Mein Mann war in Rußland, und es war ein Bombenangriff. Zufällig saß im Bunker Friedrich Wilhelm neben mir. Wissen Sie, die Aufregung, die Spannung, wie die Entwarnung kam, wollten wir noch zusammenbleiben. Bei mir wars ungebombt, und ich machte Kaffee. So begann eine sehr schöne Beziehung. Ich war wohl der letzte Anstoß, daß er sich änderte. Es kamen immer weniger falsche Töne aus ihm. Den ersten Anstoß gab die furchtbare Sache mit Rudi Stern ...«

»Ich dachte, bei Mischehen wurden die Leute nicht deportiert?«

»Es gab diesen Aufstand der christlichen Frauen 43, die vor der Großen Hamburger Straße so lange tobten, bis ihre Männer freigegeben wurden. Aber Rudi Stern war nicht der einzige. Dem guten Schmidt-Bernau haben sie die jüdische Frau nach Ravensbrück verschleppt. Das war ein Elend.«

Hertha erzählte weiter: »Friedrich Wilhelm saß bei mir, als die Tür ging und Kolk eintrat. Auf Urlaub. Wir tranken Kaffee, aber mein Mann wußte sofort, daß das mehr war. Wir waren alle an die fünfzig. Mein Mann war so verletzt, ich konnte ihn nicht überzeugen. Ich habe Friedrich Wilhelm nie geliebt.«

Luise sagte: »Kolk wird wohl Minister werden. Gib mir mal noch ein Glas Wein, da hast du aber einen guten Tropfen. Prost!«

»Wir haben uns sehr freundlich getrennt. Natürlich wäre es ohne Hitler nicht passiert. Eine ganze Generation hat er kaputt gemacht.«

»Hertha, kaputt! Was für ein Unsinn. Ein Mensch wie du ist nicht kaputt.«

»Na ja«, sagte Hertha, »er hat mir unsre gemeinsam gesammelten Hitleriana gelassen. Ich zeige Ihnen mein Glanzstück.«

Sie ging in ihrer eleganten Art an einen ihrer entzückenden Schränke: »Hier ist das Führerquartett, ein Spiel für Kinder. Die Wohnstätten des Führers, die Siege des Führers, die Freunde des Führers, der Kampf des Führers ...«

»Was ist denn das?« sagte Grete, Hitler allein mit gezogenem Degen vor einer Reihe Schießender.

»Feldherrnhalle. Wissen Sie nicht mehr?«

»Aber Ludendorff ist als einziger stehen geblieben, Hitler ist getürmt!«

»Wahrheit wollen Sie auch noch vom ›Führerquartett‹?«

»A propos. Ich war mit Ruth Stahlmacher zusammen.«

»Aber«, sagte Luise, »das sollten Sie nicht.«

»Ist sie nicht ein sehr milder Fall?«

»Wegen Herrn Goldberg?« sagte Luise.

»Nein, überhaupt?«

»Aber Jacoby, sie war mit Goebbels befreundet. Mensch, dazu kommste aus London. Jetzt arbeitet sie für die Amerikaner.«

Hertha sagte: »1945, die Ruinen rauchten noch, sagte sie: ›Was mit den Juden passiert ist, waren Verkrampfungen, Übersteigerungen.‹ Auschwitz hat sie auch eine ›Übertreibung‹ genannt.«

»Schade. Sie rief mich an. Es war falsch. Ich wußte ja schließlich, was sie ist. Aber wie ich höre, sollen die Leute keine OdF-Abzeichen mehr tragen, weil das beim Stellungssuchen hinderlich ist. Außer euch, wer war kein Nazi?«

»Na, es gibt schon«, sagte Luise. »Die Pulle hätten wir leer. Wollen wir noch in ein Café gehen?«

Sie fuhren mit der Untergrundbahn, kamen nach oben. Grete sagte: »Was für eine Luft!«

»Wie Champagner«, sagte Hertha.

»Das ist die Berliner Luft, Luft, Luft«, begann Luise zu singen.

Da war das alte Café, unzerstört, gepolsterte Sitze, Kristallkronen, Goldmosaikwände. »Paßt eigentlich gar nicht mehr in diese Ruinenstadt.«

»Doch«, sagte Hertha, »der Wirt ist zurückgekommen in sein unzerstörtes Café, aber seine drei Kinder, seine Frau, seine Geschwister, die sind nicht zurückgekommen, die sind ermordet worden.«

52. Kapitel

Neue alte Welt

Das Reisebüro hatte mit Amerikanerinnen zu tun, meist reichen Witwen, alles vorbestellt, eingeteilt, belegt. Grete Jacoby war der Outsider, ›die Dame aus London‹: »In New Orleans«, sagte der Herr, »müssen Sie sich die Fahrkarten ausstellen lassen. Hier ist die Flugkarte. Halb sieben auf dem Flugplatz.«

Der Herr war eine Mischung aus Mittelmeer, kastilianischer Grandezza und quäkender Sprache. Spanien auf der andern Seite des Erdballs.

Grete fuhr mit dem Omnibus durch endlose Felder spitzblättriger Palmbüsche, Sisal, eine Faserpflanze, stark genug für Schiffsseile. Die ovalen Hütten der Dörfer, mit Maisblättern gedeckt, hatten dieselbe Form wie auf den tausendjährigen Reliefs der Gegend. Innen brannte Feuer auf der Erde unter einem eisernen Tischchen, auf dem die Tortillas, das Maisbrot, die Urnahrung Amerikas, geröstet wurden. Vor dem Tischchen zerquetschten Frauen Maiskörner mit der Metate, einer steinernen Nudelrolle, die, je älter und abgeschliffener, um so wertvoller war. Eine Frau hängte selbstgewebte bunte Decken über eine Leine. Nun war ihre Hütte ausgeräumt, nur das Feuer brannte unter dem eisernen Tischchen in der Dunkelheit.

Man hätte Grete für eine ältere Dame halten können, die sich die Welt ansieht, Salzburger Festspiele, Venezianer Biennale und nun Mexiko. Aber es war anders. Es war alles dafür vorbereitet, daß sie Otto nachfuhr, der hier Außenaufnahmen machte. Der erste große Auftrag seit zwanzig Jahren, er war an einem Hitzschlag gestorben, ein Jahr zu früh für den neuen Aufstieg. Grete dachte, unsere Ordentlichkeit! Wären wir leichtsinniger gewesen, wäre ich gleich mitgekommen und hätte aufgepaßt. Er hätte nicht so lange in der Sonne stehen dürfen und danach mindestens eine Woche im Bett bleiben müssen. Aber es war der erste Auftrag nach – man muß schon sagen – Jahrzehnten von Arbeitslosigkeit. Er wollte nicht zurückstehen, seine Mitarbeiter waren siebenundzwanzig oder siebenunddreißig Jahre alt.

Der leere Dorfplatz war riesig. Die Türme der fast fensterlosen gewaltigen Kirche reckten sich dramatisch zum Himmel. Unter einem Baum stand ein Schlächter, ein Brett mit etwas Fleisch vor sich. Er zog einen Bindfaden durch ein Stück Leber, und der Käufer trug es schnell am Bindfaden davon. In ein ebenerdiges weißes Haus mit Bögen gingen kleine Jungen in blütenweißen Anzügen mit schwarzen Lackgürteln, Hefte und Bleistifte sorgfältig in den braunen Händen. Würdig gingen sie zur Schule, großer Erwartung voll. Sie würden alles ändern, Licht von Kerzen, Wasser vom Brunnen, das Feuer auf der Erde, die Metate, diese Alfonsos, Enricos, Piedros, sie würden Traktoren führen, Schalter bedienen. Hunderte von Millionen gehen so zum erstenmal zur Schule, dachte Grete, in China, Indien, Nigeria. Eine ganze Generation.

Der Omnibus füllte sich mit schönen, kraftvollen Männern in weißen Anzügen und großen Hüten, alle mit dem scheidelosen Messer, der Machete. Die Frauen warfen schwarze Schals mit lateinischer Grazie über ihre gestickten weißen hemdartigen Kleider. Die jungen Mädchen lächelten, aber sahen die Männer nicht an. Der Bus war voll mit Tieren, Säcken, Körben. Jeder machte jedem Platz. Eine Madonna mit einem roten Lämpchen hing beim Chauffeur, ein Mann betete für eine sichere Fahrt. Die Fahrgäste fühlten sich in der Hand des Schicksals, beteten zur Madonna und zum Regengott. Priester zählten den Majakalender mit Maiskörnern aus.

Verstreut im Sisalland lagen die Herrenhäuser der spanischen Eroberer aus dem 16. und 17. Jahrhundert mit kunstreichen Gittern, zwecklosen Bögen, spielerischen Brunnen. Im Ballsaal unter einer Decke mit gemalten Putten stand eine Maschine, die den Sisal zerriß, und über die doppelte Freitreppe zum Garten, erdacht für Donna Anna und Prinzessin Eboli, floß der grüne Sisalsaft.

Ein Mädchen stieg ein in knallblauem Rock und knallrosa Bluse, scheußlich in diesem weißgekleideten Bus, und redete mit dem Chauffeur, obwohl es verboten war. Die Frauenschule, dachte Grete, wir wollten die Frauen frei machen, denen ihr Geld, ihre Kinder genommen werden konnten. Aber so sah es aus, wo die Freiheit der Frauen begann, knallblauer Rock und knallrosa Bluse, die Frauen aggressiv, die Männer hilflos.

In der Stadt reckten sich die Türme der Kathedrale dramatisch zum Himmel, war ein geformter Garten mit Majolikabänken, Brunnen, Palmen, waren zierliche Bögen über schmalen Straßen, bogenumsäumte Plätze, Türklopfer an gewaltigen Toren, die nur vom Pferd aus erreicht werden konnten. In Schwüle und Stille trappelten Pferde. Kleine Jungen kamen, nicht mehr die Jungen im weißen Festanzug der Erwartung, sondern Jungen mit dem Schuhputzkasten des Elends.

Das Flugzeug kam, das Personal. Grete ergriff ein komischer Rassewahn. »Die Knoten«, dachte sie. Sie waren alle zu groß und zu dick und zu viereckig. Und schon hörte sie eine Stimme aus der Konservendose: »Mrs Tschäcobei, Mrs Tschäcobei to the reception desk.« Sie stürzte zurück. »Sie haben Ihre Einschiffungskarte nicht. Schnell Ihren Paß.« Wollmantel und Pelz und Handtasche mit Reißverschluß und darin Handschuhe, Taschentuch, Lippenstift, Kugelschreiber, Kamm, Puderdose, Parfumzerstäuber, Reiseschecks, Billets, drei Geldsorten und Paß. Der Herr war ein Lateiner, aber sein Ton war der der Zweckhaftigkeit. Hielt sie nicht den Verkehr zweier Kontinente auf, das Nachtflugzeug von Süd- nach Nordamerika? Nun zurück. Plötzlich stand er neben ihr. »Ihre Handschuhe«, sagte er leise. »Ich danke Ihnen, daß Sie mich nicht noch einmal öffentlich gerufen haben, zu schrecklich, too awful for words.«

»Alle hatten auf Sie zu warten!« Immer versuchte Grete sich so rücksichtsvoll wie möglich zu benehmen und immer kam das dabei heraus.

Das schöne stille Land lag dunkel unter ihr. Kerzen als Licht, handzerstampftes Korn, Krankheiten, früher Tod. Südlicher Sternenhimmel, viel höher als der Himmel von Europa, der Mond, ein Boot, war ein breiter Silberstreifen auf dem Meer.

Schon flimmerte es, ein Lichtmeer, grün, grün-blau, rot-gelb, verlöschte, flammte auf, ragten Lichttürme, Feuerwerk, Sprühen, Lichtstreifen, Lichtpunkte, Verkehrsampeln, Leuchtschrift – die Vereinigten Staaten vom Amerika.

Grete wartete auf einer Holzbank auf die Paßkontrolle, die für viele der Ihren Tod oder Leben bedeutet hatte. Sie wurde gefragt, antwortete: »Touristenvisum«, »Vierzehn Tage«, »Eigene Mittel«.

Das Auto fuhr an niedrigen, an hohen Häusern, an Tankstellen, Reklamewänden entlang und hielt vor einem Hotel. Nie hatte Grete in so einem Schlafzimmer der Traumerfüllung gewohnt, breites Bett und rosiges Licht und weicher Teppich für nackten Fuß. Dieser Luxus, in dem sie sich zum erstenmal und allein und alt befand. Wozu? Kochendes, kaltes, eisgekühltes Wasser aus der Badezimmerwand, Kleenex und Seife und verschiedenfarbige Handtücher.

Den ganzen Tag hatte Grete kaum an Otto gedacht, aber jetzt begann wieder der Zwang: »Willst du zuerst baden?« »Welches Bett willst du? Das am Fenster? Und sieh dir das an!« Vom 14. Stock die Lichterketten der tiefliegenden Stadt. Die Unterhaltungen in einer alten Ehe waren oft langweilig, aber das eigene Leben. Otto kam aus dem Badezimmer: »Kniefreie Badewanne, angelsächsische Badewannen sind immer zu kurz.« Die vertikale Wohnweise, die Häufung der Milchflaschen vor der Haustür, an der man die Morde erkennt. Alles hätte ihn interessiert, die gräßlich bunten Taxis, die Armseligkeit des Drugstores, in dem sie frühstückte. Otto Jacoby, geboren, daß ihn alles interessierte, ein Filmregisseur. Aber der Film war nicht mehr so wichtig wie in den zwanziger Jahren. Grete merkte, daß sie sich mit Sorgfalt anzog. Sie hatte Zeit. Otto fragte nicht mehr: »Wo sind meine Kragenknöpfe? Weißt du, ob die weißen Hemden schon aus der Wäsche gekommen sind? Sind Hundert-Watt-Birnen da? Und wo?« Der Tumult, den die Männer in das

Dasein der Frauen bringen, hatte aufgehört. Es war auch im Schatten dieses brillanten Mannes nicht wichtig gewesen, wie sie aussah. Aber allein? Grete hatte keine Anziehphantasie. Das Gewagteste, was ihr einfiel, war ein grauer Rock, eine weiße Bluse und ein schwarzes Jäckchen. Ein nettes Mädchen bediente sie. Nun war sie wieder wie in ihrer frühen Jugend glücklich, wenn ein netter Kellner, ein netter Portier, eine nette Verkäuferin sich ihrer annahm.

Ein Windstoß wirbelte Papier auf. Zwei Stunden entfernt waren die Wege sauber, durfte man nichts Ungekochtes essen. Hier war der Schmutz des Papierzeitalters, lagen Fische und Fleisch unter Glas auf Eis, alles zur gleichen Zeit, was da wächst in Kartons und Dosen. Zu Ende war es mit den großen Befehlen, daß die Bäume Früchte tragen sollen zu ihrer Zeit, alles gab es zu jeder Zeit. Zu Ende mit »Spare in der Zeit, so hast du in der Not«. Verschwenden hielt die Räder in Gang. Aber ein Befehl an hundert Generationen war nicht aus dem Blut zu bekommen. Verschwenden, immer Sünde, sollte nun Tugend sein.

Zwei Stunden entfernt wurde die Liebe versteckt, hier wurde von den Mauern Reklame für sie gemacht. Dort waren die Männer selbstsicher, Dolch im Gürtel, und die Frauen schüchtern. Hier waren die Männer schüchtern, und die Frauen hatten rotgefärbte Münder, Finger- und Fußnägel.

Zwei Stunden entfernt gab es einen Mittelpunkt des Daseins, die Plaza mit Kirche und Schule und Regierungsgebäude, Ungeziefer, Tod der Hälfte aller Säuglinge, Blinde und Lahme. Hier gab es keinen Mittelpunkt, alles war auf Bewegung, Veränderung gestellt von Menschen, die achtzig Jahre alt und immer größer und stärker wurden.

Der blau-silberne Zug glitt aus dem Bahnhof, fuhr an zerfallenen Holzhütten an einem Wald aus vereinzelt stehenden dürren Kiefern vorbei. Im Sand an einem See angelten zwei Schwarze mit breitrandigen Hüten. Das war das Yoknapatawpha County des Schriftstellers Faulkner. Darum erkannte Grete die beiden Neger als Vettern des Mannes, den man in ein Auto lud, wußte auch, daß es die Sartoris gab, die Gerechtigkeit wollten, sahen, wie es zuging unter trotteligen Weißen und primitiven Schwarzen.

Der bequemste Zug der Welt fuhr lautlos nach Norden, blaue Seidensesselchen. Toilettentisch aus hellem Schleiflack und Lippenstift und Hormonsalbe, neue Welt, neue Zeit, immer nach Norden in einen anderen Erdteil, in ein anderes Jahrhundert.

Grete verließ schnell den häßlichen Bahnhof. Der schwarze Gepäckträger, der wie ein Herr aus den achtziger Jahren wirkte, der am Kopf einer Tafel mit einer Kinderschar sitzt, betulich, redlich, besorgte Taxi, Gepäck, alles.

Grete sah aus dem Taxi, New York wie auf tausend Bildern, Broadway, nicht sehr hohe Häuser, nur vierzehn Etagen, aus dem Beginn des Jahrhunderts, eine Straße, die Otto furchtbar gefunden hätte.

Das Taxi hielt. Ein buckeliger Portier half die Koffer in den Fahrstuhl stellen. Die Türen öffneten sich in der gewünschten Etage.

Die Wirtin war nett, dick, klein, blond, das Zimmer deprimierend. Grete sah Briefe, rote Gladiolen, Konfekt. Daß Otto nicht da war! Grete wußte, daß er seinen Tascheninhalt auf dem Tisch abgeladen, seinen Rock übern Stuhl gehängt, seinen Plan von New York auf dem Tisch ausgebreitet, daß es keinen freien Fleck mehr gegeben hätte. Sie sehnte sich nach verstreuter Asche, nach umgeworfenen Gladiolen, nach seinem Rock überm Stuhl, nach seinem »Gott, diese Hitze!« und Krawatte aufmachen und Kragen hinwerfen, nach seinem Interesse an New York, nach seinen witzigen Bemerkungen, nach seiner Unruhe. Grete wußte plötzlich, warum das Zimmer deprimierend war. Wie in allen möblierten Zimmern waren die Birnen vierzig oder sechzig Watt statt hundert. Für die Elektrizitätsrechnung machte es nichts aus, für das Menschenglück sehr viel.

Edith Zuckermann trat ins Zimmer. »Guten Abend«, sagte sie, als ob sie sich gestern gesehen hätten, »ich war am Bahnhof.«

»Ich bin nicht auf die Idee gekommen, daß mich jemand abholt.«

»Komm gleich mit rüber zum Essen.«

Edith hatte, bei der ersten Nachricht von Gretes Kommen, ein möbliertes Zimmer in ihrer Nähe genommen, wo sie und fast alle seit 1938 wohnten, West, zwischen der 85. und 95. Straße.

»Aber ich muß mich erst waschen und zurechtmachen. Wartest du? Oder willst du lieber nach Hause gehen? Ich finde schon.«

»Nein, nein, ich warte hier.«

Das Badezimmer war elegant, aber ohne Platz, wo ein Untermieter Kamm, Bürste, Seife hätte hinlegen können. Grete packte ihren Toilettenbeutel aus, legte die Utensilien auf einen Hocker. Was hätte das für Schwierigkeiten mit Otto gegeben. »Was«, hätte er gesagt, »noch nicht mal Platz für Seife? Soll ich jeden Tag mein Rasierzeug wieder einpacken? Schließlich zahlt man doch.« »Ja«, hätte sie gesagt, »du mußt.« Und dann hätte sie versucht, ihn davon zurückzuhalten, daß er etwas verlangte, zum Beispiel einen Platz für seine Seife. Denn es war furchtbar billig für New York, und nur diese unvorstellbar tüchtige Edith hatte es fertig bekommen, ein billiges Zimmer in der Nähe zu finden, gut geheizt, mit heißem Wasser. Grete weinte, die fehlende Seifenschale, das Rasierzeug, das jeden Tag wieder zusammengepackt werden mußte, der Versuch, sich unsichtbar zu machen, den Otto nicht mitmachte, der da war, Spuren hinterließ, keine unscheinbare Person war wie sie, der ein Recht hatte auf einen Platz. Aber er hatte keinen Platz, nachdem sie Hitler verjagt hatte. Und als es anfing, besser zu werden, war er tot.

Edith hatte ein Programm, wer anzutelefonieren war, wen man einladen wollte. Grete packte die Geschenke für Edith und Martin aus, die sie gleich mitnehmen wollte: »Ich wollte noch Klawotzky anrufen. Komm doch mal bitte her, ich weiß nicht mit dem New Yorker Telefon Bescheid.«

Wie aus der Erde gestampft, stand die Wirtin da: »Vergessen Sie nicht, jedes Telefongespräch aufzuschreiben.«

»Also morgen früh zusammen frühstücken«, sagte Grete ins Telefon.

»Hier«, sagte die Wirtin, »ist der Hausschlüssel«, und erklärte den komplizierten Mechanismus der Wohnungstür.

Im Hausflur, der aussah wie Hausflure in Gretes und Ediths Kindheit in Berlin, leichter Jugendstil, saß auf einem Holzstuhl der bucklige Portier. »Er sitzt immer hier«, sagte Edith, »ein ordentlicher Mann.«

Sie öffneten die Haustür. Furchtbar pfiff der Wind vom Hudson, ein grausiger, eisiger, wütender Wind, eine Naturgewalt, ein Aufruhr, ein Sturm, vor dem man sich nur in eine Hütte verkriechen konnte, sich beugen, abwarten bis man sich wieder freischaufeln konnte. Aber die Menschen in dieser Stadt hatten sich nicht gebeugt, sich nicht vor dem Wind vom Hudson gefürchtet. Sie hatten eine künstliche Stadt errichtet, künstlicher als irgendeine Stadt der Welt.

Grete trug den kostbaren fünfzig Jahre alten Pelzmantel von Frieda Jacoby, schäbig an den Ärmeln und auf dem Rücken leicht eingerissen. Edith hatte einen Wollmantel an, Wollschal umgeschlungen. Sie konnten nicht reden, kaum die Pakete halten, hielten Hüte und Mäntel fest. Das Haus, in das sie eintraten, war überheizt. »Kollmanns!« rief Grete. Es glich Kollmanns Haus von 1916, in dem Grete und Edith so oft getanzt hatten. Alles war üppig, Höhe, Treppen, Vorhalle, Spiegel, Teppiche.

»Gott, wie nobel!« sagte Grete.

»Aber du weißt, wir haben nur ein Zimmer?« sagte Edith.

»Was denn sonst?« sagte Grete. »Auch am Kurfürstendamm, auch in Belsize Park Gardens wohnt jetzt in jedem Zimmer ein anderer Mensch.« Grete stellte die Frage, die sonst Otto gestellt hätte: »Und wo wohnen die Leute, die früher hier gewohnt haben?«

»Im Osten, zwischen der 50. und 80. Straße. Der Westen ist nicht mehr fein.«

»Wohnt irgend jemand von uns im Osten?«

»H. H. Herbst natürlich und Armin Kollmann lebt in Long Island.«

»Herbst?« sagte Grete. »Hat man Worte! Na, das mußt du mir ausführlich erzählen.«

In der Mitte des Hausflurs stand ein gewaltiger Tisch, genug Eiche für dreißig moderne Tische. Sie hielten in New York an der Fiktion fest, daß dies die Eingangshalle eines Einfamilienhauses war, weil das Einfamilienhaus die Wohnform der angelsächsischen Welt war, obwohl das Haus vierzehn Etagen hatte. Der Fahrstuhl wurde von einem liebenswürdigen Neger bedient. »Nicht mehr lange«, sagte Edith stolz, »wir bekommen einen selbsttätigen Fahrstuhl.« Ein selbsttätiger Fahrstuhl war das Neuere, gleichbedeutend in diesem Lande mit das Bessere.

»Ist keine Arbeitslosigkeit?« Grete war die Angst vor der Arbeitslosigkeit seit 1929 so wenig losgeworden wie ein großer Teil der weißen Menschheit. Edith antwortete mit ihrem Optimismus: »Wohl kaum.« Und schloß die Wohnung auf.

Im Vorplatz lagen auf einem halbrunden Marmortisch vor einem vergoldeten Spiegel bis zur Decke die Briefe der Mieter. Früher hatten dort Tischführungskarten bei den großen Gesellschaften gelegen.

Edith machte die Tür zu ihrem Zimmer auf.

»Die Gretl!« rief Martin Zuckermann, ein bißchen schlesisch. »Herzlich willkommen in New York. Ich stell gleich das Radio ab. Oder interessiert es dich? Jenny Ungers Tochter hat ein eigenes Programm. Das Mädchen hat sich gut durchgesetzt. Du erinnerst dich doch an die Ungers. Er hat es draußen nie recht zu was gebracht, aber Jenny hat den Frisiersalon. Sie hat noch drin frisieren gelernt. Sie hat jahrelang die Familie über Wasser gehalten.«

Draußen war Amerika, drin war Berlin, das Martin zwanzig Jahre nicht gesehen hatte.

»Frauen kann man überall brauchen«, sagte Grete, »kleine Kinder hüten, kochen – na, flicken tut man nicht mehr, aber massieren oder Haare färben.«

»Die andere von den Ungermädels ist seit fünfzehn Jahren Verkäuferin bei Saks«, sagte Martin, als ob er früher gesagt hätte: »Hat einen Bankdirektor geheiratet.«

»Bei Saks«, sagte Grete genauso entzückt, »in der Fifth Avenue?«

Edith hängte ihren Mantel in den Schrank: »Nun, Martin, stell schon's Radio ab, laß die Gretl sich hinsetzen. Sie steht da mit Mantel und Hut. Leg die Sachen ab, machs dir gemütlich.«

Grete setzte sich auf eine Couch. Martin saß am Tisch am Fenster und malte Blümchen auf Porzellanuhren. Vergißmeinnicht, grüne Blättchen, Gänseblümchen, rote Glockenblumen, er sagte: »Ich arbeite weiter, weißt du, wenn ich nicht weiter arbeiten würde, wenn Besuch da ist, du kennst doch die Edith, dann würde überhaupt nichts fertig werden, und schließlich leben wir davon.«

Der Fenstertisch, zwei Couches, unter einer Hängelampe ein Mitteltisch mit Stühlen darum, ein Schrank und an der Wand auf einer Konsole die Türme des Kölner Doms aus Alabaster unter einer Glasglocke.

Edith kochte in der Küche und sagte zu Grete: »Was ich dir noch sagen wollte, erwähne möglichst nicht, daß du in Berlin warst. Martin will nichts von Deutschland hören, und er nimmt es den Leuten ein bißchen übel, wenn sie hingehen.«

»Ich hänge an meinen alten Freunden in Berlin, ich könnte mich auch nicht in ein westdeutsches Hotel setzen bloß zum Vergnügen. Jeder, dem man die Hand gibt, könnte einen unserer Verwandten umgebracht haben.«

»Das ist es doch«, sagte Edith, »Martins drei Geschwister und Frauen und Kinder, alle tot.«

»Ist denn keiner mehr rausgekommen?«

»Es war doch so schwer von so einem kleinen Platz, du weißt, wie es war. Es waren die ersten guten Jahre 1934 und 1935, alles war 32 am Bankrott. Du weißt, wie es mit uns war. Wir hatten 1932 die erste anständige Wohnung.«

»32?« sagte Grete. »Ich dachte immer, es wäre 31 gewesen.«

»Nein«, sagte Edith, »Ende 32.«

»Ich habe deine Wohnung nie gesehen. Ich bin schon Februar 33 rausgegangen, und Januar hatte ich, wie jedes Jahr, Grippe. Ich hätte natürlich mal bei dir vorbeikommen müssen. Aber hatten wir Zeit in Berlin? Ist auch keiner von der nächsten Generation gerettet worden?«

»Keiner! Und Rudolf haben sie umgebracht. Du hast Freia besucht? Ich möchte sie auch gern wiedersehen. Sie ist so verbittert, viel verbitterter als alle Juden.«

»Wir sind zweitausend Jahre Mißhandlung und Verfolgung gewöhnt. Für Freia ist das ganz neu gewesen. Man sagt immer wieder: Gott, wie entsetzlich, aber wie furchtbar es ist, das macht man sich doch nur selten klar. Bitte stelle dir vor, es wäre ein Bruder deines Mannes durch einen Verbrecher ermordet worden, ein sogenannter Raubmord. Was die Menschen seit Jahrtausenden damit angestellt haben! Man kann sagen, der ganze Staat wurde nur dafür erfunden, damit einer nicht ungestraft mordet. Und nun sagst du mir einfach, hier in der Küche, in der 86. Straße in Manhattan, daß die drei Geschwister deines Mannes mit Frauen und Kindern ermordet wurden. Ich kann mir vorstellen, daß dein Mann nichts mehr von den Deutschen wissen will.«

»Es war immer so gemütlich, wenn wir nach Kartow kamen, vorn mit dem Laden. Mein Schwager hat noch immer den Stoff in die Hand genommen und hat ihn mit den Fingerspitzen bis zum Ellenbogen gemessen. Ich sehe ihn noch. Am Ende der zwanziger Jahre sagte mein jüngster Schwager, man sollte einen Messing-Meterstab in den Verkaufstisch einlassen. Aber sie hatten viel Bauernkundschaft, sie waren wie die Bauern geworden, sie änderten ungern was. Man sprach hin und her wegen des Meterstabes, aber dann ließen sie es doch sein. Hinterm Laden hatten sie das Wohnzimmer, meine Schwiegermutter saß da und erzählte, und wenn wir von Berlin kamen, hatte meine Schwägerin gebacken, das kannst du dir nicht vorstellen, wie die Frau gebacken hat. In der ganzen Welt hätte sie damit ihre Familie ernähren können. Posener Bobes, die sind einem auf der Zunge zergangen. Und wie anständig die Leute waren! Da ist mal ein alter Bauer gekommen und hat gesagt: ›Die Hose, Herr Zuckermann, ist von 'nem Stoff, den hat mir noch Ihr seliger Herr Vater verkauft, das war was Guttes. Zwanzig Jahr hab ich die Hos'.‹

Dienst am Kunden, das war die Devise bei den Zuckermanns, und eines der Kinder war so begabt. Mit vier hat es sich allein lesen beigebracht, mit acht, ich sage dir, mit acht ist er im Laden gestanden und hat rechnen geholfen und Stoff ausmessen.« Edith nahm Salz, Edith rührte eine Mehlschwitze, stach die Kartoffeln an. »Ich habe von 1933 an gedrängelt: ›Bringt doch wenigstens das Kind raus, das ist ein zweiter Einstein.‹ Aber weißt du, es war alles so gemütlich, und sie haben immer gesagt: ›Ich springe mal schnell rüber‹, mit der Schürze an sind sie zueinander gesprungen. Sie haben sich nicht voneinander getrennt.«

»Setz dich einen Augenblick hin, Edith, ich paß aufs Essen auf. Wir können nicht so aufgeregt zu Martin reinkommen.«

In der Küche standen fünf Schränke für fünf möblierte Mieter, wo jeder Glas, Porzellan und Vorräte aufbewahrte. Es war peinlich ordentlich und sauber.

»Weißt du«, sagte Grete, aber dann hörte sie auf. Sie wollte sagen, die moderne Armut ist Wohnungen und Küchen teilen, wo man keinen schmutzigen Löffel herumliegen lassen darf. Aber Edith war keine arme Frau, obwohl sie von Heimarbeit lebte. Die Begriffe stimmten alle nicht mehr. »Ich werde inzwischen abwaschen«, sagte Grete. »Du kannst doch wohl hier kein schmutziges Geschirr stehen lassen.«

»Nein«, sagte Edith, »ich wickle es manchmal schnell in eine Zeitung und stopfe es unten in den Vorratsschrank, aber gern tue ich es nicht.«

»Sind alle so ordentlich?«

»Jüdische Emigranten, was willst du? Übrigens, den wunderbaren Kühlschrank benutzen wir gemeinsam. Geh rein zu Martin, es ist mir lieber. Ich werde immer nervös, wenn einer dabei ist, wenn ich koche, besonders beim Anrichten muß ich allein sein.«

Edith brachte Roastbeef mit Bratkartoffeln. »Was für ein Braten!« sagte Grete. »Nein, aber Edith! Für mich?«

»Ich weiß«, sagte Martin. »Ihr seid nicht verwöhnt in London.«

»Gib mir nicht so ungeheure Stücke, ich bin doch kein Tiger.«

»Hier iß«, sagte Martin und legte ihr ein riesiges Stück auf den Teller. »Willst du Bier? Wein?«

»Ich trinke nichts zum Essen. Eine Tasse Kaffee nachher.«

»Und wann wirst du die Braun wegen des Vortrags antelefonieren?« fragte Edith.

»Nicht wichtig, Edith, wirklich nicht.«

»Aber du mußt mit dieser Frau Wangel telefonieren. Ich habe mir alles aufgeschrieben. Sie will mit dir ein Interview machen.«

»Na gut, Edith, ich werde sie anrufen. Du bist ja eine rührende Person. Wie du dich um jeden bemühst! Aber ganz offen, ich weiß nicht, wozu ich das machen soll.«

»Bist auch so weit?« sagte Martin. »Wozu?«

Es stand noch ein guter Teil des Bratens auf dem Tisch. »Ich bin richtig froh, daß wir das nicht alles verputzt haben. Ich helf dir raustragen und abwaschen«, sagte Grete.

»Also jetzt bleibst du hier sitzen!«

Martin sagte: »Du entschuldigst mich«, und ging zu seinen Porzellanuhren. »Davon haben wir hundertfünfzigtausend gemacht. Der amerikanische Markt erschöpft sich aber erst bei einer Million Stück.«

»Was hast du vorher gemacht? Wovon habt ihr überhaupt gelebt?«

»Wir haben ein und eine halbe Million Papierkrippen für eine katholische Organisation geklebt.« Martin lachte sein zufriedenes Lachen, das alles ein bißchen unernst machte: »Davon haben wir Roastbeef gegessen, ein Zimmer gehabt ...«

»Mit Zentralheizung!« sagte Grete.

»Mit Zentralheizung«, lachte Martin und malte das Vergißmeinnicht.

»Haben jeden Sommer aus New York weggehen können in die Catskills!« sagte Edith.

»Und«, sagte Grete ernster, »euren Sohn studieren lassen.«

»Die Kollmanns haben doch Werner nicht studieren lassen. Noch einmal sollte das nicht in der Familie passieren.«

»Was machen Kollmanns?«

»Du weißt doch mit Margot?«

»Nichts Näheres.«

»Sie war ganz ordentlich in Berlin, Wirtschafterin. Eines Tages ging sie runter, kam die Frau über die Straße und sagte: ›Sie haben nicht Ihren gelben Stern an!‹ Margot sagte irgendetwas von nichtangesteckt, weil sie so schnell runterging, und da sagte die Frau: ›Na, das wird Sie teuer zu stehen kommen.‹ Offenbar hat sie sofort die Gestapo angerufen, denn zehn Minuten später war Margot schon abgeholt, und dann hat man natürlich nie mehr etwas von ihr gehört.«

»Feines Volk«, sagte Martin und malte ein rotes Glockenblümchen.

»Soll ich jetzt Kaffee machen?« sagte Edith. »Oder warten wir auf Werner?«

»Kommt Werner auch? Wie nett!«

»Ich habs auch Armin Kollmann gesagt. Er lebt in großem Stil. Gott, großer Stil! Du wirst ja sehen. Wenn er nicht kommt, ist es auch gut. Ich habe gar kein Interesse mehr an ihm.«

»Edith«, rief Grete, »das ist der wahre Weltuntergang. Deine Mutter müßte das hören. Kein Interesse mehr am Sohn des Geheimen Justizrats Kollmann!«

»Darum war ich die schlechte Partie, die Enkelin von Justizrat Kollmann kam mir nicht zu.«

»Sei ganz still«, sagte Edith, »deine Familie fühlte sich sehr geschmeichelt.«

»Ich höre deine Mutter sagen, als ob es gestern wäre: ›Mein Bruder, der Geheimrat Kollmann, kommt auch.‹ Weißt du noch, wie du rasch auf dem Korridor zu mir gesagt hast: ›Tante Marie ist da, sprich bloß nichts.‹ Ich war vielleicht zehn. Bei jeder Kurmacherei, jeder Verlobung hatte man nur den Gedanken, was Frau Geheimrat Kollmann dazu sagen wird.«

Martin tauchte den Pinsel in Grün: »Sie vertrat die Klatschspalte der Zeitung, die Meinung unserer Welt. War sie nicht herrlich, unsere Welt?«

»Na«, sagte Grete gedehnt, »der Stolz deiner Mutter, daß

Armin und Margot die drei Treppen zu euch raufstiegen. Dabei wars nirgends so nett, die bunten Schüsseln mit der Papierrose in der Mitte und hinterher Schokoladenfisch.«

Es war Mitte des 20. Jahrhunderts. Edith hatte endgültig genug. Alle diese Begriffe, feine Familie, ganz feine Familie, das erste Haus am Platz, galten nicht mehr. Sie saßen in einem möblierten Zimmer auf der Westseite und verdienten genug. Natürlich arbeiteten sie von neun Uhr morgens bis elf Uhr nachts. Aber sie hatten immer ohne Aussetzen gearbeitet. Edith Stern aus dem Clan der Kollmanns war Edith Zuckermann geworden, die alle in diesem wimmelnden Hause kannten.

Es klopfte. Ein Uralter. »Herr Finkelstein, darf ich Ihnen meine Freundin vorstellen?« sagte Edith.

»Ich kannte Sie, ich bin ein treuer Leser. Sie haben einmal geschrieben, daß ein fast Hundertjähriger erzählt, er trinke jeden Morgen nüchtern, auf leeren Magen, ein Glas Wasser. Seitdem trinke ich jeden Morgen ein Glas Wasser, es bekommt mir sehr gut.«

»Freut mich«, sagte Grete.

»Na siehste«, sagte Martin, »ein alter Verehrer.«

Aber nun machte Herr Finkelstein den Mund nicht mehr auf. Bei Edith konnte er sitzen und schweigen, und er saß jeden Abend bei ihr. Was lag hinter dem Schweigen? Vielleicht war seine Frau ganz normal kinderlos gestorben. Es konnte auch ganz anders sein.

»Wir machen eine Flasche Wein auf«, sagte Martin, »so jung kommen wir nicht mehr zusammen.«

»Sei nicht so übertrieben«, sagte Grete.

»Wein ist hier keine solche Kostbarkeit. Wein und Bier kosten fast dasselbe.«

Werner Stern kam. Es war höchstens acht Jahre her, daß Grete ihn nicht gesehen hatte. Er war gleich nach dem Krieg von London nach New York umgezogen. Er war sehr gut angezogen, hatte eine gewisse Würde.

»Geht dir besser als früher?« sagte Grete.

»Natürlich, als in England mit der Fabrikarbeit. Das war ja

doch nicht einfach. Trotzdem, der englische Arbeiter ist vielleicht das Beste auf der Welt. Wir hatten da einen jüdischen Schlehmil aus Breslau, den ließen sie einholen und Tee machen. Du weißt doch, wie man geworden war, immer hatte man Angst, einer könnte Antisemitismus machen, der Mensch war völlig unfähig, aber die Arbeiter sagten ›Lassensen man Tee machen‹. So nett waren die Leute und hatten so feine Gesichter.«

»Ich habe dir gesagt, geh nicht in einen großen Betrieb, wo sie dir Waschräume und eine Kantine versprechen und du jeder Massenfeindschaft ausgesetzt bist«, sagte Grete.

»Du hast ganz recht gehabt. Wir waren nur zehn. Der Chef war Vorarbeiter. Von Waschen keine Rede und Mittag habe ich auf einer Kiste gegessen. Ich möchte die Zeit nicht missen.«

»Ach Werner, wunderbar. Auch Bernhard Blau möchte die Zeit nicht missen.«

»Man konnte doch auch 1938 gar nichts mehr anfangen.«

»Du bist eben sehr spät rausgegangen.«

»Zuerst hat man doch gedacht, man könnte sich halten, an die Geschäftsleute würden sie nicht rangehen. Es sagt sich so leicht, spät rausgegangen. Juni 33 habe ich allerdings zuerst gedacht, ich müßte rausgehen. Wir hatten gerade die ganzen Regale voll feinster Felbelhüte, was für eine feine Firma das war, Lesser & Gleichmann. Das Geschäft hatte sich nach dem Boykotttag gerade wieder gehoben, da kam ein Trupp SA und räumte alles aus, alle Regale und die Kasse. Wir standen da, sagten nichts. Sie parkten draußen einen LKW, packten alles rein und fuhren ab. Waren wir am Bankrott.«

»War doch reiner Diebstahl. Hat dein Chef das nicht angezeigt?«

»Du stellst dir das falsch vor. Du konntest doch nicht als Jude die SA anzeigen. War gar nichts zu machen.«

»Es wird heute in Deutschland auch nicht mehr gestohlen wie in andern Ländern«, sagte Grete, »es waren alles Diebe und Mörder auf Befehl. Das ist das Unheimliche. Tausende, die gemordet und gestohlen haben, sind heute Gemüsehändler oder Garagenleute, liefern dir einen erstklassigen Reifen, wenn sie sagen, es ist ein erstklassiger Reifen, haben kein schlechtes Gewissen, obwohl sie vor zehn Jahren Menschen persönlich abgespritzt haben. Erzähl mal, was ist hier aus dir geworden?«

»Was ist abgespritzt?«

»Ach, laß man.«

»Er hat ein großartig gehendes Konfektionsgeschäft übernommen, als der Inhaber starb«, griff Martin vom Fenster aus ein. »Hab ich recht, Werner?«

Aber Werner sagte nichts, und so fuhr Martin fort, während er ein rotes Glockenblümchen auf die Uhr malte: »Der Mister Newman ließ Werner kommen und sagte: ›Herr Stern, Sie wissen, daß ich noch nie einen solchen Angestellten hatte, die Treue, die Zuverlässigkeit, die Intelligenz nicht zu vergessen ...‹«

»Also Martin, hör auf, so wars doch gar nicht.«

»Na, vielleicht nicht ganz«, fuhr Martin fort, »aber doch ungefähr. Jedenfalls stand unser Werner am Krankenbett des großen Mannes mit drei Professoren, die ihn zwischen Tod und Leben hielten und zwei Rechtsanwälten und vier Buchprüfern.«

»Martin, nun hör schon auf!«

»Also kurz und gut, er bekam das Geschäft.«

»Na, ich freu mich«, sagte Grete, »manchmal gibts doch ein Happy-End im Leben.«

»Happy-End? Gretel! Wie kann das Leben ein Happy-End haben?« sagte Martin. »Man fängt mit dem Happy-End an, ein schöner junger Mann, wartest, was wird, müßte doch mal kommen, irgend etwas müßte kommen, kommt aber nicht, trippelt immer so weiter, und schließlich malt man Blümchen auf Uhren und hat einen Herzknacks und kann es sich ausrechnen, wann Schluß ist.«

»Aber Martin«, sagte Edith, »wer wird so was sagen!«

»Du hast ganz unrecht«, sagte Grete. »Ihr habt doch alles, was ihr braucht.«

»Na, ein Zimmer als Schlafzimmer, Wohnzimmer, Eßzimmer, Werkstatt, Büro und Expedition, ich kann mir was Glanzvolleres vorstellen.«

»Warum?« sagte Edith. »Hätte ich drei Zimmer, müßte ich

drei Zimmer reinemachen, so brauche ich nur eins reinezumachen.«

»Und eine größere Geselligkeit als ihr sie hier im Hause habt, hättet ihr auch nicht in einer Villa in Long Island«, sagte Grete.

»Ich bin sehr zufrieden«, sagte Edith.

Werner dachte: Na ja, wenn ich eben vor dreißig oder vierzig Jahren Chef gewesen wäre und wenn nicht Hitler gekommen wäre, dann hätte ich vielleicht doch eine nette Frau bekommen. »Ich bin neunundsechzig Jahre alt«, sagte er plötzlich aus seinen Gedanken heraus.

»Neunundsechzig«, sagte Grete und faßte sich an die Stirn, »nein, das ist ja nicht möglich, wie alt wir alle sind ...«

»Was willst du, der Hitler ist zwanzig Jahre her ...«

»Natürlich, neunundvierzig war gar nicht so alt. Trotzdem, man hätte sichs ja ausrechnen können, daß man dann in zwanzig Jahren siebzig ist.«

»Wer rechnet damit«, sagte Martin, »daß er in zwanzig Jahren zwanzig Jahre älter sein wird?«

Es klopfte, und Martin sagte: »Ich habe dir doch gesagt, das ganze Haus kommt abends zu uns.«

»Ich hab das gern«, sagte Edith, »ich brauche keine neuen Leute, ich bin froh an den alten Bekannten.« Aber es waren keine alten Bekannten, nur Juden, die zur gleichen Zeit in Deutschland jung gewesen waren.

»Guten Tag«, sagte die Neudazugekommene zu Grete: »Ich las, daß Sie kommen, und da ich doch im Hause wohne und Frau Zuckermann ist immer so nett mit allen Leuten, und alles trifft sich bei ihr, und da bin ich so frei gewesen und raufgekommen.«

»Wie geht es Ihnen?« fragte Grete, während sie immerzu dachte: Wer ist denn das? Woher kenne ich sie?

»Sie wissen wahrscheinlich, daß ich 1940 im allerletzten Moment, bevor der Hitler einmarschiert ist, von Kopenhagen weggegangen bin. Das war ein großer Fehler, aber man hat ja nicht wissen können, daß der König alle Juden nach Schweden rettet. Das hat man ja nicht wissen können.«

»Natürlich nicht, Fräulein Rosenberg«, sagte Grete mit plötzlichem Erinnern. »Und wie geht es Ihnen in New York?«

Sie setzte sich ganz nah zu Grete: »Ich bin so frei, ich setze mich hier zu Ihnen auf die Couch, Sie nehmen es mir bitte nicht übel, Frau Zuckermann, wenn ich Ihren Gast mit Beschlag belege, ich muß Frau Jacoby etwas ganz Privates erzählen.«

Und Grete dachte: Jetzt kommt die Geschichte mit dem ungetreuen Angestellten.

»Es wäre ja alles anders gekommen, Sie wissen, daß mein Vater in Dänemark die guten Vertretungen hatte, sogar eine Zeitlang die Markus-Autos« – sie hielt einen Augenblick inne, damit sich diese gewichtige Tatsache Grete einpräge. »Als er kurz nach der Inflation starb, da standen wir nun da, meine Mutter und ich, und wußten nicht, was anfangen, aber ich hatte schon lange bei meinem Vater die Buchführung gemacht und wußte über alles Bescheid, und die meisten Firmen sind ja auch anständig gewesen und haben uns die Vertretungen gelassen. So fünf Jahre ging es recht gut, und ich wollte es mir ein bißchen leichter machen und nahm einen sehr gut empfohlenen jungen Mann, und dann kam mir alles so komisch mit den Abrechnungen vor – ich habe die Nächte durch gesessen, um die Bücher zu prüfen – einem Betrüger ist man ja nicht gewachsen –, und da habe ich festgestellt, der Lump hat mich jahrelang betrogen! Zwei Drittel hat er sich genommen und ein Drittel hat er uns gelassen! Das waren glänzende Jahre, und wenn dieser Mensch nicht gewesen wäre, hätte ich mich schon vor Hitler zur Ruhe setzen können, aber ich mußte ja aufholen. Und der Prozeß hat eine Stange Gold gekostet, und nichts ist dabei herausgekommen. Das waren Erfahrungen. Ich habe mir das so oft durch den Kopf gehen lassen, wieso ich auf diesen Menschen habe reinfallen können. Ich kann es nicht verstehen.«

»Darf ich Ihnen ein Tässchen Kaffee anbieten?« sagte Edith.

»Nein, nein«, sagte Fräulein Rosenberg, »ich gehe schon, ich will Ihren intimen Freundeskreis nicht stören. Ich wollte nur Frau Jacoby die Hand drücken. Ich habe ja noch Ihre Frau Mutter gekannt. Wie lange ist das her! So eine feine Frau. Guten

Abend allerseits. Wünsche noch viel Vergnügen in New York!« Sie verließ das Zimmer.

»Hat sie dir von dem ungetreuen Angestellten erzählt?« sagte Edith.

»Ein armes Geschöpf. Ich habe nie mit ihr von etwas anderem gesprochen, wenn ich sie alle fünfzehn Jahre treffe.«

»Na ja«, sagte Martin, »meinste, ich könnte dir viel erzählen, wenn ich hier Tag ein, Tag aus sitze, Blümchen auf Uhren male?«

»Ihr liefert sie doch ab. Wie ist der Mensch, dem du sie ablieferst? New York ist interessant, und du siehst immer etwas. Die Menschen, die einem immer die gleichen Sachen erzählen, nur das sind die wirklich armen Leute.«

Ein alter Herr kam herein, gut gekleidet, gut gefüttert, ein wohlhabender Mann.

»Armin Kollmann!« rief Grete.

»Herzlich willkommen in New York!« rief er. Alle sahen ihm an, daß er erschrak, als er Grete sah.

»Es geht Ihnen gut, man kann es sehen«, rief Grete.

»So gut wie meinen Großeltern Kramer«, lachte er.

»Das gibt es doch nicht! Die hatten eine riesige Wohnung und drei Dienstboten und fuhren im Schlafwagen an die Riviera.«

»Richtig. Ich habe sogar eine Villa und fliege an die Riviera. Nur Dienstboten habe ich nicht, und Gesellschaften von sechzig Personen auch nicht.«

»A propos Gesellschaften«, sagte Grete, »wie gehts Erich und Rose Marie Klawotzky? Unsere Korrespondenz ist seit Jahren eingeschlafen.«

»Sie ist überfahren worden, und ihn habe ich Jahre nicht mehr gesehen«, sagte Kollmann.

Bevor Armin gekommen war, hatten Edith, Martin, Werner und Grete wie vor dem ersten Weltkrieg in der Stralauer Straße im Osten Berlins oder nach dem Weltkrieg in der Winterfeldstraße im Westen Berlins zusammengesessen, als ob Ediths Geburtstag wäre und alle Freunde und Verwandte würden noch kommen, und plötzlich war Rose Marie überfahren worden.

Martin malte drei grüne Blättchen.

Grete stand auf. »Es ist alles zu viel für mich.« Edith ging mit ihr nach draußen: »Soll ich dir etwas Heißes zu trinken geben?«

»Alles ohne Otto. Wozu macht man weiter? Du bist stark, du hast alles zusammengehalten. Ich habe alles verkehrt gemacht, und jetzt, wo es leichter wird und die Entschädigungen kommen, lebt Otto nicht mehr.«

Im Zimmer sagte Armin: »Was habe ich eben gesagt, daß sich Grete so aufregt?«

Martin pinselte ein Vergissmeinnicht: »Sie kommt über den Tod von Otto Jacoby nicht weg. Sie haben in drei verschiedenen Ländern gelebt, immer neu angefangen.«

»Ich habe ja richtig gelegen«, sagte Armin.

Grete kam herein: »Wieso haben Sie richtig gelegen?«

»Ich hatte aus der Inflation noch eine Menge Expressionisten. Die Deutschen waren ja alle nichts wert. Jetzt fangen sie auch an zu steigen, aber die Picassos, Feiningers, Braques haben genügt, jetzt reißen sie mir die Kandinskys aus den Händen. Aber ich lasse mir Zeit, ich habe auch noch einen Archipenko.«

»Armin, von wegen richtig gelegen. Mit dem kleinen Briefmarkenladen etwa? Auf einem Spaziergang mit mir haben Sie gesagt: ›Ich kann aber in keine Konditorei gehen, nur ein Glas Bier.‹«

»Aber während der Inflation ist es mir doch glänzend gegangen.«

»Als junger Mann bei Schulz? Na hören Sie, Armin! Sie sind aber bescheiden. Einkäufer für diesen entsetzlichen Inflationsgewinnler. Das finden Sie glänzend?«

»Sie sind lebensfremd, sind es immer gewesen. Ich war auf der Käuferseite. Ich hatte nicht Kunst oder Rat anzubieten und keine Sorgen um Aufträge. Ich war der große Mann, bei mir haben sie antichambriert. Der Herr, dessen Knecht ich war, hatte Geld, aber sonst gar nichts. Er konnte einen roten Teppich durch seinen Vorgarten legen und ein Glasdach darüber errichten, permanenten königlichen Einzug spielen, aber er war ein ungebildeter Bäuchling. Ich saß im Dachgeschoß, und Künstler und Kunstgewerbemädchen boten mir ihre Sachen an, und ich hatte alles, was Geld nun wirklich kaufen kann, Zentralheizung, eine Klingel für ein Mädchen mit weißem Häubchen, das kalte Platten für mich und meine Gäste brachte. Bei Herrn Schulz feierte man Orgien, um sich nicht zu sehr zu langweilen. Bei mir gab es Liebe und Tee und geistige Gespräche. Es war eine aufregende Epoche. Wir kämpften für die Abstrakten, für das Neue Drama, für eine Neue Welt. Jürgen und Mühlenbach saßen bei mir, Toller las Hinkemann vor und Feininger brachte Stadtbilder. ›Keiner mehr arm!‹ proklamierte Jürgen. »Keiner mehr unterdrückt!‹ rief Mühlenbach. Birnbaum verlangte die Geistigen als Politiker. Umwertung aller Werte, gegen die Überschätzung der Jungfräulichkeit, für die Dirne. Besitz ist Diebstahl, also konnte Wegnehmen kein Diebstahl sein, und Franz Werfels geniale Idee, daß nicht der Mörder, sondern der Ermordete schuldig ist, also nicht Hitler und Stalin, sondern Rudi Stern und Jürgen zum Beispiel …«

»Aufhören!« riefen alle.

»Otto und ich haben diese Meinungen nicht geteilt, darum galten wir als …«

»Spießig«, sagte Armin. »glauben Sie mir, Grete Jacoby, ich war zwar nur der Einkäufer eines Inflationsgewinnlers, eines Barbaren, aber für mich waren diese drei Jahre mit ihren richtigen und falschen Erwartungen die schönsten meines Lebens.«

Jeder dachte an eine andre Begegnung mit Armin. Martin sah ihn als eleganten Snob, der in Oxford studierte, von seiner nie geschriebenen Doktorarbeit über die Kurtisane des XVII. Jahrhunderts geredet und nie etwas ernst genommen hatte.

Werner hatte es Armin nie vergessen, daß er ihn auf einer Gesellschaft bei Markus in einer grundlegenden Unterhaltung mit Rabbiner Cohn über Zionismus, der sein großes Problem war, gestört hatte. Plötzlich tauchte dieser Mensch auf und sagte: »Na, Werner, immer noch beim Judentum?« Und damit war die Unterhaltung mit dem großen Mann zu Ende, eigentlich hatte er sich über dieses Problem nie mehr aussprechen können. Und als er neben der hinreißenden Friedericke saß, sagte Armin: »Hälst dich an unseren gediegenen Werner, da kann dir nichts passieren«, eine Gemeinheit, und jetzt wohnte dieser Mensch, der nie gearbeitet hatte, in einer Villa, ein reicher Mann.

Grete dachte, warum kann Otto nicht hier sitzen, der so viel erfunden hatte, was ihm alle nachgemacht haben, der erste, der eine Kugel photographierte, wenn er einen Spielsaal zeigen wollte, der auf Anteile verzichtete, wenn er Unausgeprobtes drehen wollte, der sagte: »Genug ist nicht genug in der Kunst«, leidenschaftlich und zärtlich, schöpferisch und ernst und tief wahrhaftig. Armin war belesen, kannte Kunst, aber war er nicht der Wertloseste in diesem Zimmer und der bei weitem Reichste?

Armin dachte, haben alle ein leichteres Leben gehabt als ich, wo mir Elli schon 21 davongelaufen ist, nie ein Heim, dabei dämmern sie hin wie die Austern, sind nie einsam gewesen wie ich.

Nun kamen zwei Damen. »Frau Dispecker«, stellte Edith vor, »hat Aubussonteppiche zu reparieren gelernt. Möchten Sie vielleicht ein Täßchen Kaffee?«

»Wo denke Sie hin. Isch am Abend Kaffee, in meinem Alter? Nein.«

Sie gab Auskunft über Aubussonteppiche: »Früher mußten die Leut' ihre Teppische nach Paris schicke. Isch bin die einzige, die das kann in den ganzen Vereinigten Staaten von Amerika.«

»Frau Dispecker«, sagte Edith, »kommt in die größten Häuser, und Sie haben mehr zu tun, als Sie schaffen können, nicht wahr?«

»Isch kanns mir raussuche, isch hab e Wartelist.«

»Daß Sie das können«, sagte Grete, »Sie sind doch wohl über sechzig?«.

»Bald siebzig,« sagte Frau Dispecker.

»Es muß doch anstrengend sein, sich so zu bücken.«

»Isch bück misch nischt, ich kann mir das ja einrischte, isch mach das ganz ruhig, Schtisch für Schtisch, ich laß' misch nischt hetze, isch kann es ebe, verstehe Sie?«

Edith erzählte, daß Frau Dispecker ein großes Einkommen habe, etwa 25 Dollar am Tag, und dann noch das Essen in solchen Häusern.

»Wo haben Sie denn das gelernt, Aubussons zu stopfen?« fragte Grete und dachte, genial ein Handwerk zu lernen, das gebraucht wird und niemand in den Vereinigten Staaten versteht.

»In Nürnberch. Isch habe immer meine eigenen Stuhlkissen gestickt. Isch verlange einen ganz großen Tisch, und auf den Tisch lege isch den Teppich, und dann arbeite isch ganz langsam. Sie könne das nischt sehe, wo es repariert wurde. Das Metropolitan Museum hat misch neulich angefragt, ob isch einen antiken Teppisch stopfen würde. Isch bin ja keine Teppichstopferin habe ich ihnen geantwortet. Isch repariere nur Aubussons. Ich kenne Sie übrigens, Frau Jacoby. Ich habe auch geschriebe.«

»Ach«, sagte Grete, »was denn?«

»Isch habe über Handarbeiten geschriebe für den Oberfränkischen Anzeiger.«

»Was Sie nicht sagen«, sagte Grete liebenswürdig.

Frau Dispecker verabschiedete sich.

»Die Welt ist besser geworden«, sagte Grete, »was hätte eure Mutter zu einer Aubussonrepariererin gesagt? Oder stell dir vor, du hättest in Berlin in einem Zimmer gewohnt und Heimarbeit gemacht! Wer hätte einer Aubussonrepariererin einen Lohn bezahlt, von dem sie hätte leben können?«

»Irr dich nicht«, sagte Edith, »es gibt eine Menge Leute, die nicht mit unsereinem verkehren würden.«

»So ändern sich die Menschen nicht«, sagte Martin und tauchte den Pinsel in Hellblau.

Die andre Dame, Frau Blau, hatte zugehört, obwohl ihr Frau Dispeckers Welt längst bekannt sein mußte, denn sie kamen jeden Abend zu Edith. Sie lebte in einem möblierten Zimmer, aber sie trug einen bläulichen Lockenkopf und ein Seidenkleid mit handgearbeiteten Biesen, das, obwohl vertragen, erkennen ließ, daß diese Frau wußte, was Qualität ist: »Meine liebe Frau Jacoby«, sagte sie, »so können wir Sie nicht in New York herumlaufen lassen, nicht wahr, Frau Zuckermann? Lassen Sie sich East 52. Straße bei Pierre frisieren und eine Gesichtsmassage bei Frau Grünspecht machen.«

»Baronin Grünspecht?« fragte Grete.

»Sie nennen sich nicht mehr Baron.«

»Und Sie sind Frau Blau. Von den Blaublusen?«

»Ja«.

»Ich kannte Lore Blau in London, nett und lispelnd wie immer. Sie ist an Krebs zugrundegegangen, mitten im Blitz.«

»Ich weiß«, sagte Frau Blau und schnitt das Gespräch über Trauriges, das keiner wollte, ab.

Einer nach dem andern verschwand. Nur die Freunde blieben sitzen. Der alte Herr Finkelstein war eingeschlafen. Martin malte.

Edith holte Fotos von Verwandten, junge Geschöpfe, lebten in Buenos Aires, Barranquilla oder Tel Aviv, verheiratet mit Spaniern, Italienern, Iren, fremden Juden.

»Ich muß gehen«, sagte Grete.

»Du kommst morgen abend«, sagte Martin.

»Ich begleite Sie«, sagte Armin Kollmann.

Morgen und dann wieder morgen und wahrscheinlich zum letztenmal, denn sie würde nicht noch einmal nach New York fahren, und langsam würde dieser Kinderkreis von fünf Menschen aufhören. Eine Stadt, eine Welt, die einmal quicklebendig war, das unversehrte Berlin und das Berliner jüdische Kleinbürgertum, lebte nur noch in ihren Köpfen.

»Grete, hören Sie denn nicht?« sagte Armin.

»Offengestanden nein. Ich sah Sterns Salon vor mir mit den Türmen des Doms von Köln in Alabaster, die überlebt haben.«

»Ich dachte, wie ich erst einen Schreck bekam, als ich Sie wiedersah, aber im Verlauf des Abends sahen Sie genau so aus, wie ich Sie im Gedächtnis hatte, Sweet Seventeen.«

»Süßholzraspler«, sagte Grete, »wenn man mit seinen alten Bekannten alt wird, merkt man ja nicht, daß man älter wird. Aber wir hatten es immerzu nötig, mit verrunzelnder Haut neue Menschen kennenzulernen.«

Der Neger schloß den Fahrstuhl. Sie verließen das überhitzte Haus. Eisig wehte der Wind vom Hudson, in jedem Augenblick machte sich die Natur breit, kämpfte und stieß.

»Wenn der Schnee es zulässt, kommen Sie morgen abend zu mir. Es ist zu kalt zum Reden.«

Dies war keine Stadt für einen Schneespaziergang wie die milde sonnige Schneelandschaft von Berlin. Armin wollte Grete nach amerikanischer Sitte einen Kuß geben, aber Grete entzog sich: »Es ist ja eine scheußliche Sitte, alte Leute.«

Im Hausflur saß der Buckelige, obwohl es schon elf Uhr war. Grete fuhr nach oben. Der Fernsehapparat ging so laut, daß Grete an die offene Tür klopfte und die nette Wirtin bat, den Apparat etwas leiser zu stellen. Die Wirtin kam heraus: »Kommen Sie mit in die Küche. Das Stück ist gleich zu Ende. Wissen Sie, mein Mann wollte nicht, daß ich vermiete, aber ich weiß doch, die Geschäfte gehen miserabel, und mein Mann weiß nicht, wo ers Geld hernehmen soll, und ich mache Korsetts, aber natürlich muß ich teuer sein. Mit der Hand. Was kann man schon mit der Hand machen?«

Grete sah die Frau, eine Welt von Wärme und Herzlichkeit. Sie brauchte dringend die zwanzig Dollar die Woche. Ihr Mann war ein preußischer Jude, groß, elegant, der ihr das Leben schwer machte.

»Männer sind schwierig«, fuhr die Wirtin fort, »wenn mein Mann jetzt den Fernsehapparat leiser stellen soll, gibts Krach. ›Ich habe dir gleich gesagt‹, wird er sagen, ›es wird Ärger geben. Aber du mußt ja vermieten.‹ Wollen Sie ein Tässchen Tee?«

Sie wollte Grete beschwichtigen, und Grete saß gern in Küchen und ließ sich erzählen. Frau Weidmann machte Tee, zeigte dabei ihren infraroten Toaströster, der in wenigen Sekunden den Toast röstete.

»Ja, sehr praktisch«, sagte Grete, dachte, unter einem englischen Grill dauert es Minuten, spart man am Morgen ein paar Minuten, was macht man mit der gesparten Zeit?

»Wissen Sie, ich möchte gern mal nach Israel, aber nur zum Besuch, ich hatte eine Kusine dort, hattens schwer, die Leute. Sie sind nach Südafrika weitergewandert, aber meine Kusine sagte, in Südafrika war Verdienst, aber kein jüdisches Leben, in Israel war jüdisches Leben, aber kein Verdienst, sind sie nach New York, hier haben sie Verdienst und jüdisches Leben. Ganz offen, ich möchte nicht in Israel leben, ich lebe hier auch nur unter

Juden, also wozu? Ich habe mich erkundigt, wie das dort ist mit Korsetts, auf keinen Fall leichter als hier.«

»Geben Sie mir noch'n bißchen Tee. Wo kommen Sie her, Frau Weidmann? Aus Polen?«

»Aus Rußland. Ich hab noch'n Bruder dort, großer Musiker. Man tut hier so, als ob es in Rußland keine Musiker mehr gibt, ich sage Ihnen, der größte Geiger von der Welt ist der David Oistrach. Mein Bruder kennt den David Oistrach. Mein Bruder bläst die Klarinette. Ist'n schönes Instrument, nicht wahr?«

Frau Weidmann tat die Teeblätter in eine große Tüte. »Haben Sie keinen Mülleimer?« fragte Grete.

»Man hat keine Mülleimer in New York. Man bekommt diese großen Tüten in den Selbstbedienungsläden, da tut man seinen Müll hinein, und die Tüte stellt man vor die Wohnungstür, abends kommt unser buckliger Portier und holt sie ab.«

»Der immer im Hausflur sitzt?«

»Das ist seine Hauptarbeit. Kann einem leid tun.«

»Warum, Frau Weidmann, auch nicht mehr als andere Menschen?«

»Mülltüten sammeln? Und dann sitzt er immer auf diesem elenden Holzstuhl in dem halbdunklen Hausflur. Ist denn das Fernsehstück immer noch nicht zu Ende?«

»Dann soll doch Ihr Mann wenigstens die Türen zumachen.«

»Mein Mann kann nicht bei geschlossenen Türen leben.« Sie sagte das in einem Ton, als wollte sie sagen: Ich kann nichts dafür. Wenn Sie hier wohnen, müssen Sie sich damit abfinden.

Grete dachte, wie schrecklich es gewesen wäre, mit Otto wieder bei so schwierigen Wirten wohnen zu müssen. Wer weiß? Vielleicht war er in Einzelhaft? Im Zementsarg? »Der Tee ist sehr gut«, sagte sie.

»Ich werd doch Tee machen können, ich komm aus Rußland.«

Grete ging in ihr Zimmer, kein Kleiderschrank, keine Stehlampe, keine Schublade, kein Spiegel, sondern sechs lederbezogene Stühle, ein großer Tisch und ein Buffet, in dem das ›gute‹ Porzellan und das ›gute‹ Glas stand. Grete zog sich aus, während der Fernsehapparat weiter brüllte, und sprach mit Otto: »Bitte, bitte, nimm den Lärm nicht tragisch.«

»Ich kann aber dabei nicht schlafen.«

»Bitte, sag nichts. Es ist eine große Sache, daß wir in New York sein können. Wir können uns kein Hotel leisten.« Sie erzählte von dem aufregenden Abend: »Es war mit Edith, als ob wir gestern aus der Stralauerstraße ausgezogen wären. Sie hat alle gekannt, Mama, Tante Sabine, Onkel Max. Für dich sind sie alle nicht so wichtig gewesen, du konntest Kleinbürgergespräche nicht recht aushalten, ›der hat sich schwergetan‹ und ›die haben auch eine unversorgte Tochter ...‹, aber ich habe das alles geliebt.«

Die Türen blieben offen, auch die des Eheschlafzimmers während der ganzen Nacht.

53. Kapitel

Die alten Bekannten

Es klingelte. Grete schlüpfte aus dem Bett in den Schlafrock. Klawotzky, überpünktlich, kam zu früh. Die Wirtin führte ihn ohne weiteres herein. Gretes Sachen lagen herum. »Herr Doktor Klawotzky, Sie sehen. Bitte warten Sie auf mich, wo?«

»In der Cafeteria am Broadway. Stört Sie Selbstbedienung, meine Gnädigste?«

»Natürlich, ich bin ein alter Emigrant, an Ritzhotels gewöhnt.«

Grete ging aus dem Haus, eisig, grausig, wütend wehte der Wind vom Hudson, riß am Hut, riß am Mantel. Sie tauchte durch die Glastür der Cafeteria in Wärme. Ein Mann schrie sie an.

Klawotzky eilte aus der Cafeteria: »Meine Gnädigste, nehmen Sie eine Verzehrkarte«.

In England nahm man ein Tablett, zwängte sich durch einen Barren, wählte und zahlte am Ende. In Amerika hatte man am Eingang eine Verzehrkarte zu nehmen.

»Ein angelsächsisches Land, also hochorganisiert, wo man immer und überall die Spielregeln kennen muß.«

Ausgebreitet war der Reichtum der Erde, um zu Sandwiches verarbeitet zu werden. Der Gigant hinter dem Buffet nahm eine Scheibe Brot, strich klicks, klacks Butter darauf, säbelte vom Fleisch ab, Schinken, Roastbeef, Schweinebraten, Kalbsbraten, klacks drauf und Brot wieder drüber, auf einen Teller gelegt, Karte gelocht, weiter zum Kaffee, Tasse darunter, Hebel herunter, Karte gelocht.

Es war dramatischer als in England, wo solche Funktionen von älteren Frauen ausgeübt wurden, der Italiener, der das Fleisch schnitt, die zu dicke und zu blonde Frau, die den Kaffee ausgab, der kleine Armselige am Brot, der rasselte: »Roggen? Weizen? Vollkorn? Ausgemahlen? Hafer?«

Die Cafeteria hatte Spiegelwände, Marmortische, einen Brunnen für eisgekühltes Wasser. Kein Wassermädl wie einst in Wien oder München.

Endlich saß Grete Klawotzky gegenüber: »Angenehm warm.«

»Frieren tut man hier nicht.«

»Schon sehr viel. Ich habe viel in London gefroren. Sie doch auch?«

»Nein, Rose Marie hat uns immer ein warmes Zimmer verschafft.«

Grete fand Klawotzky nicht verändert, banal, aber tadellos, schwarzes Jackett, weißes Taschentuch in der Brusttasche.

»Ich nehme mir noch ein Käsesandwich«, sagte Grete und ging zur Theke.

»Einen Dollar.«

»Nicht möglich«, sagte Grete.

»Echter Chester!«

»Nee danke, geben Sie mir Roastbeef.«

»Chester«, sagte Grete zu Klawotzky, »ist unser alter Mausfallenkäse, Ration in England seit 1940.«

»So irrational ist die Welt.«

Es saßen Leute mit zurückgeschobenen Hüten da, eine Frau aß zu einer Tasse Kaffee Brot aus dem Papier, einer sprach laut mit sich selbst. »Ja«, sagte Klawotzky, »sie nehmen Verrückte hin.«

»Werner Stern hat von einem unfähigen Refugee erzählt, den sie in der Fabrik Tee machen ließen. Ist das nicht das Große an den angelsächsischen Ländern, sie nehmen Verrückte hin, sie schleppen Schlehmile durch.«

Sie hätten das zu manchen Zeiten haben können, sich in einem Café unterhalten, aber sie hatte ihn nicht als Frau interessiert, er hatte sie nicht als Mann interessiert. Sein Bühnenerfolg von 1912, ›Das Lachen um Maria Schön‹, war ein zweideutiger Erfolg gewesen, ein Übermaeterlinck an der Grenze der unfreiwilligen Komik, aber ein Vorläufer des Expressionismus.

Otto hatte zu ihm gesagt: »Nennen Sie sich nicht Klawotzky. Nehmen Sie ein Pseudonym.« »Ich heiße aber Klawotzky.« So konzessionslos war er. Vor 1914 schrieb er in der »Neuen Rundschau«. »Klawotzky sagt ...« »Klawotzky schreibt ...« Ein Nachglanz von diesem Vorkriegsruhm fiel auf die zwanziger Jahre. »Wieso haben Sie keine Dozentur bekommen?« fragte Grete. »Alle unterrichten an Colleges.«

»Alle Germanistenposten waren 1946 längst besetzt, und meine Bildung ist nun mal deutsch. Ich habe theoretische Arbeiten über den Film verfaßt. Ich wurde von den Verlegern abgewiesen. Mit Hohn!«

»Mit Hohn? Herr Doktor Klawotzky!«

»Mein Deutsch kennen Sie?«

»Herrlich.«

»Mein Englisch ist banal, es kommt mehr auf das Wie als auf das Was an.«

Grete wollte ihn trösten: »Ich kann Ihnen nicht aufzählen, was Otto alles versucht hat. Ganz gegen seine Natur hat er sich an theoretischen Arbeiten versucht, bilde Künstler, rede nicht! 1949 ein paar Industriefilme, ein paar Dokumentarfilme.«

»Ich spiele oft mit dem Gedanken, nach Deutschland zurückzugehen.«

»O Gott, nein. Die Sauberen sind kleine Leute und zweifelhafte Leute sitzen in großen Stellungen. Kein Land für Sie.«

»Nein, meine Gnädigste. Als ich Deutschland verließ, war ich immerhin dreiundfünfzig. Ich will mir durchaus die Illusion bewahren, daß Deutschtum an sich etwas Gutes bedeutet. Ich kann es nicht ändern, daß Deutsch meine Muttersprache ist. Ich hänge daran.«

»Und Rose Marie?«

»Ist tot.«

»Ich weiß. Wie war das möglich?«

»Sie fiel hin und wurde überfahren. Sie hatte hier ein Höllenleben, und das nach der Flucht aus Frankreich und der Arbeit in Leicester. Morgens ging sie in ihre Kochkurse. Das war ganz gut. Aber abends machte sie einen Abendbrottisch für zahlende

Gäste. In dieser Stadt, wo man so gut und billig essen kann, gab es dafür kein Publikum. Zu Hause ...«

»Zu Hause?«

»Na, in Berlin. Da machte sie das einmal mit großem Erfolg. Aber hier? Sie jagte sich ab, kam nach Hause und kochte, nachdem sie auf dem Heimweg eingekauft hatte. Diese Schlepperei mit den Taschen in dieser gräßlichen Untergrundbahn. Sie liebte ein kompliziertes Leben.«

»Sie war ein ganz ehrlicher Mensch. Daß wir hier sitzen, verdanken wir auch ihr. Nur eins habe ich nie verstanden, sie fand, Sie müßten Erfolg haben, aber sie konnte niemanden ausstehen, der irgendwelche Konzessionen machte, um Erfolg zu haben.«

»Richtig, sie mußte wissen, wie ich schon aussehe, wie ein Hosenträgervertreter, daß ich kein geborener Erfolgreicher bin. Wie sagte Ihr lieber Herr Gemahl: ›Sie sind vom lieben Gott falsch besetzt worden.‹ Und ich war immer krank.«

»Das hat ja keiner von uns geahnt.«

»Man geht ja nicht herum und erzählt einer jungen Dame, ich habe ein unheilbares Magenleiden. Von der herrlichen Kocherei von Rose Marie habe ich immer nur die Cremes essen können. Haferbrei war mein Schicksal.«

Eine ältere Dame in einem abgeschabten Persianermantel kam an den Tisch. »Ich komme um drei«, sagte Klawotzky.

»Ich habe Sie nicht erst vorgestellt. Ich repariere ihr etwas.«

»Ja, im Gegensatz zu Otto waren Sie immer ein ›do it yourself‹, bevor es den Begriff gab. Das muß ganz nett bringen?«

»Dafür nehme ich doch nichts, meine Gnädigste.«

»Aber Herr Doktor Klawotzky, man geht zu einem Bekannten, der Arzt ist, und bezahlt dafür. Alle fangen mit ihren Bekannten an. In diesen Ländern, wo man nichts repariert bekommt, ist ein Mann wie Sie ein Geschenk Gottes, und Sie lassen sich nichts bezahlen?!«

»Also ich nehme für solche Sachen nichts«, wiederholte er.

»Und was ist mit der Entschädigung?«

»Habe ich abgelehnt.«

»Herr Doktor Klawotzky, meinen Sie, ich könnte hier sitzen ohne Entschädigung? Das können Sie nicht tun.«

»Es ist eine ethische Frage. Man kann nicht Mord mit Geld abgelten.«

»Aber die beraubten Bettler und die beraubten reichen Leute?«

»Bitte sprechen wir nicht mehr darüber.«

»Und was ist mit Marion?«

»Tja, Marion. An Marion habe ich gesehen, wie rasend schnell eine Zivilisation zerstört wird. Sie hatte ihr Kinderzimmer, eine Galerie von Teddybären, ausgesucht künstlerisches Spielzeug. Sie war sechs, als wir flohen. Sie stürzte sich auf Tschechisch, lernte schon ungern Französisch. In England war wieder eine neue Sprache, eine andre Geschichtsauffassung. In Frankreich war man ehrgeizig, in englischen Schulen das Gegenteil. Von Zimmer zu Zimmer, von Sprache zu Sprache. Alle Gefühle der Loyalität mußten zerbrechen. Sie schloß keine Freundschaften mehr. Sie ist nicht intelligent. Sie hat nie gelesen. Sie ging mit vierzehn in die Fabrik, mit sechzehn nach London und trat in den ›Bund‹ ein. Sie traf dort kultivierte junge Leute aus Refugee-Familien und junge deutsche Arbeiter, alle begeisterte Kommunisten. Rose Marie hat vieles aufrechtzuerhalten versucht. Sie servierte uns das Essen in Schüsseln. Wir hatten nur kaltes Wasser. Seifenpulver war im Krieg kaum erhältlich. Marion fand es lächerlich, nicht aus dem Topf zu essen. »Alte kapitalistische Gewohnheiten!« sagte sie. Sie fühlte sich zu ihrer Fabrik und ›ihrem Bund‹ gehörig.«

»Wie mein Klaus zu seiner Schule.«

»Wie können Sie das vergleichen. Bei Ihnen ist immer alles gut gegangen.«

Grete wollte sagen, Julius war ein Bettnässer, Klaus schwer nervös, aber sie ließ es.

»Wir konnten Marion in keine höhere Schule schicken, redeten uns ein, unser gebildetes Milieu genügt. Als sie von London kam, waren ihre Lieblingsausdrücke Saustück und Scheiße. Sie benutzte diese reizenden Ausdrücke besonders viel bei uns, weil wir nicht genügend proletarisch waren. Verheerend wirkte eine dumme Geschichte in Leicester. Unser schönes Zimmer dort war ein großer Fortschritt gegen Paris. Marion lud eines Tages ihre beste Freundin ein. Rose Marie hatte einen netten Teetisch gedeckt. Das Kind kam, begrüßte uns mit vollendeten Formen und sagte: ›Was für ein großes Zimmer, wo ist denn die Treppe nach oben? Wo schlaft ihr denn?‹ Dann begriff sie und sagte: ›Ihr habt kein Haus?‹ Sie kam nie wieder. Für diese englische Arbeiterfamilie, waren Leute, die im Wohnzimmer schliefen, so tief unter ihrem Standard eines Fünfzimmerhauses, daß sie ihrer Tochter den Umgang verboten. Mit siebzehn heiratete sie in London einen Berliner Arbeiter …«

»Willy Steppuhn. Ich weiß.«

»Sie kannten ihn?«

»Ich habe sie nur auf der Untergrundbahn getroffen. Marion machte einen glücklichen Eindruck.«

»1946 fuhren sie in einer Welle von Begeisterung nach Ostdeutschland. Wie ich die aufgeregten jungen Leute sah, die in dem Klubhaus ihr bescheidenes Gepäck zusammengestellt hatten, mit Erwartungen, mit denen verglichen jede Hoffnung, mit der wir ins Leben zogen, egoistisch erschien, da glaubte ich, daß ich vielleicht Unrecht haben könnte, und als mein Schwiegersohn sagte: ›Herr Klawotzky, schließen Sie sich uns an. Sie werden Kommissar des Filmwesens‹, war ich sehr gerührt. Ich hatte genug von der einsamen Werkelei. Aber die Briefe klangen dann anders. Es passierte etwas mit Marions Mann, und Marion bat uns um Fahrgeld zu uns. Wir haben jahrelang abgezahlt. Sie heiratete bald einen bildschönen irischen Trinker. Er prügelt sie, sie prügelt ihr Kind, und mir hat er auch mal Prügel angedroht.«

»Herr Doktor«, sagte Grete.

»Ja, meine Gnädigste«, sagte Klawotzky aus seinen Gedanken.

»So ganz falsch war der Protest Ihrer Tochter nicht. Ich kannte ein wunderschönes Mädchen, das hatte die größten Schwierigkeiten in der Fabrik, weil der Vorarbeiter sie vorzog. Ihre Tochter hat sich angepaßt. Sie hätte auch einen englischen Arbeiter heiraten können. Ich kenne solche Ehen. Es mußte kein dummer Berliner Kommunist oder ein irischer Trinker sein. Es hat auch früher verfehlte Heiraten gegeben ...«

»Aber unsre Welt blieb bestehen.«

»Wollen wir nicht gehen?« fragte Grete. Sie konnte ihn nun nicht allein lassen.

»Geben Sie mir Ihre Verzehrkarte, meine Gnädigste.«

»Alte Kollegen? Jeder für sich, Gott für uns alle.«

»Das soll mich nicht kratzen.«

Ein preußischer Militärausdruck, an dem er festhielt wie an den steifen Kragen, solange die Wäsche nicht zu teuer kam, oder an seinem Gehpelz, für den keiner so viel zahlte, daß er sich dafür einen anständigen Wollmantel hätte kaufen können. Mittel- und osteuropäische Pelzmäntel in New York!

Der Wind pfiff eisig vom Hudson, als sie auf den Broadway traten, eine bescheidene Straße mit bescheidenen Läden für elektrische Waren, Friseur, Wäscherei, Seefischrestaurant, chinesischem Restaurant, einer Bäckerei, in der nur Pfannkuchen hergestellt wurden. In der Mitte standen häßliche Zementbänke quer zur Straße, ohne jeden Baum zwischen zwei schwachen Verkehrsströmen.

Papier wirbelte auf. Klawotzky sagte: »Unter La Guardia war New York viel sauberer.« Klawotzky wollte, daß New York einen guten Eindruck machte. Aber wenn er einen von der Munizipalität kennenlernen würde, würde er dem sagen: »Unter Ihrem Vorgänger war New York viel sauberer.«

Er zeigte auf ein ununterscheidbares Haus: »Hier verhungerte Stefan Randelhofer.«

»Herr Doktor Klawotzky, was sagen Sie?«

»Die Wahrheit.«

»Ich konnte nichts erfahren. Woher wissen Sie das? Bitte, es ist mir zu kalt, können wir uns irgendwo hinsetzen?«

Ein Café. Kaum hatten sie sich gesetzt, als ein Arm über sie weg ein Salzfaß von ihren Tisch nahm.

»Da haben Sie dieses Land«, sagte Klawotzky, »kommt einer, sagt nicht ›bitte‹, nicht ›Erlauben Sie‹, nimmt einfach das Salzfaß von Tisch.«

»Vielleicht kann er nicht Englisch. Manieren wechseln. Stellen Sie sich vor, einer hätte in Deutschland erst alles zerschnitten, dann das Messer weggelegt und mit der Gabel weitergegessen wie die Amerikaner. Unsre Kinder haben zu oft erfahren, daß, was man ihnen in dem einen Land streng verboten hat, im andern völlig in Ordnung war. Aber bitte erzählen Sie von Randelhofer.«

»Rose Marie sagte, sie habe eine Art Vision in der Amsterdam Avenue gehabt. Jemand, der aussah wie Randelhofer, habe sie scharf angesehen, aber er wäre wie ein Gespenst gewesen, totenblaß und ganz dünn. Er verschwand in einem der Häuser. ›Morgen‹, sagte ich, ›müssen wir versuchen, das Haus zu finden‹, denn an diesem Nachmittag hatte ich eine der unwichtigen Wichtigkeiten unserer Existenz, ich versuchte einen Artikel unterzubringen, und ich hatte mir viel davon versprochen, daß der Redakteur mich empfangen wollte, aber es kam natürlich gar nichts dabei heraus. Am nächsten Tag suchten wir das Haus. Schließlich wies mich ein netter Mann in ein Basement. Ich klingelte und klopfte. Aus einer anderen Tür kam ein fetter junger Mann in einem rosaseidenen Schlafrock mit Rüschen, verfolgt von einen hageren Fünfzigjährigen. Es war grausig. Milieu für Randelhofer! Ich versuchte die Tür aufzustoßen und fand sie offen. Ich sah Randelhofer im Bett unter dem Mantel, den wir noch von Berlin kannten, den schwarzen Schoßmantel von Knije.

Wissen Sie noch Knije? Berlin, Wien, Paris, New York. Der Raum war eisig, und er fühlte sich eiskalt an. In der winzigen Küche versuchte ich, Gas anzuzünden. Es brannte nicht. Er hat die Gasrechnung nicht bezahlt, dachte ich. Dabei stand am Fenster ein wunderbar gepflegter Azaleentopf. Ich ging zurück zu dem netten Mann, der mir sagte, Randelhofer habe schon ein Jahr keine Miete bezahlt, da wurde ihm die Heizung abgedreht. Wir holten einen Arzt, einen alten Doktor aus Breslau, der gleich sagte: ›Herzschlag, aber der Mann ist ja völlig unterernährt. Man kann sehen, daß er verwöhnt war‹, und er zeigte uns das zerschlissene, schwere rohseidene Hemd. Sonst war nichts da. In der Küche konnte keine Maus mehr etwas finden, auch sonst nichts, keine Uhr. Er hatte offenbar alles versetzt. Nur eine Schublade voll Briefe war da, die ihm genügend Geld gebracht hätten, Briefe von Wells, von Romain Rolland, natürlich von Heinrich und Thomas Mann, Shaws berühmte Postkarten, und vor allem Briefe von großen Musikern, ein Schatz – und daneben war er verhungert.«

»Ich habe Randelhofer, als wir beide in England waren, nur zweimal eine Stunde in London gesehen. Er lebte in Cambridge, wie Sie wissen. Macht man Reisen, wenn man kein Geld hat? Und wer sollte auf die Idee kommen, daß man sich nie mehr sieht?«

»Es ist immer später, als man denkt.«

»Was ist mit den Briefen geschehen?«

»An die Lebenden habe ich sie zurückgeschickt, die von den Toten habe ich an die Zentralbibliothek gegeben.«

»Bravo, Herr Doktor.«

»Wieso?«

»So was ist alles nicht mehr selbstverständlich. Von zehn Leuten hätten sich acht Geld davon gemacht. Erinnern Sie sich noch an Hanna Beer?«

»Ich habe doch meine Frau auf ihrer Hochzeit kennengelernt.«

»Und Feodora? Sie sind alle in New York.«

»In meinem Sommernachtstraum hielt sie ihr Kostüm mit beiden Händen, den kleinen Finger gespreizt wie die Else Heims bei Reinhardt. Neben ihr Hahaha in schimmerndem Schwarz. Ich sehe die beiden wie gestern in der Abenddämmerung Rücken an Rücken auf der Wiese.«

»Lieber Herr Doktor, ich muß gehen.«

»Wir sehen uns noch, meine Gnädigste, Sie fahren also bis Times Square und vom Times Square Schütteldienst.«

»Shuttle Service nennen Sie Schütteldienst!«

»Nur Ihnen zuliebe nenne ich nicht den Times Square Platz der Zeiten oder das Rockefeller Centre Steinfäller Platz. Warum meinen Sie, gibt es Richmonds und Orleans hier?«

»Wir könnten noch ein halbes Jahr von morgens bis abends reden!«

Grete wußte wie ihr Herbst entgegenstürzen würde, die Arme ausgebreitet: »Chérie!« »Zwischen unwiderstehlich und unausstehlich ist nur der Unterschied von ein paar Buchstaben«, hatte Otto Jacoby gesagt. Herbst wartete nicht, bis die Leute dahinterkamen, was an ihm war. In fremder Umgebung konnte das Jahre dauern. Rasch, rasch Kontakte, rasch, rasch ein Mann, der selber Kontakte herstellte. »Er ist wichtig«, hatten die Leute schon gesagt, als er mit fünfundzwanzig eine anregende medizinische Zeitschrift leitete. Er konnte Artikel annehmen und ablehnen. Er schrieb selten. Später als Modenervenarzt verteilte er seine Konsultationen wie Gnaden. In London hatte er im Dorchester gewohnt und war »In town tonight« an der BBC befragt worden. H.H. Herbst, Dr. H.H. Herbst, Professor H.H. Herbst. Eine Ostadresse. In New York ist der Osten der Westen.

Man war nicht liebenswürdig in dem großen Hotel. Grete fragte, wo der Escalator sei. »Escalator haben wir nicht.« »Entschuldigen Sie«, sagte Grete, »wo ist der Elevator?« Die Person zeigte mit dem Kinn in eine undefinierbare Richtung. Ein Escalator war eine Rolltreppe, ein Elevator ein Lift, ein Lift ein Fahrstuhl. Grete öffnete in der 17. Etage eine falsche Tür. An einem efeuumrankten Fenster stand auf einem Tisch ein altes englisches silbernes Teeservice, der Wasserkessel auf der Spiritusflamme. In wunderbaren englischen Stühlen saßen zwei alte Damen, schwarz gekleidet mit Weiß am Hals. Die eine setzte gerade die Teekanne auf das große silberne Tablett zurück. Wie englisch war New York! Grete bat um Verzeihung und schloß die Tür.

H.H. Herbst öffnete. Ein alter Herr! »Chérie!« rief er und umarmte sie. »Gott, sie hat einen Sealmantel an mit einem Chinchillakragen. Der letzte Sealmantel der Welt, vertragen, aber doch königlich.«

Er war nicht schön gealtert. Er trug noch immer weiße Gamaschen, ein grünes Schleifchen. Die Möbel, der Spiegel über dem Kamin, hatten die Zeiten überdauert, ein Stück edles Frankreich. Aber Hanns Hermann Herbsts Nase war fleischiger, das Kinn brutaler, die Augen kleiner geworden. Die Gesten waren geblieben. Und während er sprach – Theater, was sie unbedingt sehen müsse: »Vergessen Sie nicht die Plattform vom Rockefeller Centre. Und Radio City, phantastisch!« –, suchte Grete in dem schwammigen Gesicht den blonden Gott, der zu den atemlosen Sechzehnjärigen über Psychoanalyse gesprochen hatte. »Ich sehe im ›Cue‹ nach, was Sie noch sehen müssen, natürlich auch die Stadt, 42nd Street, Wallstreet natürlich, Lever Building, exquisit.« Er sah die Zeitschrift durch: »Ich kann mir vorstellen, daß Sie einen Spaziergang nach Greenwich Village machen, trotzdem, von außen sieht man nicht viel.«

»Kann ich ja machen«, sagte Grete, »nun zu Ihnen. Praktizieren Sie noch?«

»Praktizieren möchte ich es nicht nennen. Ich nehme gelegentlich Patienten an.« Er öffnete eine Tür zum Sprechzimmer, das ganz modern eingerichtet war.

»Die Evelyn Eve Evans« – er sah in Gretes leeres Gesicht, »ah, Sie wissen nicht, wer Evelyn Eve Evans ist?«

»Ganz ehrlich gesagt, nein.«

»Aber die bedeutendste Architektin von New York, ich möchte fast sagen von Amerika. Wir haben es nach neuesten psychologischen Prinzipien entworfen. Jeder Stuhl steht für die Beeinflussung des Patienten am günstigsten. Ich habe große Erfolge aufzuweisen. Nach meinen neuesten Erkenntnissen ist Freud erledigt.«

»Haha! Freud erledigt?«

»Sie brauchen gar nicht so höhnisch zu sein, ich meine es. I mean it. Meine Studenten sind sich jedenfalls schon ganz klar darüber. Und die Hauptsache ist, die junge Generation zu überzeugen.«

Das Telefon ging. »Ja«, sagte er verärgert und ungeduldig.

Feodora, dachte Grete.

»Ja, ich werde dich anrufen, du hörst doch, ich werde dich anrufen. Ich sage dir doch, ich werde dich anrufen. Ja, Grete Jacoby ist hier, ja.« Er hängte an.

Arme Feodora, dachte Grete. »Ich will Sie nicht länger aufhalten«, sagte sie.

»Bleiben Sie noch ein bißchen, Elinor kommt gleich.«

»Tja, ich hätte sie gern gesehen.«

Und schon trat sie ein, zeigte nichts mehr von der einstigen Schönheit. In Hosen und einem saloppen Jumper und mit langen aufgefärbten Haaren war sie eher albern. Grete hatte plötzlich eine Wut auf die dumme Person: »Wußten Sie, daß Randelhofer hier in schrecklichster Armut gelebt hat?«

»Was kann ich dafür?«

»Sie sind doch beide etwa gleichzeitig nach New York gekommen?«

»Aber meine Liebe«, sagte Herbst, »was hätte denn Elinor tun sollen? Sie war doch noch ein halbes Kind, als sie nach New York kam. Was wäre denn aus dem armen Ding ohne mich geworden?«

»Ja, ja«, sagte Grete, »aber er war ein wunderbarer Mensch. Sie haben ihn ja nicht gekannt, aber Elinor war mit ihm befreundet. Und verhungert.«

»Das ist nicht nötig gewesen«, sagte Elinor.

»Natürlich nicht«, sagte Grete.

»Er wollte zu keiner Hilfsstelle, zu keinem Komitee gehen, wollte auch nicht an die Behörden schreiben oder sich bei einer Universität bemühen. Zuletzt hatte ich gar nicht mehr seine Adresse.«

Grete dachte, Edith hätte eingegriffen.

Sie bekamen Kaffee gebracht, Elinor biss in einen Keks und lächelte Herbst mit halb offenem Mund an. Herbst lachte entzückt. Grete kam sich überflüssig vor.

»Was machen Sie heute abend? Ich würde mir ein Vergnügen machen, Sie auszuführen, aber ich bin bei einem Direktor der City Bank eingeladen, tatsächlich diese Woche jeden Abend zu einer Cocktailparty.«

»Ich treffe einen alten Bekannten in ›meiner‹ Cafeteria.«

»Sie sollten sich nicht nur mit den alten Bekannten treffen. Ich habe erst vor kurzem einen Aufsatz veröffentlicht, wie gefährlich es ist, sich mit dem Gewesenen zu beschäftigen.«

»Ich bin aber nach New York gekommen, um meine alten Freunde wiederzusehen.«

»Ganz falsch. Sie sollten Anteil nehmen am Neuen. Sie sollten sich für diese hinreißende Stadt begeistern.«

»Gibt es jemanden, der neugieriger ist als ich? Ich gehe morgen früh in die 34. Straße und in die Bowery.«

»Was wollen Sie denn da?« fragte Elinor, »ganz unschick.«

»Mir New York ansehen.«

H. H. brachte sie aus dem königlichen Raum in einen ebenso entzückenden Vorraum.

»Ich bin ein bißchen aggressiv gewesen, es tut mir leid. Aber Klawotzky hatte mir gerade von Randelhofer erzählt. Grausig.«

»Ach wissen Sie, Klawotzky, man soll mit seiner Kenntnis der internationalen Filmwelt gar nichts anfangen können! Zu lebensuntüchtig.«

»Wie können Sie das sagen. Klawotzky wäre heute der anerkannteste Filmkritiker in Deutschland, und die Jungen könnten von ihm lernen. Er wäre heute wichtiger als je, denn die Zerstörung der Zivilisation in Deutschland ist ja unvorstellbar.«

»Immer zwischen Tür und Angel kommt man auf die interessantesten Dinge. Ich veröffentliche regelmäßig im »Caput« in Stuttgart, und mir ist natürlich sofort nach dem Krieg ein Lehrstuhl angeboten worden, ach, ich habe Ihnen ja gar nicht gezeigt, was ich Ihnen zeigen wollte. Kommen Sie noch mal herein.«

Sie gingen noch einmal durch das Empfangszimmer »einen Augenblick, Elinor, ich bin gleich wieder da« – in das Sprechzimmer. Er nahm mehrere Zeitschriften, in denen Zettel steckten. Grete erwartete eigene Artikel, aber es waren Geburtstagsartikel zu seinem 60. Geburtstag. »Herr Professor H. H. Herbst gehört zu den großen Ärzten, die wir der deutschen Einwanderung verdanken.« »Herr Professor Herbst, dieser große Anreger ...« »Und hier, Grete, sehen Sie, ein ganzer Leitzordner Geburtstagsartikel aus Deutschland.«

»Entschuldigen Sie, woher wußten die Leute, daß Sie Geburtstag haben?«

»Na, da unterschätzen Sie aber mein internationales Renomee. Ich bin ja schließlich der Mann, der in den Vereinigten Staaten fast alle Thesen von Freud ad absurdum geführt hat.«

Grete fragte nicht weiter. Wieso hatten hundert deutsche Blätter über diesen Geburtstag geschrieben?

Im Salon balancierte Elinor auf einem Stühlchen. Sie hatte sich Weintrauben über die Ohren gehängt. H. H. lachte: »Sie können sich nicht vorstellen, was das für ein Glück ist, dieses junge Geschöpf um mich zu haben«, sagte er im Vorplatz.

Grete sah ihn an.

»Ja, sie muß Ende Vierzig sein, aber für mich ist das ganz jung.«

»Wohnen Sie mit ihr zusammen, endlich mit einer Frau?«

»Gott behüte! Leben Sie wohl, Grete Jacoby, haben Sie noch eine gute Zeit in New York.«

»Have a good time«, lachte Grete.

Die Tür war noch nicht geschlossen, da hörte Grete Gedalbere.

Sie war todmüde – ich möchte ein Taxi nehmen. Wieder auf den Bus warten? Es ist alles zu viel –. Sie ging bis zum Park, erwärmt von der Hitze in Herbsts Flat. Da sah sie die untergehende Sonne. Einzelheiten verschwanden. Geschlechtertürme, nicht zehn wie in San Gimignano, nicht wenige wie in Perugia, eine Welt aus Geschlechtertürmen, die Großstadt, das Symbol, Abbild und Traum des 20. Jahrhunderts, so wie sie am Abend des 1. Mai 1933 auf dem angestrahlten Hradschin mit Randelhofer die Schönheit Europas als Trost empfunden hatte. Dies war das Kommende. So reckten sich die Türme über ganz Amerika, so krochen sie vor über Asien, über Afrika, über Europa, Tausende von Fenstern von gleichgroßen und gleichhohen Zimmern der klassenlosen Gesellschaft und von Büroräumen für die alles beherrschende Bürokratie. Auch dies war atembeklemmend schön. Die Dämmerung ging schnell in Dunkelheit über, in ein Meer von goldenen Sternen. Noch immer stand Grete an eine Mauer gelehnt. Ich nehme mir ein Taxi, ein langer Tag.

Als sie in das dunkle Zimmer kam, in dem man sich nur aufs Bett legen konnte, blökte wieder das Fernsehen.

Der Wecker ging. Es war halb neun Uhr abends.

Grete sah in der Cafeteria Scharnagl sitzen, verhältnismäßig gemütlich an der Wand. Er sagte: »Ich kann Ihnen gar nicht sagen, wie ich mich freue, Sie wiederzusehen, und wie hübsch Sie sind, eigentlich hübscher als früher.«

»Sie sehen ja unwahrscheinlich unverändert aus«, sagte Grete.

»Im letzten Jahr habe ich etwas Arthritis gehabt, aber Sie hätten mich vor zwei Jahren mit achtzig sehen sollen. Mit achtzig war ich noch ganz der Alte. Hier habe ich Ihnen etwas mitgebracht.« Grete entfaltete einen Seidenschal: »So was Nettes, das freut mich doch sehr.«

»Ich habe mir dat jedacht. Wie ich heute weggehen wollte, dachte ich, triffst die nette Frau, müßtest doch was zu schenken haben. Is mir einjefallen, daß ich, als ich hierher kam, zuerst mal Schalentwürfe gemacht habe. Sie wissen doch, ich habe immer so jerne Blätter gemalt, so jedes kleine Rippchen oder besser Aderchen. Hier hat mir eine Fabrik alle Entwürfe abgenommen, siebzig verschiedene Blätterschals, immer grau und grün. Einmal habe ich einen bunteren versucht, Ahorn wie hier im Herbst, gelb und rot und braun, aber er ist mir nicht so sehr geglückt, farbig, das kann ich nicht, grün, damit habe ich so viel herumexperimentiert, für grün habe ich ein Flair.«

Grete war beglückt. Das war die Welt ihres Mannes, halb Handwerk, halb Kunst. Scharnagl fragte gleichsam aus ihren Gedanken heraus: »Woran ist Ihr lieber Mann gestorben?«

»Ach wissen Sie, ich hätte mitfahren sollen. Es war der erste große Auftrag seit zwanzig Jahren, und er wollte nicht zeigen, daß alles zu anstrengend war. Wenn ich gewußt hätte, daß wir Geld aus Deutschland bekommen würden, wäre ich gleich mitgefahren. Ich hätte aufgepaßt. Er hätte nicht so lange in der Sonne stehen dürfen und nach diesem leichten Hitzschlag eben acht Tage im Bett bleiben müssen.«

»Otto Jacoby, was für ein Mensch, eine tolle Persönlichkeit. Man wußte, da war wenigstens einer, der sagte ganz einfach die Wahrheit.«

»Und wenn man ihm gesagt hätte, wie zerstört die Zivilisation in Deutschland ist, dann hätte er einem nicht die wunderbaren Artikel gezeigt, die deutsche Zeitungen zu seinem Geburtstag veröffentlicht haben.«

»Wer hat denn das gemacht?«

»Kommt nicht drauf an. Haben Sie gar nicht mehr hier gezeichnet?«

»Ich war zehn Jahre bei ›Life‹.«

»Erstaunlich, wie viele bei ›Life‹ ein Unterkommen fanden.«

»Sie sollten mal den alten Lachmann besuchen mit der Photosammlung. ›Life‹ zahlt ihm eine kleine Vergütung, damit er ihnen bei wichtigen Ereignissen seine Fotos vorlegt, davon bezahlt er die Miete. Wovon er ißt, weiß ich nicht.«

»Ich müßte sie alle einmal einladen. Es lebt auch noch ein alter Verwandter meiner Eltern hier, David Gutmann.«

»Wissen Sie, wann wir uns zuletzt gesehen haben? Am 30. Januar 1933.«

»Vor dem Weltuntergang. Schwarz wurde von den Russen an die Nazis ausgeliefert und von Jürgen weiß man nichts.«

»Liquidiert?«

»Die deutschen Kommunisten wurden bei Kriegsbeginn nach Sibirien deportiert. Jürgen schon vorher während der großen Prozesse. Da sind sie verhungert oder erfroren oder beides. Sie waren nicht mehr nützlich. Wenn man die Menschen nach ihrer Nützlichkeit wertet, werden dic meisten umgebracht.«

»Und Jacke?«

»In Ostdeutschland in der Regierung. Ich habe ganz offen mit ihm gesprochen: warum sie keine Wahlen erlauben, was meinen Sie, was er geantwortet hat: ›Wir können doch nicht den Sozialismus durch die dümmsten Bauern gefährden.‹«

»Und Mühlenbach?«

»Kulturberichterstatter in London für einen deutschen Rundfunk.«

»Das freut mich direkt, so ein anständiger Kerl.« Und dann erzählte er, wie er sich über die Pyrenäen anno 40 gerettet hatte: »Nicht ganz einfach mit sechzig. Nun lebe ich im Altersheim, ich bin froh, daß ich versorgt bin, und die Insassen haben ihre Bibliotheken zur Verfügung gestellt, mindestens zwanzigmal

Goethes Werke, aber auch van Goghs Briefwechsel und Verhaeren: ›Rubens‹ und ›Rembrandt‹. Großartig. Ich habe Ihnen übrigens noch einen ganz kleinen Scharnagel mitgebracht.«

»Das ist doch eine Kostbarkeit!« rief Grete.

»Was soll aus meinen Stößen von Zeichnungen werden? Soll ich sie einem Kunsthändler geben? Mich dran freuen, solange ich lebe? Verteil ich ein bißchen.«

»Mit den Hunderten von Fotos von Otto ist es noch ein größeres Problem.«

»Haben Sie eine Ahnung, was aus meinen Paneelen für Rose Marie geworden ist?«

»Doch wahrscheinlich in Frankreich verlorengegangen. Sprechen Sie denn nie Klawotzky?«

»Diese entsetzlichen Entfernungen, und ich habe ihm die Sache mit Elinor so übel genommen. Wie ein Gymnasiast, versuchte sie abzupassen, und Rose Marie hat es gemerkt. Dabei wars aus, nachdem sie tot war. Elinor hat mir gesagt, sie hat Klawotzky nie mehr gesehen.«

»Solche Komplikationen, wo das Leben so schon so schwer war.«

»Umgekehrt. Es brachte ein bißchen Glanz in sein Leben.«

»Bedeutende Männer wie Otto oder Klawotzky verbrauchen einen, da bleibt nicht mehr viel Zeit für Glanz. Rose Marie hatte schon in Prag das Feenhafte verloren. Otto und ich sind ein einziges Mal vor dem Krieg in ein Hotel in London zum Lunch eingeladen worden. Als wir rauskamen, waren wir ganz sinnlos glücklich. Der Herr, der uns eingeladen hatte, hatte Kostbarkeiten von Freunden von uns unterschlagen und nahm sich vor der Gerichtsverhandlung das Leben. So ein komplizierter Zusammenhang hatte uns etwas Glanz verschafft. Ich habe meine Familie immer gut ernährt, auch im Krieg, aber Glanz konnte ich nicht auch noch geben. Vielleicht hätte Otto an seinem Mangel an Aufgaben weniger gelitten, wenn ich das Geld statt für gutes Essen für ein bißchen Glanz verbraucht hätte. Pflicht, wissen Sie, Scharnagl. Ich bin in Preußen aufgewachsen.«

»Aber Grete Jacoby, Sie waren immer eine reizende Person,

zermartern Sie sich doch nicht. Übrigens Jenny Unger, das Katzengesicht mit den roten Haaren, hat einen eleganten Frisiersalon mit zehn Angestellten. Er wollte durchaus nicht raus, wie so viele Männer. Er war Anwalt und konnte hier gar nichts machen. Aber sie war eisern, und sie kamen noch im letzten Moment 1940 hier an mit einem neugeborenen Bären. Sie können sich vorstellen, was sich bei der Einwanderung abspielte, alle Zeitungen waren voll von der Haarkünstlerin, die bei Bertrand in Paris – es gab gar keinen Bertrand in Paris – gelernt hatte und Paris-Wiener Abkunft sei. Sie war sofort gemacht, übrigens der Einfall stammte von Hertha Kolk und Luise Leermann.«

»Ja, herrliche Frauen. Man zwingt doch die Juden zur Hochstapelei. Wenn Jenny bescheiden wie mein Mann in New York angekommen wäre, könnte sie im Hinterzimmer frisieren. Mit Ihnen ist es so gemütlich, daß ich direkt Hunger bekomme.«

»Und wie gern ich Sie einlade. Ich habe nie gesehen, daß Sie so hübsch sind. Die Leute denken immer, im Alter ist alles aus. Ist aber nicht.«

»Husch oder kein nettes Abendbrot.«

»Aber es ist mir wichtig.«

»Hören Sie auf, Scharnagl. Es war so bezaubernd mit Ihnen.«

»Das hat mir schon lange keine schöne Frau gesagt. Aber weiter nichts?«

Bei Pierre, dem Friseur, war ein langer rosa Tisch mit rosa Waschbecken vor einer Spiegelwand. Die Lampen waren rosa. Die Gehilfinnen trugen rosa Kleider, die Kundinnen rosa Schürzen. Monsieur Pierre hatte ein feines französisches Gesicht. Griechen in Rom, Franzosen in New York, Friseure, Köche, Innenarchitekten.

Grete saß neben einem aschblonden Pudel, an dessen Kopf herumgebrannt wurde. Monsieur Pierre sagte zu Grete: »Sie haben ja langes Haar«, als ob sie die Pest hätte, »damit kann niemand umgehen. Es bleibt nur abschneiden.«

»Gut, aber keinen solchen Pudelkopf.« Der Franzose zeigte,

daß er wußte. Natürlich ein glatter einfacher Kopf. Das rosa Licht, die angenehm parfümierte Luft, der bequeme Stuhl, der Glanz, den Grete weder sich noch andern gegeben hatte.

Das erste Frühlingslicht, ein milder Tag. Grete wäre gern durch den Zentralpark nach der Westseite zurückgegangen. Aber man hatte sie gewarnt. Sie fragte eine Dame. Die Amerikanerin war außer sich: »Erzählt man solchen Unsinn in Europa? Warum sollte es denn nicht sicher sein? Sie können ganz sicher hindurchgehen.«

Kein verschneiter Berliner Park mit weißen Schneebeeren am schwarzen Gesträuch, mit Rodelschlitten und dem Geschrei der Kinder von einem gefrorenen Teich, noch ein Londoner Park mit leichtem Nebel, silbernem Grau, die Zweige wie schwarze Silhouetten gegen den smaragdgrünen Rasen, Knospen an allen Sträuchern und gelber Winterjasmin. Der Zentralpark war leer, nicht still, sondern verlassen, nicht friedlich ruhig, sondern unheimlich, kein Zeichen von pflanzlichem Leben, kein Schnee, sondern schwarze unfruchtbare beängstigende Erde.

Sie ging ein paar Stufen in ein armes Haus in einer armen Straße, öffnete die Tür in ein großes düsteres verschmutztes Zimmer. Unter dem Fenster stand ein Tisch mit einem Spiegel, so daß das grelle Tageslicht auf das Gesicht fiel, keine rosa Lampen, keine Illusionserweckung. Die schöne schlanke Friedericke mit ihrem strahlenden Teint begrüßte Grete: »Sehen Sie sich nicht um, es ist sehr armselig.«

»Na und? Bei allen, bis auf wenige Ausnahmen, ist es armselig. Das ist doch selbstverständlich.«

»Es ist mir ja nicht an meiner Wiege gesungen worden, daß ich anderer Leute Gesicht massieren muß. Sie kannten ja mein Elternhaus.« Sie holte Tücher. Sie war gewissenhaft und verstand das neue Handwerk der Hautverbesserung.

»Sie machen das ja wunderbar«, sagte Grete.

»Schon seit dreißig Jahren.«

»Damals haben Sie schon Schönheitspflege gelernt?«

»Was habe ich denn für ein Leben gehabt? Mit achtzehn verheirateten mich meine Eltern mit einem sehr reichen Mann.

Dann kam Krieg und Inflation und das Elend in Wien. Ein paar Monate war ich reich gewesen. Nach der Inflation ging es noch einigermaßen, trotz schrecklicher Sorgen wegen der großen Häuser. In der Krise ging dann alles flöten. Mein Mann konnte sich nie zurechtfinden, und ich lernte Schönheitspflege.«

Sie nahm die Tücher weg. »Fertig, soll ich Sie zurechtmachen?«

»Nein, es ist gut so.«

»Wir bekommen gleich Kaffee. Ist das nicht ein Verbrechen, ein achtzehnjähriges Mädchen, das nie einen Kuss bekommen hat, einfach zu verheiraten? Ich habe es meinen Eltern nie verziehen. Meine berühmt schöne Mutter wollte ihre Töchter aus dem Haus haben, sonst ist das unerklärlich.«

»Aber nein, Ihre Mutter ist eine spießige Hausfrau. Anziehen ist ihr wichtig, aber keine Männer, und Sie vergessen, daß überall, in allen Kreisen, es vor 1914 von den Eltern als ihre Pflicht betrachtet wurde, ihre Töchter – was man nannte – zu versorgen. Keiner konnte ahnen, daß wir in ein Zeitalter der Revolutionen geraten würden.«

Ein dünner, fein aussehender Herr brachte auf einem Tablett Kaffee für zwei Personen.

»Guten Tag, Herr Baron«, sagte Grete, aber er ging gleich wieder hinaus.

»Er macht mir immer Kaffee für meine Kunden«, sagte Friedericke, »wir nennen uns nicht mehr Baron. Wie es bei uns aussieht.«

»Sie sind echte Aristokraten. Andre in New York kaufen sich einen Adel.« Friedericke verstand sie nicht.

Sie tranken auf einer Ecke des großen Mitteltisches. »Ich habe einmal ein Erlebnis gehabt. Ich war fünfzehn und trug ein weißes Tüllkleid an dem Abend, an dem Otto, ach ja, ist ja später Ihr Mann gewesen, Filme zeigte. Hannas Papa, Sie wissen, was das für ein phantastischer Mann war, sah mich an und sagte, daß tausend Schiffe für mich segeln würden ...«

»Ist nicht von Beer, ist von Homer.«

»Aber wie er mich ansah ...«,

»Er war frech, und unsre Jungs waren schüchtern.«

»Wie können Sie das sagen! Erinnern Sie sich denn nicht mehr, wie er schwer krank war und Sie und Edith und Margot Kollmann waren bei Hanna und er mich in sein Schlafzimmer rufen ließ?«

»Unser Kränzchen. Denken Sie an, ich erinnere mich sogar, denn es war ja ungewöhnlich, daß ein Papa uns in sein Schlafzimmer rufen ließ.«

»Als ich damals an seinem Bett stand, war ich ganz sicher, er hatte sich in mich verliebt, und, Grete, wir sind nun alt, du bist der erste Mensch, dem ich das sage, ich habe mich auch verliebt gehabt, und ich habe deshalb meinen Mann geheiratet, weil Beer tot war, der einzige, den ich geliebt habe.«

»Aber Ricke, er war dreißig Jahre älter als du, dein Papa war jünger. Er hat sich weidlich über ihn lustig gemacht, ›Klüger als Napoleon, musikalischer als Brahms, versteht mehr von Kunst als Bode‹. Auf englisch nennt man so was pompous.«

»Aber Papa hatte unrecht. Damals nahm keiner ein fünfzehnjähriges Mädchen ernst. Heute in Amerika hätte sich Beer scheiden lassen, er hätte mich geheiratet, und wenn es nur zwei Jahre gewesen wären. Hier läuft keiner mehr mit einer lebenslangen unerfüllten Sehnsucht herum.«

»Da hast du recht, die Welt ist besser geworden. Wahrscheinlich hätte so eine Amerikanerin nach zwei Jahren Beer fünfundzwanzig Verhältnisse gehabt. Für alle Jungs aus unserer Jugend bist du noch immer der Traum, Werner hat neulich von dir geschwärmt, den ganzen Abend. Und wie habt ihr euch gerettet?«

»Durch meine sogenannte Schönheit. Der Paßbeamte sah mich an und sagte: ›Das stimmt doch wohl nicht, daß Sie Jüdin sind, vielleicht der Religion nach, aber rassisch sind Sie das Muster germanischer Frauenschönheit. Würden Sie bitte Ihren Kopf neigen. Blond bis auf die Haarwurzeln!‹ schrie er. ›Ich kann das nicht mit meinem Gewissen vereinbaren, Ihnen einen Judenpaß auszustellen.‹ Hat er uns sofort einen gewöhnlichen Paß gegeben.«

»War das nicht ein Antinazi?«

»Nein, ganz beklunkert mit Parteiabzeichen, der nahm den Schwindel ernst.«

Die liebenswürdige Hanna Beer-Fuchs rief an: »Was machst du heute abend?«

»Ich gehe zu Kollmann.«

»Das ist sehr weit draußen. Ich fahre dich hin. Ich hole dich ein bißchen früher ab und zeige dir noch unser Appartement.«

Hanna war eine stattliche Frau, erinnerte nicht mehr an das häßliche junge Mädchen. Sie wohnten in einem sehr guten Hotel am Park. Das Appartement hatte ein großes elegantes Schlafzimmer, ein rot gekacheltes Innenbad mit roten Objekten und allen Schikanen, eine Kitchinette, man konnte ja alles vom Hotel bekommen, und ein Wohnzimmer ohne Blumen, Bücher, Decken, Bilder. Hanna sah Gretes Blick auf die leeren Wände. »Wir haben gar nichts mitgenommen. Ist alles nur eine Belastung. Besser als hier könnten wir es ja nicht haben.«

»Hast du nichts behalten? Der Rodin? Der Kolbe? Nichts für deine Kinder aufgehoben?«

»Die hätten gar kein Interesse. Man kann nicht mit Statuen auswandern.«

»Du hast völlig recht. Man kann nicht mit Statuen auswandern.«

»Besuchst du alle hier? Ich habe kein Interesse mehr an Kollmann oder Professor Herbst. Nur Edith Zuckermann sehe ich manchmal. Sie ist so anhänglich. Man hat seine eigene Familie. Mein einer Schwiegersohn hat eine Knopffabrik in Boston, der andere ist Anwalt in Philadelphia, alles deutsche Juden, kann man am Familientisch deutsch sprechen. Macht doch einen Unterschied, und es ist ja auch nicht mehr wie bei uns, Gott sei dank, daß alles einzige Kinder sind. Meine Cary hat schon vier. Alle wohlgeraten. Ist bei dir doch auch so?«

»Na, es gibt schon Probleme. Mein Klaus ist Physiker und Julius Techniker in den Midlands. Otto und ich haben nie etwas von Klaus' Arbeit verstanden. Er hat sich rührend Mühe gegeben, uns so einen computer zu erklären. Wir konnten nur höflich zuhören. Ich habe mit Klaus schon nicht mehr Mühle oder Halma spielen können, als er vier Jahre alt war, weil er mich immer geschlagen hat. Und Julius hat diese Spiele noch nicht einmal begriffen. Er hat eine katholische Polin geheiratet. Sehr nette Frau. Sie sorgt rührend für ihn. Und das ist ja die Hauptsache.«

»Selbstverständlich.« Hanna saß auf Kohlen. Verschiedene Konfessionen im angelsächsischen Kulturkreis, wer macht denn das?

Grete fühlte, sie hatte sich ja beinahe so benommen wie Friedericke. Wer spricht denn von Familienproblemen? »Ich habe Herbst besucht«, sagte sie und war wieder auf neutralem Boden.

»Du weißt, daß das ein ganz großer Mann geworden ist.«

»Ganz großer Mann«, sagte Grete.

»Du hättest die Geburtstagsartikel zu seinem fünfundsechzigsten Geburtstag sehen sollen. Phantastisch! Die Stadt New York hat ihm ein Essen gegeben, die Zionistische Organisation und die Deutsche Gesandtschaft ...«

»Zusammen?« sagte Grete völlig ernst.

Hanna sah auf, ob Grete sie verulke. »Aber Grete natürlich nicht. Die zionistische Organisation gab einen Empfang, die Deutsche Gesandtschaft eine Cocktail Party. Er ist am Radio interviewt worden.«

»Weißt du, wie ihn Herr Markus beurteilt hat?«

»In einer geschlossenen Gesellschaft wie unserer kannte man sich, aber hier in Amerika muß man schon ein bißchen mit sich hermachen. Komm ans Fenster, du mußt dir das ansehen, bevor wir fahren.«

Grete sah nun nach Osten, sah das Häusergebirge von New York, besät von rotem Gefunkel, rotglühende Sonne in tausend Fenstern, die sich schnell in gelbe Sterne verwandelten.

Sie fuhren am Rande des Hudson, diesem weiten ruhigen Strom, am anderen Ufer der Wald, aus dem die Indianer ritten bis an den stillen Ocean. Waren es fünf, waren es sechs, waren es zehn, waren es zwölf Reihen Autos nebeneinander auf der Uferstraße? Nichts als rote Hinterlichter und die blendenden Scheinwerfer der ankommenden Wagen. Die Verkehrsampeln waren auf eine bestimmte Geschwindigkeit eingestellt. Man fuhr durch die grünen Lichter, ohne zu halten. Es war, als ob man auf einem Meer führe, in Wellen, einer der Tausende, einer der Zehntausende, einer der Millionen Fahrenden am Ufer des Hudson. Nun kam die Brücke, unheimliche riesige Brücke, die Ketten schwankten, turmhoch am Anfang, gingen hinunter, sanken tief über dem Fluß, würden sie noch tiefer gehen? Nun hoben sie sich wieder, stiegen und stiegen zu einen neuen Turm. Am Ufer sah man nur lange, breite, glänzende, weiße Streifen von den Scheinwerfern der Autos. Es gab keine Straßen mehr für die Menschen, keine müden Füße mehr, nicht mehr den Weg um den Wall, den Weg zum Brunnen vor dem Tor, die stille Gasse, gab nur gewaltige weiße Lichtstreifen und den einen Gedanken, immer durch die Verkehrsampeln zu kommen, während sie grün waren, denn sonst hielt man sie auf, die Tausende, die Zehntausende, die Millionen Autos am Ufer des Hudson.

Sie hielten in der Dunkelheit.

»Ich danke dir wirklich von ganzem Herzen«, sagte Grete, »ich weiß nicht, wie ich ohne dich hierhergekommen wäre. Ohne Auto ist man in diesem Lande ein Krüppel.«

»Ohne Auto, das ist wirklich schrecklich. Kannst du dir keins leihen?«

»Ich kann nicht fahren.«

»Du kannst nicht fahren?« sagte Hanna entsetzt, die arme Grete! Dazu war sie eines der hübschesten Mädchen im ganzen Kreis gewesen, um ihr ganzes Leben ohne Auto verbringen zu müssen.

Das Auto war fort. Die Stille war bedrückend. Aus einem feuchten Erdreich kam der Duft des Wachsens. Es war verlassen, verödet, einsam, belastend.

Grete sah eine Laterne über einer Haustür. Kollmann erwartete sie, zog sie an sich und gab ihr den konventionellen Kuß. Und was sie noch vorgestern als albern empfunden hatte, erschien ihr nun eine freundliche Sitte.

Das Haus war nicht überheizt. Kollmann führte Grete in die

obere Etage, wo sie nach englischer Sitte ihren Mantel auf ein Bett legte. Es war ein bescheidenes Haus, aber mit Garten, in einer guten Gegend, das war ein Lebensstil weit über dem der meisten Vertriebenen. Es war überordentlich, ein Haus ohne Frau, zwei Schlafzimmer mit Bad oben, zwei Wohnzimmer unten. Seine englischen Möbel, eine französische Kommode gingen ausgezeichnet mit seinen modernen Gemälden und Figuren. Vor dem Kaminfeuer standen auf dem Tischchen zwischen zwei Fauteuils zwei Kristallkaraffen. »Gin oder Sherry oder einen Highball?«

»Es ist schön bei Ihnen«, sagte Grete.

»Ja, nicht wahr?«

»Und Sie machen den Haushalt selbst?«

»Ich habe zwei Stunden täglich eine Aufwartung. Ich koche gern.«

»Ich auch.«

»Alle sagen natürlich, ich soll in ein Hotel ziehen. Man macht das hier viel. Aber ich will meine alten Sachen um mich haben. Wo ich bin, ist das alte Europa des Besitzes und der Bildung.«

»Ernst geworden?«

»Ernst? Ach nee.« Er ging an die Bücher: »Eine neue Ausgabe von Casanova, hochinteressant, nicht nur Sex, eine ganze Epoche.«

»Es gibt großartige neue amerikanische Literatur.«

»Interessiert mich nicht. Man hat so viel nachzulesen. Man hat viel weniger Zeit, als man am Anfang denkt. Kommen Sie mit in die Küche.«

Sie nahmen eine Kasserolle aus dem Herd und brachten sie ins Eßzimmer, ein vorzügliches Fischgericht. Neben Armins Stuhl stand ein alt-englischer Weinkühler: »Darf ich Ihnen eingießen?« fragte er.

»Rheinwein? Leider sehr wenig.«

»Ich habe eine Überraschung für Sie. Winkler kommt. Sehr alt. Aber diese Generation wird ja neunzig, und er war noch Abgeordneter nach 1948.«

»Ich freue mich. Hat er doch überlebt.«

»Wir wollen noch ein bißchen Obst essen. Sie werden gleich merken, es sieht wunderbar aus, aber es hat keinen Geschmack.«

»Überzüchtet. Das erste, was in einer hohen Zivilisation verlorengeht, ist offenbar Geruch und Geschmack. Bei meinen Großeltern roch Heliotrop nach Vanille, daß es schon unangenehm war. Und erinnern Sie sich noch an Reseda?«

»Stell auf den Tisch die duftenden Reseden, die letzten – na was? hol herbei, und laß uns wieder von der Liebe reden wie einst im Mai ...«

»Schön! Aber riecht nicht mehr. Der Duft ist verlorengegangen.«

»Nur der Duft? Ich war der Letzte, der die gepriesene Kultur vor 1914 so preiswürdig gefunden hätte, die Beurteilung der Leute nach Geld und Stellung, die falsche Einstellung zur Erotik. Wir wollten, daß alle Menschen lesen und schreiben lernen, daß niemand hungert und jeder eine anständige Wohnung hat. Aber fahren Sie in eine neue Siedlung. Alles, was Sie wollen, nur noch Knöpfe zu drücken, aber tieftraurig. Die Banalität aller Lektüre, die Gewöhnlichkeit der meisten Zeitungen. Sie sitzen vor der Idiotenlaterne und sehen sich Raubmordgeschichten an. Die Hintertreppenliteratur als allgemeines Niveau der Menschheit.«

»Aber Herr Kollmann, es ist doch nicht wahr. Immer mehr Menschen gehen in Museen und Konzerte, immer mehr Bücher werden gekauft. Aber Sie haben immer eine Abneigung gegen die Gegenwart gehabt.«

»Apropos Gegenwart, wen haben Sie gesehen aus unserm überschätzten Kreis?«

»Klawotzky, Herbst, und ich habe mir bei Friedericke Markus Schönheitspflege machen lassen. Es war alles sehr aufregend. Herbst lebt ...«

»Ich weiß, mit der Elinor. Ich verstehe nicht, wozu er so einen Betrieb macht?«

»Wozu, wenn man alt wird?«

»Keine Altersfrage. Ich hatte nie Ehrgeiz. Mein Vater wollte aus mir einen in Oxford erzogenen Rechtsanwalt machen. Ich bin aber stattdessen mit den Mädchen auf der Isis gepaddelt. Wie recht ich hatte.«

Es klingelte. Armin öffnete: »Hallo, Herr Winkler, und –?«

»Fräulein Koeppen.«

»Legen Sie bitte ab. Hängen Sie Ihre Sachen hier übers Treppengeländer.«

»Ulkige Sitte, nicht?« sagte Fräulein Koeppen.

»Jedes Land hat seine Sitten«, sagte Winkler.

Grete kam aus dem Zimmer. Winkler sah sie an: »Ich habe das Gefühl, ich kenne Sie?«

»Sicher, ich bin Grete Jacoby.«

»Wie nett, Sie wiederzusehen. Wissen Sie, wann wir uns zuletzt gesehen haben?«

»Na und ob ich weiß, 1. Mai 33 am Ring in Prag. Sie haben sicher nicht bereut, daß Sie zurückfuhren, da Sie überlebt haben. Sind Sie so durchgekommen? Ohne KZ, ohne Gefängnis?«

»Glücklicherweise.«

»Ich mache Kaffee«, sagte Armin, »und wir setzen uns hier rings um den Kamin.«

»Ach Armin, daß Sie ein richtiges Feuer im Kamin haben, finde ich ja bezaubernd.«

»Was ist daran bezaubernd? Vorne wird man gebraten, hinten friert man«, sagte Fräulein Koeppen.

»Ich lebe in London. Ich habe leider kein offenes Feuer mehr, weil es zu viel Arbeit macht, aber Sie sehen ja selbst, wie behaglich es ist. Und dann: in Deutschland sitzt man um den Tisch, in angelsächsischen Ländern um den Kamin. Die ganze Möblierung wird sinnlos, wenn man kein offenes Feuer mehr hat. Wie gefällt Ihnen denn New York?«

»Amerikanisches Tempo hat es nicht. Überhaupt kein Betrieb, keine Cafés, häßliche Schaufenster, scheußlicher Fraß, keine Buchläden und dieser Schmutz! Sie werden ja nicht mit dem Schnee fertig.«

»In England auch nicht.«

»Ach England, ein sterbendes Land.«

»Herr Winkler, als wir jung waren, war Frankreich das sterbende Land, erinnern Sie sich?«

»Sie müssen doch zugeben«, sagte Fräulein Koeppen, »die Inder und die Afrikaner haben genug von England.«

»Na ja, es ist doch so«, sagte Winkler, »England ist bankrott, und wir sind die drittgrößte Wirtschaftsmacht der Welt, und zwar haben wir uns am eigenen Zopf aus dem Dreck gezogen. Wissen Sie, da sind die Engländer nach Deutschland gekommen und konnten kein Wort Deutsch. Wenn ich nach England gehe, wird doch verlangt, daß ich Englisch kann? Mir haben sie einen Fragebogen vorgelegt, fufzig Fragen. Und dann hat man mich geholt.«

»Geholt?«

»Na, zu einem Interview. Ich habe gesagt, Sie haben doch da die Akten vor sich, was wollen Sie mich noch ausfragen?«

»Sicher, Herr Winkler, keiner hat die Antinazis genügend gefördert, aber was verlangt man von einer fremden Besatzung.«

»Es kann ja alles nicht so bleiben. Nicht zehn Prozent sind im Osten Kommunisten.«

»Das bleibt nicht so«, sagte Fräulein Koeppen, »die Zustände. Eines Tages ist alles im Eimer. Wir sind ja längst überfordert. Wenn die Alliierten uns im Stich lassen ...«

»Aber meine Herrschaften«, sagte Grete, »keiner hat ein Interesse an einem Koloß in der Mitte von Europa.«

»Ich sage Ihnen, und ich bin doch junge Generation, wenn uns die Alliierten im Stich lassen, dann werden wir alle Kommunisten.«

»Aber eben hat doch Herr Winkler gesagt, im Osten sind nur zehn Prozent Kommunisten, und nun meinen Sie, Westdeutschland würde auch kommunistisch?«

»Sehen Sie sich doch die Zustände in der Welt an. Kann doch nicht so bleiben«, sagte Winkler, »sagen Sie das Ihren Freunden, wenn wir im Stich gelassen werden ...«

Armin fuhr den Kaffee herein. »Was sind Sie für ein wunderbarer Koch«, sagte Grete, »wie dieser Kaffee schon duftet.«

»Ich habe mir ja auch immer meinen Kaffee alleine machen müssen. Fräulein Koeppen, Kaffee nicht gut?«

»Ja, sehr. Ich sehe da grade einen Léger hängen. Aus der grauen Periode.«

»Gibt es eine graue Periode bei Léger?«

»Eine graue und eine blaue Periode.«

»Denken Sie an, das ist aber sehr interessant.«

»Haben Sie noch mehr moderne Kunst?« fragte Fräulein Koeppen.

»Ja, ich werde sie Ihnen zeigen«, sagte Armin, nahm sie, glücklich über eine jüngere Frau, beim Arm und ging mit ihr durchs Haus.

Grete fragte Winkler: »Wer ist die Dame?«

»Die Familie waren Sozialisten. Sie können das nicht so einfach sehen.«

»Herr Winkler, Sie haben sich 33 wie ein Held benommen. Es war ganz einfach. Ich finde auch heute alles ganz einfach.«

»Das schien mir auch so. Es war aber nicht so einfach. Das Ideal meiner Jugend war die klassenlose Gesellschaft, und in gewissen Sinn hat die Hitler verwirklicht. Gold gegen Blut war natürlich Unsinn, aber Geld war wirklich kein Maßstab mehr. Heute ist es wieder der Maßstab.«

»Aber Hitler hat wieder Sklaverei eingeführt, oder für was halten Sie die Zwangsarbeiter?«

»Was da nach dem Krieg alles vorgekommen ist! Wie die sich benommen haben! Machten den schwarzen Markt, machten schiefe Geschäfte. Die Möhlstraße in München war eine Schande.«

»Lieber Herr Winkler, ein Leben lang waren Sie für mich die Verkörperung des guten Deutschland.«

»Ich sage nur die Wahrheit. Die DP's waren nicht geeignet, die Menschen von Hitlers Verbrechertum zu überzeugen.«

»Wer hat diese Menschen von ihrer Heimat losgerissen, wie Vieh verfrachtet?«

»Frau Jacoby, Sie sind immer ein gerechter Mensch gewesen, die Juden haben doch eine zu große Rolle im deutschen Kulturleben gespielt. Kein Volk kann sich überfremden lassen.«

»Finden Sie wirklich, daß sechs Millionen Juden ausgerottet

gehörten, weil Reinhardt herrliche Theateraufführungen gemacht und weil es ein paar unsympathische Geschaftelhuber gegeben hat?«

Armin und Fräulein Koeppen kamen zurück. »Das ist ein hübsches Häuschen«, sagte das Fräulein, »Herr Winkler, Sie sollten es sich ansehen.«

»Was haben Sie schon in den Staaten gesehen?« fragte Armin.

»Wir fangen ja erst an. Ich bin als Alterspräsident einer Gruppe deutscher Journalisten gekommen. Ich möchte gern Detroit sehen. Die Fordfabriken interessieren mich natürlich.«

»Ich möchte auch etwas von der Natur sehen. Yellowstone Park soll herrlich sein.«

»Sehen Sie auf keinen Fall nur die Oststaaten. Man muß auch den Westen sehen, auch die Prärien, auch Neu-Mexiko, um eine Ahnung zu bekommen, und dann außerdem …« sagte Armin.

54. Kapitel

Friedrich Wilhelm kehrt zurück

Es handelte sich um das Haus Beer-Fuchs. Herr Fuchs sagte zu Hanna: »Ich will so wenig wie möglich mit dieser ganzen Sache zu tun haben. Man regt sich nur immer wieder auf. Mach, was du willst, einige dich mit Frau von Rumke, ich will auf keinen Fall einen Prozeß, und mir liegt nichts an einem Haus in Berlin.«

Eines Tages meldete sich Herr Goldberg an ... Herr Fuchs sagte gleich zu ihm: »Ich will so wenig wie möglich mit dieser Sache zu tun haben. Wenn mir Ihre Auftraggeberin einen vernünftigen Vorschlag macht, bin ich mit allem einverstanden ...«

»Ich wollte Ihnen sagen, daß mich Frau von Rumke von 1943 bis 45 versteckt hat.«

»Ach, das muß ich sofort meiner Frau sagen«, und er holte Hanna.

»Ich habe Frau von Rumke nie gesehen, ihr Mann Friedrich Wilhelm hat vor dem ersten Weltkrieg bei meinen Eltern verkehrt. Es freut mich natürlich sehr. Man freut sich ja immer, wenn Gutes in Deutschland geschah. Es wäre doch ein zu gräßliches Gefühl, wenn man denken müßte, man hätte unter Gangstern gelebt. Was macht Herr von Rumke?«

»Er ist in russischer Gefangenschaft.«

Die Sache regelte sich schnell. Edeltraute verkaufte das Haus und mietete im Grunewald eine Wohnung. Wohnzimmer, Eßzimmer, großes Schlafzimmer, viele und gute Wirtschaftsräume und ein reizender Garten. Falls Friedrich Wilhelm kommen würde, müßte sie eben mit ihm schlafen, obwohl *sie* es nun war, die sich davor fürchtete, ein Mann über sechzig, zehn Jahre getrennt und wer weiß wie lädiert.

Edeltraute rief Freia an: »Wir kennen uns nicht. Ich weiß

meine Liebe, Sie hassen und verachten mich, aber wer konnte damals wissen, wie alles kommen würde, und jedenfalls wollte ich Ihnen und Ihrer Frau Stiefmutter eine freudige Nachricht geben. Willy ist im Anrollen. Ich fahre morgen nach Friedland. Wollen Sie mitkommen? Ich würde mich unendlich freuen.«

Freia sagte: »Nein.«

»Sagen Sie bitte Ihrer Frau Stiefmutter meine verehrungsvollsten Grüße. Wir müssen sehen, wie Willy im Stande ist, aber nach der Schrift nehme ich an, gut, und so will ich am Sonntag ein Begrüßungsessen machen, nur wir vier.«

Es war nicht ganz leicht für die beiden Damen, sich zusammen frei zu machen. Sie hatten nur eine Aufwartung. Sonntag waren in aller Frühe Abreisen, am Abend sollten neue Gäste kommen, aber Freia brachte diesmal den Mut auf, ihnen zu schreiben, daß ihr Zimmer erst am Mittag frei würde. Es war lange her, daß sie zusammen in den Grunewald gefahren waren.

Als sie gegen Mittag im strahlenden Sonnenschein aus der Untergrundbahn stiegen, lag Schnee, und alle Bäume glitzerten. Die Häuser hatten meist Löcher, aber Bäume und Büsche und die bereiften schmiedeeisernen Gitter waren geblieben. Dies mußte das Haus sein, das einzige, an dem alles in Ordnung war. Sie klingelten an der Gartenpforte. Von oben summte es, ein Mädchen in Schwarz mit weißem Schürzchen öffnete: »Guten Tag, Frau Oberst, guten Tag, gnädige Frau«, sagte sie, als ob sie seit Jahrzehnten für sie die Tür öffnete. Sie führte sie in die Garderobe mit Spiegel, führte sie zum Waschbecken, öffnete die Tür: »Die Herrschaften sind gekommen.«

»Papi«, rief Freia. Die Ähnlichkeit des Gealterten mit dem geliebten Vater war aufregend. Auch die Frau Oberst sagte: »Sie sehen ja jetzt wie mein geliebter Mann aus. Wollen wir uns nicht duzen?«

»Gern«, sagte Friedrich Wilhelm, »wie darf ich Sie nennen?«

»Wenn Sie wollen oder wenn du willst, Muttchen wie mein geliebtes Freiakind.«

Ruth hatte wieder ein schönes Heim einzurichten verstanden. »Darf ich zu Tisch bitten?« sagte sie.

Man saß um einen runden Tisch mit einem kostbar gestickten Tischtuch und einem Blumenarrangement mit Kerzen und Bändern in der Mitte. Das Mädchen reichte die Suppe, servierte den Kalbsbraten mit jungen Gemüsen. Friedrich Wilhelm konnte nicht den Wein eingießen. Seine Hände zitterten. Überm Tisch hing eine silberne Birne, mit der man dem Mädchen klingeln konnte. Das gab es noch, dachte Freia, dachte die Frau Oberst. Als die Frau Oberst mit Edeltraute anstieß, sagte sie: »Wollen wir uns nicht endlich alle duzen? Wollen wir wenigen Übriggebliebenen nicht noch einmal eine kleine Familie bilden?«

Freia erschrak. Sie sollte die Frau, die sie so beleidigt hatte, duzen? Was hätte Papi gesagt? Aber Freia, die nun im Schutz der Frau Oberst lebte, wie sie im Schutz von Rudi und Papi gelebt hatte, sagte nichts, stieß an, ließ sich küßen.

Ruth erzählte: »Da ist nicht eine Rundfunkstation, die kein Interview mit Willy machen möchte. Die Illustrierten reißen sich um Lebenserinnerungen von ihm. Keine Sorge um Beschäftigung.«

»Willst du nicht in die Bundeswehr eintreten? Ein Rumke?«

»Zuerst will ich ausruhen und mich mit den Verhältnissen in Deutschland vertraut machen.«

»Du wirst doch die Rundfunkleute nicht so enttäuschen?«

Man stand auf, ging ins Wohnzimmer, wo wieder ein entzückend gedeckter Tisch stand. »So eine bauchige Kaffeekanne habe ich seit meiner Kindheit nicht mehr gesehen«, sagte die Frau Oberst.

»Bei einer polnischen Jüdin ergattert, verlangte einen gigantischen Preis, habe ich mich aber bei der Polizei erkundigt, was sie verlangen dürfe, und das habe ich ihr bezahlt. Man mußte ja nicht unbedingt den Schwarzen Markt unterstützen.«

Freia sah die Frau Oberst an, die dachte, sie ist eine sehr reiche Frau, und überhaupt nach allem, was geschah: »Sie hätten doch ruhig der armen Frau ein bißchen mehr bezahlen können.«

»Erlaube mal – wir duzen uns doch – ich lasse mich nicht übers Ohr hauen – wo kommt man denn da hin?« Und sie hätte beinahe gesagt: »Andern Leuten ihr Frühsück ins Zimmer bringen.«

Wie immer war sie höchst amüsant und witzig, ließ die Unterhaltung nie stocken: »Na, gestern ist mir vielleicht was passiert. Nein, schon Donnerstag. Ich war im Osten bei meiner Putzmacherin und bei meinem Kürschner, und wie ich nach Hause gehe, da war mein Absatz in ein Gullyloch geraten, und bumms klatsche ich hin, hundertsechzig Pfund Lebendgewicht, ganz netter Posten. Kommt 'ne Frau und sagt: »Soll ich Sie zu einer Unfallstation bringen? Haben Sie sich was getan?« Na, das war nun das Letzte, was ich wollte. Ich stand ein bißchen bedeppert auf und sagte: »Nee, nee, ich bin hier gleich zu Hause.« Aber sie ließ mich nicht in Ruhe, war so 'ne Eifrige: »Soll ich Sie nicht besser bringen?« »Nee, nee«, sagte ich wieder und machte mich stark: »Es ist wirklich nicht nötig.« Ich wollte nur nicht irgendwo hingebracht werden, wo sie meine Personalien aufnehmen. Davor habe ich ja eine heilige Ehrfurcht. Na, ich habe vielleicht aufgeatmet, als ich in der Stadtbahn saß.«

»Warum hast du denn Putzmacherin und Kürschner im Osten? Die Leute hier im Westen haben so wenig zu tun. Ist es nicht eine Ehrenpflicht, sie zu beschäftigen? Wir sollten doch alle zusammenhalten, um dieses arme Berlin zu stärken, nicht wahr? Und warum begibst du dich in Gefahr? Wer sich in Gefahr begibt, kommt darin um«, sagte die Frau Oberst.

»Warum soll ich fünfzig Mark für etwas bezahlen, was ich für zehn bekommen kann? Das sehe ich nicht ein. Wir haben auch unsern Gärtner vom Osten, natürlich bezahle ich Ostmark. Gut für Ostmark, aber immerhin weniger, als ich einem in Westmark bezahlen müßte.«

Man sprach von Friedrich Wilhelms literarischen Aussichten, davon, wie Christine nach dem Krieg das Haus voll mit Flüchtlingen hatte und wie sie mit allem fertig geworden war: »Der Mann doch jetzt schon über siebzig und in der französischen Zone, wo es am schwersten war«, erzählte die Frau Oberst. »Den Saal, der seit 1914 nie mehr benutzt wurde, haben sie ganz voll mit Möbeln und Sachen, die ihnen Juden aus der Umgebung zur Aufbewahrung anvertraut haben. Man wußte ja schließlich, wo der Freiherr stand. Menges und Ferdinand sind beide noch tätig.«

Ruth ließ am Abend noch eine kalte Platte reichen. Dazu Salate. Und hinterher Tee mit Gebäck. Welche Üppigkeit, dachte die Frau Oberst, und dann die Gnietschigkeit. Willibald hätte sicher gesagt, es geht mir alles sehr contre cœur.

Sie verabschiedeten sich, traten hinaus in die erfrischende Luft, gingen langsam durch den ungekehrten Schnee, der im Mondschein leuchtete, in tiefster Stille zur Untergrundbahn. »Es war ein sehr erquicklicher Tag«, sagte die Frau Oberst im geheizten Wartehäuschen, »Friedrich Wilhelm ist so still geworden. Er sieht nicht schlecht aus.«

»Er hat sogar Papis Gesicht bekommen, aber, Muttchen, ist sie nicht vielleicht noch immer eine Nazin?«

»Gott allein sieht ins Herz, mein Kind.«

Es sah aus, als ob es gutgehen würde. Aber Ruth konnte es nicht ertragen, den hustenden Mann, der oft in der Nacht aufstand, neben sich zu haben. Sie schlief schlecht, und sie dachte nicht daran, sich etwas zu versagen. »Ich werde dir dein Bett im Schrankzimmer richten lassen.«

Friedrich Wilhelm protestierte nicht. Bis auf die Schlaferei hatte er seine Ordnung. Seine sehr vorsichtigen Berichte aus der Gefangenschaft waren enttäuschend. Das hatte nichts, aber auch gar nichts mit dem blendenden Friedrich Wilhelm in der Weimarer Republik zu tun. Er beschimpfte nichts, nicht die Westmächte, nicht Ostdeutschland, nicht die Bundesrepublik.

Ruth sagte zu einer Freundin, mit der sie sich in einer eleganten Berliner Konditorei getroffen hatte: »Willys Vorträge sind ganz lendenlahm. Ich sehe schwarz für seine Rundfunktätigkeit. Er möchte, daß ich liebende Gattin werde, jeden Sonntag die verstorbene Frau Oberst und die trauernde Judenwitwe, na nichts für mich. Und ihre Pension ist voll von Juden, die wegen ihrer Entschädigung kommen. Ich habe nischt dagegen, aber du hast das Gefühl, sie sind völlig zur andern Seite übergegangen.

Freia zerreißt sich für die Rechtsanwälte Kleinmann und Großmann, Rosenbaum-, -feld, -kranz, -berg und -garten. Einer bringt ihr täglich einen Blumenstrauß, dabei sieht sie aus wie eine Hutzel.«

Die Freundin kam aus München: »Ich würde an deiner Stelle nicht in Berlin bleiben, eine sterbende Stadt und ganz unsicher. Man braucht doch nicht ... Die Amis werden um unserer schönen Augen willen bestimmt keinen Krieg anfangen.«

»Mein Mann will nicht weg.«

»Du bist wirklich eine brave Ehefrau, macht dir Colonel Macpherson nicht mehr den Hof?«

»Doch.«

»Na und?«

»Ich glaube nicht, daß er mich heiraten würde.«

»Du solltest das nicht fertigbringen?«

»Ich würde es nicht tun. Ich bin fünfzig, er vierzig. Und ich würde die Rente von Corvinus verlieren. Als ich Willy heiratete, hatten die Corvinus Schiss. Unter Hitler konnte unsereiner es sich richten. War trotzdem n'Ritt übern Bodensee. Damals dachte ich, ich könnte nicht ohne Friedrich Wilhelm leben, und fesseln konnte ich ihn nur mit Ehebanden. Aber noch mal scheiden und noch mal heiraten, besonders einen Amerikaner, da würden sie schnell mit der Rente Schluß machen. O rühre, rühre nicht daran.«

»Hast du recht.«

»Ich fahre nächste Woche nach Paris. Ich habe noch zwei Freunde von 41 dort. Das waren Zeiten.«

Eines Tages rief das Mädchen von Rumkes in der Pension an: »Frau Oberst, unser Herr Oberst ist so schwer krank, und unsere Gnädigste ist in Paris, ich möchte nicht die ganze Verantwortung haben. Könnten Frau Oberst nicht mal kommen?«

Die Frau Oberst sah zum erstenmal die Schlafarrangements. Sie ging durch das große Schlafzimmer von Ruth in das winzige Zimmer, in dem ihr Stiefsohn sein Bett unter einem zugigen Fenster hatte. Er war fiebrig. Nur eine Grippe, hatte der Arzt gesagt. Aber die fast achtzigjährige Frau ordnete an, daß ihr

Stiefsohn sofort in ein anständiges Zimmer geschafft wurde, und bestellte eine Krankenschwester. Sie fragte Friedrich Wilhelm: »Wieso schläfst du in diesem zugigen Loch?«

»Ich habe ihr mit meinem Husten und meiner schwachen Blase die Nachtruhe geraubt. Das konnte ich nicht länger verantworten.«

»Ich will mich nicht in deine Ehe mischen, aber das hättest du nicht tun sollen.«

»Ruth reißt mich raus. Wir waren letztes Jahr in Griechenland und Marokko. Ohne sie würde ich mich zu gar nichts mehr aufschwingen.« Das Telefon klingelte. »Das ist sicher Ruth. Sie telefoniert jeden Tag aus Paris und gibt Anordnungen.«

Es war ein anderer Lebensstil als der der Frau Oberst, die nie aus Deutschland herausgekommen war, aber sie hatte kein gutes Gefühl, als sie langsam durch Frühlingsgrün zur Untergrundbahn ging. Ob das Freiakind recht hatte?

Als wenige Jahre später Berlin wieder in den Mittelpunkt der europäischen Diskussion geriet, sagte Ruth: »Also nun endlich Schluß. Wir gehen nach Süd- oder Westdeutschland oder vielleicht in die Südschweiz? Jedenfalls bleibe ich unter gar keinen Umständen hier. Wenn wir vom Westen abgeschnitten werden, können wir beide nur noch ein Rasiermesser nehmen und uns den Hals durchschneiden.«

Friedrich Wilhelm saß in seinem gewohnten Sessel am Fenster im Wohnzimmer neben einem Tischchen, auf dem sich die Zeitungen häuften: »Ich möchte nicht von Berlin weg, solange Muttchen und Freia hier sind. Berlin ist meine Heimat. Ich könnte nach Potsdam ziehen oder Jüterbog, sogar nach Schweidnitz, aber nicht in den katholischen Klimbim. Ich habe noch ein paar Kameraden hier.«

»Wieso denn?« Und sie zählte ihm die nationalistischen Schriftsteller auf, mit denen er befreundet war: »Keiner lebt mehr in Berlin.«

»Wenn ich von Kameraden rede, meine ich die Reichswehr.«

»Ach so. Meine Armee war die Wehrmacht.«

»Wenn du es genau wissen willst, meine waren die Preußen.

Der Sender Freies Berlin ist sehr froh an meiner Mitarbeit, und ich fühle mich den Strapazen eines Umzugs nicht gewachsen.«

»Du hast das nicht mitgemacht, was das hieß, die Russen … ach, entschuldige. Ich habe gehört, daß in den nächsten Tagen die Vopo nach Berlin eindringen wird, um zunächst mal alle getürmten Ostfunktionäre zu verhaften.«

»Ich glaube nicht, daß die Westmächte eine Besetzung Berlins zulassen werden, das wäre ein zu großer Prestigeverlust.«

»Was können Sie denn dagegen machen? Kannst du mir das sagen? Keiner will einen Atomkrieg. Wenn also ein Krieg mit Kernwaffen ausfällt, was kann man machen? Der Russe marschiert vor. Nichts kann ihn hindern bis Calais, und dann wird der Engländer erleben, was wieder mal bei seiner Leisetreterei rauskommt. Und wir sollen hier abwarten? Also ich nicht.«

»Die Russen wollen auch keinen Atomkrieg. Wenn sie vormarschieren, können sie nicht sicher sein, daß es nicht dazu kommt.«

»Sie sind dem Amerikaner weit überlegen. Kannst du mir sagen, wie der Amerikaner hindern kann, daß der Russe bis Calais vorstößt? Gar nicht.«

»Es liegt nicht in der Weltanschauung der Russen, einen Krieg anzufangen.«

»Du wirst mich nicht hindern nach – also wohin möchtest du ziehen?«

»Ich will in Berlin bleiben.«

Er rief Hertha Kolk an: »Bleiben Sie in Berlin?«

»Was für eine Frage, natürlich.«

»Meine Frau möchte durchaus wegziehen.«

»Wir haben nicht das alles durchgestanden, um dann zu kneifen. In dieser verlotterten Bundesrepublik ist Berlin wieder mal bei weitem das Anständigste. Wollen Sie sich unter die bayerischen oder Holsteiner Nazis begeben?«

»Sie haben recht. Wie immer.«

Er lebte nicht in Frieden mit sich selbst. Er dachte an seines Vaters Wort: »Es fehlt dir nur ein bißchen Charakter.« Aufstehen, weggehen, Hertha fragen: »Willst du mich?« Im Bücherregal neben seinem Stuhl stand sein Lieblingsdichter. Er griff mechanisch danach:

»Kehrt wieder kluge und gewandte väter!
Auch euer gift und dolch ist bessre sitte
Als die der gleicheit-lobenden verräter
Kein schlimmrer feind der völker als DIE mitte!«

Er wußte nun, was Gift und Dolch für eine Sitte waren, er hatte erfahren, was es bedeutete, wenn man des Menschen nicht gedachte, wenn man schwach und hilflos war und die Stärke gepriesen wurde, die Schnelligkeit, die Zähigkeit. Die Bücher seiner Freunde hatten weiter gewaltige Erfolge. Sie taten den alten Wein in neue Schläuche, und die Leser besoffen sich daran wie je. Seine ganz neue Erkenntnis vom unendlichen Wert des einzelnen Menschen konnte keinen Hund vom Ofen locken. »Wer mit der Faust auf den Tisch schlägt, ist immer beliebter als wer eine Sonntagsnachmittagspredigt hält.« Das war der alte Fontane. Würde er auf den alten Fontane zurückkommen? Das war doch wohl nicht möglich? Dieser Vertreter alles dessen, wogegen er angestürmt war. Aber der Ruf seines Stefan George nach Radikalität, nach Gift und Dolch, würde er noch einmal erhört werden? Der polnische Korridor hatte sein Blut zum Sieden gebracht, war das Resultat ein zerschlagenes Preußen? War gar kein Friedensvertrag besser als der Vertrag von Versailles? Deutschland war der mächtigste Staat in Europa. Aber was war Europa? Waschmaschinen waren kein Ersatz für Ideen. Aber war Atomwaffen für die Bundeswehr ein Ziel? Um was ging es eigentlich noch? Deutschlands Einheit. Aber wie?

55. Kapitel

Letzter Auftritt. Das ganze Ensemble

Edith Zuckermann bestellte in einer Konditorei am Broadway Mohrenköpfe und Dominosteine, Napoleonschnitten und Schweineohren, eine bunte Schüssel von Berlin O im Jahre 1910 mit einer Papierrose in der Mitte. Sie lief New York ab, um eine Fischform für einen Schokoladenfisch zu bekommen. Sie stellte zwei Tische vor die Couches und noch einen dritten Tisch mit Stühlen auf. »Es kommen mindestens vierzig Personen«, hatte sie zu Martin gesagt. »Wo willste denn die unterbringen?« hatte er geantwortet. Aber als sie Bleistift und Papier nahm, waren es nur fünfzehn.

Edith begrüßte jeden sehr amerikanisch mit einem gefrorenen Lächeln: »What a pleasure to welcome you.« Aber dann sprach sie deutsch. Scharnagl brachte eine Zeichnung. Klawotzky überreichte nach deutscher Sitte Schokolade. Sie dankte und sagte: »Ja, Herr Klawotzky, man liest doch gar nichts mehr von Ihnen!«

Sie ist doch eine Kuh, dachte er.

Hanna kam und Feodora, Elinor, Armin und Werner, und während alle noch zwischen den Tischen standen, kam Herbst, weiße Gamaschen und grünes Schleifchen.

»Herr Professor Hanns Hermann Herbst«, flüsterte Hanna Armin zu, der antwortete: »Wenn schon.«

»Herr Kollmann!« sagte Hanna entsetzt.

»Ich kann es auch englisch sagen, so what?« sagte Armin.

Und dann die beiden Grünspechts.

Herbst, von Hanna und Elinor und Jenny Unger umgeben, riß sich los, sagte zu Friedericke: »Ich habe Sie ein Jahrhundert nicht gesehen. Wir müssen uns zusammensetzen, Sie wissen doch, daß ich Sie geliebt habe?«

»Ich etwa nicht?« sagte Armin. »Wissen Sie noch, wie Ihre Eltern nicht erlaubten, daß wir zusammen Tennis spielten? Das ist vierzig Jahre her, aber Sie haben immer noch Ihr schönes Gesicht.«

»Meine Eltern haben mir nie etwas erlaubt«, sagte Friedericke bitter.

»Setzen wir uns an einen Tisch«, sagte Herbst, und Armin kam dazu, und Werner dachte, diesmal wird mich Armin nicht hindern, mich zu Friedericke zu setzen.

Elinor sah Klawotzky, aber Klawotzky war es wichtiger, mit Scharnagl zu sprechen, der war schließlich bei ›Life‹ gewesen, vielleicht konnte er ihm raten, Verleger, Zeitungen, Zeitschriften, eine Empfehlung geben, eine Verbindung schaffen. Edith sah das, das ging nicht, nur zwei Herren an einem Tisch, und sie rief Feodora und Hanna. Nur eins ging nicht, Elinor und Feodora an einem Tisch.

Feodora sagte: »Herr Doktor Klawotzky, ich habe Ihre Sachen immer furchtbar gern gelesen, jede Zeile.« Klawotzky dachte, da lebte also eine schöne hochgewachsene Frau in New York, die hatte jede Zeile von ihm gelesen: »Würde Sie interessieren, was ich jetzt schreibe?« fragte er.

»Aber sicher. Ich würrde gerrne alles lesen. Kommen Sie zu mir. Bringen Sie mir Ihre Produktion.«

Er erzählte, was ihm alles unveröffentlicht geblieben war, sein letzter Roman, ein Theaterstück, eine Parodie. Einen Augenblick zog durch sein Gehirn: Nie hat mir Rose Marie so zugehört.

Hanna setzte sich zu Martin, sprach mit ihm über neue Möglichkeiten, nachdem sie gehört hatte, was dieser Uhrenfritze zahlte: »Sie sollten nicht für diesen Ausnutzer arbeiten. Mein Mann weiß sicher etwas Besseres. He is a shrewd businessman. Er kam nicht mit, er geht ungern abends aus.«

Grünspecht schäkerte mit Elinor: »Ich hob schon ghört, Sie sind die schönste Frau von New York. Sie sollten schauen, zum Film zu kommen.«

»Ich bin halt leider gar nicht fotogen«, sagte die Fünfzigerin.

Grete setzte sich zu Jenny. »Sie sind die einzige, die ich nicht mehr besuchen konnte.«

»Schade. Sie wissen, daß ich einen der elegantesten Frisiersalons von New York habe. Er heißt ›Jenny's‹.

»Das ist entzückend, obwohl es auf der Hand lag. Man hat mir erzählt, daß Sie sofort solche Reklame hatten, weil Sie mit einem jungen Bären ankamen. Herbst hat Ihnen das geraten, nicht wahr?«

»Wie kommen Sie darauf, mich mit Herbst in Verbindung zu bringen? Frage ich Sie, Sie haben doch Glogauer geliebt, wieso haben Sie Jacoby geheiratet? Man soll keine Leute von früher treffen, na, nichts für ungut. Die einzige, für die Herbst gesorgt hat, daß sie nicht den Nazis in den Rachen fällt, war Feodora. In solchen Situationen bleibt eben Ehefrau Ehefrau. Nein, den Rat mit dem Bärchen gab mir Hertha Kolk, die war überhaupt großartig und Luise Leermann. Man mußte immer Angst haben, daß diesen Frauen etwas zustößt. Meine Tochter hat ihr eigenes Programm. Ich habe übrigens ein Buch geschrieben, heißt ›Unter der Frisierhaube‹. Fiktive Erinnerungen an meinen Berliner Frisiersalon.«

»Berliner Frisiersalon? Sie waren eine Bankierstochter und die eleganteste in unserm Kreis. Ihre roten Haare haben Sie ja noch immer. Ich erinnere mich an ein weißes Gesellschaftskleid von Ihnen, wir waren höchstens sechzehn, das war mit Hermelin verbrämt.«

»Daß Sie das noch wissen!«

»Wieso haben Sie denn über Ihren Berliner Frisiersalon geschrieben, den Sie gar nicht hatten?«

»Eine Agentur hat mir dazu geraten. Ich habe natürlich nur tote Berühmtheiten beschrieben.«

Warum nicht, dachte Grete.

Jenny fuhr fort: »Es war schrecklich schwer für die Rechtsanwälte, aber seit der Entschädigung hat er gut zu tun. Sie sehen auf Herbst? Na gut, das war eine Kinderkrankheit. Ich kann mir absolut nicht mehr vorstellen, wie verrückt ich einmal war. Mit so was kann man sich sein Leben verderben. Mein

Mann wird mich nachher abholen. Er sieht viel besser aus als Herbst.«

Alle saßen zusammen, wie sie seit vierzig Jahren hätten zusammensitzen sollen. Herbst und Armin mit der Schönheit Friedericke und Werner endlich dabei, ausgelöscht die Frechheit von Armin: »Halte dich nur an unsern guten Werner, da kann dir nichts passieren.« Klawotzky sprach mit der Frau, die ihn immer für einen Großen gehalten hatte, und Elinor dalberte mit dem Wiener Charmeur, und Martin beriet sich mit der Geschäftsfrau Hanna Fuchs.

Gegen Ende des Abends kam Herbst zu Grete: »Ich wollte Ihnen noch etwas erzählen, woran ich bei Ihrem Besuch vergaß.« Er sah sich um und sprach sehr leise in dem allgemeinen Unterhaltungslärm: »Vor über zwanzig Jahren wurde ich in ein Armenkrankenhaus gerufen. Da lag ein Sterbender, den man auf der Straße aufgelesen hatte. Er konnte nur noch deutsch sprechen. Er sagte mir, er hieße Stern, habe eine Familie in Berlin, ich sagte: ›Franziska, Werner, Rudolf, Edith.‹ ›Ja‹, sagte er und zeigte auf seine Lumpen, und ich fand ein Foto. ›Was kann ich tun?‹ sagte ich. Er winkte ab. ›Gar nichts, wollte nur, daß einer weiß, nicht ganz verloren im Weltall.‹«

»Ich danke Ihnen«, sagte Grete, »daß Sie mir das erzählt haben. Weiß es Edith oder Werner?«

»Nein. Wozu?«

»Sie haben ganz recht. Wozu? Es würde sie bedrücken und nichts ändern.«

Edith klatschte in die Hände: »Jetzt kommt der Schokoladenfisch. Ich muß mich entschuldigen, aber ich glaube, er ist nicht so gut wie früher.«

Alles lachte.

Sie brachen auf. Scharnagl wollte Grete nach Hause bringen, sagte wieder: »Ich habe früher gar nicht gesehen, wie hübsch Sie sind.«

»Sehr nett, Herr Scharnagl, aber Hanna bringt mich im Wagen rüber, kann sie Sie vielleicht wohin mitnehmen? Sie wissen, wie liebenswürdig sie ist.«

»Nein, danke, die Ungers haben es mir schon angeboten, ich wollte nur noch einmal mit Ihnen allein sein.«

Grete verabschiedete sich von den Ungers. Jenny hatte recht gehabt, ihr Mann mit einem vollen weißen Haarschopf sah besser aus als der grob gewordene Herbst.

Es lohnte sich kaum zu fahren. Hanna saß noch mit Grete im Wagen: »Dein Schiff geht erst spät, nicht wahr? Ruf mich noch einmal an. Ich möchte nur noch einmal deine Stimme hören«, und plötzlich sagte diese einfache tüchtige Geschäftsfrau: »Die Stimme der Jugend.«

Grete ging in das Haus, hörte aus Tiefen des Gedächtnisses: »Du hast mich nicht angerufen, seit Stunden kann ich nicht arbeiten, seit Stunden warte ich darauf, daß es klingelt, ruf an, ich flehe dich an, ich möchte nur noch einmal deine Stimme hören, brauchst nur zu sagen: »Hier Grete«, und anhängen. Dann werde ich vielleicht wieder ein Mensch werden.« Sie hatte nicht wiedergeliebt. Die Besessenheit. Nie waren Otto und sie besessen gewesen, und es gab nur einen Wunsch, wäre er da.

Oben öffnete die Wirtin, hatte auf sie gewartet. Das Fernsehen blökte: »Kommen Sie in die Küche. Morgen geht Ihr Schiff, ich mache Ihnen noch einmal eine nette Tasse russischen Tee. Ich muß Ihnen was erzählen. Setzen Sie sich.«

Sie saßen beide am Tisch, den Tee vor sich. »Der bucklige Portier ist Millionär geworden. Er saß doch wohl nicht mehr unten? Hier im Hause ist eine Dame gestorben, hatte fünfhunderttausend Dollar. Sie wußte nicht, wem sie sie vermachen sollte. Stellen Sie sich vor, was für eine schreckliche Geschichte. Sie war ganz einsam. Hat sie es dem Portier hinterlassen. Er war vorhin bei mir. Er sagte, es würde ihm sicher fehlen, wenn er nicht mehr die Mülltüten einsammeln würde. Aber mit fünfhunderttausend Dollar Vermögen? Sie hatten ganz recht, Frau Jacoby, er hat das sehr gern gehabt, Mülltüten einsammeln und da unten auf dem Stuhl sitzen. Das ganze Haus kam vorbei. Ist ihm trotzdem zu gönnen, nicht wahr?«

»New York«, sagte Grete.

»Ja, New York«, sagte Frau Weidmann.

Nicole Henneberg

Die Vertriebenen

Noch einmal einen großen Roman schreiben – das war in der zweiten Hälfte der 1950er Jahre Gabriele Tergits größter Wunsch. Die *Effingers*, ihr Familienepos über vier Generationen, war 1951 erschienen, aber in Deutschland hatte kaum jemand davon Notiz genommen. Sie würde auch jetzt wenig Leser haben, darüber war sich die Autorin klar, denn vom jüdischen Schicksal wollten die meisten nichts wissen, auch von deutscher Schuld nicht. Als Emigrantin hatte sie überdies alle Kontakte verloren und stieß bei den meisten Verlegern auf Abwehr. Die Stimmen der Emigranten, die von den »Logen- und Parterreplätzen des Auslands aus der deutschen Katastrophe zugeschaut« hätten, so der Vorwurf in einem Streitgespräch mit Thomas Mann, dem berühmtesten Emigranten, wollte man nicht hören, und Emigrantenliteratur zählte nicht zur deutschen Literatur. Auch die Berliner Zeitungen, für die Tergit nach dem Krieg geschrieben hatte – für den *Tagesspiegel* ihre »Briefe aus London«, für die *Neue Zeitung* eine Reportage über den Veit-Harlan-Prozess 1949 und viele Feuilletons, eines trug den bezeichnenden Titel »Kalte Umschläge aus Deutschland« –, gaben ihr keine Aufträge mehr. Kollegen in Deutschland füllten jetzt deren Seiten.

Tergits Briefe aus dieser Zeit sprechen immer eindringlicher von der verlorenen jüdisch-deutschen Kultur und dem jüdischen Leid. Sie las an Zeitungen und Büchern alles, was sie zu diesem Thema finden konnte, und bat sämtliche Freunde und Verwandte um Tatsachenberichte von Überlebenden der Shoa. Nach langem Zögern und dem ermutigenden Erfolg von zwei Sachbüchern wagte sie sich endlich an ihren dritten Roman.

In *So war's eben* verknüpft Tergit alle ihre bisherigen Themen und Schreibweisen: die schnellen, pointierten Dialoge mit dokumentarisch genauen Alltagsszenen wie in der Wirtschafts- und Gesellschaftssatire *Käsebier erobert den Kurfürstendamm*, die Schilderungen einzelner Typen, wie in ihren Gerichtsberichten und Feuilletons, und die fesselnden, atmosphärischen Darstellungen von Interieurs aus den *Effingers*. Ein zentrales Thema ist diesmal der wachsende Antisemitismus nach dem ersten Weltkrieg und seine Entstehung schon in den Jahren zwischen 1900 und 1914. Eine liberale, den Idealen der Aufklärung verpflichtete und weithin geschätzte Zeitung stellt in einer solchen Zeit eine entscheidende Macht dar, sie erlaubt den Bürgern einen Blick hinter die Kulissen der Staatsmacht, kann Regierung und Gesetze kritisieren, wie es das *Berliner Tageblatt* oft getan hat, und sie prägt die gesellschaftliche Stimmung entscheidend. Deshalb steht im Mittelpunkt dieses Romans, wie schon im *Käsebier*, die *Berliner Rundschau*, eine Spiegelung des *Berliner Tageblatts*.

Sein zweites großes Thema ist das Leiden der Juden und ihre Vertreibung. Sehr geschickt hat die Autorin drei repräsentative gesellschaftliche Gruppen gegenübergestellt: die bürgerlichen Juden Ost, die reichen Juden West und die deutsche Oberschicht. In diesem Spannungsfeld konkretisieren sich die gesellschaftlichen Probleme und Ressentiments, und wir können einen Blick auf die verantwortungslose, bornierte Politik des Kaiserreichs werfen, die den späteren Katastrophen der beiden Weltkriege den Boden bereitete. So schwingt von Anfang an in allen Szenen die Frage mit, die Tergit zeitlebens beschäftigte: Wie konnte es zu Hitler kommen? Sie hat an einem umfangreichen Essay zu diesem Thema gearbeitet (»Warum, wieso, weshalb Hitler?«), der unfertig blieb.

Wie schon in *Effingers* nimmt uns Tergit wieder durch ein ganzes Jahrhundert mit. Der hier erstmals veröffentlichte Roman *So war's eben* beginnt wie *Effingers* im gemütlich wirkenden Kaiserreich, mit einem luxuriösen »Damentee«, der hier aber, anders als die prachtvollen Familienfeste der Familien Oppner und Goldschmidt, auch kritisch betrachtet wird: Der stolz zur Schau gestellte Luxus des Hauses Stern samt überladenem Teetisch erregt zwar die Bewunderung der Gäste, erzeugt aber auch ein ungutes Gefühl. Die Kleider der Damen wirken wie Vorführmodelle aus Pariser Modekatalogen, der üppig verzierte und kokett zur Schau gestellte Unterrock von Adelina Markus, einer Fabrikantengattin, verstört die Anwesenden geradezu – etwas daran »gehörte« sich nicht, es war zu viel. Die Hybris der oft neu-reichen »Juden West« ist hier angesprochen, ihre gedankenlose Verschwendungs- und Prunksucht, die so gar nicht zum alltäglich sichtbaren Elend in der rasant wachsenden Industriestadt Berlin passte.

Tergit hat ihrem Roman, mit dessen Titel es seine eigene Bewandtnis hat, das Manuskript eines umfangreichen Personenregisters vorangestellt, es umfasst 74 Personen (und findet sich am Ende des Buches und auf einer eingelegten Karte im Buch). Die reichen Juden West wohnen im Tiergartenviertel, das Haus des Bankiers Stern wurde wie das Effinger-Haus für 300 000 Goldmark erworben und gleicht ihm bis ins Detail. Eine brisante Gruppe sind die Kommunisten, einer davon, Jacke, trägt Züge von Alfred Kantorowicz, den Tergit 1937 in Paris traf und sich sofort mit ihm zerstritt, wie sie in ihren Erinnerungen *Etwas Seltenes überhaupt* beschreibt.

Auch etliche der »Zeitungsmenschen« kommen uns bekannt vor, sie tragen Züge von Tergits Kollegen beim *Berliner Tageblatt*, ihrem Arbeitsplatz von 1925 bis 1933. Wie im *Käsebier* spielen auch hier die Gespräche in der Redaktion eine besondere Rolle, in ihnen stehen die politischen Strömungen und Stimmungen der Zeit auf dem Prüfstand, und hier lässt sich genau beobachten, wie tief die nationalistische Propaganda selbst in liberale Kreise eingedrungen war. Die zentrale Figur dieses Redaktionskreises ist Stefan Heye, der liberale, historisch versierte und von allen bewunderte Chefredakteur – ein Abbild Theodor Wolffs. Wie dieser verkehrt Heye in höchsten politischen Kreisen, Reichskanzler bitten ihn um Rat, und ein ehemaliger Spitzendiplomat, der Fürst Siegen-Siegen, schreibt für ihn politische Artikel. Heye selbst quält die Frage, wie es im aufgeklärten Europa, trotz Bildung und Fortschritt, an die er zutiefst glaubt, zu diesem Krieg kommen konnte, und bereits 1914 beginnt er mit einem Buch über die Entstehung des ersten Weltkrieges – Europa begeht Selbstmord, das ist sein Schreibimpuls. Tergit selbst nannte in ihrem Hitler-Essay die Zeit von 1914 bis 1944 einen neuen dreißigjährigen Krieg.

In Birnbaum, dem Herausgeber der »Neuen Hefte«, ist unschwer Carl von Ossietzky zu erkennen, der sich von der Gruppe der linientreuen Kommunisten um Jacke und Schwarz energisch abgrenzt. Tergit schrieb 1968 an den Lektor des Horst Erdmann Verlages: »Der Unterschied zwischen *Effingers* und *So war's eben* ist von allem anderen abgesehen, dass *Effingers* 1933 aufhören, während *So war's eben* nicht nur viel später anfängt, sondern die Nazijahre und die Nachkriegszeit schildert fast bis in die Mauerzeit. Während *Effingers* fast nur Liberale schildert, sind die wesentlichen Personen in *So war's eben* Kommunisten und ein Nazi. Die Verworrenheit einer idealistischen revolutionären Jugend (wie aktuell!) ist das Thema.« Durch ihre jährlichen Berlin-Besuche wusste Tergit über Ost- und Westberlin und die Studentenbewegung genau Bescheid. Mit dem Ende der *Effingers* irrt sie allerdings, und sie vergisst den Epilog: Der Roman endet erst 1948, mit einem Blick auf das zerstörte Berlin. Wahrscheinlich benennt sie hier ein gefühltes Ende, denn der dritte Roman gibt der Nazizeit, den Pogromen und der Flucht einen zentralen Platz, während sie in *Effingers* nur zwanzig Seiten (von 885) ausmachen.

Mit dem »Nazi« in obigem Zitat ist Friedrich Wilhelm von Rumke gemeint, der nationalsozialistische Propagandist, der mit seiner Frau Ruth Stahlmacher zu den interessantesten und abgründigsten Figuren des Romans gehört. Die Schilderung der Familie von Rumke ist gut gelungen und durch das konträre Schicksal ihrer Kinder – Jürgen wird Kommunist und stirbt im sibirischen Gulag, seine Schwester Freia heiratet einen Juden und bricht mit der Familie – historisch brisant. In der älteren Generation Rumke prallen die Denkweisen der Kaiserzeit und der Weimarer Republik unversöhnlich aufeinander: Aufrechtes Preußentum steht starken antisemitischen Ressentiments gegenüber, Selbstgefälligkeit und überzogener Luxus wechseln mit Selbstkasteiung. Eine historisch verbürgte, großartig geschilderte Aufführung von Shakespeares *Richard II.* wenige Jahre vor dem Krieg stellt das innerlich verrottete, kriegslüsterne Regime und den Untertanengeist der Minister und Offiziere bloß – der Kaiser interveniert empört, doch Oberst von Rumke, der dem Generalstab angehört, denkt: das Volk ist kaisertreu, doch »wir, die wir wissen, wir haben Angst.«

Nach der jahrelangen, verzweifelten Verlagssuche für die *Effingers* wendet sich Tergit zunächst Sachbüchern zu, »gangbare Ware« schreibt sie an Hans Schwab-Felisch, den Redakteur der *Neuen Zeitung*. Es entstehen die Sachgeschichte Das *Büchlein vom Bett* (1954) und das höchst erfolgreiche, in mehrere Sprachen übersetzte Blumenbuch *Kaiserkron und Päonien rot. Kleine Kulturgeschichte der Blumen* (1958, jetzt unter den Titeln *Der alte Garten* und *Der glückliche Gärtner* beim Verlag Schöffling & Co.). Seit 1957 ist sie auch Sekretärin des Londoner PEN-Zentrums deutscher Autoren und gibt dreimal jährlich dessen Mitteilungsblatt heraus, 1959 auch erstmals die gesammelten, von den Autoren selbst verfassten Bio-Bibliographien. Sie verstand ihr Amt politisch, »ganz ohne die widerliche Verlogenheit des Kürschner« verfasse sie alle Berichte über die Schicksale der Autoren, schrieb sie an eine Freundin – und handelte sich dadurch nicht nur Dank und Bewunderung, sondern auch viel Ärger ein.

Daneben führte sie eine umfangreiche Korrespondenz und arbeitete in ihrem großen Garten, wo sie Obst, Gemüse und Blumen zog. Dieser Garten, ursprünglich als Nahrungslieferant lebenswichtig, wurde eine Leidenschaft von ihr. Das dazugehörige mehrstöckige Haus im Londoner Stadtteil Putney, das ihr Mann Heinz Reifenberg gekauft hatte, um räumlichen Abstand zur deutschen Emigranten-Szene zu gewinnen, wurde zur Grundlage des Familien-Einkommens: Die Zimmer ließen sich gut vermieten, und mit vielen ihrer oft langjährigen Mieter knüpfte Tergit Freundschaften an, es fand sich sogar eine erfahrene Schreibkraft darunter, die Texte von ihr abtippte.

Ihre alten Themen ließen sie jedoch nicht los, im Gegenteil. In der zweiten Hälfte der 1950er Jahre arbeitete sie an ihrem Essay über Hitler, der Keimzelle ihrer Erinnerungen *Etwas Seltenes überhaupt*, für die sie auf Rat ihres PEN-Kollegen Richard Friedenthal nur die persönlich-erzählenden Teile des Essays verwandte – dieses Work in progress, das erst 1981 fertig wurde, nennt sie liebevoll-spöttisch »mein Tadsch Mahal« – das Mausoleum einer untergegangenen Epoche.

Im März 1956 vertraut sie dem Redakteur Hans Schwab-Felisch an: »Nun möchte ich noch einmal einen großen Roman schreiben. Aber ich kann nicht noch einmal 20 Jahre warten, bis er gedruckt wird. So lange hat es bei den *Effingers* gedauert. Ich kann auch nicht den Alpdruck einer jahrelangen Suche nach einem Verleger auf mich nehmen. Halten Sie es für möglich, dass ein 800 Seiten Roman einen Verleger findet?« Schwab-Felisch, der die *Effingers* in der *Neuen Zeitung* sehr gelobt hatte, riet ihr zu.

Ein weiterer Impuls war wohl Tergits Besuch in New York ein Jahr später. An ihre Verwandte Lisel Sanger, die nach New York ausgewandert war, schreibt sie nach der Rückkehr: »Tja, auch für uns waren die Wochen in New York sehr schön, so eine Rückkehr nach Berlin, wie die wirkliche Rückkehr nach Berlin nie sein kann.« 1961 steckt sie schon mitten in der Arbeit, die sie nur aus großer Sorge um Berlin nach dem Mauerbau für einige Monate unterbricht. Und am 16. März 1963 schreibt sie an Franz Denner, den Berliner Freund, der sie fast täglich mit Informationen aus Deutschland versorgt und als »Karl« den zweiten Teil der Erinnerungen prägt: Der neue Roman sei »fast fertig, wieder 600 Seiten, heißt »eine ganze Generation«. Dieser Arbeitstitel ist eine Beschreibung dessen, was ihr vorschwebte, das Leben einer ganzen Generation, ihrer Generation, mit allen Hoffnungen, Enttäuschungen und Lebensbrüchen zu schildern, »unsere ganze blödsinnige Welt von 1932« wollte sie einfangen. Bald ändert sie den Titel in *Die Vertriebenen*, doch das »sei kein

Titel«. Das würde man heute anders sehen, denn er trifft den Kern des Romans genau, auch wenn das Wort »Vertriebene« lange von den Kriegsflüchtlingen aus Schlesien und Ostpreußen in Beschlag genommen wurde. Im Roman tauchen viele Generationen von Vertriebenen auf, es beginnt mit den aus Wien vertriebenen Heyes und endet mit den jüdischen Flüchtlingen in New York, den Berliner Freunden, die Grete, Tergits Alter Ego, besucht.

Ihre wichtigsten Erfahrungen hat die Autorin dieser Figur geliehen, es beginnt mit den Schwierigkeiten der Berufswahl und der tödlichen Angst vor dem Erscheinen des ersten Artikels, es folgen die »fetten Jahre« beim *Berliner Tageblatt*, der Überfall der SA 1933, die Stationen der Flucht und nach dem Krieg wieder Reisen nach Berlin. Das Autobiographische geht bis ins Detail: »Der Clown im Haus erspart den Scheidungsanwalt« ist ein Satz von Heinz Reifenberg, den die Autorin Gretes Mann Otto in den Mund legt. Und wie Heinz Reifenberg verzweifelt auch Otto an dem Verbot, in England zu arbeiten. Autobiographisch ist auch das Lese-Kränzchen, das die zentralen Familien des Romans verknüpft: Markus, Beer, Stern, von Rumke und Gretes Familie Mayer. Mit der Figur der Roserl setzt Tergit der Herzenswärme ihrer süddeutschen Mutter ein Denkmal, und gerade an dieser Figur lässt sich Tergits synthetische Arbeitsweise gut beobachten: Züge ihrer großbürgerlichen Mutter, wie sie Tergit in Briefen und in ihren Erinnerungen schildert, sind mit denen einfacher jüdischer Frauen in Berlin verschmolzen, viele dieser Szenen finden sich schon in den Erinnerungen – wie die Pension, der Selbstmord einer Bewohnerin und die Weigerung der Ärzte, zu helfen.

Tergit kannte durch ihre Kindheit im proletarisch-kleinbürgerlichen Berliner Stadtteil Friedrichshain die Existenzkämpfe armer Familien genau, erst als sie vierzehn war, zog sie mit den inzwischen wohlhabend gewordenen Eltern in eine Villa im Tiergarten. Ihr Vater, Siegfried Hirschmann, war der Gründer der Deutschen Kabelwerke. 1938 gelang Hirschmanns die Flucht zu ihrer Tochter nach London, von dort aus wanderten sie nach Südamerika aus – die Reise dorthin, die Tergit Mitte der 1950er Jahre mit ihrem Mann unternahm, kommt in leicht veränderter Form ebenfalls im Roman vor.

Sehr eingehend hat sich Tergit mit Theresienstadt beschäftigt, wo drei ihrer Tanten väterlicherseits starben. Das wichtigste Grundlagenwerk der Nachkriegszeit war das Theresienstadt-Buch von H. G. Adler, das Tergit natürlich kannte (Adler war auch ihr Kollege im Londoner PEN). Es war ihr sehr wichtig, dass alle historischen Details stimmen, im Marbacher Nachlass findet sich eine Korrekturliste, in der sie darauf hinweist, dass an den Lager-Appellen ausschließlich SS beteiligt war, keine SA, und fügt folgende Geschichte zu einem Sondertransport 1945 (aufgrund einer Vereinbarung zwischen Heinrich Himmler und dem Schweizer Bundespräsidenten Musy) an: »Zu dem Transport in die Schweiz muss ich 'ne Geschichte erzählen, die Leute haben nicht gewusst, dass sie in die Schweiz kamen. Traf sich mein Onkel Arthur mit meiner Tante Recha am Rathaus von Theresienstadt, dort war ein Anschlag, es sollten sich Freiwillige für einen Transport melden. Sagte mein Onkel Arthur: ich geh nicht, das geht bloß in die Gaskammern. Sagte meine Tante Recha, ich geh, schlimmer als hier kann es auch nicht sein (nachdem ihr eine Ratte in die Nase gebissen hatte). Tante Recha kam in die Schweiz, ich sprach sie hier auf ihrem Weg nach Amerika, mein Onkel Arthur hat zufällig Theresienstadt überlebt. Die Geschichte haben beide erzählt.« Von hier aus versteht man, wie persönlich ihre Sicht auf die Deportationen war und warum sie das Leben in Theresienstadt so lebenspraktisch und pragmatisch klar schildert, es war ein Teil der Familiengeschichte. Auch deshalb liest sich dieses Kapitel besonders eindringlich.

So war's eben – man kann diesen Titel als das zentrale Schreib-Credo Tergits lesen. Schon vor Erscheinen der *Effingers* hatte sie einem Kollegen beim Hamburger Veit-Harlan-Prozess 1949, über den sie für die *Neue Zeitung* berichtete, erklärt: »Was ich mir wünsche ist, dass jeder deutsche Jude sagt: ja, so waren wir, so haben wir gelebt zwischen 1878 und 1939, und daß sie es ihren Kindern in die Hände legen mit den Worten: damit ihr wißt, wie's war.« Für den dritten Roman hat sie den Titel um das halb trotzige, halb resignative Wörtchen »eben« erweitert – eine Erklärung dafür findet sich in dem Kapitel »Zehn entscheidende Monate«: Edith Zuckermann, die patente und mutige Berlinerin, läuft durch London, um eine Einreisegarantie für ihren inhaftierten Bruder zu besorgen, sie spricht bei alten Geschäftspartnern vor, man weist sie ab. Edith hatte das schon öfter erlebt, daher »wußte sie, so war's eben«. Sie macht sich keine Illusionen, sondern kämpft einfach weiter.

Somit deutet dieser Titel auf ein grundlegendes erzählerisches Problem hin: Wenn die Autorin eines auktorial angelegten Romans schreibt »so war's eben«, tritt sie einen Schritt hinter ihre Figuren zurück, deren Schicksale eigentlich in ihrer Hand liegen sollten. Dass sich das hier anders verhält, dass vor allem die politischen Verhältnisse deren Denken und Handeln steuern – auch das benennt dieser auf den ersten Blick harmlose Titel.

Ein nützliches Leben zu führen war Tergits Ideal, das schreibt sie in ihren Briefen. Dazu gehörte für sie, im Geiste ihres Lehrers Friedrich Meinecke Chronistin und Feldforscherin ihrer Zeit zu sein, an allen Orten, an denen sie sich befand, seien es Prag, Paris, Tel Aviv oder London. Gerade ihr dritter Roman ist von einem radikalen Realismus geprägt, den man besonders in den vielen Gesprächen bemerkt. In ihnen will die Autorin die ganze Vielstimmigkeit und Sprunghaftigkeit der Situationen einfangen, es sind meist schwierige Themen, um die es geht, und gelassen sind die Flüchtlinge keineswegs. Nicht alle dieser Passagen sind gelungen, gerade die Stationen Prag und Paris scheinen flüchtig beschrieben, einzelne Szenen wirken abstrakt. Leider gab es für diesen Roman kein so sorgsames Lektorat wie für die *Effingers*, doch sind diese Flüchtigkeiten marginal im Hinblick auf den ungeheuren historischen Reichtum, den *So war's eben* vor uns ausbreitet. Besonders das Jahrzehnt vor dem ersten Weltkrieg liest sich höchst spannend, und wer, außer Fachleuten, wusste schon so genau über die »Alldeutschen« Bescheid? Die idealistische Sehnsucht der Jugend nach Befreiung vom materialistisch-technischen Geist des 19. Jahrhunderts, der Stimmung von 1933 verblüffend ähnlich, fängt die Historikerin Tergit sehr genau ein. Auch die Schilderung der Revolution 1918/1919 ist höchst eindrucksvoll, eine ihrer stärksten Szenen ist die Besetzung der Zeitung durch die Spartakisten: Der sprachmächtige Chefredakteur Heye hat hier einen glänzenden Auftritt.

Was in den *Effingers* die prächtigen Familienfeste, sind in diesem Roman die beiden Wohnungseinweihungen, die lebensentscheidende Wendepunkte markieren und sehr genau die Ängste und Zweifel, aber auch die Hoffnungen der Menschen abbilden. Die erste Einweihung ist am 30. Januar 1933, Hitler steht kurz vor der Machtergreifung, Friedrich Wilhelm ist der Star, er erfasste die politische Stimmung, »er war das Kommende«. Mit dem blutjungen Ludwig Erhard, der Wirtschaft über jede Ideologie stellt, tritt auch die fernere Zukunft Deutschlands auf, aber das nimmt niemand ernst – nur Birnbaum ist von diesen neuartigen Ideen fasziniert. Die nächste Wohnungseinweihung findet erst 25 Jahre später in New York statt, und nicht alle haben überlebt.

Das ursprüngliche Roman-Manuskript schickte Tergit neben vielen anderen Verlagen an Kiepenheuer & Witsch, Desch und Rowohlt, wo der damalige Lektor Fritz J. Raddatz 1965 einen niederschmetternden Ablehnungsbrief schrieb: »Ich glaube tatsächlich nicht, daß man heute noch, in einer Zeit, in der die Literatur, Sprache, Struktur und die Möglichkeit, einen Roman zu schreiben, sich doch ganz wesentlich verändert haben, in der Unsicherheit, Mutmaßung und Ambivalenz der modernen Welt nicht ohne Einfluss auf die Literatur geblieben sind, in der auch das literarische Experiment vom Surrealismus bis zum Nouveau Roman sich doch ganz merklich und vor allem in den letzten 15 Jahren literarisch niedergeschlagen hat, – daß man also in einer solchen Zeit einen Roman noch so konzipieren und schreiben kann, wie Sie das hier getan haben.« Diese Einschätzung machte Tergit, der früheren Rowohlt-Autorin, sehr zu schaffen: 1931 hatte sie zur literarischen Avantgarde gehört, aber jetzt passte sie nach Meinung des Rowohlt-Lektors nicht mehr in das »Zeitalter Uwe Johnsons«? Sonderbar liest sich diese Einschätzung heute – »Unsicherheit, Mutmaßung und Ambivalenz der modernen Welt«: genau dies fängt Tergit mit ihrer Montagetechnik in den schnellen und sprunghaften Dialogen der Figuren ein.

Aber für einen Exilroman dieser Art hatte man in Deutschland damals keinen Sinn, Tergit bekam mehr als ein Dutzend Absagen. Von konservativer Seite, etwa aus dem Hause Kiepenheuer & Witsch, hieß es, sie richte »eine Mauer gegen das deutsche Volk« auf. »Ich arbeite weiter daran – ich kürze und verbessere, trage nicht ›die Mauer gegen das deutsche Volk ab‹« schrieb sie ihrer Freundin Annamarie Mommsen – bewundernswert, daß Tergit trotz all dieser Mißverständnisse und Anfeindungen ihren Humor nicht verlor.

Am eingängigsten beschäftigte sich der Desch-Verlag mit dem Manuskript, der Lektor riet ihr, zu kürzen und die Gespräche zu straffen, da sie den Lauf der Handlung hemmen würden. Dass es sich hier um ein Gesellschaftspanorama handelt, einen Bilderbogen, der im eigentlichen Sinne keine Handlung hat, sondern möglichst realistisch und vielstimmig zeigen will, »wie Menschen auf dem Hintergrund einer kranken Epoche gelebt haben«, so Tergit an Eugen Skasa-Weiß, sah der Lektor nicht.

Der Verleger Heinrich Scheffler, dem Tergit als altem Berliner vertraute und der von der »Wahrhaftigkeit der Schilderungen begeistert war«, riet ihr, radikal zu kürzen, was sie in ihrer Verzweiflung auch tat. »Ich vernichtete also eine ganze Familie, ließ ein paar der schönsten Szenen damit weg. (...) Scheffler sagte: Nur am Anfang kürzen, der Schluß muss so bleiben, ist großartig.« Als er den Roman dann wiederbekam, schrieb er ihr: »Der Anfang mit seinen detaillierten Schilderungen der Kleidung, des Essens, der Wohnungen« sei ausgezeichnet, »aber das Ende viel zu hastig«.

In der stark gekürzten späteren Fassung ist die ganze Familie Beer gestrichen, also auch alle Szenen, in denen ein Mitglied dieser Familie, etwa Gretes Freundin Hanna Beer, auftrat – womit etliche wichtige Szenen aus Gretes Jugendzeit wegfallen und eine ganze Erzählfacette fehlt. So lassen sich zwar die Typoskript-Fassungen in Tergits Marbacher Nachlass gut auseinanderhalten, aber es zeigt sich auch deutlich der Verlust, den die umfangreichen Kürzungen dem Manuskript zugefügt haben. So war es die einzig richtige Lösung, das ungekürzte erste Typoskript als Grundlage dieser Ausgabe zu verwenden. Es besteht aus zwei Teilen und umfasst insgesamt 461 Typoskript-Seiten mit vielen handschriftlichen Korrekturen.

Wie sich schon am poetologisch gemeinten Titel ablesen lässt, hatte dieser Roman für die Autorin eine ganz besondere Bedeutung. In ihm versuchte sie etwas darzustellen, von dem sie nicht sicher war, ob es sich überhaupt in Romanform erzählen lasse: die Shoa und den Weg dorthin. Ihre tiefe Trauer steckt in diesem Buch, nicht nur über die verschwundene Zivilisation der Berliner Juden, sondern über das Schicksal aller Juden. So lässt sie Grete durch New York wandern, Geschichten und Namen sammeln, und sie bricht fast zusammen unter der Wucht des Gehörten. Man sollte dieses Buch nicht nur als erzählerisches Vermächtnis, sondern auch als Kaddisch lesen, ein Totengebet für die Vielen, für die die Figuren dieses Romans stehen.

DRAMATIS PERSONAE I

Die Juden – Berlin O
Stern (verschollen)
Franziska geb. Kollmann, seine Frau
Werner
Rudolf } ihre Kinder
Edith
Martin Zuckermann, Ediths Mann

Amtsrichter Julius Mayer
Roserl, seine Frau
Grete, ihre Tochter
Sabine Gutmann, seine Schwester
Max Gutmann, ihr Mann
David Gutmann, Max' Bruder

Mehlhose, Portier bei Mayers
Fritz Schulz

Die Juden – Berlin W
Geh. Justizrat Louis Kollmann, Franziska Sterns Bruder
Marie, seine Frau
Armin } ihre Kinder
Margot

Manfred Markus, LKW-Fabrikant
Adelina, seine Frau
Walter
Leonore } ihre Kinder
Friedericke
Bernhard Blau, Leonores Mann

Baron Joseph Grünspecht, Friederickes Mann

Thomas } Markus' Enkel
Walter }

Siegmund Jacoby, ein reicher Herr
Frieda, seine Frau
Otto, ihr Sohn, Filmregisseur

Joachim (Joschua) Beer, Bankier
Hanna Beer-Fuchs, seine Tochter
Susi Fuchs, Hannas Tochter

Die Kommunisten
Gerhard Jacke
Schwarz
Charlotte, seine Frau
Mühlenbach

DRAMATIS PERSONAE II

Die deutsche Oberschicht
Willibald v. Rumke, Oberst im Generalstab
Hildegard geb. Burrmann, seine Frau
Friedrich Wilhelm
Christine
Jürgen
Freia
ihre Kinder
Frau Generalmajor v. Rumke, Willibalds Mutter
Major Grauhase, sein Freund
Frau Major Grauhase, 2. Frau v. Rumke
Edeltraute v. Rumke geb. Ruth Stahlmacher, Friedrich Wilhelms Frau
der Freiherr, Christines Mann
Anna, Jürgens Frau

Baron Burlepsch
Fürst Siegen-Siegen

Die Zeitungsmenschen
Stefan Heye, Chefredakteur
Klothilde geb. Kramm, seine Frau
Winkler, Innenpolitik
Rupprecht Stüpf, Feuilleton
Randelhofer
Miehlke, Metteur
Bielitz, Botenmeister
Birnbaum, Herausgeber der »Neuen Hefte«
Elinor, seine Frau
Bergmann, Theaterkritiker

Erich Klawotzky, Dichter & Filmkritiker
Rose Marie, seine Frau
Marion, ihre Tochter
Willi Steppuhn, ihr Mann

Figuren am Rande
Dr. Hanns Hermann Herbst, Psychiater
Feodora geb. Sima, seine Frau
Jenny mit dem Katzengesicht, verheiratete Unger
Fräulein Rosenberg
Frau Dix, Pensionsinhaberin
Müller-Klingenberg, Bildhauer
Scharnagl, Maler
Krapfinger, Fememörder
Frau Konze, eine geheimnisvolle Dame